Susan Mallery

Ozeanträume

Roman

Aus dem amerikanischen Englisch von
Sophie Schweitzer

HarperCollins

Die Originalausgabe erschien 2022 unter dem Titel
The Summer Getaway bei HQN Books, Toronto.

1. Auflage 2023

Deutsche Erstausgabe

Published by arrangement with
HARLEQUIN ENTERPRISES II B.V./SARL
Gesetzt aus der Stempel Garamond
von GGP Media GmbH, Pößneck
Druck und Bindung von CPI books GmbH, Leck
Printed in Germany
ISBN 978-3-365-00258-2
www.harpercollins.de

Klimaneutral
Druckprodukt
ClimatePartner.com/15109-2009-1001

MIX
Papier
FSC FSC® C083411

Dieses Buch ist all jenen gewidmet,
die ihren Militärdienst ableisten – gestern wie heute.
Habt vielen Dank. Mason ist für euch.

Und für Colleen, die sich mitten in der Corona-Pandemie
die Zeit genommen hat, mir von ihrem Leben
als Ausbildungsunteroffizierin zu erzählen.
Tausend Dank für die schonungslosen Fakten, die lustigen
Geschichten und die unschätzbar wertvollen Informationen.
Ich habe jede einzelne Sekunde unseres Gesprächs genossen.
Sollten wir uns jemals persönlich begegnen,
geht das Mittagessen auf mich.

Jegliche das Militärwesen betreffenden Fehler im Buch
sind meine. Nun ja, alle Fehler sind meine,
aber die militärbezogenen wiegen schwerer.

1. KAPITEL

»Ich werde mit Dimitri schlafen.«

Robyn Caldwell nahm ihr Weißweinglas in die Hand und überlegte kurz, den gesamten Inhalt auf einmal runterzukippen. Mindys Aussage war ein geextes Getränk eindeutig wert. Doch sie wusste, dass es vernünftiger war, sich den Alkohol über die Länge des Mittagessens einzuteilen. Eine Lektion, die ihre Freundin noch zu lernen hatte.

»Wirst du nicht«, murmelte Robyn, da loszukreischen unattraktiv gewirkt hätte. Vor allem im »Club«, wo ihre Freundinnen, die echten wie die falschen, ebenfalls ihren donnerstäglichen Hummersalat genossen. Der Speisesaal war voll, etwa vierzig Frauen, alle in Florida-Chic gekleidet – glitzernde Diamanten, klimpernde Bettelarmbänder aus Gold oder Platin und Halsketten auf straffer, gebräunter Haut.

»Es könnte durchaus dazu kommen«, sagte Mindy Krause und griff nach ihrem Champagner. »Er sieht nämlich umwerfend aus.«

»Logisch. Der Typ ist dreißig und Tennisprofi. Wie sollte er sonst aussehen?«

Mindy, eine zierliche Brünette, die in einem halben Jahr vierzig wurde, seufzte. »Ich brauche einen Dimitri in meinem Leben.«

»Du hast einen wundervollen Ehemann. Payne liebt dich und die Kinder und hat für keine andere Frau Augen als für dich. Wieso solltest du dir das kaputt machen?«

»Payne würde es niemals erfahren.«

»In dieser Stadt gibt es keine Geheimnisse. Nicht in unseren Kreisen.«

Eine Tatsache, die Robyn selbst schmerzlich hatte erfahren müssen. Sie hatte ihr Leben in seliger Unwissenheit bezüglich der

Affären ihres Mannes verbracht, bis eine »Freundin« sie auf zuckersüße Weise darüber in Kenntnis gesetzt hatte.

»Dann wenigstens ein bisschen rumknutschen«, sinnierte Mindy. »Ich brauche etwas Dimitri-Action. Allein meine Fantasien machen mich schon so glücklich. Stell dir mal vor, wie es wäre, wenn es tatsächlich passieren würde.«

»Deine Fantasien sind ungefährlich. Aber es wirklich zu tun, würde alles zerstören, was du hast. Zu wissen, dass du ihn betrogen hast, würde Payne zugrunde richten.«

Mindy verzog den Mund zu einer Schnute. »Ich sehe ihn in letzter Zeit überhaupt nicht mehr. Er arbeitet nur noch.«

Robyn sah ihre Freundin, die zugleich auch ihre Chefin war, verständnislos an. »Ihr habt doch besprochen, dass die Beförderung zwar mehr Arbeit für ihn bedeuten würde, aber es euch das wert ist. Du selbst hast dir das für ihn gewünscht.«

»Mir war nicht klar, wie wenig er da sein würde.«

Die Unvernunft ihrer Freundin ging Robyn beinahe ebenso auf die Nerven wie Mindys Gejammer. »Das ist nicht fair von dir«, murmelte sie. »Du änderst einfach die Spielregeln, ohne es deinem Mann zu sagen. So was geht nie gut aus.«

Mindy tat die Warnung mit einem Handwedeln ab. »Ich mach mir da keine Sorgen. Außerdem, wenn er es wirklich rausfindet, kann ich bei dir einziehen.« Sie lachte. »Du hast ja bald das große Haus für dich allein.«

»Du hast vier Kinder«, erwiderte Robyn. »Falls deine Ehe den Bach runtergeht, würde ich eher Payne bei mir einziehen lassen.«

»Na, das würde die Leute aber mal wirklich zum Reden bringen.« Mindy hielt dem Kellner ihr leeres Glas entgegen. »Mehr davon, bitte.«

Der Kellner kam ihrer Aufforderung sofort nach.

Mindy nahm einen weiteren Schluck. »Meine Schwester hat mich heute angerufen. Sie schwört, sie habe eine Thomas-Pister-Kommode in einem winzigen Laden in Wales entdeckt. Sie ist spottbillig, daher habe ich die Befürchtung, dass es ein Imitat ist.

Sie sucht gerade eine Person, die ihre Echtheit überprüfen kann. Wäre das nicht ein Fund?«

»Auf jeden Fall. Ich würde sie wahnsinnig gern sehen.«

Thomas Pister hatte im späten 17. und frühen 18. Jahrhundert wunderschöne Kommoden und Schränke gebaut. Seine verschachtelten Designs mit ihren atemberaubenden Intarsien verkauften sich blitzschnell und für hohe Summen. Je nach Zustand und Material konnte eine Kommode sechzig- bis achtzigtausend Dollar einbringen.

»Sie hat auch ein paar frühe holländische Geldschränke gefunden«, fügte Mindy hinzu. »Die kann man für mindestens dreißig Riesen verkaufen.«

Mindy besaß zusammen mit ihren drei Schwestern einen exklusiven Antiquitätenladen in Naples. Da Mindy als Einzige von ihnen in Florida lebte, war sie für den Verkauf zuständig. Ihre Schwestern waren ständig auf Reisen und bestückten den Laden fortlaufend mit einzigartigen hochpreisigen Objekten.

Robyn und Mindy hatten sich im Laden kennengelernt. Robyn war eine gute Kundin gewesen, auch wenn ihr Geschmack etwas weniger luxuriös war als der Großteil von Mindys Inventar. Sie waren schnell dazu übergegangen, sich einmal im Monat zum Mittagessen zu treffen. Als eine Teilzeitstelle im Geschäft frei wurde, hatte Robyn sich darauf beworben. Es waren nur ein paar Stunden pro Woche, doch sie genoss es, mit Kunden zu tun zu haben und zugleich mitzubekommen, was es Neues im Laden gab. Verkaufen war nicht ihre Lieblingsbeschäftigung, aber mehr über die verschiedenen Epochen und die Geschichte jedes einzelnen Stücks zu erfahren, begeisterte sie.

Mindy stellte ihr Glas ab. »Wie läuft's mit der Hochzeit?«

Robyn gab sich Mühe, keine Grimasse zu schneiden. »Bisher sprechen wir nur sehr allgemein davon.«

»Freust du dich immer noch nicht darüber, dass die beiden verlobt sind?«

Robyn widerstand erneut dem Drang, ihren Wein zu exen. »Kip ist toll. Er liebt Harlow über alles – und wünscht sich das nicht jede Mutter von ihrem zukünftigen Schwiegersohn? Ich denke nur …«

Sie legte die Hände flach auf den Tisch. »Sie ist gerade mal zweiundzwanzig. Die beiden kennen sich seit noch nicht mal einem Jahr, und heiraten ist so ein großer Schritt. Warum können sie nicht erst mal zwei Jahre lang zusammenleben? Meinetwegen nach Paris durchbrennen oder in Chile wandern gehen? Warum müssen sie so schnell heiraten?«

Mindy bemühte sich sichtlich, ihre Belustigung zu verbergen. »Und wie alt warst du doch gleich, als du Cord geheiratet hast?«

»Neunzehn.« Robyn seufzte. »Das ist ja genau der Punkt. In Harlows Alter hatte ich bereits ein zweijähriges Kind. Klar, so bin ich wenigstens früh Mutter geworden. Aber was wäre gewesen, wenn es anders gelaufen wäre? Was, wenn ich studiert oder irgendwas anderes gemacht hätte?«

»Ist deine Sorge, dass Harlow ebenfalls all das verpassen könnte, was du für sie aufgegeben hast?«

Eine absolut berechtigte Frage, dachte Robyn. »Wie kannst du noch so einen Durchblick haben? Du bist doch schon bei deinem dritten Glas Champagner.«

»Alkohol bringt eben meine besten Eigenschaften zum Vorschein.«

»Ich bereue nicht, wie mein Leben gelaufen ist, ich liebe meine Kinder. Und ich würde sie nicht missen wollen.«

»Aber?«

»Ich wünsche mir nur für meine Tochter, dass sie die Wahl hat.« Sie nahm ihre Gabel in die Hand. »Das ist allerdings kein Gespräch, das sie mit mir führen möchte.« Es war Harlow und ihr gelungen, die schwierige Teenagerzeit zu überstehen, beinahe ohne dass jemals ein böses Wort zwischen ihnen gefallen wäre. Doch in letzter Zeit schienen sie ständig zu streiten.

»Hättest du denn damals auf deine Mutter gehört?«, fragte Mindy.

»Ich weiß es nicht genau. Sie ist gestorben, als ich elf war.«

Mindys braune Augen weiteten sich vor Schreck. »Oh, tut mir leid, das wusste ich nicht.«

»Ist schon okay. Hätte ich in Harlows Alter mit ihr gesprochen, hätte ich wahrscheinlich auch nicht auf sie gehört. Obwohl ich gerne behaupten würde, dass ich reifer als Harlow war und äußerst interessiert an ihrer Meinung gewesen wäre. Aber das scheint mir eher unwahrscheinlich.«

Mindy nahm ihre Hand. »Es ist deine Vergangenheit, Robyn. Du kannst sie umschreiben, wie immer du willst.«

»Danke. Das letzte Mal, als Harlow die Hochzeit erwähnt hat, sprach sie davon, das Poolwasser passend zu den Brautjungfernkleidern einzufärben.«

»Geht das überhaupt?«

»Keine Ahnung, und ich will es auch gar nicht wissen.« Sie konnte nur hoffen, dass die Hochzeitspläne ihrer Tochter sich mit der Zeit etwas normalisieren würden. Oder dass sie beschließen würde, mit Kip durchzubrennen. Oder – hey, warum nicht? – die Hochzeit einfach um ein paar Jahre verschob.

»Willst du nächste Woche mit mir Tennis spielen gehen?«, fragte Mindy strahlend.

Robyn beäugte sie misstrauisch. »Ich hab keinerlei Interesse daran, deinem Fantasieliebhaber zu begegnen.«

»Wieso nicht? Wenn du ihn erst mal gesehen hast, wirst du zugeben müssen, dass er das Risiko absolut wert ist.«

Robyn fügte sich ins Unvermeidliche und kippte ihren restlichen Wein in einem Schluck runter. »Mindy, du machst mich echt wahnsinnig. Du hast doch schon einen Penis zu Hause, der vollkommen in Ordnung ist. Einer genügt. Vergiss Derrick.«

»Dimitri.«

»Wie auch immer. Setz deine Ehe und deine Familie nicht aufs Spiel. Der Typ ist es nicht wert.«

»Aber ich tu es doch nicht für ihn. Ich tu es für mich.« Sie lächelte verträumt. »Lass mich ihn wenigstens ein einziges Mal nackt sehen.«

»Sieh dir lieber mal ein paar Therapeuten an.«

Mindy befand offenbar, dass das nicht ernst gemeint sein konnte, und brach in Gelächter aus. Robyn setzte ein künstliches Lächeln auf und sagte sich, dass sie es aufgeben sollte, ihre Freundin von irgendetwas überzeugen zu wollen. Danach zu urteilen, wie ihre Kinder sich neuerdings benahmen, hatte sie ohnehin keinerlei Überzeugungskraft. Wie sehr sehnte sie sich in die Zeit zurück, als sie sie noch mit einem Lutscher bestechen konnte.

Sie entschuldigte sich und ging zur Toilette. Auf halber Strecke durch den Saal erspähte Madison Greene sie. Das Hobby der fünfzigjährigen passionierten Golferin bestand darin, schlechte Nachrichten zu verbreiten. Als sie sie nun winken und eilig näher kommen sah, wäre Robyn beinahe gestolpert. Was wollte sie denn jetzt schon wieder?

»Robyn, meine Liebe. Du siehst umwerfend aus. Was treibst du so? Nie kommst du einen Vierer mit mir spielen.«

Robyn lächelte und tauschte einen Luftkuss mit ihr aus, ohne sie darauf hinzuweisen, dass sie gar kein Golf spielte. »Es ist stets eine Freude, dich zu sehen, Madison«, sagte sie und wappnete sich innerlich.

»Ich habe gehört, Harlow ist verlobt. Du bist doch sicher ganz aus dem Häuschen! Meine Älteste hat sich ja geweigert zu heiraten, bis sie fast dreißig war. Es war der reinste Albtraum. Aber am Ende hat sie doch noch die Kurve gekriegt.«

Madison sah sich um, so als wolle sie sicherstellen, dass sie allein waren – was eindeutig nicht der Fall war. Sie befanden sich in einem vollen Speisesaal, was ihr jedoch offensichtlich egal war. Sie war hier, um ihr, Robyn, eine schreckliche Neuigkeit zu überbringen, und je mehr Leute es mitbekamen, desto besser.

»Ist Cords Beziehung eigentlich ein Problem für dich und Harlow? Ach ja, so sind die Männer nun mal. Aber schräg ist es schon.«

Robyn erwog, mit einem knappen »Bei uns ist alles gut« zu antworten, nur hatte sie keine Ahnung, wovon Madison da redete. Und etwas über ihren Ex-Mann nicht zu wissen, barg ein gewisses Risiko, vor allem, wenn ihre Tochter involviert war.

Madison schüttelte in falscher Anteilnahme den Kopf. »Du hast keine Ahnung, wovon ich spreche, oder? Oh nein, ich hätte besser nichts sagen sollen.«

»Das hast du jetzt aber.«

Madison blinzelte sie an. »Na ja, ich dachte einfach, du solltest es wissen. Cord ist mit Zafina zusammen.«

Wie konnte irgendjemand auf die Idee kommen, dass sie sich auch nur im Geringsten für die Liebschaften ihres Ex-Manns interessierte? »Ich habe keine Ahnung, wer das sein soll.«

Madisons dünne Augenbrauen zogen sich so weit nach oben, wie das Botox es zuließ. »Dein Ex-Mann datet die Zwillingsschwester des Verlobten deiner Tochter.«

Robyn stand da und versuchte, das Gesagte zu verarbeiten. Cord hatte was mit der Zwillingsschwester von Harlows Verlobtem?

»Ich wusste noch nicht mal, dass Kip eine Zwillingsschwester hat«, sagte sie, ehe sie sich auf die Zunge beißen konnte. *Verdammt!*

Madison schenkte ihr ein selbstzufriedenes Lächeln. »Ich habe mich schon gewundert, weshalb du so entspannt bist. Tut mir leid, dass ich dir so schlechte Nachrichten überbringe.«

»Ist das so?«, fragte Robyn. »Du scheinst eher hocherfreut zu sein. Es muss wirklich schwer sein, ein so bedeutungsloses Leben zu führen wie du.«

Mit diesen Worten wandte sie sich ab und setzte ihren Weg zur Toilette fort. Als sie sicher in einer Kabine angekommen war, gab sie sich einen Moment, um zu entscheiden, ob sie wie geplant pinkeln oder sich einfach nur übergeben wollte.

Den Rest des Mittagessens tat Robyn so, als wäre alles in bester Ordnung. Sie zog es vor, über die Bombe, die Madison hatte platzen lassen, erst nachzudenken, ehe sie mit jemandem darüber sprach. Wobei sie zwischen Ungläubigkeit und Resignation schwankte. Was dachte Cord sich nur dabei, etwas mit der Zwillingsschwester des Verlobten seiner Tochter anzufangen? War das sein Ernst? Konnte er sich nicht eine suchen, die lediglich zehn Jahre jünger war als er und die nicht mit Kip verwandt war?

Als sie zu Hause ankam, schrieb sie ihrem Ex gleich eine Nachricht und bat ihn, noch am selben Abend vorbeizukommen. Er antwortete innerhalb von Sekunden mit: Was habe ich jetzt schon wieder gemacht?

Sie ignorierte die Frage. Bei mir passt es um sechs. Bis dann.

Robyn überlegte, auch Harlow zu schreiben und sie zu fragen, ob ihr Vater tatsächlich mit Zafina zusammen war, befand jedoch, dass das keine gute Idee war. Da Harlow nichts davon gesagt hatte, vermutete sie, dass sie ebenfalls nichts wusste. Es war besser, erst mal rauszufinden, ob es sich nur um einen Wochenendflirt handelte, den man getrost ignorieren konnte, oder um eine Angelegenheit, die ihnen allen vermutlich um die Ohren fliegen würde.

»Verdammt, Cord«, murmelte sie und fragte sich, weshalb sie sich vier Jahre nach der Scheidung immer noch mit dem Chaos herumschlagen musste, das er veranstaltete.

Sie ging in die Küche und suchte Zutaten für eine Zitrusmarinade zusammen. Nachdem sie die Orangen und Limetten ausgepresst hatte, hackte sie das Basilikum und wandte ihre Aufmerksamkeit dann den Hühnchenstücken zu. Sie entfernte sorgsam die Haut und alles sichtbare Fett. Zwar hatte sie sich immer schon bemüht, gesunde Mahlzeiten für ihre Familie zuzubereiten, doch seit sie mit Jase zusammen war, achtete sie mehr darauf, welche Lebensmittel sie verwendete.

Sie gab das Hühnerfleisch mit der Marinade in eine verschließbare Plastiktüte. Als sie gerade damit fertig war, kam Austin, ihr Jüngster, in die Küche.

»Hey, Mom«, sagte er und rekelte sich, ehe er auf einen der Barhocker an der Kochinsel sackte.

Sein dunkelblondes Haar fiel ihm bis über die Augen. Er war groß und schlank und hatte noch die typische Schlaksigkeit von Teenager-Jungen. Irgendwann in den nächsten zwei Jahren würde er auch in die Breite wachsen.

»Du bist aber früh zu Hause.«

»Es war nur eine Sechsstundencharterfahrt, die Leute wollten angeln.«

»Deshalb warst du also schon vor Sonnenaufgang aus dem Haus.«

»Ich musste um halb sechs an Bord sein.«

»Lästig, diese Frühaufsteherfische.«

Austin grinste sie an. »Ich mache eher die Angler verantwortlich.«

»Ja, die auch.«

Austin, der gerade achtzehn geworden war und die Highschool abgeschlossen hatte, beäugte die Plastiktüte. »Schon wieder Hühnchen?«

»Das ist gesund.«

»Musstest du dir unbedingt einen Kardiologen anlachen? Wir essen nur noch Huhn und Fisch.«

Sie unterdrückte ein Lächeln. »Das stimmt nicht. Letzte Woche habe ich vegetarische Enchiladas gemacht.«

»Ich weiß, das habe ich erfolgreich verdrängt. Könntest du dir nicht einen Typen klarmachen, der ein Steakhaus besitzt? Das würde mir besser in den Kram passen.«

»Es ist gar nicht so schlecht, wenn du lernst, dich gesund zu ernähren. Du wirst nicht ewig achtzehn bleiben.«

»Noch so circa ein Jahr, schätze ich.«

Sie lachte. »Könnte hinkommen. Hunger?«

»Immer.«

Sie räumte die Kochutensilien weg und ging zum Kühlschrank. »Gibt es nicht noch Reste vom Thailänder?« Sie hatte sich kürzlich ein Take-away-Essen mit Austin geteilt. So etwas kam jedoch nur auf den Tisch, wenn Jase nicht vorbeikam.

»Das habe ich schon zum Frühstück gegessen.«

»Es ist noch was vom pochierten Lachs da. Den könnte ich aufwärmen und einen Salat dazu machen.«

Austin erzeugte ein Würgegeräusch. »Ich will was Leckeres.«

Dem Tonfall nach klang er eher wie acht als wie achtzehn. Wenn er doch tatsächlich noch so klein wäre, dachte sie in Erinnerung daran, wie einfach damals alles gewesen war. Austin war immer ein umgängliches Kind gewesen. Er war ausgeglichen, fürsorglich und liebevoll. Leider war er aber auch dickköpfig, weshalb all ihre Überzeugungsversuche, Drohungen und Beschimpfungen ins Leere gelaufen waren, als er verkündete, er werde nicht aufs College gehen, sondern stattdessen bei seinem Vater arbeiten.

Sie inspizierte den Inhalt des Kühlschranks. »Gegrilltes Käsesandwich mit Krautsalat?«

»Oh ja, bitte.«

»Obwohl es in zwei Stunden Abendessen gibt?«

»Als hätte ich bis dahin nicht schon wieder Hunger.«

Sie suchte drei Käsesorten zusammen, dazu Butter und Brot. Den Krautsalat hatte sie bereits am Morgen zubereitet. Jase würde ihn nicht gutheißen, doch sie wollte für ihn Gemüse zum Huhn grillen, damit er ihren köstlich cremigen Krautsalat getrost ignorieren konnte.

Sie schnitt den Käse in Scheiben und bestrich das Brot mit Butter, dann erhitzte sie eine Pfanne.

»Ich ziehe jetzt am Samstag aus«, sagte Austin, während sie sein Sandwich zusammenstellte.

»Das erwähntest du bereits.«

»In meine eigene Wohnung.«

Sie presste die Lippen zusammen, um nicht anzumerken, dass er in ihren Augen noch zu jung dafür war. Er würde sie sowieso nur darauf hinweisen, dass er jetzt achtzehn war und somit erwachsen. Die Arbeit bei seinem Vater verschaffte ihm ein ansehnliches Gehalt, weshalb er sich eine eigene Wohnung leisten konnte und sich bereit fühlte, alleine zu wohnen. Doch das gesetzliche Alter erreicht zu haben, bedeutete nicht, auch die Reife eines Erwachsenen erlangt zu haben. Ihm das zu sagen würde jedoch nichts ändern.

Genauso wenig erwähnte sie, dass sie noch nicht bereit war, ihn gehen zu lassen, und dass sie ihn gern um sich hatte, auch wenn beides der Wahrheit entsprach. Ihren Kindern ein schlechtes Gewissen einzuflößen, war noch nie ihr Ding gewesen.

Sie nutzte einen Bratwender, um das Sandwich in die Pfanne zu legen. »Wie machst du das eigentlich mit den Möbeln? Eine Schlafzimmergarnitur hast du ja, aber was ist mit dem Rest? Sofa? Tisch und Stühle?« Sie ging im Geist die Einrichtung ihres Hauses durch und überlegte, was sie bereit wäre abzugeben. »Mietest du dir einen Transporter oder so was?«

»Ich brauche nichts, Mom. Die Wohnung ist möbliert.«

»Was? Wieso mietest du denn eine möblierte Wohnung? Das ist doch viel teurer.«

»Ich wollte nicht mit so vielen Sachen hin und her ziehen müssen. Es ist ja nur für vier Monate.«

Sie drückte das Sandwich in die Pfanne. »Vier Monate? Du ziehst nur vorübergehend aus?«

»Ja, klar. Mom, ich bin gerade mal achtzehn. Ich bin noch nicht so weit, den Vollzeiterwachsenen zu spielen. Ich miete mir nur eine Wohnung für den Sommer, damit ich ein bisschen Spaß mit meinen Freunden haben kann, ehe sie aufs College gehen. Quasi eine viermonatige Party. Die Miete ist günstig, weil keine Touristensaison ist. Ich habe da ein super Schnäppchen gemacht, das wird total cool.«

Sie verengte die Augen zu Schlitzen. »Du meinst also, du kannst hier ein- und ausziehen, wie es dir gefällt? Sehe ich etwa aus wie eine Hotelmanagerin?«

Er setzte sein charmantes Grinsen auf. »Ach Mom, tu nicht so, als wärst du böse. Du hast mich doch gerne hier. Außerdem findest du sowieso, dass ich noch zu jung bin, um alleine zu wohnen, das ist also eine gute Nachricht für dich.«

Sie wendete das Sandwich. Er hatte nicht ganz unrecht, aber das würde sie nicht zugeben. »Warum hast du mir das nicht schon früher gesagt?«, fragte sie. »Du hast mich glauben lassen, dass du endgültig ausziehst.«

»Ich wollte nicht, dass du mich überredest, einfach gleich hierzubleiben.« Sein Gesichtsausdruck wurde ernst. »Ich habe einen Plan, Mom.«

Das hatte er bereits mehrfach verkündet – und sie hätte es ihm auch abgenommen, wenn er ihr nur mal verraten würde, worin der Plan bestand.

»Studium am College im Herbst?«, fragte sie hoffnungsvoll, während sie das Sandwich auf einen Teller gleiten ließ und es einmal in der Mitte durchschnitt. »Du könntest für ein Jahr aufs Community College gehen und dann wechseln zu ...«

»Hab doch ein wenig Vertrauen in mich.«

»Das möchte ich ja auch gerne. Denn ich hab dich sehr lieb.«

»Ich dich auch«, murmelte er durch einen Bissen Sandwich hindurch. Nachdem er ihn zerkaut und heruntergeschluckt hatte, fragte er: »Bedeutet das Huhn, dass Jase heute zum Abendessen kommt?«

»Nein.« Sie lehnte sich an die Kücheninsel. »Er kommt morgen. Austin, hast du ein Problem mit Jase?«

»Er ist schon okay. Ich wüsste es nur gerne vorher, wenn er zum Essen kommt.«

»Und wieso?«

Er sah sie kurz an, dann wandte er den Blick ab. »Wenn er hier ist, habe ich immer das Gefühl, im Weg zu sein.«

»Ach Süßer, das ist überhaupt nicht so.« Sie setzte sich neben ihn. »Austin, das hier ist dein Zuhause, und du bist immer willkommen.« Sie lächelte. »Bis du am Samstag ausziehst. Dann lasse ich sofort die Schlösser austauschen.« Ihr Lächeln erstarb. »Liegt es an etwas, das er gesagt hat oder das ich getan habe?«

»Nein.« Er schob sich den letzten Bissen der ersten Sandwichhälfte in den Mund. »Ich habe nur manchmal das Gefühl, dass Jase mich nicht leiden kann.«

Sie versuchte zu erfassen, was dahintersteckte. »Das hat er nie gesagt. Ich glaube, er mag dich sehr.«

»Kann sein, ich weiß es nicht. Bis ich ausziehe, werde ich jedenfalls woanders sein, während dein Macker hier ist.«

»Ich bin mir nicht sicher, ob das so in Ordnung ist.«

Er schenkte ihr ein Lächeln. »Solange du ihn magst und er dich gut behandelt, habe ich kein Problem.«

Sie erhob sich und gab ihm einen Kuss auf den Scheitel. »Du bist lieb.«

Er warf einen Blick in Richtung Kühlschrank. »Hast du wieder diese gesunde Zitrusmarinade gemacht?«

Sie lachte. »So schlecht schmeckt die gar nicht. Ich werde Mais dazu grillen, und außerdem gibt es cremigen Krautsalat.«

»Du bist die Beste, Mom.«

Sie überließ ihn seinem Sandwich und machte sich auf den Weg in ihr Schlafzimmer. Nachdem sie in ihre abgeschnittene Yogahose und ein Trägerhemd geschlüpft war, schnappte sie sich ihre aufgerollte Matte und ging durch die hinter der Sitzecke gelegene Terrassentür nach draußen.

Die Hitze erschlug sie in der Sekunde, in der sie hinaustrat. Die Temperatur lag bei dreißig Grad, und die Feuchtigkeit war nicht weniger extrem. Sie entrollte ihre Yogamatte im schattigsten Bereich der Terrasse. Nachdem sie ein paarmal tief durchgeatmet hatte, startete sie die einfache Übungsabfolge, die sie fast jeden Nachmittag ausführte. Die langsamen Bewegungen entspannten sie und hielten sie gelenkig. Außerdem half ihr der Rhythmus, den Kopf freizubekommen.

Austins Neuigkeiten hatten sie erleichtert. Wenigstens war ihm klar, dass er noch nicht bereit war, »den Vollzeiterwachsenen zu spielen«, wie er es nannte. Sie würde ihn vermissen, solange er weg wäre, aber zu wissen, dass er schon im Herbst zurück sein würde, freute sie. Natürlich bedeutete dies eine leichte Komplikation, was den Verkauf des Hauses betraf. Denn insgeheim hoffte sie, Jase würde ihr anbieten, zu ihm zu ziehen, wenn sie das Haus zum Verkauf freigab. Sie hatten noch nicht darüber gesprochen, doch sie waren jetzt seit einem Jahr zusammen und …

Okay, sie wusste nicht genau, worin dieses »und« bestand – jedenfalls waren sie schon eine Weile zusammen, und zusammenzuziehen wäre der nächste logische Schritt. Aber solange Austin bei ihr wohnte, war das keine Option. Jases beiden Töchter verbrachten jedes zweite Wochenende bei ihm. In seinem Haus gab es kein freies Zimmer für Austin, und sie würde ihrem Sohn auf keinen Fall das Gefühl geben, nicht willkommen zu sein. Die naheliegendste Lösung bestünde darin, dass sie sich etwas Kleineres suchte.

Sie betrachtete ihren schön gestalteten Pool, den Whirlpool und den Wasserfall. Neben der Küche waren sie ihre Lieblingsorte im und am Haus. Der Rest war zu groß und zu perfekt für ihren Geschmack. Sie hatte sich hier nie wohlgefühlt, und als sie und Cord sich scheiden ließen, hätte sie am liebsten alles verkauft.

Austin war damals allerdings erst vierzehn gewesen, und sie hatte befunden, dass es so schon schwer genug für ihn war und er nicht auch noch einen Umzug gebrauchen konnte. An Harlow hatte sie dabei ebenfalls gedacht, die zu der Zeit regelmäßig vom College nach Hause kam. Doch nun hatte Austin die Highschool abgeschlossen, und Harlow war verlobt und lebte bei ihrem zukünftigen Ehemann. Der Umzug würde finanziell und auch für die Kinder Sinn ergeben. Sie war jedenfalls die fetten Kreditratenzahlungen leid, die einen erheblichen Teil ihres monatlichen Einkommens auffraßen.

Sie setzte sich auf die Matte. Sie würde eine Bleibe finden müssen, die groß genug für sie und Austin war – eine mit einem hübschen Außenbereich, die nicht allzu weit von ihrem jetzigen Haus entfernt lag. Wenn der Garten schön wäre, würde Harlow vielleicht keinen Wutanfall bekommen, weil sie nicht in dem hier heiraten konnte. Aus Gründen, die sich Robyn nicht ganz erschlossen, hatte Harlow sich eine Gartenhochzeit in den Kopf gesetzt.

Sie hingegen wünschte sich ein weniger protziges Haus als dieses. Ein kleineres, gemütlicheres, moderneres. Später am Tag wollte sie sich mal auf ein paar lokalen Immobilienwebsites umschauen. Sollte sie etwas entdecken, das ihr gefiel, würde sie es besichtigen. Was Harlow und ihre Hochzeit betraf, so musste sie sich nicht jetzt damit auseinandersetzen. Eine Krise nach der anderen. Und in weniger als zwei Stunden würde die aktuelle an ihrer Tür klingeln.

2. KAPITEL

Mason Bishop musste die falsche Adresse haben. Er starrte auf die Wegbeschreibung auf seinem Handy, dann wieder auf das Haus, vor dem er stand. Nein, »Haus« war das falsche Wort. Es war … irgendwie mehr als nur ein Haus.

Es war riesig und ausufernd, mit unpassenden und vollkommen planlos wirkenden Anbauten, die willkürlich daraus hervorragten. Das drei- oder vielleicht sogar vierstöckige Anwesen sah aus, als wäre es von einem volltrunkenen Architekten entworfen worden. Oder von einem Außerirdischen, der nur vom Hörensagen wusste, wie menschliche Wesen wohnten, aber ein solches Gebäude nie selbst zu Gesicht bekommen hatte.

Das Dach war mit roten Ziegeln gedeckt, die Außenwände waren weiß und stuckverziert. Die Fassade verfügte über Bögen und Fenster im traditionellen spanischen Stil – keine Seltenheit in Südkalifornien, so hatte er zumindest gelesen. Der linke Anbau sah aus wie aus einem Kinderbuch von Dr. Seuss, während der auf der rechten Seite womöglich dem frühen Kolonialstil zuzuordnen war.

Zu seiner Überraschung fand er die ungleichen Elemente, nachdem er über ihre Eigenartigkeit hinweggekommen war, seltsam ansprechend. Er hätte gerne erkundet, wie …

Sein Handy klingelte.

»Bishop.«

»Hallo, Mason. Hier ist Lillian.«

Ach ja. Lillian Holton, die Witwe seines Cousins fünften Grades, oder wie auch immer der Verwandtschaftsgrad war. Lillian, die ihm seit Jahren schrieb, nachdem Leo, ihr Mann, gestorben war. In jedem dieser Briefe hatte sie darauf gedrungen, dass er das Haus, das er aufgrund irgendeiner juristischen Laune nach Lillians Tod erben würde, besichtigen solle.

»Ich bin schon in Santa Barbara«, erklärte er ihr, während er das eigentümliche Gebäude weiter betrachtete. »Aber wohl am falschen Ort.«

Eine Gardine im Erdgeschoss bewegte sich leicht.

»Stehst du vor dem ungewöhnlichsten Haus, das du je gesehen hast?«

»Jawohl, Ma'am.«

Sie lachte. »Dann bist du ganz richtig. Die Garage ist hinter dem Haus, dort lagen früher die Ställe. Ich hole dich da ab.«

Mason Bishop hatte fünfundzwanzig Jahre lang in der Armee gedient. Zwei davon als Ausbildungsunteroffizier, als der er neue Rekruten in kämpfende Männer und Frauen verwandelt hatte. Er hatte an etlichen Gefechten teilgenommen, sich eine Verletzung zugezogen und einen großen Teil der Welt gesehen. Außerdem war er zweimal verheiratet gewesen. Ihn konnte nicht mehr viel überraschen. Bis heute.

»Ich hatte eine Ranch mit vielleicht vier Zimmern erwartet«, gab er zu.

Lillian lachte erneut. »So was habe ich mir schon gedacht. Ich fürchte jedoch, dies ist das Haus, das dein Onkel dir hinterlassen hat.«

War Professor Lynn sein Onkel gewesen? Er hätte schwören können, dass sie Cousins waren – entfernte Cousins. Aber darum ging es jetzt nicht. Er konnte dieses Haus nicht erben. Es hatte die Größe einer Kleinstadt – allein der Unterhalt würde ein Vermögen kosten. Hier musste irgendein Missverständnis vorliegen.

»Es ist größer, als ich erwartet habe.«

»Niemand weiß, wie groß die alte Dame genau ist. Na ja, es könnte sie schon jemand vermessen, aber das hat mich nie interessiert. Ich lege jetzt auf, Mason.«

»Jawohl, Ma'am.«

Mason tat es ihr gleich und warf wieder einen Blick auf das Ungetüm auf dem Hügel. Heilige Scheiße. Was sollte er bloß mit so einem Haus anfangen?

Er steuerte seinen SUV über die lange Einfahrt, vorbei an Fenstern und Türen und noch mehr Fenstern, ehe er um eine sanfte Kurve bog und auf ein Nebengebäude zufuhr, das so groß war wie das Krankenhaus auf seinem letzten Stützpunkt. Hier war die Architektur in rein spanischem Stil gehalten, mit roten Dachziegeln und weißem Stuck, akzentuiert durch ein halbes Dutzend Garagentore aus Holz.

Er parkte seinen Wagen, stieg aus und sah sich um. Der Himmel war tiefblau und vollkommen wolkenlos. Auf dem Gelände standen ihm unbekannte Bäume und Büsche – vermutlich einheimische Vegetation – und dazwischen einige Palmen, die ebenso fehl am Platz wirkten, wie er sich fühlte. Wenn er tief einatmete, roch er das Meer. Das Haus war nur ein paar Straßen vom Pazifik entfernt, und er vermutete, dass mehrere der Balkone, die er gesehen hatte, einen perfekten Blick auf ihn boten.

Eine überraschend normal aussehende Hintertür öffnete sich, und eine große, dünne Frau trat heraus. Sie hatte kurzes weißes Haar und einen vorsichtigen, aber zielstrebigen Gang.

Sie kam direkt auf ihn zu. Ihr Gesicht strahlte erwartungsvoll, und sie lächelte ihn freundlich an.

»Mason, endlich! Es war nicht leicht, dich zu fassen zu kriegen.«

Mason war Leuten gegenüber, die er nicht kannte, generell skeptisch und sein Leben lang dafür gescholten worden, dass er so lange brauchte, um mit Fremden warm zu werden. Lillian Holton strahlte jedoch eine Offenheit aus, die Akzeptanz und Verständnis versprach.

Er ergriff ihre ausgestreckte Hand. »Schön, dich kennenzulernen, Lillian.«

Sie musterte ihn eingehend. »Ich sehe ein wenig von deinem Onkel Leo in dir.«

Angesichts der sehr entfernten Verwandtschaft bezweifelte er das.

Sie hakte sich bei ihm unter. »Komm rein. Salvia hat uns einen Imbiss zubereitet. Sie arbeitet fünf Tage die Woche hier, putzt und kümmert sich um mich, während sie gleichzeitig die Hausmädchen und die Gärtner überwacht. Sie freut sich darauf, dich kennenzulernen. Wir reden seit Tagen von nichts anderem.«

Als sie auf das Haus zugingen, wurde ihm ihre Zerbrechlichkeit bewusst. Ihre Knochen fühlten sich so hohl an wie die eines Vogels. Was ihn nicht überraschen sollte, denn sie war über neunzig Jahre alt.

Sie gingen durch einen großen Vorraum in eine riesige Küche mit weiß verputzten Wänden und dunklen Holzbalken. Die weißen Schränke mussten mindestens fünfzig Jahre alt sein, die Arbeitsfläche war teuer gefliest. Die Küchengeräte waren neu – aus Edelstahl und hochwertiger als alle, die er jemals benutzt hatte. Nicht, dass er in seinem Leben viel gekocht hatte.

Sie führte ihn weiter in einen großen Raum hinter der Küche, dessen Glasflügeltüren sich zu einem opulenten, ummauerten Garten hin öffneten. Ein wuchtiger Holztisch stand mitten darin, umgeben von acht Stühlen. Darauf eine Karaffe mit Limonade und zwei Gläsern neben einem Teller mit Keksen. Zwei der Stühle waren von schlafenden Katzen besetzt.

»Bitte.« Sie deutete auf einen Stuhl mit hoher Lehne und geflochtener Sitzfläche. Sie setzte sich ihm gegenüber und schenkte ihnen beiden zu trinken ein. »Wie wundervoll, dich endlich hierzuhaben«, sagte sie und reichte ihm sein Limonadenglas. »Ich dachte schon, du würdest meiner Einladung nie folgen.«

»Du warst ziemlich hartnäckig.«

»Ja, das kann ich manchmal sein.«

Ihre Augen waren blassblau, doch er vermutete, dass sie in ihren jüngeren Jahren sehr viel dunkler gewesen waren. Ihr Gesicht war von Falten durchzogen, jedoch an Stellen, die ihn vermuten ließen, dass sie in ihrem Leben viel gelächelt und gelacht hatte.

Ihr erster Brief war gekommen, als er im Irak stationiert gewesen war. Er hatte ihn ignoriert. Der zweite war zwei Wochen später gefolgt, kurz darauf ein dritter. Schließlich hatte er sie beantwortet, hauptsächlich aus Selbstschutz. Andernfalls hätte sie ihn noch in Papier ertränkt.

In den Briefen erklärte sie ihm, dass sie über ihren verstorbenen Ehemann entfernt verwandt waren und er ihr gemeinsames Haus erben würde, wenn sie starb. Dieses Haus.

»Hätte ich jemals Drogen genommen, würde ich schwören, einen Flashback zu haben«, gestand er ein, während er bemüht war, all die neuen Eindrücke in sich aufzunehmen.

»Man braucht ein bisschen, um sich an die alte Dame zu gewöhnen. Und jetzt bist du ja hier und hast alle Zeit der Welt.« Sie warf ihm ein schelmisches Lächeln zu. »Ich habe noch lange nicht vor zu sterben.«

»Da bin ich aber froh. Ich werde eine Weile brauchen, um all das zu begreifen.«

Sie streckte die Hand über den Tisch aus und legte sie auf seine. »Du wirst es hier lieben. Das Wetter ist perfekt, und du kannst die alte Dame ganz in Ruhe erkunden. Sie hat viele Geheimnisse, wie jede Frau eines gewissen Alters sie haben sollte.«

Okay, die Sache wurde mit jeder Minute merkwürdiger. Er blickte sehnsüchtig zur Tür. Vielleicht war es ein Fehler gewesen, sein gemietetes Haus in Texas aufzugeben. Doch Lillian hatte ihn zu einem unbegrenzten Aufenthalt gedrängt, um sich mit seinem »Erbe bekannt zu machen« und sich mit den Recherchen ihres verstorbenen Mannes vertraut zu machen.

Leo Lynn, der zu Lebzeiten ordentlicher Professor an der UC Santa Barbara gewesen war, hatte sein Interesse an unbekannter Militärgeschichte geteilt. Lillian hatte ihm uneingeschränkten Zugang zu Fachbüchern, Notizen und Quellenmaterial versprochen. Er hatte mit ein paar Kartons in der Garage gerechnet. Doch nun begann er zu ahnen, dass da viel mehr war. Er hatte sich eingeredet, dass er an seinem Buch über Major General Henry Halleck ebenso gut hier wie woanders arbeiten konnte. Jetzt war er sich da nicht mehr so sicher.

»Schwirrt dir schon der Kopf?«, fragte Lillian verschwörerisch.

»Ich lasse das alles erst mal auf mich wirken.«

Sie reichte ihm einen modernen Schlüssel. »Der ist für dich, er passt auf alle Türen. Eine Alarmanlage gibt es nicht.« Sie lächelte erneut. »Wir haben hier keine Probleme mit Einbrechern.« Sie senkte die Stimme. »Alle denken, in dem alten Haus spukt's.«

»Und tut es das?«

»Nicht, soweit ich feststellen konnte, aber ich habe die Hoffnung noch nicht aufgegeben.« Sie erhob sich. »Komm, ich zeige dir dein Zimmer.«

Er ließ seine unangerührte Limonade auf dem Tisch stehen. Sie gingen durch einen Flur, bogen um eine Ecke und durchliefen einen weiteren Flur, ehe sie zu einer weit geschwungenen Treppe gelangten. Die Stufen waren mindestens einen Meter achtzig breit, und das Geländer war handgeschnitzt. Das einzig Moderne daran war ein Treppenlift.

Lillian nahm darauf Platz und griff nach der Fernbedienung. »Wollen wir?«

Er ging neben ihr hinauf, wobei er sich ihrer langsamen Geschwindigkeit anpasste. Als sie auf dem oberen Treppenabsatz angelangt waren, führte sie ihn nach links.

Nach ein paar weiteren Windungen und Abbiegungen blieben sie vor einer Flügeltür stehen.

»Ich habe diesen Raum extra für dich ausgewählt, Mason.« Ihr Lächeln kehrte zurück, diesmal lag jedoch Traurigkeit darin. »Leo und ich hätten so gerne Kinder gehabt, doch wir wurden leider nie mit welchen gesegnet. Vielleicht hätten wir ein Kind adoptieren sollen, aber irgendwie kam uns das nie in den Sinn. Jedenfalls wäre dies das Zimmer unseres ältesten Sohnes gewesen. Ich hoffe, es ist passend für dich.«

Sie schob die Flügeltür auf und bedeutete ihm, einzutreten.

Sein erster Eindruck bestand darin, dass das Schlafzimmer – eigentlich eher eine Suite – ungefähr genauso groß war wie sein Haus in Texas. Der zweite, dass es über einen Balkon mit Blick auf den Pazifischen Ozean verfügte.

»Es ist sehr nett, zum Sonnenuntergang hier zu sitzen«, erklärte ihm Lillian. »Und man sieht ganz toll die Stürme aufziehen.« Sie hakte sich wieder bei ihm unter. »Was geht dir gerade durch den Kopf, Mason?«

»Dass dieser Junge vom Land aus West Virginia es weit gebracht hat.«

Etwas streifte an seinem Bein entlang. Er sah hinunter und erblickte eine Katze, die sich an ihm rieb. Die beiden in der Küche waren schwarz und braun gewesen. Diese hier war weiß.

»Wie viele Katzen hast du eigentlich?«, fragte er, als das weiße Wesen voller Anmut auf sein Bett sprang.

»Ungefähr fünfzehn, glaube ich. Es ist so entspannend, sie um sich zu haben, sie sind eine gute Gesellschaft.«

Fünfzehn Katzen? Er fluchte innerlich. Doch er wusste nicht, weshalb er überrascht war. Rosen hatten Dornen, und sein unerwartet grandioses Erbe kam eben mit einer alten Dame und einem Arsch voller Katzen daher.

Robyns vages Gefühl der Bedrohung angesichts dessen, sich mit ihrem Ex-Mann auseinandersetzen zu müssen, wurde etwas abgemildert von der Tatsache, dass er nicht mehr ihr Problem war. Durch ihre Kinder würde sie für immer mit ihm verbunden sein, vor allem, wenn dann noch Enkel kämen, doch sie war nicht mehr »Cords Frau«.

Sie musste sich nicht mehr sorgen, dass er aus einem Impuls heraus irgendeinen verrückten Kauf tätigte, ohne vorher mit ihr darüber zu sprechen. Kein Auto, kein Haus wie dieses oder sonst irgendwas. Sie hatte nichts mehr mit dem Auf und Ab seiner Firma zu tun – auch wenn sie ihm zugestehen musste, dass es in den vergangenen Jahren eigentlich nur Aufs gegeben hatte. Ihre Scheidungsvereinbarung hatte sie aus jeglicher Verantwortung für das Familienunternehmen entlassen. Er hatte sie rechtlich vom Haken gelassen und kaufte ihr sukzessive ihre Firmenanteile ab. Am Tag ihrer Scheidung hatte sie bereits eine bedeutende Summe erhalten, und seitdem stellte er ihr jeden Monat einen Scheck aus.

Da sie eine gewiefte Anwältin hatte, wurden die Raten an sie beglichen, bevor er seine übrigen Rechnungen bezahlte, und sollte Austin aufs College gehen wollen, würde sein Vater die vier Jahre für ihn aufkommen, genau wie er es bei Harlow getan hatte.

Mit dem Haus war es etwas komplizierter. Sie hatte Kreditraten, Versicherungen und Steuern selbst zu zahlen, bis Austin achtzehn wurde – was vor ein paar Wochen so weit gewesen war. Danach blieben ihr sechs Monate, um entweder das Haus zu verkaufen und den Erlös mit Cord zu teilen oder ihm seine Hälfte abzukaufen – was sie nicht vorhatte.

Das schöne Haus am Wasser hatte extrem an Wert gewonnen. Es zu behalten, würde bedeuten, dass sie einen weiteren Kredit von mindestens zwei Millionen Dollar aufnehmen müsste. Und was noch entscheidender war: Sie mochte das Haus überhaupt nicht.

Gedanken über den Verkauf muss ich mir ein andermal machen, dachte sie, als ihre antike Uhr sechs schlug. Gerade bestand ihr größtes Problem darin, keine Schuldgefühle zu haben, weil sie keine Appetizer oder Cocktails vorbereitet hatte. Sich zu sagen, dass Cords Besuch kein gesellschaftlicher Anlass war, machte den Druck nicht geringer. Sie war dazu erzogen worden, eine gute Gastgeberin zu sein, und alte Gewohnheiten wird man schwer los.

Um zwei nach klingelte es an der Tür. Robyn ließ ihren Ex eintreten. Cord – etwa einen Meter achtzig groß, Florida-gebräunt und von breiter Statur – verfügte über einen lockeren, oberflächlichen Charme. Er kam mit einem Grinsen und einem eiligen Wangenkuss hereingerauscht.

»Es ist feucht draußen«, sagte er auf dem Weg in die Küche. »Heute Nacht gibt es noch Gewitter.«

»Solange es morgen früh vorbeigezogen ist«, sagte sie, »und ihr rausfahren könnt.«

Boote und Blitze waren keine gute Kombination.

Cord sah sich in der Küche um. Er trug ein Hawaiihemd über einer abgetragenen Jeans. Sein sandbraunes Haar, das einen Farbton dunkler war als das von Austin, war ein bisschen zu lang, aber die unordentliche Frisur stand ihm. Seine Augen waren braun, sein Kinn kantig. Er war nach allen üblichen Maßstäben ein gut aussehender Mann. Doch wenn sie ihn ansah, spürte sie nichts als Erleichterung darüber, dass er nicht mehr ihr Problem war. Jedenfalls nicht direkt.

Wegen ihrer Kinder mit ihm zu streiten war leicht – es um ihrer selbst willen zu tun, hatte sie hingegen stets extrem mitgenommen und sie emotional gebrochen zurückgelassen. Sie hatte nie verstanden, ob er einfach besser darin war, Diskussionen für sich zu entscheiden, oder er sie womöglich besser kannte als sie sich selbst. Jedenfalls hatte sie die verbalen Auseinandersetzungen mit ihm selten unversehrt überstanden.

»Keine Cocktails?«, fragte er und schenkte ihr ein lockeres Grinsen. »Das hier wird also ein ernstes Gespräch.«

»Ja, das wird es.«

»Und ich dachte schon, du wolltest mich fragen, ob wir nicht wieder zusammen sein wollen.«

Sie hatte keine Ahnung, ob das ein Scherz sein sollte oder nicht, daher ignorierte sie die Bemerkung. Anstelle einer Antwort deutete sie auf den Küchentisch, da dies der nächstgelegene Sitzbereich war, der zugleich am wenigsten dazu verführte, zu verweilen. Ein Plausch am Pool konnte Stunden dauern, während die unbequemen Stühle mit gerader Lehne dazu aufriefen, sich kurzzufassen.

»Was ist los?«, fragte er und setzte sich an seinen alten Platz zu Kopf des Tisches.

Sie ließ sich am anderen Ende nieder, damit sie einander gegenübersaßen. Cord einen strategischen Vorteil zu verschaffen, war nie gut.

»Austin hat mir gesagt, dass er nur den Sommer über auszieht, um mit seinen Freunden abzuhängen. Er zieht im September wieder hier ein.«

Cord nickte. »Klingt nachvollziehbar. Er ist noch nicht so weit, wirklich alleine zu wohnen.«

»Ich möchte immer noch, dass er sich das mit dem College überlegt.«

Ihr Ex-Mann ließ sich gegen die Rückenlehne fallen. »Lass das College ziehen, Robyn. Er ist nicht der Typ dafür. Außerdem arbeitet er total gerne für mich. Klar, er hat nicht Harlows Ehrgeiz, die Firma zu führen, aber er wird gut verdienen und glücklich und zufrieden sein. Ist das nicht alles, was zählt?«

»Aber was ist mit seiner Zukunft? Sollte er nicht noch andere Optionen haben?«

»Wofür? Um Hirnchirurg zu werden? Austin ist der bequemste Junge der Welt. Kannst du dir vorstellen, dass er sich durch die amerikanische Geschäftswelt boxt? Ihm fehlt der Killerinstinkt. Ich kann ihm ein gutes Leben bieten. Und hey, wenigstens hat er einen sicheren Job.«

»Er ist achtzehn. Ein sicherer Job sollte nicht gerade das sein, wonach er strebt.«

Doch Austin war nicht der Grund, weshalb sie mit Cord hatte sprechen wollen. Es gab ein dringlicheres Problem.

»Ich hab heute Mittag im Club gegessen«, sagte sie. »Eine der Damen dort fand großes Vergnügen daran, mir unter die Nase zu reiben, dass du eine Neue hast.«

Cords Gesicht nahm den Ausdruck einer verwirrten Comicfigur an. »Was interessiert es dich denn, mit wem ich zusammen bin? Schließlich sind wir nicht mehr verheiratet.«

»Diesmal interessiert es mich aber. Nicht so sehr wegen mir selbst, sondern wegen Harlow.«

»Und was hat Harlow damit zu tun?«

Tat er nur so dumm, oder war das inzwischen sein natürlicher Zustand?

»Du datest die Zwillingsschwester des Verlobten deiner Tochter, Cord. Dass sie – was? – zwanzig Jahre jünger ist als du, lasse ich jetzt mal beiseite, aber sie ist außerdem noch Kips Schwester. Komm schon, das ist krass, selbst für deine Verhältnisse.«

Cord lachte leise. »Zafina ist toll. Wir verstehen uns gut, sie ist intelligent und wunderschön. Was sollte man an ihr nicht mögen?«

»Deine Beziehung zu ihr ist mir egal. Aber hast du nicht mal daran gedacht, dass das Harlow unangenehm sein könnte?«

»Wieso denn?«

»Sie ist die Schwester ihres Verlobten!«

»Das sagtest du bereits. Und inwiefern ist das ein Problem?«

»Ähm, keine Ahnung … Womöglich, weil das leicht obszön ist? Es gibt so viele Singlefrauen in Naples. Such dir doch einfach eine andere.«

»Ich mag Zafina.« Er lachte. »Hey, und wenn wir heiraten, ist Zafina ihre Schwägerin und Stiefmutter zugleich. Das könnte lustig werden.«

»Nicht für Harlow.«

Er wischte ihre Bedenken mit einem Handwedeln vom Tisch. »Sie wird es schon überstehen. Außerdem mag sie Zafina.« Er beugte sich zu ihr rüber. »Auf irgendeine verquere Art erinnert Zafina mich an dich.«

»Das ist wirklich kein Thema, über das ich mit dir reden möchte. Wenn es angeblich kein Problem ist, dass Harlow es herausfindet, warum hast du es ihr dann nicht gesagt?«

Cord blickte zur Seite. »Ich stelle meine Kinder meinen Freundinnen nicht vor, ehe etwas Ernstes daraus wird.«

Sie rollte mit den Augen. »Seit wann das denn? Da du nichts erzählt hast, ist dir ganz offensichtlich klar, dass es Komplikationen geben könnte.«

Er funkelte sie an. »Na schön. Ich habe gedacht, dass sie sich womöglich aufregt.«

»Das wird sie. Du musst es ihr sagen, Cord. Sie sollte es von dir erfahren und von keinem anderen. Harlow lässt sich nicht gerne belügen.«

Ihr Ex-Mann stöhnte. »Kannst du es ihr nicht sagen? Wenn es von dir kommt, wird sie es besser aufnehmen.«

»Nein, das kann ich nicht. Erstens wird sie es nicht besser aufnehmen, wenn es von mir kommt, und zweitens bin ich nicht bereit, mich für dich anschreien zu lassen. Es ist deine Verantwortung. Sag es ihr.«

Er seufzte schwer. »Früher war es viel lustiger mit dir. Na gut. Ich rede mit ihr. Es wird ihr nichts ausmachen.«

»Ich hoffe, du hast recht.« Sie erhob sich. »Okay. Danke, dass du vorbeigekommen bist.«

»Das war's schon?«

»Hast du noch was anderes zu besprechen?«

»Nein.« Er stand auf. »Sonst hast du mir immer einen Drink angeboten, wenn wir uns so unterhalten haben. Und eine Käseplatte hingestellt.«

Sie ignorierte ihre Schuldgefühle. »Ich hatte keine Zeit. Nächstes Mal.«

Er musterte sie einen Moment lang. »Wirst du Jase heiraten?«

»Was?« Es klang beinahe wie ein Aufschrei. Sie senkte die Stimme. »Nein.«

Sie hatten noch nicht mal darüber gesprochen, ob sie zusammenwohnen wollten. Heiraten? Sie war nicht bereit, ihn oder irgendwen sonst zu heiraten. Vier Jahre nach ihrer Scheidung fing sie endlich an, sich zu überlegen, was sie noch für Möglichkeiten im Leben hatte. Sie konnte sich nicht vorstellen, sich erneut derart zu binden. Mit Jase zusammenzuwohnen war eine Sache, aber heiraten? In absehbarer Zeit ganz sicher nicht.

»Ich habe mich das nur gefragt«, sagte er. »Du bist irgendwie anders im Moment.«

Sie bezweifelte, dass das als Kompliment gemeint war.

»Gut zu wissen. Wenn du dran denkst, schick mir doch bitte eine Nachricht, nachdem du mit Harlow gesprochen hast, damit ich mich wappnen kann.«

»Klar.«

Sie brachte ihn zur Eingangstür. Ehe er hinaustrat, sah er sie an. »Weißt du, der Großteil unserer gemeinsamen Jahre war eigentlich ziemlich gut.«

Die Aussage traf sie vollkommen unvorbereitet. So sah er das also? Ihr Blick auf ihre Ehe war ein völlig anderer. Nicht, dass sie ihm das sagen würde – es gab keinen Grund, die altbekannte Auseinandersetzung wieder aufzunehmen.

»Das stimmt«, log sie. Sie hatte sich für die nette anstelle der ehrlichen Antwort entschieden.

»Manchmal muss ich daran denken.« Mit diesen Worten wandte er sich um und ging.

Robyn schloss die Haustür hinter ihm und lehnte sich von innen dagegen. Die Liste der Dinge, die in ihrer Ehe schiefgelaufen waren, erschien ihr sehr viel länger als die der positiven. Vier Jahre später war ihr klar, an welchen Punkten sie und an welchen Cord es vermasselt hatte.

Sie hatten zu jung geheiratet. Sie hatten zu früh Kinder bekommen. Sie hatten ihre gesamte Energie in ihr Unternehmen und ihre Familie gesteckt, statt auf ihre Beziehung achtzugeben. Und als Cord sie sechs Jahre nach der Hochzeit betrog, hatten sie sich mit dem Betrug und ihrem Schmerz auseinandergesetzt, aber nie mit den Gründen dafür.

Während sie aus sicherer emotionaler Distanz darauf zurückblickte, dachte Robyn, dass dies womöglich der erste gravierende Riss zwischen ihnen gewesen war. Sie hätten sich mit ihren wahren Beziehungsproblemen auseinandersetzen müssen. Doch der Schmerz war so groß gewesen, dass sie nicht in der Lage gewesen war, uber irgendetwas anderes nachzudenken.

Die Ehe war nicht einfach, und manche scheiterten daran. Robyn akzeptierte das, und sie wusste, sollte es je ein nächstes Mal geben, würde sie es richtig machen.

3. KAPITEL

»Hast Du Spaß, Iliana?« Harlow Caldwell erhob ihre Stimme über das Gedröhne des Bootsmotors.

Die Zehnjährige nickte, ihr breites Grinsen sagte mehr als tausend Worte. Ihre zierlichen Hände umklammerten das Steuerrad, während Austin, Harlows kleiner Bruder, direkt hinter ihr stand, allzeit bereit, wieder die Kontrolle zu übernehmen.

»Läuft super hier, Captain.« Austin salutierte scherzhaft vor ihr.

»Ich werde Thea sagen, dass wir gleich in den Hafen einfahren«, sagte Harlow. »Und alle darauf vorbereiten, von Bord zu gehen.«

Der Charter-Ausflug war ein voller Erfolg gewesen. Drei Familien hatten sich zu einem Tag voller Sonne, Spaß und Angelfreuden zusammengefunden. Acht Stunden später waren alle glücklich und müde, was für sie der ideale Ausgang einer Charter-Tour war.

Sie stieg die Treppe von der Brücke hinunter zu den drei Männern, die auf dem Achterdeck Bier tranken, während sich zwei der Frauen auf dem Vorderdeck sonnten. Nur Thea saß drinnen, blass und mit geschlossenen Augen.

Irgendwer hat immer ein Problem mit dem Geschaukel, dachte Harlow. Sie selbst war nie seekrank gewesen, hatte das Unwohlsein jedoch oft genug bei anderen beobachtet.

»Hey, Thea«, sagte sie sanft.

Die Augen der Vierzigjährigen öffneten sich. »Fahren wir zurück?«, fragte sie und klang dabei hoffnungsvoll und verzweifelt zugleich.

»Ja. In ungefähr zwei Minuten wird es noch mal ein bisschen schaukeln. Aber sobald wir im Jachthafen sind, wird das Boot ruhig. Komm raus und stell dich in den Wind. Schau auf den Horizont oder schließ die Augen und atme. Noch fünf Minuten, dann hast du es hinter dir.«

Thea kam mit Mühe auf die Beine. »So furchtbar habe ich mich nicht mehr gefühlt, seit ich schwanger war.«

»Ich weiß, dass es ziemlich schlimm war.« Das Medikament gegen Übelkeit hatte nicht angeschlagen. »Nur noch ein paar Minuten. Sobald wir anlegen und du festen Boden unter den Füßen hast, wird sich dein Magen schnell beruhigen.«

»Das hoffe ich.«

Harlow führte Thea zum Heck des Bootes und half ihr, sich so zu setzen, dass ihr der Wind ins Gesicht blies. Gerade rechtzeitig, ehe der Wellengang einsetzte und das Boot sich wild hin und her bewegte. Thea umklammerte die Reling und wurde noch bleicher.

»Ist schon okay«, sagte Harlow. »Austin weiß, was er tut.«

»Wenn du das sagst.«

Harlow entschuldigte sich, um auch allen anderen mitzuteilen, dass sie gleich wieder im Hafen sein würden. Sie bereitete die Leinen vor, dann kehrte sie zu ihrer Passagierin mit dem empfindlichen Magen zurück. Genau in diesem Moment fuhren sie in das geschützte Gewässer des Hafens ein, und das Schaukeln ließ nach. Thea lockerte ihren panischen Griff um die Reling.

»Schon besser?«, fragte Harlow.

»Ein bisschen.« Thea schenkte ihr ein angespanntes Lächeln. »Ich schwöre, ich werde nie wieder meinen Fuß auf ein Boot setzen.«

Harlow tätschelte ihr den Arm, dann stieg sie die steilen Stufen zur Brücke hinauf. Iliana saß auf ihrem Sitz und sah voller Verehrung zu, wie Austin das Fünfzehnmeterboot durch den Hafen steuerte.

Als er Harlow erblickte, trat er zurück und ließ sie ans Steuer. Er zwinkerte Iliana zu, ehe er sich zum Hauptdeck aufmachte, wo er dafür verantwortlich sein würde, das Boot zu vertäuen.

Harlow hielt Ausschau nach anderen Booten und den Kajakfahrern, die gerne mal die Schilder ignorierten, die es ihnen verboten, in diesem Teil des Hafens zu paddeln. Sie fuhr zunächst ein Stück an ihrem Liegeplatz vorbei, um rückwärts hineinmanövrieren zu können. Dann stellte sie den Motor ab und setzte die Schubdüsen, um ganz behutsam an den Fingerpier heranzufahren. Austin sprang auf den Steg und belegte die Achterleine, anschließend lief er zum Bug und sicherte auch diese Leine.

Harlow suchte das Oberdeck nach zurückgelassenen Besitztümern ihrer Gäste ab, ehe sie vor Iliana die Treppe hinunterstieg.

»Mit beiden Händen festhalten«, ermahnte sie die Zehnjährige.

Harlow dankte allen für den Tag, nahm ein äußerst großzügiges Trinkgeld entgegen und verteilte Visitenkarten mit der Bitte, ihnen eine Online-Bewertung zu geben. Nachdem sie ihrem Bruder seine Hälfte des Trinkgelds ausgehändigt hatte, räumte sie die Bordküche und die Kajüte auf. Austin, der eigentlich mehr Besatzung spielte als Kapitän, machte sich ans Putzen der Toilette und das Auffüllen der Vorräte. Vierzig Minuten später waren sie fertig.

»Was machst du morgen?«, fragte sie Austin, als sie zum Hauptbüro von *Caldwells Charterboote* gingen.

»Mich auf den Umzug vorbereiten.«

Harlow lachte. »Du hast eine möblierte Wohnung gemietet. Was musst du da groß vorbereiten?«

»Ich will eine größere Glotze. Ich werde Mom fragen, ob ich den 80-Zoller aus dem Fernsehzimmer mitnehmen kann.«

»Typisch Mann. Wozu brauchst du einen 80-Zoll-Fernseher?«

Austin schlang den Arm um ihre Schultern. »Es geht hier nicht um *brauchen*. Es geht um *haben*.«

»Du bist echt merkwürdig.«

»Kann sein. Aber außerdem bin ich dein Bruder, deshalb musst du mich trotzdem lieb haben.« Er nahm den Arm von ihrer Schulter und winkte. »Enid! Du bist hier. Das kann nur bedeuten, dass du dir endlich eingestehst, wie hoffnungslos verliebt du in mich bist. Lass uns nach Tahiti segeln, wo ich mit dir am Strand leben und dich für alle Zeiten verehren werde.«

Harlow verpasste ihrem kleinen Bruder einen Schlag auf den Arm. »Hör auf. Du bringst sie in Verlegenheit.«

Aus Austins blauen Augen blitzte der Schalk. »Sie liebt Aufmerksamkeit. Ich meine, komm schon – das bin doch nur ich.«

Harlow umarmte ihre Freundin. Enid und sie waren seit dem Kindergarten beste Freundinnen. Sie hatten beide vor Kurzem das College abgeschlossen, woraufhin Harlow für ihren Dad zu arbeiten begonnen hatte und Enid sich auf das Medizinstudium vorbereitete. Austin, der vier Jahre jünger war als sie, hatte an ihren Rockzipfeln gehangen, wann immer er konnte – bis zur Highschool.

Enid, eine hübsche Brünette, die mehr Köpfchen hatte als jede andere Person, die Harlow kannte, lächelte Austin an. »Eines Tages werde ich dich auf die Probe stellen.«

Er zwinkerte. »Es braucht nur ein Wort von dir, holde Enid.«

»Alles nur Geschwätz«, sagte Harlow lachend. »Ich gehe nur kurz zu meinem Dad rein, dann können wir los.«

»Wohin geht ihr?«, wandte Austin sich an Enid. »Könnt ihr einen gut aussehenden männlichen Begleiter gebrauchen?«

»Kennst du einen?«, fragte Enid neckend.

Harlow betrat das Gebäude. Die Tür schloss sich hinter ihr und verschluckte Austins Antwort.

Sie fand ihren Vater in seinem Büro am Telefon vor. Sein Tonfall und die Art, wie er auf seinem Stuhl vor und zurück wippte, sagte ihr, dass er mit einer seiner weiblichen Bekanntschaften sprach.

Seit der Scheidung ihrer Eltern vor vier Jahren kostete Cord Caldwell sein Singleleben voll aus. Er war ein Serientäter, der nie ohne Freundin war. Die längste Zeit, die sie ihn ohne eine Frau in seinem Leben gesehen hatte, betrug drei Tage. Ihre Mutter hingegen hatte ein ganzes Jahr gewartet, ehe sie wieder mit Männern ausgegangen war.

Robyn hatte ihr erzählt, dass sie niemanden kennengelernt habe, der so interessant gewesen wäre, dass sie sich mehr als zweimal mit ihm hätte treffen wollen. Das hatte sich vor etwa zwei Jahren geändert, als ihre Mom Jase kennenlernte, einen Kardiologen. Bald darauf waren die beiden fest zusammen. Ihre Mutter teilte ihr jedoch selten Details mit, im Gegensatz zu ihrem Dad, der ihr zuweilen viel zu viel erzählte.

Sie wartete ein paar Minuten, doch ihr Vater machte keine Anstalten, den Anruf zu beenden. Endlich fing sie seinen Blick auf und tippte auf ihre Armbanduhr.

»Hey, ich ruf dich später noch mal an«, sagte er mit tiefer, sexy Stimme. »Hm, ich auch.«

Harlow gab sich Mühe, nicht zu würgen. Ja, sie und ihr Vater waren beide erwachsen, aber sie mochte es nicht, diese Seite an ihm zu sehen. Er war ihr Dad, kein Freund von ihr. Cord war jedoch nie gut darin gewesen, Grenzen zu respektieren.

»Was ist los?«, fragte er, nachdem er aufgelegt hatte.

»Wir sind zurück von der Tour.« Sie warf ihm die Schlüssel zu. »Unsere Dame ist sauber und bereit für morgen. Austin hat frei, und ich fahre mit den Anglern raus. Um halb sechs bin ich wieder hier.« Um halb sechs morgens. Nicht unbedingt der liebste Teil ihrer Arbeit, aber das gehörte dazu. »Siehst du dir die Unterlagen vom Anwalt an?«

Ihr Vater zögerte gerade lange genug, um sie die Wahrheit erahnen zu lassen. »Dad, wieso liest du dir das Angebot nicht durch? Du musst den Bedingungen zustimmen, ehe wir das Unternehmen erwerben können.«

»Ich mach das schon noch.«

»Du hast es jetzt seit einer Woche. Kannst du es heute Abend lesen?«

»Klar. Heute Abend.«

Sie ignorierte den Frust, der in ihr aufstieg. »Wir haben den ganzen letzten Sommer darüber geredet. Und du hast gesagt, es sei eine tolle Idee, zu expandieren und mit einem Kajak- und Paddelbootverleih leichtes Geld zu verdienen. Ich habe alles getan, was du gesagt hast. Ich habe ein gut laufendes Unternehmen gefunden, das zum Verkauf steht, ich habe einen Businessplan erstellt, ich habe mit einem Anwalt gesprochen, und jetzt sind wir so weit, ein Angebot zu machen, sobald du den Startschuss gibst. Hast du es dir anders überlegt?«

»Ich hatte viel zu tun, Harlow. Ich komm schon noch dazu.«

Und wann genau? Sie wusste jedoch, dass es keinen Sinn hatte, ihn zu drängen. Ihr Vater bewegte sich in seinem eigenen Tempo.

»Dann sehen wir uns wohl morgen«, sagte sie, ehe sie sein Büro verließ.

Sie nahm ihre Handtasche und ging zu Enid nach draußen.

»Was ist los?«, fragte ihre Freundin. »Bist du verärgert?«

»Ach, es ist nur mein Dad. Er zieht die Entscheidung über den Kauf total in die Länge.«

»Den des Kajakverleihs, den du erwerben willst?«

»Ja. Aber egal jetzt. Komm, wir machen uns den besten Mädelsabend aller Zeiten.«

Enid lachte. »Das ist eine ziemlich hohe Latte.«

»Dann kann ich den 80-Zoll-Fernseher also mitnehmen?«, fragte Austin hoffnungsvoll, während er beim Abräumen half.

»Nein.«

»Aber du benutzt ihn doch nie.«

»Deine Wohnung hat schon einen Fernseher.«

»Einen winzigen. Gerade mal eine Maus würde sich so einen kaufen. Bitte, Mom! Ich passe auch gut drauf auf. Du weißt doch, dass ich ein verantwortungsbewusster Junge bin.« Plötzlich leuchteten seine Augen auf. »Dafür wasche ich dir auch jede Woche das Auto. Wie wär's?«

»An der Autowäsche wäre ich durchaus interessiert, aber ich will eine feste Zeit. Keine Nachrichten, in denen steht, dass du es ganz bald machst, ›versprochen‹ … Du musst jede Woche einen Termin mit mir vereinbaren und ihn einhalten. Sonst bringst du den Fernseher zurück.«

Er überdachte kurz ihr Angebot, dann hielt er ihr die Hand hin. »Deal. Ich wasche dir das Auto noch diesen Samstagmorgen. Bevor ich umziehe.«

»Und die Teppiche saugst du auch.«

Er leichtes Grummeln drang tief aus seiner Kehle, doch er streckte ihr weiter die Hand hin. »Klar.«

Sie schlug ein. »Dann hast du dir einen 80-Zoll-Fernseher für die vier Monate gesichert, die du ausziehst.«

Er jauchzte und sprang so hoch in die Luft, dass er die Deckenbeleuchtung berührte. »Du bist die Beste, Mom.«

»Das habe ich schon mal gehört. Langsam steigt mir das zu Kopf.«

Austin lachte noch immer, als er, zwei Stufen auf einmal nehmend, die Treppe zum ersten Stock hochlief. Robyn war gerade auf dem Weg ins Wohnzimmer, als ihr Handy klingelte. Sie warf einen Blick auf das Display und lächelte.

»Ich vermisse dich«, sagte sie anstelle einer Begrüßung.

Ihre Großtante Lillian lachte. »Dann komm mich besuchen, Liebes.«

Robyn ließ sich auf das überdimensionierte Sofa sinken. »Wie geht's dir? Wie fühlst du dich?«

»Mir ging's nie besser.«

»Sorgt Salvia auch gut für dich?«

»Das weißt du doch.«

Salvia arbeitete schon seit zehn Jahren bei Lillian, aber dennoch, Robyn machte sich Sorgen. Lillian war vierundneunzig und wurde mit jedem Jahr zerbrechlicher. Ihr Geist war so wach wie eh und je, doch vor drei Jahren hatte sie einen Sturz erlitten. Und dann war noch eine Erkältung hinzugekommen, die sie monatelang nicht losgeworden war.

»Also, wie geht es dir?«, fragte Lillian. »Und wie geht es Harlow und Austin?«

Robyn zögerte, ehe sie antwortete: »Es geht ihnen gut. Harlow scheint gerne für ihren Vater zu arbeiten, und Austin freut sich auf seinen Post-Highschool-Sommer.«

Was alles der Wahrheit entspricht, aber doch irgendwie nicht wiedergibt, was gerade in meinem Leben los ist, dachte Robyn. Sie ignorierte die Welle der Schuldgefühle, die sie zu überrollen drohte.

»Hast du das Haus zum Verkauf angeboten?«

»Noch nicht. Es gibt da einiges zu bedenken. An erster Stelle Austin.«

»Er wird glücklich sein, solange er nur bei dir ist.«

Robyn lächelte. »Wahrscheinlich. Aber Harlow will immer noch hier Hochzeit feiern.«

»Sie ist doch noch zu jung zum Heiraten.«

»Fühl dich ganz frei, ihr das zu sagen. Auf mich hört sie ja nicht.«

Lillian lachte. »Sag ihr, sie soll mich anrufen, dann mache ich das. Ah, ich hab's! Verkauf das Haus und sag den neuen Besitzern, dass sie dich noch eine Hochzeit in ihrem Garten abhalten lassen müssen.«

»Ich wünschte, das wäre eine Option.« Sie nahm das Handy an ihr anderes Ohr. »Ich vermisse dich wirklich.«

»Dann komm mich besuchen. Ich bin alt, Robyn. Ich könnte jederzeit tot umfallen.«

Es fühlte sich an, als würden sich eiskalte Finger um ihr Herz schließen. »Bitte, sag das nicht.«

»Es ist aber wahr. Komm doch einfach für ein paar Wochen rübergeflogen. Das Wetter ist perfekt, und dein Zimmer ist immer bereit für dich.« Lillians Tonfall bekam etwas Neckisches. »Ich habe einige Veränderungen vorgenommen, die dich interessieren werden.«

»Was soll denn das heißen?«

»Komm mich besuchen und finde es heraus.«

»Jetzt machst du mich aber neugierig.«

»Hervorragend. Ich meine es ernst, Süße. Ich will dich gerne sehen.«

»Okay, ich werde darauf hinarbeiten.«

»In Ordnung. Ich sehe mir gleich den Sonnenuntergang an. Hab dich lieb.«

»Ich dich auch.«

Harlow und Enid ergatterten einen Ecktisch auf der Restaurantterrasse. Über ihren Köpfen verwirbelten Ventilatoren die feuchte Luft gerade stark genug, um das Sitzen im Freien erträglich zu machen.

»Heute geht alles auf mich«, sagte Harlow und studierte die Tagesangebote auf der Schiefertafel neben der Bar. »Wir müssen immer noch feiern, dass du zum Medizinstudium zugelassen bist.«

Enid schüttelte den Kopf. »Das sind doch alte Kamellen. Ich fahre ja schon in acht Wochen.«

Harlow sah ihre Freundin an. »Nervös?«

»Ich hab total die Hosen voll. Das erste Jahr soll so hart sein.«

»Du bist der schlauste Mensch, den ich kenne. Du schaffst das schon.«

»Aber was, wenn ich durchfalle?«

Harlow langte über den Tisch und griff nach ihren Händen. »Was, wenn du nur Einsen bekommst?«

»Unwahrscheinlich.«

»Das ist der Optimismus, den ich so sehr an dir bewundere«, neckte sie ihre Freundin. »Du warst nervös wegen deiner Highschoolnoten und hast nur Einsen bekommen. Du bist vor dem College durchgedreht, ich zitiere: ›Da sind alle Intelligenzbestien auf einem Haufen.‹ Und dann warst du beim Abschluss Jahrgangsbeste. Beim Medizinstudium wird es nicht anders sein.«

»Ich wünschte, es wäre so.«

Harlow grinste. »Wann habe ich schon jemals falschgelegen?«

Enid lächelte. »Zugegeben, du hast eine ganz gute Trefferquote.«

Harlow winkte die Kellnerin herbei und bestellte zwei Piña Colada Sunrises, Jalapeño-Poppers, Huhn-Mango-Spieße und Kokosgarnelen.

Enid grinste. »Alles, was ich am liebsten mag.«

»Selbstverständlich. Du hast es in die Johns Hopkins School of Medicine geschafft. Du bist meine Heldin.«

»Ich kann es immer noch nicht glauben.« Sie senkte die Stimme. »Ich bin so aufgeregt.«

»Das solltest du auch sein. Du wirst eine wundervolle Ärztin werden. Und nur fürs Protokoll – du musst nicht unbedingt Kinderonkologie studieren.«

Enids dunkle Augen weiteten sich. »Ich möchte es aber gerne.«

»Du bist immer noch so beeindruckt von den Ärztinnen, die ich als Kind hatte. Doch vielleicht wärst du ja eigentlich lieber Gynäkologin. Oder Neurochirurgin.«

»Ich verspreche, offen für alles zu bleiben, auch wenn ich mir meiner Entscheidung sicher bin.«

»Du kannst nicht für alles offen und zugleich sicher sein, was du willst. Das schließt sich gegenseitig aus.«

»Du weißt, was ich meine«, sagte Enid lachend.

Harlow nickte. Sie wusste, dass es keinen Sinn hatte, dieses Thema mit ihrer Freundin zu diskutieren. Als bei ihr akute lymphatische Leukämie, oder auch ALL, diagnostiziert wurde, war sie erst sieben gewesen – zu jung, um zu begreifen, wie krank sie war. Alles, was mit ihrer Behandlung zu tun hatte, machte ihr wahnsinnige Angst, vor allem die Sorge und Panik in den Augen ihrer Mutter. Enid war damals eine Konstante in ihrem Leben. Ihre Freundin hatte darauf bestanden, sie regelmäßig zu besuchen, ihr Puppen und Bücher zu bringen, die sie ablenkten. Sie war furchtlos bei ihr geblieben, als Harlow sich wochenlang übergab, ihre Haare verlor und zu schwach war, um den Kopf zu heben.

Während ihre Eltern darauf bestanden, dass sie gesund werden würde, las Enid alles, was sie über ALL finden konnte, und berichtete ihr davon. Erst da wurde Harlow klar, wie kurz sie womöglich davorstand zu sterben. Als ihre Eltern das herausfanden, regten sie sich furchtbar auf, doch ihr war es besser damit gegangen, die Wahrheit zu kennen.

Ihre Drinks wurden serviert, was Harlow zurück in die Gegenwart holte. Sie erhob ihr Glas. »Auf Enid – meine unfassbar tolle Freundin.«

»Ich bin nicht unfassbar toll, aber danke.«

Sie stießen miteinander an und nippten an ihren Getränken.

»Also«, sagte Harlow lachend, »wegen der Hochzeit …«

Enid öffnete die Timer-App auf ihrem Handy. »Siebzehn Minuten«, sagte sie und drückte auf einen Knopf. »Du hast siebzehn

Minuten, in denen du das Gespräch mit Hochzeitsgerede kapern darfst.«

Harlow lachte. »Ich bin froh, dass du mich nicht zum Brautmonster mutieren lässt. Also, Kip sagt, ich solle ruhig meine Traumhochzeit planen. Ich bin mir allerdings nicht sicher, ob er voll hinter mir steht oder nur selbst keine Entscheidungen treffen will.«

»Vermutlich beides. Männer haben nicht solche Hochzeitsfantasien wie die meisten Frauen. Das heißt aber nicht, dass er dich nicht liebt.«

»Ich weiß. Ich wünschte nur, er würde ein wenig mehr mitplanen wollen.«

»Vielleicht bekommt er ja mehr Lust, sich einzubringen, wenn du schon mal ein paar Details festlegst.«

Harlow wusste, dass sie recht hatte. »Location und Datum sind das Wichtigste. Mir schwebt der schöne Garten meiner Mutter vor.«

Enid sah sie zweifelnd an. »Wenn du die Hochzeit für nächsten Sommer planst, könnte es heiß und feucht sein oder, noch schlimmer, regnen. Möchtest du es wirklich riskieren, draußen zu feiern?«

»Wir könnten ein Zelt aufstellen.«

»Ein Zelt im Regen? Harlow, willst du nicht lieber drinnen heiraten?«

Harlow lachte. »Nein, du kleine Bibliotheksmaus. Ich finde es toll draußen. Ich will das Gras zwischen meinen Zehen spüren.«

»Hast du vor, barfuß zu heiraten?«

»Das war metaphorisch gemeint.«

»Dann such dir doch einfach eine tolle Location mit einem grünen Teppich. Ich mein ja nur.«

»Als ich neun war, starb mein Onkel Leo. Ich kannte ihn nicht so gut, aber meine Mom war am Boden zerstört. Austin, Mom und ich sind nach Santa Barbara gefahren und den ganzen Sommer über bei Tante Lillian geblieben. Das war magisch. Ihr Haus ist echt unglaublich. Es ist riesig und alt, und es hat mehrere Geheimgänge. Jedenfalls, als wir wieder nach Hause kamen, hatte mein Dad das Haus gekauft, das jetzt meiner Mutter gehört. Wir waren alle total überrascht. Ich weiß noch, wie ich mit meiner Mom raus auf die Terrasse gerannt bin. Sie meinte, der Garten sei so schön, dass man eine Hochzeit darin abhalten könnte. Da habe ich ihr gesagt, dass ich dort mal heiraten will, und sie hat versprochen, dass sie das möglich machen wird.«

Harlow lächelte. »Es ist vom Schicksal vorherbestimmt, dass ich Kip dort heirate.«

Enid lachte. »Dann hoffe ich, dass dein Schicksal keinen Regen vorgesehen hat.«

4. KAPITEL

Robyn lief zur Haustür, um sie zu öffnen, und strahlte Jase an. »Da bist du ja.«

»Tut mir leid, dass ich zu spät bin.« Er trat ein und gab ihr einen schnellen Kuss auf die Wange. »Ich bin bei einem Patienten hängen geblieben.«

»Kein Problem, das Essen kann warten. Austin ist mit seinen Freunden unterwegs, wir sind also nur zu zweit.«

Sie ging in die Küche voraus, wo sie Zutaten für Drinks auf einem Tablett bereitgestellt hatte. Sie brauchte nur ein paar Minuten, um die Martini-Cocktails zu mixen. Jase, ein muskulöser, etwa ein Meter achtzig großer Mann mit schlanker Statur, nahm seinen üblichen Platz auf dem Sofa ein. Er lächelte, als sie ihm sein Getränk reichte.

»Danke«, sagte er. In seinen braunen Augen lag mehr Müdigkeit als sonst. »Was für ein Tag.«

Robyn setzte sich ihm gegenüber, fragte jedoch bewusst nicht nach. Jeder Mensch hatte seine Macken, und zu seinen gehörte es, dass er nicht gerne von seinem Tag erzählte. Irgendwann zu Anfang ihrer Beziehung hatte er ihr erklärt, dass die Frage danach ein rotes Tuch für ihn sei. Er fühle sich dadurch überwacht und ausgefragt. Ihr erschloss sich die Logik dahinter nicht, doch sie respektierte seine Bitte.

»Was ist bei dir so los?«, fragte er – was seine Art war, ihr zu sagen, dass er nicht weiter auf seinen Tag eingehen würde.

»Das Übliche«, erwiderte sie lächelnd. »Gestern Abend hat Austin für sich ausgehandelt, dass er den großen Fernseher mitnehmen darf.« Ihr Lächeln wurde breiter. »Dafür wird er den Sommer über einmal in der Woche mein Auto waschen.«

Jase zog die Mundwinkel nach unten. »Und du meinst, er zieht das durch?«

»Klar. Austin steht zu seinem Wort.«

»Ich behaupte ja auch nichts anderes. Es ist nur, dass er irgendwie aus seinem eigenen Leben ausgestiegen zu sein scheint. Er befindet sich im Leerlauf, hat keinerlei Ehrgeiz.«

»Er hat einen Vollzeitjob. Ich habe mich nicht gerade darüber gefreut, dass er bei seinem Vater arbeiten will, aber es ist nicht so, als würde er den ganzen Sommer über nur mit seinen Freunden abhängen und Videospiele spielen.«

»Wenn er nicht gerade arbeitet, tut er das.«

Robyn versuchte, sich ihre Irritation nicht anmerken zu lassen. »Weshalb sollte er keinen Spaß haben, nachdem er seine Arbeit erledigt hat?«

»Er ist achtzehn. Er braucht konkrete Ziele im Leben.«

Da stimmte sie ihm zwar zu, doch irgendetwas an Jases Tonfall störte sie. Es lag eine Herablassung darin, die in ihr den Wunsch weckte, ihm den nächstbesten harten Gegenstand an den Kopf zu werfen.

»Themenwechsel«, sagte sie. »Haben deine Mädchen Spaß im Ferienlager?«

Jase hatte eine zwölf- und eine fünfzehnjährige Tochter, die gerade in North Carolina an einem äußerst exklusiven Wissenschafts- und Mathecamp teilnahmen.

»Sie gewöhnen sich langsam ein. Wir hören jetzt nur noch dreimal am Tag von ihnen und nicht mehr achtmal.«

»Das ist doch schon ein Fortschritt.«

Er streckte die Hand nach ihr aus, um sie zu sich zu locken. Nachdem sie sich neben ihn gesetzt hatte, verschränkte er die Finger mit ihren.

»Ich möchte mich nicht streiten«, sagte er. »Austin hat nur so viel Potenzial. Es ist schwer, mitanzusehen, wie er es vergeudet.«

Sie wusste, was er meinte, doch aus irgendeinem Grund brachten seine Worte sie in die Defensive. Womöglich fühlte sie sich wie eine schlechte Mutter.

»Ich gebe dem Ganzen noch ein bisschen Zeit. Im Grunde hoffe ich einfach, dass er die Arbeit bei seinem Dad nicht so spannend finden wird, wie er sie sich vorgestellt hat. Austin kann dickköpfig sein, und ich möchte nicht, dass er irgendeine Entscheidung nur trifft, weil er sich in die Ecke gedrängt fühlt.«

»Das verstehe ich.« Er lehnte sich auf dem Sofa zurück. »Und hast du entschieden, was du mit dem Haus machen willst?«

»Ich tendiere immer noch dazu, es zu verkaufen. Es ist einfach zu groß und zu teuer. Allerdings habe ich bisher nicht mit Harlow oder Austin darüber gesprochen. Vielleicht suche ich mir auch erst mal was Neues. Wenn ich einen guten Ersatz gefunden habe, wird der Gedanke, dass ich umziehe, womöglich weniger schlimm für sie sein.«

Jase sah sie fragend an. »Sie sind doch beide erwachsen und leben ihr eigenes Leben. Wieso sollen sie da mitreden?«

»Sie sollen nicht wirklich mitreden. Aber Austin wird noch ein Weilchen bei mir wohnen und …«

Jase rückte ein Stück von ihr ab. »Ich dachte, er zieht aus.«

»Nur den Sommer über.«

»Seit wann das denn?«

Seit er es ihr gestern verkündet hatte, aber das sagte sie nicht. »Er ist noch nicht so weit, dauerhaft alleine zu wohnen. Im Herbst zieht er wieder hier ein.«

»Du lässt ihn einfach so ein- und ausziehen? Darf er mit vierzig immer noch zu dir zurück? Wie kannst du ihn so über dein Leben bestimmen lassen?«

Sie stellte ihren Cocktail ab und ermahnte sich, ruhig zu bleiben. »Er bestimmt doch nicht über mein Leben. Er ist mein Sohn, und ich liebe ihn. Wenn er noch ein paar Jahre bleiben will, ist das in Ordnung. Schließlich ist er erst achtzehn, nicht vierzig.«

»Du begehst einen Fehler, wenn du ihm vermittelst, auf alle Zeit sein Plan B zu sein.«

»Wieso ist dir das Ganze eigentlich so wichtig? Es sollte dir doch egal sein, ob Austin bei mir wohnt oder nicht.«

»Was soll denn das heißen?«

Die Schärfe seines Tonfalls überraschte sie. »Ich habe mein eigenes Haus. Weshalb ist es dir wichtig, ob meine Kinder bei mir leben oder nicht? Das tangiert dich doch nicht.«

»Ich bin noch nicht bereit, mit dir zusammenzuziehen.«

Die unverblümte Ansage traf sie vollkommen unvorbereitet. »Wir haben nie darüber geredet, dass wir zusammenziehen wollen. Was hat das jetzt mit dem Ganzen zu tun?«

»Ich dachte nur, du erwartest es.«

Die Art, wie er das sagte, klang irgendwie so, als würde er sie als schwach ansehen. Womöglich verurteilte er sie auch dafür.

»Das habe ich nicht«, sagte sie kühl. Der Gedanke war ihr zwar gekommen, doch nun war sie umso entschlossener, sich eine eigene Bleibe zu suchen.

»Ich bin nicht bereit dazu«, wiederholte er.

»Das sagtest du bereits.«

Sie versuchte, sich einzureden, dass er nicht absichtlich verletzend war und ihr nicht klarmachen wollte, dass sie mehr von der Beziehung erwartete als er. Beinahe wäre es ihr gelungen, sich das selbst abzunehmen.

»Deine Erwartungen …«, begann er.

Okay. Das ging jetzt schon eindeutig zu lange so.

Sie schnitt ihm das Wort ab, indem sie aufstand. »Seit du hier reingekommen bist, verbreitest du schlechte Laune. Ich habe keine Ahnung, was mit dir los ist. Ich würde dich ja fragen, aber dann würdest du dich verhört fühlen. Übrigens ist es ziemlich idiotisch, dass du es nicht magst, wenn man dich nach deinem Tag fragt. Jemanden das zu fragen, zeugt von Interesse und Zuneigung.«

Er setzte zu einer Erwiderung an, doch sie hielt abwehrend eine Hand hoch. »Ich bin noch nicht fertig.«

»Vielleicht bin ich das aber.« Er stellte sein Getränk ab und erhob sich. »Ich bin nicht der Einzige mit schlechter Laune hier. Wir sollten diese Diskussion vertagen.«

»Ist mir nur recht.«

Sie ging ihm voraus zur Haustür und wartete, bis er auf die Veranda getreten war, ehe sie ihm die Tür vor der Nase zuschlug. War das kindisch? Vielleicht. Aber auch äußerst befriedigend.

Dann ging sie in die Küche und öffnete den Kühlschrank. Sie hatte einen gesunden Salat gemacht und Fisch zum Grillen vorbereitet.

»Das wird heute nicht mehr gegessen«, murmelte sie.

Sie scrollte durch ihre Kontakte im Telefon und tippte auf eine Nummer.

»Hallo. Ich würde gerne eine Pizza bestellen. Eine große mit Salami und extra Käse.«

Nachdem die Bestellung aufgegeben war, schickte sie eine kurze Nachricht an Austin: Jase musste gehen, die Luft ist also rein, wenn du demnächst nach Hause kommen willst. Und falls du dann Hunger hast: Im Kühlschrank wird es Pizzareste geben.

Er antwortete auf der Stelle: Wann hast du sie bestellt?

Vor zwei Minuten.

Bin schon unterwegs.

Robyn lachte. Ich decke uns den Tisch.

Harlow schob ihren kleinen Einkaufswagen durch den Supermarkt. Obwohl es gerade mal vier Uhr nachmittags war, war der Laden voll von Kunden, die sich etwas zum Abendessen besorgten. Manche steuerten zielstrebig die Regale an, so als wüssten sie genau, was sie suchten. Andere irrlichterten ziellos umher, auf der Suche nach Inspiration. Harlow gehörte zur zweiten Gruppe.

Sie hatte sich gefreut, bei Kip einzuziehen. Er hatte ihr über die Hälfte des Kleiderschranks überlassen, und seine Wohnung verfügte über einen zusätzlichen Parkplatz für ihr Auto. Er hörte ihr zu, wenn sie ihm erklärte, dass nasse Handtücher auf dem Boden sie nervten, und klappte inzwischen sogar den Toilettensitz runter. Und doch waren sie immer noch dabei, sich zusammenzuraufen, was das gemeinsame Wohnen betraf.

Zum Beispiel bezüglich des Abendessens. Traurigerweise kochte Kip nie und zeigte auch keinerlei Interesse daran. Er stand noch nicht mal gerne am Grill, was bedeutete, dass sie ständig auswärts aßen, sich etwas nach Hause bestellten oder sie kochte.

Sie hatte festgestellt, dass die Zubereitung des Essens selbst dabei das geringste Problem war. Zunächst mal musste sie entscheiden, was es überhaupt geben sollte. Dann musste sie die Zutaten kaufen gehen, und erst dann ging es ans Kochen. Kip half ihr zwar hinterher beim Aufräumen, aber das war weniger als ein Viertel der ganzen Arbeit.

Ihre Mom hatte ihr ein paar einfache Gerichte empfohlen, die sie zu zwei oder drei Mahlzeiten gleichzeitig verarbeiten konnte. Zum Beispiel Brathuhn: »Esst die Hälfte am ersten Abend mit einem Salat und Kartoffeln in irgendeiner Form. Nutze am nächsten Abend den Rest des Fleischs als Taco-Füllung, und dann koche die Knochen in Brühe, um Hühnersuppe daraus zu machen.«

Harlow war Expertin darin geworden, die zweite Hälfte eines Brathuhns zu verwerten – sie konnte kaum mehr eins sehen, ohne würgen zu müssen. So weit, Suppe aus den Knochen zu kochen, war sie nie gegangen, aber ansonsten war sie ziemlich kreativ geworden. Doch in den fünf Wochen ihres Zusammenlebens mit Kip hatten sie bereits fünf Hühner verspeist. Sie brauchte einen neuen Plan.

Sie durchquerte den Fleischgang, wurde jedoch nicht inspiriert. Pasta war ihr zu schwer, und ausgehen wurde zu teuer. Sie überlegte, ihre Mutter nach Ideen zu fragen, doch das fühlte sich zu sehr an, als würde sie wieder unter ihre Rockschöße schlüpfen. Schließlich kaufte sie Garnelen, Gemüse zum Anbraten, eine thailändische Soße und einen Beutel Reis.

Eine Stunde später hatte sie geduscht und die Waschmaschine angeschmissen. Der Reis war schon im Schnellkochtopf, und sie schnippelte das Gemüse. Dabei reflektierte ihr diamantener Verlobungsring wunderschön das Licht. Sie hielt inne, um sein Funkeln zu bewundern.

Kip ließ sie durch eine Handynachricht wissen, dass er auf dem Weg war. Sie schenkte ihnen beiden einen Pinot Grigio ein, dann setzte sie sich auf den überdimensionierten Balkon.

Dank der Wolken am Himmel fiel die Temperatur auf um die sechsundzwanzig Grad, zugleich erhöhte sich jedoch die

Feuchtigkeit. Über ihr wiegten sich die Palmen in der Brise. Sie streckte sich auf ihrem Liegestuhl aus und schloss die Augen, in ihrem Bauch kribbelte es vor Vorfreude. Ein paar Minuten später spürte sie einen sanften Kuss auf ihrer Wange.

»Du bist zu Hause!«, sagte sie und rutschte zur Seite, um ihm Platz zu machen. »Ich hab dich vermisst.«

Kip, der etwas über einen Meter achtzig groß war und dunkle Haare und Augen hatte, legte sich neben sie und zog sie an sich.

»Ich hab dich noch mehr vermisst.«

Er küsste sie und ließ seine Lippen genussvoll auf ihren verweilen. Sie drückte sich an ihn und öffnete den Mund, sodass er den Kuss vertiefen konnte, dann setzte sie sich rittlings auf ihn. Er war bereits hart.

»Wie war dein Tag?« Er strahlte sie voller Begehren an, während er ihre Brüste unter dem Trägerhemd umfing.

»Gut. Ich habe drei Familien rausgefahren, die ein bisschen Spaß haben wollten.«

»Hat sich irgendwer übergeben?«

Sie lachte. »Heute mal nicht. Kotzefreie Tage sind mir die liebsten.«

Er rieb mit den Daumen über ihre Brustwarzen, was ihr den Atem stocken ließ. Sie warf ihr Trägerhemd auf den Boden. Kip sah sich eilig um, da er natürlich an ihre Nachbarn dachte.

»Harlow!«

Sie stand auf und ging ins Wohnzimmer. Ihrer Shorts und ihres Slips entledigte sie sich bereits auf dem Weg.

»Ja?«, fragte sie und warf ihm einen Blick über die Schulter zu. »Willst du mir was sagen?«

Er trat in die Wohnung und schloss sorgsam die Schiebetür, ehe er sich seine eigenen Klamotten vom Leib riss. Dann packte er sie am Handgelenk und drehte sie zu sich um. Ihre Münder fanden einander, ihre Körper prallten aneinander.

Sie liebten sich mit einer Intensität, die ihr wie immer den Atem raubte. Als der sich wieder beruhigt hatte, gab Kip ihr einen leichten Kuss.

»Und, was gibt's zum Abendessen?«

»Ist das ernsthaft die Frage, die du mir jetzt stellen willst?«

Er grinste. »Klar, ich hab Hunger. Diesmal auf was zu essen.«

Sie lachte. Während Kip sich etwas Bequemeres anzog, schlüpfte sie wieder in ihre Shorts und ihr Top, dann ging sie in die Küche, um nach dem Reis zu sehen.

»Noch zehn Minuten«, rief sie.

Kip kam durch den Flur zurück und zog sich dabei das T-Shirt über. »Ich decke den Tisch.«

Das gefällt mir, dachte sie glücklich. Sie waren ein gutes Team.

Sie setzten sich einander gegenüber an den Esstisch.

»Und?«, sagte sie und nahm ihr Weinglas in die Hand. »Wie war dein Tag?«

»Ich verscherble Haushaltsgeräte, Harlow. Das ist nicht besonders aufregend.«

»Aber du bist gut darin.«

Er lächelte. »Das stimmt, sehr zum Verdruss der anderen Leute im Verkauf.«

»Was bist du denn heute so losgeworden?«

Er dachte eine Sekunde lang nach. »Drei Waschmaschinen, zwei Trockner und zwei Mikrowellen. Außerdem waren noch Kunden da, die ihre ganze Küche neu gestalten wollen.«

»Bingo!«

»Ja, das gibt eine ordentliche Kommission.«

Sie unterhielten sich während der Mahlzeit weiter, dann half er ihr, das Geschirr in die Spülmaschine zu räumen. Um acht startete er sein zweiwöchentliches Online-Computerspiel mit Freunden, während sie ihre Hochzeitsplaner-App öffnete und versuchte, ein paar Entscheidungen zu treffen. Als das Ganze sie zu überfordern begann, checkte sie ihre E-Mails und fand einen Newsletter von der Klinik für krebskranke Kinder, in der sie behandelt worden war.

Er beinhaltete die üblichen Informationen über neue Behandlungsmöglichkeiten, Berichte über ehemalige Patienten und Spendenaufrufe.

Harlow spendete jeden Monat eine kleine Summe. Es waren dort alle so gut zu ihr gewesen. Sie war schwer krank und verängstigt gewesen, und man hatte alles dafür getan, damit sie sich besser fühlte.

Nachdem sie für »geheilt« erklärt worden war, war sie regelmäßig zu Nachsorgeuntersuchungen hingegangen. Zunächst einmal im Monat, dann alle sechs Monate, und schließlich einmal im Jahr. Sie konnte zwar nicht fest davon ausgehen, ihr restliches Leben krebsfrei zu bleiben, doch die Angst war sehr viel weniger groß als noch vor fünf Jahren.

Sie betrachtete Kip, der in sein Spiel vertieft war. Ihm war klar, dass sie im Schatten der Krankheit lebte, die in irgendeiner Ecke ihres Lebens lauerte. Dass die Tatsache, so früh eine solche Diagnose zu bekommen, es wahrscheinlicher machte, dass sie irgendwann erneut erkranken würde. Eine Tatsache, die ihn eigentlich hätte abschrecken müssen. Das war jedoch nicht der Fall.

Andere Typen hatten es mit der Angst zu tun bekommen oder angefangen, sie anders zu behandeln. Sie waren zu vorsichtig, zu besorgt, zu unfähig gewesen, damit umzugehen. Kip dagegen hatte ihr ruhig zugehört, dann hatte er sie an sich gezogen und Liebe mit ihr gemacht. Er überwachte nie ihren Gesundheitszustand oder fragte sie, ob sie zu müde war. Er hatte volles Vertrauen, dass sie für sich selbst sorgen konnte, und das machte ihre Liebe zu ihm nur noch größer. Mit ihm konnte sie sich ein »Für immer« vorstellen – und ein besseres Gefühl als das gab es nicht.

5. KAPITEL

Es tut mir leid, dass wir gestritten haben.

Robyn starrte auf die Nachricht und war sich nicht sicher, wie sie sie deuten sollte. Dass Jase ihr Streit leidtat, bedeutete nicht, dass er sich für seine Worte oder seinen abrupten Abgang entschuldigte. Ebenso beunruhigend war, dass sie ihre eigene Irritation nicht loslassen konnte. Jase war völlig grundlos über Austin hergefallen.

Bereits früh in ihrer Beziehung hatten sie sich darauf geeinigt, sich nicht in das Leben der Kinder des jeweils anderen einzumischen. Sie erteilte ihm nie Ratschläge in Bezug auf seine Mädchen, und er hatte sich eigentlich ebenso zurückzuhalten, wenn es um ihre Kinder ging. Dennoch kommentierte er ständig deren Entscheidungen.

Außerdem bereitete ihr Austins Bemerkung Sorgen, Jase würde ihn nicht mögen. Hatte Jase irgendetwas zu Austin gesagt?

Eine Frage, die ich meinem Freund persönlich stellen muss, dachte sie und antwortete unverbindlich »mir auch«, ehe sie das Handy wieder in ihre Handtasche warf. Sie stieg aus dem Auto und sah sich in Austins Wohnanlage um. Sekunden später erschien Harlow mit einem Rollwagen, den sie über den Parkplatz schob.

Robyn hatte Austin angeboten, ihm zum Einzug den Kühlschrank aufzufüllen, und Harlow war an ihrem freien Tag vorbeigekommen, um ihr zu helfen.

»Was glaubst du denn, wie viel Essen ich gekauft habe?«, fragte Robyn lachend. »Den brauchen wir vielleicht gar nicht.«

»Ich kenne dich, Mom. Du hast den ganzen Laden leer gekauft.«

»Okay, ich geb's zu, das habe ich.«

Sie betrachtete ihre Tochter, die auf sie zukam, und genoss es, sie so leichtfüßig und gesund zu sehen. Harlow hatte ungefähr ihre Größe, fast einen Meter dreiundsiebzig, dazu lange blonde Haare und blaue Augen. Sie sahen sich ähnlich genug, um keinerlei Zweifel an ihrem Verwandtschaftsgrad aufkommen zu lassen.

Robyn öffnete den Kofferraum und starrte auf die Einkaufstüten, mit denen sie ihren SUV vollgestopft hatte. Harlow blieb neben ihr stehen.

»Gott, Mom, die müssen ja jede einzelne Abteilung von Grund auf neu bestücken.«

»Austin soll nicht hungern.«

Gemeinsam luden sie die Tüten auf den Rollwagen, dann machten sie sich auf zu Austins neuer Wohnung. Er hatte den Schlüssel unter die Fußmatte gelegt wie versprochen.

Die Wohnung war groß und luftig, mit Blick auf den Gemeinschaftspool. Ein Ledersofa stand vor dem 80-Zoll-Fernseher aus ihrem Haus. Der arme verschmähte, da kleinere Fernseher stand auf dem Boden. Der Couchtisch war voller Gamecontroller, Limonadendosen und Resten von mexikanischem Essen.

»Mein Bruder ist ein kleines Dreckschwein«, sagte Harlow lachend. »Kip hängt inzwischen zumindest seine Handtücher auf und schmeißt seine Schmutzwäsche in den Korb.«

»Austin wird es schon noch lernen.«

Robyn ging sich Schlafzimmer und Bad ansehen, ehe sie in die Küche zurückkehrte. Harlow hatte bereits angefangen, Lebensmittel auf die Küchentheke zu stapeln.

»Gibt es einen Vorratsschrank?«, fragte Robyn, in der einen Hand ein Brot und in der anderen eine Schachtel Frühstückscerealien.

»Ja, da.« Harlow deutete auf eine große Tür neben dem Kühlschrank.

Robyn öffnete sie und erblickte eine Tüte M&M's sowie eine Schachtel Ritz-Cracker auf einem Regalbrett, sonst nichts.

»Dieser Junge«, murmelte sie. »Das habe ich ihm aber besser beigebracht. Er holt sich noch Skorbut.«

»Kann man das innerhalb eines Sommers kriegen?«

»Ich hoffe nicht.«

Sie fuhren damit fort, Einkaufstüten zu leeren. Robyn hatte sich für leicht zuzubereitende Gerichte wie Tiefkühlpizza und vorgewaschenen Salat entschieden. Außerdem hatte sie alle seine Lieblingsobstsorten gekauft, sodass er sich wenigstens ein paar Vitamine einverleibte. Während sie alles einräumten, unterhielten sie sich darüber, wie es Harlow damit ging, bei ihrem Vater zu arbeiten, und wie sich das Zusammenleben mit Kip gestaltete.

Der fröhliche Tonfall ihrer Tochter ließ Robyn vermuten, dass Cord ihr noch nicht von Zafina erzählt hatte. Was ihm ziemlich ähnlich sah – das Überbringen von schlechten Nachrichten schob er immer gerne vor sich her.

»Der Anwalt hat das vorläufige Angebot rübergeschickt«, sagte Harlow, während sie eine leere Tüte faltete. »Für den Kajakverleih.«

Bereits vor ein paar Jahren war Harlow die Idee gekommen, dass Cord den örtlichen Kajakverleih aufkaufen könnte, der das ganze Jahr über eine hohe Anzahl von Kunden hatte. Sie hatte einen Businessplan und Prognosen erstellt, teils nur für sich und teils für ein Gemeinschaftsprojekt im Rahmen ihres BWL-Studiums.

Robyn hatte ihre Tochter vorgewarnt, dass es sehr unwahrscheinlich war, dass Cord das Unternehmen kaufen würde – Expansion war nicht sein Ding. Wenn es nicht gerade um Frauen ging, war er kein Freund von Veränderungen. Doch Harlow war wild entschlossen. Sie wollte den Job von Grund auf lernen, um dann irgendwann das gesamte Familienunternehmen zu leiten. Zu Robyns Überraschung hatte Cord zugestimmt.

»Wie sieht das Angebot aus?«, fragte sie.

»Gut.« Harlow verzog das Gesicht. »Dad schiebt es vor sich her, sich die Papiere anzusehen. Ich weiß, dass juristische Dokumente keine spaßige Lektüre sind, aber er muss sie lesen, ehe wir weitermachen können.«

»Viel Glück damit.«

Harlow griff nach einer weiteren Tüte. »Ist das deine Art, mir mitzuteilen, dass du dich da nicht einmischen wirst?«

»So ist es.«

»Auf dich hört er aber.«

Robyn musste daran denken, dass Cord seiner Tochter noch nichts von Zafina gesagt hatte. »Weniger, als du glaubst.«

Sie räumten die restlichen Lebensmittel ein.

»Macht es dir nichts aus, dass Austin die Wohnung nur den Sommer über mietet?«, fragte Harlow.

»Ich glaube, er ist zu jung, um alleine zu wohnen. Es wird eine gute Übung für ihn sein, und dann kann er sich immer noch überlegen, was er mit seinem Leben anfangen will.«

Harlow schüttelte den Kopf. »Mom, lass gut sein. Er hat kein Interesse am College. Ich weiß, dass du enttäuscht bist, aber nur weil du es bereust, nicht studiert zu haben, heißt das nicht, dass es für jeden das Richtige ist.«

»Ich hätte die Möglichkeit gehabt, zu studieren«, sagte Robyn. »Und ich hätte sie ergreifen sollen. Austin wird es auch noch bereuen.«

»Das weißt du doch nicht. Vielleicht wird er ein tolles Leben ohne Studium haben.«

Indem er bei seinem Vater arbeitete? Robyn bezweifelte das. Sie hatte einfach das Gefühl, dass er Träume hatte, die er sich erfüllen musste. »Ich wünsche mir nur, dass ihr beide glücklich werdet und euch in eurem Leben wohlfühlt«, sagte sie.

»Das werde ich, wenn ich Kip heirate.« Harlow griff nach ihrem Handy. »Ich war übrigens auf Pinterest und habe ein paar super Deko-Ideen für den Garten gefunden. Du musst mir unbedingt sagen, was du davon hältst.«

»Für meinen Garten?«

»Für die Hochzeit, Mom, wofür sonst?« Harlow musterte sie. »Was ist?«

Robyn gab sich Mühe, ihren Gesichtsausdruck neutral zu halten. »Wieso? Was meinst du?«

»Du hast das Gesicht verzogen. Wolltest du mir wieder mit einer Tirade darüber kommen, dass Kip und ich zu jung sind und uns noch nicht gut genug kennen, um zu heiraten? Wir sind verlobt.«

»Ich akzeptiere es ja, dass ihr heiratet.« Jedenfalls gab sie sich Mühe. »Es ist die Location, gegen die ich Einspruch erhebe.«

Harlow starrte sie verständnislos an. »Der Garten? Wir haben doch schon tausendmal darüber gesprochen.«

»Es ist kompliziert.«

»Inwiefern?«

»Laut Scheidungsvereinbarung durfte ich das Haus behalten, solange ich dafür aufkomme. Für die Kreditraten und den Unterhalt. Aber nur bis zu einem halben Jahr nach Austins achtzehntem Geburtstag. Danach muss ich das Haus entweder verkaufen oder deinen Vater ausbezahlen. Austin ist vor zwei Monaten achtzehn geworden.«

Harlows besorgte Miene hellte sich auf. »Dann bezahl doch Dad aus und behalte das Haus.«

»So viel Geld habe ich aber nicht. Dafür müsste ich einen weiteren Kredit aufnehmen, und das will ich nicht.« Robyn ließ unerwähnt, dass sie das Haus schon damals nicht hätte kaufen wollen. »Das würde sehr teuer werden. So ziemlich alles, was ich besitze, wäre in diesem Haus gebunden. Das ist finanziell gesehen eine beängstigende Vorstellung für mich.«

»Aber du musst das machen.« Harlow starrte sie verständnislos an. »Mom, ich will in dem Haus heiraten. Im Garten. Davon haben wir doch schon immer geredet.«

»Ja, als du ein kleines Mädchen warst.« Vor ewigen Zeiten.

»Nein, jetzt auch noch. Ich möchte es gerne so, und Kip findet es auch toll. Wie kannst du überhaupt darüber nachdenken?« Ihre Augen verengten sich zu Schlitzen. »Das ist alles nur, weil du mit Jase zusammenziehen willst, oder?«

»Es hat nichts mit ihm zu tun.« Da war sie sich sicher.

»Warum machst du dann so ein großes Ding daraus? Hol dir doch eine Hypothek oder so. Das Haus ist viel wert. Nach der

Hochzeit kannst du es ja verkaufen.« Sie steckte ihr Handy in die Hosentasche. »Ich kann nicht fassen, dass du das Haus verkaufen wolltest, ohne mich vorzuwarnen. Das ist so egoistisch von dir. Ich bin deine einzige Tochter. Das ist die einzige Hochzeit, die wir zusammen planen werden, und du willst nicht mal, dass sie in unserem Haus stattfindet.« Ihre Augen füllten sich mit Tränen. »Wie kannst du nur?«

Mit diesen Worten rannte Harlow aus der Wohnung und knallte die Tür hinter sich zu. Robyn blieb in der Stille und mit der Gewissheit zurück, dass dieser Streit noch lange nicht vorbei war. Sie fürchtete sich jetzt schon vor der nächsten von vielen, vielen Runden.

Harlow tippte die Notizen in den Computer, die sie sich während ihres Telefonats mit einem Kunden gemacht hatte, der einen Ganztagstörn buchen wollte. Die zwei Kinder unter fünf Jahren könnten ein Problem sein – je nachdem ob sie anfällig für die Seekrankheit waren. Erwachsene wussten normalerweise, ob sie das Schwanken ertrugen, bei Kindern konnte es in jede Richtung gehen.

Dennoch, ein achtstündiger Törn könnte lustig sein, vor allem, wenn Austin mit dabei sein wollte. Sie warf einen Blick auf die Uhr und stellte fest, dass er jederzeit anlegen würde. Sobald er zurück wäre, würde sie ihn fragen. Sie nahm ihr Handy in die Hand. Immer noch keine Nachricht von ihrer Mutter. Das überraschte sie. Warum hatte sie bisher nichts von ihr gehört? Keine Entschuldigung und kein Gesprächsangebot.

Sie schüttelte den Kopf. Das Ganze war wirklich albern von ihrer Mom. Seit Jahren sprachen sie davon, dass sie einmal im Garten heiraten würde. Sie hatten über eine Poolparty nach dem Empfang gewitzelt und waren sich darüber einig gewesen, dass ein Parkservice sich um die Autos kümmern würde.

Harlow hatte immer schon vorgehabt, vor dem Haus zu heiraten, und nun wollte ihre Mom es unter ihrem Hintern wegverkaufen?

»Denk jetzt nicht drüber nach«, murmelte sie. Auf der Arbeit in Tränen auszubrechen, war nie eine gute Idee. Sie atmete tief durch und wandte die Aufmerksamkeit wieder ihren E-Mails zu. Sie hatte kaum die erste geöffnet, als Zafina, Kips Zwillingsschwester, ins Büro trat.

Genau wie Kip war Zafina groß gewachsen und hatte dunkle Haare und dunkle Augen. Sie arbeitete als stellvertretende Managerin in einem Restaurant am Wasser. Harlow hatte sie bisher nicht so gut kennengelernt, wie sie es sich wünschte, befand jedoch, dass dafür noch genug Zeit sein würde.

»Hi«, sagte sie und ging um ihren Schreibtisch herum. »Das ist ja eine Überraschung. Waren wir verabredet?«

Zafina runzelte die Stirn. »Nein. Ich bin hier, um Cord zu sehen.«

Ihren Dad? Das ergab keinerlei Sinn. »Wieso das denn?«

Genau in diesem Moment kam ihr Vater aus seinem Büro. »Zafina!«

Irgendetwas an der Art, wie er ihren Namen aussprach, erschien ihr …

Ehe Harlow sich einen Reim darauf machen konnte, trat Zafina in die Arme ihres Vaters, und sie küssten sich. Auf den Mund! So, als wären sie …

»Dad?«

Cord hatte nach wie vor den Arm um Zafina gelegt. »Was denn?«

Die offensichtlichste Erklärung begann sich immer wieder in ihrem Kopf zu formen, nur um ihr sofort zu entgleiten, denn es war einfach unmöglich. Sie konnten doch nicht … Nur schien es tatsächlich so, als …

»Ihr seid zusammen?«

Zafina warf Cord einen verletzten Blick zu. »Du hast gesagt, du hättest es ihr erzählt.«

»Ich habe gesagt, dass ich es ihr erzählen werde. Ist doch keine große Sache.« Ihr Vater grinste. »Zafina und ich sind ein Paar. Ist das nicht toll?«

Harlow starrte die beiden an und versuchte, das Ganze zu begreifen. Seit der Scheidung war ihr Vater mit vielen Frauen ausgegangen, die jünger waren als er. Sie hatte vermutet, dass er sich nach zwanzig Ehejahren etwas austoben wollte. Doch das hier war anders. Und schwer zu verstehen.

»Du bist mit der Schwester meines Verlobten zusammen und erzählst es mir nicht?«

»Sag das nicht so, als wäre es ein Problem, Kleines.«

»Aber du hast es vor mir geheim gehalten.« Außerdem war allein die Tatsache an sich widerwärtig, doch das sagte sie nicht.

»Wir wollten erst sicher sein, dass es etwas Ernstes ist.«

Etwas Ernstes? Nein. Das konnte nicht sein. Was sollte das überhaupt heißen?

Zafina tat einen Schritt auf sie zu. »Ich weiß, dass das eine ziemliche Überraschung für dich ist, doch ich mag deinen Vater sehr. Er ist ein guter Mann, und wir sind glücklich zusammen.«

Mögen im Sinne von *lieben*? Nein. Auf keinen Fall. »Das ist aber ein ordentlicher Altersunterschied zwischen euch.«

»Hey«, sagte Cord lachend. »So alt bin ich nun auch wieder nicht.«

»Das sind ganze zwanzig Jahre.«

»Für mich ist das total in Ordnung«, bemerkte Zafina.

Für Harlow nicht. »Aber du bist doch Kips Schwester, und Kip und ich sind verlobt. Und jetzt bist du plötzlich mit meinem Dad zusammen?«

Zafina lächelte. »Ist das nicht toll?«

Nicht wirklich.

»Wir gehen was trinken und gönnen uns ein frühes Abendessen«, sagte Cord.

Eine Sekunde lang, in der ihr fast das Herz stehen blieb, fürchtete Harlow, dass er sie und Kip einladen würde, sich dazuzugesellen – zu einer Art Doppeldate. Glücklicherweise fügte er jedoch nur hinzu: »Schließt du dann ab?«

»Mach ich. Kein Problem.« Sie lächelte gekünstelt. »Euch viel Spaß.«

Sie gingen. Harlow blieb neben ihrem Schreibtisch stehen und versuchte zu begreifen, was da gerade passiert war. Ihr Vater war mit der Zwillingsschwester ihres Verlobten zusammen. Und es war »etwas Ernstes«.

Nein, unmöglich, dachte sie erneut. Die Sache war total übel, doch sie schaffte es noch nicht mal, in Gedanken zu formulieren, weshalb. Ihr Gehirn verarbeitete die Information schlicht nicht.

Sie beschloss, dass es am besten war, zu ignorieren, was sie ohnehin nicht begreifen konnte – jedenfalls für den Moment –, und begann, die Boote zu überprüfen. Sie stellte sicher, dass die Kajüten abgeschlossen waren und die Leinen festgemacht. Als sie gerade am letzten angelangt war, fuhr die eine Jacht, die noch unterwegs war, in den Hafen ein. Austin stand am Bug, bereit, auf den Pier zu springen, um sie zu vertäuen. Harlow bedeutete ihm jedoch, zu bleiben, wo er war, und fing die Leine auf.

Gemeinsam mit Austin und Buddy, dem Kapitän, half sie den Passagieren von Bord, dann machte sie zusammen mit den beiden sauber. Nachdem das Boot für die Nacht abgeschlossen war, bat sie Austin, ihr ins Büro zu folgen.

»Was ist los?«, fragte er.

»Wir haben eine Tagestour mit dem Segelboot anstehen. Eine junge Familie, zwei Kinder unter fünf. Willst du die mit mir übernehmen?«

Ihr Bruder grinste. »Klaro.«

»Das könnte aber ein bisschen Kotze geben.«

Er lachte. »Das ist in unserer Branche jederzeit drin. Trag mich ruhig dafür ein.«

»Mach ich. Und wusstest du, dass Dad mit Zafina zusammen ist?«

Ihr Bruder sah sie verwirrt an. »Zafina?« Er zog eine Grimasse. »Ernsthaft? Dad ist mit Kips Schwester zusammen? Das ist ja widerlich.«

»Danke, das habe ich auch gedacht. Sie kam ihn heute abholen, und sie haben sich umarmt und geküsst. Ich hatte keine Ahnung davon. Er hat es vor mir geheim gehalten.«

»Da ist er sicher nicht der Einzige«, murmelte Austin.

»Was meinst du damit?«

Ihr Bruder schüttelte eilig den Kopf. »Nichts. Vergiss, was ich gesagt habe.«

»Austin, bitte!«

Er seufzte schwer und zog die Schultern hoch. »Kip muss es auch gewusst haben.«

»Wie bitte?«, kreischte sie, doch im selben Moment wurde ihr klar, dass ihr Bruder recht hatte. Zafina musste Kip erzählt haben, dass sie mit seinem zukünftigen Schwiegervater zusammen war.

»Vielleicht liege ich ja auch falsch«, sagte Austin schnell.

Sie wünschte sich zwar, er habe recht, wusste jedoch gleichzeitig, dass dem nicht so war. Natürlich hatte Kip davon erfahren. Die Zwillinge waren eng miteinander, genau wie sie und Austin. Das war eins der Dinge, die sie an Kip liebte – dass ihm seine Familie wichtig war.

»Nein, du liegst nicht falsch«, flüsterte sie. »Er weiß es ganz sicher.«

Kip hatte sie offensichtlich angelogen oder ihr zumindest die Wahrheit verheimlicht. »Ich hätte nie gedacht, dass er so etwas tun würde«, gab sie zu.

Ihr etwas zu verschweigen war sogar noch schlimmer als eine echte Lüge, denn das bedeutete, dass jemand anders sich das Recht herausnahm zu entscheiden, wie viel sie wissen durfte. Ein wunder Punkt bei ihr, der auf die Umstände ihrer Krebserkrankung zurückzuführen war. Ihre Eltern hatten ihr damals nur erzählt, dass sie eine Weile krank sein würde. Die Wahrheit – die Tatsache, dass sie dabei durchaus sterben könnte – hatten sie ihr vorenthalten. Darüber war sie nie wirklich hinweggekommen.

Austin verzog den Mund. »Tut mir leid.«

»Mir auch.« Sie räusperte sich. »Okay, ich schließe jetzt ab und fahre nach Hause.«

»Meinst du, du kommst klar?«

»Nein, aber das ist wohl keine Überraschung.«

Auf dem Weg nach Hause stand Harlow ein Dutzend Mal kurz davor, ihre Mom anzurufen, doch jedes Mal, wenn sie nach dem Handy griff, nahm sie ihre Hand schließlich wieder zurück ans Steuer. Sie wusste, dass Robyn, wenn es um ihren Dad ging, eindeutig Partei für sie ergreifen würde, war sich jedoch nicht sicher, was sie zu der Sache mit Kip sagen würde. An Cord stellte keiner von ihnen hohe Erwartungen, aber bei Kip sollte es eigentlich anders sein. Er sollte der Mann sein, der sich für den Rest ihres gemeinsamen Lebens um sie kümmerte. Und doch hatte er ihr etwas Wichtiges vorenthalten.

Als sie in ihrer Wohnung ankam, schlüpfte Harlow in ihren einteiligen Badeanzug und zog ein paar Bahnen im Gemeinschaftspool. Die körperliche Anstrengung half ihr, ein wenig Dampf abzulassen, änderte jedoch nichts daran, wie verletzt und traurig sie sich fühlte.

Während sie duschte, versuchte sie, Wut in sich heraufzubeschwören, doch die vermochte den Schmerz, den sie empfand, nicht zu übertünchen. Kip hatte sie mit seinem Schweigen verraten. Bereits ganz zu Anfang ihrer Beziehung hatte sie ihm erklärt, weshalb es so schlimm für sie war, wenn man ihr etwas vorenthielt, und er hatte behauptet, dass er das verstehe.

Er war heute für die Spätschicht eingeteilt und musste bis Ladenschluss arbeiten. Sie versuchte, die Wartezeit mit Hochzeitsplanungen zu überbrücken, stellte jedoch fest, dass sie nach dem Streit mit ihrer Mom und dem, was sie über Kip erfahren hatte, nicht in Heiratsstimmung war. Sie starrte ihren Verlobungsring an und redete sich ein, dass sie schon darüber hinwegkommen würden. Das mussten sie einfach – denn sie liebte Kip.

Als sie endlich hörte, wie sich sein Schlüssel im Schloss drehte, hatte sich ihr Zustand zu einer Art emotionaler Rage hochgeschaukelt. Er trat ins Wohnzimmer, wo sie zusammengerollt auf dem Sofa lag. Sein Lächeln erstarb augenblicklich.

»Was ist los?«

»Warum hast du mir nicht gesagt, dass mein Dad mit deiner Schwester zusammen ist?«

Kip ließ sich auf das Sofa sinken und fluchte leise. »Er hat es dir also endlich erzählt.«

Der letzte Funken Hoffnung, dass er nichts gewusst haben könnte, schwand. »Zafina ist ihn besuchen gekommen. Ich würde sagen, dass sie es mir eher vorgeführt haben als erzählt.« Sie funkelte ihn wütend an. »Du hast das vor mir geheim gehalten.«

»Ich weiß. Das war falsch von mir, und es tut mir leid, aber ich wusste einfach nicht, wie ich es dir sagen sollte. Als Zafina es mir erzählt hat, war ich echt angepisst. Wie konnte sie uns das antun? Musste es denn ausgerechnet dein Dad sein? Wir hatten einen Riesenstreit deswegen, und ich bin immer noch wütend auf sie.« Er sah sie an. »Harlow, ich schwöre, ich wollte dich nicht verletzten oder es dir bewusst vorenthalten. Ich hatte nur irgendwie gehofft, dass sie die Sache wieder beenden würden.«

»Wie lange weißt du es denn schon?«

»Seit einem Monat.«

»Wie bitte?« Sie sprang erbost auf. »Du weißt es seit einem Monat und hast es mit keinem Wort erwähnt? Du hast mit mir geschlafen und mir gesagt, dass du mich liebst, und währenddessen hast du es die ganze Zeit vor mir geheim gehalten? Was erzählst du mir denn noch alles nicht?«

Er erhob sich und stellte sich vor sie. »Das ist alles, ich schwöre es. Ich liebe dich wirklich, so sehr wie keine andere vor dir. Ich wusste nur einfach nicht, wie ich es dir sagen soll. Ich wollte dir nicht wehtun.«

»Du hast mir aber wehgetan. Und zwar sehr.« Sie musste gegen Tränen ankämpfen. »Ich hab dir doch gesagt, dass das so ein Ding bei mir ist. Halte nichts vor mir geheim, sag mir einfach alles. Ich kann damit umgehen. Du hast nicht das Recht zu entscheiden, was ich wissen darf und was nicht. Das hast du nicht.«

Er nickte und sah dabei hundeelend aus. »Es tut mir so leid. Ich habe mich die ganze Zeit richtig furchtbar gefühlt.«

»Anscheinend nicht furchtbar genug.«

»Es war falsch von mir, total falsch. Aber bitte glaub mir doch, Harlow. Ich liebe dich.«

Sie hörte die Ehrlichkeit in seinen Worten und spürte seinen Schmerz. Er schluckte, seine Augen füllten sich mit Tränen.

»Ich liebe dich«, flüsterte er.

Sie lief in seine Arme, und er hielt sie so fest, als würde er sie nie mehr loslassen wollen.

»Es tut mir leid«, wiederholte er immer wieder.

»Ist okay.«

»Ich wusste nicht, was ich sagen sollte.«

Sie spürte, wie ihr die Tränen über die Wangen liefen, und gab einem erstickten Lachen nach. »Das ist auch echt nicht so leicht zu erzählen. Ich meine, wie bitte …? Mein Dad hat was mit deiner Schwester? Das ist ungefähr so, als wärst du mit meiner Mom zusammen.«

Er wich ein Stück zurück. »Ich finde deine Mom großartig, aber dazu wird es niemals kommen.«

Sie lächelte. »Ich weiß. Ich meine nur, warum musste er das tun?«

»Warum musste Zafina das tun? Soll sie sich doch gefälligst einen anderen suchen.« Sein Lächeln erstarb. »Es tut mir wirklich leid.«

»Das habe ich verstanden. Ist in Ordnung für mich. Ich meine, dass du es mir nicht erzählt hast«, stellte sie klar. »Auf meinen Dad bin ich immer noch sauwütend.«

»Da wären wir schon zwei.«

6. KAPITEL

Robyn hielt die ovale Servierplatte vorsichtig in den Händen und suchte sie nach Sprüngen und Kerben ab. Auf den ersten Blick schien das Stück in exzellentem Zustand zu sein. Sie drehte es um und erblickte auf der Unterseite den vertrauten Stempel mit dem Anker und den Worten: *Davenport* und *Stone China*.

»Davenport Flying Bird«, sagte sie lächelnd. »1805 bis 1820.«

Mindy jubelte. »Ich hatte gehofft, dass du das sagen würdest. Wir haben ungefähr zwei Dutzend Exemplare davon in der Kiste, die meine Schwester geschickt hat. Anscheinend alle mit dem *Davenport-Flying-Bird*-Muster. Mir ist es ja zu wuselig, aber Sammler fahren total darauf ab.«

Robyn betrachtete den exotischen Vogel und die orangen, gelben und blauen Blüten. »Ich verstehe, was der Reiz daran ist. Sammeln würde ich es nicht wollen, aber es ist ein schönes Muster. Ich werde alles durchgehen, was sie geschickt hat, und es katalogisieren. Dann sehe ich mir die Wunschliste an und schaue, welche Kundin an welchen Neuzugängen interessiert sein könnte.«

Mindy bot ihren Kunden die Möglichkeit, eine Wunschliste zu hinterlegen, in der sie die Antiquitäten angeben konnten, die sie gerne erwerben würden, sollte sie an sie herankommen. Die digitalen Listen erlaubten eine vereinfachte Suche, wenn neue Stücke eintrafen. Robyn hatte das Gefühl, dass sie in Windeseile alles verkaufen würden, was ihnen geschickt worden war.

»Mit Porzellan hatte ich nie viel am Hut«, gab Mindy zu und öffnete eine weitere Kiste. »Ich bin froh, dass du dich da so gut auskennst.«

»Das verdanke ich meiner Tante Lillian. Ein Raum ihres Hauses beherbergt Hunderte von Teetassen und Untertassen aus der ganzen Welt. Einige davon sind mehrere Hundert Jahre alt. Wir haben früher immer Stunden dort oben verbracht und versucht, die Stücke zu datieren. Sie hat auch ein paar vollständige Service, aber hauptsächlich sind es einzelne Teetassen.«

Mindy grinste. »Irgendwann muss ich mal mit dir mitfahren, wenn du sie besuchst. Ich würde ihr Haus so gern sehen.«

»Ja, es ist ziemlich außergewöhnlich.« Noch wichtiger als das Haus war jedoch Tante Lillian selbst. »Ich sollte sie diesen Sommer besuchen fahren. Sie hat schon ein paarmal davon gesprochen.«

»Wie alt ist sie?«

»Vierundneunzig.«

Mindy zog eine Grimasse. »Dann besuche sie lieber, solange du kannst. Du wirst dich grauenhaft fühlen, wenn sie stirbt und du dir nicht die Zeit dafür genommen hast. Bei uns ist doch gerade nicht viel los. Nimm dir frei, wann immer du willst.«

Robyn konnte tatsächlich nicht noch mehr Schuldgefühle in ihrem Leben gebrauchen und wusste, dass ihre Chefin recht hatte. »Ich werde mal in meinen Kalender schauen.«

Mindy packte zwei Schüsseln aus, auf denen ebenfalls das *Flying-Bird*-Muster prangte. Sie stellte sie in ein Regal, dann warf sie einen Blick auf ihr Handydisplay. Ihr Mund verzog sich zu einem Lächeln.

»Dimitri«, sagte sie.

»Ihr schreibt euch?«

»Ein bisschen. Nur so kleine flirtige Nachrichten.« Mindy seufzte verträumt. »Nach unserem letzten Training haben wir uns fast eine halbe Stunde lang unterhalten. Der Mann sieht so gut aus. Wenn er mich berührt, gehe ich in Flammen auf.«

»Er sollte dich aber lieber nicht berühren«, bemerkte Robyn mit flacher Stimme. »Das bringt dir nur Ärger ein. Der Typ ist ein geübter Verführer, und du lässt dich da auf was ein, über das du leicht die Kontrolle verlieren könntest.«

Mindy lächelte zweideutig. »Oh, keine Sorge, ich weiß schon, wie ich Dimitri unter Kontrolle kriege …«

»Igitt.«

Mindy lachte. »Komm schon, das ist gut für mich. Mein Leben ist so gewöhnlich. Warum darf ich nicht mal ein bisschen Spaß haben?«

»Gegen den Spaß habe ich ja nichts. Nur dagegen, dass du deine Ehe an die Wand fährst.«

Mindy wischte ihre Bedenken mit einer Handbewegung beiseite. »Payne wird nie davon erfahren. Aber da dich die Sache ganz offensichtlich aufregt, lass uns über etwas anderes sprechen. Wie läuft die Hochzeitsplanung?«

Robyn packte weitere Teller aus. »Nicht so toll. Harlow ist wütend auf mich.«

»Das ist ja nicht wirklich was Neues. Sie kann, äh, schwierig sein. Oder ist *anspruchsvoll* das bessere Wort?«

Robyn lachte. »Beides wäre passend. Ich habe nur erwähnt, dass ich das Haus verkaufen möchte, da ging sie an die Decke. Sie findet, ich soll einen Kredit aufnehmen, um ihren Vater auszubezahlen und das Haus zu behalten, bis sie verheiratet ist. Anscheinend ist sie fest entschlossen, eine Gartenhochzeit zu feiern, und ich bin die blöde Zicke, die dem im Weg steht.«

»Würdest du denn ganz alleine überhaupt einen Kredit bekommen?«, fragte Mindy. »Du arbeitest zwar hier, aber das ist ja nur Teilzeit.«

»Ich weiß es nicht. Ich hab mich noch gar nicht erkundigt.«

Robyn verfügte über Ersparnisse und die monatlichen Zahlungen von Cord, da sie ihm ihre Geschäftsanteile übertragen hatte. Doch was ihre Arbeit betraf, hatte Mindy recht. Es waren nur ein paar Stunden pro Woche, und dabei kam nicht viel herum. Was, wenn sie für einen Kredit nicht infrage käme?

Das würde zwar ihr Harlow-Problem lösen, wäre aber womöglich trotzdem keine gute Nachricht. Ihr Plan bestand jedoch darin, sich ein kleineres Haus zu kaufen, das nicht direkt am Wasser lag, weshalb der Preis bedeutend niedriger sein würde. Daher hoffte sie, es mit ihrer Hälfte des Erlöses des Hausverkaufs vollständig abbezahlen zu können.

»Vielleicht spreche ich mal mit Payne darüber, ob wir nicht

dein Haus kaufen können«, sagte Mindy. »Wir haben sowieso überlegt, uns ein größeres zuzulegen, und deins ist wunderschön. Allein die Aussicht ist grandios.«

»Du kannst gerne jederzeit mit ihm vorbeikommen und es besichtigen«, sagte Robyn, statt sie darauf hinzuweisen, dass es ihr unklug erschien, ein neues Haus mit ihrem Mann zu kaufen, während sie gerade plante, Sex mit ihrem Tennislehrer zu haben.

Auf dem Weg nach Hause ging Robyn das Gespräch mit Mindy – vor allem der Teil, in dem es um ihre Kreditunwürdigkeit ging – nicht aus dem Kopf. Die Vorstellung war erschreckend.

Kurz nach ihrer Hochzeit hatten sie und Cord gemeinsam das Charterbootunternehmen gegründet. Sie hatte Seite an Seite mit ihm gearbeitet und war jeden einzelnen Tag mit einem der zwei Boote, die sie damals besaßen, rausgefahren. Sie hatte sogar weiter als Kapitänin gearbeitet, als sie hochschwanger war, hatte ihren letzten Angeltörn beendet und war anschließend noch selbst ins Krankenhaus gefahren, um Harlow auf die Welt zu bringen.

Danach hatte sie sich ihr Neugeborenes vorgeschnallt und nach sechs Wochen schon wieder angefangen zu arbeiten. Abends erledigte sie die Buchhaltung. Als dann Austin gekommen war, besaßen sie bereits mehrere Boote und konnten sich Angestellte leisten, doch um die Buchhaltung hatte sie sich bis vor sechs Jahren weiterhin selbst gekümmert.

Bei der Scheidung hatte Cord ihr ihre Hälfte des Unternehmens abgekauft – wogegen er sich zunächst gesträubt hatte. Die Richterin war jedoch der Meinung gewesen, dass sie genauso schwer gearbeitet hatte, um das Unternehmen aufzubauen, wie er. Die sauber geführten Geschäftsbücher, inklusive des Nachweises, dass sie tatsächlich sogar am Tag von Harlows Geburt noch einen Anglerausflug betreut hatte, waren da sehr hilfreich gewesen.

Cord hatte darauf gedrängt, sie über einen Zeitraum von zehn statt fünf Jahren auszubezahlen. Die monatliche Zahlung deckte ihre Ausgaben und die Kreditrate ab, doch viel blieb danach nicht übrig. Robyn hatte nie wirklich über ihr Einkommen oder die

Tatsache nachgedacht, dass Cords Schecks ihr in sechs Jahren wegbrechen würden.

»Wieso habe ich eigentlich keinen Plan?«, murmelte sie, als sie auf ihr Wohnviertel zufuhr.

Das Haus zu verkaufen wäre ein erster großer Schritt in die richtige Richtung. Sobald sie ihr eigenes, kleineres hätte, würde nicht mehr über die Hälfte ihres monatlichen Einkommens für die Kreditraten draufgehen. Das Geld könnte sie dann sparen. Außerdem musste sie sich dringend Gedanken um ihre Jobsituation machen und mehr Stunden arbeiten.

Als sie zu Hause ankam, stand Austins SUV in der Auffahrt. Sie fuhr in die Garage, ging ins Haus und rief nach ihm.

»Bin in der Küche«, schrie er zurück.

Sie fand ihn am offenen Kühlschrank vor, dessen Inhalt er stirnrunzelnd betrachtete.

»Mach bitte die Tür zu«, sagte sie und stellte ihre Handtasche ab.

Er gehorchte lachend, dann kam er zu ihr rüber und umarmte sie fest.

»Hallo, Mom.«

»Hallo, du.« Sie lächelte zu ihm auf – Austin war bereits vor zwei Jahren an ihr vorbeigeschossen und überragte sie seitdem. »Nicht, dass ich dich nicht gern dahabe, aber wieso bist du hier?«

»Ich hab Hunger.«

»Ich habe dir doch vor weniger als einer Woche den Kühlschrank aufgefüllt.«

Er löste sich von ihr. »Die Jungs haben alles aufgegessen.«

Sie ging in Gedanken die Lebensmittel durch, die sie gekauft hatte. »Ich vermute mal, nicht wirklich alles.«

»Stimmt, aber die ganzen leckeren Sachen.« Er setzte sich auf einen der Hocker an der Kücheninsel. »Außerdem habe ich dich vermisst, also bin ich hergekommen.«

»Um in den Kühlschrank zu starren?«

»Das hilft mir beim Denken.« Austin sah sie hoffnungsvoll an. »Hast du Lust, mir was zum Abendessen zu machen?«

»Du nutzt mich schamlos aus«, sagte sie, wenn auch mit wenig Nachdruck.

»Ich weiß, und ich habe ein ganz schlechtes Gewissen. Teil des Problems ist, dass mein frontaler Kortex noch nicht voll ausgereift ist, daher kann ich Risiken noch nicht so gut abschätzen wie ein Fünfundzwanzigjähriger.«

»Ah, die berühmte Verteidigungsstrategie der mangelnden Reife.«

»Das ist keine Verteidigungsstrategie, das ist die Wahrheit. Bitte, bitte! Ich war den ganzen Tag mit dem Boot unterwegs und sterbe vor Hunger.«

Sie warf ihm eine Nektarine zu. »Iss die, während ich dir was zu essen mache. Wird ungefähr eine Stunde dauern.«

»Du bist die Allerbeste.« Er biss in die Nektarine. »Macht es dir was aus, wenn ich währenddessen ein bisschen fernsehe?«

»Nur zu.«

Er verzog sich ins Wohnzimmer. Sie stellte den Ofen auf Vorheizen und einen Topf mit Wasser auf den Herd, anschließend entledigte sie sich ihrer Arbeitskleidung. Obwohl sie Austin deswegen aufgezogen hatte, freute sie sich über die unerwartete Gesellschaft.

Sobald sie in die Küche zurückkam, schüttete sie Pasta in das kochende Wasser, dann zerkleinerte sie rohes Hühnerfleisch und Gemüse für den Auflauf. Als die Nudeln fertig waren, seihte sie sie ab und gab sie mit dem Hühnchen, dem Gemüse und der Alfredo-Soße, die sie mit etwas Pastawasser verdünnt hatte, in eine große Auflaufform. Nachdem die im Ofen war, begann sie, einen Salat und Knoblauchbrot zuzubereiten. Austin kam in die Küche geschlendert.

»Wie läuft es bei der Arbeit?«, fragte sie ihn, als er seinen Platz an der Kücheninsel wieder einnahm. »Gefällt sie dir noch?«

Er warf ihr einen misstrauischen Blick zu. »Willst du das wirklich wissen, oder ist das nur ein ›Geh doch lieber aufs College‹-Gespräch?«

Sie lachte. »Kann es beides sein?«

»Vermutlich schon. Ach, Harlow ist übrigens total geladen.«

Sie fuhr fort, Tomaten zu vierteln, ohne eine Reaktion zu zeigen. »Wieso?«

»Dad ist mit Zafina zusammen. Sie ist …«

Cord hatte es seiner Tochter also endlich gesagt. »Ich weiß, wer sie ist. Eine Frau im Club hat mir erzählt, dass die beiden ein Paar sind.«

»Das ist echt nicht in Ordnung. Was hat er sich dabei gedacht?«

Wenn es um Frauen ging, dachte Cord nicht sehr weit. Er handelte, ohne sich um die Konsequenzen zu scheren.

»Er ist viel zu alt für sie«, fügte er hinzu. »Ich check's einfach nicht. Was hat er vor? Will er, dass es in Harlows und Kips Beziehung nur um ihn geht?«

»Das sind alles berechtigte Fragen«, sagte sie leichthin. »In zehn Minuten gibt's Abendessen.«

Austin stand auf und wusch sich die Hände. Während er den Küchentisch deckte, bemerkte er: »Ich bin froh, dass du dich beim Daten an die Regeln hältst, Mom. Ich könnte es nicht ertragen, wenn ihr beide so schräge Sachen machen würdet.«

»Und wenn wir uns brav damit abwechseln würden?«

Er lachte leise. »Das ginge natürlich.«

Sie stellte den Salat auf den Tisch. »Austin, wir müssen über das Haus reden.«

»Okay. Inwiefern?«

»Ich möchte es verkaufen und mir stattdessen ein kleineres suchen.«

Er sah sie erwartungsvoll an. »Und?«

»Das war's.«

»Okay. Ich hab mir schon gedacht, dass du das tun würdest. Dieses hier hast du ja eigentlich nie kaufen wollen, und es ist riesig. Es muss ganz schön teuer sein. Ich bin froh, dass du es behalten hast, solange ich noch auf der Highschool war, aber ich verstehe total, dass du es jetzt loswerden willst.« Er musste schlucken. »Du wirst doch dann immer noch genug Platz für mich haben, oder?«

»Ja, ich werde immer genug Platz für dich haben.«

»Dann solltest du es tun.«

»Harlow ist nicht glücklich darüber. Sie will hier im Garten heiraten und sagt, ich solle das Haus bis zu ihrer Hochzeit behalten.«

Er rollte mit den Augen. »Harlow soll sich mal einkriegen. Schließlich ist nicht sie diejenige, die den Kredit abbezahlen muss. Sie ist meine Schwester, und ich liebe sie, aber manchmal hat sie ein ziemliches Anspruchsdenken.«

Robyn holte den Auflauf aus dem Ofen. »Du meinst so wie Leute, die ihre Freunde ihre ganzen Vorräte auffuttern lassen und dann von ihrer Mom erwarten, dass sie ihnen was kocht?«

Er grinste. »Genau so.«

»Ich war ein Riesenidiot«, sagte Jase, nachdem sie ihre Plätze im Restaurant eingenommen hatten.

Robyn starrte ihn an. »Eine interessante Gesprächseröffnung.«

Er schenkte ihr ein selbstironisches Lächeln. »Ich habe mir wohl gedacht, ich spreche einfach mal das Offensichtliche aus und schaue dann, was passiert.«

Nach seiner entschuldigungsfreien Entschuldigungsnachricht hatte sie ein paar Tage lang nichts mehr von ihm gehört. Schließlich hatte er ihr heute Morgen geschrieben und sie gebeten, sich mit ihm in diesem Fischrestaurant zu treffen.

Sie hatte ein wenig gebraucht, um zuzusagen, denn sie war sich nicht sicher, ob es überhaupt einen Sinn hatte, dass sie sich weiter trafen. Es wäre bestimmt das Schlauste gewesen, ihre Beziehung ernsthaft zu überdenken. Das Problem war nur, dass sie ihn durchaus vermisste und sie sich somit wohl immer noch wünschte, es würde zwischen ihnen funktionieren.

»Letztes Mal«, fuhr er fort, »als ich bei dir war … Mir ist klar, dass ich da schwierig war.«

»Schlecht gelaunt«, sagte sie hilfsbereit. »Und voller Vorurteile.«

Er sah sie an, ohne zu lächeln. »Beides hiermit bestätigt. Ich habe ein paar heftige Wochen hinter mir.«

Er nahm ihre Hand in seine. »Ich habe eine Patientin verloren. Sie war immer wieder im Krankenhaus, hatte mehrere Herzinfarkte.« Er atmete tief durch. »Ich darf dir natürlich keine Details nennen.«

»Natürlich nicht.«

»Sie starb an dem Tag, an dem ich zu dir kam. Das hat mich schwer getroffen. Ich wusste, dass es passieren konnte, aber als es dann tatsächlich so kam, war ich nicht darauf vorbereitet. Ihre Familie war am Boden zerstört. Sie hatte acht Enkelkinder.«

Reue überkam sie. »Ich wünschte, du hättest mir das gesagt. Ich brauche keine Einzelheiten zu wissen, Jase, doch ein paar Informationen wären manchmal schon hilfreich.«

»Ich weiß. Wenn es nur das gewesen wäre, wäre ich klargekommen. Aber da ist noch mehr.«

Der Kellner erschien, um ihnen die Tagesgerichte aufzuzählen und ihre Getränkebestellung entgegenzunehmen. Nachdem er wieder gegangen war, suchte Jase ihren Blick.

»Es geht um Galen.«

Seine älteste Tochter? »Geht es ihr gut?«

Er ließ kurz den Kopf hängen. »Sie ist magersüchtig.«

»Was?« Galen war immer schon dünn gewesen, aber magersüchtig? »Wann hast du das herausgefunden?«

»Wir haben einen Anruf aus dem Ferienlager bekommen. Sie hat dort kaum etwas gegessen. Mir war natürlich klar, dass sie sehr dünn ist, aber sie hat immer weite Kleidung getragen, und wir dachten, es würde ihr gut gehen.« Seine dunklen Augen füllten sich mit Tränen. »Wir haben sie in einer Spezialklinik in Miami unterbringen können. Ich war in den vergangenen Tagen bei ihrer Eingewöhnung dabei. Außerdem mussten wir sehen, was wir mit Gayle machen. Wir haben überlegt, sie nach Hause zu holen, aber am Ende haben wir sie im Ferienlager gelassen. Sie hat Freunde dort, und die Betreuerinnen haben ein Auge auf sie.«

Robyn griff nach seiner zweiten Hand. »Jase, das tut mir leid. Was für ein Albtraum.«

»Was, wenn sie nicht wieder gesund wird?«, fragte er mit zitternder Stimme. »Was, wenn das alles meine Schuld ist? Ich arbeite viel und ihre Mutter auch. Und wir hatten Schwierigkeiten, ihre Kindermädchen zu halten. Vielleicht hat sie nicht genügend Beständigkeit erfahren.«

Robyn bezweifelte, dass Beständigkeit das Problem war, sprach das jedoch nicht aus. Soweit sie wusste, war das Leben der beiden Mädchen vollkommen durchgetaktet. Sie hatten keine Zeit, einfach nur mal zu sein, nachzudenken, zu träumen, sich zu langweilen. Außerdem vermutete sie, dass sie ihre Eltern ein wenig mehr um sich haben wollten.

»Jetzt weißt du ja, was bei ihr los ist«, sagte sie stattdessen. »Das wird ihr schon mal guttun. Es ist ein längerer Prozess.« Das war nicht wahnsinnig hilfreich, aber sie wusste nicht, was sie ihm sonst sagen konnte. Mit dieser Krankheit hatte sie sich noch nie auseinandersetzen müssen.

Jase ließ ihre Hände los und räusperte sich. »Die ganze Zeit, als wir keinen Kontakt hatten, musste ich immer wieder daran denken, dass deine Kinder so normal sind. Okay, Austin geht nicht aufs College, aber er ist ein stabiler Junge. Er isst, verdammt noch mal.« Jase hielt entschuldigend die Hand hoch. »Tut mir leid, dass ich fluche.«

»Ist schon okay.«

Er schüttelte den Kopf. »Ist es nicht. Ich liege nachts stundenlang wach und denke an all die Dinge, vor denen ich Angst hatte, als Galen auf die Highschool kam. Ich habe mir Drogen vorgestellt oder dass irgendein Typ sie schwängern könnte. Daran, dass sie aufhören könnte zu essen, habe ich nie gedacht. Ich habe mir nie vorgestellt, dass sie sterben könnte.«

Robyn hatte keine Ahnung, was sie sagen sollte. »Es tut mir leid«, murmelte sie.

»Mir auch.« Er sah sie an. »Ich habe so viel an dich gedacht. Die ganze Zeit habe ich mich gefragt, wie du damit umgehen würdest. Du bist nicht wie wir – du hast deinen Kindern keinen Druck gemacht, alles hinkriegen zu müssen. Du bist entspannt. Austins

Weigerung, aufs College zu gehen, hätte mich fertiggemacht, aber du bist einfach mit dem Strom geschwommen.«

Ihr Kellner tauchte mit ihren Getränken auf und verschwand wieder. Jase umfing sein Whiskyglas mit beiden Händen.

»Sieh dir Harlow an«, fügte er hinzu. »Sie arbeitet für ihren Dad. Nicht gerade ein Job, mit dem man die Welt verändern kann, aber sie ist glücklich. Verlobt. Normal. Darum beneide ich dich.«

Robyn versuchte, sich an das Positive in seinen Worten zu halten, doch es fühlte sich so an, als wären seine Komplimente gespickt mit kleinen Spitzen.

»Vielleicht liegt es daran, dass du als junger Mensch auch zu nichts gedrängt wurdest«, fuhr er fort. »Du hast früh geheiratet und bist sofort schwanger geworden. Du warst nicht auf dem College.« Er lächelte reumütig. »Ich dachte immer, das sei ein Problem. Ich hatte Sorge, dass wir nichts gemeinsam haben könnten, weil du nicht viel Bildung genossen hast, aber ich lag falsch. Ich mag zwar Medizin studiert haben, doch diejenige, die weiß, wie man glückliche, gesunde Kinder großzieht, bist du.«

»Mit Bauernschläue?«, fragte sie trocken und ermahnte sich, seine Worte nicht persönlich zu nehmen. Es ging ihm nicht gut, und er dachte nicht darüber nach, was er sagte.

»Was? Nein. Natürlich nicht. Mehr wie Mutter Erde. Wie eine Bärenmutter, die weiß, wie sie sich um ihre Jungen zu kümmern hat. Dir ist das nicht aberzogen worden.«

»Oder durch zu viel Bildung verdrängt worden.«

Er stellte seinen Drink ab. »Jetzt bist du verärgert. Was habe ich denn Falsches gesagt?«

Sie hielt abwehrend die Hand in die Luft. »Vergiss es einfach, und ich werde versuchen, das Gleiche zu tun.« Sie wollte sich nicht mit ihm streiten. Nicht heute Abend. Er hatte mit zu viel anderem zu kämpfen. Irgendwann später würde sie ihm dafür eins über den Schädel geben, jetzt gerade würde sie jedoch freundlich bleiben.

Er sah verwirrt aus. »Aber ich habe dir doch ein Kompliment gemacht. Ich finde, du bist eine großartige Mutter.«

»Weil ich eine zünftige, ungebildete Bäuerin bin?«, fragte sie, ehe sie sich zurückhalten konnte. Langsam fing er wirklich an, sie zu nerven.

»Robyn, nein.«

Sie sagte sich, dass sie besser das Thema wechseln sollte, aber dann platzte es doch aus ihr heraus: »Was hast du eigentlich damit gemeint, dass du Sorge gehabt hast, wir könnten nichts gemeinsam haben?«

Er lehnte sich mit sichtlichem Unbehagen auf seinem Stuhl zurück. »Dass wir, ähm, aus verschiedenen Welten kommen. Ich bin Arzt und habe den ganzen Tag mit Fachleuten zu tun. Meine Ex-Frau ist Schuldirektorin. Nur so Arbeitsdinge.«

»Es geht hier nicht nur um Arbeitsdinge. Dafür ist dir das jetzt viel zu unangenehm.«

»Du musst doch zugeben, dass unsere Lebensumstände unterschiedlich sind. Ich bin Arzt.«

»Ja, das hast du bereits ein-, zweimal erwähnt.«

»Und du arbeitest als Verkäuferin. In Teilzeit. Du hast keinerlei Ehrgeiz. Anfangs dachte ich, du wolltest nur mit mir zusammen sein, weil du einen erfolgreichen Arzt heiraten wolltest. Um dir mehr Sicherheit zu verschaffen.«

Ihre Gedanken sprangen in zig verschiedene Richtungen, sodass sie am Ende keinen einzigen davon artikulieren konnte. Seine ungerechtfertigte Einschätzung ihres Lebens schmerzte sie am meisten, doch die Annahme, dass sie einen reichen Arzt heiraten wolle, ging ihr so sehr auf die Nerven, dass sie beschloss, erst mal darauf zu reagieren.

»Du hast angenommen, ich wollte dich in die Heiratsfalle locken?«, fragte sie, bemüht, nicht laut zu werden. »Das ist nicht wahr.«

»Jetzt weiß ich das auch.«

Wirklich? »Weshalb warst du überhaupt mit mir zusammen, wenn du so von mir gedacht hast?«

Er sah sie verständnislos an. »Du bist eine schöne Frau. Ich wusste, dass der Sex großartig sein würde. Und dann festzustellen, dass wir auch noch gemeinsame Gesprächsthemen hatten, war überraschend, aber sehr erfreulich.«

Wut stieg in ihr auf. Sie dachte an all die Male, die er ohne sie zu beruflichen Abendveranstaltungen gegangen war, stets mit der Begründung, dass sie sich nur langweilen würde. Hatte er sich geschämt, mit ihr gesehen zu werden? Und was war mit den Abenden in seinem Club – einem sehr viel exklusiverem als ihrem? Die wenigen Male, die sie dort gegessen hatten, waren sie die ganze Zeit über beobachtet worden. Von seinen Freunden hatte sie kaum jemanden kennengelernt, und seiner erweiterten Familie war sie nie vorgestellt worden.

Wie konnte sie – nachdem sie bereits seit einem Jahr zusammen waren – erst jetzt bemerken, dass ihr Freund sich für sie schämte?

»Lass mich mal rekapitulieren«, sagte sie leise. »Du hast also gedacht, dass ich nur mit dir zusammen sein wollte, um mit einem«, sie malte Anführungsstriche in die Luft, »›reichen Arzt‹ abzuhängen, mit dem Endziel, ihn in die Ehe zu locken. Du fandest, ich sei unter deiner Würde, so als ungebildete und womöglich unintelligente Hausfrau und Mutter, die nur noch die Hoffnung hat, einen reichen Mann zu finden, der sie aushält. Du findest mich attraktiv und bist interessiert an Sex mit mir, daher dachtest du dir, das Ganze sei ein gutes Geschäft, solange du mir klarmachst, dass wir nicht für immer zusammen sein werden. Ich meine, was würden denn auch deine Freunde im Club dazu sagen. Stimmt's?«

Er wurde bleich. »Robyn, du verstehst das alles falsch. Oder vielleicht liegt es an mir. Ich weiß nicht, was ich da sage. Es tut mir so leid, dass ich dich verletzt habe. Können wir bitte noch mal von vorne anfangen?«

Sie nahm ihre Handtasche. »Ja, das können wir, Jase. Wir können zu dem Moment zurückgehen, als wir uns kennengelernt haben. Das war in Mindys Laden, weißt du noch? Lass uns zu dem Punkt zurückgehen, an dem du mich gefragt hast, ob ich mit dir zu Mittag essen würde. Nur diesmal werde ich Nein sagen und so tun, als hätten wir uns nie kennengelernt.«

Sie erhob sich und verließ das Restaurant, voller Dankbarkeit, dass sie mit dem eigenen Auto gekommen war. Sie reichte dem Parkplatzbediensteten ihr Ticket, bat ihn, sich zu beeilen, und wartete auf ihren Wagen. Jase kam ihr nicht nach. Zum Glück – denn als sie in ihr Auto stieg, kamen ihr bereits die Tränen.

7. KAPITEL

Harlow spritzte das Segelboot mit dem Schlauch ab und spülte das Salzwasser vom Deck. Die vertraute Aufgabe erlaubte es ihr, sich in ihren Gedanken zu verlieren, was normalerweise angenehm war – nur heute nicht.

Sie vermisste ihre Mom. Sie war schon ein paarmal an ihrem Haus vorbeigefahren, aber Robyn war nie zu Hause gewesen. Ihr einfach zu schreiben, wäre die logischste Reaktion, nur fühlte sich das irgendwie so an, als würde sie klein beigeben.

Kip würde ihr sagen, dass es bei der Kommunikation mit den eigenen Eltern nicht ums Gewinnen oder Verlieren gehen sollte. In der Theorie stimmte sie dem da zwar zu, doch ihr Bedürfnis, nicht nachzugeben und im Recht zu sein, war unmöglich zu ignorieren. Was zur Folge hatte, dass sie sich traurig und einsam fühlte.

Enid und sie hatten vorgehabt, den gestrigen Abend gemeinsam zu verbringen, aber dann hatte ihre Freundin eine zusätzliche Schicht im Restaurant übernommen, sodass Harlow niemanden hatte, der ihr in den Krisen, die ihr Leben aktuell bestimmten, beistehen konnte. Vom Kopf her wusste sie, dass ihre beste Freundin das Geld dringend für ihr Medizinstudium brauchte, doch in ihrem Herzen fühlte sie sich ungeliebt.

Harlow stellte das Wasser ab und rollte den Schlauch zusammen. Sie überprüfte noch einmal, dass das Segelboot für den nächsten Chartertörn bereit und die Kajütentür abgeschlossen war, ehe sie sich auf den Weg zurück ins Büro machte, wo sie sich einer weiteren Mail des Anwalts stellen musste, der sie beim Kauf des Kajakverleihs unterstützte. Irgendwann würde sie ihren Vater festnageln müssen, damit sie endlich mal vorankämen. Doch er wich ihr ständig aus, und ihr war nicht nach Streiten zumute. Nicht heute.

Sie überflog ihre E-Mails und trug ein paar neue Buchungen in ihren Kalender ein, dann ging sie zum Büro ihres Vaters rüber. Er tippte gerade auf seiner Tastatur herum, sah jedoch auf und lächelte, als er sie erblickte.

»Wie lief's heute?«, fragte er.

»Gut. Die Leute hatten ihren Spaß und wollen für nächste Woche gleich einen Ausflug mit Übernachtung buchen.«

»Schön.«

Sie setzte sich auf den Besucherstuhl vor seinem Schreibtisch und versuchte, ihren Vater so zu betrachten, wie ein Fremder das würde. Cord war sechsundvierzig, wirkte jedoch jünger. Er war körperlich fit, gebräunt und lächelte viel. Sie vermutete, dass er gut aussah. Der Dad-Faktor machte es schwer für sie, das zu beurteilen. Er hatte immer eine Freundin, die meistens jünger war als er – was sie nie gestört hatte, bis er mit Kips Zwillingsschwester zusammengekommen war.

»Wie läuft's mit Zafina?«, fragte sie.

Er runzelte die Stirn. »Wieso fragst du?«

»Weiß nicht, ich hab nur drüber nachgedacht. Wann habt ihr beiden euch eigentlich kennengelernt? Auf meiner Collegeabschlussparty?«

»Nein, das war im März, als ich mich mit Kips Eltern zum Essen getroffen habe. Da war sie auch dabei.«

Harlow grinste. »Muss seltsam gewesen sein, so gemeinsam mit Leah und Zafina beim Abendessen. Ich hätte nicht gedacht, dass die beiden sich mögen würden.«

»Ich habe Leah nicht mitgenommen, wir waren nur zu viert. Zafina und ich haben uns gleich super verstanden. Kips Eltern sind irgendwann gegangen, und wir haben dann noch in einer Bar einen draufgemacht.« Er lächelte. »Und da war's um uns geschehen.«

»Moment mal. Das mit Zafina hat schon im März angefangen?«

Er nickte, lehnte sich auf seinem Stuhl zurück und legte die Füße auf dem Schreibtisch ab. »Das heißt ja, ich bin jetzt fast vier

Monate mit ihr zusammen. War mir gar nicht klar.« Er grinste. »Das könnte mein persönlicher Rekord sein.«

»Aber von Leah hast du dich doch erst Ende April getrennt. Das weiß ich noch, weil sie mich damals heulend angerufen hat. Sie wollte, dass ich dich umstimme. Als ob ich das könnte …« Sie starrte ihn an. »Moment mal. Du hast Leah mit Zafina betrogen?«

Der Gesichtsausdruck ihres Vaters war selbstzufrieden. »Ich halte mir eben gerne alle Optionen offen.«

»Dad, das ist echt mies.«

Wie konnte er nur? Nette Männer betrogen ihre Frauen nicht. Das taten nur Loser. Und ihr Dad war ein anständiger Mann – das hatte sie jedenfalls immer geglaubt. Er war doch ihr Vater.

»Hey.« Er schwang die Füße vom Schreibtisch und stampfte geräuschvoll auf den Boden. »Guck mich nicht so an, als wärst du enttäuscht.«

»Ich bin aber enttäuscht. Zwar habe ich deine Freundinnen nicht immer gemocht, doch du solltest sie wenigstens wie menschliche Wesen behandeln. Schlimm genug, dass du mit der Schwester meines Verlobten zusammen bist, und jetzt auch noch das? Ich versteh das nicht. Bist du wirklich so?«

Sie hatte ihm noch mehr zu sagen, doch ehe sie sich richtig in Rage reden konnte, steckte Austin den Kopf zur Tür herein.

»Dad, wir haben einen Termin.«

Cord sah ihn verständnislos an. »Wovon redest du?«

»Ich hatte dich schon seit Längerem um ein Gespräch gebeten. Du hattest nie Zeit und hast gesagt, ich solle einen Termin eintragen. Das habe ich. Und zwar für jetzt.« Er deutete auf den Computer. »Er steht in deinem Kalender.«

Cord machte eine abwehrende Handbewegung. »Das ist kein guter Moment.«

Harlow erhob sich. »Ich gehe. Redet ihr mal ruhig.«

Austin trat ein, doch Cord schüttelte den Kopf. »Nein, das geht jetzt nicht. Ich muss los.«

Um auch noch Zafina zu betrügen? Diese Frage dachte Harlow jedoch nur.

Ihr Vater steckte sein Handy in die Hemdtasche und griff nach seiner Sonnenbrille. »Harlow, schließ bitte ab, bevor du gehst. Austin, wir sprechen ein andermal.«

Mit diesen Worten verließ er das Gebäude. Harlow sah ihm nach. Was sie gerade über ihn erfahren hatte, fühlte sich grauenhaft an. »Heute ist er besonders arschig«, sagte sie.

»Das habe ich gemerkt. Worüber habt ihr gesprochen?«

»Er hat zugegeben, dass er Leah mit Zafina betrogen hat. Ungefähr zwei Monate lang. Ich kann's einfach nicht fassen. Unser Dad darf nicht so sein.«

Ihr Bruder zuckte mit den Schultern. »Und doch ist er so.«

»Wie kannst du nur so ruhig bleiben? Das ist widerlich und erschütternd – und noch eine Menge anderer Wörter, die mir gerade nicht einfallen. Mir krampft sich alles zusammen, am liebsten würde ich ihm eine reinhauen. Wo sind deine diesbezüglichen Gefühle?«

»Das überrascht dich ernsthaft?«

Austins Tonfall irritierte sie – er klang so, als wäre plötzlich er ihr älterer Bruder, der geduldig darauf wartete, dass auch sie endlich begriff, was Sache war.

»Du wusstest es also?«

»Nicht im Detail, aber Dad ist einfach nicht der treue Typ.«

»Seit wann das denn?«

Austin wandte sich zum Gehen. »Seit er seine Freiheit hat.« Er verließ das Büro. »Bis morgen.«

»Austin, warte. Was weißt du, was ich nicht weiß?«

Anstelle einer Antwort drang nur sein Lachen zu ihr herüber. Sie hörte die Eingangstür ins Schloss fallen und blieb mit zu vielen Fragen und zu wenigen Antworten zurück.

Mason wendete am Jachthafen und begann seinen langsamen Lauf zurück zum Shoreline Park. Er hatte mehrere Routen für seine morgendliche Joggingrunde gefunden, doch bisher gefiel ihm diese am besten.

Er war vorher noch nicht oft an der Westküste gewesen und hatte nicht gewusst, was ihn erwarten würde. Die Landschaft war schön mit ihren Bergen im Osten und dem Ozean im Westen. Morgens war es meist kühl – um die zwölf Grad –, und an manchen Tagen wurde es gar nicht warm, wenn sich die Nebelschicht über dem Meer hartnäckig hielt. Doch an anderen Tagen war es um neun Uhr bereits sonnig. Langsam schien es ihm, als gäbe es nichts Schöneres als den Pazifik an einem perfekten, sonnigen Tag.

Er hatte immer noch Schwierigkeiten damit, die Veränderungen in seinem Leben zu begreifen. Er lebte im ungewöhnlichsten Haus, das er je gesehen hatte, und lernte dessen alte Bewohnerin besser kennen, während er ständig damit beschäftigt war, die fünfzehn Katzen abzuwehren, die sich auf seinem Bett drapierten, sich miauend an seinen Beinen rieben und alles vollhaarten, was er besaß. Die Katzen gingen trotz seiner verschlossenen Schlafzimmertür bei ihm ein und aus – was bedeutete, dass es irgendwelche Geheimgänge geben musste.

Er hatte noch nicht viel vom Haus erkundet und war sich nicht sicher, ob er das tun sollte. Ja, theoretisch würde er es erben, sobald Lillian starb, aber das zu wissen und es auch zu glauben, waren zwei verschiedene Dinge.

Er lief in einem gleichmäßigen Tempo. Mason war nicht der schnellste Jogger, hielt jedoch sehr viel länger durch als die knapp zehn Kilometer, die er normalerweise zurücklegte. Vor zehn Jahren noch hatte er um einiges schneller laufen können, doch inzwischen war er älter, und die Zeit hinterließ gemeinerweise ihre Spuren. Um sie sich so lange vom Leib zu halten, wie er konnte, behielt er die Trainingsroutine bei, die er bei der Armee entwickelt hatte.

Achthundert Meter vor seinem Auto verringerte er die Geschwindigkeit und verfiel ins Gehen, um seinem Körper Zeit zum Abkühlen zu geben. Er wandte den Blick nach links, nach wie vor erstaunt, dass dort ein wahrhaftiger Ozean lag. Die Aussicht von der Straßenebene aus war zwar nicht ganz so atemberaubend wie die von seinem Schlafzimmer, aber immer noch beeindruckend. Manchmal hatte er Mühe zu glauben, dass auch nur irgendetwas von alldem real war.

Vor zwei Tagen hatte er sich auf Lillians Vorschlag hin mit Gregory, ihrem Anwalt, getroffen. Von dem hatte er erfahren, dass er das Haus tatsächlich erben würde, zusammen mit der Dokumentensammlung und dem persönlichen Hab und Gut seines Onkels. Der Inhalt des Hauses, inklusive der Katzen, würde an Lillians Großnichte gehen.

Der Anwalt hatte ihm erklärt, dass sämtliche Kosten – Grundsteuer und Nebenkosten – noch ein Jahr lang aus Lillians Nachlass finanziert werden würden. Außerdem gab es ein Konto für Notreparaturen. Das verschaffte ihm die nötige Zeit, um zu entscheiden, was er mit dem Haus machen wollte. Es zu behalten, war keine Option. Ja, er war Autor und hatte bereits einiges veröffentlicht, doch seine Bücher waren nicht gerade Bestseller, daher war seine Haupteinnahmequelle seine Militärpension.

Er hatte keine Ahnung, wie der Marktwert eines derartigen Hauses war, ebenso wenig wollte er Lillian danach fragen. Das würde bestenfalls geschmacklos und schlimmstenfalls geldgierig wirken. Nein, mit dem Verkauf des Hauses würde er sich erst beschäftigen, wenn sie nicht mehr lebte.

Er erreichte seinen Wagen und holte die Wasserflasche heraus, die er mitgenommen hatte. Nachdem er sie in einem Zug geleert hatte, fuhr er zurück zum Haus. Sein Magen knurrte bereits in Erwartung des Frühstücks.

Salvia bereitete ihnen täglich Frühstück und Mittagessen zu. Die morgendliche Mahlzeit bestand aus köstlich-deftigen Gerichten wie Omelett, Pancakes, Obst und selbst gebackenem Brot. Nach fünfundzwanzig Jahren Armeekost war Mason jederzeit bereit, einen Schrein zu Salvias Ehren aufzustellen.

Als er das Haus betrat, überfiel ihn der Duft von Kaffee und Zimt. Salvia, eine kleine dunkelhaarige Frau in ihren Vierzigern, lächelte ihn an.

»Guten Morgen, Mr. Mason. Wie war Ihre Laufrunde?«

»Morgen. Die war hervorragend.« Er atmete tief ein. »Was haben Sie denn da im Ofen?«

»Zimtschnecken. Dazu mache ich Ihnen Rührei mit Wurst. Miss Lillian bittet Sie, sich nach ihrer Dusche zu ihr ins Frühstückszimmer zu gesellen.«

Interessant. Lillian und er hatten sich seit seiner Ankunft zwar schon ein paarmal unterhalten, jedoch noch keine Mahlzeit zusammen eingenommen.

»Geben Sie mir zwanzig Minuten«, sagte er.

Achtzehn Minuten später kehrte er ins Erdgeschoss zurück.

Lillian saß an einem Ende des Holztisches, eine Glückskatze auf dem Schoß. Mehrere weitere Katzen streunten durch das Zimmer. Er ignorierte sie und ging zum zweiten gedeckten Platz neben ihrem.

»Guten Morgen«, sagte er und zog den Stuhl zurück.

»Mason! Schön, dich zu sehen.« Lillian setzte die Katze auf den Stuhl, der zu ihrer anderen Seite stand, und lächelte ihn an. »Danke, dass du dich zu mir gesellst.«

»Selbstverständlich. Ich freue mich über die Einladung.«

Lillian lachte. »Ich wollte dir erst ein bisschen Zeit zum Eingewöhnen geben, ehe ich dir ein gemeinsames Essen vorschlage. Ich bin davon ausgegangen, dass das alles hier ziemlich überwältigend für dich sein muss.«

»Ja, das ist es in der Tat.«

Der Tisch war mit verschnörkeltem Besteck, Stoffservietten und blau-weißem Geschirr gedeckt. Er griff nach einer teuer aussehenden Kaffeekanne. »Darf ich?«

»Bitte.«

Er schenkte ihnen beiden ein, und Lillian goss sich Sahne dazu. Eine der Katzen machte Anstalten, über den Tisch zu laufen, doch sie scheuchte sie eilig hinunter.

»Nicht, während wir essen«, sagte sie bestimmt und drohte dem Tier mit dem Zeigefinger. »Denkt dran, bei uns geht es zivilisiert zu.«

»Aber die übrige Zeit dürfen sie auf den Tisch?«, fragte er grinsend.

»Natürlich. Das hier ist auch ihr Zuhause.«

Jede der Katzen trug ein Halsband mit einer Telefonnummer und ihrem Namen daran. Nach ein paar Tagen hatte er verstanden, dass die Katzen alle nach englischen Königen und Königinnen benannt waren. Bisher hatte er Elizabeth, Mary, Charles I. und Charles II., Victoria, Edward und Henry kennengelernt.

»Wer kümmert sich um die Katzen?«, fragte er.

»Salvia füttert sie. Und meine Tierärztin schickt alle vier Wochen eine Assistentin vorbei, um sicherzustellen, dass es ihnen allen gut geht.« Ihr Lächeln erstarb. »Bei so vielen kann es einem schnell mal entgehen, wenn eine sich nicht fühlt, wie sie sollte. Sie kümmert sich auch um die Impfungen und Routineuntersuchungen. Und wenn es zwischen ihren Besuchen ein Problem gibt, bringt Salvia das Sorgenkind zur Ärztin.«

»Du hast ja ein richtiges System ausgeklügelt.«

»Das habe ich.« Ihr Lächeln kehrte zurück. »Du solltest dich besser daran halten.«

»Unbedingt.« Er betrachtete die schwarz-weiße Katze, die neben der Tür saß. »Ich hatte noch nie ein Haustier.«

»Wie ist das möglich?«

»Ich war in der Armee und bin viel umgezogen. Außerdem war ich immer den ganzen Tag nicht zu Hause. Ich hatte nie das Gefühl, dass das gehen würde.«

Sie lachte. »Dann ist das jetzt die Feuerprobe für dich, Mason.«

»Das stimmt.« Er war sich nicht sicher, was er davon halten sollte, aber bisher störten die Katzen ihn nicht wirklich.

Salvia kam in den Frühstücksraum und stellte einen Teller mit frischem geschnittenem Obst und einen Korb mit heißen, klebrigen Zimtschnecken auf den Tisch.

»Ich mache mich jetzt an das Rührei«, sagte sie, ehe sie in die Küche zurückkehrte.

»Du musst unbedingt eine probieren.« Lillian deutete auf die Zimtschnecken. »Die von Salvia sind wirklich ganz ausgezeichnet.«

Er biss in eine hinein. Sie war heiß, der Guss dickflüssig und nicht zu süß. Die Kombination der Geschmäcker, der Teig, der beinahe auf der Zunge zerging, waren einfach perfekt. Mason hatte sich nie besonders für Essen interessiert, außer als Energielieferant, doch in letzter Zeit änderte sich das langsam.

»Köstlich«, sagte er, nachdem er den Bissen heruntergeschluckt hatte. »Wenn ich so viele davon esse, wie ich gerne würde, muss ich meine Laufstrecke in den nächsten Tagen verlängern.«

»Jede gute Köchin wünscht sich, dass man ihre Gerichte genießt. Ich fürchte, in der Hinsicht mache ich Salvia keine Freude. Ich habe nicht mehr viel Appetit.« Sie schnitt sich ein winziges Stück von einer Zimtschnecke ab und schob es sich in den Mund. »Genauso wundervoll, wie ich sie in Erinnerung habe. Also Mason, wie gewöhnst du dich im Haus ein?«

»Ich bin immer noch dabei, mich zurechtzufinden«, gab er zu.

»Du solltest es mal ausgiebig erkunden. Es birgt viele Überraschungen.«

»In meinem Zimmer gibt es eine Tür, hinter der nur eine Wand liegt.«

Sie lachte. »Von denen gibt es mehrere. Dazu Treppen, die nirgendwohin führen, und ein paar Geheimräume.« Sie nahm ihre Kaffeetasse in die Hand. »Du hast mit Gregory gesprochen.«

»Wie du vorgeschlagen hast.«

»Ja. Lief es gut?«

Er war sich nicht sicher, was er darauf antworten sollte. »Es waren sehr viele Informationen.«

Sie sah ihn an. »Es wäre am sinnvollsten, es zu verkaufen. Ein Haus wie dieses zu unterhalten, ist sehr teuer, und welche Verwendung hättest du dafür?« Sie ließ den Blick durch den Raum schweifen. »Robyn und ich haben überlegt, was zu tun wäre, um es in ein Hotel umzuwandeln, aber ich bin mir nicht sicher, ob das überhaupt möglich ist.«

»Robyn?«

»Meine Großnichte.«

Die Frau, die die Innenausstattung des Hauses und die Katzen bekommen würde. Er hoffte, dass Robyn ein Heim besaß, das groß genug war, all die Möbel, den Nippes und das Kleinvieh unterzubringen.

»Also, wirst du es verkaufen?«, fragte Lillian.

Die Frage weckte Unwohlsein bei ihm. »Vielleicht sollten wir lieber über etwas anderes reden.«

»Weil der Verkauf des Hauses bedeutet, dass ich tot bin?« Ihr Lächeln kehrte zurück. »Mason, ich bin vierundneunzig. Ich habe schon lange meinen Frieden damit gemacht, dass ich sterben werde. Das solltest du auch. Was das Haus betrifft – der örtliche Geschichtsverein wäre sehr interessiert daran, es zu erwerben. Sie sind bereits dabei, Geldgeber zu suchen. Von einem Investor würdest du mehr bekommen, aber ich hoffe, dass du die Geschichtsleute in Betracht ziehst. Sie haben Großes vor mit dem Gebäude.«

Er hatte keine Ahnung, was er dazu sagen sollte. »Danke für die Information.«

»Gern geschehen. Gregory liegen sämtliche Informationen vor, und mit ein bisschen Glück ist das die nächsten Jahre noch kein Thema.«

»Das hoffe ich auch.«

»Das ist sehr lieb von dir.« Ihr Blick bekam etwas Spekulatives. »Hast du eigentlich irgendeinen besonderen Menschen in Texas zurückgelassen?«

»Ich habe keine Familie.«

»Ich dachte mehr an eine bessere Hälfte.«

»Nein.«

»Dann sollte ich meine Bemühungen verstärken, Robyn zu einem Besuch hier zu bewegen. Sie ist geschieden und hat zwei wundervolle Kinder. Harlow ist zweiundzwanzig und Austin ist achtzehn.«

Er nahm sich eine weitere Zimtschnecke. »Lieber nicht, Lillian. Ich bin keine gute Partie für eine Frau.«

»Wie interessant. Weshalb das?«

»Ich bin doppelt geschieden. Es gibt viele Dinge, in denen ich gut bin, aber Beziehungen gehören nicht dazu.«

»Was hast du falsch gemacht?«

»Mehr, als unsere Zeit hergeben würde.«

Sie lachte. »Eine äußerst höfliche Art, mir zu sagen, dass ich mich um meinen eigenen Kram kümmern soll. Na schön. Ich höre auf, dich auszufragen, aber ich werde weiter darüber nachdenken.«

»Damit kann ich leben.«

Salvia kehrte mit einer Servierschüssel zurück, auf der dasselbe Muster wie auf den Tellern prangte. Sie stellte das Rührei zwischen sie beide und reichte den Servierlöffel an ihn weiter. Mason bot Lillian davon an, doch sie schüttelte den Kopf.

»Bediene dich ruhig. Ich esse heute keine Eier.«

Mason beäugte die Kombination aus Eiern, Wurst, Käse, Zwiebeln und grüner Paprika. Wie konnte sie sich das nur entgehen lassen? Er tat sich eine große Portion auf den Teller.

»Zum Haus gehören auch noch zehn Hektar Land«, erklärte Lillian, während sie aß. »Wenn ich nicht mehr bin, solltest du es begutachten lassen und ein paar Hektar für dich behalten. In einer netten Ecke mit einem schönen Blick aufs Meer. Du wirst mehr als genug Geld haben, um dir ein Haus zu bauen. Es sei denn, du planst, zurück nach Texas zu ziehen.«

Ihm war nicht bewusst gewesen, dass zu dem Besitz auch ein größeres Grundstück zählte. Ein Haus am Meer hätte er sich normalerweise auf keinen Fall leisten können. Doch wenn er das Bauland geschenkt und dazu noch das Geld vom Hausverkauf bekäme, könnte er es unter Umständen hinkriegen.

»Ich würde vermutlich hierbleiben«, sagte er. »In Texas erwartet mich nichts.«

»Santa Barbara ist eine hübsche kleine Stadt. Du musst dir unbedingt die alte Missionsstation ansehen und ein paar Weinproben besuchen. Es gibt auch tolle Shoppingmöglichkeiten, aber ich nehme an, das ist weniger dein Ding.«

Er lachte leise. »Ich bin tatsächlich kein großer Shopper.«

Sie unterhielten sich das ganze Frühstück über. Als sie fertig waren, bestand Lillian darauf, dass er sich ein paar Zimtschnecken mit auf sein Zimmer nahm. Während er seinen Laptop hochfuhr, biss er in eine davon. Er warf einen kurzen Blick auf den Bildschirm, konnte jedoch kein Interesse für sein Buch aufbringen. Stattdessen sah er auf den Pazifik.

Das Wasser war tiefblau heute mit Schaumkronen, von der Brise darauf getupft. Während er so aufs Meer schaute, landete eine Möwe auf dem Geländer seines Balkons. Wie aus dem Nichts rannte eine weiße Katze zur verschlossenen Glastür, starrte gebannt hinaus und ließ ein Gackern aus ihrer Kehle dringen.

»Du bist also der Meinung, du könntest sie fangen?«, fragte Mason sie. »Oder ist das reines Wunschdenken?«

Die Katze ignorierte die Frage. Als die Möwe davonflog, sprang sie auf den Schreibtisch und verpasste Mason einen sanften Kopfstoß. Mason drehte ihr Namensschild um.

»Hallo, Charles der II.«, sagte er und kraulte den Kater unter dem Kinn. »Bist du ein mächtiger Jäger?«

Charles der II. begann zu schnurren.

»Ich glaube, du bist recht froh, dass man sich um dich kümmert. Das ist viel besser, als sich jede Mahlzeit erkämpfen zu müssen.«

Das wusste er aus eigener Erfahrung. Zwar hatte er sich seine Nahrung nie erjagen müssen, doch er hatte ein paar Einsätze mitgemacht, die ziemlich intensiv gewesen waren. Dem Tod jeden Tag ins Gesicht zu blicken, konnte einen Menschen verändern, und nicht immer zum Guten.

Genau wie Charles lebte er nun ein anderes Leben – in letzter Zeit ein ausgesprochen surreales, in einem Haus auf einem Hügel.

»Mit einer seltsamen alten Dame und viel zu vielen Katzen.«

Charles der II. schmiegte sich an ihn und schnurrte weiter.

8. KAPITEL

Robyn stand auf dem hintersten Stellplatz ihrer für vier Autos konzipierten Garage. Drei Kommoden und ein Esstisch füllten den Platz aus. Flohmarktfunde, die sie in den letzten Jahren erworben hatte, mit dem Plan, sie zu restaurieren und wieder zu verkaufen. Auf die Art hatte sie schon einige Male einen ordentlichen Gewinn erzielt. Damals hatte sie mit dem Gedanken gespielt, ein Geschäft daraus zu machen, nur war sie irgendwie nie über das »Ich kauf mal ein paar Möbel«-Stadium hinausgekommen.

Sie hatte es immer bereut, nicht studiert zu haben. Zwar hatte sie sich die Liste der Studiengänge ab und zu mal online angesehen, sich jedoch nie eingeschrieben, geschweige denn an einem Seminar teilgenommen.

Stattdessen hatte sie einen Job bei Mindy – einen lächerlichen Teilzeitjob von circa sechzehn Stunden pro Woche. Er machte ihr Spaß, aber sie arbeitete dort nicht, um davon leben zu können, persönlich voranzukommen oder mit sonst irgendeinem ernsthaften Ziel vor Augen. Sie war eine völlige Versagerin, was ihr Leben anging. Noch schlimmer – sie hatte keinen Plan für sich. Und sobald das Geld, das Cord ihr ausbezahlte, versiegte, hatte sie auch kein Einkommen mehr.

Was stimmte nur nicht mit ihr? Wie hatte es so weit kommen können? Wie war sie nur so ziellos und erbärmlich geworden?

Sechsunddreißig Stunden nach ihrem erhellenden, wenn auch schmerzhaften Gespräch mit Jase war sie immer noch tief verunsichert davon, sich mit seinen Augen zu sehen. Es wäre zwar ein Leichtes, ihn zum Bösewicht zu machen – eine Bezeichnung, die er absolut verdiente –, der Gedanke, dass er nicht ganz falschlag, ließ sie jedoch nicht los.

Sie hatte nur wenige professionell verwertbare Fähigkeiten und keinen ernst zu nehmenden Job, geschweige denn eine Karriere. Sie hatte sich einfach treiben lassen, doch in sechs Jahren würde sie ein unangenehmer finanzieller Weckruf ereilen.

Versonnen strich sie über eine der Kommoden. Sie war jetzt schon seit vier Jahren geschieden. Seit vier Jahren! Weshalb hatte sie nicht für ihre Zukunft vorgesorgt? Sicher, sie war gezwungen gewesen, das Haus zu behalten, bis Austin die Highschool abgeschlossen hatte, aber was war mit allem anderen? Wenn sie es ernsthaft gewollt hätte, hätte sie inzwischen längst ihren Studienabschluss in der Tasche haben können. Alternativ hätte sie ein Handwerk erlernen oder sich einen richtigen Job besorgen können.

Doch das hatte sie nicht. Stattdessen hatte sie ihren gewohnten Lebensstil beibehalten, sich mit ihren Freundinnen zum Mittagessen getroffen, für Austin gebacken und um ihre Ehe getrauert. Sie hatte ihre Country-Club-Mitgliedschaft weitergeführt und ein drei Jahre altes Auto durch ein neues ersetzt, denn, hey, so hatten sie und Cord es schließlich immer gemacht. Und sie hatte die tickende Zeitbombe der endlichen Zahlungen von Cord ignoriert und vier Jahre verschwendet, in denen sie ein Einkommen hätte haben können.

Diese Erkenntnis war beschämend und demütigend, um nicht zu sagen leicht beängstigend. Was sollte sie jetzt tun? Zu ihren Fähigkeiten – mal abgesehen von Jases positiver Bewertung ihres Erziehungsstils – zählte die Unternehmensbuchhaltung, auch wenn sie das schon seit sechs Jahren nicht mehr machte, und die Tatsache, dass sie ein Boot steuern konnte. Was sie ebenfalls seit sechs Jahren nicht mehr regelmäßig tat.

Ihr drehte sich der Magen um. Sie hatte Angst, sie war wütend (hauptsächlich auf sich selbst), und sie war wild entschlossen, ihr Leben nun auf die Reihe zu bekommen. Der erste Schritt jedes guten Plans bestand jedoch darin, keine überstürzten, kopflosen Entscheidungen zu treffen. Sie hütete sich daher, aus ihrer Angst heraus zu agieren, denn sie hatte nur begrenzte Ressourcen und wollte sie nicht verschwenden. Sie musste genau wissen, was sie tat.

Robyn ging in ihr kleines Arbeitszimmer. Als sie sich an den Schreibtisch setzte, verlangsamte sie bewusst ihre Atmung, ehe sie sich die Listen ansah, die sie erstellt hatte. Sie hatte verschiedene Optionen gebrainstormt und die Vor- und Nachteile jeder einzelnen aufgeschrieben.

Das Haus zu verkaufen war ihre oberste Priorität. Über ihre Freundinnen im Club kannte sie ein paar Maklerinnen und hatte bereits einen Termin mit derjenigen vereinbart, die sie am liebsten mochte. Ihr Sondierungsanruf hatte bestätigt, dass die Chancen, den höchsten Preis herauszuholen, am besten im Herbst standen, wenn die Überwinterer nach Naples zurückkehrten.

Obwohl sie das Haus gern sofort loswerden würde, musste sie finanziell gesehen eine vernünftige Entscheidung treffen. Es war besser, ein wenig länger zu warten und am Ende mehr Geld einzustreichen.

Was ihre monatlichen Ausgaben betraf, so hatte sie bereits ihre Mitgliedschaft im Club gekündigt. Es war dumm, so viel Geld auszugeben, nur um mit ihren Freundinnen Mittag zu essen. Austin nutzte die Anlage nicht, und Harlow bekam über die Mitgliedschaft ihres Dads Einlass.

Sie überprüfte noch ein paar weitere Posten, die sie einsparen konnte. Was ihre Zukunft betraf, so gab sie sich Zeit zu entscheiden, was sie mit dem Rest ihres Lebens anfangen sollte, bis das Haus zum Verkauf angeboten wurde. Sie würde wohlbedacht, pragmatisch und klug handeln. Angenehm war es nicht, der Wahrheit über sich selbst ins Gesicht zu sehen, doch sie war dankbar, endlich klarzusehen.

Ihr Handy vibrierte. Sie warf einen Blick darauf und entdeckte eine weitere Nachricht von Jase: Es tut mir leid. Ich habe es total vermasselt und dich verletzt. Bitte rede mit mir und lass es mich erklären. Ich will dich nicht verlieren.

Mit ihm reden? Nein, das konnte sie nicht. Dafür war sie zu beschämt und zu verärgert. Was er zu ihr gesagt hatte und wie er über sie dachte, war schockierend. Sie würde niemals einen Mann wegen des Geldes heiraten, das sollte er eigentlich wissen.

Sie griff nach ihrem Handy, legte es jedoch wieder ab, als ihr einfiel, dass sie nicht impulsiv handeln wollte. Sie musste ihre Antwort gut durchdenken und …

»Ach, scheiß drauf«, murmelte sie und begann zu tippen: Es ist aus zwischen uns, Jase. Ich kann mit niemandem zusammen sein, der sich für mich schämt.

Sie hielt inne und errötete, als sie ihre eigenen Worte noch einmal las. Wie konnte er sie nur so gering schätzen? Sie wusste, wie sie sich gut anzog, und fühlte sich in jeder gesellschaftlichen Situation wohl. Sie war belesen, weit gereist und kannte sich mit gutem Wein aus.

Tränen brannten ihr in den Augen, doch sie blinzelte sie weg und fügte hinzu: Außerdem kann ich mit niemandem zusammen sein, der mich so gering schätzt. Du wirst nicht wieder von mir hören, und ich würde es vorziehen, auch nicht mehr von dir zu hören.

Sie nahm einen weiteren beruhigenden Atemzug, ignorierte ihr rasendes Herz und drückte auf Senden.

»Mom?«

Normalerweise freute Robyn sich, wenn ihre Tochter unangekündigt vorbeikam, doch jetzt gerade hatte sie keine Kapazitäten für deren Dramen. Und ihre eigenen Gefühle konnte sie nicht mit ihr teilen – sie würden Harlow zu sehr beunruhigen.

Robyn setzte ein künstliches Lächeln auf, verließ ihr Büro und fand Harlow im Wohnzimmer vor.

»Mom!«

Ihre Tochter ließ ihre Handtasche auf den Sofatisch fallen und kam auf sie zugerannt.

»Es ist so furchtbar«, sagte Harlow und stürzte sich in ihre Arme. »Es ist einfach alles durcheinandergeraten, und ich weiß nicht, was ich machen soll.«

Robyn umarmte sie und fragte sich, ob die Krise ihrer Tochter echt oder eingebildet war. Bei Harlow wusste man das nie so genau. »Das kriegen wir schon hin«, sagte sie mit einem

Selbstvertrauen in der Stimme, das sie nicht empfand. »Fang mal ganz von vorne an.«

Harlow ließ sich auf eins der Sofas sinken. »Dad ist mit Kips Zwillingsschwester Zafina zusammen. Sie tauchte plötzlich im Büro auf, und es war offensichtlich, dass sie ein Paar sind. Absolut widerlich. Sie ist doch viel zu jung für ihn und – hallo? – die Zwillingsschwester meines Verlobten! Warum tut er mir das an? Außerdem hat Kip es die ganze Zeit gewusst und mir nichts davon erzählt. Ich war so wütend auf ihn, aber er hat gemeint, er wusste einfach nicht, wie er es mir sagen soll, was ich auch irgendwie verstehen kann.« Ihre Unterlippe begann zu beben. »Ich weiß nicht, was ich machen soll.«

Robyn setzte sich auf das Sofa gegenüber. »Das ist ganz schön viel auf einmal.«

»Ja. Das ist alles zu viel. Wieso ist sie überhaupt interessiert an ihm? Er ist ein Mann mit erwachsenen Kindern. Außerdem hat er Leah betrogen, um sich mit ihr zu treffen.« Harlow zog eine Grimasse. »Mein Vater hat seine Freundin betrogen. So etwas will ich gar nicht über ihn wissen. Das ist total furchtbar, und ich weiß nicht, was ich davon halten soll. Wieso erzählt er mir so etwas? Und wieso macht er so was überhaupt?«

Eine exzellente Frage, dachte Robyn, die entsetzt war, wie ungezwungen Cord diese Dinge vor seinen Kindern ausbreitete. Ihr von Zafina zu erzählen, war eine Sache, aber zuzugeben, dass er seine Freundin betrogen hatte, war egoistisch und unnötig. Es gab Dinge, mit denen sich kein Kind auseinandersetzen müssen sollte, egal, wie alt es war. Cords Schwächen waren sein Problem, nicht das seiner Tochter.

Harlow sah sie an. »Hast du Dad jemals betrogen?«

»Natürlich nicht.«

»Siehst du? Das meine ich. Du würdest so was niemals tun. Menschen sollten sich nicht gegenseitig betrügen. Weshalb hat er sich nicht einfach von Leah getrennt?«

Robyn verkrampfte sich innerlich in Erwartung der nächsten naheliegenden Frage. *Und hat Dad jemals dich betrogen?*

Wie sollte sie darauf antworten? Sie würde nicht lügen, um Cord zu schützen, aber sie hatte auch keinerlei Interesse daran, Harlow die Wahrheit zu erzählen.

Glücklicherweise war ihre Tochter zu sehr mit ihren eigenen Gefühlen beschäftigt, um auf diese Frage zu kommen. Stattdessen sagte sie: »Ich wollte das mit ihm und Zafina gar nicht wissen.«

»Ich weiß. Es ist nicht leicht, damit umzugehen.«

»Was, wenn sie bei unserer Hochzeit immer noch zusammen sind? Dann wird sich niemand für mich und Kip interessieren – alle werden sich nur über Dads junge Freundin auslassen. Eigentlich sollte das unser großer Tag werden, aber jetzt wird es nur um ihn gehen.« Sie schüttelte sich. »Ich weiß, ich wiederhole mich, aber das Ganze ist echt widerwärtig.«

»Das ist es, und es tut mir leid.«

»Mir auch.« Harlow sah sie plötzlich misstrauisch an. »Das mit Zafina überrascht dich gar nicht.«

Jetzt kommt's, dachte Robyn bedrückt. »Jemand im Club hat es mir letzte Woche erzählt. Ich habe gleich danach mit deinem Vater geredet und ihm gesagt, dass er reinen Tisch machen muss. Dass du es irgendwann mitbekommen wirst und es besser ist, wenn du es vorher von ihm erfährst.«

»Du wusstest es?« Harlow sprang auf und funkelte sie wütend an. »Wieso hast du mich nicht vorgewarnt? Du bist doch meine Mutter!«

Ihre Tochter war etwa zweieinhalb Zentimeter größer als sie, sie hatten jedoch das gleiche blonde Haar und den gleichen athletischen Körperbau. Als Harlow jünger gewesen war, hatten die Leute gerne Bemerkungen darüber gemacht, wie ähnlich sie sich sahen. Cord hatte gewitzelt, dass Robyn ihre gemeinsame Tochter allein mit ihren Genen erschaffen hatte – ohne jegliches Zutun von seinen.

Harlows Schmerz und ihre Wut waren greifbar, sie zeugten von ihrer Stärke. Robyn konzentrierte sich darauf, wie gut es war, ihre Tochter so kräftig und gesund zu sehen. Vor vielen Jahren, als Harlow mit ihrer Leukämie kämpfte, hätte sie alles dafür gegeben, mit Sicherheit sagen zu können, dass ihr Kind das Erwachsenenalter erreichen würde.

Harlow wandte sich ab und entfernte sich zwei Schritte von ihr, dann wirbelte sie wieder zu ihr herum. »Alle wussten es, nur ich nicht?«

»Ich habe dir erzählt, wie es war«, sagte Robyn mit ruhiger Stimme. »Ich habe mit deinem Vater geredet, und er hat versprochen, es dir selbst zu sagen. Da er das Problem in die Welt gebracht hat, sollte er auch derjenige sein, der es löst. Ich wollte nicht zwischen die Fronten geraten.«

»Das ist nicht fair.«

Robyn war wirklich nicht in der Stimmung für diese Diskussion. »Ich finde es interessant, dass du dich darüber beschwerst, wenn ich dich nicht wie die Erwachsene behandle, die du behauptest zu sein, du aber immer, wenn etwas nicht so läuft, wie du willst, anfängst zu schmollen. Was denn nun? Willst du wie eine Erwachsene behandelt werden oder wie ein Kind? Aus deinem Verhalten ist das schwer zu schließen.«

Harlow sah sie wutentbrannt an. »Ich kann nicht fassen, dass du das gerade gesagt hast.«

»Und ich kann nicht fassen, dass du mich für etwas anschreist, das nicht meine Schuld ist.«

Sie starrten sich an. Harlow blinzelte als Erste und nahm wieder ihren Platz auf dem Sofa ein.

»Du bist echt schwierig gerade«, murmelte Harlow.

»Du auch.« Robyn ermahnte sich, die Rolle der Älteren einzunehmen. »Ich weiß, dass das schwer für dich ist. Aber die Beziehungen deines Vaters halten nie lange. Ich bin mir sicher, dass sie bis zur Hochzeit wieder getrennt sind.«

»Die Hochzeit, die du mich nicht feiern lassen willst.«

Robyn spürte, wie ihre Selbstbeherrschung zu bröckeln begann. »Könnten wir uns bitte auf angenehme Weise unterhalten, ohne dass du ständig gegen mich schießt?«

Ihre Tochter errötete leicht. »Du willst einfach nicht, dass ich Kip heirate. Was hat das mit ›auf dich schießen‹ zu tun?«

»Du weißt genau, was. Harlow, ich habe ein paar schlimme Tage hinter mir. Viel mehr kann ich gerade nicht verkraften. Können wir das Ganze auf später verschieben?«

»Selbstverständlich«, erwiderte ihre Tochter steif. »Tut mir leid, dass ich dich mit derart unwichtigen Dingen belästigt habe. Es geht ja nur um mein Leben.«

»Um mein Leben geht es eben auch ab und zu mal«, blaffte Robyn. »Es dreht sich nicht immer alles nur um dich. Kannst du mir nicht einmal ein bisschen Ruhe gönnen? Nur dieses eine Mal. Seit zweiundzwanzig Jahren geht es um dich, vielleicht habe ich jetzt auch mal ein bisschen Rücksicht verdient.«

Harlows Augen weiteten sich. »Du findest mich egoistisch?«

»Du hast die Tendenz, die Dinge aus deiner Perspektive zu betrachten und nie mal die der anderen einzunehmen.«

»Das stimmt nicht. Das mache ich gar nicht. Nenn mir ein Beispiel.«

»Ernsthaft? Na schön. Zum Beispiel, dass ich das Haus für deine Hochzeit behalten soll.«

»Aber wir haben doch schon ganz oft darüber geredet. Und du hast mir versprochen, dass ich hier heiraten kann.«

»Ich habe dir nie etwas dergleichen versprochen«, erwiderte Robyn. »Ja, wir haben davon geredet, und es tut mir leid, dass dein Herz so sehr an der Vorstellung hängt, aber ich kann das Haus einfach nicht behalten.«

Die Augen ihrer Tochter füllten sich mit Tränen. »Weshalb sagst du das? Das stimmt doch gar nicht.«

Robyn wollte nicht in eine Diskussion über die schlechten Entscheidungen geraten, die sie in den letzten vier Jahren getroffen hatte, ein paar hässliche Tatsachen waren jedoch nicht zu leugnen.

»Ich würde deinen Vater rauskaufen müssen, um das Haus zu behalten. Das bedeutet, dass ich einen neuen Kredit aufnehmen müsste.«

»Na und?«

»Ich werde keinen bekommen. Ich habe weder genügend Einkommen noch das nötige Eigenkapital.«

Harlow wischte sich die Tränen von den Wangen. »Wieso hast du dann nicht besser gehaushaltet?« Sie stand auf und griff nach ihrer Handtasche. »Wenn du wirklich wolltest, könntest du es behalten. Du versuchst es ja noch nicht mal. Du wolltest die ganze Zeit schon nicht, dass ich Kip heirate, und jetzt tust du alles, um meine Hochzeit zu ruinieren.«

Robyn erhob sich, da sie sich dem Angriff besser im Stehen entgegenstellte. »Es mag dich erstaunen, aber es geht hier nicht um dich. Ich kann das Haus nicht behalten, weil ich es mir schlicht nicht leisten kann. Keine Bank wird mir einen Kredit geben. Solange du nicht irgendwo zwei Millionen rumliegen hast, muss das Haus verkauft werden. Ich habe keine Wahl. Haben diese Worte irgendeine Bedeutung für dich? Verstehst du, was ich da sage? Oder kannst du wirklich an niemanden als dich selbst denken?«

»Das ist nicht fair von dir, du bist absichtlich so mies.« Weitere Tränen rannen über Harlows Wangen. »Na schön, vergiss es. Wir werden im Club heiraten. Verkauf das Haus, zieh weg von hier. Ist mir egal, was du machst. Und zu meiner Hochzeit brauchst du auch nicht zu kommen.«

Mit diesen Worten lief sie aus dem Haus und knallte die Eingangstür hinter sich zu.

Robyn blieb alleine im Wohnzimmer stehen. In ihrem Herzen ein stechender Schmerz – es war soeben in zwei Teile zerbrochen. Harlow und sie stritten sich nicht zum ersten Mal, aber noch nie war ihre Tochter so gefühllos und gemein zu ihr gewesen. Sie wusste, dass aus Harlows Worten Wut sprach, doch diesmal würde sie nicht alles entschuldigen. Harlow war egoistisch und voller Anspruchsdenken. Das ging schon seit einer ganzen Weile so.

»Ich bin ihre Mutter, also ist es vermutlich meine Schuld«, murmelte Robyn auf dem Weg in die Küche. Sie hatte keinen Hunger, aber ein Glas Wein konnte sie jetzt gut vertragen.

Sie hatte gerade den Korken aus einer Flasche guten Merlot gezogen, als ihr Handy vibrierte und ihr eine Nachricht anzeigte. Auf dem Display erschien ein perfekter kalifornischer Tag. Der Himmel war ebenso blau wie der Ozean, der sich bis in die Unendlichkeit zu erstrecken schien. Es waren Palmen zu sehen, davor Bougainvilleen und andere Blumen, die sich um das Balkongeländer von Lillians Schlafzimmer rankten.

Drei Punkte tauchten auf, gefolgt von einer weiteren Nachricht: Ich wünschte so sehr, du wärst hier. Und ja, ich will dich in Versuchung führen …

Robyn betrachtete die vertraute Szenerie. Sie hatte unzählige Male mit ihrer Großtante dort gesessen. Meist wehte eine leichte Brise, die Luftfeuchtigkeit ging gegen null, und es gab keinerlei Druck für sie, irgendetwas zu tun.

In ihrem Kopf nahm ein Gedanke Form an. Sie schob ihn beiseite, doch er kehrte beharrlich zurück.

Sie könnte für ein paar Wochen nach Kalifornien fahren. Zeit mit Lillian verbringen, ihre Zukunft planen, dem allen hier entfliehen. Im Geschäft war nicht viel los, Mindy wäre es daher egal. Sie musste sich noch mindestens zwei Monate lang nicht um den Hausverkauf kümmern. Austin war ohnehin in seiner eigenen Wohnung, er würde also klarkommen. Ganz ehrlich – was hielt sie in Florida?

Ich gebe zu, dass ich mehr als versucht bin.

Hervorragend. Buch dir einen Flug und lass mich wissen, wann du ankommst.

Konnte sie das wirklich? Sollte sie?

Robyn dachte an alles, was in den letzten Tagen passiert war. Sie war gestresst, verängstigt und traurig. Nach Kalifornien zu fahren, würde sich sehr nach Flucht anfühlen – auch wenn es nur für ein paar Wochen wäre. Aber vielleicht war das gar nicht so schlecht. Lillian war immer für sie da gewesen. Ein wenig Zeit zum Nachdenken schadete nicht – so könnte sie herausfinden, was sie mit ihrem Leben anfangen sollte. Außerdem hatte sie noch Flugmeilen übrig, mit denen sie die Reise bezahlen konnte.

Gib mir ein paar Stunden, dann sage ich dir Bescheid.

Lillians Antwort folgte auf dem Fuß: Ich kann es kaum abwarten, dich zu sehen.

Ich auch nicht.

Harlow taumelte in ihre Wohnung, halb blind vor Tränen. Sie hatte den gesamten Weg nach Hause geweint, nicht sicher, was sie mehr aufgewühlt hatte – die Tatsache, dass sie nicht im Garten ihrer Mutter heiraten würde, oder der Streit mit ihr. Ihre Mom war so furchtbar gewesen. So egoistisch und gemein. Wie konnte sie sich nur so verhalten? Es ging schließlich um die Hochzeit ihrer eigenen Tochter. Das sollte doch wichtiger sein als alles andere.

Jahrelang hatte sie sich vorgestellt, wie sie auf der riesigen Terrasse neben dem Pool heiraten würde. Sie hatte die glitzernden Lichter vor ihrem inneren Auge gesehen, die Anordnung der Stühle. In ihrer Vorstellung war das Wetter perfekt, und die Gäste waren schön angezogen. Bis zum vergangenen Jahr war der Bräutigam noch ein undeutliches Lichtdouble gewesen, doch jetzt war es Kip. Es sollte ihr großer Moment werden, und nun wollte ihre Mutter ihr alles verderben.

Sie schmiss sich auf das Sofa und weinte, bis keine Tränen mehr übrig waren. Obwohl sie pinkeln musste, stand sie nicht auf. Wozu auch? Nichts würde jemals wieder gut werden.

»Ich hasse sie«, sagte sie laut.

Nachdem das entschieden war, ging sie ins Bad, erledigte ihr Geschäft und wusch sich das Gesicht, dann rollte sie sich auf dem Bett zusammen. Dort lag sie noch immer in ihr Selbstmitleid versunken, als Kip zwei Stunden später nach Hause kam.

»Harlow?«

»Ich bin hier.«

Sie knipste die Nachttischlampe an und setzte sich auf. In der Sekunde, in der sie ihn erblickte, kamen ihr erneut die Tränen.

»Was ist passiert?« Er kam ans Bett gerannt und setzte sich neben sie. »Hast du dich verletzt?«

Sie vergrub ihr Gesicht an seiner Schulter. »Ich hatte einen Streit mit meiner Mom. Sie ist ein schrecklicher Mensch, und ich hasse sie.«

Er hielt sie ganz fest, sein Körper fühlte sich warm und beschützend an.

»Nein, du hasst sie nicht.«

»Doch. Und diesmal meine ich es ernst. Ich werde ihr niemals verzeihen.« Sie sah ihn schniefend an. »Sie sagt, wir können nicht bei ihr im Garten heiraten, dabei wollte ich immer nur das.« Noch mehr Tränen rannen ihr über die Wangen, ihr Hals war wie zugeschnürt.

»Schon als kleines Mädchen habe ich mir das gewünscht. Aber das ist ihr ganz egal. Sie ruiniert uns einfach die Hochzeit.«

Kip wischte ihr die Tränen weg. »Du weißt, dass ich dich liebe und dich immer unterstütze, aber ich kann mir nicht vorstellen, dass deine Mutter gesagt hat, wir könnten nicht in ihrem Garten heiraten.«

»Doch, hat sie. Sie verkauft das Haus. Sie will noch nicht mal versuchen, es zu halten.«

Kips Besorgnis ließ sichtlich nach. »Das ist ein ziemlich großes Haus, Harlow. Es ist bestimmt sehr teuer im Unterhalt, dazu kommen noch die Kreditraten.«

Sie rückte von ihm ab. »Du stellst dich also auf ihre Seite?«

»Ich sage nur, dass ihr Wunsch, das Haus zu verkaufen, nachvollziehbar ist.«

Sie sah ihn wütend an. »Wir reden hier von unserer Hochzeit.«

»Ja, und über deine Mutter, die dich liebt und die immer für dich da war.«

»Diesmal aber nicht.«

»Was hat sie denn genau gesagt? Hat sie begründet, weshalb sie das Haus jetzt verkaufen will?«

Harlow dachte an ihren Streit zurück. »Sie hat gesagt, dass sie einen weiteren Kredit aufnehmen müsste – wegen der Scheidung. Sie darf noch bis sechs Monate nach Austins achtzehntem Geburtstag darin wohnen, danach kann sie es entweder verkaufen oder Dad ausbezahlen. Ich habe ihr gesagt, dass sie das doch einfach machen soll. Wo liegt das Problem?«

»Und was hat sie dazu gemeint?«

Harlow wandte den Blick ab, als der erste Funken Schuldgefühl in ihr aufflackerte. »Dass sie es sich nicht leisten kann. Und dass die Bank ihr keinen Kredit gewähren würde.«

Kip sah sie schweigend an, als warte er darauf, dass die Bedeutung ihrer eigenen Worte ihr klar wurde.

»Sie lügt«, sagte Harlow und stand auf. »Sie kriegt doch jede Menge Geld von meinem Dad. Er zahlt ihr ihren Anteil an der Firma aus, sie bekommt jeden Monat einen Scheck von ihm.«

»Der vermutlich die Kreditraten und ein paar weitere Ausgaben abdeckt. Es handelt sich um ein Haus mit Blick aufs Wasser, Harlow. Wie viel ist es wohl wert? Zwei Millionen? Vier? Woher sollte sie so viel Geld kriegen? Sie hat keinen gut bezahlten Job. Und bei der Scheidung hat sie nur eine kleine Einmalzahlung bekommen. Glaubst du wirklich, sie belügt dich, was ihre finanzielle Situation betrifft?«

Er klang so vernünftig. Das gefiel Harlow überhaupt nicht. »Warum ergreifst du die ganze Zeit Partei für sie?«

»Weil ich nicht glaube, dass du wirklich so böse auf deine Mom bist. Ich glaube, du bist total sauer auf deinen Dad, weil er mit meiner Schwester zusammen ist, weil er Frauen betrügt und nicht mehr dein Held ist. Aber aus irgendeinem Grund kannst du dich mit ihm nicht streiten, also streitest du stattdessen mit deiner Mom.« Er sah sie über das Bett hinweg an. »Es fällt mir schwer, das zu sagen, doch ich weiß, dass du immer die Wahrheit hören willst, deshalb spreche ich sie aus. Manchmal verhältst du dich, als wärst du fünfzehn. Das ist nicht deine stärkste Seite.«

Eine Mischung aus Wut und Scham durchflutete sie. Er hatte unrecht, mit allem. Sie stritt nicht wegen Cord mit ihrer Mom. Das war lächerlich. Aber er hatte etwas noch Schlimmeres zu ihr gesagt.

»Willst du mir etwa sagen, dass ich unreif bin?«

Er sah sie unbeirrt an. »Manchmal. Vor allem in Bezug auf deine Mom. Warum machst du so ein Theater, weil sie das Haus verkaufen will? Was du da verlangst, ist irrational.«

»Ist es nicht!«, kreischte sie. »Ich habe das so geplant, seit …«

»… du ein kleines Mädchen warst«, vervollständigte er ihren Satz. »Ja, ich weiß. Das wissen wir alle. Deine Mom kann sich das Haus aber nicht leisten. Mehr gibt es da nicht zu diskutieren.

Endlos darüber zu sprechen, zugeben zu müssen, dass sie nicht kreditwürdig ist, muss sehr unangenehm und schmerzhaft für sie sein.«

Sie wollte ihn gerade mit einem der Dekokissen bewerfen, die auf dem Bett lagen, als seine Worte bei ihr durchsickerten. Sie sah sich plötzlich so, wie er sie sehen musste: weinerlich, kindisch und unvernünftig. Nicht unbedingt die Eigenschaften, die ein Mann sich für seine zukünftige Braut wünschte.

Doch sie fühlte sich in ihren Worten und ihrem Verhalten gefangen. Es gab keinen Ausweg aus der Situation, außer zuzugeben, dass sie im Unrecht war, und das wollte sie nicht. Die einzige Möglichkeit bestand darin, den Streit eskalieren zu lassen und ihn zum Bösewicht zu machen. Nicht so leicht, aber sie konnte es schaffen. Sie könnte …

»Nicht«, sagte Kip sanft. »Bitte tu's nicht.«

Sie starrte ihn verständnislos an. »Was denn?«

»Was auch immer du gerade tun wolltest. Lass uns einfach darüber sprechen, warum es dir wirklich schlecht geht.«

Scham stieg in ihr auf. Sie wich seinem Blick aus. »Mir geht's nicht schlecht.«

»Wir wissen beide, dass das nicht stimmt. Lass uns über deinen Dad reden.«

Ihr kamen erneut die Tränen. Sie verschränkte die Arme vor der Brust und zog die Schultern hoch. »Er hat so locker über seinen Betrug gesprochen. Er meinte, er wollte sich gerne alle Optionen offenhalten. Als wäre das etwas, auf das man stolz sein sollte – wie irgend so ein Aufreißertyp. Ich hatte keine Ahnung, dass er so ist.« Sie sah ihn an. »Er ist doch mein Dad. Er sollte es besser wissen.«

»Es tut mir leid, dass er dir von seinem Betrug an seiner Freundin erzählt hat.«

Sie schüttelte verständnislos den Kopf. »Dass er es getan hat, tut dir nicht leid?«

»Doch, aber ich mache mir mehr Sorgen um dich. Du weißt jetzt etwas über ihn, das du nie wieder nicht wissen kannst. Es verändert deine Sicht auf ihn. Du bist verletzt und hast das Gefühl, dass er dich hängen lassen hat. Außerdem verspürst du Wut, von der du keine Ahnung hast, wohin damit.«

Sie löste die Verschränkung ihrer Arme und lief um das Bett herum. Kip zog sie an sich.

»Es tut mir leid«, flüsterte sie, ihre Wange an seine Schulter gepresst. »Es tut mir leid, dass ich so eine Zicke bin. Du hast recht. Ich fühle mich schrecklich und bin total verwirrt. Ich bin so wütend auf meinen Dad.«

»Und das lässt du an deiner Mom aus.«

Sie stöhnte. »Ja. Ich weiß nicht, warum ich das tue.«

»Weil du dich bei ihr sicher fühlst. Sie wird dich immer lieben.«

War es wirklich so einfach? Glaubte sie, dass ihre Mutter für sie da sein würde, egal, was passierte?

»Das kotzt mich alles echt an«, sagte sie seufzend, dann wich sie ein Stück zurück. »Bist du ein Betrüger?«

Kip sah ihr unbeirrt in die Augen. »Nein. Ich habe noch nie eine Frau betrogen. So was mache ich nicht.«

Sie dachte kurz darüber nach, ihn wegzustoßen, doch sie glaubte ihm. »Ich auch nicht. Ich versteh's einfach nicht. Wieso trennt er sich nicht, wenn er eine Neue hat? Warum muss man sich wie ein Arschloch verhalten?« Sie rieb sich das Gesicht. »Ich bin ein totales Wrack.«

»Hast du Hunger?«

»Jetzt ja.«

»Dann lass uns was essen gehen.« Er lächelte. »Wir können über mögliche Hochzeitslocations reden. Haben wir nicht nächste Woche einen Termin im Club?«

Sie nickte. »Das ist wohl inzwischen mehr als ein Notfallplan.« Der Gedanke machte sie traurig, doch Kip hatte recht. Wenn ihre Mom sich das Haus nicht leisten konnte, war daran nichts zu ändern.

»Ich wünschte, es wäre nicht so«, sagte sie, als sie das Schlafzimmer verließen. »Ich wollte wirklich gerne in ihrem Garten heiraten.«

»Ja, aber die Hochzeit dauert nur einen Tag. Unsere Ehe ist für immer.«

»Ich weiß.«

»Ich habe vor ein paar Tagen mit *meiner* Mom gesprochen und dabei den Termin im Club erwähnt.«

Harlow warf ihm einen skeptischen Blick zu. »Und was hat sie gesagt?«

»Sie ist ganz aufgeregt und hat gefragt, ob sie nicht zu unserem ersten Termin mitkommen könnte.« Er verzog das Gesicht. »Ich weiß, du wirst das nicht ideal finden, doch sie will gerne daran teilhaben.«

Seine Mutter wollte im Club mit dabei sein? Aber es war ihre und Kips Hochzeit, nicht die seiner Mutter. Und bezahlen würde sie sie auch nicht.

Ihr war jedoch bewusst, dass sie sich an diesem Abend schon genug danebenbenommen hatte, daher zwang sie sich zu einem Lächeln und sagte: »Klar, sie kann gerne mitkommen. Ich werde meine Mom auch fragen, ob sie dabei sein kann. So können sich die beiden besser kennenlernen, und vielleicht haben sie ein paar gute Ideen, die sie beisteuern können.«

Er blieb vor der Wohnungstür stehen und lächelte sie an. »Ich weiß, dass du nicht wirklich daran glaubst, aber danke, dass du das sagst.«

Sie grinste. »Und dass ich dich deine Mom mitbringen lasse.«

»Das auch.«

Robyn fuhr vom Freeway 405 auf den Freeway 101. Normalerweise wäre sie nach Los Angeles geflogen und hätte von dort aus ein Pendlerflugzeug direkt nach Santa Barbara genommen. Doch da sie ihre Flüge last minute mit ihren Flugmeilen gebucht hatte, waren ihre Reisemöglichkeiten eingeschränkt. Statt dafür zu zahlen, das letzte Stück zu fliegen, hatte sie beschlossen, es mit dem Auto zurückzulegen. Ja, das dauerte etwas länger, aber das störte sie nicht. Sie würde das San Fernando Valley hinter sich lassen, ehe der Spätnachmittagsverkehr einsetzte.

Es hatte weniger als einen Tag gebraucht, ihre Reise vorzubereiten. Nachdem sie sie mit Mindy abgesprochen und ihren Urlaubsservice gebeten hatte, ihre Post aus dem Briefkasten zu holen und im Haus nach dem Rechten zu sehen, hatte sie Austin darüber informiert, dass sie eine Weile weg sein würde, ihren Flug reserviert und gepackt. Sie hatte überlegt, es auch Harlow zu erzählen, sich jedoch dagegen entschieden. Sie würde es ihre Tochter wissen lassen, wenn – beziehungsweise falls – die sich bei ihr meldete. Bis dahin würde sie ein paar dramafreie Tage genießen.

Sie warf einen Blick auf die Temperaturanzeige des Wagens und stellte fest, dass laue fünfundzwanzig Grad herrschten. Sie fuhr die Fenster runter, atmete die trockene Luft ein und lachte befreit auf. Südkalifornien mochte seine eigenen Probleme haben, Luftfeuchtigkeit war jedoch keins davon. Vor allem aber waren die Insekten klein und bewegten sich im vernünftigen Rahmen – anders als in Florida, wo sie beinahe groß genug waren, um Auto zu fahren und eine Gang zu gründen.

Mit jedem Kilometer entspannte sie sich ein Stück mehr. Sie liebte es, Zeit mit Lillian zu verbringen. Sie würden miteinander abhängen und reden. Und sie würde das Haus erkunden – ihr zweitliebster Zeitvertreib dort. Wenn sie dann den Kopf ein wenig freibekommen hätte, würde sie über ihre Zukunft nachdenken.

Sie durchquerte Carpinteria und Summerland, ehe sie die Vororte von Santa Barbara erreichte. Als sie sich der Ausfahrt näherte, die sie nehmen musste, wurde ihr beinahe schwindelig vor Vorfreude. Hier zu sein, war genau das Richtige.

Zehn Minuten später bog sie in die vertraute Einfahrt ein und fuhr zur Garage hinter dem Haus. Nachdem sie aus ihrem Wagen gestiegen war, nahm sie sich einen Moment Zeit, um einfach nur dazustehen und die leicht salzige Luft einzuatmen.

Doch schon öffnete sich die Hintertür, und Salvia eilte mit ausgebreiteten Armen auf sie zu.

»Miss Robyn, Sie sind da! Ich bin so froh, Sie zu sehen. Als Miss Lillian mir gesagt hat, dass sie kommen würden, war ich so, so glücklich.«

Robyn umarmte die Haushälterin. »Ich auch«, sagte sie lachend. »Wie geht es Ihnen?«

»Immer gut. Miss Lillian auch.« Ihr Lächeln wurde breiter. »Sie hat nie schlechte Laune und immer ein nettes Wort auf der Zunge.«

Robyn ließ ihre Taschen draußen stehen und folgte Salvia ins Haus. Die Küche war genau so, wie sie sie in Erinnerung hatte – modernisiert, aber dem Haus angemessen und voll von Katzen.

»Wie viele sind es inzwischen?«, fragte sie und deutete auf ein hellgraues Exemplar, das sich auf einer breiten Fensterbank sonnte.

Salvia seufzte. »Fünfzehn. Sie sind alle kastriert, daher sollten es eigentlich nicht mehr werden, aber es tauchen einfach immer wieder neue hier auf. Ich glaube, sie erzählen sich gegenseitig von dem verrückten Haus auf dem Hügel.«

»Wenn ich eine Katze wäre, würde ich auch hier wohnen wollen«, sagte Robyn grinsend und umarmte Salvia noch einmal. »Ich bin so froh, hier zu sein.«

»Und Lillian freut sich so darauf, Sie zu sehen. Gehen Sie nur hoch zu ihr. Ich bringe Getränke und ein paar Häppchen.« Salvia verzog den Mund. »Versuchen Sie bitte, sie zum Essen zu bewegen. Sie hat das Alter erreicht, in dem man keinen Appetit mehr hat, daher ist sie ganz schön dünn geworden, aber sie ist immer noch gesund.«

Robyn wollte weiter nachfragen, sagte sich jedoch, dass sie sich die Antworten von Lillian direkt holen sollte. Sie dankte Salvia und machte sich auf den Weg durch das Haus.

Sie bog in den Flur ein, in den man von der Küche aus gelangte, und passierte ein Ess- und ein Wohnzimmer. Die Decken waren hoch – über dreieinhalb Meter –, und jeder der Räume war riesig. Sie ignorierte eine kleine Treppe, von der sie wusste, dass sie nur zu einem von drei Seiten eingemauerten Absatz führte, und sämtliche geschlossenen Türen. Hinter manchen befanden sich Schränke, hinter anderen blanke Wände.

Das Haus – inspiriert vom Winchester House in San José – war ein schrulliges Architekturjuwel. Es beherbergte Geheimgänge, bot wunderschöne Ausblicke, und die Räume waren voll von unbezahlbaren Möbeln und Kunstwerken. Bei ihrem letzten Besuch hatte Robyn ein Gemälde entdeckt, von dem sie sicher war, dass es sich um einen Renoir handelte. Lillian hatte versprochen, es von einem Experten begutachten zu lassen.

Sie betrat die fünfundvierzig Quadratmeter große Eingangshalle und begann den Aufstieg auf der prachtvollen, gewundenen Treppe. Oben angekommen, erblickte sie den Treppenlift, den Lillian inzwischen nutzte, um elegant von einer Etage in die andere zu gelangen. Ihre Großtante davon zu überzeugen, dass sie einen solchen Lift brauchte, war ein einjähriges Unterfangen gewesen, aber der Kampf hatte sich eindeutig gelohnt. Robyn schlief besser, seit sie wusste, dass Lillian keine Stürze riskierte.

Sie lief die letzten Meter bis zu Lillians Zimmer, klopfte einmal an die angelehnte Tür und ging hinein.

»Ich bin da«, rief sie und betrat den riesigen Balkon mit dem perfekten Meerblick.

Sie ignorierte die grenzenlose Wasserfläche und die zwei Katzen, die sich in der Sonne putzten, und trat geradewegs an den Liegestuhl, der in der Mitte stand. Ihre Tante erhob sich lächelnd.

»Du hast es geschafft. Komm, umarme mich, damit ich weiß, dass du wirklich hier bist.«

Robyn lief zu ihr und nahm sie in die Arme, wobei sie feststellen musste, dass Lillian zerbrechlicher geworden war – angesichts ihres fortschreitenden Alters keine überraschende Entwicklung, deshalb aber nicht weniger beunruhigend.

»Ich habe dich vermisst«, flüsterte Robyn inbrünstig. »So sehr.«

»Genau wie ich dich, meine Liebste. Komm, setz dich. Lass mich dich anschauen.« Lillian trat einen Schritt zurück. »Ach, noch einmal so jung und schön zu sein …«

»Du wirst immer schön sein.«

»Es ist lieb von dir, mich so anzulügen.«

Robyn zog einen zweiten Liegestuhl herbei und überzeugte sich, dass ihre Tante bequem saß, ehe sie selbst Platz nahm.

Lillian drückte ihr die Hand. »Sag mir, dass du für immer bleibst.«

Robyn lachte. »Erst mal für einen knappen Monat.«

»Hervorragend. Ich freue mich auf jede Sekunde davon.« Ihr Blick wurde schärfer. »Was hat dich überzeugt, mich besuchen zu kommen?«

»Ich flüchte mich mal wieder zu dir.« Robyn gab sich Mühe, locker zu klingen.

Lillian musterte sie eindringlich. »Dafür bin ich da. Jetzt erzähl mir, was passiert ist.«

In diesem Moment erschien Salvia mit einem Tablett. Robyn zog einen Tisch zwischen ihre Liegestühle und grinste, als sie die klassischen Mai Tais erblickte, jeder mit einem Stück Ananas und einer Cocktailkirsche garniert. Dazu gab es einen Teller mit Obst und Käse.

»Ich mache noch ein paar Kokosgarnelen«, sagte Salvia zu ihr.

»Das klingt köstlich. Vielen Dank.«

Robyn reichte ihrer Tante einen Drink und schob den Käseteller näher an sie heran. Dann nahm sie sich das zweite Glas und grinste. »Jetzt weiß ich sicher, dass ich wieder zu Hause bin.«

»Ich sollte womöglich etwas Niveauvolleres trinken, aber ich kann nicht anders. Ich liebe diesen Cocktail, und die von Salvia sind die besten. Na schön, du hast zu trinken und zu essen. Jetzt sag mir, was los ist.«

Robyn nahm einen Schluck, hauptsächlich um Zeit zu gewinnen. Sie war sich nicht sicher, wie viel sie Lillian über das Desaster, das ihr Leben gerade war, mitteilen sollte. »Es ist alles gut«, sagte sie ausweichend.

Lillian setzte sich auf und wandte sich ihr zu. »Robyn, ich kenne dich schon dein ganzes Leben – seit du ein kleines Baby warst. Ich habe dich damals geliebt, und ich liebe dich immer noch. Du bist mir der liebste Mensch auf der Welt, und nichts, was du sagen könntest, kann daran etwas ändern. Also, wovor genau läufst du weg?«

Lillians Worte gaben ihr das warme Gefühl, so angenommen

zu werden, wie sie war, doch zugleich kam sie sich auch etwas blöd vor.

Robyn öffnete den Mund und schloss ihn wieder, bis es schließlich aus ihr herausplatzte: »Mein Leben ist ein totales Chaos. Ich habe mich benommen wie eine Idiotin. Nein, ich habe mich unverantwortlich und albern benommen, und ich schäme mich unendlich dafür.«

Sie erzählte ihr vom Haus und dass sie keinen Job hatte, von dem sie leben konnte, und dass sie ganze vier Jahre verschwendet hatte. Dass sie von Cords Schecks gelebt hatte, ohne einen Plan für die Zukunft zu haben, und dass sie aufs College hätte gehen sollen, als sie achtzehn war, oder wenigstens nach ihrer Scheidung, es aber nicht getan hatte. Sie sprach über Austins sommerlichen Auszug, den Streit mit Harlow und dass sie ihr großes Haus Anfang September zum Verkauf anbieten wollte.

Als sie endlich fertig war, hatten sie ihre Cocktails ausgetrunken, und der Käseteller war größtenteils geleert.

Salvia tauchte mit einer zweiten Getränkerunde und den Kokosgarnelen auf. Als sie wieder gegangen war, lächelte Lillian.

»Das ist ganz schön viel auf einmal.«

»Ich weiß. Ich versuche, mich nicht vollkommen überfordert zu fühlen.«

»Das brauchst du auch nicht, wenn wir alles einzeln durchgehen. Also, das Studium.«

»Ich hätte gleich nach der Highschool studieren sollen.«

Lillian wischte ihre Aussage mit einer Handbewegung beiseite. »Wie heißt es noch? Hätte, hätte, Fahrradkette. Ich glaube, keine von uns wünscht sich deine wundervollen Kinder weg. Starte von dort, wo du jetzt stehst. Möchtest du gerne studieren?«

»Ja.«

»Und welches Fach interessiert dich?«

»Ich sollte …« Robyn brach ab, als sie Lillian mit den Augen rollen sah. »Ich weiß, was du sagen willst, aber ich muss praktisch denken. Ich bin zweiundvierzig.«

»Tu mal so, als müsstest du nicht praktisch denken. Was würdest du studieren?«

»Kunstgeschichte.«

Lillian nippte an ihrem Mai Tai und lächelte. »Eine ausgezeichnete Wahl für dich. Erzähl mir von deinem Job bei Mindy. Läuft das gut?«

»Größtenteils ja. Ich meine, ich liebe die Arbeit, aber mit Mindy ist es manchmal schwierig. Sie ist meine Chefin, und wir sind gleichzeitig Freundinnen, das ist etwas schräg. Manchmal weiß ich gar nicht, ob ich sie eigentlich mag. Jedenfalls trifft sie idiotische Entscheidungen für ihr Privatleben.«

Mindy war ein weiterer Teil ihres Lebens, bei dem sie den Weg des geringsten Widerstands gewählt hatte. Sie verbrachte Zeit mit ihr wegen des Jobs, und den Job hatte sie, weil sie sich nicht die Mühe gemacht hatte, sich mit ihrer Zukunft auseinanderzusetzen, und sie hatte keine Zukunft, weil …

»Du fängst schon wieder mit ›hätte‹ und ›sollte‹ an«, sagte Lillian sanft.

»Stimmt, tut mir leid. Ich versuche jetzt, damit aufzuhören. Ich habe nur das Gefühl, dass ich mich jedem einzelnen meiner Fehler stellen muss. Und das ist eine ganz schön lange Liste.«

»Dann fangen wir mal klein an. Und zwar mit deinem Job.«

»Ich arbeite nicht genügend Stunden. Und als Warenbestandsmanagerin verdiene ich nicht viel. Im Verkauf würde ich zumindest eine Provision bekommen.«

»Du könntest deinen eigenen Laden aufmachen.«

Robyn sah ihre Großtante erbost an. »Wir haben oft genug darüber geredet, und du hast versprochen, niemals zu sterben – daher nein, danke.«

»Liebes, ich werde nicht ewig leben.«

»Doch, das wirst du. Ich bestehe darauf.«

Lillian lachte leise. »Es tut mir leid, aber darauf hast du keinen Einfluss. Außerdem habe ich ein gutes Leben gelebt. Ich bin bereit, wenn meine Zeit kommt. Und du weißt, dass du den Inhalt dieses Hauses erben wirst, fang also schon mal an, darüber nachzudenken, was du mit alldem anfangen willst.«

»Nein, ich will das nicht«, erwiderte Robyn reflexhaft. Sie dachte daran, was für eine beängstigende Aufgabe es sein würde, die Räume durchzusehen. Es gab hier Gegenstände und Kunstwerke, die es wert wären, in einem Museum ausgestellt zu werden, und andere, die totaler Schrott waren.

»Es wird eine Weile dauern, das alles durchzusehen«, sagte Lillian sanft.

»Mindestens ein Jahr.«

»Das Jahr ist auch so im Testament festgelegt. Ich hoffe ja, dass das Haus an den hiesigen Geschichtsverein verkauft wird.«

Robyn nickte. Das hatte Lillian schon mal erwähnt.

»Einige Dinge sollten im Haus bleiben«, sagte Robyn und nahm sich eine Garnele. »Andere gehören in ein Museum. Hast du eigentlich mal jemanden wegen des Renoirs kommen lassen?«

»Hm, ich glaube nicht. Darum könntest du dich für mich kümmern, solange du hier bist. Und vielleicht schon mal anfangen, die Sachen in Kategorien einzuteilen. Selbst wenn du großzügig bei der Entscheidung bist, was bleiben und was ins Museum soll, wirst du noch genug Inventar für zehn Antiquitätengeschäfte haben.«

Sie hat recht, dachte Robyn. Das hatte sie nie bedacht. »Ich frische gerne meine Erinnerung auf und sehe mir an, was alles da ist. Die Arbeit wird mir helfen, den Kopf freizubekommen und mir über meine Zukunft klar zu werden.«

»Sehr gut. Wird Harlow dich besuchen kommen, während du hier bist?«

Das war ein Themenwechsel, der ihr nicht behagte.

»Nein. Sie muss arbeiten, und außerdem reden wir gerade nicht miteinander.«

»Das wird sich wieder ändern«, beruhigte Lillian sie. »Sie hat dich sehr lieb.«

»Und ich sie, aber in letzter Zeit streiten wir ständig.« Robyn rutschte voller Unbehagen auf ihrer Liege hin und her. »Es ist mein Fehler. Ich habe ihr gesagt, dass sie zu jung zum Heiraten sei, und das kam nicht gut an. Wahrscheinlich habe ich es nicht richtig ausgedrückt. Außerdem habe ich sie zu sehr verwöhnt, als sie klein war.«

»Damals war sie krank und wäre beinahe gestorben. Da darf man schon mal ein bisschen nachgiebig sein.«

»Eine Weile vielleicht. Aber ich war es zu lange. Ich habe im Flugzeug noch darüber nachgedacht. Als es ihr endlich besser ging, war ich so glücklich, dass ich ihr nie etwas abverlangt habe. Ich wollte nur, dass sie ein normales Kind ist, dass sie Spaß hat. Daher habe ich ihr keine Grenzen gesetzt, wie ich es hätte tun sollen, und jetzt ist sie äußerst anspruchsvoll und egoistisch.«

Sie dachte an den hässlichen Wortwechsel zwischen ihr und Harlow bezüglich des Hausverkaufs.

»Ich wünschte, wir würden uns nicht ständig streiten«, gab sie zu. »Als ich in ihrem Alter war, habe ich mit Cord zusammengearbeitet, bin sieben Tage die Woche mit einem Charterboot rausgefahren und hatte dabei auch noch ein Baby vorgeschnallt.«

Lillian lächelte. »Ein schönes Bild, danke dafür. Aber du darfst nicht vergessen, dass Harlows Reifeprozess langsamer vonstattenging als bei anderen Mädchen ihres Alters. Sie hat zwei Jahre ihres Lebens an den Krebs verloren – das hat ihr emotionales Wachstum auf Pause gestellt. Aber das wird sie schon noch aufholen.«

Robyn ergriff Lillians Hand. »Ich hab dich so lieb. Du bist in einer ganz anderen Zeit aufgewachsen, in der eine Weltsicht herrschte, die ich mir kaum vorstellen kann, und dennoch kannst du mir so viel Hilfreiches zu meinen Kindern sagen.«

»Ich tu mein Bestes.«

Robyn ließ sie los und nahm ihren Drink in die Hand. Das war genau der Grund, weshalb sie hierhergekommen war. Um mit einem ihrer Lieblingsmenschen Zeit zu verbringen, in dem Wissen, dass man sie liebte und sich um sie kümmerte. Lillian hatte ihr stets weise Ratschläge und einen Ort geboten, an dem sie sich erholen konnte – sei es, als Robyn elf gewesen war und gerade ihre

Mutter verloren hatte, oder als sie ihre fünfjährige Tochter und ihren einjährigen Sohn zu ihr brachte, nachdem sie herausgefunden hatte, dass Cord sie betrog.

Robyn hörte Schritte und erwartete, im nächsten Moment Salvia mit einem weiteren Appetizer auftauchen zu sehen. Stattdessen trat ein etwa eins achtzig großer Mann mit kurzen dunklen Haaren auf die Terrasse. Sie hatte ihn noch nie zuvor gesehen, und doch bewegte er sich mit einer Selbstverständlichkeit, die darauf hindeutete, dass er sich hier heimisch fühlte. Er blieb erst stehen, als er sie erblickte.

»Oh, ich wusste nicht, dass du Gesellschaft hast«, sagte er. Seine Stimme war tief und klang leicht kontrolliert.

Lillian winkte ihn heran und reichte ihm die Hand, als er zu ihr trat. »Mason, ich hatte gehofft, dass du uns Hallo sagen würdest.« Sie lächelte ihn an.

Robyn musste sich bemühen, ihn nicht mit offenem Mund anzustarren. Lillian mochte den Mann ganz offensichtlich. Ja, er sah gut aus, und niemand sollte allein sein, der nicht allein sein wollte, doch er war mindestens fünfzig Jahre jünger als Lillian. War es voreingenommen von ihr, dass ihr innerlich ein »Igitt« herausrutschte?

Lillian wandte sich an sie. »Endlich lernt ihr zwei euch kennen. Das ist Mason Bishop.«

»Ah, ja?«

Lillian lachte. »Ich sehe, dass du nicht die geringste Ahnung hast, von wem ich spreche. Liebes, das ist der Mann, der mein Haus erben wird.«

9. KAPITEL

»Bist du dir da sicher?«, fragte Robyn, ehe sie sich auf die Zunge beißen konnte. Unerwartete Feindseligkeit vermischte sich bei ihr mit Angst und Eifersucht. »Hast du dir seine Identität bestätigen lassen oder mal mit deinem Anwalt darüber gesprochen?« Sie wandte sich an Mason. »Gibt es irgendeinen Beweis dafür, dass Sie mit Leo verwandt sind?«

Lillian zog irritiert die Augenbrauchen hoch, schwieg jedoch. Masons Miene blieb unbewegt.

»Freut mich, dich kennenzulernen, Robyn«, sagte er ohne jegliche Schärfe in der Stimme. »Ich war vor ein paar Tagen bei Lillians Anwalt. Was meine Identität betrifft, so hat Lillian mich kontaktiert, nicht andersrum.«

»Er hat recht, das habe ich«, versicherte ihre Großtante ihr. »Schon vor Jahren. Wir haben korrespondiert – ich mehr als er, aber du weißt ja, wie Männer sind.« Lillian beugte sich zu ihr herüber. »Bitte sei nicht böse, ich hätte es dir sagen sollen. Ich dachte nur, euer erstes Treffen könnte eine tolle Überraschung sein.«

Robyn versuchte, das Ganze zu begreifen. Sie hatte gewusst, dass das Haus an einen Verwandten von Leo gehen würde, doch die Einzelheiten waren bestenfalls vage gewesen. Lillian hatte immer so geklungen, als wüsste sie selbst nichts Genaues.

Das entsprach wohl nicht der Wahrheit. Scheinbar waren sie gute Freunde geworden, und jetzt war er hier.

»Du bist seit Jahren mit ihm in Kontakt und hast mir nie etwas davon erzählt?«

»Oh Liebes.« Lillian zog die Mundwinkel herab. »Ich habe dich verletzt.«

»Ich bin nicht verletzt.« Nicht wirklich. Die Situation war nur verwirrend. Das alles traf sie vollkommen unerwartet und gefiel ihr ganz und gar nicht. Sie sah Mason an. »Wie lange wohnst du schon hier?«

»Fast zwei Wochen.«

»Was?« Robyn sprang auf und starrte ihre Tante an. »Du hast hier seit zwei Wochen jemanden wohnen, und es ist dir nicht eingefallen, mir das mal zu sagen?«

Plötzlich konnte sie Harlows Zorn darüber, dass sie ihr wichtige Informationen vorenthalten hatte, sehr viel besser nachvollziehen.

»Was geht hier noch so vor sich, ohne dass ich etwas davon weiß?« Sie funkelte Mason böse an. »Nutzt du sie etwa aus? Hast du ihr Geld abgeknöpft?«

»Robyn!« Lillians Ton war nun scharf. »Du machst dich lächerlich. Mason gehört zur Familie, genau wie du. Ich habe ihn eingeladen. Und die Testamentsbestimmungen sind eindeutig.«

»Das Haus ist mir egal. Aber du nicht.«

Mason versteifte sich. »Ich nutze deine Großtante nicht aus.«

Robyn hätte ihn beinahe gefragt, wie sie ihm das glauben sollte – sie kannte ihn ja überhaupt nicht. Sie sah zu Lillian. »Ich rufe den Anwalt an.«

»Hervorragende Idee.« Lillian erhob sich. »Ich hole dir seine Nummer. Je schneller wir das geklärt haben, desto besser.«

Mason stand in seinem Schlafzimmer und redete sich ein, dass ihm vollkommen egal war, was Robyn Caldwell über ihn dachte. Seine Anwesenheit im Haus war absolut legitim, und wenn sie das störte, musste sie selbst damit klarkommen.

Was in der Theorie toll klang, aber in Wirklichkeit Unsinn war.

Lillian hatte ihre Nichte mehrfach erwähnt, sie hatte sogar angedeutet, dass sie beide Singles waren – eine Information, die Mason geflissentlich ignoriert hatte. Denn er kannte seine Schwächen, und was Beziehungen anging, so war er darin einfach nicht gut. Als Lillian ihm erzählt hatte, dass Robyn zu Besuch kommen würde, hatte er sich kaum die Mühe gemacht, zu nicken. Was ging ihn das an? Nein, sie hier zu haben, war nicht das Problem. Das Problem war, dass sie ihn ganz offensichtlich hasste.

Er hatte es an ihrem Blick erkannt – sie sah ihn an wie Dreck an ihrem Schuh. Am liebsten wäre es ihr wohl, er würde gar nicht existieren oder einfach verschwinden – was ihn nicht weiter gejuckt hätte, wenn sie nicht so … so … unglaublich wäre.

Er fluchte leise und ermahnte sich, sich zusammenzureißen. Ja, Robyn sah umwerfend aus. Athletisch, mit langen blonden Haaren und Augen, die so blau waren wie … Verdammt, er hatte keine Ahnung, wie blau. Wie der Himmel vielleicht?

Sie sah aus wie eine Frau, die sich von keinem Mann etwas gefallen lassen würde. Sie sah aus wie eine Frau, der man liebend gern seine Seele verkaufen würde, selbst wenn man wüsste, dass es böse enden würde. Was seine Theorie bestätigte, dass das Leben eine Frau mit einem fiesen Sinn für Humor war.

Er hatte keine Ahnung, was da gerade passiert war. Im Allgemeinen genoss er die Anwesenheit von Frauen. Manche waren begehrenswerter als andere, doch nie zuvor in seinem Leben hatte allein der Anblick einer Frau ihn so umgehauen wie ein Tritt in die Magengrube.

In diesem Moment kam Charles der II. unter dem Bett hervor und sprang auf den Schreibtisch. Sein Gesichtsausdruck war gebieterisch. Als Mason ihn nicht streichelte, miaute er lautstark.

»Kriegst du eigentlich immer, was du willst?«, fragte er und kraulte den Kater. Charles rieb den Kopf an seiner Hand. »Ja, ja, ich weiß. Hinter den Ohren. Ich erinnere mich.«

Das Tier lenkte ihn ein wenig ab, jedoch nicht genug, denn Mason war sich der Tatsache sehr bewusst, dass Robyn sich irgendwo im Haus befand. Vermutlich im Gespräch mit dem Anwalt oder auch der Polizei. Mit beidem könnte er umgehen. Doch eine winzige Sekunde lang stellte er sich vor, dass sie sich umzog, so wie manche Frauen es alle fünf Minuten taten. Was, wenn sie gerade nackt war? Selbst wenn sie es in diesem Moment nicht war, musste sie es ja irgendwann mal sein. Zum Beispiel unter der Dusche.

Diese Fantasie schoss in seine Leistengegend und verhalf ihm schneller zu einem Ständer, als er das Wort aussprechen konnte.

Er öffnete die Balkontüren. Leider war die Außentemperatur nicht kühl genug, um gegen seine Erektion zu wirken. Er zwang sich, an sein Buch und die Recherchen zu denken, die er noch unternehmen musste. Als das nichts brachte, erinnerte er sich an die Verachtung in Robyns Blick, und das schien seinen Zweck zu erfüllen.

Er kehrte an den Schreibtisch zurück, setzte Charles aufs Bett und öffnete seinen Laptop. Arbeit war immer ein guter Zufluchtsort. Da konnte er sich hineinvertiefen und …

Er vernahm ein Klopfen.

Mason starrte ein paar Sekunden lang auf die Tür, ehe er hinüberging, um sie zu öffnen. Er hatte Salvia oder gar Lillian erwartet, doch stattdessen stand Robyn vor ihm im Flur.

Von Nahem waren ihre Augen sogar noch blauer, als er sie in Erinnerung hatte. Sie war etwa eins dreiundsiebzig groß, und dann dieses Haar … Es war goldblond und reichte ihr bis zur Mitte des Rückens. Er hätte seinen linken Hoden dafür gegeben, es berühren zu dürfen.

»Mason«, sagte sie und hielt inne.

Der Klang seines Namens auf ihren Lippen zwang ihn beinahe in die Knie. »Ma'am.«

Sie zog irritiert die Augenbrauen hoch. »Wie bitte? Ma'am? Hast du gerade Ma'am zu mir gesagt?«

»Das erschien mir angemessen.« In Wirklichkeit war es eine rein defensive Reaktion gewesen, doch das würde er nicht zugeben.

»Wow. Alles klar. Sollte ich Sie dann Mr. Bishop nennen?«

»Wenn du magst, können wir gerne auch zu Vornamen übergehen.«

»Na schön. Da dein Cousin dritten oder vierten Grades – Lillian war da nicht eindeutig – mit meiner Großtante verheiratet war und wir für eine Weile im gleichen Haus leben werden, bin ich für Vornamen.«

Er nickte nur, denn so nahe vor ihr zu stehen und sie so lange reden zu hören, weichte sein Gehirn vollkommen auf. Er trat einen Schritt zurück, um ihr zu bedeuten, dass sie gerne eintreten durfte, nur um dann festzustellen, dass er sie soeben in sein Schlafzimmer eingeladen hatte. Nicht gerade die weiseste Entscheidung angesichts der Tatsache, dass er seinen Schwanz momentan nicht unter Kontrolle hatte.

Sie trat ein und hielt eine Flasche Wein in die Luft. »Mein Friedensangebot.« Ihr Mund verzog sich zu einem selbstironischen Lächeln. »Ich gebe zu, dass ich ihn einfach aus dem Weinkeller geholt habe, er ist also mein Friedensangebot im Geiste, aber in Wahrheit habe ich ihn meiner Großtante geklaut.«

»Ich bin mir sicher, dass Lillian nichts dagegen hat.«

Ihr Lächeln wurde breiter. »Im Gegenteil, sie wäre absolut dafür. Lillian glaubt, dass die meisten Probleme im Leben sich mit einem Cocktail oder einem Glas Wein entschärfen lassen.«

Er nahm die Flasche, stellte sie auf dem Schreibtisch ab und wandte sich ihr wieder zu. Robyn war inzwischen zum Bett hinübergegangen und streichelte Charles II. Sie warf ihm einen Blick über die Schulter zu.

»Bist du ein Katzenmensch?«

»Nein. Ich hatte noch nie ein Haustier. Die hier scheinen ganz in Ordnung zu sein, auch wenn es sehr viele sind.«

»Die Katzenbevölkerungsdichte schwankt.«

»Lillian hat gesagt, momentan sind es fünfzehn.«

Robyn seufzte. »Letztes Mal, als ich hier war, waren es ungefähr acht. Sie sollte ihr Versprechen besser halten und ewig leben.«

»Wegen der Katzen?«

»Du erbst das Haus. Ich erbe das Inventar und die Katzen.«

»Das ist eine ziemlich große Verantwortung.«

»Das ist es.« Sie sah ihn an. »Ich möchte mich für mein Verhalten entschuldigen. Ich habe viele Erklärungen dafür parat, aber ehrlich gesagt zählt keine davon. Ich bin ernsthaft schockiert über mein Benehmen. Eigentlich bin ich nicht so, nur habe ich es getan, also bin ich wohl doch so.« Sie schüttelte den Kopf. »Ich habe in letzter Zeit zu viele unangenehme Offenbarungen meines wahren Charakters erlebt. Was ist da nur los?«

Er liebte ihre Stimme. Wenn sie eine Decke wäre, würde er sich darin einhüllen und sie mit sich tragen, wohin er auch ging. Wenn Robyn sprach, bewegte sie lebhaft ihre Hände und warf den Kopf zur Seite, wodurch ihr langes Haar auf eine Art schwang, die das härteste aller Herzen schmelzen lassen würde.

Sie trug eine Jeans, die eng genug saß, um interessant zu sein, und eine dieser seidigen Knöpfblusen, von denen elegante Frauen scheinbar immer eine im Kleiderschrank hatten. Der dunkelviolette Farbton stand ihr gut, andererseits war Robyn die Art von Frau, die auch in eine Zeltplane gewickelt noch gut aussähe.

Sie redete nach wie vor, und er zwang sich, ihren Worten zu lauschen, statt sich nur an ihrem Anblick zu ergötzen.

»Was ich sagen will, ist«, fuhr sie fort, »dass ich grob und unfreundlich war und dich beschuldigt habe, meine Großtante auszunutzen, ohne die Spur eines Beweises, dass du jemals auch nur darüber nachgedacht hättest. Ich schäme mich dafür, und es tut mir leid.«

»Kein Problem.«

Sie sah ihn an. »Du bist nicht sauer?«

»Nein.«

»Aber ich habe furchtbare Dinge zu dir gesagt.«

»Die du bereust. Ich verstehe dich. Du wusstest nichts von mir, und mich plötzlich hier auftauchen zu sehen, war ein Schock für dich.«

»Du bist sehr verständnisvoll.«

»Ich bin nicht hier, um deiner Großtante etwas anzutun«, sagte er.

»Das habe ich inzwischen verstanden. Wie lange habt ihr zwei korrespondiert?«

»Über zehn Jahre.«

Sie zog ihre perfekt geschwungenen Augenbrauen hoch. »Sie hat nie ein Wort darüber verloren.«

»Aber du wusstest, dass ich existiere.«

»Ich habe immer gewusst, dass das Haus an jemanden vererbt werden würde.«

Da war es wieder, ihr sexy Lächeln.

»Es gab einiges an Spekulation über dich.« Ihr Lächeln erstarb. »Ich war so eine blöde Kuh.«

»Warst du nicht.«

»Mason, ich war schrecklich. Ich habe zwei sehr seltsame Wochen hinter mir.« Sie hob abwehrend die Hand. »Das soll keine Entschuldigung für mein Verhalten sein. Ich meine nur, es ist so viel passiert, das hat meine Welt auf den Kopf gestellt.«

Ihr Handy piepte. Robyn zog es aus der Gesäßtasche und las die Nachricht. Ihr glückliches, wohliges Lächeln weckte in ihm den Wunsch, demjenigen, der ihr dieses wundervolle Lächeln entlockt hatte, eine Faust ins Gesicht zu rammen.

»Mein Sohn«, erklärte sie. »Er will wissen, ob ich gut angekommen bin.«

Die Eifersucht verschwand so schnell, wie sie aufgeflammt war. Mit einem Sohn konnte er umgehen.

Sie steckte das Handy wieder in die Hosentasche. »Ich habe ihm geschrieben, dass es mir gut geht und wir später sprechen. Ich kann es kaum erwarten, ihm von dir zu erzählen. Er wird ganz aufgeregt sein.«

»Wie alt ist er?«

»Achtzehn. Und ich habe auch noch eine zweiundzwanzigjährige Tochter.«

Er rechnete nach. »Dann hast du aber früh Kinder bekommen.«

»Ich war zwanzig, als Harlow geboren wurde.«

»Du siehst nicht aus wie zweiundvierzig.«

Sie lachte. »Danke. Manchmal fühle ich mich älter als Lillian, doch eher auf emotionaler als auf körperlicher Ebene. Ironischerweise machen meine Kids jetzt, wo sie groß sind, fast genauso viele Probleme wie früher, als sie klein waren. Sie sind nur anders gelagert. Hast du Kinder?«

»Nein.«

»Eine Frau?«

»Ich bin geschieden.« Zweifach sogar, aber wozu in die Details gehen?

»Ich auch. Eine geschiedene Frau mit zwei erwachsenen Kindern.« Sie sah ihn an. »Ich bin weggelaufen.«

»Wovor?«

»Vor meinem Leben. Zwar nur vorübergehend, aber ich hab's getan. Ich konnte nicht mit allem auf einmal umgehen. Klingt das nicht, als wäre ich vollkommen nutzlos?«

»Du bist hergekommen, um es herauszufinden.«

»Das kannst du nicht wissen.«

»Stimmt es denn nicht?«

Sie lächelte wieder. Er spürte sofort eine heftige Reaktion in der Lendengegend.

»Doch. Ich habe keine Ahnung, weshalb ich dir das erzähle, aber ich tu's trotzdem. Mein Ex-Mann ist mit der Zwillingsschwester des Verlobten meiner Tochter zusammen.« Sie lachte. »Hier mache ich erst mal eine Pause und lasse das wirken.«

Mason ging noch mal im Kopf durch, was sie gesagt hatte, um alles richtig zu verstehen. »Wie alt ist ihr Verlobter?«

»Sechsundzwanzig.«

»Und dein Ex?«

»Sechsundvierzig.«

»Also ist sie zwanzig Jahre jünger.«

»So ist es.«

Er verstand nicht, weshalb Männer so etwas taten. Klar, der Sex – aber was dann? Er hatte es immer genossen, mit einer Frau zusammen zu sein, mit der er sich gut unterhalten konnte – mit einer, die ihn forderte.

»Und dann auch noch die Zwillingsschwester? Deine Tochter ist sicher nicht glücklich darüber.«

Robyn nickte. »Nein, ist sie nicht. Sie steht ihrem Vater sehr nahe, aber das hat er vor ihr geheim gehalten. Außerdem ist Cord die Art von Typ, der es lustig findet, darüber zu reden, dass Zafina, sollte er sie heiraten, gleichzeitig Harlows Stiefmutter und ihre Schwägerin wäre.«

»Noch schlimmer. Er wäre der Vater seiner Tochter und zugleich ihr Schwager.«

Robyns umwerfend blaue Augen weiteten sich, und sie starrte ihn mit offenem Mund an. »Oh nein«, flüsterte sie. »Daran habe ich noch gar nicht gedacht. Das ist tatsächlich noch viel schlimmer. Ihr Vater ist ihr Schwager? Sollte so was nicht verboten sein?«

»Absolut.«

Sie sah verstört aus. »Das einzig Positive ist, dass Cords Beziehungen meist nicht lange halten.«

»Ich kann verstehen, dass dir das die Woche versaut hat.«

»Das hat es. Außerdem hat mir mein Freund eröffnet, dass ich nicht gut genug für ihn bin.« Sie hielt inne. »Mein Ex-Freund.«

»Nicht gut genug für ihn? Das ist unmöglich. Für wen hält der Typ sich?« Mason zwang sich, nicht weiterzureden. Er klang ein wenig zu geladen. Was für ein Arschloch. Der Mann, der das Glück hatte, mit Robyn zusammen zu sein, sollte jeden einzelnen Tag auf die Knie fallen und Gott dafür danken.

»Er ist Kardiologe.«

»Und wenn er der König der EU wäre – der Typ ist ein Vollidiot.«

Sie lächelte ihn an. »Du verteidigst mich, dabei kennst du mich gar nicht. Ich könnte eine grauenhafte Person sein.«

»Eine grauenhafte Person würde nie darüber nachdenken, ob sie eine grauenhafte Person ist. Für eine gute Eigenwahrnehmung braucht es Intelligenz, und deine Entschuldigung war ehrlich. Außerdem bist du bereit, die Verantwortung für fünfzehn Katzen zu übernehmen.«

»Das ist aber eine fundierte Beurteilung.«

»Ich bin gut darin, Menschen einzuschätzen.«

»Anscheinend.« Sie deutete auf die Weinflasche. »Eigentlich ist es ja ein Geschenk, aber ich würde mich freuen, sie mit dir zusammen zum Abendessen zu trinken.«

»Das fände ich sehr nett.«

»Ich auch.« Sie machte sich auf den Weg zur Tür, dann wandte sie sich ihm noch einmal zu. »Es ist schön, dich kennenzulernen, Mason. Nächstes Mal versuche ich, weniger zu reden.«

»Mir gefällt das Reden.«

»Die meisten Männer nervt es.«

»Ich bin nicht die meisten Männer.«

Sie nickte und ging. Als er wieder allein war – mal abgesehen von Charles –, ließ er sich auf den Schreibtischstuhl sinken und wartete darauf, dass der Raum aufhörte, sich zu drehen. Wenn Robyn Caldwell auch nur halb so interessant war, wie er glaubte, steckte er in ziemlichen Schwierigkeiten. Die Art von Schwierigkeiten, die einem Mann das Herz aus der Brust rissen und es achtlos an den Straßenrand warfen. Und da er der größte Narr auf diesem Planeten war, konnte er es kaum abwarten.

10. KAPITEL

Robyn packte ihre Taschen aus, danach duschte sie schnell. Nachdem sie ihr Gewissen entlastet hatte, war sie nun in der Lage, ihre neue Umgebung zu genießen und zu würdigen, dass sie einen derart schönen Ort hatte, an den sie sich flüchten konnte.

Als sie angezogen war, öffnete sie die Balkontüren. Die vertraute Aussicht auf Palmen, Dächer und den Ozean dahinter brachte sie zum Lächeln. Später würde es einen spektakulären Sonnenuntergang geben.

Zwei graue Katzen kamen hereingeschlendert. Sie streichelte beide und prüfte ihre Namensschilder. »Victoria und Mary«, sagte sie lachend. »Schön, euch kennenzulernen. Charles der II. hängt nebenan ab.«

Keine der Katzen schien sonderlich interessiert an dieser Information zu sein. Sie gingen auf den Balkon hinaus und ließen sich in der Sonne nieder. Robyn betrachtete sie, wobei sie darauf achtete, nicht zu sehr mit dem Blick abzuschweifen. In Richtung von Masons Zimmer zu spähen, das gleich neben ihrem lag und sich den Balkon mit ihrem teilte, war nicht erlaubt. Sie fragte sich, ob er wusste, dass sie Nachbarn waren.

Er ist ein interessanter Mann, dachte sie, als sie in ihre flachen Sandalen schlüpfte. Attraktiv und noch dazu ein aufmerksamer Zuhörer. Ihre Entschuldigung hatte er sehr wohlwollend entgegengenommen, wofür sie dankbar war. Er hatte ein schönes Gesicht – stark und männlich. Es sah gut genug aus, um ansprechend zu sein, aber nicht so hübsch, dass er sich mehr im Spiegel würde betrachten wollen als sie.

Also nicht, dass sie auf der Suche wäre. Auf keinen Fall. Schließlich hatte sie gerade erst ihre Beziehung mit Jase beendet.

Und bis sie das Chaos in ihrem Leben beseitigt hatte, würde sie sich von Männern fernhalten.

Als sie sich das letzte Mal ernsthaft auf jemanden eingelassen hatte, war die Folge, dass sie das Studium und ihre Träume aufgab. Ja, sie war erst achtzehn gewesen, aber dennoch.

Sie hatte so viel über Bord geworfen, um mit Cord zusammen zu sein. Und obwohl sie es keinesfalls bereute, ihre Kinder bekommen zu haben, konnte sie nicht umhin, sich zu fragen, wie anders jetzt alles wäre, wenn sie genauso viel darüber nachgedacht hätte, was sie wollte, wie darüber, was er von ihr erwartete.

»Die Vergangenheit lässt sich nicht ändern«, murmelte sie und steckte sich ein Paar Diamantstecker in die Ohren.

Ihr Handy vibrierte. Sie warf einen Blick auf das Display und sah, dass es eine Nachricht von Mindy war: Kannst du sprechen? Bitte sag Ja! Du musst Ja sagen!

Robyn lachte und rief eilig ihre Freundin an. »Was ist los?«, fragte sie anstelle einer Begrüßung.

»Dimitri und ich haben uns geküsst!«, quietschte Mindy. »Ich kann es nicht fassen. Es war unglaublich, ich zittere jetzt noch. Er küsst wie ein junger Gott! Ich bin vollkommen dahingeschmolzen und hätte ihn beinahe angefleht, mich auf der Stelle zu nehmen.«

Robyn ließ sich auf einen Stuhl sinken. »Das hast du nicht getan, Mindy. Das ist ganz übel.«

»Sag doch so was nicht. Ich bin überglücklich, ich schwebe regelrecht.«

Robyn wusste, dass ihre Freundin nicht auf sie hören würde, aber sie musste zumindest versuchen, zu ihr durchzudringen. »Du riskierst deine Ehe für ein paar Küsse? Komm schon. Egal, wie toll der Typ ist, das ist er nicht wert. Du könntest alles verlieren.«

»Das werde ich nicht, Payne wird es niemals herausfinden. Du verdirbst mir die tolle Neuigkeit.«

»Über diese Neuigkeit kann ich mich nicht freuen.«

»Aber du solltest auf meiner Seite sein.«

»Das bin ich. Ich versuche gerade, dich zu retten.«

»Ich will aber nicht gerettet werden. Ich will mich in Dimitris Arme werfen und jede einzelne Sekunde genießen. Kannst du dich nicht für mich freuen?«

Robyn wusste nicht, wie sie die Frage beantworten sollte. »Ich glaube, du machst einen Riesenfehler, doch ich bin jederzeit für dich da, wenn du mich brauchst.«

»Danke. Wie ist das Leben in Santa Barbara so?«

»Es ist sonnig, vierundzwanzig Grad warm, und die Luftfeuchtigkeit liegt bei nur vierzig Prozent.«

»Du Glückliche. Hier sind es fast siebenunddreißig Grad, bei einer Luftfeuchtigkeit von fast hundert Prozent.« Mindy lachte. »Aber ich habe Dimitri, und das ist alles, was zählt. Ich muss los. Wir sprechen uns später.«

Sie beendete das Telefonat, ehe Robyn sie ermahnen konnte, auf der Hut zu sein. Nicht, dass sie auf sie hören würde – Mindy hatte die Segel gesetzt, und Robyn hatte das ungute Gefühl, dass sie nichts zwischen sich und ihre verbotene Affäre kommen lassen würde.

Das würde Konsequenzen haben, dessen war sie sicher. Sie dachte daran zurück, wie sie sich gefühlt hatte, als sie erfuhr, dass Cord sie betrog.

Er war übers Wochenende zu einer Fachmesse gefahren, und sie hatte beschlossen, ihn in seinem Hotel zu überraschen. Was sie auch getan hatte, nur dass neben ihm eine andere Frau im Bett lag.

Woran sie sich vor allem erinnerte, war, wie dumm sie sich vorgekommen war. Sie war den ganzen Weg nach Orlando gereist, um etwas Nettes für ihren Mann zu tun, und hatte dabei erfahren, dass er ein verlogener Bastard war, der seinen Schwanz nicht in der Hose lassen konnte.

Sie hatte kein Wort gesagt. Stattdessen war sie zurück zu ihrem Auto gerannt und nach Hause gefahren, wo sie die Kinder eingepackt hatte und in ein Flugzeug nach Santa Barbara gestiegen war.

Die Reise mit einer Fünf- und einem Einjährigen war nicht einfach gewesen, doch Leo und Lillian hatten sie willkommen geheißen. Sie hatten es genossen, Zeit mit den Kindern zu verbringen, um ihr die Gelegenheit zu geben, herauszufinden, was sie mit ihrer Ehe machen wollte. Sie hatten ihr ein Zuhause geboten, in dem sie bleiben durfte, solange sie wolle, und ihr eröffnet, dass das Geld fürs Studium ihr nach wie vor zur Verfügung stehe, wenn sie interessiert daran sei. Sie könne bei ihnen wohnen und auf die UC Santa Barbara gehen. Ein Angebot, das sie ernsthaft in Erwägung gezogen hatte.

Cord hatte sie immer wieder angerufen, doch sie hatte sich geweigert, mit ihm zu sprechen. Eine Woche nach ihrer Ankunft war er voller Reue aufgetaucht und hatte sie angefleht, ihm zu vergeben. Er hatte geschworen, dass es eine einmalige Sache war und nie wieder vorkommen würde.

Er hatte ihr erklärt, dass er am Boden zerstört sei, nicht nur wegen dem, was er getan hatte, sondern auch weil er ihr wehgetan habe. Er hatte sie daran erinnert, wie sehr sie sich doch liebten und von ihrem gemeinsamen Leben gesprochen. Er hatte genau das gesagt, was sie von ihm hören wollte.

Schließlich war sie mit ihm zurück nach Florida gegangen. Soweit sie wusste, war er ihr danach ein paar Jahre treu gewesen. Jedenfalls nahm sie das an.

Sie steckte das Handy in die Tasche ihres leichten Sommerkleids, das jedoch vibrierte. Sie grinste, als sie sah, dass Austin ihr erneut geschrieben hatte: Bin wieder an Land. Also, dieser Mason-Typ, ist er jetzt ein Vogelkundler oder nicht?

Schon als die Kinder klein waren, hatte Robyn ihnen erklärt, dass jemand anders das Haus erben würde. Sie hatten darüber spekuliert, wer dieser Mensch war und was er wohl machte. Austin, der gerade in der Schule etwas über verschiedene Berufe lernte, hatte Gefallen an der Vorstellung gefunden, dass der mysteriöse Erbe Ornithologe sein könnte.

Er sieht nicht aus wie einer, der Vögel beobachtet. Ich frage ihn beim Abendessen. Geht's dir gut?

Ich vermisse dich. Aber verrat meinen Jungs nicht, dass ich das gesagt habe. Das ist so unmännlich.

Robyn lächelte. Dein Geheimnis ist bei mir sicher. Ich vermisse dich auch, Kleiner.

Sie steckte ihr Handy wieder in die Tasche und verließ ihr Zimmer, um nach unten zu gehen.

Sie fand Lillian und Mason im großen, offen gestalteten Wohnzimmer vor, wo sie beim Reden die Köpfe zusammensteckten. Als sie ihre Schritte vernahmen, wandten sie sich zu ihr um. Mason stand auf, und Lillian lächelte sie an.

»Alles ausgepackt und eingerichtet?«, fragte sie. »Brauchst du noch irgendwas?«

Robyn küsste sie auf die Wange, dann setzte sie sich Mason gegenüber. »Nur deine Liebe und Gesellschaft.«

»Beides ist dir sicher.«

»Schön.« Robyn lächelte sie an. »Bei Mason habe ich mich schon für mein Verhalten entschuldigt, und jetzt entschuldige ich mich bei dir. Ich war unhöflich und schwierig.«

Lillian winkte ab. »Alles vergeben und vergessen.« Sie nahm ihr Glas in die Hand. »Mason hat mir einen Cocktail gemixt.«

»Möchtest du auch einen?«, fragte Mason.

»Ich warte lieber auf das Essen und die Weinflasche, die wir uns teilen wollen.«

Mason nickte und setzte sich wieder.

»Hast du mit den Kindern gesprochen?«, fragte Lillian sie.

»Austin und ich haben uns geschrieben. Es geht ihm gut. Harlow und ich reden allerdings immer noch nicht miteinander.«

»Dieses sture Mädchen«, murmelte Lillian. »Sie ist wirklich kompliziert gerade.«

»Sie würde wohl sagen, dass alles meine Schuld ist, weil ich sie nicht voll und ganz bei ihren Hochzeitsplänen unterstütze.«

»Harlow ist noch viel zu jung, um zu heiraten. Zu meiner Zeit machte eine Frau das so, aber inzwischen gibt es so viel mehr Möglichkeiten.«

»Das sehe ich auch so«, sagte Robyn leichthin, im vollen Bewusstsein, dass sie ihre Möglichkeiten nicht genutzt hatte und sich das Ergebnis nur selbst vorwerfen konnte.

Die große Flügeltür zur Terrasse stand offen und erlaubte der Meeresbrise, in den Raum zu wehen. Es war noch eine Stunde bis Sonnenuntergang, doch der Himmel hatte bereits einen dunkleren Blauton angenommen.

»Das wird heute ein schönes Abendrot geben«, sagte sie.

»Ja, das wird es.« Lillian lächelte. »Es ist mir die liebste Zeit des Tages, auch wenn ich Leo dabei vermisse.« Sie wandte sich Mason zu. »Wir waren zum Sonnenuntergang immer zusammen. Das war, wie ihr jungen Leute sagt, unser Ding.«

»Es ist gut, ein gemeinsames Ding zu haben«, sagte er.

Robyn warf ihm einen Blick zu. »Bist du auf Urlaub hier, oder bleibst du länger?« Sie gab sich Mühe, freundlich zu klingen, damit niemand auf die Idee kam, sie könnte wieder ausrasten.

»Mason ist dauerhaft hier«, erklärte Lillian ihr. »Er ist Schriftsteller.«

»Oh. Was schreibst du denn?«

Mason sah aus, als würde ihn der Themenwechsel eher unangenehm berühren als erfreuen. »Ich bin kein Schriftsteller. Jedenfalls nicht so einer, wie du denkst.«

»Er hat schon einige Bücher veröffentlicht«, sagte Lillian stolz.

Mason zuckte mit den Schultern. »Ich habe ein paar Sachbücher über obskure historische Schlachten geschrieben. Das ist so ein Hobby von mir. Bis vor zwei Jahren war ich bei der Armee. Ich habe fünfundzwanzig Jahre lang gedient.«

»Ein Mann des Militärs.« Diese Information verblüffte sie. »Dann könntest du also meine Kinder innerhalb von achtzehn Sekunden disziplinieren.«

»Ich bezweifle, dass sie das nötig haben.«

Sie grinste. »Da irrst du leider.«

Ihre Blicke trafen sich. Seine Augen waren dunkel – größtenteils unergründlich, aber mit einem Anflug von Schalk darin. Sein Beruf erklärte seine Selbstsicherheit. Er wirkte so, als könnte er mit jeder Situation umgehen, und so war es vermutlich auch.

»Ich habe versucht, ihn zu überzeugen, Leos Papiere durchzusehen«, sagte Lillian. »Robyn, Liebes, sag ihm bitte, dass er das unbedingt tun muss.«

»Das musst du unbedingt tun. Vor allem, wenn du dich für Geschichte interessierst. Du weißt, dass Onkel Leo Professor an der UC Santa Barbara war?«

»Lillian erwähnte es.«

»Er hat seine Arbeit und seine Forschung geliebt. Es stehen unzählige Kisten rum, keine Ahnung, was genau da drin ist. Ich weiß jedenfalls, dass es viel historisches Quellenmaterial gibt.« Sie lächelte. »Du könntest darin etwas finden, das dich inspiriert.«

Für einen winzigen, kaum wahrnehmbaren Augenblick wurde sein Blick wacher, ehe er sich wieder normalisierte.

»Ich möchte mich nicht aufdrängen«, sagte er.

Lillian sah sie auffordernd an, daher sagte Robyn: »Bitte, dränge dich auf. Ich beschäftige mich gerne mit allem hier im Haus, nur nicht mit Leos Papieren. Die sind nicht so meins. Aber vielleicht sind sie ja deins.«

Er nickte. »Du kanntest ihn?«

»Ja.« Robyn ergriff Lillians Hand. »Ich bin hier in der Gegend geboren und habe hier gewohnt, bis ich vierzehn war. Meine Mutter starb, als ich elf war. Mein Vater war vollkommen fertig und unfähig, mit der Situation umzugehen, daher brachte er mich zu Lillian und Leo. Es sollte nur für ein paar Wochen sein, aber am Ende bin ich fast vier Jahre geblieben.«

»Das waren die allerschönsten Jahre«, sagte Lillian.

»Für mich auch.« Robyn wandte sich wieder an Mason. »Mein Vater war Charterbootkapitän. Irgendwann ließ er sich in Naples, Florida, nieder und holte mich zu sich.«

Mason ließ den Blick durch den Raum schweifen. »Das hier ist ein schöner Ort zum Aufwachsen.«

»Ja. Es war nie langweilig im Haus.«

Sie plauderten noch ein paar Minuten, dann rief Salvia sie zum Essen. Mason half Lillian hoch und bot ihr seinen Arm an. Robyn folgte ihnen in das riesige Esszimmer mit dem Tisch, an dem im ausgezogenen Zustand vierundzwanzig Leute Platz hatten.

Heute Abend würden sie nur zu dritt sein, an einem Ende des Tisches gruppiert.

Sobald Lillian saß, kam Mason zu ihrem Stuhl und zog ihn für sie heraus. Ehe sie sich setzte, beugte Robyn sich zu ihm hinüber. »Es tut mir wirklich leid wegen vorhin. Du hast mich in meinem schlimmsten Zustand erlebt. Von jetzt an kann es nur besser werden.«

Er versenkte den Blick seiner dunklen Augen in ihre. »Wenn das dein schlimmster Zustand war, mache ich mir keine Sorgen.«

Sie nahm Platz. Als er sich ihr gegenüber niederließ, sahen sie sich an und lächelten. Es war die Art von Lächeln, aus dem geteilte Geheimnisse und eine Intimität sprachen, die sich auf Vertrautheit und Vertrauen gründete.

Wie seltsam, dachte sie. Ich kenne den Mann doch kaum. Sie konnte unmöglich eine Verbindung zu ihm spüren. Oder sich zu ihm hingezogen fühlen.

Das ist nur der Jetlag, versicherte sie sich entschieden. Sie war schon vor dem Morgengrauen auf gewesen, um ihren Flug nach Los Angeles zu bekommen, und hatte außerdem herfahren müssen. Da war nichts zwischen ihr und Mason – sie war nur ein wenig müde.

Harlow machte sich früher auf den Weg zur Arbeit, sodass sie noch bei ihrer Mutter vorbeifahren konnte. Sie hatten sich schon seit fast einer Woche nicht mehr gesprochen – vermutlich die längste Zeit, in der sie keinen Kontakt gehabt hatten.

Zunächst hatte sie erwartet, dass ihre Mom sich bei ihr melden würde, doch die hatte nichts von sich hören lassen. Je mehr Zeit vergangen war, desto mehr hatte Harlow über ihr letztes Gespräch nachgedacht. Und je öfter sie im Kopf durchging, was sie zu Robyn gesagt hatte, desto unangenehmer wurde es ihr.

Während sie die vertraute Strecke fuhr, dachte sie, dass es womöglich falsch von ihr gewesen war, darauf zu bestehen, dass ihre Mutter das Haus behielt. Inzwischen hielt sie es für denkbar, dass das ziemlich teuer für sie werden könnte – eine Tatsache, auf die

Kip sie hingewiesen hatte. Wassergrundstücke in Naples waren nicht billig.

Und da ihre Mutter nicht wirklich arbeitete und das Geld von ihrem Vater in monatlichen Raten kam, hielt Harlow es durchaus für möglich, dass sie tatsächlich nicht so leicht an einen neuen Kredit herankam.

Was bedeutete, dass sie keinen triftigen Grund gehabt hatte, sich ihrer Mutter gegenüber so zickig zu verhalten – eine Tatsache, über die sie zwar nicht nachdenken wollte, die sie aber auch nicht ignorieren konnte.

Sie parkte in der Einfahrt und ging zur Haustür. Es war erst kurz nach sieben, ihre Mom war jedoch immer früh auf. Harlow gab den Code ein und trat ins Haus. Nur für den Fall, dass sie falschlag und ihre Mutter doch noch schlief, schlich sie leise in die Küche, um zu sehen, ob dort schon Kaffee kochte.

Die große, offene Küche war leer. Harlow blickte sich um, verwundert angesichts des nicht vorhandenen Kaffees, der leeren Obstschüssel, des …

Sie entdeckte ein paar Formulare auf der Küchentheke neben einem Stapel Briefe und ging hinüber. Als sie sie überflog, stellte sie fest, dass sie von einem Haussitting-Service stammten und einen Bericht über den Zustand des Hauses enthielten.

Türen und Fenster sind gesichert. Bäder und Küche wurden auf undichte Stellen überprüft. Die Berieselungsanlage im Garten funktioniert. Darunter ein Datum, eine Uhrzeit und ein Name. Das Kästchen »Bestätigungsmail gesendet« war abgehakt.

Harlow ging durch das Haus zum Schlafzimmer ihrer Mutter. Es war leer, und in ihrem Schrank fehlten Kleider.

»Sie kann nicht weg sein«, sagte sie laut. Doch das war sie. Sie war weggefahren, ohne es jemandem zu sagen.

»Ich verstehe das nicht«, sagte sie in die Stille hinein.

Sie ging wieder nach draußen und achtete dabei darauf, die Eingangstür sicher zu verschließen. Zurück im Auto, starrte sie das Haus an, das sie noch immer für ihr Zuhause hielt. Wie hatte ihre Mutter wegfahren können, ohne es ihr zu sagen?

Harlow blinzelte das vertraute Brennen von Tränen weg. Wie albern. Sie war zweiundzwanzig Jahre alt, sie brauchte doch ihre Mutter nicht mehr!

Was vor einer Woche noch Zorn gewesen war, hatte sich jedoch in Scham und Sehnsucht verwandelt. Und nun kämpfte sie zudem gegen leichte Besorgnis an. Ihre Mom konnte überall sein – was, wenn ihr was passiert war? Wer würde etwas davon mitbekommen?

Harlow befahl sich, tief durchzuatmen. Sie würde mit Austin sprechen, sobald sie bei der Arbeit war. Sollte er nichts wissen, würde sie Jase anrufen. Sie hatte nicht viel Kontakt zum Freund ihrer Mutter, aber er würde wissen, wo sie war. Und wenn sie gemeinsam verreist waren, würden seinem Büro Informationen dazu vorliegen.

Nachdem das entschieden war, setzte sie rückwärts aus der Einfahrt und fuhr in Richtung Jachthafen weiter. Es war bereits heiß und feucht, trotz der frühen Tageszeit. Beim Fahren dachte sie an das leere Haus und daran, dass es irgendwann mal jemand anderem gehören würde.

Als ihre Eltern sie damals über ihre Scheidung informierten, hatten das Haus und die Tatsache, dass ihre Mutter es behielt, für Beständigkeit gesorgt. Sie hatte sich wohlgefühlt bei dem Gedanken, dass ihr Zuhause, ihr Zimmer, ihr Leben sich nicht allzu sehr verändern würden. Sie stand zu der Zeit kurz vor ihrem Studium, doch es war schön zu wissen, dass das Haus immer für sie da war und sie dorthin zurückkehren konnte – zumindest solange Austin noch die Highschool besuchte.

Für ihre Mutter musste es allerdings anders gewesen sein. Zwar hatte sie das Haus behalten, ihre Ehe hatte sie jedoch verloren. Harlow wusste, dass ihre Mom traurig, aber fest entschlossen war, die Trennung durchzuziehen. Zu keinem Zeitpunkt war ihr der Gedanke gekommen, dass ihre Eltern wieder zusammenkommen könnten.

Als Harlow bei der Arbeit ankam, ging sie gleich ihren Bruder suchen. Er fuhr heute mit einem der anderen Kapitäne raus, und sie traf ihn dabei an, wie er Rettungswesten in Kindergröße inspizierte.

»Hey«, sagte er, als er sie erblickte.

»Mom ist nicht im Haus.« Sie hörte die Panik in ihrer Stimme. »Weißt du, wo sie ist?«

»Ja. Sie ist in Santa Barbara und besucht Lillian. Hat sie dir das nicht gesagt?«

»Nein. Wir reden gerade nicht miteinander. Ich kann nicht fassen, dass sie einfach abhaut, ohne mir was zu sagen!«

Austin presste die Lippen zu einem Strich zusammen. »Scheiße, Harlow, was hast du diesmal angestellt?«

»Was soll das denn heißen?«

»Du bist …« Er hielt inne. »Du bist schwierig in letzter Zeit. Mehr als sonst. Es ist, als wärst du ständig nur wütend.«

»Ich hab keine Ahnung, wovon du redest.«

Er zuckte die Achseln. »Wie auch immer. Mom ist in Kalifornien. Jetzt weißt du's.«

»Du bist sauer auf mich? Wieso?«

»Weil du gemein zu Mom bist. Ständig. Was tut sie dir denn so Schlimmes an?«

»Ich bin nicht gemein. Sie denkt einfach nur an sich selbst. Wie kann sie das Haus verkaufen, wo sie doch weiß, dass ich …«

Austin schüttelte verständnislos den Kopf. »Ist das dein Ernst? Ich sag dir was – zahl du mal nur einen Monat für das Haus, dann reden wir weiter.«

»Du weißt, dass es teuer ist?« Sie hätte nicht gedacht, dass er sich dessen bewusst war.

»Klar. Wir haben darüber geredet, es zu verkaufen und in was Günstigeres zu ziehen. Für mich ist das okay. Dads Ratenzahlungen laufen irgendwann aus. Du bist längst ausgezogen, ich werde ausziehen, und dann? Wer kümmert sich dann um sie?«

Am liebsten hätte Harlow ihm gesagt, dass er ein Arschkriecher war. Nur war Austin immer schon der Gefestigtere von ihnen gewesen, der beide Seiten einer Medaille sehen konnte. Eine manchmal lästige, aber hauptsächlich hilfreiche Eigenschaft.

»Ich hätte nur einfach nicht gedacht, dass sie verschwinden würde, ohne mit mir zu reden«, grummelte sie.

»Dann schreib ihr doch.« Er runzelte die Stirn. »Aber nicht sofort. Bei ihr ist es jetzt erst halb fünf morgens.«

»Ich denk drüber nach.«

Er verzog den Mund. »Wieso musst du es immer so kompliziert machen?«

»Ich kann nichts dafür. Das ist irgendwie mein Ding.«

»Ein bescheuertes Ding, wenn du mich fragst.« Doch er lächelte, als er das sagte.

Harlow stürzte sich auf ihn. Er wehrte sie mit Leichtigkeit ab, drückte ihren Kopf nach unten, bis sie beinahe zusammengeklappt war, dann fing er an, sie zu kitzeln. Sie kreischte auf und wand sich aus seinem Griff.

»Lass das!«, sagte sie, lachte jedoch dabei.

»Ich kann nichts dafür. Dich zu kitzeln ist irgendwie mein Ding.«

Sie schmiegte sich an ihn. »Verrat's niemandem, aber ich vermisse sie.«

»Ich auch. Meine eigene Wohnung zu haben, ist gar nicht so lustig, wie ich dachte.«

»Ich werde ihr schreiben.«

Austin schüttelte den Kopf. »Du bist so ein Dickkopf. Eines Tages wirst du in den sauren Apfel beißen und zugeben müssen, dass du auch nicht alles weißt.«

»Eines Tages, ja«, gab sie grinsend zu. »Aber nicht heute.«

Sie verstaute ihre Tasche im Spind, dann machte sie sich an die Arbeit und überprüfte ihr Boot vor der ersten Tour. Nachdem das erledigt war, ging sie ins Büro, um sich um den Papierkram zu kümmern. Ihr Dad saß an seinem Schreibtisch.

»Wie läuft's, Kleine?«, sagte er, als er sie erblickte.

»Gut. Ich habe gleich eine Tour.«

»Wir haben viel zu tun. Das ist gut.«

Sie überlegte, ihn nach dem Businessplan zu fragen. Er hatte versprochen, ihn sich anzusehen, aber noch nichts dazu gesagt.

Doch stattdessen hörte sie sich fragen: »Dad, war eure Scheidung eigentlich einvernehmlich?«

Er sah sie erstaunt an. »Wie kommst du jetzt darauf?«

»Weiß nicht. Ich hab nur darüber nachgedacht. Als ihr es Austin und mir erzählt habt, seid ihr nicht auf die Details eingegangen. Es war ja alles schon beschlossen.«

Sie hatten die Trennung offensichtlich bereits seit einer Weile geplant. Harlow erinnerte sich noch, wie wütend sie gewesen war, als sie begriff, dass ihre Eltern mit der Ankündigung gewartet hatten, bis sie die Highschool abgeschlossen hatte. Sie hatte sich hintergangen gefühlt. Dass man ihr erneut etwas vorenthalten hatte, traf sie tief. Jetzt, im Rückblick, verstand sie es als einen Akt der Liebe. Ihre Eltern hatten nicht gewollt, dass ihre Entscheidung ihr letztes Schuljahr beeinträchtigte.

Sie sah ihren Vater an. Nein, nicht ihre Eltern. Ihre Mutter. Sie war diejenige gewesen, die so entschieden hatte.

»Dad, hast du Mom betrogen?«

Ihr Vater zog die Augenbrauen hoch. »Wieso fragst du mich das?«

Sein künstlich-fröhlicher Tonfall war Antwort genug. Harlow spürte, wie sie die Schultern hängen ließ, während alle möglichen Fragen auf sie einstürmten. Wer? Wann? Wie oft? Die Schwere, die sie befiel, drückte sie beinahe zu Boden.

»Wusste sie es? Habt ihr euch deshalb scheiden lassen?«

Er sah zur Seite. »Wir hatten Probleme, Harlow. Ehen sind kompliziert.«

Sie straffte die Schultern und wiederholte ihre Frage: »Dad, hast du Mom betrogen, und habt ihr euch deswegen scheiden lassen?«

Er sah sie an. »Ja.«

Ihr Magen zog sich zusammen. »Okay«, flüsterte sie.

»Es gab aber noch andere Faktoren. Deine Mutter …«

Sie hielt abwehrend eine Hand hoch. »Ich habe jetzt eine Tour, Dad. Ich muss los.«

Sie verließ das Büro. Auf ihrem Boot angekommen, atmete sie einige Male tief durch und versuchte zu begreifen, was sie gerade erfahren hatte – nur um festzustellen, dass das unmöglich war.

Ein paar schlichte Worte hatten ihre Sicht auf die Welt völlig verändert. Aus Gründen, die ihr nicht ganz klar waren, hatte sie immer angenommen, dass ihre Mom mehr Schuld an der Scheidung traf als ihren Dad. Vielleicht weil es, wie Kip gesagt hatte, leichter für sie war, auf ihre Mom böse zu sein. Doch damit hatte sie vollkommen falschgelegen.

Und wenn sie damit falschgelegen hatte, welche ihrer Annahmen musste sie dann noch über Bord werfen? Welche weiteren unangenehmen Überraschungen lauerten hinter irgendeiner Ecke und warteten nur darauf, sich auf sie zu stürzen?

11. KAPITEL

Robyn schlenderte durch den Garten hinter Lillians Haus. Die Anlage – die überwiegend aus einheimischen Pflanzen bestand, kombiniert mit ein paar gepflegten Bereichen in englischem Stil – hätte nicht unterschiedlicher sein können zu ihrem Garten in Florida, doch sie war unglaublich schön. Robyn liebte den Duft der salzigen Luft, die milde Temperatur von einundzwanzig Grad, das Versprechen eines schönen Sonnenuntergangs.

Nach drei Tagen hatte sie sich an diese Zeitzone gewöhnt und genoss die Flucht aus ihrem wahren Leben. Nur ab und zu befielen sie Gewissensbisse bezüglich all dessen, was sie zurückgelassen hatte. Mit Austin schrieb sie sich regelmäßig, von Harlow hatte sie jedoch nichts gehört. Immer wieder nahm sie ihr Handy in die Hand, um ihrer Tochter eine Nachricht zu schicken, tat es dann aber doch nicht.

Sie war nicht wütend oder gar verletzt, sie fühlte sich … verunsichert. Sie war davon ausgegangen, dass sie schon wissen würde, wie man mit erwachsenen Kindern umging, aber Fehlanzeige – sie schwamm in einem Meer von Unentschlossenheit.

Da sie ihre Tochter vermisste, wäre die logischste Reaktion gewesen, ihr zu schreiben, doch sie wollte Harlows Egoismus nicht noch bestärken. Daher schob sie es immer wieder hinaus.

Sie blieb neben ein paar Rosen stehen. Die Blumen – rosafarbene, rote und gelbe – wirkten völlig fehl am Platz, waren jedoch wunderschön. Ein Gärtnerteam kümmerte sich das ganze Jahr über um das Anwesen. Lillian hatte sie dazu verlocken wollen, sich Wissen über die verschiedenen Pflanzen anzueignen, doch Robyn war nicht interessiert gewesen.

Sie strich über ein paar Büschel blauen Salbeis, dann folgte sie weiter dem Weg. Neben der Garage befand sich eine große, von

Kalifornischen Steineichen gesäumte Holzveranda. Darauf standen ein alter Grill, ein Tisch und Stühle sowie mehrere Liegestühle. In ihrer Jugend war die Veranda ihr Lieblingsleseort gewesen. Dort konnte sie sich vollkommen in ein Buch vertiefen, ohne gestört zu werden.

Sie schlug den Weg dahin ein, da sie die Veranda für einen geeigneten Ort hielt, um sich zu überlegen, was sie mit dem Rest ihres Lebens anfangen sollte. Lillian hatte ihr mit dem Vorschlag, ein Antiquitätengeschäft zu eröffnen, einen Floh ins Ohr gesetzt. Es waren genügend Möbel vorhanden, um zwanzig Geschäfte damit zu füllen. Eine Liste des gesamten Inventars anzufertigen war daher eine Furcht einflößende Aufgabe, aber zugleich wusste sie, dass sie Hunderte wahre Schätze im Haus finden würde.

Ein Teil davon gehörte in Museen, ein paar würde sie für sich selbst und für die Kinder behalten, doch der Rest konnte verkauft werden. Es war ein unfassbar großzügiges Geschenk von Lillian – genau wie damals das Angebot, ihre Studiengebühren zu zahlen. Der Unterschied war, dass sie es diesmal nicht ausschlagen würde.

Mit ein bisschen Glück würde Lillian noch weitere zehn Jahre leben, was bedeutete, dass sie genügend Zeit hatte, einen Schlachtplan zu erstellen. Sie könnte sich entweder von Mindy mehr Stunden geben lassen oder sich einen Vollzeitjob suchen. Oder ein BWL-Studium anfangen, mit Kunstgeschichte als Nebenfach.

Das wäre jedoch der längere, kompliziertere Weg. Es wurden auch verschiedene Online-Kurse angeboten, die Leuten dabei halfen, ein kleines Unternehmen zu gründen. Die könnte sie absolvieren und dann nur Kunstgeschichte studieren. Oder sie könnte nur die Kurse absolvieren und die nötige Erfahrung einfach bei der Arbeit sammeln.

Dass sie sich über die Einzelheiten noch nicht im Klaren war, störte sie nicht, denn die verschiedenen Varianten gefielen ihr alle. Es waren realistische und handfeste Ziele. Sie würde …

Plötzlich hörte sie das Klimpern von Metall auf Metall, das vom hinteren Teil der Veranda kam. Die Gärtner waren nicht hier, also musste es etwas anderes sein.

Sie umrundete ein paar Büschel Ziergräser und erblickte Mason, der damit beschäftigt war, die Schrauben am alten Grill festzuziehen.

»Hallo«, sagte sie und blieb an der Ecke der Veranda stehen. »Ich wollte nicht stören. Ich habe nur ein seltsames Geräusch gehört und wollte herausfinden, was es ist.«

Er richtete sich auf und sah sie mit einem merkwürdig schuldbewussten Ausdruck im Gesicht an. »Du fragst dich wahrscheinlich, was ich hier mache.«

»Den Grill reparieren?«

Er räusperte sich. »Ja, genau. Das ist wohl nicht zu übersehen.« Er wischte sich die Hände an der Jeans ab. »Ich dachte, ich schaffe es vielleicht, dass er wieder funktioniert.«

Okay, so viel war klar. Aber warum verhielt er sich dann so eigenartig? Sie wollte ihn gerade danach fragen, als es aus ihm herausplatzte: »Ich kann einfach nicht mehr. Gestern Abend gab es Salat zum Abendessen, am Abend davor war es Suppe.« Er klang zutiefst verzweifelt und unglücklich. »Suppe ist doch kein Abendessen! Mal abgesehen vom Frühstück ist die Hälfte der Mahlzeiten vegetarisch, und die Portionen sind winzig. Ich bin ständig hungrig. Ich brauche Fleisch.«

Robyn versuchte, nicht zu lachen. »Du klingst wie mein Sohn.«

»Schlaues Kerlchen.«

Nun gab sie ihrer Belustigung endgültig nach. »Armer Mason! Gefangen bei Frauen, die nicht besessen von Fleisch sind.«

»Ich bin auch nicht besessen von Fleisch. Außer ich kriege keins. Dann muss ich ständig daran denken.«

Sie dachte an die Mahlzeiten, die Salvia servierte. Die Portionen waren klein, und sie waren bisher tatsächlich nicht sehr proteinhaltig gewesen.

»Am Tag meiner Ankunft gab es Kokosgarnelen«, zog sie ihn auf.

»Ja, das war großartig. Aber seitdem gibt es jeden Tag nur Salat. Und Grünkohl.« Er schüttelte sich.

Sie grinste. »Na schön, wir besorgen dir ein bisschen Fleisch. Ich kann gerne mit Salvia reden.«

»Ich will keinen Stress verursachen. Ich wollte mir einfach nur selbst ein bisschen Fleisch machen.«

»Du kannst kochen?«

»Ich kann grillen.« Er lächelte. »Feuer gut!«

Eine unerwartete und starke Bewusstheit durchdrang sie mit einem Mal und ließ sie ein wenig schwindelig werden. Dieses Lächeln. Voller Selbstvertrauen, locker, sexy. Das ist der wahre Mason Bishop, dachte sie, wobei sie sich bemühte, ruhig weiterzuatmen. Der Mann unter der höflichen und leicht distanzierten Fassade.

»Mal abgesehen davon, dass du Fleisch auf einen Grill schmeißen kannst – welche kulinarischen Fertigkeiten hast du noch?«, fragte sie in der Hoffnung, dass das Gespräch sie davon ablenken würde, wie sehr sie sich plötzlich zu ihm hingezogen fühlte.

»Ich kann so ziemlich alles mit Eiern zubereiten. Und Spaghetti.«

»Machst du die Soße dazu selbst?«

»Ist das dein Ernst? Nein, ich kaufe die Soße.«

»Selbst gemachte ist besser.«

»Genau wie Sex mit einer anderen Person als mir selbst, aber das Leben ist eben nicht immer so, wie …«

Er ließ den Schraubschlüssel sinken und starrte sie entgeistert an. Jegliche Farbe wich aus seinem Gesicht, nur um gleich darauf mit voller Wucht zurückzukehren und seine Wangen dunkelrot zu färben.

»Ich muss mich entschuldigen, Ma'am«, sagte er steif. »Das war vollkommen inakzeptabel und unangebracht. Ich habe mich vergessen. Es wird nicht wieder vorkommen.«

Verschwunden war das freundliche, sexy Lächeln, verschwunden der neckende Tonfall. Seine Schultern waren gestrafft, sein Körper war angespannt, sein Blick starr geradeaus gerichtet. Er flüchtete sich in militärisches Gebaren.

Robyn hatte keine Ahnung, was sie sagen sollte, damit er sich besser fühlte. Vor allem wollte sie sein sexy Lächeln wieder sehen. Sie ging auf ihn zu und hielt dabei ihre Körpersprache bewusst entspannt.

»Ich habe Kinder, Mason. Die Sache mit dem Sex ist mir also nicht unbekannt. Und ja, ich stimme dir zu, er ist schöner mit einer anderen Person. Auch wenn ich zugeben muss, dass Jase, der Kardiologe, unglaublich uninspiriert war. Man sollte meinen, dass ein Mann, der so viele Jahre damit verbracht hat, den menschlichen Körper zu studieren, eine klarere Vorstellung davon haben müsste, wo sich die Klitoris befindet. Jase wirkte immer irgendwie verloren da unten und total unfähig, wenn er sie dann doch fand. Von daher ist alleine manchmal doch besser. Aber vielleicht ist das auch nur so ein Frauending.«

Er schluckte. »Dazu kann ich nichts sagen, Ma'am.«

»Du willst vermutlich sagen, dass du nicht weißt, wie sich das Ganze als Frau anfühlt. Jedenfalls hoffe ich, dein Unwissen bezieht sich nicht auf die Frage, was die Klitoris ist und wo sie sich befindet.«

Sein Blick schoss in ihre Augen. »Ich weiß, was eine Klitoris ist und was man damit macht.«

»Ich wollte nur sichergehen. Dann können wir das Thema ja abhaken. Wir haben beide mehr gesagt, als wir sollten, es herrscht also Gleichstand. Und du hörst jetzt bitte sofort auf, mich Ma'am zu nennen, sonst schmuggle ich dir Ameisen ins Bett. Sobald ich wieder im Haus bin, stelle ich eine Einkaufsliste zusammen. Gehst du manchmal einkaufen, Mason?«

»Im Supermarkt? Ja, das tu ich … äh, Robyn.«

»Gut. Heute zahlst du, nächstes Mal ich. Wir fangen mit Steaks an, und in den nächsten Tagen mariniere ich uns ein bisschen Hühnerfleisch und Schweinekoteletts.«

Er entspannte sich ein wenig. »Es tut mir wirklich leid, was ich gesagt habe.«

»Das muss es nicht. So empfindlich bin ich nicht.«

»Ich will dir aber nicht zu nahe treten.«

Sie lächelte. »Magst du Ananas?«

»Ja.«

»Gut. Ich habe ein Rezept für eine Marinade auf Ananasbasis, die ziemlich köstlich ist. Austin liebt sie.« Sie warf Mason einen Blick zu. »Das ist mein Jüngster.«

»Ich erinnere mich.«

»Er ist gerade ausgezogen, aber nur den Sommer über. Im September zieht er zurück zu mir. Es ist eine Art Testphase fürs Erwachsenenleben. Ich vermisse ihn trotzdem.«

»Ich bin mir sicher, dass er dich auch vermisst.«

Sie bedeutete ihm, mit der Reparatur des Grills fortzufahren, und setzte sich auf einen der Stühle. »Er weiß nicht wohin in seinem Leben, und das ist allein meine Schuld.«

Mason hörte Robyn fast ebenso aufmerksam zu, wie er sie betrachtete. Nicht nur, weil er den Klang ihrer Stimme genoss, sondern auch um sicherzugehen, dass er den im Grunde so großartigen Moment zwischen ihnen nicht verdorben hatte.

Wieso um alles in der Welt hatte er von Masturbation gesprochen? Ausgerechnet vor ihr. Er fluchte lautlos. Das war wirklich ein saudummer Ausrutscher, ein totaler Anfängerfehler. Robyn war eine Klasse für sich – sie hatte Stil, war schön und kultiviert. Eigentlich müsste er damit umgehen können – es war ihm immer leichtgefallen, sein Umfeld richtig einzuschätzen und sich jeder Situation anzupassen. Selbst wenn er sich nicht wohlfühlte, bekam niemand das mit. Aber dann war er kaum dreißig Sekunden mit ihr allein und fing gleich an, über seinen Schwanz zu reden. Verdammt.

»Austin hat keine Ziele«, sagte sie leise. »Auch daran gebe ich mir die Schuld.«

»Er ist achtzehn – das ist jetzt seine eigene Verantwortung.«

»Nein. Von Gesetzes wegen mag er erwachsen sein, aber kein Achtzehnjähriger ist wirklich reif fürs Leben.« Sie hielt inne. »Cord und ich haben uns vor vier Jahren scheiden lassen. Wir haben damit gewartet, es den Kindern zu sagen, bis Harlow die Highschool beendet hatte. Teil unserer Vereinbarung war, dass ich das Haus behalte, sodass Austin Beständigkeit erfährt. Dieselbe Gegend, dieselben Freunde. Außerdem hatte so auch Harlow einen Ort, an den sie in den Semesterferien zurückkehren konnte.«

»Das klingt nach einem guten Plan.«

»Aber das war vor vier Jahren. Vor vier Jahren!«

Sie schien etwas besessen vom zeitlichen Aspekt zu sein. Er setzte sich auf einen der schmiedeeisernen Stühle.

»Harlow ist aufs College gegangen, und Austin hat die Highschool abgeschlossen.« Sie sah ihn an und verzog frustriert den Mund. »Weißt du, was ich während dieser Zeit gemacht habe? Gar nichts. Nada. Ich habe einen albernen Teilzeitjob, von dem ich nicht leben kann. Ich habe mir ein neues Auto gekauft, weil meins schon drei Jahre alt war. Und ich habe meine Mitgliedskarte vom Country Club behalten.«

Ihre Stimme wurde mit jedem Satz höher, bis sie eine Frequenz erreichte, die praktisch nur noch Hunde hören konnten.

»Ich habe die ganze Zeit von den Schecks meines Ex-Mannes gelebt. Wir haben damals zusammen ein Unternehmen gegründet, deshalb zahlt er mich aus. Aber ich habe keinen Plan, kein Sicherheitsnetz, keine besonderen Fähigkeiten, und in sechs Jahren laufen die Zahlungen aus. Ich habe vier Jahre meines Lebens verschwendet, daher habe ich jetzt Angst, dass ich Austin ein schlechtes Beispiel gewesen bin. Ich hätte nach der Highschool studieren können. Lillian und Leo haben mir angeboten, mir Geld dafür zu geben, stattdessen habe ich Cord geheiratet. So viele schlechte Entscheidungen …«

Sie seufzte. »Ich habe auch viel über meine Tochter nachgedacht. Sie hatte Krebs, als sie klein war. Jetzt geht es ihr gut, aber ein paar Jahre lang mussten wir täglich damit rechnen, sie zu verlieren. Und nachdem es ihr besser ging, habe ich sie nicht genug angetrieben. Ich war zu nachgiebig und habe sie verwöhnt, einfach weil sie am Leben und glücklich war.«

»Das ist keine ungewöhnliche Reaktion auf ein krankes Kind.«

»Ich weiß, aber was, wenn ich auch mir selbst gegenüber zu nachgiebig war, weil wir so viel durchgemacht haben? Habe ich mich zu sehr hängen lassen, weil ich fand, dass ich das Schlimmste erlebt habe, was einem passieren kann? Und falls ja, wie bringe ich mich wieder auf Kurs?«

Ihre blauen Augen füllten sich mit Tränen. Tränen, die in ihm den Wunsch weckten, jeden Drachen zu erlegen, der sie bedrohte, oder zumindest ihr Auto zu waschen – irgendwas Praktisches zu tun, damit sie sich besser fühlte.

Das war seine männliche Seite. Der Soldat in ihm hatte gelernt, dass Mitleid eine Falle war, in der man leicht stecken bleiben konnte. Und Selbstmitleid war die reinste Verschwendung von Zeit und Energie. Es brachte einen Menschen dazu, sich schwach zu fühlen, und das war gefährlich nahe daran, auch schwach zu handeln.

»Und was unternimmst du jetzt dagegen?«, fragte er ein wenig lauter, als er vorgehabt hatte.

Sie fuhr leicht zusammen. »Wie bitte?«

»Du hast sechs Jahre, um dein Leben auf die Kette zu kriegen. Das ist eine längere Frist, als die meisten Leute gewährt bekommen. Du hast Geld, du hast Ressourcen, du hast Zeit. Überleg dir einen Schlachtplan. Führe ihn aus. Sorge dafür, dass du dein Ziel erreichst.«

Einer ihrer Mundwinkel zuckte leicht. »Dann gibt es also keine Umarmung?«

Ihre Frage kam so unerwartet, dass er erst nicht verstand, was sie gesagt hatte. Als der Groschen endlich fiel, begann er zu lachen. Sie stimmte mit ein, mit ihrer glockenklaren Stimme. Gott, sie war wirklich unglaublich. Sobald er wieder allein wäre, würde er ausgiebig über die Tatsache nachdenken, dass sie vor ihm das Wort *Klitoris* in den Mund genommen hatte. Ehrlich gesagt würde er sehr viel mehr tun, als nur darüber nachzudenken – aber jetzt war nicht der Moment dafür.

»In der Armee umarmt man sich nicht viel«, sagte er.

»Wahrscheinlich besser so. Das könnte zu Missverständnissen

führen.« Sie streckte ihre langen Beine aus. »Du hast recht. Ich habe noch sechs Jahre, um das für mich zu klären. Ich wünschte nur, ich wäre mir des Problems schon vor vier Jahren bewusst gewesen.«

»Immer schön nach vorne schauen. Was ist dein Ziel? Und jetzt komm mir nicht mit so einem Quatsch wie: ›Ich will glücklich werden und Seehundbabys retten.‹ Ganz realistisch – wo siehst du dich?«

Sie riss in gespieltem Entsetzen die Augen auf. »Eigentlich wollte ich wirklich zu Greenpeace …«

Er grinste sie an. »Na klar.«

»Okay, nein, das stimmt nicht – auch wenn ich ihre Sache unterstütze.« Ihr Lächeln erstarb. »Irgendwann – ich hoffe, es dauert noch viele Jahre – wird Lillian uns verlassen, und dann muss ich mich um das Inventar des Hauses kümmern.«

»Und um die Katzen. Dass das bitte klar ist zwischen uns – Katzen gleich Robyn.«

Sie lachte wieder. »Und ich dachte, Charles der II. wäre gerade dabei, dein Herz zu erobern.«

»Ja, ihn mag ich. Aber bei den anderen vierzehn bin ich mir da nicht so sicher.«

»Na schön. Ich kriege den Inhalt des Hauses und die Katzen. Jedenfalls werde ich mehr als genug Inventar haben, um ein Antiquitätengeschäft zu eröffnen.«

»In Florida?«

»Ich weiß es nicht. Da wohne ich zumindest.«

Er hätte ihr gerne gesagt, dass sie auch hier wohnen konnte, wusste jedoch nicht, wie das in ihren Ohren klingen würde. Außerdem würde ohnehin nichts zwischen ihnen laufen. Wieso interessierte es ihn dann, wo sie wohnte?

»Da ich mir wünsche, dass Lillian ewig weiterlebt, werde ich mir für die Zeit bis dahin einen Schlachtplan ausdenken. Momentan stelle ich mir vor, ein bisschen Geschäftserfahrung zu sammeln und mehr Stunden zu arbeiten. Und während ich hier bin, werde ich eine provisorische Inventarliste für das Haus erstellen.

Nur ganz grob. Eine richtige Bestandsaufnahme würde ein Jahr dauern. Genügt das erst mal, Herr General?«

»Das ist ein Anfang.«

»Ein Anfang ist schon sehr viel mehr, als ich gestern hatte.«

Harlow ermahnte sich, nicht zu viel in Kips Entscheidung hineinzuinterpretieren, seine Mutter abzuholen und sie mit zum Club zu nehmen, sodass sie alleine hinfahren musste. Das Ganze war durchaus verständlich. Judy war noch nie im Club gewesen und hatte keinen guten Orientierungssinn. Daher war es eine liebenswürdige Geste von Kip und sprach für seinen Charakter.

Sie hatte irgendwo mal gelesen, dass eine Frau immer darauf achten sollte, wie ein Mann seine Mutter behandelte, da dies ein Hinweis war, wie er später mal mit seiner Ehefrau umgehen würde.

Das klang alles ganz toll, hatte aber dennoch zum Ergebnis, dass sie alleine im Club ankam. Sie hatte nach wie vor damit zu kämpfen, dass ihr Vater ihre Mutter betrogen hatte und sie selbst mit ihr im Streit lag, und jetzt würde sich auch noch ihre zukünftige Schwiegermutter in die Wahl ihrer Hochzeitslocation einmischen. Sie hatte sich außerstande gefühlt, Judy auszuladen, wünschte sich jedoch plötzlich, ihre eigene Mutter wäre ebenfalls dabei.

Harlow öffnete die große Tür und betrat die angenehm klimatisierten Räume des Clubs. Zu Ehren des wichtigen Termins trug sie ein hellblaues Sommerkleid und hochhackige Sandalen. Den Morgen ihres freien Tages hatte sie schon mit Erledigungen und Wäschewaschen verbracht. Doch wenn sie hier fertig war, hoffte sie, Enid überreden zu können, ein bisschen mit ihr abzuhängen – falls ihre Freundin zwischen ihren zwei Jobs einen Moment erübrigen konnte.

Harlow setzte sich auf eine Bank neben dem Eingang und schrieb Kip, dass sie bereits da war. Die Antwort kam umgehend:
Hier ist Judy. Wir sind auch fast da. Der Golfplatz ist wunderschön.

Harlow war klar, dass Kip während des Autofahrens nicht

schreiben konnte, doch musste er sein Handy unbedingt seiner Mutter überlassen? Es ihr in die Hand zu drücken, war etwas anderes, aber seiner Mutter?

Sie unterdrückte ein Schaudern und schob ihr Smartphone wieder in die Handtasche. Fünf Minuten später traten Kip und seine Mutter ein und kamen auf sie zu.

»Unser Treffen mit Rusti ist um zwei«, sagte Harlow. Sie wandte sich an ihre zukünftige Schwiegermutter. »Hallo, Judy. Danke, dass du mitkommst.«

Sie gab sich Mühe, freundlich zu klingen. Schließlich hatte sie sich damit einverstanden erklärt, dass Judy dabei war, also konnte sie sich jetzt auch nicht darüber aufregen. Was die Abwesenheit ihrer eigenen Mutter betraf, nun ja – anscheinend war sie noch immer in Kalifornien, ohne es für nötig zu halten, mit ihrer einzigen Tochter in Kontakt zu treten.

Judy – knapp über eins sechzig groß und übergewichtig – blickte sich um. »Es ist wirklich schön hier, Harlow. Ist das ein Privatclub?«

»Ähm, ja.«

»Zahlt man da einen Mitgliedsbeitrag?«

»Ja. Einen monatlichen, und dann gibt es wahrscheinlich auch eine Anmeldegebühr. Ich bin mir nicht sicher. Ich darf die Mitgliedschaft meines Dads mitbenutzen.«

Judy presste die Lippen zusammen. »Und trotzdem muss man für alles zahlen, was man hier macht, wie Tennis oder Golf spielen, und für das Essen?«

Kip lächelte seine Mutter an. »Das ist ein Country Club, Mom. So läuft das hier eben.«

»Aber wieso zahlt man einen Mitgliedsbeitrag und für alles andere noch obendrauf? Das ergibt doch keinen Sinn. Dann könnte man genauso gut auf einen öffentlichen Golfplatz gehen und in einem normalen Restaurant essen. Das würde billiger kommen.«

»Es ist eben exklusiv hier«, sagte Harlow lächelnd. »Man kann sich für Golfplatzzeiten und Spa-Behandlungen eintragen.«

»Aber dann zahlt man immer noch das Doppelte.«

»Mom!« Kip sah sie genervt an. »Wie wäre es mit ein paar Fragen weniger?«

»Meinetwegen. Ich verstehe nur einfach nicht den Sinn von solchen Clubs.«

Kip warf ihr einen frustrierten Blick zu. Harlow lächelte ihm zu, obwohl sie am liebsten gesagt hätte: *Du wolltest sie ja unbedingt mitbringen.* Erneut musste sie daran denken, dass ihre Mom, wäre sie hier, Schönwetter bei Judy machen und sie ablenken würde.

Rusti erschien genau zur vereinbarten Zeit. Sie war eine zierliche Rothaarige und die geborene Charmeurin.

»Ich freue mich so, dass ihr überlegt, eure Hochzeit hier zu feiern«, sagte sie mit ihrem gedehnten Südstaatenakzent. Sie schüttelte Kip und Judy die Hand. »Ich kenne Harlow schon ewig. Wir haben hier zusammen Tennis gespielt, als wir klein waren. Meine Eltern sind Mitglieder, genau wie meine Großeltern.« Rusti lachte. »Das ist so ein Familiending.«

Sie lächelte Harlow an. »Komm, du schöne Braut. Lass uns die Räumlichkeiten anschauen gehen. Auf dem Weg dorthin kannst du mir erzählen, wie weit du mit der Planung bist.«

»Ich fange gerade erst an.«

Rusti warf ihr einen wissenden Blick zu. »Oh nein. Überfordert von den unendlichen Möglichkeiten?«

»Ein wenig.«

»Sobald du ein paar Dinge entschieden hast, wird alles überschaubarer. Die Location bestimmt das Datum und die Anzahl der Gäste. Das Hochzeitskleid ist ein weiterer dicker Brocken, aber der Rest ist easy. Wenn ihr eure Hochzeit hier feiert, könnt ihr euch so viel Hilfe holen, wie ihr wollt. Ich habe schon Bräute gehabt, die ich nur ein halbes Jahr vorher einmal gesehen habe und dann erst wieder am Tag der Hochzeit. Andere stellen gerne ein kleines Zelt in meinem Büro auf und wohnen dort für die Zeit der Planung.« Rusti lachte. »Was euch glücklich macht, macht mich glücklich.«

Harlow spürte, wie sie sich entspannte. »Danke. Ich bin nicht sicher, was für eine Art von Braut ich sein werde.«

»Die beste Art«, sagte Kip.

»Ihr seid süß«, sagte Rusti. »Und so ein schönes Paar. Also, das ist unser größter Festsaal.« Sie öffnete eine Doppeltür und führte sie in einen riesigen Saal mit Blick aufs Wasser.

»Je nach Wetter können die Glastüren geöffnet oder geschlossen werden. Bei offenen Türen gibt es mehr Platz und Begegnungsmöglichkeiten. Die Tanzfläche liegt auf der Ostseite.« Sie deutete in die entsprechende Richtung. »Ihr könnt ein Buffet haben, aber ein am Platz serviertes Essen macht den Abend meist runder. Die Trauungszeremonie würde dann nebenan stattfinden, mit Blick zum Garten.«

Sie grinste Harlow an. »Wir wollen doch keinen Ausblick, der die Braut überstrahlt. Mit einer Anzahlung von fünfzigtausend Dollar ist der Raum reserviert, was natürlich am Ende mit den tatsächlichen Kosten der Feier verrechnet wird.«

Judy wurde bleich. »Haben Sie gerade fünfzigtausend Dollar gesagt?«

»Mom.« Kip sah sie an. »Das ist schon okay.«

»Das ist überhaupt nicht okay. Fünfzigtausend Dollar! Damit könnte man ein Haus anzahlen.«

Rusti lächelte Harlow an. »Passt das für dich?«

Harlow ignorierte die Schamesröte, die ihr ins Gesicht stieg. »Ja, das passt, Rusti. Mein Dad möchte, dass ich die Hochzeit meiner Träume feiere. Lass uns weitermachen.«

Rusti führte sie in den Garten. Die Hitze und die Feuchtigkeit, die ihnen entgegenschlugen, weckten in Harlow den Wunsch, ins Haus zu flüchten. Doch sie hörte sich geduldig an, welche Möglichkeiten Rusti aufführte, und nickte brav. Als sie zurück im Festsaal waren, schlug Rusti vor, sich einige Beispielmenüs anzusehen, um ihnen ein paar Ideen zu geben.

»Die fünfzigtausend Dollar beinhalten kein Essen?«, fragte Judy ungläubig.

Kip warf Harlow einen entschuldigenden Blick zu. »Ich glaube, wir gehen jetzt besser«, sagte er. »Ich ruf dich später an.«

Harlow nickte und wünschte sich erneut, ihre Mutter wäre

hier. Sie würde genau wissen, was sie sagen müsste, um die Situation zu entschärfen.

Sie sah Rusti an. »Tut mir leid. Kip und seine Familie sind keine Country-Club-Gänger, daher ist das für sie alles schwer zu verstehen.«

»Natürlich, mach dir keine Gedanken. Also, was meinst du?«

»Ich weiß es nicht«, gab Harlow zu. »Es ist wunderschön hier, und wir könnten einladen, wen wir wollen. Außerdem gefällt mir die Vorstellung, einen Großteil der Planung abgeben zu können.«

»Dafür bin ich da.«

»Ich muss darüber nachdenken. Es ist eine große Entscheidung, und ich möchte sicher sein, dass es die richtige ist.«

Rusti lächelte sie unbeirrt an. »Ich lasse dir eine Liste mit Terminen zukommen, die momentan noch frei sind. Wir sind immer schnell ausgebucht, daher sind es nicht mehr viele. Es wäre vielleicht gut, wenn du schon mal die Anzahlung leisten würdest, während du andere Möglichkeiten erwägst. Bis zu sechs Monate vor der Hochzeit bekommt man sie im Falle einer Stornierung vollständig zurück.«

»Gute Idee«, murmelte Harlow, obwohl sie wusste, dass sie keine fünfzigtausend Dollar parat hatte. Sie würde mit ihrem Dad reden müssen. Er hatte zwar gesagt, dass er für die Kosten ihrer Hochzeit im Club aufkommen würde, aber war ihm überhaupt klar, wie hoch die waren?

»Ich melde mich bei dir«, sagte Harlow. »Vielen Dank für deine Hilfe.« Sie gab Rusti ihre E-Mail-Adresse, damit sie ihr die freien Termine schicken konnte, dann flüchtete sie.

Als sie in ihrem Wagen saß, blickte sie zurück zum Club. Ja, Judy war nicht gewöhnt an Country-Club-Preise, doch sie musste zugeben, dass selbst ihr fünfzigtausend Dollar Anzahlung ziemlich gepfeffert erschienen. Schließlich konnten Kip und sie kaum etwas beisteuern, und bei ihrer Mom sah es nicht viel besser aus. Wenn sie das Haus verkaufte, würde sie Geld flüssig haben, aber das sollte sie vermutlich für ihre Zukunft sparen.

Als sie losfuhr und das Clubgelände hinter sich ließ, dachte sie an das Unternehmen, das ihr Dad und sie zu kaufen planten – wenn er sich nur endlich das Angebot durchlesen würde, das der Anwalt ihr zugeschickt hatte. Es lag bei zweihundertfünfzigtausend Dollar.

Wie viel Geld hatte ihr Dad überhaupt übrig für solche Dinge wie den Kauf eines Unternehmens und ihre Hochzeit? Über beides hatten sie gesprochen, doch bei Cord war sie sich nie sicher, ob er wirklich zuhörte. Vielleicht war es an der Zeit, mit ihm ein ernsthaftes Gespräch über eine ganze Reihe von Themen zu führen, inklusive der Tatsache, dass er ihre Mutter betrogen hatte.

»Wahrscheinlich steige ich am besten mit dem Geldthema ein«, murmelte sie. »Das wird sehr viel angenehmer sein, als darüber zu sprechen, dass er ein Casanova ist.«

12. KAPITEL

Am Ende entschied sich Harlow, zu tun, worauf sie Lust hatte, statt dafür, was sie tun sollte. Sie fuhr in die Stadt und parkte in der Nähe der schicken Einkaufsgegend. Von dort war es nur ein kurzer Fußweg zu der Boutique, in der Enid nachmittags meist arbeitete, ehe sie ihre Schicht in einer Bar antrat.

Enid, die gerade ein professionelles Dampfbügeleisen bediente, lächelte sie an.

»Hallo! Wie war's? Heiratet ihr jetzt im Club?«

»Ich weiß es nicht.« Harlow umarmte sie, dann warf sie einen Blick auf das noch immer zerknitterte schwarze Cocktailkleid, das Enid bearbeitete. »Hübsch.«

»Das ist Leinen.« Enid senkte die Stimme. »Ich kriege die Falten einfach nicht raus. Kauf es bloß nicht.«

»Danke für den Hinweis. Jedenfalls lief es so lala. Kips Mom ist ausgerastet, als es um die Anzahlung ging. Viel weiter sind wir nicht gekommen.«

Enid wandte ihre Aufmerksamkeit wieder dem Kleid zu und begann erneut zu bügeln. »Die meisten Leute kriegen Panik bei solchen Preisen.«

»Dann hätte Kip sie vorwarnen sollen. Es war echt unangenehm. Ich wünschte, meine Mom wäre da gewesen.«

»Ist sie immer noch in Kalifornien?«

»Ich denke mal.«

Enid sah sie verwundert an. »Ihr habt nicht darüber geredet?«

»Nein. Sie ist abgereist, ohne ein Wort zu sagen. Was weiß ich – vielleicht kommt sie ja auch nie mehr zurück.«

Enids Mundwinkel zuckten amüsiert. »Ah, da ist er ja wieder, mein kleiner Sonnenstrahl.«

Trotz des deprimierenden Verlaufs ihres Nachmittags lächelte Harlow. »Okay, ich bin wirklich nicht immer der positivste Mensch auf diesem Planeten, aber es war echt übel. Judy hat sich die ganze Zeit über total unwohl gefühlt.«

»Es gibt eine Menge Leute, die kein Country-Club-Leben führen. Kip kommt eben nicht aus einer so betuchten Familie wie du.«

»Ich komme nicht aus einer betuchten Familie. Wir sind nicht reich.«

»Aber reicher als die meisten. Haben Kip und du nie darüber gesprochen, wie er aufgewachsen ist?«

»Was meinst du damit?«

»Sein Dad arbeitet in einer Maschinenwerkstatt, seine Mom ist Kassiererin im Supermarkt, er selbst verkauft Elektrogeräte. Ich sage nicht, dass das schlecht ist – aber das sind andere Verhältnisse als die, in denen du aufgewachsen bist.«

Harlow starrte ihre Freundin verblüfft an. »Woher weißt du das alles über ihn?«

»Wir unterhalten uns eben manchmal, wenn wir zu dritt mit Freunden ausgehen.« Enid zuckte mit den Schultern. »Kip und ich haben viel gemeinsam. Du bist der reichste Mensch, den wir beide kennen.«

»Aber ich bin doch nicht reich, ich habe gar kein Geld.«

»Aber du hast Zugang zu Geld.« Enid hängte das Cocktailkleid an eine Stange und begann, eine Seidenbluse mit Dampf zu behandeln. »Wenn du was brauchst, kannst du jederzeit deinen Dad fragen.« Ihr Blick verdüsterte sich. »Ich hingegen arbeite in zwei Jobs gleichzeitig, um für das Medizinstudium zu sparen. Wenn ich Glück habe, komme ich mit nur hunderttausend Dollar Schulden aus dem Studium.«

»Du hast doch Stipendien bekommen.«

»Ja, und sogar noch ein paar weitere Zuschüsse, aber das ist nicht genug. Ich beschwere mich gar nicht. Ich will nur sagen, dass du und Kip, finanziell gesehen, aus verschiedenen Welten kommt.«

Harlow versuchte, das alles in sich aufzunehmen. Sie wusste, dass Enid recht hatte, doch die Art, wie sie es gesagt hatte, war irgendwie … Als hätte sie, Harlow, es immer leicht gehabt.

Okay, es mochte schon sein, dass sie als Kind verwöhnt worden war. Und sie hatte sich auch nie Sorgen darum machen müssen, ob sie nach dem Studium einen Job finden und genug Geld haben würde.

»Hey, sei nicht sauer«, sagte Enid ruhig. »Ich wollte dich nicht verärgern.«

»Ich denke über Geld einfach nicht nach.«

Enid lächelte traurig. »Ja, weil du es nicht musst.« Sie deutete auf die Bluse. »Würdest du lange überlegen, ob du sie dir kaufen sollst, wenn sie dir gefallen würde?«

»Nein.«

»Die kostet so viel, wie ich in einer Woche verdiene. Und Kip arbeitet auf Kommissionsbasis. Wenn er nicht zur Arbeit geht, bekommt er gar nichts. Du sollst unbedingt die Hochzeit deiner Träume haben, aber sei nicht überrascht, wenn Kips Familie Probleme hat, da mitzukommen.«

Harlow kämpfte mit schwer zu definierenden Gefühlen. »Bin ich egoistisch?«

Enid stellte das Bügeleisen ab und umarmte sie. »Nein. Das meinte ich überhaupt nicht. Ich will nur sagen, dass wir nicht alle so viel Glück haben wie du.«

Harlow betrachtete die Bluse und sah dann ihre Freundin an. »Fühlst du dich schlecht in meiner Gegenwart?«

»Niemals, ich hab dich lieb. Für immer.« Enid umarmte sie noch einmal. »Das kam irgendwie falsch aus mir raus.«

»Finde ich nicht.« Harlow dachte über die Worte ihrer Freundin nach. »Kip und ich haben nie über Geld gesprochen. Das ist nie Thema gewesen, aber jetzt frage ich mich, wie wenig ich womöglich über seine finanzielle Situation Bescheid weiß. Er zahlt immer alles, als wäre es kein Problem.«

»Er ist eben ein echt guter Verkäufer. Fast immer die Nummer eins in seinem Laden.«

Harlow nickte langsam. »Ich weiß. Aber wenn wir heiraten wollen, sollten wir dann unsere finanzielle Zukunft nicht gemeinsam planen? Genau wie die Hochzeit. Sie im Club abzuhalten, würde richtig teuer werden. Vielleicht sollten wir das Geld lieber für andere Dinge ausgeben.«

Enid seufzte. »Jetzt habe ich dir die Hochzeit versaut.«

»Nein, du hast nur ein paar Dinge gesagt, die ich wohl mal hören musste. Ich muss darüber nachdenken.«

Dass Kips Mom nicht mit einer Hochzeit im Country Club klarkam, war eine Sache, aber dass Enid mit ihr über Geld redete, eine ganz andere. Enid war schon seit Ewigkeiten ihre Freundin – sie war für Harlow da gewesen, als sie ein kleines krebskrankes Mädchen war, obwohl Enid genauso alt war wie sie. Sie hatten gemeinsam die Highschool überstanden, die ersten Jungsgeschichten und die Tatsache, dass sie an unterschiedlichen Colleges studiert hatten. Das Band zwischen ihnen war unzertrennbar. Wenn Enid ihr also etwas zu sagen hatte, würde sie ihr stets zuhören.

Harlow nahm ihre Tasche auf die andere Schulter. »Arbeitest du heute Abend in der Bar?«

»Bis Mitternacht.«

»Okay, dann sehen wir uns wohl irgendwann die Woche.«

»Auf jeden Fall.«

Sie umarmten sich ein letztes Mal, dann ging Harlow. Als sie in ihren Wagen stieg, warf sie einen Blick zurück in Richtung Boutique. Enid brauchte hunderttausend Dollar für ihr Medizinstudium. Ausgehend von der Anzahlung und den voraussichtlichen Cateringkosten, vermutete Harlow, dass die Hochzeit ungefähr genauso viel kosten würde. Hunderttausend Dollar für einen einzigen Tag verglichen mit vier Jahren Medizinstudium. Wie konnte beides nur gleich viel kosten?

Wenn ich so viel Geld hätte, würde ich es Enid geben, dachte sie. Doch es war nicht ihr Geld, es war das ihres Vaters, und der würde nicht für Enids Studiengebühren aufkommen. Wäre Enid hingegen seine Tochter, würde er mit Vergnügen die Rechnungen der Johns Hopkins University übernehmen.

Das Leben ist kompliziert, dachte Harlow auf dem Weg zur Wohnung, die sie mit Kip teilte. Der Wohnung, deren Miete er größtenteils übernahm, ebenso wie die Nebenkosten und sämtliche Mahlzeiten in Restaurants. Sie sorgte nur dafür, dass der Kühlschrank stets voll war, und zahlte ihm monatlich eine symbolische Summe für alles andere.

Ziemlich ungerecht, dachte sie. Im Grunde wusste sie gar nicht, wie das Arrangement zustande gekommen war. Schließlich verdienten sie und Kip in etwa dasselbe. Und er hatte zudem auch noch ein Auto, das er abbezahlen musste, während ihres ein Geschenk ihrer Eltern war.

Wir sollten wirklich mal über Geld reden, sagte sie sich. Und vielleicht ein paar finanzielle Ziele definieren. Außerdem musste sie mit ihrem Dad über die Firma reden, die er bald kaufen würde, ebenso wie über das Hochzeitsbudget. Gespräche, von denen sie nicht sicher war, wie sie sie anfangen sollte.

Als sie an der nächsten Ampel hielt, griff sie instinktiv nach ihrem Handy, um ihrer Mom zu schreiben. Doch dann legte sie es wieder auf den Beifahrersitz. Sie hatte keine Ahnung, ob ihre Mom wütend auf sie war oder nur abwartete, bis sie sich meldete, und wusste daher nicht, was sie schreiben sollte. Fand ihre Mom sie egoistisch in Bezug auf Geld und vielleicht auch alles andere?

Es gibt nur einen Weg, es herauszufinden, dachte Harlow und gab Gas, sobald die Ampel auf Grün sprang. Sie war jedoch nicht bereit, es darauf ankommen zu lassen – jedenfalls noch nicht.

Robyn saß auf dem Balkon und las einen Artikel, in dem die Bedingungen eines regulären Mietvertrags für Geschäftsräume erläutert wurden. Wenn sie es richtig verstand, bedeutete Triple-Net, dass sie für Mietzahlungen, Versicherung, Instandhaltung und Reparaturen selbst zuständig wäre.

»Statt ein Antiquitätengeschäft zu eröffnen, hätte ich vielleicht genügend ansparen sollen, um gleich ein ganzes Haus zu kaufen und es zu vermieten«, murmelte sie vor sich hin. Das schien die einfachere Art zu sein, zu Geld zu kommen.

Ihr Handy vibrierte. Sie warf einen Blick auf das Display, in der Hoffnung, dass die Nachricht von Harlow war. Es war jedoch Mindy, die ihr ein kurzes Update zu ihrer Beziehung mit Dimitri schickte: Die letzte Rummach-Aktion hat beinahe eine Stunde gedauert. Ich fühle mich wie Butter, dabei haben wir gar nichts gemacht. So viel Spaß hatte ich seit Jahren nicht mehr.

»Warum bist du nur so dumm?«, fragte Robyn laut.

»Na, das finde ich jetzt aber ein bisschen harsch.«

Als sie aufsah, erblickte sie Mason, der gerade auf ihren gemeinsamen Balkon hinausgetreten war. Sie musste sich eingestehen, dass bei seinem Anblick ein paar Schmetterlinge in ihrem Bauch flatterten.

»Nicht du«, sagte sie und wedelte mit ihrem Handy. »Meine Freundin Mindy.«

»Ja, sicher.«

Sie lachte. »Das stimmt wirklich. Mindy verhält sich vollkommen idiotisch. Sie fängt gerade eine Affäre mit ihrem Tennislehrer an, und das wird nicht gut enden. Irgendwann wird ihr Mann dahinterkommen. Sie hat vier tolle Kinder, ein schönes Haus und einen Ehemann, der sie über alles liebt. Sie ist also die Dumme in dem Ganzen.«

»Stimmt, das klingt nicht sonderlich intelligent.«

»Ist es auch nicht. Außerdem ist dieser Tennisprofi ein totaler Aufreißer. Seine Schülerinnen zu verführen, ist ein Hobby von ihm.« Sie deutete auf den leeren Stuhl neben sich. »Gesell dich zu mir, allerdings bin ich nicht sicher, ob ich mich schon ausreichend über Mindy ausgelassen habe. Sei also gewarnt.«

»Ich höre dir gerne beim Schimpfen zu.« Er lächelte. »Solange es dabei nicht um mich geht.«

Mason ließ sich auf dem Stuhl zu ihrer Rechten nieder. Er sieht gut aus, dachte sie, während sie sein kurzes Haar und seine entspannte Haltung betrachtete. Es war leicht, sich mit ihm zu unterhalten, und obwohl dieses Haus so speziell war, passte er gut hinein.

Außerdem hatte er überraschende Fähigkeiten. Nachdem er den Grill in Ordnung gebracht hatte, hatte er einen Wasserhahn in einem der Bäder sowie ein Fenster repariert, das sich nicht mehr schließen ließ. Wenn er nicht gerade joggte oder an etwas herumwerkelte, arbeitete er an seinem Buch oder aß mit ihnen. Er war weit gereist, witzig und stets bereit, sich das Rampenlicht mit anderen zu teilen. Ungewöhnlich für einen Mann – jedenfalls ihrer begrenzten Erfahrung nach.

»Du hältst also nichts von Fremdgehen«, bemerkte er.

»Niemals.« Sie klappte ihren Laptop zu. »Ich stelle dir jetzt die naheliegende Frage: Hast du deine Ehefrau jemals betrogen?«

»Keine von ihnen. Und auch sonst keine Frau.« Er sah sie an. »Wieso beendet man die Beziehung nicht einfach, wenn man jemand anderen will?«

»Ja, genau. So sehe ich das auch. Cord hat mich betrogen. Als ich es zum ersten Mal mitbekam, waren die Kinder noch klein, Harlow fünf und Austin eins. Damals habe ich mich hierher geflüchtet. Leo und Lillian nahmen mich bereitwillig auf und boten mir sogar an zu bleiben, falls ich das wollte.«

»Du bist aber nicht geblieben.«

»Nein. Cord flehte mich an, zu ihm zurückzukehren, bis ich schließlich einwilligte.« Sie sah ihn an. »Verurteilst du mich dafür?«

»Überhaupt nicht. Ich habe ja keine Ahnung, wie die Umstände damals waren und was du gebraucht oder gewollt hast. Ich bin mir sicher, dass du die beste Entscheidung getroffen hast, die du zu der Zeit treffen konntest.«

Das war die netteste Tatsachenverdrehung, die sie sich vorstellen konnte. »Ich liebte ihn immer noch und wollte bei ihm bleiben. Unsere Ehe war gut, bis er es vermasselt hat. Aber ich glaube, ein Teil von mir hat sich damals schon gefragt, ob er es wirklich ernst meinte, als er behauptete, es sei eine einmalige Sache gewesen, ein Gelegenheitsseitensprung.«

»War es denn keiner?«

»Ich habe keine Ahnung. Ich glaube, er war mir danach eine Weile treu, aber irgendwann dann nicht mehr.« Sie schenkte ihm ein schiefes Lächeln. »Ich wurde misstrauisch, also durchsuchte ich sein Büro. Er hatte eine zusätzliche Wohnung gemietet, was natürlich ziemlich verdächtig war.«

»Das tut mir leid.«

»Mir auch. Was mich richtig fertigmacht, ist, dass ich damals überlegt habe zu studieren. Die Kinder waren schon etwas größer, und ich hatte plötzlich Zeit.«

Mason schüttelte den Kopf. »Und er hat dir gesagt, dass das zu teuer wäre.«

»Woher weißt du das?«

»Reiner Zufallstreffer.«

Weil er eine gute Menschenkenntnis hat, dachte sie. »Du hast recht. Er fand, das sei eine unnötige Ausgabe. Dass ich keinen Abschluss bräuchte und wir das Geld besser für etwas anderes ausgeben sollten. Ich war so dumm.« Sie warf ihm einen Blick zu. »Und um die Frage zu beantworten, die zu stellen du zu höflich bist – ich nahm ihn zum zweiten Mal zurück, weil Harlow gerade zwei Jahre Krebsbehandlungen hinter sich hatte und wir endlich wieder eine normale Familie sein konnten.«

Er nickte langsam. »Du wolltest die Kinder nicht noch mehr traumatisieren.«

»Ja. Es war schon so alles schlimm genug gewesen. Außerdem war mir klar, dass wir während Harlows Krankheit beide nicht auf unsere Ehe achtgegeben hatten. Er bettelte darum, noch eine Chance zu bekommen, und ich gab sie ihm. Ich sagte mir, dass wir es diesmal besser machen würden.«

»Du hast ihn geliebt und ihm vertraut. Er ist der Idiot in der Geschichte.«

»Es ist sehr lieb von dir, das zu sagen. Danke.«

»Es stimmt. Manche Männer sehen nicht, was sie haben. Sie sind nur auf die Jagd aus – den Rausch der Eroberung. Sie können sich einfach nicht zufriedengeben. Er hat das allein aus sich heraus getan, das hat nichts mit dir zu tun.«

»Danke. Aber vielleicht war ich ja auch eine furchtbare Ehefrau.«

»Das kann nicht sein.« Er sah ihr in die Augen. »Ich ignoriere jetzt mal die Tatsache, dass du schön, intelligent und witzig bist. Du bist seit einer Woche hier. In dieser Zeit hast du jede einzelne Katze auf ihren gesundheitlichen Zustand hin untersucht, du hast mit Lillians Ärzten gesprochen und ihren Diätplan mit Salvia überarbeitet. Und das sind nur die Dinge, von denen ich weiß. Du kümmerst dich um deine Lieben, Robyn. Ich sage ja nicht, dass du perfekt bist, aber es kann einfach nicht sein, dass du eine schlechte Ehefrau warst.«

Seine Worte verblüfften sie. Die offensichtliche Bewunderung, die darin lag, hätte sie verunsichern müssen, doch so war es nicht. Sie bewunderte Mason, und zu wissen, dass er sie mochte, gab ihr ein gutes Gefühl. Es fühlte sich an, als wäre sie etwas Besonderes.

»Danke«, sagte sie leise. »Du siehst hier momentan die beste Version meiner selbst.«

»Wenn ich dir glauben soll, habe ich auch schon die schlechteste gesehen.«

Sie lachte. »Ach ja, der denkwürdige Abend, an dem ich die totale Zicke rausgekehrt habe. Nicht gerade mein glanzvollster Auftritt.«

»So lebensbedrohlich war es auch wieder nicht.«

»Sagt der Soldat.«

Sein bisheriges Leben ist so anders verlaufen als meins, dachte sie. Er war selbstbewusst und stand zu dem, was er war.

»Ich habe so viel von mir aufgegeben, als ich mit Cord verheiratet war.« Sie hielt abwehrend die Hand hoch. »Das ist meine eigene Schuld, nicht seine. Ich war jung und verliebt und wollte mit ihm zusammen sein. Ich war achtzehn. Wir heirateten nach weniger als einem Jahr und bauten gemeinsam ein Unternehmen auf. Harlow bekamen wir ganz schnell.«

Sie seufzte. »Sie war nicht geplant. Austin kam erst vier Jahre später. Jedenfalls war ich Ehefrau, Mutter und Geschäftspartnerin in einem. Ich bin mir nicht sicher, ob da noch Zeit für irgendetwas anderes war, und nach einer Weile bin ich gar nicht mehr auf die Idee gekommen, es herauszufinden.«

»Und was ist jetzt?«

»Ich möchte endlich anfangen, darüber nachzudenken, was ich will. Das ist nicht nur ein Wunsch, es ist mir ein Bedürfnis.« Sie musste die Verantwortung für sich selbst und für ihre Zukunft übernehmen. Um des lieben Friedens willen alles mitzumachen, war vollkommen idiotisch gewesen. »Harlow ist bereits eigenständig. Und Austin wird auch bald ausziehen. Ich muss rausfinden, wie ich weitermachen will, wenn die Kinder aus dem Haus sind – das ist ein Klischee, aber kein schlechtes.«

»Veränderung ist nie einfach.«

»Ich weiß. Außerdem habe ich Angst, Fehler zu begehen. Es ist so viel leichter zu erkennen, was andere Leute falsch machen.«

»So wie deine Freundin Mindy?«

»Absolut.«

»Manche Leute lernen erst aus ihren Fehlern, nachdem sie sie begangen haben und mit den Konsequenzen leben müssen. Denen kann man keine Ratschläge geben.«

Da hatte er recht. Zwar hatte sie den Gedanken noch nie so deutlich ausgesprochen, sie wusste jedoch, dass es so war. »Harlow kann man durchaus Ratschläge geben, aber Austin muss alles selbst ausprobieren«, sagte sie. »Es ist witzig zu sehen, wie unterschiedlich sie sind. Bei Harlow ist ständig Drama, und Austin ist der Ruhige von beiden, daher hätte ich eigentlich gedacht, dass es umgekehrt ist.«

Sie sah Mason an. »Jetzt habe ich dich schon wieder vollgequatscht.«

»Hast du nicht. Ich höre gerne zu, wenn du erzählst. Es ist immer interessant.«

Sie lachte. »Ich wünschte, das wäre so. Aber erzähl mir mal von dir. Bist du gleich nach der Highschool zur Armee gegangen?«

Er nickte.

»Okay. Und warum?« Sie lächelte. »Eine alte Familientradition? Oder wusstest du einfach, dass du in Uniform gut aussehen würdest?« Der Spruch brachte ihr ein leises Lachen ein.

»Ich bin in West Virginia aufgewachsen. Dort gab es ein Kohlebergwerk, einen Gemischtwarenladen und sonst nicht viel. Die Armee hingegen hatte etwas zu bieten.«

»Und du hast dann fünfundzwanzig Jahre lang gedient?«

Er nickte erneut.

Sie dachte an all die Konflikte, die ihr Land während dieser Zeit durchgemacht hatte. Er hatte sicher viel gesehen.

»Hast du es bereut, deine Heimatstadt verlassen zu haben?«, fragte sie.

»Nein, nie. Mein Dad riet mir, mich aus dem Staub zu machen, solange es ging. Er ist schon vor zwanzig Jahren gestorben – vorschnell gealtert aufgrund eines Lungenleidens. Seitdem war ich nie wieder dort.«

Ihre Blicke trafen sich. »Das tut mir leid.«

»Er wollte, dass ich mal mehr habe als er. Ich weiß, dass er stolz auf mich war.«

»Das ist ein gutes Gefühl.« Sie selbst hatte – egal, wie viel sie falsch machte – stets gewusst, dass Lillian stolz auf sie war. »Kinder?«

Er schüttelte den Kopf. »Nein.«

Sie wartete ab, da sie spürte, dass da noch mehr war.

Mason ließ den Blick über ihre Schulter in die Ferne schweifen. »Meine erste Frau und ich wollten Kinder. Sie wurde leicht schwanger, es hielt jedoch nie. Nachdem sie vier Babys verloren hatte, wurde sie ganz schweigsam und traurig, und eines Tages verließ sie mich.«

Robyn legte ihm instinktiv eine Hand auf den Arm. »Tut mir leid. Das muss furchtbar gewesen sein.«

»Ja, das war richtig beschissen. Ich hatte nicht erwartet, dass sie einfach so abhauen würde. Ich dachte, wir würden uns den Rat weiterer Ärzte einholen.« Er lächelte selbstironisch. »Damals war ich wohl noch naiv.«

»Es gibt auch Frauen, die bleiben und für eine Beziehung kämpfen.«

»Ich hörte davon.«

Als sie bemerkte, dass sie ihn noch immer berührte, zog sie ihre Hand zurück.

»Meine zweite Frau hatte bereits drei Kinder. Ich fand es toll, Stiefvater zu werden. Ihr Dad hatte sie sitzen lassen, daher freuten sie sich, dass ich da war.«

»Das klingt nett.«

»Das war es auch – bis mir klar wurde, dass sie nur einen Mann haben wollte, der ihr bei der ganzen Arbeit half und die Rechnungen bezahlte.« Er sah sie an. »Dafür hätte jeder herhalten können.«

Sie verzog voller Mitgefühl das Gesicht. »Sie wollte also nicht wirklich dich?«

Er nickte. »Es war ein Schlag ins Gesicht, das zu begreifen. Ich fand es furchtbar, die Kinder zu verlassen, aber ich war nicht bereit, mich ausnehmen zu lassen. Somit war das dann auch vorbei. Und nach zwei solchen Reinfällen beschloss ich, mich besser auf nichts mehr richtig einzulassen. Ich bin wohl einfach nicht gut in der Liebe.«

»Das klingt ja sehr harsch.«

Er lächelte ihr zu. »Du kennst mich nicht gut genug, um das beurteilen zu können.« Sein Tonfall war sanft.

»Ein bisschen kenne ich dich schon. Zum Beispiel weiß ich, dass du sehr tolerant Katzen gegenüber bist, auch wenn du nicht genau weißt, ob du sie magst. Obwohl – es scheint so, als hättest du dich gerade in einen dicken weißen Kater verliebt.«

»Du meinst Charles II. Er mag es, wenn man seinen Namen im Ganzen ausspricht.«

Sie lachte. »Siehst du? Das beweist nur, dass ich recht habe. Du bist ein Guter.«

»Ich sage ja nicht, dass ich ein schlechter Mensch bin – ich meine nur, dass mir anscheinend die nötigen Fähigkeiten fehlen, um eine Beziehung zum Funktionieren zu bringen.«

»Aber womöglich ziehst du die falschen Schlüsse daraus. Vielleicht bist du nur nicht gut darin, dir die richtige Frau auszusuchen.«

Er grinste. »Kann gut sein.«

Es gefiel ihr, mehr über ihn zu erfahren. Nicht nur die reine Information interessierte sie, sondern auch die Art, wie er seine Vergangenheit erklärte. Sie konnte sich nicht daran erinnern, von Cord jemals eine Geschichte gehört zu haben, in der er nicht der Held war.

»Und was ist mit dir? Willst du mir auch mal was von dir erzählen?«

Sie zog die Augenbrauen hoch. »Reicht es etwa nicht, dass ich dir erzählt habe, wie dusselig sich mein Ex-Freund mit meinen weiblichen Körperteilen angestellt hat?«

Seine Mundwinkel zuckten. »Ich gebe zu, das war interessant. Und ein Zeichen deiner Liebenswürdigkeit. Du wolltest mich von meinem peinlichen Gerede ablenken.«

»Ja, das ist mir wohl ganz gut gelungen«, neckte sie ihn.

»Das ist dir ganz hervorragend gelungen. Gab es eigentlich noch andere Männer zwischen deinem Ex und dem unfähigen Herrn Doktor?«

»Nur ein paar Dates. Mit Kindern ist das alles nicht so einfach. Außerdem kannten eine Zeit lang alle Männer, die ich traf, auch Cord, und das war mir unangenehm. Genau wie du werde ich wohl lieber Single bleiben.«

»Ich bezweifle, dass du das lange bleiben wirst.«

Sie wusste es sehr zu schätzen, dass er an sie glaubte, war sich jedoch nicht sicher, ob seine Zuversicht berechtigt war. »Hast du schon weiter das Haus erkundet?«

»Ich habe mich ein wenig umgesehen. Dabei habe ich immer wieder Türen gefunden, die nirgendwohin führen. Hinter einer habe ich eine Treppe entdeckt, von der ich dachte, dass sich dahinter ein Schrank verbergen würde, doch auch die endete im Nichts. Du bist hier die Expertin. Magst du mich mal rumführen?«

»Sehr gerne. Aber bring Charles II. mit. Ich habe gehört, er kennt die besten Orte zum Abhängen.«

13. KAPITEL

Harlow überprüfte die Kalkulationstabellen ein drittes Mal. Den Paddelboot- und Kajakverleih zu kaufen, war finanziell gesehen absolut sinnvoll. Er verfügte über einen soliden Kundenstamm und bot Raum für Wachstum.

Der Getränkestand war Neuland für sie, aber sie würde schon herausfinden, wie man den führte. Irgendwann würde sie auch gerne abgepackte Lunchboxen für die Gäste ihrer Bootstouren anbieten. Und vielleicht sogar ein paar Merchandisingartikel wie Baseballkappen und Handtücher. Da war gutes Geld zu holen – wenn sie ihren Dad nur endlich dazu kriegen würde, mit ihr über den Kauf des Unternehmens zu reden.

Der Preis war immer noch der, den sie besprochen hatten, und inzwischen war auch der Vorvertrag vom Anwalt zurückgekommen. Nur bekam sie ihren Vater einfach nicht zu fassen.

»Der Mann macht mich fertig«, murmelte sie, während sie die Tabelle abspeicherte. Auch was seine Beziehungen betraf, hatte er sie schwer enttäuscht. Erst damit, dass er mit Zafina zusammen war, und dann, weil er ihre Mom betrogen hatte. Sie seufzte. Okay, in Wirklichkeit war die zeitliche Reihenfolge andersherum, aber aus ihrer emotionalen Perspektive war der Betrug das aktuellere Ereignis.

»Väter«, grummelte sie.

Sie erledigte den Papierkram für ihre Bootstour, dann ging sie den Zeitplan für die Woche durch. Irgendwo im Hinterkopf plagte sie jedoch ein vages Unwohlsein. Es war keine spezifische Angelegenheit, die sie beschäftigte, sondern eher ein leises Gefühl der Besorgnis in Bezug auf verschiedene Themen.

Der Besuch im Club hatte verdeutlicht, wie wenig sie über das Leben wusste, das Kip vor ihr geführt hatte. Sie sprachen einfach nicht viel über ihre jeweilige Vergangenheit. Irgendwann würden sie sich mal ein wenig mehr erzählen müssen. An erster Stelle standen dabei ihre finanziellen Ziele. Sie war immer davon ausgegangen, dass sie auf ein Haus sparen würden, aber das hatten sie so nie besprochen. Was, wenn Kip sich gar nicht als Hausbesitzer sah? Sie konnte sich nicht vorstellen, weshalb, doch manche Leute zogen es vor, zur Miete zu wohnen.

Was war ihre gemeinsame Haltung in Bezug auf Themen wie Geldausgeben und Sparen? Wenn sie ungefähr gleich viel verdienten, sollten sie dann nicht ihre Ausgaben hälftig teilen? Und sollte sie nicht offiziell in seinen Mietvertrag aufgenommen werden? Alternativ könnten sie auch gemeinsam eine neue Wohnung anmieten.

Außerdem musste sie mit ihrem Dad über die Hochzeit sprechen. Sie hatte keine Ahnung, wie viel er vorhatte, dafür auszugeben, und ob er ihre Mom bitten würde, etwas beizusteuern. Noch vor ein paar Wochen war sie davon ausgegangen, dass sie beide den gleichen Betrag zahlen könnten, doch jetzt war sie sich nicht mehr sicher, wie viel Geld ihre Mutter überhaupt zur Verfügung hatte.

Dieser Gedanke brachte sie zurück zu den Kosten einer Hochzeit im Club. Wollte sie wirklich so viel ausgeben? Und wollte Kip das? Was waren seine Erwartungen in Bezug auf die Hochzeit? Er hatte sich nie dazu geäußert. Lag es daran, dass er eben ein typischer Mann war, dem es genügte, gesagt zu bekommen, wann er vor dem Altar zu stehen hatte, oder steckte noch etwas anderes dahinter?

Ihr Handy vibrierte. Sie warf einen Blick auf das Display und entdeckte eine »Hast du mal 'ne Minute?«-Nachricht von Kip.

Lächelnd rief sie ihn an.

»Ich habe gerade an dich gedacht«, sagte sie, als er ranging.

»Das ist schön.« Er lachte leise. »Ich war mir nicht sicher, ob du schon von deiner Tour zurück bist.«

»Seit einer halben Stunde. Ich bin heute Abend mit Abschließen dran, daher warte ich noch darauf, dass die restlichen Boote einlaufen. In ungefähr einer Stunde bin ich fertig.«

»Gut. Ich kann es nicht abwarten, dich zu sehen.« Er machte eine Pause. »Meine Mom hat angerufen.«

Harlow ignorierte die augenblickliche Verschlechterung ihrer Laune. »Okay?«

»Sie ist unglücklich darüber, wie es im Club gelaufen ist und will dich gerne zum Essen einladen. Nicht um darüber zu sprechen«, fügte er eilig hinzu. »Nur um einen netten Abend miteinander zu verbringen.«

Harlow hatte eigentlich nichts gegen Kips Eltern. Sie verbrachten aber kaum Zeit bei ihnen. Am liebsten hätte sie die Einladung ausgeschlagen, wusste jedoch nicht, ob das infrage kam, und befand außerdem, dass dies eine gute Gelegenheit wäre, mehr über Kips Kindheit zu erfahren.

»Können wir machen«, sagte sie. »Frag sie gerne, was ich mitbringen kann. Sie soll nicht alles alleine kochen müssen.«

»Wirklich?« Er klang überrascht. »Es macht dir nichts aus?«

»Natürlich nicht«, log sie. »Bitte lass sie wissen, dass ich überhaupt nicht verärgert bin über ihre Reaktion im Club. Im Gegenteil, ich bin froh darüber. Dort zu heiraten würde uns sehr viel Geld kosten. Vielleicht sollten wir uns noch andere Locations ansehen.«

»Das sage ich ihr. Danke, Harlow. Du bist toll.«

»Das ist nur, weil ich dich liebe«, sagte sie neckend. »Bis später.«

Sie hatte gerade aufgelegt, als Austin in ihr Büro kam – wie es aussah, mit abgrundtief schlechter Laune.

»Wir sind zurück«, sagte er. »Ich säubere schnell das Boot, und dann mache ich Feierabend.«

»Nervige Tour gehabt?«

»Nein. Die war in Ordnung. Nur angelnde Männer, die Bier trinken, sich gegenseitig darüber anlügen, wie erfolgreich sie sind, und ein paar Fische fangen wollen. Leicht verdientes Geld.« Er warf einen Blick durch den Flur. »Dad und ich wollten miteinander reden, wenn ich zurückkomme.«

»Er ist vor ungefähr einer halben Stunde gegangen. Ich schließe heute ab.« Sie ging zu Austin hinüber. »Tut mir leid. Ich wusste nicht, dass du einen Termin mit ihm hattest.«

»Er wimmelt mich immer wieder ab. Es gibt ein paar Dinge, über die ich mit ihm reden will.«

Austin klang ziemlich geladen, was untypisch für ihn war.

»Kann ich dir irgendwie helfen?«

»Nein. Danke für das Angebot, aber das ist eine Sache zwischen mir und Dad.« Er verzog den Mund. »Es ist schon das dritte Mal, dass er entweder nicht auftaucht oder mir sagt, dass er zu viel zu tun hat. Ich vermisse Mom so sehr. Die hört einem wenigstens immer zu.«

Harlow nickte. »Das tut sie. Ich vermisse sie auch.«

»Dann schreib ihr doch.«

»Ja, das sollte ich wohl mal. Werde ich bald machen.«

»Lügnerin.«

»Es ist einfach schwer, klein beizugeben, nachdem wir gestritten haben.«

»Du meinst, es ist schwer, zuzugeben, dass du im Unrecht warst.« Sein Mund verzog sich zu einem Lächeln. »Und du warst so was von im Unrecht.«

»Darüber rede ich nicht mit dir.«

Er lachte. »Harlow, die Harpyie.«

»Nenn mich nicht so.«

»Harpyie, Harpyie, Harpyie.«

Sie deutete auf die Tür. »Geh dein Boot sauber machen. In zwanzig Minuten komme ich es inspizieren.«

Er nahm sie in den Schwitzkasten und gab ihr einen Kuss auf den Scheitel, dann ließ er sie los. Sie sah ihm nach – dankbar, dass wenigstens eine Beziehung in ihrem Leben unkompliziert war. Wenn sie jetzt nur noch eine weitere fände, die genauso unproblematisch war, würde sie sich sehr, sehr glücklich schätzen.

Mason sagte sich, dass nervöse Vorfreude etwas Gutes war. Sie machte das Leben interessant, und der Mensch brauchte Dinge, auf die er sich freuen konnte. Mit Erwartungen war es etwas anderes, vor allem mit unrealistischen – wie seine zu bezeichnen wären, sollte er so dumm sein, welche zu hegen. Die Aussicht, mit Robyn das Haus zu erforschen, erfüllte ihn mit Glück. Mit ihr Zeit zu verbringen, würde ihm riesigen Spaß machen. Doch was auch immer er in ihrer Nähe fühlte, war seine Angelegenheit und sein Problem. Nur … verdammt – sie war wirklich eine ganz besondere Frau.

Er stand an der hinteren Treppe, wo sie sich mit ihm verabredet hatte. Er war drei Minuten zu früh dran, denn Pünktlichkeit war für ihn gleichbedeutend mit Zuspätkommen – ein Tick, den keine seiner beiden Ehefrauen geschätzt hatte. Er hätte kein Problem damit, den ganzen Tag auf Robyn zu warten, doch etwa dreißig Sekunden vor der verabredeten Zeit tauchte sie auf dem oberen Treppenabsatz auf.

Sie lächelte, als sie ihn sah – es war ein lockeres, freundliches Lächeln. Eins, das ihn willkommen hieß. Er lächelte zurück und betrachtete dabei ihr langes blondes Haar und ihre großen blauen Augen – allein ihr Anblick war wie ein Schlag in die Magengrube … und in die Lendengegend.

»Hallo«, sagte sie, als sie die Treppe herunterkam. »Freust du dich auf unsere kleine Tour durchs Haus?«

»Ich habe letzte Nacht kein Auge zugetan vor Aufregung.«

Sie lachte. Es war so ein süßes, glücklich klingendes Lachen, von dem er nicht genug bekommen konnte. »Das bezweifle ich.«

»Du hast recht. Ich bin ein guter Schläfer. Jahrelanges Training. Man muss sich den Schlaf holen, solange man kann.«

»Das ist eine bewundernswerte Superheldenkraft«, neckte sie ihn. »Komm, wir gehen hoch. Ich dachte, wir fangen mal im vierten Stock an. Das hier ist die einzige Treppe zu diesem Teil des Hauses. Er ist kleiner als die anderen Stockwerke, weil er nur die nordöstliche Seite bedeckt. Interessanterweise kommt man von dort aber nicht aufs Dach. Dafür muss man eine andere Treppe benutzen und über den dritten Stock hochgehen.«

»In diesem Haus überrascht mich gar nichts mehr.«

Sie lachte. »Ich freue mich, dir mitzuteilen, dass dich heute viele Überraschungen erwarten.«

Sie stiegen in den vierten Stock. Mit jeder Etage wurde die Treppe enger, bis sie nur noch etwa neunzig Zentimeter breit war.

»Hier hoch würde man kein Kingsize-Bett schleppen wollen«, sagte er, als sie einen kleinen Absatz erreichten, von dem aus jeweils ein Flur in jede Himmelsrichtung ging.

»Ich stimme dir zu, und dennoch befinden sich auf dieser Etage einige sehr große Möbelstücke.« Sie wandte sich nach links. »Ich glaube, man hat Seilwinden benutzt, um sie von außen hochzuziehen. Obwohl die Fenster auch nicht so groß sind.«

Der enge Flur hatte keine so hohe Decke wie die anderen Etagen. Es waren ein paar verschlossene Türen und leere Einbauregale zu sehen. Würde es im Haus spuken, würde sich das alles hier oben abspielen, dachte er.

Die Hartholzböden sahen aus, als wäre auf ihnen nicht viel gelaufen worden. Robyn ging ihm voraus zum Ende des Flurs und öffnete eine unscheinbar aussehende Tür.

»Mach dich auf was gefasst.«

Er trat in einen riesigen Raum mit hoch aufragenden Wänden und riesigen Fenstern auf beiden Seiten. Die Wände waren mit altmodischen Darstellungen exotischer Orte bemalt. In Glasvitrinen standen Dutzende und Aberdutzende von Globussen. Kleine, große, schlichte, lackierte, mit Edelsteinen geschmückte. Lange Tische waren mit Stapeln von Landkarten bedeckt. Aus Eimern ragten zusätzlich gerollte Karten. Es mussten Hunderte, womöglich Tausende sein. Viele sahen alt und handgezeichnet aus, während andere recht zeitgenössisch wirkten.

Er drehte sich langsam im Kreis und versuchte, all die Eindrücke in sich aufzunehmen. Als er zur Decke blickte, entdeckte er aufgemalte Sternenbilder, auf denen die Pfeile eines Kompasses prangten. Er sah Robyn an.

»Ich weiß nicht, was ich sagen soll.«

Sie lächelte. »Hab ich dir doch gesagt. Wir nennen es das Kartenzimmer, aber es braucht eigentlich einen besseren Namen.« Sie deutete auf ein Regal in der Ecke.

Es war mit Büchern verschiedenster Größen vollgestopft.

Nein, dachte er und trat näher heran. Es waren keine gedruckten Bücher. »Sind das Tagebücher?«, fragte er.

»Ja. Handgeschriebene Reisetagebücher. Eine total wilde Mischung. Manche sind sehr detailliert, in anderen steht kaum etwas. Einige beinhalten wunderschöne Zeichnungen. Es ist, als wäre jemand um die Welt gereist, hätte alte Reisetagebücher aufgekauft und sie dann alle hierhergebracht.«

Sie ging zum Tisch hinüber und deutete auf die Karte, die obenauf lag. »Das sind die USA kurz vor dem Kauf von Louisiana. Siehst du die vielen Details und dass der westliche Teil des Landes noch kaum eingezeichnet ist?«

Er starrte auf den empfindlichen Papierbogen. »Du kannst sie nicht einfach hier liegen lassen. Sie muss professionell konserviert werden. Sollte sie nicht lieber in ein Museum oder so?«

»Wahrscheinlich. Aber Mason, das ist nur eine einzelne Karte. Es gibt Hunderte davon, die noch älter und bedeutender sind. Und das hier ist nur ein einziger Raum. Das Haus ist voll von Schätzen wie diesem hier.«

Er blickte sich um. »Das ist eine Riesenverantwortung. Ich bin froh, dass ich mich nur um das Haus selbst kümmern muss.«

»Ich denke, ich werde das Jahr auf jedem Fall brauchen, das dir gewährt wurde, um das Haus zu verkaufen. Aber ich mache mir da eigentlich keine Sorgen. Lillian hat versprochen, niemals zu sterben.«

»Hoffentlich hält sie ihr Versprechen.« Lillian war ihm ans Herz gewachsen, er verbrachte gerne Zeit mit ihr.

»Komm«, sagte Robyn und ging zur Tür.

»Warte. Ich kann noch nicht gehen. Ich möchte mich noch umschauen.«

Sie schenkte ihm einen nachsichtigen Blick. »Wir müssen weiter. Ich möchte dir einen Gesamteindruck vom Haus verschaffen. Jetzt, da du weißt, dass all das hier ist, kannst du später zurückkommen und es erforschen.«

Er nickte und folgte ihr vom Kartenraum in den Flur. Auf dem Weg zurück zur Treppe zeigte sie ihm weitere Räume. Die meisten standen leer, ein paar waren aber als Schlafzimmer eingerichtet.

Es gab auch ein altes Badezimmer. Die Toilette verfügte noch über eine Kettenspülung, und die Badewanne hatte Löwenfüße.

»Ich glaube, das Wasser ist auf dieser Etage abgedreht«, sagte Robyn, als sie die Treppe hinuntergingen. »Um Rohrbrüche zu vermeiden.«

Sie mussten in den zweiten Stock gehen, um zu einer Treppe zu gelangen, die in den dritten Stock führte. Hier waren die Flure breiter und höher, die Türen verschnörkelter. Auf dieser Etage war er bereits herumgelaufen. Es gab hier mehrere Schlafzimmer und einen Raum mit einem Billardtisch.

Robyn zeigte ihm den Speiseaufzug, der über einen manuellen Flaschenzug bedient wurde. Die Öffnung war groß genug für einen Servierwagen. Von dort führte sie ihn in einen Raum, gesäumt mit Regalen, die voll von Geschirr standen. Nein, korrigierte er sich. Mit Teetassen und Untertassen. Tausenden davon. Einige winzig, andere übergroß. In jeglicher Form und Farbe. Manche sahen viel zu zerbrechlich aus, um sie anzufassen.

»Was, wenn es ein Erdbeben gibt?«, platzte es aus ihm heraus.

Robyn zuckte zusammen. »Denk noch nicht mal daran. Vieles wäre unwiederbringlich verloren, und ich würde mir die Augen ausheulen.«

»Dann nehme ich die Frage zurück.«

»Sobald wir nach unten kommen, musst du rausgehen, dich dreimal drehen und ausspucken.«

»Um die Erdbebengötter zu beschwichtigen?«

»Ja.«

Er lachte leise. »Klar. Wird gemacht.«

Sie nahm eine blau-weiße Teetasse in die Hand. Das Muster war ihm ein bisschen zu verspielt, aber er war auch nie der Teetassentyp gewesen. Alles, was er brauchte, war ein robuster Kaffeebecher, und er war zufrieden.

»Ich kenne ungefähr die Hälfte der Muster«, sagte Robyn und stellte die Tasse zurück auf ihre Untertasse. »Lillian kennt noch ein paar mehr, doch manche sind für uns beide ein Mysterium. Die älteren wurden wahrscheinlich von unbekannten Künstlern bemalt oder einfach von ganz normalen Leuten, die ihre Kreativität ausgelebt haben.« Sie deutete auf die Schränke unter den Regalen.

»Noch mehr Teetassen?«, fragte er.

»In manchen, ja. In anderen stehen komplette Service. Einige davon haben Seltenheitswert und würden viel Geld einbringen.«

»Lillian scheint es an finanziellen Ressourcen nicht zu mangeln.«

»Das stimmt. Familiär gab es Geld auf beiden Seiten, auch wenn ich glaube, dass der Unterhalt des Hauses viel davon verschluckt.«

Sie nahm eine rosenverzierte Teetasse in die Hand. »Die hier war Harlows Lieblingstasse«, murmelte sie. »Als sie klein war, hat sie mich dauernd angebettelt, sie halten zu dürfen.« Sie lächelte wehmütig. »Sie war ganz vorsichtig.«

»Du vermisst sie.«

Sie stellte die Tasse ab und sah ihn an. »Ja. Ich war so verletzt und wütend, als ich herkam, und jetzt kann ich mich schon kaum mehr an unseren Streit erinnern. Sie war immer mein geliebtes Mädchen. Ich habe dir erzählt, dass sie als Kind Krebs hatte, oder?«

»Ja, das hast du.«

»Es war schrecklich. Sie war sieben, als wir die Diagnose bekamen. Akute lymphatische Leukämie, oder auch ALL. Cord und ich hatten panische Angst, sie zu verlieren. Lillian kam damals zu uns geflogen und kümmerte sich in den ersten Wochen um Austin. Er war noch so klein. Wir taten alles, um sein Leben so normal wie möglich zu halten, aber Harlow zu schützen war unmöglich.«

Ein Schatten legte sich über ihre blauen Augen. »Sie wurde wieder gesund und ist seitdem krebsfrei. Es gibt keinen Grund anzunehmen, dass sie kein normales, gesundes Leben führen wird. Aber manchmal ist sie schwierig. Lillians Theorie ist, dass Harlows emotionaler Reifeprozess zum Stillstand kam, als sie gegen den Krebs kämpfen musste, und sie daher, obwohl sie inzwischen zweiundzwanzig ist, eigentlich noch ein Teenager ist.«

Dieses Gespräch überstieg seine Besoldungsgruppe bei Weitem. »Und was glaubst du?«

»Dass wir sie verwöhnt haben, und das ist schwer rückgängig zu machen. Sie kann etwas anspruchsvoll sein.«

»Da ist sie nicht die Einzige auf dieser Welt.«

»Sie ist verlobt.«

Er versuchte, von ihrem Tonfall auf ihre diesbezüglichen Gefühle zu schließen, es gelang ihm jedoch nicht. »Meinen Glückwunsch.«

»Sie ist noch sehr jung.«

»Du hast auch jung geheiratet.«

»Ja, das habe ich, und ich würde jetzt gerne behaupten, dass das andere Zeiten waren. Jedenfalls hat Harlow so viele Möglichkeiten.« Sie lächelte schief. »Die hatte ich jedoch auch, und ich habe sie ignoriert, weil ich verliebt war. Ich wünschte nur …« Sie atmete tief durch. »Ich weiß gar nicht, wie gut sie Kip überhaupt kennt. Es kommt mir vor, als wäre alles so schnell gegangen zwischen ihnen.«

Sie nahm eine weitere Teetasse in die Hand. »Als sie zwölf oder dreizehn war, sprachen wir darüber, dass sie einmal bei uns im Garten heiraten könnte. Das Haus, das Cord und ich zusammen hatten, ist sehr groß und hat einen schönen Blick aufs Wasser.«

»Das Haus, das du verkaufen willst?«

»Genau das.«

Dadurch wird sie zu Geld kommen, dachte er, seltsamerweise enttäuschte ihn der Gedanke. Was spielte es für eine Rolle, ob sie Geld hatte oder nicht? Sie spielte ohnehin in einer anderen Liga. Er war nur ein mittelalter Mann mit einer Militärpension.

»Das ist der Grund, weswegen wir gestritten haben«, gab Robyn zu. »Sie war so wütend, weil ich das Haus nicht behalten will. Sie wollte mir nicht glauben, dass ich keinen Kredit bekommen würde. Und sie hat ein paar Dinge gesagt, die … Na ja, jedenfalls haben wir seitdem nicht mehr miteinander gesprochen.«

»Das tut mir leid.«

Sie schüttelte den Kopf. »Weshalb erzähle ich dir das eigentlich alles? Bitte entschuldige dich nicht. Schließlich bin ich diejenige, die ihren emotionalen Ballast bei dir ablässt.« Ihr Lächeln wurde breiter. »Du bist ein guter Zuhörer.«

Er hätte es vorgezogen, Sex mit ihr zu haben, doch er würde nehmen, was er kriegen konnte.

Sie führte ihn aus dem Raum. »Ich hätte etwas aus mir machen sollen. Sieh dich an, Mason. Du hast mit nichts angefangen und deine militärische Karriere damit beendet, zukünftige Soldaten auszubilden. Das ist etwas, auf das man stolz sein kann.«

»Du sprichst von dir, als hättest du gar keinen Wert.«

»Ich habe der Gesellschaft eben nicht viel zu bieten.«

»Das ist nicht wahr. Du bist intelligent, redegewandt, lustig …« Er hielt inne, ehe er noch so etwas Dummes wie »sexy« sagen würde.

Sie blieb stehen und sah ihn an. Ihre Augen füllten sich mit Tränen. »Danke. Das ist sehr nett von dir und beschämend schön zu hören. Ich habe in letzter Zeit nicht viel positives Feedback bekommen, vor allem nicht von mir selbst.« Sie räusperte sich. »Ich will es nicht dramatisieren, ich bin nur ehrlich. Und jetzt gerade etwas überemotional. Du musst denken, dass ich überhaupt nicht klarkomme.«

Er folgte einem plötzlichen Impuls und streckte die Arme nach ihr aus. Zu seiner Überraschung trat sie zu ihm. Er zog sie an sich und umarmte sie. Sie erwiderte die Umarmung kurz und legte für eine Sekunde den Kopf auf seine Schulter, ehe sie sich wieder voneinander lösten.

»Danke«, sagte sie und wischte sich über die Wangen. »Du bist gut im Umarmen.«

»So gehört sich das.«

Sie gingen gemeinsam durch den Flur und kamen dabei an ein paar Katzen vorbei.

»Macht dir das Erbe Angst?«, fragte sie.

»Ich versuche, nicht zu viel darüber nachzudenken. Als Lillian mir wegen der Erbschaft schrieb, dachte ich, es würde sich um eine Ranch mit vier Zimmern handeln. Mir war nicht klar, was daran so aufregend sein sollte.«

»Und als du dann das Haus zum ersten Mal gesehen hast?«

»Da war ich sicher, die falsche Adresse zu haben.«

Sie lachte. »Ich wünschte, ich wäre da schon hier gewesen und hätte dein überraschtes Gesicht gesehen.«

Sie öffnete eine weitere Tür, und sie traten in einen Raum mit einem Flügel, einer Harfe, einer Bühne, Sitzecken, Dutzenden von Musikinstrumenten in ihren Kästen und Stapeln von Notenblättern.

»Spielst du ein Instrument?«, fragte sie.

»Ich habe nie eins gelernt.«

»Ich auch nicht. Als ich so zehn oder zwölf war, haben Lillian und Leo das hiesige Highschool-Orchester eingeladen, hier zu spielen. Die Akustik in diesem Raum ist großartig.«

Er betrachtete die vergoldete Decke, die mit Putten bemalte Wand. »Du hast recht. Ich war total überrascht, als ich das Haus sah.«

»Ha! Wusste ich es doch.«

Sie drückte gegen ein Panel an der Wand hinter dem Flügel, woraufhin ein Teil der Täfelung sich öffnete und den Blick auf eine steile Treppe freigab.

Er trat näher. »Wohin führt die?«

»In den Keller.« Sie griff um die Ecke und betätigte den Lichtschalter. »Sie ist ein wenig gewunden, sei also vorsichtig. Wir kommen dann unten beim Weinkeller raus.«

Sie betrat den Geheimgang und streckte die Hand nach ihm aus. »Komm, Mason. Das wird lustig.«

Er verschränkte seine Finger mit ihren und genoss es, ihre Handfläche an seiner zu fühlen. Das Haus ist nicht die einzige Überraschung hier, dachte er, als er ihr nach unten folgte. Je besser er Robyn kennenlernte, desto mehr mochte er sie. Eine Situation, die nicht gut für ihn ausgehen würde.

14. KAPITEL

»Bist du so weit?«, fragte Kip.

Harlow blickte von ihrem Handy auf. Sie würden heute Abend bei seinen Eltern essen – nicht gerade ein gesellschaftlicher Anlass, auf den sie sich freute.

»Eine Sekunde. Ich habe eine Nachricht von meiner Mom.« Es war nur ein kurzes »Hi, wie geht's?«, aber immerhin kommunizierten sie wieder miteinander.

Harlow wusste, dass sie sich bei ihr entschuldigen musste, beschloss jedoch, das lieber persönlich zu tun. Daher antwortete sie mit einem schnellen »Mir geht's gut. Wann kommst du nach Hause?«, dann nahm sie ihre Tasche und verließ mit Kip die Wohnung.

»Geht's dir jetzt besser?«, fragte er, als er im Rückwärtsgang von seinem Stellplatz fuhr.

Sie nickte. »Es tut mir leid, dass meine Mom und ich gestritten haben.« Und dass es hauptsächlich ihre Schuld gewesen war. Interessant, wie sich ihre Sicht auf die Dinge mit der Zeit geändert hatte. Sie wollte mit ihrer Mom über die Hochzeit reden und ihr erzählen, dass ihr Dad immer noch mit Zafina zusammen war, und womöglich einen Weg finden, sie nach seinem Betrug an ihr zu fragen.

»Erwachsen zu sein ist kompliziert.« Sie lehnte sich auf ihrem Sitz zurück. »Man trägt so viel Verantwortung.«

»Das stimmt.«

Sie sah Kip an. »Wir sollten uns mal über Geld unterhalten.«

Er warf ihr sichtlich verwirrt einen Blick zu. »Wieso?«

»Wir haben noch nie über unsere Pläne gesprochen. Du hast mich einfach gefragt, ob ich bei dir einziehen will, und das habe ich getan, aber wir müssen uns darüber klar werden, wo wir stehen. Ich bin nicht in den Mietvertrag aufgenommen worden, und ich zahle auch kaum was. Ich weiß nicht mal, wie lange der Vertrag läuft. Wo siehst du uns in einem Jahr? In fünf Jahren? Was sind unsere finanziellen Ziele?«

Er hielt an einer roten Ampel. »Du hast recht. Wir sollten darüber reden. Nur nicht auf dem Weg zu meinen Eltern, okay?«

Sie lachte. »Ich wollte das auch nicht jetzt diskutieren. Aber ich würde gerne an unserem nächsten freien Tag über unsere Finanzen sprechen. Wir sind beide schuldenfrei, daher sollten wir …«

Harlow bemerkte, wie Kip sich neben ihr anspannte.

Sie sah ihn an. »Was ist los?«

Er warf ihr einen kurzen Blick zu, dann sah er wieder auf die Straße. »Ich bin nicht schuldenfrei.«

»Was meinst du damit?« Er hatte nicht studiert, also konnte er auch kein Studiendarlehen gehabt haben. »Du meinst die Raten für das Auto? Das ist doch nicht viel.«

Die meisten Leute zahlten ihre Autos ab. Schließlich bekam nicht jeder ein neues Auto zum Studienabschluss geschenkt, so wie sie. Oder einen Job im Familienunternehmen.

»Es ist nicht nur das Auto.« Seine Stimme klang leicht schrill, und seine Hände umklammerten das Lenkrad etwas fester. »Aber ich kriege das unter Kontrolle. Meine Kreditkartenschulden, meine ich. Es braucht ein bisschen Zeit, doch ich arbeite daran.«

In ihrem Bauch formte sich ein Knoten. »Über wie viel sprechen wir hier?«

»Ein paar Tausend.«

Sie wartete.

»Zwanzig.«

»Was?« Ihre Stimme überschlug sich. »Du hast zwanzigtausend Dollar Kreditkartenschulden? Wie ist das denn passiert?«

»Ich weiß nicht. Womöglich durch die First-Class-Tickets nach Cancun und das Fünf-Sterne-Hotel für eine Woche.«

Harlow befahl sich, tief durchzuatmen und nachzudenken, ehe sie sprach. Wenn sie Kip jetzt angriff, würde er ihr noch weniger die Wahrheit erzählen wollen.

»Tut mir leid«, sagte sie eilig. »Ich war nur überrascht, ich wollte dir keine Vorwürfe machen.«

»Ich bin kein schlechter Mensch.«

»Ich weiß. Ist das wirklich alles wegen der Reise? Haben wir so viel dafür ausgegeben?«

»Die Reise hat ungefähr zehntausend Dollar gekostet.«

Sie zuckte zusammen. »Kip, warum hast du nichts gesagt? Das ist wahnsinnig viel Geld für eine Woche Urlaub.«

»Ich wollte eben, dass du eine schöne Zeit hast.«

»Aber wir hätten auch weniger ausgeben können. Oder ich hätte wenigstens einen Teil zahlen können. Du sollst nicht immer alle Kosten übernehmen. Wir sind verlobt. Da sollten wir doch ein Team sein.« Sie zögerte. »Zwanzigtausend und das Auto?«

Er sackte auf seinem Sitz zusammen. »Womöglich noch ein bisschen mehr. Wir sind fast bei meinen Eltern. Können wir später darüber reden?«

Nein! Sie wollte die ganze Wahrheit hören, wusste aber, dass das jetzt keine gute Idee war. »Klar. Lass uns weiterreden, wenn wir nach Hause kommen, und dann am Wochenende die Details besprechen.«

Er sah nicht begeistert aus angesichts dieser Aussicht, nickte jedoch ergeben.

Sie erreichten das Haus seiner Eltern. Zum ersten Mal sah sich Harlow mit offenen Augen in der Gegend um. Die Gebäude waren relativ klein und standen nahe beieinander. Kein Wasser weit und breit – noch nicht mal ein Kanal war zu sehen. Die meisten Häuser waren jedoch gepflegt, Fahrräder und Skateboards säumten die Veranden.

Sie dachte an das Haus, in dem sie aufgewachsen war, mit seinen übergroßen Zimmern und seinem Meerblick. Nach der Scheidung hatte ihr Dad sich eine Luxuseigentumswohnung gekauft. Ihr Familienunternehmen war ganz offensichtlich erfolgreich, was toll war, doch Harlow wurde sich plötzlich der finanziellen Diskrepanzen zwischen ihr und Kip übermäßig bewusst. Sie war immer davon ausgegangen, dass er nicht hatte studieren wollen, nun fragte sie sich allerdings, ob es andere Gründe dafür gab, dass er sich nicht weitergebildet hatte.

Sie bezweifelte, dass seine Eltern sein Studium hätten finanzieren können. Vielleicht hatten sie von ihm erwartet, dass er mit achtzehn auszog. Womöglich hatte in seiner Familie noch nie jemand studiert.

Als Kip den Wagen parkte, dachte sie an all die Dinge, die sie von ihrem Verlobten nicht wusste, und schwor sich, ihm in Zukunft mehr Fragen zu stellen.

Sie gingen ins Haus und begrüßten seine Eltern. Harlow war erleichtert, weder Zafina noch ihren Dad zu sehen. Während Kip eine Sportsendung mit seinem Vater schaute, ging Harlow mit Judy in die Küche.

»Wie kann ich helfen?« Harlow wusch sich die Hände im Spülbecken.

»Du könntest vielleicht den Salat fertig machen«, schlug Kips Mutter vor.

Harlow begann, Tomaten zu schneiden. »Danke für dic Essenseinladung«, sagte sie lächelnd. »Du bist eine so gute Köchin.«

»Es gibt nur ganz einfache Gerichte.« Judy warf ihr einen Blick zu. »Im Gegensatz zu dem Essen, das wir bei deiner Mutter hatten. Das war ganz schön raffiniert.«

Harlow versuchte, sich an das Menü zu erinnern. Zum Aperitif hatte es Käse, Cracker und Nüsse gegeben, dann eine kalte Gurkensuppe, gefolgt von gegrilltem Fisch und Salat. Ihre Mom und sie hatten gemeinsam überlegt, was die richtige Mischung für das erste Treffen mit ihren zukünftigen Schwiegereltern wäre.

»Ich denke, es wird ein bisschen dauern, bis wir uns einander angepasst haben«, sagte Judy lächelnd. »Bis wir unsere Traditionen vereint haben, meine ich. Wie wir Geburtstage feiern, das Geschenkeöffnen an Heiligabend, solche Sachen.«

Harlow legte ihr Messer ab. »Ihr öffnet die Geschenke an Heiligabend?«, fragte sie und bemerkte selbst die Entrüstung in ihrer Stimme. Sie räusperte sich. »Ich meine, habt ihr das immer so gemacht?«

»Natürlich. Nach unserem Schinkenessen.«

»Ihr esst an Heiligabend Schinken?« Sie schüttelte den Kopf. »Egal. Das klingt nett, aber warum gibt es die Geschenke schon an Heiligabend? Dann war ja der Weihnachtsmann noch gar nicht da.«

»Das Ganze mit dem Weihnachtsmann war nie so unser Ding. Es ist doch auch ein bisschen albern, findest du nicht?«

Harlow dachte an die schönen Strümpfe, die Lillian für jeden von ihnen gestrickt hatte, und daran, dass ihre Mom sie noch immer mit kleinen Geschenken wie Stiften, Süßigkeiten und Socken füllte.

»Ihr habt keine Weihnachtsstrümpfe?«, fragte sie und gab sich Mühe, sich ihre Enttäuschung nicht anmerken zu lassen.

»Habt ihr bei euch in der Familie den Weihnachtsmann gefeiert?«

»Wir sind an Heiligabend in die Mitternachtsmesse gegangen, dann nach Hause ins Bett. Am nächsten Morgen haben wir die Geschenke von der Familie ausgepackt, und die Weihnachtsstrümpfe vom Weihnachtsmann hingen da.« *Ich liebe den Weihnachtsmann.* Doch das sagte sie nicht, da sie wusste, wie albern sich das anhören würde.

Harlow fuhr fort, Tomaten in Scheiben zu schneiden, und tat ihr Bestes, fröhlich statt entsetzt zu klingen. »Unterschiedliche Traditionen sind etwas Interessantes. In gewisser Weise löst eure Weihnachtstradition das Problem, wann wir bei wem feiern werden.«

»Also, wenn du mit Kip verheiratet bist, werden wir natürlich die ganzen Feiertage miteinander verbringen«, sagte Judy bestimmt.

Harlow schluckte schwer und setzte im Kopf die Weihnachtsfeiertage mit auf die Liste der Dinge, die sie mit Kip besprechen musste.

Als das Essen fertig war, schalteten die Männer das Spiel aus und gesellten sich zu ihnen an den Tisch. Harlow dachte daran, dass Kip ihr immer beim Essenmachen half, wenn sie zu zweit waren, doch hier kochte nur die Frau. *Aufgabenteilung* kam gleich mit auf die Liste, die sie mit ihm durcharbeiten wollte. Sie nahm sich vom Salat und reichte die Schüssel an Judy weiter.

»Das ist schön«, sagte ihre zukünftige Schwiegermutter. »Dich hier zu haben, meine ich. Ich möchte, dass du dich bei uns zu Hause wohlfühlst und kommst und gehst, wann immer du willst.« Sie nahm sich vom Hühnereintopf. »Ich habe übrigens ganz viele Anrufe von deinen Cousins bekommen, Kip. Alle freuen sich so auf die Hochzeit.«

Er sah seine Mutter entgeistert an. »Die können doch nicht alle kommen. Das sind viel zu viele.«

»Das müssen wir mal sehen. Du kannst doch nicht nur einen Teil der Familie einladen.« Judy wandte sich an sie. »Ich habe drei Schwestern, und Hank kommt auch aus einer großen Familie. Wir sind die Einzigen, die in Florida wohnen, aber wenn man den Iowa-Zweig und die Verwandten aus Texas zusammenzählt, hat Kip ungefähr zwanzig Cousins.«

Harlow starrte Kip an. »Zwanzig? Das hast du, äh, nie erwähnt.«

»Ich weiß, das sind echt viele. Die meisten sind älter als ich, sind also schon verheiratet und haben Kinder.«

Harlow wollte gar nicht darüber nachdenken. »Wir haben die Gästeliste noch nicht festgelegt, aber wir versuchen, bei unter zweihundert Leuten zu bleiben.«

»Da ihr ja jetzt nicht in diesem albernen Country Club heiratet, könnt ihr ja im Park feiern«, sagte Judy fröhlich. »Deine Mom und ich könnten ein einfaches Menü kochen, sodass es nicht allzu viel kosten würde. Dann könnt ihr alle einladen.«

Harlow gab sich Mühe, nicht loszukreischen. »Hm, ich weiß nicht.«

»Im Park zu feiern, wäre vernünftig«, sagte Hank. »Was hast du denn dagegen? Ist dir das nicht schick genug?«

Judy wandte sich an ihren Mann. »Hank, lass gut sein.«

»Du hast mir doch von diesem Country Club erzählt. Fünfzigtausend Dollar Anzahlung? Komm schon, das ist Halsabschneiderei.« Hank langte nach seinem Bier. »Ich sage, feiert im Park, und gut ist. Wir reden hier von einem einzigen Tag im ganzen Leben. Was spielt es für eine Rolle, wo ihr heiratet?«

Harlow versuchte, normal weiterzuatmen. »Für mich spielt es eine Rolle.«

Kip nahm ihre Hände und drückte sie. »Ihr zwei haltet euch bitte da raus. Harlow und ich entscheiden selbst, wie wir heiraten. Wir werden euch Bescheid sagen, sobald wir eine Location ausgesucht haben und die Gästeliste steht.«

»Je weniger ihr für den Ort zahlt, desto mehr habt ihr für die Gäste übrig«, grummelte sein Vater.

Judy warf ihm einen warnenden Blick zu.

»Ich halte ja schon den Mund«, beruhigte er sie. »Schließlich ist es das Geld ihrer Eltern. Ich weiß, ich weiß. Wenn sie es verschwenden wollen, ist das ihre Entscheidung. Das hast du mir oft genug gesagt.«

Wie bitte? Kips Eltern redeten darüber, wofür *ihre* Eltern ihr Geld ausgaben? Harlow starrte auf ihren Teller, nicht sicher, was sie dazu sagen sollte.

Judy füllte ihre Gläser mit Eistee auf. »Lasst uns über was anderes reden. Kip, du errätst nie, wer mich vor ein paar Tagen angerufen hat. Tracey! Und sie wollte deine Nummer haben. Ich habe sie ihr aber nicht gegeben.«

Aus Kips Gesicht wich sämtliche Farbe.

»Wer ist Tracey?«, fragte Harlow.

Hank zog verwundert die Augenbrauen hoch. »Na, Kips Ex-Frau. Wer sonst?«

»Ich verstehe nichts von Standuhren«, gab Robyn lachend zu, während sie das saubere Geschirrtuch von der Schüssel zog und den Teig begutachtete.

Er war wunderbar aufgegangen. Sie legte ihn auf die bemehlte Küchentheke und benutzte ein scharfes Messer, um ihn in vierundzwanzig Stücke zu teilen.

»Die im zweiten Stock müsste noch aus dem frühen 19. Jahrhundert stammen. Ich glaube, es ist eine englische.« Sie sah ihre Tante an. »Die gehört eindeutig in ein Museum, Lillian.«

Ihre Tante lächelte ihr von ihrem bequemen Sessel aus zu und tätschelte die auf ihrem Schoß dösende schwarz-weiße Katze, die aussah, als würde sie einen Smoking tragen.

»Dann solltest du dich an die Arbeit machen, Liebes.«

»Du meinst, ein Museum anrufen und sie dort anbieten?«

»Ich bin mir sicher, dass es da irgendein festgelegtes Verfahren gibt«, neckte Lillian sie. »Sie ihnen einfach auf die Türschwelle stellen wie einen ausgesetzten Hundewelpen wird wohl nicht funktionieren.«

»Außerdem ist sie wirklich groß.«

Robyn rollte das erste Stück Teig zu einem Quadrat aus, faltete die Ecken unter und formte dann eine Kugel daraus.

»Es ist schön, dich wieder hier in der Küche zu sehen«, bemerkte Lillian. »Beim Brotbacken.«

»Du hast mir beigebracht, wie das geht. Jedes Mal, wenn ich Teig verarbeite, denke ich an dich.«

Sie erinnerte sich daran, wie sie in dieser Küche gestanden hatte, als sie noch so klein gewesen war, dass sie sich auf einen Stuhl stellen musste, um zu sehen, was ihre Tante machte. Lillian hatte ihr gezeigt, wie man Cookies und Brownies, knusprige Baguettes und köstliche Kuchen buk. Dieses Wissen hatte sie an ihre beiden Kinder weitergegeben – obwohl Austin sehr viel weniger daran interessiert gewesen war als Harlow.

Der Gedanke an ihre Tochter ließ sie Dankbarkeit darüber empfinden, sie endlich kontaktiert zu haben. Bisher hatten sie nur kurze »Hallo, wie geht's dir?«-Nachrichten ausgetauscht, aber das war schon mal ein Anfang. Weniger mit ihrer Tochter zu streiten, stand auf ihrer To-do-Liste. Sie musste nur noch herausfinden, wie sie das hinbekam.

»Ich erinnere mich noch an das erste Mal, als du Cord mit hergebracht hast«, sinnierte Lillian. »Er war wild entschlossen, dir in der Küche zu helfen.«

Robyn lachte leise. »Ja, er hat mit großer Begeisterung geknetet.«

»Er wollte dir eben gefallen. Der Junge war verrückt nach dir.«

»Wir waren jung und verliebt«, sagte Robyn leichthin, wohl wissend, dass dies als Grundlage für eine solide Beziehung nicht genügt hatte.

»Du empfindest Reue«, sagte Lillian sanft.

»Klar, ich bereue vieles. Manchmal frage ich mich, ob mich mehr Schuld trifft als ihn. Nicht, was seinen Ehebruch betrifft – den hat allein er zu verantworten –, aber dafür, dass ich nachgegeben habe, statt ihm die Stirn zu bieten.«

»Du wolltest deine Familie nicht auseinanderreißen. Du dachtest, dass Harlow, nachdem sie den Krebs überlebt hatte, ihre beiden Eltern brauchte. Und Austin auch.«

»Bei dir klingt es so, als hätte ich total vernünftig gehandelt.«

»Das hast du auch.«

»Es stimmt jedenfalls, dass ich ihm wegen Harlow und Austin vergeben habe. Ich hatte das Gefühl, dass sie schon genug durchgemacht hatten. Und dass sie eine Scheidung nicht überleben würden. Aber was, wenn ich damit falschlag? Was, wenn ich eigentlich nur mich selbst geschützt habe?«

»Wäre das so schlimm?«, fragte Lillian.

»Ja. Denn das bedeutet, dass ich schwach bin.«

»Es bedeutet, dass du ein menschliches Wesen bist.«

Robyn formte das letzte Brötchen. Dann bedeckte sie sie alle mit Plastikfolie und wusch sich die Hände.

»Du siehst immer nur das Beste in mir.«

Lillian lachte. »Natürlich, meine Süße. Ich hab dich eben lieb. Was sollte ich sonst tun?«

Robyns Handy klingelte. Sie sah auf das Display, nahm den Anruf grinsend an und stellte das Gespräch auf laut.

»Austin, du rufst mich an, statt mir zu schreiben? Hat die Erde etwa plötzlich angefangen, sich andersrum zu drehen? Stehen die Sterne nicht mehr am Firmament? Ich sitze hier übrigens mit Lillian, also sag ihr Hallo.«

Ihr Jüngster lachte leise. »Hallo, Lillian.«

»Hallo, mein lieber Junge. Ich vermisse dich. Komm mich doch auch mal besuchen.«

»Das würde ich total gerne«, gab Austin zu. »Ich vermisse euch beide.«

Robyn hörte etwas Ungewohntes aus dem Tonfall ihres Sohnes heraus, wollte aber vor ihrer Tante nicht nachbohren.

»Wir vermissen dich auch«, sagte sie. »Wie läuft's?«

»Ganz okay. Ich arbeite. Und hänge mit meinen Freunden ab.«

Lillian nahm die Katze von ihrem Schoß und stand auf. »Ich lasse euch beide mal reden«, sagte sie. »Derweil mache ich oben ein Nickerchen.«

Robyn küsste sie auf die Wange. »Ich sehe später nach dir.«

Nachdem Lillian die Küche verlassen hatte, wandte Robyn ihre Aufmerksamkeit wieder dem Anruf zu, stellte den Lautsprecher aus und nahm das Handy ans Ohr.

»Austin, geht's dir gut?«

Er seufzte. »Dad verpasst mir gerade die ganzen Scheißjobs, so als wollte er mir irgendwas beweisen, doch ich weiß nicht, was. Außerdem versuche ich seit einem Monat, mit ihm zu reden, aber er wimmelt mich immer wieder ab.«

»Worüber möchtest du denn mit ihm reden?«

»Über so Sachen. Meine Zukunft.«

Jetzt wusste sie nicht mehr als vorher. »Ich bin da, ich höre dir zu.«

»Danke, Mom, aber das sind Dinge, für die ich Dad brauche. Außerdem will ich vielleicht auch herausfinden, ob er mich jemals anhören wird. Von dir weiß ich, dass du dir immer Zeit für mich nimmst.«

»Austin, dein Dad liebt dich.«

»Das heißt aber nicht, dass er Zeit für mich hat.«

Sie ging eine Liste potenzieller Probleme durch, die er »nur mit Dad« würde besprechen wollen. »Ist irgendwer schwanger?«

In der Leitung herrschte Stille. Robyn hielt die Luft an – noch nicht mal beten konnte sie vor Panik.

»Mom! Ich habe ja nicht mal eine Freundin.«

»Das heißt nicht unbedingt, dass du keinen Sex hast. Du weißt, dass du jedes Mal ein Kondom benutzen musst, oder? Jedes einzelne Mal. Sobald dein Ding deinen Hosenstall verlässt, steckst du es in sein Partyoutfit.«

Sie konnte beinahe hören, wie er die Zähne zusammenbiss. »Darüber rede ich nicht mit dir.«

»Über deinen Penis? Darf ich dich daran erinnern, dass ich ihn schon gesehen habe, ehe du überhaupt wusstest, dass er existiert?«

»Mom!« Er atmete hörbar aus. »Niemand ist schwanger.«

»Okay. Ich frag ja nur. Ich hab dich lieb, Austin. Und ich bin immer für dich da, wenn du mich brauchst. Möchtest du, dass ich nach Hause komme?«

»Nein, mir geht's gut. Ich muss nur über ein paar Dinge nachdenken. Ich hab dich auch lieb. Und Mom? Sag Dad bitte nicht, dass er mit mir reden soll. Ich will, dass er sich von sich aus Zeit für mich nimmt. Und wenn er es nicht tut, ist das auch eine Antwort.«

»Jede einzelne Faser meines Körpers schreit danach, sich einzumischen, aber ich werde deinen Wunsch respektieren. Ruf mich doch an, bevor du schlafen gehst, dann lese ich dir eine Gutenachtgeschichte vor.«

»Ich bin achtzehn, nicht fünf.«

Sie lachte. »Ich wollte nur sichergehen. Das würde ich nämlich tun, wenn du das wolltest.«

»Das ist supersüß von dir und gleichzeitig total beängstigend.« Er beendete das Telefonat.

Robyn stand in der Küche und fragte sich, ob ihr Jüngster sie zu Hause brauchte. Und zugleich dachte sie daran, dass Harlow und sie momentan nur noch kurze Nachrichten austauschten, aber nicht miteinander sprachen. Obwohl Harlow sie wahnsinnig machte, vermisste sie ihre Älteste. Weshalb konnten sie nicht einfach wieder Freundinnen sein wie früher?

»Hat mir nicht mal jemand gesagt, dass es leichter wird, wenn sie älter werden?«, murmelte sie und überlegte, wer das gewesen war, damit sie die Person der Lüge bezichtigen konnte.

Die Situation war jetzt anders, aber keinesfalls einfacher.

15. KAPITEL

Harlow hatte keine Ahnung, wie sie den Rest des Abendessens überstanden hatte. Äußerlich musste sie einigermaßen die Fassung bewahrt haben, denn es hatte sie niemand angestarrt oder gefragt, ob es ihr gut gehe. Sie ging davon aus, womöglich trotz allem etwas gegessen zu haben, auch wenn sie sich da nicht sicher war – so sehr drehte sich ihr immer wieder der Magen um, während sie versuchte, sich einen Reim darauf zu machen, was sie erfahren hatte.

Kip hatte eine Ex-Frau. Er hatte einer anderen Frau einen Antrag gemacht, eine Hochzeit gefeiert und sich scheiden lassen – und über all das hatte er ihr gegenüber nie ein Wort verloren.

Sie saß neben ihm in seinem Auto, als sie zurück zu ihrer gemeinsamen Wohnung fuhren, unsicher, was sie sagen, denken oder fühlen sollte.

»Du bist wütend«, sagte er in die Stille hinein. »Und du hast jedes Recht dazu. Es tut mir leid. Ich hätte etwas sagen sollen.«

Etwas? Er hätte ihr *etwas* sagen sollen? »Ich denke, ein konkreteres ›Ich war schon mal verheiratet‹ wäre angemessener gewesen«, sagte sie leise, denn sie wusste, sobald sie dem Schmerz und der Angst nachgeben würde, die in ihr anschwollen, würde sie vollkommen davon überwältigt werden.

»Harlow …«, setzte er an, dann seufzte er. »Ja, ich war schon mal verheiratet.«

Seine schonungslosen Worte trafen sie mitten ins Herz. Ihre Augen füllten sich mit Tränen, während der Schmerz sie innerlich zerriss.

»Das hast du mir nie erzählt«, flüsterte sie.

»Ich wusste nicht, wie. Ich habe mich geschämt. Und ich dachte, du würdest mich dann weniger wertschätzen. Nach einer

Weile wusste ich erst recht nicht, was ich sagen sollte. Aber es hat nichts bedeutet.«

»Du warst schon mal verheiratet. Natürlich bedeutet das etwas.« Sie schloss die Augen. »Du hast all diese Dinge schon mal mit jemand anders erlebt. Eine Verlobung, eine Hochzeit.« Die Tränen rannen ihr nun schneller über die Wangen. »Nichts von alldem ist noch was Besonderes für dich.«

»Nein, Harlow, sag das bitte nicht. So war es nicht. Wir waren beide gerade mal neunzehn und sind durchgebrannt. Es gab keine Verlobung, keine Hochzeit. Wir haben geheiratet und sechs Wochen später festgestellt, dass es ein Fehler war, und uns wieder scheiden lassen. Das war's.«

Das war's noch lange nicht, dachte sie, als er auf seinen Stellplatz fuhr. Das war erst der Anfang eines langen Albtraums. Kip war schon mal verheiratet gewesen. Sie hatte Mühe, das überhaupt zu begreifen.

»Du hättest es mir sagen sollen.«

»Ja, das hätte ich. Es war falsch von mir, das nicht zu tun. Du kannst dir nicht vorstellen, wie sehr mir das leidtut.«

Sie dachte daran, wie der Abend angefangen hatte, dass er ihr gestanden hatte, Schulden in Höhe von Tausenden von Dollar zu haben – und jetzt das. Ihr war eiskalt und übel, sie fühlte sich vollkommen verloren. Sie brauchte ihre Mom. Nur befand sich die auf der anderen Seite des Kontinents in Santa Barbara.

Noch immer weinend stieg sie aus dem Auto und ging in Richtung Haus. Kip legte ihr eine Hand auf den unteren Rücken. Sie wich eilig aus, weg von ihm.

»Nicht«, sagte sie, ihre Stimme belegt vor Schmerz. »Fass mich nicht an.«

»Ich weiß, dass du sauer bist …«, setzte er an.

Sie wischte sich das Gesicht ab und blitzte ihn wütend an. »Sauer? Ich bin nicht sauer. ›Sauer‹ beschreibt noch nicht mal annähernd, wie ich mich fühle. Du hast mich angelogen!«

»Das habe ich nicht.«

Sie eilte zu ihrer Wohnungstür und hantierte ungeschickt mit den Schlüsseln. Als die Tür endlich offen war, rannte sie ins Bad und schloss sofort hinter sich ab. Dann zog sie ihr Handy aus der Tasche.

Sie musste von Kip weg. Sie musste erst mal verstehen, was los war. Da ihre Mom verreist war, stand ihr Haus leer – unter anderen Umständen ein reizvoller Gedanke, aber nicht unter diesen. Sie wollte nicht alleine sein. Und Enid wohnte den Sommer über zu Hause, um Geld zu sparen, das war daher auch keine Option.

Also schrieb Harlow eilig ihrem Bruder: Kann ich ein paar Nächte auf deinem Sofa schlafen?

Sofort erschienen drei Punkte im Chat. Klar, ich leihe dir sogar ein Kissen.

Trotz ihres inneren Schmerzes musste sie lächeln, als sie ihm antwortete: Danke. Bis in ein paar Minuten.

Sie verließ das Bad und traf im Flur auf Kip, der dort auf sie wartete.

»Ich habe nicht gelogen«, wiederholte er.

Sie drängte sich an ihm vorbei. »Hör auf damit, das zu sagen. Du hast mir etwas verschwiegen.« Das war es, was so schlimm für sie war. Er wusste, wie viel es ihr ausmachte, wenn man ihr etwas vorenthielt, und doch hatte er es getan.

Sie ging ins Schlafzimmer, holte eine kleine Reisetasche unter dem Bett hervor und öffnete sie.

Kip fluchte. »Du willst weg?«

»Ich kann in deiner Anwesenheit nicht nachdenken.«

»Aber wir müssen doch reden.«

Sie sah ihn an, dankbar für das bisschen Wut, das in ihr aufwallte. Wut bedeutete Stärke, es bedeutete Sicherheit. Wenn sie wütend war, fühlte sie sich zumindest nicht dumm, klein und verletzlich.

»Du hast recht, wir müssen reden. Aber nicht heute.« Sie wischte sich die Tränen vom Gesicht und blitzte ihn an. »Du hattest fast ein Jahr, um mit mir darüber zu sprechen, Kip. Viele Monate, in denen du mir hättest sagen können, dass du schon mal verheiratet warst, in denen du mir von deinen Kreditkartenschulden hättest erzählen können und was weiß ich, von was noch allem. Weißt du was? Deshalb habe ich ein Recht auf eine Pause. Ich nehme mir jetzt ein wenig Zeit, um meine Haltung zu diesem ganzen Mist zu finden, und damit musst du nun einfach klarkommen.«

Sein Gesicht verzog sich vor lauter Frust. »Du kannst doch nicht beim ersten kleinen Problem gleich wegrennen.«

»Ein Jahr«, wiederholte sie. »Und du hast nichts gesagt. Also erzähl mir nicht, was ich tun kann und was nicht. Gib mir auch ein Jahr Zeit, dann kannst du dir ein Urteil erlauben.«

»Harlow, bitte.«

Sie kehrte ins Bad zurück und suchte ihre Kosmetika zusammen. Nachdem sie sie in den Koffer geschmissen hatte, nahm sie einen Stapel T-Shirts aus der Kommode. Im selben Moment hörte sie, wie die Wohnungstür ins Schloss fiel.

Sie ließ die T-Shirts fallen und lief ins Wohnzimmer. Kip war verschwunden. Er war einfach gegangen. Dabei hatte er ihr all das angetan, und jetzt war er als Erster gegangen. So als wäre sie diejenige, die im Unrecht war.

Der Schreck über seine Flucht ließ sämtliche Luft aus ihrer Lunge weichen. Sie sank auf den Boden und gab den Schluchzern nach, die ihren Körper schüttelten. Sie weinte so sehr, als wäre ihr Herz gebrochen – vermutlich, weil es das war. Sie weinte und weinte und weinte noch, als sie hörte, wie sich die Wohnungstür öffnete, Schritte näher kamen und starke Arme sie in eine liebevolle Umarmung zogen.

Nur war es nicht Kip. Stattdessen war es ihr Bruder, der sie ganz fest an sich drückte.

Sie klammerte sich an ihn, den einzigen Fixpunkt in einer sich immer schneller drehenden Welt.

»Er ist weg«, gelang es ihr mit zitternder Stimme zu sagen. »Wir haben uns gestritten, und dann ist er einfach gegangen.«

»Ich habe mir Sorgen gemacht, als du nicht kamst, deshalb bin ich nachsehen gekommen. Und ich bin sehr froh, dass ich das getan habe. Was willst du jetzt tun?«

Sie sah ihren Bruder an. »Ich will mit zu dir kommen.«

»Dann lass uns gehen.«

»Hallo?«

»Robyn. Ich freue mich, dass ich dich erreiche.«

Ihr Gehirn brauchte eine Sekunde, um die vertraute Stimme zuzuordnen. Als sie sie erkannte, befiel sie ein Gefühl des Grauens.

»Jase?« Sie fluchte innerlich und ermahnte sich, immer erst mal nachzusehen, wer sie anrief, ehe sie abhob.

»Ich war mir nicht sicher, ob du rangehen würdest.«

Das wäre sie auch nicht, hätte sie gewusst, dass er es war. »Weshalb sollte ich nicht rangehen?«, fragte sie und sagte sich, dass dies schließlich nur eine Frage war und daher keine Lüge.

»Ich weiß, dass du böse auf mich bist, und das aus gutem Grund, aber ich wollte dir sagen, wie sehr ich dich vermisse.«

Eine Information, die sie weder benötigte noch haben wollte. »Okay …«

»Dich zu verlieren, hat mir klargemacht, wie wichtig du mir bist. Ich habe einen schrecklichen Fehler gemacht, und es tut mir leid.«

Sie war sich nicht sicher, was sie damit anfangen sollte. »Du hast dich bereits entschuldigt. Ist schon in Ordnung.«

»Ist es nicht.« Seine Stimme sackte ab. »Wenn alles in Ordnung wäre, wärst du noch hier in Florida und nicht, wo auch immer du gerade bist.«

»Woher weißt du, dass ich weg bin?«

»Ich bin zufällig deinem Haus-Sitter begegnet.«

»Oh.« Beschissenes Timing, dachte sie. Wie wahrscheinlich war so was? »Ich bin in Kalifornien und besuche meine Tante Lillian.«

Er seufzte. »Ich hatte gehofft, dass du an einem Ort bist, der weniger weit weg ist von hier, damit ich dich persönlich überzeugen kann, mir eine zweite Chance zu geben.«

»Jase, es ist vorbei zwischen uns. Ich meine das nicht so hart, wie es klingt, aber es hätte niemals geklappt mit uns. Du hast mich für eine Frau gehalten, die hinter deinem Geld her ist. Über so was kann man nicht hinwegkommen.«

»Wie oft muss ich dir noch sagen, dass ich unrecht hatte? So eine bist du nicht. Das ist mir jetzt klar.«

»Auch ohne das hätten wir uns über kurz oder lang getrennt.«

Ja, er hatte ihr wehgetan, aber die Wahrheit war, dass sie seit ihrer Landung in Kalifornien überhaupt nicht mehr an ihn gedacht hatte. Und vermisst hatte sie ihn auch nicht – keine Sekunde. Was immer sie geglaubt hatte, mit ihm zu teilen, hatte niemals existiert oder war sehr viel schneller verpufft, als es das hätte sollen.

»Ich wünsche dir alles Gute«, sagte sie ruhig. »Und ich hoffe, Galen geht es besser.«

»Ja, das tut es. Wir sind voller Hoffnung. Robyn, kann ich dich wirklich nicht überzeugen, mir noch eine Chance zu geben?«

»Nein. Tut mir leid.«

»Mir auch.«

Er legte auf.

Sie schmiss ihr Handy aufs Bett und ließ sich auf den Rücken fallen. Wieso überschüttete sie dieser Mann in der Sekunde, in der sie ihn nicht mehr wollte, plötzlich mit Zuneigungsbeteuerungen? Jases Rückeroberungsfeldzug war so verquer, dass es beinahe komisch war.

»Männer«, murmelte sie, dann stand sie auf und betrachtete ihr Handy. »Deinen Anruf nehme ich bestimmt nicht noch mal entgegen.«

Sie nahm ihr Notizbuch, ging rüber zum Zimmer ihrer Tante und klopfte an die halb geöffnete Tür, ehe sie eintrat.

»Ich bin's.«

»Bin hier draußen, Liebes.«

Robyn durchquerte den großen Wohn- und Schlafraum und ging auf die Terrasse. Der Himmel war bedeckt, und es war kühl, aber dennoch schön. Auch der Ozean war heute mehr grau als blau, und die Möwen schienen besonders laut zu schreien. Die einzigen Farbtupfer waren die Blumen in den Töpfen.

Sie überzeugte sich, dass Lillian durch warme Decken gut geschützt war, dann setzte sie sich neben sie.

»Ich glaube, das Gemälde in der Wäschekammer ist ein Picasso.« Sie zeigte Lillian das Foto, das sie davon aufgenommen hatte. »Ich weiß nicht, was mich mehr wundert – dass du einen Picasso hast oder dass er in der Wäschekammer hängt.«

Ihre Großtante lachte. »Der Ort ist tatsächlich etwas ungewöhnlich. Ich bin mir ziemlich sicher, dass er versehentlich da gelandet ist.«

»Du meinst, er ist einfach eines Nachts dort reinspaziert, als gerade keiner guckte?«

»Vielleicht nicht so, aber es würde wohl niemand mit Absicht einen Picasso in die Wäschekammer hängen.«

Lillian streckte ihr die Hand hin. Robyn nahm sie und gab sich Mühe, nicht zusammenzuzucken, als sie die winzigen Knochen und die pauspapierdünne Haut ihrer Tante fühlte.

»Du machst Fortschritte bei der Inventur«, sagte Lillian. »Erst die Uhren, nun der Picasso …«

»Ich verschaffe mir zunächst mal einen Überblick. Du hast mehr Schätze im Haus, als mir klar war. Wie ich gestern meinte, solltest du jetzt schon anfangen, ein paar Werke an Museen zu spenden, um die Leute dort um dich rumscharwenzeln zu sehen.«

»Ein bisschen Scharwenzeln lasse ich mir durchaus gerne mal gefallen«, gab Lillian zu. »Was die Frage betrifft, was an Museen gespendet werden sollte – das überlasse ich dir. Und wenn du mal ein bisschen Zeit hast, sollten wir auch meinen Schmuck durchgehen.«

Robyn drückte kurz Lillians Hand, ehe sie sie losließ. »Ich werde mir nichts Persönliches von dir ansehen«, sagte sie bestimmt. »Du hast mir mindestens noch zwanzig Jahre versprochen.«

»Süße, so lieb ich dich habe – bis hundertvierzehn werde ich nicht durchhalten. Das würde ich auch gar nicht wollen. Aber der Schmuck kann etwas warten.« Lillian presste die Lippen zusammen. »Verzeih mir, doch ich muss dich das fragen. Könntest du dir vorstellen, dauerhaft hierzubleiben?«

Robyn starrte sie an. »Du möchtest, dass ich hierherziehe?«

»Ja. Ich weiß, das ist egoistisch von mir, aber ich habe dich so gerne um mich.«

Robyn wusste nicht, was sie dazu sagen sollte. Dauerhaft hier leben? Das war in jedem Fall ein interessantes Angebot.

Sie genoss es, in der Nähe ihrer Tante zu sein. Außerdem würde ihr das die nötige Zeit geben, um über ihre Zukunft nachzudenken. Sie hatte immer noch mit der Scham zu kämpfen, die sie angesichts ihres vergangenen unverantwortlichen Verhaltens empfand. Doch inzwischen verbrachte sie mehr Zeit damit, sich praktischen Dingen zuzuwenden und einen Plan für die Zukunft zu entwerfen.

Sie hatte vor, ein Antiquitätengeschäft zu eröffnen. Lillian würde hoffentlich noch viele, viele Jahre leben, und in der Zwischenzeit wollte Robyn sich weiterbilden und Erfahrungen im Geschäft sammeln, während sie sich finanziell stark einschränkte.

»Ich habe bisher nie darüber nachgedacht, das hier zu meinem Zuhause zu machen«, gab sie zu. »Und ich muss auch Harlow und Austin mit einbeziehen. Harlow steht schon auf eigenen Füßen, aber Austin möchte im Herbst wieder zurück zu mir ziehen. Er arbeitet für seinen Vater, daher kann ich ihn schlecht bitten, mit mir hierherzukommen.«

»Er könnte sich hier einen Job suchen. Bei Harlow weiß ich es nicht genau.« Lillian seufzte. »Ich verlange wohl zu viel.«

»Nein, das tust du nicht. Es gibt dabei nur einiges zu bedenken.« Dauerhaft nach Santa Barbara ziehen? Der Gedanke erschien ihr verlockend. »Was ist mit Mason? Wäre es nicht seltsam, wenn wir beide hier wohnen würden?«

»Das Haus ist groß genug für zwanzig von uns. Und ich dachte, du magst ihn.«

Robyn musste daran denken, wie tatkräftig er immer wirkte. Er war stark, ohne dominant zu sein. Es gefiel ihr, dass er einfach da sein konnte, ohne die ganze Zeit reden zu müssen. Außerdem war der Mann sexy. Nicht, dass sie das vor ihrer vierundneunzigjährigen Großtante zugeben würde …

»Ja, ich mag ihn, aber bei dir zu Besuch zu sein, ist eine Sache. Hier richtig zu leben wäre etwas ganz anderes.«

»Es ist immer noch mein Haus«, bemerkte Lillian. »Und ich darf darüber bestimmen, wer hier wohnt.«

Robyn lächelte sie an. »Ja, das darfst du.«

»Du könntest an der UC Santa Barbara studieren.«

Die Uni, auf die sie fast gegangen wäre, nachdem sie die Highschool abgeschlossen hatte. »Jetzt bringst du mich aber wirklich in Versuchung.«

»Ich gebe mir Mühe.«

Sie dachte daran, wie es wäre, in diesem schönen Haus zu leben und an der UCSB zu studieren. »Ich habe immer noch keine genaue Vorstellung«, sagte sie.

»Ich biete dir nur Optionen an. Und ich glaube, Mason könnte eine davon sein.«

»Ich frage mich, was er dazu sagen würde, dass du sein Leben für ihn planst.«

»Nur den Sex.«

Robyn lachte. »Das ist aber kein unwichtiger Teil. Ich bin mir sicher, dass er da gerne ein Mitspracherecht hätte.«

»Ich glaube, er würde sich freuen. Manchmal sieht er dich auf so eine sexy-grüblerische Art an, die für mich als Beobachterin sehr unterhaltsam ist.«

Robyn starrte ihre Tante an. »Was meinst du damit?«

Lillians Lächeln bekam etwas Verschmitztes. »Er fühlt sich zu dir hingezogen. Hast du das nicht bemerkt? Und ich vermute, dass du dich ebenfalls zu ihm hingezogen fühlst.«

Das stimmte, doch darüber würden sie jetzt bestimmt nicht reden. »Du willst dich also in unser Liebesleben einmischen.«

»Ja, das will ich. Und? Bist du interessiert?«

»Lillian! Das bespreche ich nicht mit dir.«

»Wieso nicht? Darüber zu reden, ist alles, was mir noch geblieben ist. Hast du Angst, dich aufzugeben, wenn du dich auf ihn einlässt? Du bist keine zwanzig mehr, Robyn. Und Mason ist nicht Cord. Du musst dich nicht aufgeben, um mit einem Mann zusammen zu sein.«

Robyn schüttelte amüsiert den Kopf. »Du hast einen viel zu

guten Durchblick. Warum kannst du nicht einfach über die Vergangenheit reden wie andere alte Damen?«

»Du weißt, dass ich recht habe.«

»Stimmt. Ich habe zu viel aufgegeben, als ich Cord geheiratet habe. Nicht, weil er es von mir verlangt hat, sondern weil ich dachte, verliebt zu sein bedeutet, alles zu tun, was er wollte. Ich war einfach zu jung.« Ihre eigenen Fehler waren der Grund, weshalb sie sich nun Sorgen um Harlow machte – was ihre Tochter nicht begreifen wollte.

»Ist es nicht besser, deine Stärke zu entdecken und du selbst zu sein, statt die Liebe komplett zu meiden, aus Angst, womöglich etwas aufgeben zu müssen?«

Noch mehr intelligente Worte aus dem Mund ihrer Tante, dabei war noch nicht mal Mittag. »Ich dachte, wir würden hier über Sex reden«, sagte sie neckend. »Und jetzt willst du, dass ich mich verliebe?«

»Ich möchte, dass du glücklich bist, Liebes. Ich möchte, dass du das Leben führst, das du verdienst, mit einem wundervollen Mann, der dich liebt, einem Beruf, den du gerne ausübst und Dutzenden von Enkelkindern.«

»Das wünsche ich mir auch. Und ich tue mein Bestes, um herauszufinden, wie ich es Wirklichkeit werden lassen kann.«

Harlow beendete ihre Arbeit, dann fuhr sie zum Supermarkt, um Zutaten für Spaghetti zu kaufen. Ihre Mutter wäre enttäuscht zu hören, dass ihre einzige Tochter sich für Fertigsoße im Glas entschied, aber sie hatte nicht die Zeit, selbst eine zu kochen.

In Austins Wohnung erhitzte sie Wasser für die Pasta und kochte die Wurst, die sie der Soße hinzufügen würde. Sie hatte gerade den Salat fertig, als Austin hereinkam.

»Hey«, sagte er lächelnd, während er die Küche durchquerte. »Es war offenbar kein Witz, als du meintest, du würdest heute Abend kochen.«

»Du hast was gut bei mir – dafür, dass ich hier schlafen darf.«

»Das waren jetzt zwei Nächte, Harlow, und du schläfst auf dem Sofa. Also kein großes Ding.«

»Für mich schon.«

Es ist viel mehr für mich als nur ein Schlafplatz, dachte sie. Austin hatte ihr keinerlei Fragen gestellt. Weder hier noch bei der Arbeit. Er hatte auch kein Wort darüber verloren, dass sie Kips Nachrichten und Anrufe ignorierte.

»Außerdem«, sagte sie mit einem gezwungenen Lächeln, »ist heute mein letzter Abend hier. Morgen gehe ich wieder nach Hause.«

»Bist du sicher, dass du das willst?«

»Nein, aber ich kann ihm nicht ewig aus dem Weg gehen.«

»Du verlässt ihn also nicht?«

Austins Worte ließen sie zusammenzucken. Kip verlassen? »Ich liebe ihn.«

»War nur eine Frage.« Er lehnte sich an die Küchentheke. »Ich kündige übrigens meinen Job.«

»Wie bitte? Ist das dein Ernst, Austin? Warum denn? Und was willst du dann machen?« Panik erfasste sie. Was, wenn er sie auch noch verließ und wegzog?

»Weil Dad mir nicht zuhört. Ich habe mehrere Termine mit ihm vereinbart, und er will mich einfach nicht anhören.«

»Worüber willst du denn mit ihm reden?«

»Über meine Zukunft. Ich bin nicht wie du, ich will nicht das Familienunternehmen übernehmen. Ich will keinen tollen Abschluss und keinen Business-Plan. Ich brauche bloß Zeit, um mir über ein paar Dinge klar zu werden, und darüber wollte ich mit ihm reden. Aber er hört mir nicht zu.«

»Ich werde dir zuhören. Austin, bitte, kündige nicht.«

»Meine Entscheidung steht fest.«

Genau wie es seine Art ist, dachte sie. Er nahm sich stets viel Zeit, um eine Entscheidung zu treffen – ob es nun darum ging, in welcher Farbe er sich ein T-Shirt kaufte oder ob er studieren wollte oder nicht. Doch sobald er einmal entschieden hatte, war es unmöglich, ihn umzustimmen.

»Was wirst du tun?«, fragte sie.

»Ich werde nach Kalifornien rüberfahren und Mom dort ein paar Wochen besuchen, während ich mir die nächsten Schritte überlege.«

Harlow verspürte einen Stich des Neids. »Ich wünschte, ich könnte mitkommen.«

»Kannst du doch. Roadtrip – das wird bestimmt lustig.«

Sie lächelte. »Ich habe eine Stelle mit Verantwortung.«

»Erwachsen sein nervt.«

»Manchmal ja. Apropos.« Sie deutete auf den Tisch. »Der muss noch gedeckt werden. Und du musst den Grill anschmeißen, damit wir das Knoblauchbrot rösten können.«

»Schon dabei.«

Er wusch sich die Hände und ging zum Grill raus, der auf dem Balkon stand. Zwanzig Minuten später saßen sie einander gegenüber am kleinen Tisch neben der Küche.

»Meinst du das ernst, dass du nach Santa Barbara willst?«, fragte sie.

»Ja. Ich werde noch ein letztes Mal versuchen, mit Dad zu reden. Wenn er mir diesmal zuhört, kündige ich offiziell. Und sonst verschwinde ich einfach so.«

»Ich verstehe dich ja. Ich wünschte nur, du würdest nicht wegfahren. Werd dich vermissen.«

»Das Roadtripangebot steht.«

»Danke, doch mein Leben findet hier statt. Ich habe heute mit Kip gesprochen. Wir haben uns darauf geeinigt, dass ich zurückkomme, wir aber ein paar Tage lang nicht über das reden, was passiert ist.«

Sie hatte ihm erklärt, dass sie mehr Zeit und Raum brauchte, und er hatte versprochen, ihr beides zu gewähren. Außerdem hatte er sich dafür entschuldigt, einfach abgehauen zu sein. Am liebsten wäre sie ein bisschen darauf herumgeritten, doch sie hatte ja selbst ihre Tasche gepackt, daher war sie an der Eskalation genauso schuld wie er.

Zum zwanzigsten Mal kam ihr der Gedanke, dass ihre Mutter

womöglich recht hatte. Vielleicht waren sie noch zu jung zum Heiraten.

Ihr Bruder sah sie an. »Was ist denn eigentlich passiert zwischen euch?«

Bisher hatte sie es vermieden, es laut auszusprechen – so als würde es das Ganze realer werden lassen. Doch sie wusste, dass sie sich irgendwann damit auseinandersetzen musste. Daher konnte sie auch gleich jetzt damit anfangen – an einem sicheren Ort.

»Ich habe vor ein paar Tagen erfahren, dass Kip schon mal verheiratet war.«

»Was?« Austin sprang halb auf, dann ließ er sich wieder auf seinen Stuhl sinken. Sein Blick verfinsterte sich vor Wut. »Willst du mich verarschen? Er war schon mal verheiratet, und du wusstest nichts davon?«

»Ich hatte keine Ahnung. Er hat es nie erwähnt.« Sie erzählte ihm vom Abendessen mit Judy und Hank und dass Judy von Traceys Anruf sprach.

»Ich kam mir so blöd vor«, gestand sie. »Ich habe ganz naiv gefragt, wer sie ist. Als die Antwort kam, fühlte ich mich erniedrigt, erst kam der Schmerz, und dann wurde alles taub. Keine Ahnung, wie ich das Essen überstanden habe. Ich kann mich an nichts mehr erinnern. Auf dem Weg nach Hause hat Kip immer wieder gesagt, dass es ihm leidtue und er nicht gelogen habe.«

»Bullshit. Er muss doch wissen, wie schlimm es für dich ist, wenn man dir etwas verschweigt.« Er ballte eine Hand zur Faust. »Ich werde ihn übelst zusammenschlagen, angefangen bei seinem Gesicht.«

Harlow beugte sich zu ihm rüber. »Danke. Aber nein, das wirst du nicht.«

»Wieso nicht?«

»Weil es mir auch nicht weiterhilft.«

Er ließ die Schultern hängen. »Ich will aber irgendwas tun.«

»Ich weiß. Ich wünschte, du könntest die Sache für mich in Ordnung bringen, doch das kann ich nur selbst.«

»Was wirst du jetzt machen?«

»Ich hab keine Ahnung.«

»Du musst nicht zu ihm zurück, Harlow. Du kannst hierbleiben oder in Moms Haus ziehen. Das würde sie dir jederzeit erlauben.«

»Ja, das würde sie.« Obwohl sie, abgesehen von ein paar ausgetauschten Nachrichten, immer noch nicht miteinander redeten. »Ich vermisse sie.«

»Ich auch.« Austin sah sie an. »Es tut mir leid. Ich dachte, Kip wäre einer von den Guten.«

»Ich auch. Aber jetzt habe ich Angst, dass er mir noch mehr verschwiegen hat. Er hat mir nämlich erzählt, dass er Kreditkartenschulden hat.« Und zwar jede Menge Schulden.

»Nicht jeder hat Eltern, die einem alles bezahlen.«

Harlow dachte an Enid und ihr Medizinstudium. »So langsam wird mir das irgendwie klar.« Sie stocherte in ihrem Salat herum. »Ich weiß, dass das jetzt albern klingt, aber Kips Mom hat mir erzählt, dass sie die Geschenke schon an Heiligabend auspa cken.«

Austin starrte sie entgeistert an. »Und was ist mit dem Weihnachtsmann?«

Sie lächelte. »Das habe ich auch gesagt, und sie hat geantwortet, dass es den ja gar nicht geben würde.«

»Es geht doch nicht darum, ob es ihn gibt, es geht um die Weihnachtsstrümpfe. Du wirst ja wohl nicht auf deinen Strumpf verzichten.«

»Das ist seltsam, oder? An Heiligabend geht man in die Kirche.«

»Ich schätze, sich zu verlieben bedeutet, Kompromisse einzugehen.«

Da hatte er recht. Harlow fragte sich jedoch, ab wann Kompromisse dazu führten, dass sie sich zu sehr aufgab und Dinge im Leben verlor, die ihr wichtig waren. Woher sollte sie wissen, wann Kip einfach nur nicht wusste, wie er mit einer Situation umgehen sollte und ihr deshalb etwas vorenthielt, und wann er sie wirklich täuschte?

»Ich weiß nicht, was ich tun soll«, gab sie zu. »Das Einzige, was ich weiß, ist, dass ich zurück nach Hause muss, um zu sehen, wie es sich anfühlt, bei Kip zu sein.« Vielleicht würde ihr das eine Antwort auf ihre Frage liefern.

»Möchtest du, dass er es wieder in Ordnung bringt?«

Sie dachte kurz darüber nach. »Ja.«

»Und meinst du, er kann das?«

»Ich bin mir nicht sicher.«

Und das, überlegte sie traurig, ist womöglich das größte Problem.

16. KAPITEL

Mason wusste, wie er Artilleriefeuer überlebte, dass er es ertragen konnte, wenn ein Paar es im Raum nebenan miteinander trieb, und wie er Kälte, Hitze, Regen und Hunger überstand. Einmal war er drei Tage unterwegs gewesen, um ein entlegenes Krankenhaus mit Vorräten zu versorgen. Dabei hatte er, als sein Laster einen Achsenbruch hatte und das Warten auf die Reparatur zu lange gedauert hätte, mit eigener Kraft einen Ochsenkarren sechseinhalb Kilometer über einen Bergkamm gezogen.

Er wusste, wie er in beinahe jeder Verfassung seinen Job erledigt bekam. Er war aufgeweckt und konzentriert – er konnte es mit den Besten der Besten aufnehmen.

Was er nicht wusste, war, wie er es schaffen sollte, nicht über Robyn nachzudenken.

Sie war überall, selbst wenn sie gar nicht da war. Eine Aussage, die – das gab er unumwunden zu – keinerlei Sinn ergab, aber der Wahrheit entsprach.

Die Schnittblumen, die im ganzen Haus in teuren Vasen herumstanden, erinnerten ihn an sie. Ebenso wie die Gemälde, die er inzwischen bewusster wahrnahm. Und erst gestern, als er Leos Schreibtisch durchforstete, hatte er ein Dutzend Bilder von Robyn entdeckt, vom Kleinkindalter bis hin zu späteren Jahren, als sie mit zwei hübschen Kindern fotografiert worden war, von denen er vermutete, dass es sich um Harlow und Austin handelte.

Er sah sie morgens als Allererstes, wenn sie barfuß – egal bei welchem Wetter – auf ihren gemeinsamen Balkon hinaustrat. Er saß ihr beim Abendessen gegenüber und lief ihr tagsüber immer wieder über den Weg, wenn er das alte Haus erkundete.

Er konnte mit dem latenten Verlangen leben, das ihn nie verließ, der Gier, mit der er an ihren Lippen hing und jedes ihrer

Worte aufsaugte. Denn seinen männlichen Stolz hatte er bereits etwa elf Sekunden, nachdem er sie kennengelernt hatte, vollständig aufgegeben. Nein, das wahre Problem war, dass er nicht arbeiten konnte, während sie im Haus war.

Oh ja, er schaffte es durchaus, lange, verschachtelte Sätze über schwierige Kampfbedingungen zu schreiben und darüber, wie viele Pferde dabei getötet worden waren, aber er tat dies vollkommen mechanisch.

Eigentlich gefiel es ihm, geschichtliche Ereignisse nachzuerleben, innerlich das Schießpulver zu riechen, die Schreie zu hören. Doch dazu kam es dieser Tage nicht. Er war besessen von dieser Frau und konnte nichts tun, als abzuwarten, bis das Fieber nachließ.

So hatte er sich noch nie gefühlt. Natürlich hatte er bereits Frauen begehrt. Und häufig war nichts daraus geworden. Dennoch war es ihm gelungen, den verdammten Tag durchzustehen, ohne sich wie ein völliger Idiot zu verhalten.

Er versuchte, sich zu sagen, dass er sie nur ins Bett bekommen musste und es ihm wieder gut gehen würde. Nur wusste er, dass das nicht stimmte. Noch schlimmer, als sie zu wollen, war zu wissen, dass, wenn ihn jemand vor die Wahl stellte, sie ein wundervolles Mal zu vögeln oder alternativ den Rest seines Lebens damit zu verbringen, mit ihr abzuhängen, ihr Lächeln zu sehen, jedoch nur mit ihr befreundet zu sein, er sich eindeutig für Letzteres entscheiden würde.

Er starrte auf die lächerlichen drei Sätze, die er in den vergangenen zwei Stunden getippt hatte, und knallte seinen Laptop zu. Er war zwar am Morgen schon mal laufen gewesen, aber vielleicht würde ein zweites Mal ihm den Kopf freipusten. Er musste einfach dahinterkommen, was mit ihm los war. Er war nie von irgendetwas besessen, warum dann jetzt auf einmal? Und wieso von ihr?

In diesem Moment hörte er ein sanftes Klopfen an seiner halb geöffneten Tür. Sogleich fing sein Herz an, dreimal so schnell zu schlagen.

»Ja?«

Robyn schob die Tür auf und lächelte ihn an. »Der Wind kommt endlich aus der richtigen Richtung. Ich habe ein kleines Segelboot gemietet. Es ist nur zehn Meter lang, es wird also ein bisschen schaukeln. Aber ich dachte, vielleicht willst du trotzdem mitkommen.«

Sie trug eine enge Jeans, Bootsschuhe und ein langärmliges Shirt. Ihr blondes Haar war zu einem Pferdeschwanz zusammengebunden, sie sah sexy und gesund aus. Sein Verlangen nach ihr steigerte sich so sehr, dass er kaum noch Luft bekam.

»Segeln?«

Sie lächelte. »Ja, das ist das, was man normalerweise mit einem Segelboot macht. Aber vielleicht hast du da andere Erfahrungen gemacht.«

»Du machst dich lustig über mich.«

»Ich ziehe dich nur ein bisschen auf. Ich bin eine gute Kapitänin, das wird lustig. Bitte sag Ja.«

»Ja.«

Sie lachte. »Das war ja einfach.«

Ihr würde er alles zusagen.

Sie musterte ihn. »Du musst dir Turnschuhe anziehen und etwas Langärmeliges, um dich vor Sonnenbrand zu schützen, dich überall eincremen und eine Mütze tragen. In einer Viertelstunde an meinem Auto?«

»Ich werde da sein.«

Sie wandte sich zum Gehen, dann drehte sie sich noch einmal zu ihm um, plötzlich mit besorgter Miene. »Wird dir leicht übel?«

»Eigentlich nicht.«

»Und auf dem Meer?«

»Ich war noch nicht oft auf einem Boot. Ich bin ein einfacher Soldat, wir reisen auf dem Landweg.«

Sie beäugte ihn. »Ich meinte das jetzt nicht aufs Militär bezogen. Was das Kotzen betrifft, würde ich sagen, wir riskieren es. Medikamente gegen Übelkeit machen einen zu schläfrig.«

»Ich werde nicht kotzen.«

Ihr Lächeln kehrte zurück. »Ach würde doch allein der Wunsch genügen.«

Sechzehn Minuten später fuhren sie den Hügel hinab, Mason saß auf dem Beifahrersitz.

»Warst du schon mal auf einem Segelboot?«, fragte sie.

»Nein. Nur auf Motorbooten, zum Fischen. Das ist das erste Mal, dass ich am Meer wohne.«

»Dann kannst du dich ja auf etwas freuen. Motorboote sind toll. Sie sind schnell, sie haben innen mehr Platz, die Fahrt auf ihnen fühlt sich sanfter an, und man hat viel bessere Kontrolle über sie. Aber Segeln ist magisch. So haben die Wikinger Europa erkundet und erobert, und so hat Francis Drake als erster Engländer die Magellanstraße durchfahren. Ich bin auf Segelbooten groß geworden.« Sie ließ ein Lächeln aufblitzen. »Und nicht auf Motorbooten.«

»Ich sehe den Unterschied. Du meinst, Segelboote sind romantisch.«

»Genau. Danke, dass du mich verstehst. Manche Leute begreifen es nicht.«

Er fragte sich, ob ihr Ex-Mann einer von diesen Leuten war. Oder der Kardiologe, der nicht wusste, was er mit ihrer Klitoris anfangen sollte.

Nicht dran denken, ermahnte er sich. Ihm waren bereits zwei Dutzend Dinge eingefallen, die er mit ihrer Klitoris anstellen könnte, würde er jemals die Gelegenheit dazu bekommen.

Sie drehte ein paar Runden im Jachthafen, ehe sie einen Parkplatz fand. »Ich habe noch immer meine Sixpack-Lizenz«, erklärte sie. »Nur, dass du Bescheid weißt.«

»Du hast eine Lizenz zum Biertrinken?«

Sie lachte. »Nein. Eine Sixpack-Lizenz sagt aus, wie viele Leute ich auf meinem Boot mitnehmen kann. Meine anderen Lizenzen habe ich aufgegeben. Harlow kann mit ihren mehr Leute mitnehmen. Austin hingegen scheint lieber ein einfaches Crewmitglied zu sein. Ach, ich vermisse meine Kinder.« Sie schüttelte den Kopf.

»Aber darum soll es heute nicht gehen. Komm, Mason. Lass uns Wikingerkrieger spielen.«

»Dann hätte ich wohl ein Gewehr einpacken sollen.«

Sie lachte. »Nein, geschossen wird bei mir nicht. Na schön, ich nehme das mit den Wikingern zurück. Wir werden uns entspannen und uns vom Wind treiben lassen, wohin er will.«

»Solange wir wieder hier sind, ehe es dunkel wird.«

Sie sah ihm in die Augen. »Du hast mein Wort.«

Sie betraten das Büro des Bootsverleihs. Robyn füllte die nötigen Formulare aus und sprach mit dem jungen Angestellten hinter der Ladentheke. Die beiden warfen mit Begriffen um sich, die er nicht verstand, doch er konnte sehen, dass Robyn den Bootsverleiher mit ihrem Wissen beeindruckte. Als sie eine Kreditkarte hervorzog, kam er ihr zuvor und hielt dem Mann seine hin.

»Ich bestehe darauf«, sagte er. »Du hast schließlich die ganze Arbeit.«

»Das ist sehr nett, Mason. Danke. Ich revanchiere mich mit einem Abendessen. Sag mir einfach, was du gerne magst.«

Sie, Champagner und das Rauschen des Meeres – das war alles, was er brauchte. Und auf den Champagner und das Meer konnte er ehrlich gesagt auch verzichten.

Sie gingen nach draußen zu einer Reihe von Anlegestellen, vor denen Segelboote im Wasser schaukelten. Sogleich bereute er seine Entscheidung, sie zu begleiten.

Robyn warf einen Blick auf den Zettel, den der Bootsverleiher ihr gegeben hatte, dann tippte sie einen Code in ein elektronisches Schloss ein. Das Tor daneben öffnete sich, und sie gingen hindurch.

Alles war gut, bis sie von der abschüssigen Rampe auf den Steg traten. Er schwankte stark.

»Schwimmt das Teil etwa auf dem Wasser?«

Sie sah ihn an. »Natürlich. Das ist ein Schwimmsteg. Woran sollte er befestigt sein?«

Wie wäre es mit dem Festland? Einem Pfeiler? Elon Musk besaß eine Rakete, die irgendwelchen Kram zu einer Weltraumstation brachte. Konnte da nicht auch jemand einen Steg erfinden, der sich nicht bewegte?

Robyn deutete auf ein viel zu kleines Segelboot. »Da haben wir unser Mädchen.«

Mason blieb auf dem Steg stehen, während Robyn an Bord ging. Bei ihr sah das so leicht aus. Sie verstaute die Papiere in der winzigen Kajüte im Inneren des Boots – allein der Gedanke daran brachte ihn ins Schwitzen. Dann überprüfte sie die Leinen und den Benzinstand des kleinen Außenbordmotors. Schließlich sah sie ihn an.

»Bist du bereit?«

Bereit war nicht gerade das Wort, das er verwendet hätte, doch er korrigierte sie nicht.

»Klar«, sagte er mit einer gespielten Selbstsicherheit in der Stimme, die er nicht empfand. Er ging auf das Boot zu.

»Halt dich hier fest.« Sie trat näher und deutete auf einen Metallgriff. »Und dann schwing ein Bein rüber. Mach dich darauf gefasst, dass das Boot schaukeln wird.«

Sollten sich das Boot und das Meer nicht im gleichen Takt, in die gleiche Richtung bewegen? Doch das taten sie so gar nicht. Im Gegenteil, sein Gewicht brachte das Boot dazu, wild hin und her zu schaukeln. Robyn lehnte sich zum Ausgleich zur anderen Seite, ihre schönen blauen Augen blitzten vor Vergnügen.

Sie deutete auf eine Bank in der Mitte des Bootes. »Setz dich dorthin, während ich mich um ein paar Dinge kümmere.«

Es gelang ihm, den kleinen offenen Bereich zu durchqueren. Als er sich niedergelassen hatte, setzte sie sich ihm gegenüber.

»Willst du immer noch mit mir segeln gehen?«

»Ja.«

Sie musterte ihn kurz und fragte: »Würdest du dich vielleicht mit einer Rettungsweste wohler fühlen?«

Absolut, dachte er. »Trägst du eine?«

»Nur wenn ich damit rechne, im Meer zu landen.«

»Dann nicht.«

Sie erhob sich lächelnd und zeigte ihm den Stauraum unter den

Sitzbänken. »Die sind hier drin.« Nun deutete sie auf den hinteren Teil des Boots. »Das nennt man achtern. Diesen Stab, die Ruderpinne, benutzen wir zum Steuern.«

»Ich dachte, der Wind würde uns vorantreiben.«

»Das tut er, aber wir können die Richtung beeinflussen.« Sie tätschelte die lange Metallstange, die in der Mitte des Boots in die Höhe ragte. »Das ist der Mast. Das Hauptsegel reicht bis zum Heck. Je nachdem, wie viel Bewegung du erträgst, könnten wir auch die Fock einsetzen. Die reicht bis zum Vorschiff. Und jetzt lass uns über den Baum reden.«

Sie löste eine Leine und zeigte ihm, wie der Baum hin und her schwang. »Ich rufe dir eine Warnung zu, wenn du dich ducken musst. Der Standardausdruck ist: ›Achtung, Baum kommt über‹. Für dich rufe ich am besten einfach ›ducken‹.«

»Ich bin ziemlich gut darin, Befehle zu befolgen.«

»Eine exzellente und seltene Eigenschaft bei einem Mann. In diesem Fall musst du wirklich auf mich hören. Denn wenn der Baum dich trifft, tut es sehr weh. Vor allem kann er dich ins Wasser befördern. Und dann wird es dir leidtun, dass du keine Rettungsweste trägst.« Sie lächelte. »Aber ich kann dir sagen, dass bei mir noch nie jemand über Bord gegangen ist, es wird dir also nichts passieren. Bereit?«

Nein! Jeder einzelne seiner Instinkte rief ihm zu, sofort wieder an Land zu gehen, wo er hingehörte. Doch der Gedanke, ein paar Stunden allein mit Robyn auf diesem winzigen Stück Kunststoff zu verbringen, war verlockender. Ihm gefiel die Vorstellung, sie in ihrem Element zu sehen. Er wollte beobachten, wie der Wind durch ihr Haar fuhr, wie sie segelte, wie sie lachte. Er wollte diese Erfahrung machen – das war ihm offenbar wichtiger, als zu leben.

»Bereit.«

Sie wies ihn an, die Achterleine zu lösen, sie aber so festzuhalten, dass das Boot nicht abdriftete. Dann nutzten sie den kleinen Motor, um rückwärts aus dem Liegeplatz herauszufahren. Sobald sie den Jachthafen verlassen hatten, hisste sie das Großsegel, schaltete den Motor aus und nahm Kurs auf das offene Meer.

Die ersten zwanzig Minuten versuchte Mason, all die neuen Eindrücke in sich aufzunehmen. Segeln war eine ruhigere Angelegenheit, als er erwartet hatte, und er gewöhnte sich schnell an die Bewegungen des Bootes. Und nachdem sein Magen sich beruhigt hatte, konnte er es richtig genießen. Ab und zu schwappte eine Welle gegen ihren Bug, und er schmeckte das Salzwasser auf der Zunge.

Möwen stießen auf sie herab und schrien ihnen einen Gruß zu. Das kleine Boot flog schneller über das Wasser, als er es für möglich gehalten hätte.

»Das ist toll«, sagte er.

Sie schenkte ihm ein strahlendes Lächeln, das ihn beinahe erblinden ließ und ihn im Gehirn und in den Geschlechtsteilen zugleich traf.

»Fühlst du dich mutig genug dafür, dass ich die Fock setze?«

»Klar.« Nicht, dass er irgendeine Vorstellung davon hätte, was nun passieren würde ...

Sie bedeutete ihm, nach hinten zur Ruderpinne zu rutschen, und legte seine Hand auf die Stange. »Halte den Kurs. Ich bereite das Segel vor.«

Sie holte eine riesige Tasche aus der winzigen Kajüte, dann hakte sie das Segel am Mast ein, zog es hoch und zurrte es fest. Das Boot machte einen Satz nach vorn und begann, sich zur Seite zu neigen. Der Wind fuhr ins Segel und blähte es auf.

»Pass auf deinen Kopf auf«, sagte sie mit lauter Stimme, damit er sie hörte. »Wir werden gleich wenden. Ich warne dich zwei Sekunden vorher, dann musst du dich ducken und zur anderen Seite wechseln.«

»Du meinst, ich soll mich umsetzen?«

»Genau.«

»Warum?«

»Jetzt! Ducken und umsetzen.«

Er ließ sich auf die Knie fallen, damit der Baum über seinen Kopf schwingen konnte. Dann krabbelte er auf den gegenüberliegenden Sitz. Robyn setzte sich neben ihn und hielt dabei die

Ruderpinne und die Leine fest, mit der sie die Fock kontrollierte. Als sie sie ein wenig mehr losließ, lehnte sich das Boot in den Wind, wobei sich eine Seite gefährlich nahe zum Wasser neigte.

Er war schon im Begriff, zu fragen, was passieren würde, wenn sie umkippten, entschied jedoch, dass er es lieber gar nicht wissen wollte. Stattdessen beobachtete er Robyn, die offensichtlich alles im Griff und sogar Spaß dabei hatte. Wenn sie sich keine Sorgen machte, brauchte er sich auch keine zu machen.

Sie rutschte näher an ihn heran und reichte ihm die Leine. »Halt sie ganz fest. Du sollst merken, was passiert, wenn du sie festziehst und wenn du sie lockerst. Du wirst spüren, wie das Boot sich dann anders bewegt.«

Er folgte ihrer Aufforderung und nahm die Reaktion des Segels und die Bewegung des Bootes wahr. Eine Welle besprühte sie mit kaltem Wasser. Die Leine rutschte ihm leicht aus der Hand, aber er ließ sie nicht los.

Eine ganze Zeit saßen sie so da. In der Ferne konnte er andere Boote sehen und östlich von ihnen die Küstenlinie. Einmal glaubte er, Lillians Haus zu erspähen, doch das war womöglich nur eine optische Täuschung.

Nach einer Weile sorgte Robyn dafür, dass sie die Richtung wechselten, und so kreuzten sie über das Meer. Die Sonne wanderte über den Himmel und deutete das Vergehen der Zeit an, doch er hätte ewig hier draußen bleiben können.

Schließlich holte sie das Focksegel ein und verstaute es wieder in der Kajüte. Das Boot wurde augenblicklich langsamer und richtete sich auf. Robyn reichte ihm eine Flasche Wasser.

»Hunger?«

»Ich kann warten.«

Sie setzte sich ihm gegenüber, eine Hand auf der Ruderpinne. »Wie geht es deinem Magen?«

»Ziemlich gut, aber ich möchte lieber nichts riskieren.«

»Schlau von dir. Zu Hause marinieren gerade ein paar dicke Schweinekoteletts. Dazu dachte ich an Backkartoffeln und frische Tomaten aus dem Garten.«

Ihm lief das Wasser im Mund zusammen. »Das könnte ich durchaus zu mir nehmen.«

»Gut. Auf dem Meer zu sein, macht mich immer hungrig. Und ich rede mir ein, dass ich dabei genügend Kalorien verbrenne, um mir ein deftiges Abendessen leisten zu können.«

»Du machst dir Sorgen um dein Gewicht?«

»Sorgen ist zu viel gesagt. Aber ich achte darauf.«

»Dann hast du keine Ahnung, wie gut du aussiehst.«

Die Worte waren einfach so aus seinem Mund gepurzelt, ehe er sie zurückhalten konnte. Ihre Blicke trafen sich.

»Dasselbe könnte ich über dich sagen.«

Heilige Scheiße! Hatte sie das gerade wirklich gesagt? Und hatte sie es auch so gemeint? Sie fand, dass er – ja, was? – interessant war? Sexy? Oder einfach nur nicht potthässlich?

Sie blickte an ihm vorbei auf den Horizont. »Ich liebe es, hier draußen zu sein. Als meine Kinder noch klein waren, sind wir immer zusammen segeln gegangen. Nur wir drei.« Sie zog die Mundwinkel herunter. »Mein Ex steht nicht auf Segeln als Sport. Er vermietet Boote und hat Crews für die größeren Jachten, aber Segeln an sich ist nicht so sein Ding. Er kommt lieber schnell an sein Ziel.«

»Physisch ebenso wie metaphorisch?«

Sie lachte. »Genau.« Dann wurde sie ernst. »Austin hat einen beschissenen Sommer bei seinem Dad. Ich weiß nicht, was er sich von dem Job erwartet hat, aber er ist definitiv nicht glücklich. Er redet nicht viel darüber, doch ich spüre es.«

»Und Harlow? Sprecht ihr beide wieder miteinander?«

»Wir haben ein paar Grüße ausgetauscht. Sie sagt, es sei alles in Ordnung, trotzdem mache ich mir Sorgen um sie.«

»Du bist eine gute Mom.«

»Das hoffe ich. Ich habe auch schon Fehler gemacht. Als Harlow Leukämie hatte, war das eine furchterregende Zeit. Sie wusste, dass sie krank war, aber wir haben ihr nicht gesagt, wie ernst es war.«

»Du meinst, dass sie hätte sterben können?«

Robyn nickte. »Wir wollten sie schützen und dachten, ihr die Wahrheit zu sagen, würde ihr zu viel Angst machen.«

»Das klingt vernünftig.«

»Mag sein, aber es war ein brüchiger Plan. Uns war nicht klar, dass ihre beste Freundin ein intelligentes kleines Mädchen war, das verstand, wie man medizinische Begriffe recherchierte. Als Enid dann Harlow besuchen kam, wusste sie über das Risiko Bescheid. Irgendwie kamen sie ins Gespräch darüber, und Harlow erfuhr die Wahrheit.«

Er zuckte zusammen. »Das konnte nicht gut ausgehen.«

»Nein, ist es nicht. Wir haben uns furchtbar gefühlt. Enid war ebenfalls am Boden zerstört. Und Harlow hatte ich vorher nie so wütend gesehen. Sie hatte das Gefühl, wir hätten sie betrogen. Sie hat lange gebraucht, um darüber hinwegzukommen, und auch heute noch hat sie ein Riesenproblem damit, wenn man ihr etwas verschweigt.«

»Verständlich. Und wie sehr machst du dich noch dafür fertig?«

»Ich habe das verarbeitet.«

Er sah sie an. »Hier gibt es nur mich und die Möwen. Du kannst uns ruhig die Wahrheit sagen.«

Kurz befürchtete er, sie würde ihm übel nehmen, dass er glaubte, sie lüge, stattdessen seufzte sie.

»Du hast recht. Ich mache mir immer noch Vorwürfe und frage mich, welche emotionalen Narben das bei ihr hinterlassen hat. Der Krebs war schrecklich genug. Was, wenn wir es dadurch schlimmer gemacht haben?«

»Ihr habt das getan, was ihr für richtig hieltet. Eure Intention war eine gute.«

»Der Weg zur Hölle ist mit guten Vorsätzen gepflastert und so?«

Er zuckte die Achseln. »Jetzt, wo du es besser weißt, machst du es besser.«

»Du zitierst Maya Angelou?«

»Ich bin eben ein tiefgründiger Mann.«

Sie lachte. »Das bist du, und es gefällt mir an dir.«

17. KAPITEL

Harlow starrte auf ihr Handy und kämpfte gegen ein Gefühl der Verzweiflung an. Austin hatte ihr geschrieben und ihr die Neuigkeit verkündet, vor der sie sich die ganze Zeit gefürchtet hatte: Dad hat mich schon wieder abgewimmelt. Mir reicht's, ich kündige. Ich fahre zu Mom.

Tut mir leid, dass er sich so arschig verhält. Kann ich dir helfen?

Mir geht's gut. Bin nur angepisst. Er übrigens auch, pass also auf dich auf. Hab dich lieb.

Ich dich auch. Fahr vorsichtig und lass mich wissen, ob du gut angekommen bist.

Jetzt klingst du schon wie Mom.

Sie lächelte. Es gibt Schlimmeres.

Sie stieg aus ihrem Wagen und machte sich auf den Weg zu der Wohnung, die sie sich mit Kip teilte. Als sie sich von ihrem Vater verabschiedet hatte, war er in einer passablen Stimmung gewesen. Sie vermutete, dass sich das inzwischen geändert hatte. Obwohl sie verstand, dass ihr Bruder frustriert war, fand sie es schade, dass er die Firma verließ. Nun würden sie den Rest des Sommers unterbesetzt sein, und das war für sie alle ein Problem.

Gute Mitarbeiter zu finden war jedes Mal eine Herausforderung. Auf einem Charterboot zu arbeiten, brachte viele Routinetätigkeiten mit sich. Die Bezahlung war gut, und man durfte den ganzen Tag auf dem Meer verbringen, aber es gab auch Kunden, die sich betranken oder seekrank wurden. Das Wetter konnte ebenfalls ein Problem darstellen, zudem benötigten alle Angestellten ausreichende Kenntnisse in der Handhabung eines Bootes. Und sie mussten einen Drogentest bestehen.

Einen Monat nach Sommerbeginn hatte fast jeder, der oder die für die Saison einen Job suchte, bereits einen gefunden. Einen

Ersatz für Austin zu organisieren, würde sie einige Anstrengung kosten.

Sie schloss die Wohnungstür auf und trat ein. Leichter Rosenduft lag in der klimatisierten Luft. Das große Bouquet, das sie vorgefunden hatte, als sie vor zwei Tagen nach Hause kam, stand auf dem Esstisch. Harlow berührte die weichen Blütenblätter.

Kip gab sich wirklich Mühe. Nachdem er sich (erneut) dafür entschuldigt hatte, weil er ihr nichts von Tracey erzählt hatte und nach dem Essen bei seinen Eltern einfach abgehauen war, hatten sie sich darauf geeinigt, sich die Zeit zu nehmen, das Ganze etwas zu verarbeiten und sich dann zu einem ausführlichen Gespräch zu verabreden, sobald sie in der nächsten Woche einen Tag frei haben würden.

Sie freute sich nicht gerade darauf, wusste jedoch, dass es unumgänglich war. Sie und Kip mussten ehrlich zueinander sein. Keine Geheimnisse mehr. Sie konnte mit der Wahrheit umgehen, aber zunächst mal musste sie wissen, wie sie lautete.

Ihr Handy vibrierte, eine Nachricht von ihrem Vater: Dein Bruder hat gekündigt. Er ist einfach abgehauen. Ich muss den Arbeitsplan neu aufstellen. Kannst du zurück ins Büro kommen?

Sie zögerte nur eine Sekunde, ehe sie zurückschrieb: Bin auf dem Weg.

Die Fahrt verbrachte sie damit, über eine Lösung nachzudenken. Erst als sie in den Jachthafen einbog, fiel ihr plötzlich eine ein.

Sie griff nach ihrem Handy und schrieb: Kannst du mich mal schnell anrufen? Es ist kein Notfall, aber wichtig.

Sekunden später klingelte es.

»Was ist los?«, fragte Enid.

»Störe ich dich bei der Arbeit?«

»Nein. Ich komme gerade aus der Boutique und bin auf dem Weg nach Hause. Endlich habe ich mal einen Abend frei. Ich werde mich aufs Sofa pflanzen und mich bis morgen früh nicht mehr bewegen. Also, was ist wichtig, aber kein Notfall?«

»Du magst doch Boote?«

»Du meinst so im Allgemeinen? Klar. Ich habe immer jede Menge Spaß, wenn wir zusammen rausfahren.«

»Du hast schon bei großen Chartertörns ausgeholfen. Und du wirst nicht seekrank.«

»Stimmt. Außerdem sehe ich wunderhübsch aus in Seemannshose und einem gestreiften T-Shirt. Wieso erzählst du mir das alles?«

Harlow erklärte ihr, dass Austin gekündigt hatte und sie unterbesetzt waren. »Ich habe noch nicht mit meinem Dad geredet, aber ich weiß, dass er dich gerne einstellen würde. Und ich bin mir ziemlich sicher, dass du mehr verdienen würdest als in der Boutique. Außerdem gibt es meistens ein Trinkgeld, das wir unter uns aufteilen, und du wärst rechtzeitig zurück für deine Abendschicht in der Bar. Soll ich dich mal ins Gespräch bringen?«

»Das wäre super. Ich bin gerne Teil eurer Crew. Und mehr Geld wäre großartig. Ich wische auch die Kotze weg, das macht mir nichts aus.«

Ihre Begeisterung weckte erneut den Wunsch in Harlow, ihrer Freundin das Medizinstudium finanzieren zu können. »Ich werde gleich mal mit ihm reden und ruf dich an, wenn wir gesprochen haben. Gib mir eine halbe Stunde.«

Harlow eilte ins Büro. In der Sekunde, in der sie das Gebäude betrat, hörte sie ihren Dad.

»Verdammte Scheiße. Wie konnte er nur?«

Irgendetwas flog an die Wand. Harlow vernahm ein dumpfes Poltern, jedoch nicht das Klirren von brechendem Glas, was schon mal gut war. Wenigstens hatte er keine Lampe zerschmettert.

Sie wappnete sich innerlich gegen die Laune ihres Vaters und betrat sein Büro. Er wandte sich ihr zu.

»Was denkt er sich nur dabei? Harlow, du musst ihn zur Vernunft bringen. Ich kann nicht fassen, dass er mir das antut. Einfach so zu gehen, ohne Ankündigung. Er weiß doch, dass so was nicht geht. Wenn er sich einbildet, er könnte zurückkommen und wieder hier arbeiten – das kann er vergessen. Er verhält sich komplett verantwortungslos. Wie ein kleiner Junge. Zu seiner Mama will er? Wie alt ist er, bitte schön? Fünf?«

Harlow wartete das Ende der Tirade ab, wohl wissend, dass ihr Vater ihr nicht zuhören würde, bis er sich ein wenig beruhigt hätte. Während Cord hin und her lief – das Gesicht hochrot, der Körper angespannt –, erinnerte sie sich daran, wie ihre Eltern sich gestritten hatten, als sie noch ein Kind war.

Ihre Mutter hatte stets leise gesprochen, doch ihr Vater hatte die Stimme immer mehr erhoben, bis er so laut schrie, dass die Wände wackelten. Manchmal warf er dabei auch mit Gegenständen um sich, was sie und Austin in Angst und Schrecken versetzte. In diesen Momenten hatten sie sich in ihr Zimmer zusammengedrängt. Wurde es so richtig schlimm, versteckten sie sich in ihrem Kleiderschrank.

Wenn es dann wieder ruhig wurde im Haus, zog ihre Mom sie an sich und versicherte ihnen, dass alles in Ordnung sei.

»Ich weiß, dass es beängstigend ist, wenn euer Dad wütend wird«, sagte sie. »Aber das ist nur Lärm, und Lärm kann euch nicht wehtun.«

Harlow hatte sich Mühe gegeben, ihr zu glauben, war jedoch nicht überzeugt gewesen. Mit der Zeit hatte sie gelernt, dass ihr Vater nicht gut damit klarkam, wenn er seinen Willen nicht bekam, und es das Beste war, abzuwarten, bis er müde wurde. Sobald er sich beruhigt hatte, konnte man vernünftig mit ihm reden. Aber bis dahin war er wie ein kleiner Junge, der einen Tobsuchtsanfall hatte.

»Er ist achtzehn«, schäumte ihr Vater. »Ich habe ihm einen guten Job gegeben, ich habe ihm mehr gezahlt, als ich musste. Und das ist seine Art, es mir zu danken? Er war immer schon ein Muttersöhnchen. Ich weiß gar nicht, wieso ich mir überhaupt die ganze Mühe mache.«

Harlow unterließ es, ihn darauf hinzuweisen, dass Austin seit seinem fünfzehnten Lebensjahr als Crewmitglied für ihn arbeitete. Der einzige Grund, weshalb er nur eine Sixpack- und keine Kapitänslizenz hatte, war, dass er es nicht für nötig hielt, die

Prüfungen zu machen. Er hatte den Sommer über hier arbeiten wollen, aber wie er sagte, war er nie interessiert daran gewesen, das Unternehmen zu leiten.

Etwa zwanzig Minuten später ging Cord die Luft aus. Er ließ sich auf seinen Stuhl fallen und sah sie an.

»Wir sind am Arsch.«

Sie nahm auf dem Besucherstuhl Platz und schüttelte den Kopf. »Du siehst das viel zu dramatisch, Dad. Wir finden schon eine Lösung, wie immer. Ja, wir sind unterbesetzt – aber das ist nicht der Grund, weshalb du wütend bist. Du bist wütend, weil er gegangen ist.«

Ihr Vater starrte sie an. »Wahrscheinlich. Ich weiß einfach nicht, warum er das gemacht hat. Genau dort hat er gestanden, mir in die Augen gesehen und gekündigt.«

»Er versucht schon seit Wochen, mit dir zu sprechen, und du hast nicht zugehört. Immer wieder hat er Termine mit dir vereinbart, aber du hast dir nie Zeit für ihn genommen. Es ist deine eigene Schuld.«

Er starrte finster vor sich hin. »Hast du noch mehr Kritik parat?«

»Ich kritisiere dich gar nicht. Ich veranschauliche dir nur, was passiert ist. Und auch wenn wir personalmäßig schon irgendwie klarkommen würden, hast du mir beigebracht, dass man besser auf alle Eventualitäten vorbereitet sein sollte. Ich weiß, wen wir anheuern können, um Austin zu ersetzen.«

Ihr Vater wurde sofort munter. »Wen?«

»Enid.«

Sie wollte ihm erklären, wieso das eine gute Lösung war, doch ehe sie ihm sämtliche Vorteile aufzählen konnte, entspannte er sich, lehnte sich auf seinem Stuhl zurück und grinste.

»Sieh mal einer an. Das ist eine großartige Idee. Enid. Darauf hätte ich selbst kommen können. Sie kennt sich mit Booten aus, kann gut mit Leuten und sieht top aus in Uniform.« Er blickte sie an. »Will sie denn den Job?«

»Ja. Er wäre besser bezahlt als der, den sie jetzt hat. Sie spart fürs Medizinstudium. Das Geld ist also sehr wichtig für sie. Außerdem muss sie um vier Uhr nachmittags fertig sein, damit sie ihre Abendschicht antreten kann. Das musst du berücksichtigen, wenn du sie für eine Schicht einteilst. Keine Sundowner-Fahrten, außer an den Tagen, an denen sie nicht im Restaurant arbeitet.«

Er nickte, während er sich seinem Computer zuwandte und zu tippen begann.

»Kein Problem. Sie soll morgen früh gleich mal reinkommen, um den Papierkram zu erledigen. Ich habe eine Halbtagestour von zehn bis drei. Dafür trage ich sie ein. Wenn sie dann herkommt, kann sie mir ihren Arbeitsplan vom Restaurant geben.«

Harlow hielt ihren Gesichtsausdruck bewusst neutral. »Ich kümmere mich darum. Sonst noch was?«

Ihr Vater wedelte mit einer Hand in Richtung Tür. »Nein. Wir sehen uns morgen.«

Sie wusste, dass es keinen Sinn hatte, auf ein Dankeschön zu warten. Ihr Vater glaubte an so etwas nicht. Als sie in den Flur trat, vollführte sie einen kleinen Freudentanz. Selbst ein Halbtagesausflug würde Enid mehr einbringen als die Arbeit in der Boutique. Sie würde überglücklich sein.

Sobald sie in ihrem Wagen saß, rief sie ihre Freundin an.

»Komm morgen früh um acht ins Büro, um den Vertrag zu unterschreiben. Und bring deinen Schichtplan vom Restaurant mit. Ich erkläre dir dann noch mal alles, und um zehn hast du die erste Tour.« Harlow hielt inne. »Oh, Moment mal. Das heißt ja, dass du in der Boutique fristlos kündigen musst. Ist das ein Problem?«

Enid lachte. »Nein. Es ist gerade nicht viel los, hat meine Chefin gesagt. Irgendwer muss sowieso gehen, sonst müssen sie Leute entlassen. Bisher ist aber niemand gegangen. Ich werde ihr gleich mal die freudige Nachricht überbringen.« Die Stimme ihrer Freundin wurde plötzlich leise. »Danke, Harlow, das ist fantastisch. Das bedeutet mehr Geld und mehr Spaß, als Kleider zu bügeln.«

»Ich freue mich, dass ich dir helfen kann. Lass uns zum Mexikaner gehen, um das zu feiern. Du bist eingeladen.«

»Du hast was bei mir gut. Ich sollte dich einladen.«

»Auf keinen Fall. Ich will meine Freundin feiern, das geht auf mich. Ich hole dich ab.«

Enid lachte. »Ich bin zu Hause. Kann es kaum abwarten.«

Robyn trat aus der Dusche und griff nach einem Handtuch. Sie war müde und hungrig – nach Stunden auf dem Meer ohne Mittagessen –, aber auch glücklich. Die Tour hatte ihr riesigen Spaß gemacht. Mason war ein toller Segelpartner gewesen. Auf dem Weg zurück zum Hafen hatte sie ihm gezeigt, wie man gegen den Wind kreuzt, und er hatte die Grundlagen schnell draufgehabt.

Trotz seiner mangelnden Erfahrung hatte er sich gut geschlagen. Ihm war nicht übel geworden, und die offene See hatte ihm keine Angst gemacht. Anders als an Floridas Westküste, wo das Meer warm, flach und häufig ruhig war, lagen zwischen Kalifornien und Asien nichts als ein paar Atolle und Tausende von Kilometer an Wasser. Nur wenige Hundert Meter abseits der Küste fiel der Meeresboden auf etwa dreitausend Meter ab. Es gab immer Strömungen und Wind. Da hätte sich selbst ein geübter Segler in so einem kleinen Boot eingeschüchtert fühlen können.

Mason hatte sich wohlgefühlt. Er hatte ihr vertraut, ihre Anweisungen befolgt und war ein exzellenter Gesprächspartner gewesen.

Ihr fiel ein, was Lillian ihr erzählt hatte – dass Mason sie manchmal heimlich ansah. Als sie begann, sich anzuziehen, überlief sie ein angenehmer Schauer. Vorfreude, dachte sie glücklich. Möglichkeiten, die sich auftun. Sie waren beide erwachsen. Beide single. Und sich der Anwesenheit des anderen sehr bewusst. Es war schön.

Sie föhnte ihre Haare, dann ging sie barfuß zurück in ihr Schlafzimmer.

In diesem Moment klingelte ihr Handy. Das Display zeigte Mindys Namen an. Augenblicklich überkam sie ein ungutes Gefühl. Sie fragte sich, in welchen Schwierigkeiten ihre Freundin wohl inzwischen steckte. »Hey«, sagte sie, als sie den Anruf entgegennahm.

»Wir haben es getan! Wir haben miteinander geschlafen.«

Robyn ließ sich auf einen Sessel fallen. »Oh nein. Warum?«

»Du solltest mich lieber unterstützen und fragen, wie es war.«

Robyn lehnte sich zurück und schloss die Augen. Sie hätte viel lieber gesagt, dass Mindy diesen Liebesakt ewig bereuen würde, doch es hatte keinen Sinn, sich zu wiederholen. »Wie war's?«

Mindy seufzte. »Weniger wundervoll, als ich gehofft hatte. Ich meine, sein Körper ist unglaublich, und es war verdammt aufregend, mit jemand anderem als Payne zusammen zu sein, es gab allerdings kein Feuerwerk. Ich konnte mich nicht entspannen. Wir waren in seiner Wohnung, die sehr schön ist. Er hat all die richtigen Knöpfe gedrückt, aber ich weiß nicht – es hat sich irgendwie seltsam angefühlt.«

Robyn öffnete die Augen. »Geht's dir gut?«

»Ich fühle mich schuldig. Das sollte dich erfreuen.«

»Es geht hier nicht darum, ob ich mich freue. Ich wollte nie, dass du dich schlecht fühlst. Ich wollte, dass du es gar nicht erst machst.« Sie presste die Lippen zusammen, um nichts zu sagen, das sie bereuen würde. »Es tut mir leid, dass es nicht so toll war.«

»Das meinst du doch nicht ernst. Es tut dir eher leid, dass ich es getan habe.«

»Das stimmt. Mindy, du musst damit aufhören, ehe noch was Schlimmes passiert.«

»Ich will ihn aber wiedersehen. Wieso habe ich dich überhaupt angerufen? Du hörst mir ja gar nicht zu.«

»Ich höre dir zu. Ich will nur, dass du dich nicht in Gefahr begibst.«

»Dimitri wird mir nichts tun.«

»Es geht nicht darum, was er tut oder was er nicht tut. Ich mache mir Sorgen um dich und deine Ehe. Bitte erinnere dich daran, wie sehr du Payne liebst.«

»Ich weiß, was er mir bedeutet. Aber ich brauche das hier. Ich wünschte, du könntest das verstehen.« Mindy seufzte. »Ich muss los. Ich ruf dich nachher noch mal an.«

Der Anruf war beendet. Robyn warf das Handy aufs Bett und ging auf den Balkon.

Die Temperatur war erheblich angestiegen, und so spät am Nachmittag herrschten beinahe siebenundzwanzig Grad. Sie stand in der Sonne, atmete die salzige Luft ein und sagte sich, dass sie, wenn sie schon ihre Freundin nicht dazu bewegen konnte, auf sie zu hören, wenigstens für sie da sein konnte, wenn alles aufflog. Und das würde es unweigerlich.

Nach ein paar Sekunden schaute sie in Richtung Masons Zimmer und sah ihn auf dem Balkon sitzen und ein Buch lesen.

Ihre Blicke trafen sich, und im selben Moment waren sämtliche Gedanken an Mindy verschwunden, und sie war plötzlich erfüllt von Verlangen.

Überrascht von ihrer Reaktion auf ihn, konnte sie sich nicht entscheiden, ob sie zu ihm gehen oder sich in ihr Zimmer zurückziehen sollte. Mason löste das Problem, indem er sie anlächelte. Es war ein freundliches, entspanntes Lächeln, bei dem sich ihre Lippen ebenfalls zu einem formten.

»Ich muss die ganze Zeit an die Schweinekoteletts denken, die du mir versprochen hast«, sagte er. »Nach dem halben Tag auf dem Meer ohne Essen bin ich beinahe am Verhungern.«

»Ich auch.« Wobei sich ihr Hunger nicht nur auf Nahrung bezog. Aber hey, es war besser, das Gespräch in ruhigeres Fahrwasser zu lenken (das Wortspiel war nicht beabsichtigt).

»Alles okay? Du wirkst irgendwie besorgt.«

»Ach, es ist nur meine Freundin, die sich idiotisch verhält.«

»Mindy?«

»Genau die.«

Er deutete auf den Stuhl neben seinem. »Willst du drüber reden? Ich kann dir keinen Rat versprechen, aber ich bin ein guter Zuhörer. Und die Aussicht ist unschlagbar.«

Sie setzte sich zu ihm und legte die nackten Füße auf dem Polsterhocker ab. »Mindy hat mit ihrem Tennislehrer geschlafen. Ich wusste, dass sie das wollte, dachte allerdings nicht, dass sie es wirklich tun würde. Es ist so dumm. Und wenn ihr Mann es herausfindet, ist ihr Leben ruiniert. Ich habe es ihr immer wieder gesagt, aber sie will nicht auf mich hören.«

»Manche Leute wollen es insgeheim vergeigen.«

»Du hast recht. Noch mehr tiefgründige Gedanken.«

Er lachte. »Das ist nur so eine Beobachtung von mir.«

»Eine sehr treffende. Ich wünschte nur …« Sie schüttelte den Kopf. »Nein, es stimmt schon. Ich kann es nicht für sie in Ordnung bringen. Sie muss selbst dahinterkommen.«

»Du bist eine gute Freundin.«

»Ich versuche es. Aber es gelingt mir nicht immer.«

»Du bist zu streng mit dir.«

»Das kannst du gar nicht wissen.«

»Doch, du steckst viel Mühe in Beziehungen.« Er lächelte schief. »Lass uns einfach sagen, dass ich Erfahrung darin habe, Menschen schnell zu durchschauen.«

Vermutlich eine Fähigkeit, die er in seinem ehemaligen Beruf entwickelt hatte. »Dann nehme ich das Kompliment an. Danke.«

»Gern geschehen. Ich hatte übrigens viel Spaß heute.«

»Ich auch. Du hast dich super geschlagen. Ich glaube, in dir steckt ein kleiner Marinesoldat.«

»Ja, doch lass uns das bitte anders ausdrücken.«

Sie grinste. »Ich dachte, die verschiedenen Streitkräfte würden sich gegenseitig unterstützen.«

»Ja, aber ich bin kein Marinesoldat.«

»Dann brauchen wir also ein zivileres Wort? Seemann?« Sie legte den Kopf schief. »Das klingt seltsam und nicht geschlechtsneutral. Mir fällt nichts ein. Dazu müssen wir ein Brainstorming abhalten.«

»Mir kommt nur ›bootsbegeistert‹ und ›wasserinteressiert‹.«

»Du nimmst dich selbst nicht besonders ernst, oder?«, fragte sie.

»Ich gebe mir Mühe, es nicht zu tun.«

»Aber du hattest einen ernsten Job.«

»Was ich getan habe, ist eine Sache, was ich bin, eine andere. Das ist nicht dasselbe.«

»Du hast dich nie über deine Arbeit definiert?«

Sein Ausdruck wurde nachdenklich. »Doch, das habe ich, aber ich kann beides voneinander trennen.«

»Du bist ein interessanter Mann, Mason Bishop.«

»Und du bist eine interessante Frau.«

Sie sahen sich an. Robyn war sich ziemlich sicher, dass tatsächlich Interesse in seinem Blick lag. Jedenfalls hoffte sie es, denn sie tendierte definitiv in diese Richtung. Sie musterte seine Hände und fragte sich, wie sie sich wohl auf ihrem Körper anfühlen würden, und erschauerte beinahe vor erregter Vorfreude.

»Okay«, sagte sie und stand auf. »Ich muss mal nach den Schweinekoteletts sehen.«

Er erhob sich ebenfalls. Ihre Stühle hatten nahe beieinandergestanden, daher berührten sie und Mason sich nun fast. Einfach einen Schritt zur Seite zu treten wäre die vernünftigste Reaktion gewesen und zudem höflich, doch sie konnte sich schlicht nicht bewegen. Nicht, solange es sich so gut anfühlte, in seine dunklen Augen zu sehen.

Er war größer als sie und breiter. Er war fit, hatte jede Menge Muskeln und die tatkräftige Ausstrahlung, die ihr so gefiel. Seine kontrollierte Art ließ die Frage bei ihr aufkommen, wie er wohl war, wenn er mal die Kontrolle verlor.

Robyn spürte brennenden Hunger, und zwar nicht auf Schweinekoteletts. Sie wünschte sich, von ihm geküsst zu werden, hatte jedoch keine Ahnung, wie sie ihm diese Botschaft vermitteln sollte. Nach einer frustrierten Sekunde wurde ihr klar, dass sie auch einfach ihn küssen konnte. Warum musste immer der Mann die Initiative ergreifen? Schließlich wusste sie, dass er sie attraktiv fand, er würde also schon nicht schreiend davonlaufen …

»Du bringst mich noch um«, sagte Mason mit tiefer, knurrender Stimme, umfasste ihre Oberarme, beugte sich vor und legte seine Lippen auf ihre.

Ihre Überraschung verwandelte sich sofort in Lust. Sie spürte die Wärme seines Mundes auf ihrem und gerade die richtige Menge an Druck. Er war nicht zu fordernd, ging nicht zu weit und nicht zu tief. Noch aufregender war die Hitze, die er bei ihr entfachte.

Sie verlor sich in seinem Kuss, in dem Gefühl seiner Hände, die er nun auf ihre Hüften legte, in der Wärme seines Körpers und dem Wunsch, sich an ihm zu reiben wie sonst die Katzen an ihren Beinen. Die Vorstellung war befremdlich genug, um ihr zu erlauben, sich von ihm zurückzuziehen und ein wenig Vernunft einzuatmen.

Sie standen kaum dreißig Zentimeter auseinander und sahen sich an, und sie fragte sich, ob sie genauso überwältigt aussah wie er.

»Das war nett«, murmelte sie.

Er zog eine Augenbraue hoch. »Das ist aber nicht das Wort, mit dem ich das hier beschreiben würde.«

Seine Stimme war tief und rau, darin lag mehr als nur ein Hauch von Leidenschaft.

»Welches wäre denn besser?« Sie gab sich Mühe, nicht zu lächeln.

»Erdbebengleich. Spektakulär. Lebensverändernd.«

»Ja, die tun's auch.«

Er atmete tief durch. »Das ist was anderes als ›nett‹.«

Sie trat auf ihn zu und gab ihm einen leichten Kuss auf den Mund. »Ich entscheide mich für spektakulär. Das war absolut spektakulär. Und jetzt muss ich mich um ein paar Schweinekoteletts kümmern.«

Sie ging zurück in ihr Zimmer und schlüpfte in Sandalen. Auf dem Weg nach unten bemerkte sie, dass sie lächelnd vor sich hin summte und sich ganz allgemein aufführte wie eine glückliche Frau. Scheinbar war sie das auch.

Das kam unerwartet und war ziemlich spektakulär.

18. KAPITEL

Harlow war müde, und ihr war heiß. Ihr Chartertörn hatte zwei Stunden länger gedauert als geplant, was nicht ungewöhnlich war. Aber sie hatte in der Nacht davor nicht gut geschlafen, daher setzte der lange Tag ihr mehr als sonst zu. Außerdem ertrug sie die Hitze und Feuchtigkeit schwer. Sie nahm sich eine Flasche Wasser aus dem Kühlschrank im Pausenraum, dann ging sie in ihr Büro und fuhr ihren Computer hoch.

Vielleicht bin ich nur dehydriert, dachte sie, als sie ihr Passwort eintippte. Oder einfach erschöpft. Sie hatte die vergangenen zwei Tage damit verbracht, zusammen mit Enid lange Touren zu begleiten und dafür zu sorgen, dass sie alles lernte, was sie für den Job brauchte.

Zum Glück war ihre Freundin die geborene Seglerin. Wie Harlow erwartet hatte, ging Enid großartig mit den Kunden um, und die Kapitäne mochten sie – es war also ein reibungsloser Übergang. Ihr Dad hatte sich ebenfalls beruhigt, was Austins Weggang betraf, und fragte sich nun wortreich, wieso er Enid nicht schon vor Jahren eingestellt hatte.

Harlow sah zu, wie ihre E-Mails geladen wurden. Sie hatte jetzt zwei Tage frei, worüber sie sich normalerweise freute, diesmal jedoch war es anders. Nicht, dass sie lieber hätte arbeiten wollen, doch nun, da Kip und sie sich an ihren freien Tagen zusammensetzen und ihr wichtiges Gespräch führen würden, war sie überhaupt nicht mehr in Stimmung dafür.

Sie wusste, dass es notwendig war, den Dingen auf den Grund zu gehen, fürchtete aber, die Diskussion, die damit einhergehen würde, nicht ertragen zu können. Was, wenn ihre Beziehungsprobleme größer waren als gedacht? Auch wenn sie sich gerade nichts Schlimmeres vorstellen konnte als die Tatsache, dass er schon einmal verheiratet gewesen war. Der Schreck darüber ließ sie nachts kaum ein Auge zutun.

Was sollte sie mit dieser Information anfangen? Was war die angemessene emotionale Reaktion darauf? Ja, Kip und Tracey waren miteinander durchgebrannt, er hatte also noch keine große Hochzeit gefeiert, aber dennoch – sie würde nicht seine erste Frau sein. Für den Rest ihres Lebens würde sie seine zweite Ehefrau sein. Nichts von alldem würden sie beide gemeinsam als etwas Neues erleben.

Noch schlimmer war, dass er es ihr nicht erzählt hatte. Inzwischen war ihr klar geworden, dass sein Schweigen darüber ein größeres Problem war als seine erste Ehe. Was ihren Wunsch erklärte, dem ernsten Gespräch aus dem Weg zu gehen, von dem sie wusste, dass sie es führen mussten.

Sie hatte Sorge, dass er noch mehr vor ihr verbarg. Was, wenn sich das – was auch immer es war – als so schlimm herausstellte, dass sie sich von ihm trennen müsste? Sie glaubte nicht, damit umgehen zu können. Nicht, solange ihre Mom und Austin nicht da waren. Sie war vollkommen allein mit all dem Scheiß, der ihr gerade passierte.

Ich hätte mit Austin mitfahren sollen, dachte sie, während sie eine E-Mail mit einer Charteranfrage öffnete. Nicht, dass ihr Dad ihr dafür freigegeben hätte. Die Idee war also ein Rohrkrepierer. Dennoch, es wäre nett, Tante Lillian zu sehen und ein paar Tage in ihrem Haus zu verbringen. Dort hätte sie auf andere Gedanken kommen, mit ihrer Mom abhängen und die Sache mit Kip und alles andere besprechen können.

Plötzlich entdeckte sie eine E-Mail des Anwalts, der sie beim Kauf des Kajakverleihs beriet, und bekam sofort ein schlechtes Gewissen. Sie hatte schon seit Tagen nicht mehr daran gedacht. Kein Wunder, dass er ihr schrieb – aus seiner Sicht war sie praktisch vom Erdboden verschwunden.

Als sie die E-Mail öffnete, stellte sie jedoch fest, dass er ihr keine Vorwürfe machte. Im Gegenteil – er schickte ihr Unterlagen, die bestätigten, dass sie und ihr Vater ihr Angebot zurücknahmen.

»Wie bitte?«

Harlow starrte die Mail an, dann druckte sie den Anhang aus und überflog ihn.

»Das verstehe ich nicht«, sagte sie laut und ging zum Büro ihres Vaters.

Cord beendete gerade ein Telefongespräch.

Sie wedelte mit den Dokumenten in ihrer Hand. »Wir sind nicht mehr interessiert daran, den Kajakverleih zu übernehmen?« Sie konnte es nicht fassen. »Was ist denn passiert? Du hast mir gar nichts davon gesagt.«

Ihr Vater sah sie mit gereizter Miene an. »Verdammt, Harlow, was hast du denn erwartet? Dass ich ihn tatsächlich kaufe?«

»Und wieso bist du jetzt bitte sauer? Ich stelle dir doch nur eine legitime Frage. Hier in diesem Büro habe ich mit dir gesessen, und wir haben stundenlang darüber geredet. Mein ganzes letztes Studienjahr habe ich damit verbracht, einen Businessplan, Prognosen und sogar ein Gutachten zu erstellen. Das alles habe ich dir präsentiert. Und du hast gesagt, dass es eine tolle Idee sei.«

Er seufzte schwer. »Es ist ja auch eine tolle Idee – für ein Uniprojekt.«

»Aber das Unternehmen willst du nicht kaufen?« Sie begriff es nicht.

Er fluchte. »Die Firma kostet zweihunderttausend Dollar. Meinst du, das Geld habe ich hier einfach so rumliegen? Wo denn, bitte schön? In meiner Schreibtischschublade?«

Sein spöttischer Tonfall gab ihr das Gefühl, etwas falsch gemacht zu haben. »Du hast gesagt, dass du es machen willst. Wir hatten einen Plan. Und du warst mit ihm einverstanden.«

»Ich habe dir erzählt, was du hören wolltest. Überleg doch mal, was du da sagst, Harlow. Meinst du wirklich, ich würde so viel Geld für einen runtergekommenen Kajakverleih ausgeben, nur damit du lernst, wie man ein Unternehmen führt? Wenn du unser Geschäft irgendwann übernehmen willst, dann lerne, wie man dieses hier führt. Ich kauf dir jedenfalls keins, mit dem du üben kannst. Herrgott noch mal, Mädel, hör auf zu träumen. Ich bin bereit, dir einen schicken Titel zu geben und dir ein zu hohes Gehalt zu zahlen, weil du meine Tochter bist. So läuft das eben in Familienunternehmen. Aber alles hat seine Grenzen.«

Sie wurde rot angesichts seines Blicks auf sie als Arbeitskraft. Der Angriff kam aus dem Nichts, und ihr fiel so schnell keine Verteidigung ein.

»Warum hast du mir nie was davon gesagt?« Sie bemühte sich, ihre Stimme nicht kippen zu lassen. »Wieso hast du mir das Gefühl gegeben, dass du wirklich interessiert bist?«

»Ich weiß es nicht. Wahrscheinlich wollte ich dich nicht enttäuschen. Ich habe nicht damit gerechnet, dass du so schnell Nägel mit Köpfen machen könntest, und dachte, mit der Zeit würdest du das Interesse an der Sache verlieren. Aber da das nicht passiert ist, musste ich das Ganze abbrechen.«

»Du hast mich angelogen.«

Er funkelte sie wütend an. »Jetzt komm mir nicht so. Ich habe nicht gelogen, ich habe dich nur glauben lassen, dass es klappen würde, weil ich dich nicht enttäuschen wollte. Ich bin hier nicht der Bösewicht. Du bist diejenige mit den unrealistischen Erwartungen.«

Oh doch, er hatte sie angelogen. Er hatte ihr vorgegaukelt, dass er sie in dem unterstützte, was sie tat. Er hatte ihr den Eindruck vermittelt, dass sie den Kajakverleih wirklich kaufen würden, obwohl er die ganze Zeit gar nicht daran interessiert gewesen war. Er hatte sie als törichte Idiotin mit übergroßer Anspruchshaltung empfunden. Als verwöhnte Göre, die erwartete, dass ihr Daddy ihr mal eben ein Unternehmen kaufte.

Ein Gefühl der Erniedrigung und der Scham überkam sie, als ihr klar wurde, dass diese Beschreibung der Wahrheit gar nicht so fern war. Sie hatte das tatsächlich von ihm erwartet, genau wie sie erwartet hatte, dass ihre Mutter ein Haus behielt, das sie sich nicht leisten konnte, nur damit sie dort ihre Traumhochzeit feiern konnte.

»Ich wünschte, du hättest mir das schon früher gesagt«, sagte sie.

»Dafür sage ich's dir jetzt. Die Sache ist abgehakt.«

Harlow kehrte in ihr Büro zurück. Als sie sich setzte, bemerkte sie ein Zittern, das aus ihrem Inneren aufstieg. Sie ignorierte ihre bebenden Hände und überflog ihre E-Mails, um sicherzugehen, dass sie alle Anfragen beantwortet hatte. Dann loggte sie sich aus und fuhr den Computer herunter.

Sie holte ihre Tasche aus dem Spindraum und ging zu ihrem Auto. Sobald sie zu Hause wäre, würde sie sich mit dem auseinandersetzen können, was eben passiert war.

Sie schaffte es gerade mal, einen Kilometer zu fahren, ehe sie zu weinen anfing und einen Drogerieparkplatz ansteuern musste, wo sie darauf wartete, dass ihre Tränen versiegten. Falls sie das jemals würden. Sie verbarg ihr Gesicht in den Händen und schluchzte laut.

Ich war mir so sicher, dachte sie und bemühte sich, zu Atem zu kommen. Sie hatte wirklich geglaubt, etwas Bedeutsames zu tun, war so stolz gewesen auf die Arbeit und die Mühe, die sie in ihren Businessplan gesteckt hatte. Der Cashflow wäre großartig gewesen. Sie hatte errechnet, dass es zwei Jahre brauchen würde, um den Kaufpreis wieder reinzuholen, und dass der Profit danach Jahr für Jahr steigen würde.

Nur war ihr Vater nie an ihren Plänen interessiert gewesen. Noch schlimmer, er sah in ihr ein verwöhntes Kind, das erwartete, dass ihm alles auf dem Silbertablett serviert wurde. Aber nein, das war gar nicht das Schlimmste, wurde ihr plötzlich klar. Das Schlimmste war, dass sie dieser Mensch anscheinend tatsächlich war.

Sie fand ein paar Servietten in der Mittelkonsole, mit denen sie sich das Gesicht abwischte. Dann putzte sie sich die Nase und lehnte sich zurück.

Das ergab alles keinen Sinn. Sie und ihr Vater hatten immer davon geredet, dass sie einmal für ihn arbeiten, dass sie die Geschäfte führen würde, während er auf die Bahamas segelte. Sie hatten einen Plan gehabt – sie wollten ein Team bilden.

Bereits mit vierzehn hatte sie angefangen, für ihn zu arbeiten. Sie hatte Chartertouren begleitet und alles über Unternehmensführung gelernt, was er ihr beibrachte. Sie war frühmorgens angetreten und bis spätabends geblieben. Und sie war sich so sicher gewesen, dass dies genau die Arbeit war, die sie wollte, dass sie sich nie woanders beworben hatte. Sie hatte das Unternehmen geliebt. Hatte geglaubt, dort hinzugehören. Jetzt erschien ihr gar nichts mehr sicher.

Wollte ihr Vater überhaupt mit ihr zusammenarbeiten? Sie zuckte zusammen bei der Erinnerung daran, dass er sie als überbezahlte Göre mit einem schicken Titel bezeichnet hatte. Er war derjenige, der die Gehälter auszahlte, daher wusste sie nicht, was die anderen Kapitäninnen und Kapitäne bekamen. Verdiente sie wirklich mehr als die?

Zu viele Fragen und zu wenig Antworten. Harlow starrte durch die Windschutzscheibe. Sie wusste nicht, wohin sie fahren sollte. Nach Hause wollte sie nicht – Kip würde bereits dort sein. Und ja, eigentlich sollte er der Mensch sein, zu dem sie sich jetzt hätte flüchten wollen, doch es war momentan zu kompliziert zwischen ihnen beiden. Enid war bei der Arbeit, und ihre Mom und Austin waren nicht da. Sie war vollkommen allein.

Im Auto sitzen zu bleiben war jedoch nicht wirklich eine Option, daher wischte sie sich noch einmal über das Gesicht und fuhr zu ihrer Wohnung. Es würde schon alles gut gehen. Sie würde den Abend überstehen und sich dann morgen mit der Frage beschäftigen, warum ihr ganzes Leben den Bach runterging. Zwar hätte sie gerne alle anderen dafür verantwortlich gemacht, doch sie hatte das ungute Gefühl, dass sie zumindest teilweise selbst schuld an der Misere war.

Sie hielt kurz inne, ehe sie die Wohnungstür aufschloss. Pokerface aufsetzen, befahl sie sich, dann steckte sie den Schlüssel ins Schloss.

»Hallo«, rief sie mit gespielter Fröhlichkeit.

»Hey, du Schöne.« Kip trat aus der Küche und kam auf sie zu. »Wie geht's dir?« Er blieb stirnrunzelnd stehen. »Du hast ja geweint.«

Sie durchsuchte ihr Gehirn nach einer plausiblen Lüge und

stöhnte beinahe auf vor Erleichterung, als ihr eine einfiel. »Ich habe erfahren, dass eine Krebspatientin gestorben ist, die ich früher kannte. Wir waren nicht mehr in Kontakt, aber es hat mich trotzdem getroffen.«

Dafür komme ich direkt in die Hölle, dachte sie grimmig. Und das völlig zu Recht. Doch sie nahm ihre Worte nicht zurück.

Kip drückte sie an sich. »Tut mir leid, Süße. Das muss sehr schwer für dich sein. Wie kann ich dir helfen?«

»Ich komme schon klar. Lass uns nicht darüber reden.«

»Okay.« Er küsste sie, dann ließ er sie los. »Ich habe den Salat mit gegrillten Garnelen gemacht, den du so magst. Wann immer du essen willst – ich bin allzeit bereit.«

»Danke. Ich gehe mir nur das Salzwasser abduschen, und danach können wir uns hinsetzen.«

Er lächelte. »Brauchst du Hilfe beim Duschen?«

Sie wich einen Schritt zurück. »Danke, geht schon.«

Sein Lächeln erstarb. »Bist du sicher, dass du nur wegen deiner Freundin traurig bist? Ist da nicht noch was anderes?«

»Ich bin müde, aber das wird schon. Bin gleich wieder da.«

Sie hielt sich so lange wie möglich im Bad auf und zwang sich schließlich, aus der Dusche zu steigen. Im Wohnzimmer erwartete Kip sie mit ihrem Lieblings-Chardonnay. Sie setzten sich auf das Sofa und sprachen darüber, wie der Tag verlaufen war. Harlow erzählte von ihrem Chartertörn, darauf bedacht, das Gespräch mit ihrem Vater nicht zu erwähnen. Sie wusste, dass sie Kip irgendwann davon würde erzählen müssen, aber nicht heute. Es war einfach zu erniedrigend.

Sie setzten sich an den Tisch. Kip mischte den Salat durch und stellte ihn vor sie, daneben legte er ein Baguette. Harlow tat ihm und sich selbst auf. Sie wollte sich gerade eine Scheibe Brot nehmen, als sie innehielt und auf ihren Teller starrte.

»Da ist ja Rote Bete im Salat«, bemerkte sie.

»Du magst doch Rote Bete.«

»Aber du hasst sie.« Sie sah ihn an. »Vor sechs Wochen noch hast du im Restaurant einen Wutanfall bekommen, weil man dir

Rote Bete in den Salat getan hat. Du hast die Kellnerin fast zum Weinen gebracht.«

Er lachte leise und setzte sich ihr gegenüber. »So schlimm war es auch wieder nicht.«

»Doch, du hast regelrecht geschrien. Du hast gesagt, dass du Rote Bete nicht ausstehen kannst, dass du sie darüber informiert hättest und trotzdem welche in deinem Salat sei.«

Er spießte ein Stück davon auf. »Ich mag es nicht, wenn sie dunkelrot sind. Die hier sind fast goldfarben. Die sind gut.«

»Es sind genau die Gleichen!«

Die Worte kamen mit einem lauteren Kreischen aus ihrem Mund, als sie geplant hatte, aber mal im Ernst – plötzlich mochte er Rote Bete?

»Sind sie nicht«, sagte er und sah sie spöttisch an. »Die hier sind süßer.«

»Du warst furchtbar deswegen zu unserer Kellnerin, du warst richtig gemein zu ihr. Wir haben doch noch darüber geredet. Und jetzt isst du die Dinger einfach so?«

»Harlow, was du da sagst, ergibt keinen Sinn.«

Eine idiotische Rübe war es nicht wert, über sie zu streiten, und sie wusste natürlich, dass es in Wirklichkeit um etwas ganz anderes ging. Es ging um die Kreditkartenschulden und um Weihnachten und die Tatsache, dass er mit einer anderen Frau verheiratet gewesen war und es ihr nicht erzählt hatte.

»Ich kann das alles nicht«, flüsterte sie und rückte vom Tisch ab. Sie rannte ins Bad und schloss hinter sich ab. Kip folgte ihr auf dem Fuß und rüttelte am Türknauf.

»Harlow, was ist denn los? Lass mich rein. Bitte, Süße.«

Sie sank zu Boden, den Rücken gegen die Badewanne gelehnt. Tränen flossen ihr über die Wangen, doch sie ignorierte sie und zog ihr Handy aus der Tasche. Sie blinzelte ein paarmal, bis sie wieder etwas erkennen konnte, dann schrieb sie eilig ihrem Bruder: Wo bist du?

Die Antwort folgte auf dem Fuß. Habe gerade in einem Motel in Panhandle eingecheckt. Bin noch aus der Wohnung ausgezogen, ehe ich losgefahren bin, daher bin ich erst spät weggekommen. Was ist los?

Ich will mitkommen. Sie überlegte, welcher der nächste Flughafen auf der Route war. Kannst du mich morgen in New Orleans einsammeln?

Klar. Weißt du schon, wann du landest?

Noch nicht.

Sekunden später klingelte ihr Handy. Sie ging sofort ran. »Ich habe noch keinen Flug gebucht. Das mache ich jetzt gleich und sag dir dann Bescheid.«

Austin seufzte. »Was ist los?«

»Alles Mögliche, über das ich momentan nicht sprechen kann.«

»Harlow?« Kip hämmerte an die Tür.

»Eine Sekunde«, rief sie, dann wandte sie ihre Aufmerksamkeit wieder Austin zu. »Ich erzähle es dir später. Es passiert einfach gerade ein Scheiß nach dem anderen.«

»Geht's dir gut?«

»Es ging mir noch nie besser«, log sie. »Wir sehen uns in New Orleans.«

»Okay. Aber wenn ich lieber zurückfahren soll, dann mache ich das.«

Ihr Schmerz ließ ein wenig nach. »Ich weiß. Danke, aber das ist nicht nötig. Wir sehen uns morgen.«

Sie legte auf, erhob sich vom Boden und öffnete die Badezimmertür. Kip stand im Flur, er wirkte besorgt und verärgert zugleich.

»Was ist denn nur los?«, erkundige er sich. »Wieso bist du wegen der Roten Bete so ausgerastet?«

Sie starrte den Mann an, den sie liebte und heiraten wollte, und fragte sich, wie das alles so schnell den Bach hatte runtergehen können.

»Es geht nicht um die Rote Bete«, erwiderte sie. »Es geht um alles andere. Das ist einfach zu viel auf einmal, Kip. Und du und Tracey seid ein großer Teil davon. Ich muss rausfinden, was das alles zu bedeuten hat.«

Er griff nach ihrer freien Hand. »Das bedeutet gar nichts. Ich liebe dich.«

»Ich liebe dich auch, aber irgendwas stimmt nicht, und ich weiß nicht, was es ist, und noch weniger, wie es wieder in Ordnung kommen kann.«

Er ließ ihre Hand los. »Machst du etwa gerade Schluss mit mir?«

»Nein. Ich fahre nur für ein paar Tage zu meiner Mom.« Eigentlich für mehr als nur ein paar Tage, aber sie wollte nicht, dass er sich mehr Sorgen machte als nötig.

»Läufst du vor mir weg?«

Erschöpfung überkam sie, und es war ihr unmöglich, zu streiten. »Wenn du es so sehen willst. Ich sehe es so, dass ich meine Mom besuche und mir Zeit zum Nachdenken gebe. Austin ist schon heute Morgen losgefahren. Er wird mich in New Orleans einsammeln.«

Kip machte einen Schritt rückwärts. »Du fährst einfach so weg und ziehst dich von mir zurück? Von uns? Sind wir überhaupt noch verlobt?«

Sie spürte seinen Schmerz. Ihr war klar, dass das alles ihn vollkommen fertigmachte. »Ich möchte es gerne sein«, sagte sie mit fester Stimme. »Ich liebe dich, und ich will den Rest meines Lebens mit dir verbringen.«

Jedenfalls war sie sich ziemlich sicher, dass sie das wollte. Nur waren da immer noch die Kreditkartenschulden, über die sie sprechen mussten. Und Tracey. Und irgendwann würde sie ihm von dem Gespräch mit ihrem Dad erzählen müssen. Apropos – sie musste ihren Vater darüber informieren, dass sie wegfuhr. Er würde es vermutlich nicht gut aufnehmen.

»Lass mich meine Mutter besuchen fahren«, sagte sie, »und über alles nachdenken. Ich komme zurück, ich verspreche es dir.« Sie legte ihm eine Hand auf die Brust. »Sieh mich an, Kip. Ich meine es ernst. Ich verspreche dir, dass ich zu dir zurückkomme.«

Er ließ die Schultern hängen. »Mir bleibt ja keine Wahl, oder?«

Ihm blieb tatsächlich keine, doch das würde sie ihm nicht sagen. Sie küsste ihn. »Danke. Lass mich meinen Flug buchen, dann können wir zu Ende essen.«

Sie hatte keinen Hunger. Das war jedoch das einzige Friedensangebot, das sie ihm machen konnte.

Mason war klar, dass er sich wie ein Idiot benahm, doch das war in Ordnung für ihn. Weniger als vierundzwanzig Stunden waren vergangen, seit er Robyn geküsst hatte, und ganz ehrlich – das war alles, woran er denken konnte. Er hatte während des gesamten Abendessens daran gedacht und gelegentlich einen Blick mit Robyn ausgetauscht, woraufhin sie beide lächelten und wieder wegsahen. Er hatte von dem Kuss geträumt, und er war sein erster Gedanke am Morgen.

Sie zu küssen war noch besser gewesen, als er es sich ausgemalt hatte – und er hatte es sich wundervoll vorgestellt. Sie war schön, sexy, offen und lustig. Ihm gefielen ihre Liebenswürdigkeit und ihre Intelligenz. Die einzige Frage, die er sich stellte, war, wieso ihr Ex-Mann sie hatte gehen lassen. Okay, außerdem war da noch die Frage, warum ihr Freund sie nicht geheiratet hatte. Robyn war die Art von Frau, die einem Mann nur einmal im Leben begegnet – wenn er großes Glück hat. Er konnte sich nicht vorstellen, weshalb man freiwillig auf sie verzichtete.

Nicht, dass er die Wahl hatte. Auch abgesehen von seiner beschissenen Bilanz, was Frauen betraf, war Robyn so viele Nummern zu groß für ihn, dass sein Interesse an ihr beinahe albern war. Dabei war ihm absolut klar, was er zu bieten hatte. Er war ein guter Mann, der stets hundert Prozent gab. Er war loyal, ehrlich und arbeitete hart. Doch er war nichts Besonderes. Und Robyn verdiente jemand Besonderen.

Um elf gab er es auf, so zu tun, als würde er arbeiten, und machte sich auf den Weg zu Lillians Wohnzimmer. Sie hatte ihn gebeten, sie dort aufzusuchen. In Anbetracht der Existenz der Katzen, des Hauses und Lillians Interesse an den unterschiedlichsten Themen konnte es bei dem Gespräch um alles gehen. Er lächelte bei dem Gedanken, mit ihr eine heiße Diskussion über Entsalzung als Lösung für die Wasserknappheit auf der Welt zu führen, da bemerkte er Robyn, die Lillian gegenübersaß.

Als ihre Blicke sich trafen, spürte er sofort Hitze in seiner Körpermitte, die peinlich für ihn und verstörend für eine über neunzigjährige Dame werden könnte. Um sich abzulenken, rief er sich das letzte Mal ins Gedächtnis, als die Taliban ihn beinahe hatten in die Luft fliegen lassen, was jegliche Erregung schnell zum Erliegen brachte.

»Du bist genau pünktlich.«

Lillian deutete auf einen Stuhl, der nahe an Robyns stand, aber nicht so nah, dass er keinen klaren Gedanken würde fassen können.

»Danke euch beiden für euer Kommen.«

Robyn sah sie fragend an. »Das ist hier also eine offizielle Besprechung?«

Lillian lächelte sie beide an. »Ich denke schon. Ist das nicht aufregend? Ich möchte mit euch darüber reden, was passiert, wenn ich sterbe.«

Robyn wurde bleich, und er biss die Zähne zusammen.

»Nein«, sagte er bestimmt, womit er sich selbst vermutlich ebenso überraschte wie die beiden Frauen.

Lillian zog verwundert die Augenbrauen hoch. »Willst du mir damit sagen, dass ich nicht über das Thema reden soll, oder verbietest du mir zu sterben?«

»Kann ich dir verbieten zu sterben? Denn wenn ich diese Macht habe, werde ich sie nutzen.«

Lillians Züge wurden weich. »Du bist ein sehr liebenswürdiger Mann. Ich wusste gleich, dass ich dich mögen würde. Aber wir werden alle sterben, Mason. Ich habe nur den Luxus, viel Zeit für die Planung gehabt zu haben.«

»Ich möchte nicht darüber reden«, murmelte Robyn.

»Und doch sitzen wir jetzt hier.« Lillian schenkte ihnen ein Lächeln. »Wir wissen alle, was in Leos Testament steht. Mason bekommt das Haus, und ich hinterlasse Robyn das Inventar.« Sie sah ihre Nichte an. »Ich habe nachgedacht, Liebes, und mich gefragt, ob du Mason wohl ein paar Bücher überlassen würdest. Die Werke zur Militärgeschichte zum Beispiel.«

»Die brauche ich nicht«, sagte er eilig.

Robyn sah ihn an, in ihrem Blick lag Traurigkeit. »Sag das nicht. Einige der Erstausgaben sind schwer aufzutreiben. Du hättest deine Freude an ihnen. Mir ist es lieber, sie gehen an dich als an irgendein Antiquariat, wo sie womöglich unbeachtet rumstehen.«

»Aber darüber zu reden, macht dich traurig.«

Sie lächelte schief. »Der Gedanke an Lillians Tod macht mich traurig; dass du die Militärbücher bekommst, finde ich dagegen eine gute Idee.«

»Hervorragend.« Lillian nickte zufrieden. »Die Frage wäre also geklärt. Robyn, ich denke, du kommst voran mit der Idee, ein Antiquitätengeschäft zu führen.« Lillian wandte sich an ihn. »Ich versuche, sie dazu zu überreden, bei uns einzuziehen und ein Geschäft hier in Santa Barbara zu eröffnen. Was hältst du davon?«

Robyn für immer hier? »Ich bin dabei.«

»Dann lass uns mal schauen, ob wir sie mit vereinten Kräften davon überzeugen können.« Sie lächelte verschwörerisch. »Und wegen des Hauses werde ich ein Treffen mit dem Geschichtsverein arrangieren, damit du dich schon mal mit den Leuten vertraut machen kannst.«

»Das weiß ich sehr zu schätzen«, sagte er.

Robyn öffnete den Mund, wie um etwas zu sagen, dann schloss sie ihn jedoch wieder und wandte sich ab. »Ich kann das nicht.«

»Robyn, Liebes, was ist los?« Lillian klang besorgt.

»Ich liebe dieses Haus so sehr. Ich bin darin aufgewachsen, und es hat immer der Familie gehört. Und nun werde ich an einem einzigen Tag dich und das Haus verlieren.« Sie lachte erstickt. »Ich benehme mich absolut unvernünftig, tut mir leid. Ich weiß, dass du das Haus nicht behalten kannst. Es ist nur so, dass ich mir nie vorgestellt habe, dass es mal jemand anderem gehören könnte.«

Sie blinzelte ein paarmal. »Jetzt klinge ich genau wie Harlow, die will, dass ich das Haus für ihre Hochzeit behalte. Das ist wirklich albern. Ich komme schon darüber hinweg.«

»Robyn …«, setzte Mason an, verstummte jedoch wieder, als sie sich ihm zuwandte, die Augen voller Tränen. Der Anblick ihres Schmerzes weckte sofort den Wunsch in ihm, sie zu beschützen. Nur gab es nichts, was sie tun konnten, um Lillians Tod zu verhindern.

»Ich kann nicht weiter darüber reden«, flüsterte sie. Und mit diesen Worten rannte sie aus dem Zimmer.

Mason erhob sich, zögerte dann jedoch. Er war sich nicht sicher, was er tun sollte.

Lillian nahm ihre Teetasse in die Hand. »Wenn du mich fragst, ich würde dir dringend raten, ihr nachzugehen.«

»Gute Idee.«

19. KAPITEL

Robyn lief hinaus auf ihren Schlafzimmerbalkon und umfing mit beiden Händen das Geländer, als würde es ihr Kraft geben, wenn sie sich nur so fest wie möglich daran klammerte.

Tränen rannen ihr über die Wangen – was vollkommen albern war. Sie hatte immer gewusst, dass das Haus an einen Verwandten von Leo gehen und verkauft werden würde. Kein normaler Mensch könnte es sich leisten, es zu halten. Weshalb hatte sie dann so ein starkes Gefühl von Verlust – so, als würde ihr etwas äußerst Wertvolles genommen werden?

Sie hörte Schritte hinter sich und versuchte, ihre Tränen unter Kontrolle zu bekommen.

»Es tut mir leid«, sagte sie, ohne sich zu Mason umzudrehen. »Ich habe keine Ahnung, wo das herkommt. Im einen Moment geht es mir gut, und dann … Ich weiß nicht. Irgendwie hat mich plötzlich alles total getroffen.« Sie rieb sich das Gesicht und atmete tief durch. »Wenn ich nicht so kurz vor dem emotionalen Abgrund stünde, würde ich versuchen, einen PMS-Witz zu reißen, obwohl ich mich gerade gar nicht so hormongesteuert fühle. Völlig idiotisch, denn ich habe es immer gehasst, wenn Cord mich beschuldigt hat, auf irgendetwas nur deshalb emotional zu reagieren, weil ich meine Tage hatte.«

Sie zuckte innerlich zusammen, als ihr klar wurde, dass dies vielleicht nicht das angebrachteste Gesprächsthema war. Ehe sie entscheiden konnte, was sie sagen und wie sie ihre undefinierbaren Gefühle erklären sollte, nahm Mason sie in den Arm.

»Das ist echt scheiße«, sagte er freiheraus. »Dass Lillian vierundneunzig ist, dass Leo das Haus unbedingt mir vererben wollte und dass du mit alldem klarkommen musst. Du reagierst so, weil das alles dein Leben verändern wird. Das hat nichts mit PMS zu tun. Es ist einfach ein ziemlicher Schlag für dich.«

Sein Gesichtsausdruck setzte sich aus zwei Dritteln Sorge und einem Drittel Reue zusammen.

»Es muss dir nicht leidtun, dass du das Haus erbst«, sagte sie. »Das ist gut so. Abgesehen von Lillians Tod, der dem zwingend vorausgehen wird.«

»Und der Tatsache, dass du dann die Katzen am Hals hast.«

Sie lachte. »So ist es.«

Er wischte ihr die Tränen von den Wangen. »Lillian ist eine großartige Frau, und sie soll noch mindestens zwanzig Jahre leben.«

»Sie hat mir schon gesagt, dass sie bis hundertvierzehn nicht durchhält.«

»Ich gebe mich auch mit hundertzwölf zufrieden.«

Sie seufzte. »Ich weiß, dass du das Haus nicht behalten kannst. Der Geschichtsverein wird gut dafür sorgen.«

Er musterte sie aufmerksam.

»Ich meine das ernst«, sagte sie.

»Lillian hat mir geraten, einen Teil des Grundstücks zu behalten und darauf zu bauen.«

»Das ist eine tolle Idee.« Sie dachte an die vielen Hektar Land, die das Haus umgaben. »Du kannst dir den perfekten Bauplatz mit Meerblick aussuchen. Ich beneide dich darum.«

Er lachte leise. »Ich überlasse dir das Grundstück daneben günstig.«

»Darauf komme ich womöglich zurück.«

Ehe sie noch etwas sagen konnte, vibrierte ihr Handy.

»Das könnte eins deiner Kinder sein«, sagte Mason. »Du solltest lieber nachsehen.«

»Ich weiß nicht, ob du gerade fürsorglich bist oder nur froh, mich von deinem großzügigen Angebot abzulenken.«

Seine Augen blitzten vergnügt. »Vielleicht beides?«

Lächelnd warf sie einen Blick auf ihr Handy. Die Nachricht war von Cord: Die Kinder sind verschwunden.

Ihr wurde augenblicklich flau im Magen, und ihre Knie gaben

beinahe nach. Sie wählte seine Nummer. »Was ist passiert?«, verlangte sie zu wissen.

»Hey, hallo. Ich dachte nicht, dass du mich gleich anrufen würdest.«

Seine ruhige Stimme stand im völligen Kontrast zu seiner Nachricht. »Du hast geschrieben, dass unsere Kinder verschwunden sind. Was soll das heißen?«

»Austin hat gekündigt, einfach so, was mich schon richtig genervt hat, und dann hat Harlow beschlossen, sich auch noch ein paar Tage freizunehmen. Wir stecken mitten in der Sommersaison. Wer macht bitte schön so was? Das ist alles deine Schuld, du hast sie zu sehr verwöhnt.«

Ihre Erleichterung war beinahe ebenso groß wie zuvor ihre Angst und wurde schnell von Verärgerung abgelöst.

»Verdammt, Cord. Sag mir nicht, dass meine Kinder vermisst werden, wenn das gar nicht stimmt. Wenn du mit ihnen Streit hast, ist das nicht mein Problem.«

»Sie sind beide weg, und ich weiß nicht, wohin.«

»Hast du ihnen geschrieben?«

»Nein. Ich bin genervt. Wieso sollte ich ihnen schreiben?«

Robyn erwog kurz, ihr Handy vom Balkon zu werfen, hielt sich jedoch gerade noch davon ab. Das wäre nur für den Moment befriedigend.

»Du bist echt gestört, und das nicht auf eine charmante Art«, sagte sie, als ihr Herzschlag endlich wieder seinen normalen Rhythmus gefunden hatte.

»Du wirst ihnen sicher schreiben. Sag ihnen also, dass sie beide ordentlich Ärger mit mir haben.«

»Sag ihnen das selbst. Mach's gut, Cord.« Sie legte auf und schrieb eilig eine Nachricht an Austin.

Er antwortete Sekunden später: Ich stehe gerade auf dem Flughafenparkplatz von New Orleans. Bin einfach losgefahren, um ein bisschen mit dir und Lillian abzuhängen. Harlow hat beschlossen, mitzukommen. Ich hole sie hier ab. Wir sollten in ungefähr drei Tagen bei euch sein.

In diesen paar Sätzen steckt einiges an Information, dachte sie. Doch obwohl sie ihm tausend Fragen dazu stellen wollte, war dies nicht der richtige Zeitpunkt dafür. Daher schrieb sie: Fahrt vorsichtig. Wir können es kaum erwarten, euch hier zu sehen. Hab dich lieb.

Ich dich auch.

Sie steckte ihr Handy in die Hosentasche und stellte jetzt erst fest, dass Mason gegangen war, um ihr ihre Privatsphäre zu lassen. Was äußerst höflich war und ihm sehr ähnlichsah.

Sie klopfte an die halb geöffnete Glastür zu seinem Zimmer.

»Ist alles in Ordnung?« Er kam heraus, sein Gesichtsausdruck war voller Sorge.

»Cord, mein Ex, hat sich mal wieder wie der letzte Idiot aufgeführt. Das kommt leider vor. Austin und Harlow sind im Auto unterwegs hierher. Sieht so aus, als würdest du bald meine Kinder kennenlernen. Es ist also alles gut.« Das hoffte sie jedenfalls. Sie hatte keine Ahnung, weshalb Austin gekündigt hatte, und Harlow sah es gar nicht ähnlich, einfach so abzuhauen.

Es musste irgendwas Bedeutendes vorgefallen sein. Nur waren sie und Harlow in ihren Nachrichten zuletzt nicht über ein »Hey, wie geht's dir« hinausgekommen.

»Mit den Katzen wird es sehr viel einfacher sein als mit den Kindern«, sagte sie.

Er lächelte. »Mit einer oder zweien vielleicht. Fünfzehn sind ein Problem. Zuzüglich aller weiteren, die Lillian noch aufnehmen wird.«

»Du hast recht.« Sie atmete tief durch. »Okay, jetzt fühle ich mich marginal besser. Ich gehe mich bei Lillian entschuldigen.«

»Kann ich dir danach einen Drink ausgeben?«

Sie sah ihm in die dunklen Augen. »Ist das wörtlich gemeint, im Sinne von ›Wir verlassen das Haus und gehen in eine Bar‹, oder eine Umschreibung dafür, dass wir einen Cocktail mit Lillian trinken?«

»Du hast die Wahl.«

»Dann lass uns was mit ihr trinken. Ich fühle mich immer noch fragil und würde gerne so viel Zeit mit ihr verbringen wie möglich. Außerdem will ich ihr erzählen, dass die Kinder kommen. Das wird sie freuen.«

»Abgemacht.«

Sie legte ihm eine Hand auf die Brust. »Du bist ein richtig guter Mann, Mason Bishop. Ich bin sehr froh, dass du da bist.«

»Ich auch.«

Harlow stellte ihre nackten Füße auf dem Armaturenbrett des Toyota-Pritschenwagens ihres Bruders ab. Es war das Auto, das er sich zum Highschool-Abschluss gewünscht hatte – groß genug für Freunde, Surfbretter, Camping- und Tauchzubehör. Sie war sich nicht sicher, wie gut ein Pritschenwagen nach Kalifornien passte, doch Austin machte immer eine gute Figur.

Sie warf ihm einen Blick zu. Vormittags hatte sie am Steuer gesessen, und er hatte die Nachmittagsschicht übernommen. Von einer Küste zur anderen zu gelangen, schien überraschend einfach zu sein. Austin war in Richtung Norden auf die Interstate 10 gefahren und dann nach Westen abgebogen. Abgesehen vom kleinen Umweg über New Orleans würden sie für den Rest der Strecke praktisch auf dieser Straße bleiben, bis sie Santa Monica erreichten.

»Bist du jetzt bereit, zu reden?«, fragte Austin, ohne den Blick von der Straße abzuwenden.

Sie lehnte den Kopf an die Stütze. »Es gibt nicht viel zu sagen.«

»Du hast die Arbeitsstelle verlassen, auf die du dich schon als Kind gefreut hast. Du hast deinen Verlobten nicht mitgenommen, und es scheint so, als würdest du immer noch nicht mit Mom reden. Das sieht sehr danach aus, als wäre einiges passiert.«

Wenn man es so ausdrückte. Sie blickte aus dem Seitenfenster. »Ich dachte, ich hätte alles im Griff«, gab sie zu. »Aber da lag ich falsch.«

»Das geht so ziemlich jedem mal so. Nicht nur dir.«

Ihr gelang ein schwaches Lächeln. »Du willst mir also sagen, ich bin nichts Besonderes?«

»Für mich bist du was Besonderes. Geht es darum, dass Kip schon mal verheiratet war?«

»Zum Teil. Aber da sind noch andere Dinge.« Sie dachte an den Zwischenfall mit der Roten Bete, wusste jedoch nicht, wie sie ihm das erklären sollte, ohne völlig verrückt zu klingen. »Mom hat mir immer wieder gesagt, dass ich ihn gar nicht so gut kenne. Was, wenn sie recht hat? Es ging alles ziemlich schnell zwischen uns, und letztes Jahr war ich noch auf dem College – vielleicht hatten wir wirklich nicht genug Zeit, um uns kennenzulernen. Das mit Tracey ist eine große Sache für mich, und dann sind da die Kreditkartenschulden.«

Sie hielt abwehrend eine Hand in die Luft. »Ich meine gar nicht die Tatsache an sich, sondern dass er es mir nicht gesagt hat. Ich weiß, dass es nicht leicht ist, über so etwas zu reden, aber er hätte ehrlich mit mir sein sollen, ehe er mir einen Antrag gemacht hat.«

»Hättest du dann anders entschieden und ihn nicht heiraten wollen?«

»Nein.« Jedenfalls glaubte sie das nicht. »Aber vielleicht hätte ich nicht darüber nachgedacht, im Club zu feiern.« Sie sah ihren Bruder an. »Habe ich zu hohe Ansprüche?«

»Nicht mehr als die meisten Menschen. Harlow, du bist ein Produkt deiner Erziehung. Uns hat es nie an etwas gemangelt. Haben wir deshalb ein Anspruchsdenken entwickelt? Wahrscheinlich. Aber deswegen bist du kein schlechter Mensch.«

»Bin ich also einfach nur egoistisch?«, fragte sie. In ihrer Stimme lag Bitterkeit. »Sieh dir Enid an. Sie wird Medizin studieren. Weil ich als Kind krank war, will sie Kinderonkologin werden.«

»Ist das nicht etwas Gutes?«

»Doch. Sie wird eine großartige Ärztin sein, aber sie kann sich das Medizinstudium nur leisten, indem sie sich total verschuldet. Ist das fair? Warum kriege ich ein riesiges Auto zum Collegeabschluss, während Enid über hunderttausend Dollar Schulden machen muss?«

»Das ist wirklich nicht fair. Aber sie kommt aus einer anderen Familie, und die hat kein Geld. So ist das Leben.«

»Das gefällt mir aber nicht.«

Er lächelte.

Sie funkelte ihn wütend an. »Du glaubst, ich bin naiv?«

»Ein bisschen, aber das macht dich besonders liebenswert. Kip war sicher nicht glücklich darüber, dass du weggefahren bist.«

»Nein. Er glaubt, dass ich ihn verlasse.«

»Und tust du das?«

»Nein. Ich liebe ihn. Aber ich brauche Zeit zum Nachdenken, nicht nur über ihn.« Sie sah ihren Bruder an, dann schaute sie wieder aus dem Seitenfenster. »Dad hatte nie vor, den Kajakverleih zu kaufen. Er hat mir gesagt, dass er nicht so viel Geld ausgeben will, nur damit ich mich darin üben kann, Geschäftsführerin zu sein.«

Austin warf ihr einen kurzen Blick zu. »Aber er hat dir trotzdem geholfen, einen Businessplan zu erstellen.«

»Er wollte wohl, dass ich mich gut mit meinem Abschlussprojekt fühle. Ich weiß nicht genau, was er sich dabei gedacht hat.« Sie begriff immer noch nicht, wie er so viel Zeit und Energie in ihre Gespräche darüber hatte investieren können, nur um ihr dann zu verkünden, dass das alles eine Lüge gewesen war.

»Er hat gesagt, ich sei verwöhnt und dass er mir zwar gerne ein zu hohes Gehalt zahlt und mir einen hochtrabenden Titel verleiht, das mit dem Kajakverleih aber zu viel des Guten sei.«

Austin streckte die Hand über die Mittelkonsole und drückte ihre. »Das tut mir leid. Dad kann ein echtes Arschloch sein. Denk nur mal an seine Fremdgeherei.«

»Und die Tatsache, dass er mit der Schwester meines Verlobten schläft.« Sie blinzelte ein paar Tränen weg. »Ich weiß nicht mehr, was wahr ist und was nicht. Ich habe ihm geglaubt, ich habe ihm vertraut, ich dachte, wir wären ein Team. Aber das waren wir nie. Stell dir nur mal vor, was er Zafina womöglich über all das erzählt hat.«

Plötzlich setzte sie sich auf und sah Austin an. »Was, wenn Zafina es Kip erzählt hat? Wusste er etwa, dass Dad mich nur hingehalten hat?«

»Das würde Kip nicht machen.«

»Bist du dir sicher? Er war schon mal verheiratet und hat es mir nicht erzählt. Verglichen damit, ist das eine Lappalie. Er könnte es gewusst haben.«

»Such dir nicht noch mehr Ärger, als du ohnehin schon hast.«

»Das muss ich gar nicht. Der kommt ganz von selbst zu mir.« Sie bedeckte ihr Gesicht mit den Händen. »Wahrscheinlich hat er mit seinen Eltern darüber geredet. Alle denken, ich bin eine kleine Prinzessin, die erwartet, in einem Country Club zu heiraten, bei dem alleine die Anzahlung für den Festsaal fünfzigtausend Dollar kostet.«

Ein Gefühl der Scham und der Erniedrigung ließ sie beinahe zusammenfahren. »Wieso habe ich ihm nur vertraut?«

»Dad oder Kip?«

Eine exzellente Frage, dachte sie niedergeschlagen. Jetzt gerade vertraute sie keinem von beiden.

»Ich werde alle meine Probleme ignorieren, bis wir in Kalifornien ankommen«, sagte sie.

»Ja, sicher …«

Sie boxte ihn auf den Arm. »Ich meine es ernst. Jetzt erzähl du mir mal, warum du unbedingt mit Dad reden wolltest.«

»Auf keinen Fall, dann rastest du aus.«

»Ich raste nicht aus.«

»Du rastest ständig aus. Du bist einfach nicht in der Lage, dich emotional reif zu verhalten.«

»So kannst du nicht mit mir reden. Ich wäre beinahe an Krebs gestorben.«

»Ja, vor über zehn Jahren. Was Besseres hast du nicht in petto?«

Sie grinste. »Ich setze jedes Mittel ein, das funktioniert. Wie wäre es, wenn ich dir verspreche, nur innerlich auszurasten?«

Austin sah sie kurz an, dann wandte er seine Aufmerksamkeit wieder der Straße zu. »Ich möchte studieren.«

»Na, das ist nun wirklich keinen Ausraster wert. Das hättest du dir schon vor einem halben Jahr überlegen können.«

»Da war ich aber noch nicht bereit. Das bin ich immer noch nicht, ich brauche das Jahr, das ich mir genommen habe. Trotzdem werde ich mich schon mal bewerben.«

Sie spürte, dass mehr hinter dieser Ankündigung steckte.

»Ich möchte zur Marine. Über das ROTC-Programm, bei dem Offiziere an der Uni ausgebildet werden.«

»Wie bitte?« Ihre Stimme klang lauter als geplant. Sie räusperte sich eilig. »Ich meine, wie bitte?«

»Rastest du jetzt doch aus?«

»Das war nur etwas zu laut, kein Ausraster. Wie kommst du denn darauf, wir sind doch keine Militärfamilie?«

»Ich weiß, aber das kann sich ja ändern. Ich habe an die Uni San Diego gedacht. Wenn ich dort reinkomme, trete ich dem ROTC-Programm bei.«

Ihr Bruder bei der Marine? »Willst du auf einen Flugzeugträger und Kampfjets fliegen? Wie in diesem Film aus den 80ern?«

»Ich will Kapitän eines Zerstörers werden.«

Sie starrte ihn an. »Im Ernst?«

»Jep. Mom weiß es aber noch nicht.«

»Ich überlasse es gerne dir, ihr das zu erzählen. Das gibt den Ausraster des Jahrhunderts.«

»Es wird schon okay für sie sein.«

Harlow lachte. »Ja, klar. Hast du unsere Mutter schon mal durchgedreht erlebt? Sie wird dich in einen Schrank sperren und dich nie wieder rauslassen.«

»Ich glaube, da liegst du falsch. Sie wird einverstanden sein. Aber Dad wollte mir nicht zuhören.«

Plötzlich ergab Austins Kündigung Sinn. »Darüber wolltest du also mit ihm sprechen«, sagte sie.

»Er ist echt gut darin, uns zu ignorieren.«

»Das ist er. Und was ist jetzt dein Plan?«

»Ich werde eine Weile mit Mom und Lillian abhängen. Irgendwann fahre ich nach San Diego und rede mal mit ein paar Leuten. Wenn alles gut geht, frage ich Lillian, ob ich bei ihr einziehen kann. Dann suche ich mir einen Job und melde meinen Wohnsitz um.« Er warf ihr einen Blick zu. »Das macht das Studium viel günstiger.«

Er klingt, als wäre er voller Selbstvertrauen, dachte sie. »Du hast die Sache wirklich durchdacht.«

»Die Idee kam mir schon im letzten Schuljahr, aber da ich wusste, dass ich noch nicht so weit war, habe ich erst mal abgewartet. Nächstes Jahr im September werde ich dann bestimmt total heiß darauf sein, endlich mit dem Studium anzufangen. In der Zwischenzeit kann ich sicher einen Job bei einem Charterbootunternehmen klarmachen.« Er grinste. »Und nebenher surfen üben.«

»Ich bin beeindruckt«, gab sie zu. »Du machst das also wirklich.«

»Ich denke schon.«

Sie meinte es ernst – sie war tatsächlich beeindruckt. Und ein wenig neidisch. Noch vor einem Monat war sie sich ihrer Zukunft ebenso sicher gewesen wie er, aber jetzt war sie das überhaupt nicht mehr.

Sie hatte das Interesse ihres Vaters am Kauf des Kajakverleihs vollkommen falsch eingeschätzt. Und sie war verwirrt, was Kip betraf. Sie machte sich Sorgen darum, wie sie in seine Familie passte, und begann zu glauben, dass sie womöglich eine sehr viel verwöhntere Göre war, als sie es sich jemals vorgestellt hatte.

Das war alles ziemlich viel auf einmal. Und anders als ihr Bruder war sie sich nicht sicher, ob sie den Herausforderungen gewachsen war.

Obwohl er bereits an vielen Orten der Welt gelebt hatte, war Mason auf das Leben in Santa Barbara nicht vorbereitet gewesen. Jeden Morgen ließ er den atemberaubenden Meeresblick auf sich wirken und fragte sich, wie ein ärmlicher Junge aus West Virginia hierhergelangt war.

Er hatte damit gerechnet, dass es nicht einfach sein würde, sich nach fünfundzwanzig Jahren in der Armee wieder an das Leben als Zivilist zu gewöhnen. Aber das war nichts im Vergleich zu der

Herausforderung, sich in Lillians Haus zurechtzufinden, wo er jederzeit über eine Katze stolpern konnte. Meist hatte er das Gefühl, sich in eine Art Paralleluniversum verirrt zu haben – in dem eine schöne Nachbarin ihn in ihre Geheimnisse einweihte und ihn gelegentlich küsste.

Er hatte keine Ahnung, weshalb er so viel Glück hatte, doch er würde für den Rest seines Lebens dankbar dafür sein.

Das Wetter, die grandiose Aussicht, Lillian und Robyn, der weitläufige Garten und die Tatsache, dass Charles der II. ihn scheinbar adoptiert hatte – all das überforderte ihn, und zugleich genoss er jede Sekunde davon. Doch es gab zumindest eine Konstante, auf die er zählen konnte – der Costco-Supermarkt.

Er ging gerne zum Großeinkauf. Ein Mann wusste nie, wann er mal fünfundzwanzig Monobatterien gebrauchen konnte. Er freute sich über die Bäckerei, wo die Pasteten so riesig waren, dass sie einen ganzen Kommandotrupp ernähren könnten. Und er fantasierte ständig darüber, eines Tages ein Werk von ihm auf den großen Tischen der Buchabteilung ausliegen zu sehen. Unwahrscheinlich, aber ein schöner Gedanke.

Heute marschierte er zielstrebig zur Metzgereiabteilung. Robyns Kinder kamen, und sie hatte sich Steaks gewünscht. Als er angeboten hatte, die Einkäufe zu erledigen, hatte sie ihm eine Liste in die Hand gedrückt. Ihr Haushalt würde plötzlich von drei auf fünf Leute anwachsen, und sie hatte ihn vorgewarnt, dass Austin und Harlow beide für ihr Leben gern aßen.

Eine halbe Stunde später war sein Einkaufswagen bis oben hin gefüllt. Er hatte Obst gekauft, Salat, vier ganze Hühnchen, Steaks, zwei Pasteten, einen Kuchen und die XL-Cookie-Mischung.

Auf dem Weg nach draußen besorgte er noch drei Blumensträuße. Dann lud er alles in seinen Wagen und fuhr zurück zu Lillians Haus. Als er dort ankam, folgte ihm ein Toyota-Pritschenwagen in die lange Auffahrt.

Er parkte vor der Garage und stieg aus. Der Toyota hielt neben ihm, und zwei junge Leute kletterten heraus.

Er erkannte sie sofort. Austin sah seiner Mutter weniger ähnlich, hatte aber immer noch so viel von ihr mitbekommen, dass Mason ihn auf Anhieb mochte. Und Harlow glich ihrer Mutter so sehr, dass er sich fragte, ob überhaupt jemals ein Vater im Spiel gewesen war. Er konnte sich nun vorstellen, wie Robyn vor zwanzig Jahren ausgesehen hatte, und entschied, dass ihm die reifere Version besser gefiel.

»Hallo«, sagte er, ging zu Austin hinüber und streckte ihm die Hand hin. »Ich bin Mason.«

»Ach ja, stimmt.« Austin grinste. »Harlow, das ist der Mann, der mal das Haus erben wird.«

Harlow beäugte ihn aus sicherer Distanz. »Freut mich.«

Mason ging zu seinem Kofferraum zurück. »Ich bringe schnell die Einkäufe rein, dann helfe ich euch mit dem Gepäck.«

»Es sind nur ein paar Taschen«, sagte Austin leichthin. Er warf einen Blick in Masons Kofferraum. »Costco, was? Hat Mom dich mit einer Liste losgeschickt?«

»Hat sie, aber ich habe zusätzlich noch Cookies gekauft.«

»Guter Mann.«

Statt sich um seine Koffer zu kümmern, schnappte Austin sich eine der Einkaufskisten und ging auf das Haus zu. Harlow zögerte, ehe sie sich auch eine nahm und ihrem Bruder folgte. Mason war noch ein paar Schritte von der Hintertür entfernt, als er einen glücklichen Aufschrei aus der Küche hörte.

»Da seid ihr ja!«

Er betrat gerade rechtzeitig das Haus, um zu sehen, wie Salvia die beiden Kinder umarmte, sie fest an sich drückte und in wahnsinniger Geschwindigkeit spanische Wortsalven von sich gab.

»Wir freuen uns auch riesig, dich zu sehen.« Austin wirbelte Salvia einmal herum, ehe er sie wieder absetzte. »Du siehst gut aus.«

»Ich fühle mich auch gut.« Salvia tätschelte ihm die Wange, dann wandte sie sich an Harlow. »Du bist so schön. Deine Mama hat mir gesagt, du bist verlobt.«

Harlow hielt ihr die linke Hand hin. Salvia gurrte entzückt angesichts des Rings.

»Beeindruckend. Der Stil steht dir.« Sie umarmte Harlow. »Endlich sind meine Kleinen wieder da!«

Austin warf Mason einen belustigten Blick zu. »Sie kann sehr enthusiastisch sein.«

»Das sehe ich.«

Salvia ließ Harlow los und warf die Hände in die Luft. »Mr. Mason, Sie haben ja so viel Essen gekauft.«

»Ja, wir haben ja jetzt auch mehr Mäuler zu stopfen.«

Salvia seufzte glücklich. »Na schön, los, los. Ich räume das hier ein. Ihr zwei geht eure Mutter suchen, sie ist im Musikzimmer. Und dann sagt Miss Lillian Hallo. Ich mache derweil was Kleines zu essen, ihr habt doch sicher Hunger.«

»Herrisch wie eh und je?«, fragte Austin und küsste sie auf die Wange. »Das gefällt mir.« Er ging auf die Hintertür zu. »Harlow, komm deine Tasche holen.«

»Ich bringe gerne dein Gepäck rein«, sagte Mason zu ihr. »Falls du schon mal zu deiner Mutter willst.«

Harlow musterte ihn eine Sekunde, dann nickte sie und verschwand in der Tiefe des Hauses.

Mason ging mit Austin nach draußen. »Wie war die Fahrt?«, fragte er.

»Gut. Die Strecke ist lang, aber unkompliziert.« Austin holte ein paar Reisetaschen und einen Koffer aus dem Pritschenwagen. »Du bist also der mysteriöse Erbe.«

Austins Worte klangen freundlich, doch Mason kam plötzlich der Gedanke, dass er den Kindern womöglich etwas wegnahm. Etwas, das Teil ihres Lebens gewesen war, solange sie zurückdenken konnten.

»Ich bin der entfernte Verwandte von Leo. Jedenfalls laut Lillian und ihrem Anwalt.«

»Wir wussten immer schon, dass es dich gibt. Ich bin nur etwas enttäuscht, weil du kein Ornithologe bist.«

»Das hat deine Mutter mir erzählt. Wieso hast du es so mit Vögeln?«

Austin grinste. »Vögel sind cool, Mann. Aber ein Ex-Militär ist auch cool. Du brauchst dir also keine Sorgen zu machen.«

»Ich hatte mich schon gefragt, wie ich jemals wieder ruhig schlafen würde.«

Austin lachte. »Jetzt weißt du es.«

20. KAPITEL

Harlow lief durch das alte Haus, bis sie zum Musikzimmer gelangte. Selbst nach zwei Jahren der Abwesenheit war der Weg ihr noch vertraut. Lillian war ein Teil ihres Lebens gewesen, solange sie zurückdenken konnte. Alles hier hieß sie willkommen – die alten Perserteppiche auf dem Boden, die detailreichen Schnitzereien um jede Tür und jedes Fenster, die Tiffany-Lampen, die antiken Anrichten, die Gemälde und die Katzen, die ihr unterwegs begegneten.

Allein hier zu sein, bewirkte schon, dass sie sich besser fühlte – so als wären ihre Sorgen und Probleme ein wenig lösbarer. Vielleicht lag es an der Energie des Hauses oder an den mehreren Tausend Kilometern, die zwischen ihr und Florida lagen. Wie auch immer, sie fühlte sich bereits leichter und tatkräftiger.

Die Tür zum Musikzimmer stand offen. Der riesige Raum – der angeblich eine perfekte Akustik hatte – war gefüllt mit Notenständern und Stühlen, einem Flügel, einer Harfe und Regalen, in denen alle möglichen Musikinstrumente herumstanden und -lagen. In der hinteren Ecke befanden sich zwei voll funktionstüchtige Schlagzeuge. An der Seite war eine kleine Aufnahmekabine eingerichtet. Als Kinder hatten Austin und sie einmal eine Radioshow darin aufgenommen, die sie für ihre Eltern auf CD gebrannt hatten.

Bei der Erinnerung daran lächelte sie. Ebenso wie beim Anblick ihrer Mutter, die gerade Notenhefte durchblätterte.

Harlow fühlte sich außerstande, irgendetwas zu sagen. Eine plötzliche Flut von Emotionen ließ sie wie angewurzelt stehen bleiben. Sehnsucht und Liebe erfüllten sie – vermischt mit Scham und Verwirrung beim Gedanken daran, was sie ihrer Mutter zuletzt an den Kopf geworfen hatte. Sie war so egoistisch gewesen, hatte verkündet, dass es ihr ganz egal sei, ob ihre Mutter sich das Haus weiter leisten konnte, und sie praktisch von ihrer Hochzeit ausgeladen.

Sie musste irgendein Geräusch erzeugt haben, denn ihre Mom wandte sich zu ihr um. Robyns Augen weiteten sich vor Überraschung, dann lächelte sie ihre Tochter voll sichtlicher Liebe und Freude an.

»Du bist hier!«

Robyn kam zu ihr geeilt, die Arme weit ausgebreitet, und Harlow warf sich hinein. Sie brauchte es, die vertraute, tröstliche Wärme ihrer Mutter zu spüren. Sie hielten einander länger fest als üblich. Und Harlow atmete tief das Gefühl ein, geliebt und umsorgt zu sein.

»Wie war die Fahrt? Habt ihr euch abgewechselt?« Ihre Mom trat ein Stück zurück und sah sie besorgt an. »Süße, geht es dir gut?«

»Jetzt geht's mir besser«, gelang es ihr zu sagen.

»Du hast ein bisschen abgenommen. Isst du auch genug?«

»Ich hatte in letzter Zeit keinen großen Hunger.«

Ihre Mutter legte ihr eine Hand auf die Stirn – eine instinktive, mütterliche Geste, die Harlow zum Lachen brachte.

»Ich bin nicht krank, Mom. Ich habe nur gerade allen möglichen Scheiß am Hals.«

»Willst du darüber reden?«

»Ja, aber lass uns erst zu Lillian gehen. Jetzt, wo ich hier bin, fühle ich mich schon viel besser.«

»Ja, das Haus hat diese Wirkung auf Menschen.« Ihre Mutter umarmte sie erneut. »Deine Urgroßtante döst wahrscheinlich gerade auf ihrem Balkon. Egal, wie schön du die Aussicht in Erinnerung hast, live ist sie noch viel toller.«

Sie hakten einander unter und gingen zur Treppe.

»Ich habe eine kleine Inventur gemacht«, erklärte ihre Mutter. »Das Haus birgt mehr Schätze, als mir klar war. Im Waschraum habe ich sogar einen Picasso entdeckt.«

»Oh nein, nicht dieses seltsame Gemälde mit dem halben Gesicht, oder? Das fand ich immer nur schräg. Das ist ein Picasso?«

»Ich bin mir jedenfalls ziemlich sicher. Ich stelle gerade eine Liste der wichtigeren Gemälde zusammen. Zumindest von denen, die ich identifizieren kann. Lillian und ich haben überlegt, sie verschiedenen Museen zu stiften.«

Sie gingen nach unten. Harlow blieb abrupt stehen, als sie den Treppenlift entdeckte.

»Benutzt sie den?«

»Ja, und er ist eine große Erleichterung für sie. Sie wird schließlich nicht jünger. Und ich bin froh, wenn sie nicht jeden Tag versuchen muss, unfallfrei die Treppe hochzusteigen.«

Lauter Veränderungen, dachte Harlow. Sie wusste, dass sie unvermeidbar, jedoch häufig unliebsam waren. »Aber sonst fühlt sie sich gut?«

Ihre Mutter nickte beschwichtigend. »Rüstig und scharfsinnig wie immer.«

»Gut.« Harlow dachte an die zweite große Veränderung im Haus. »Und wie lange ist Mason schon hier?«

»Seit mindestens einem Monat. Er ist eingezogen, ehe ich herkam.«

»Er ist einfach hier eingezogen? Und lässt sich von Tante Lillian aushalten?«

Robyn sah sie an. »Lillian hat ihn eingeladen, Harlow. Er gehört zu Leos Familie, und das Haus wird mal ihm gehören. Sie bedrängt ihn schon seit Jahren hierherzuziehen, und jetzt hat er endlich Ja gesagt.«

Das klang alles vernünftig, gefiel ihr jedoch überhaupt nicht. Aber sie hatte in den vergangenen zwei Wochen gelernt, keine voreiligen Schlüsse zu ziehen.

Sie traten in Lillians Wohnzimmer und von dort auf den Balkon. Harlow bewunderte kurz die Aussicht, dann wandte sie sich Lillian zu.

Ihre Urgroßtante saß auf einem Liegestuhl, bis zur Taille in eine Decke gehüllt. Sie sah kleiner aus, als Harlow sie in Erinnerung hatte. Ihr weißes Haar war flaumiger geworden. Doch ihre blauen Augen wirkten noch genauso konzentriert wie früher, und als Lillian sie erblickte, strahlte sie vor Freude.

»Du hast es geschafft! Meine liebste Harlow. Du bist sogar noch schöner als das letzte Mal.«

Harlow sank neben ihrem Liegestuhl auf den Boden und schlang behutsam die Arme um Lillian. »Ich habe dich vermisst«, flüsterte sie. »Danke, dass ich immer herkommen darf.«

»Selbstverständlich, mein Schatz. Wohin solltest du denn sonst?«

Als sie ihre Tante umarmte, wurde Harlow bewusst, wie zerbrechlich Lillian war. Ihre Knochen fühlten sich filigran an, und die alte Dame hatte sichtlich an Gewicht verloren. Sie warf ihrer Mom einen verzweifelten Blick zu, doch Robyn schien nicht besorgt zu sein.

Ehe Harlow sich überlegen konnte, wie sie Lillian nach ihrem Befinden fragen sollte, gesellten sich Austin und Mason zu ihnen auf den Balkon. Ihr Bruder lief auf Lillians andere Seite und zog sie in eine sanfte, aber innige Umarmung.

»Endlich sind wir wieder vereint. Ich habe dich vermisst.«

Lillian lachte und tätschelte ihm die Wange. »Guck dich nur an, Austin. Du siehst mit jedem Tag besser aus.«

»Es ist ein Fluch«, sagte er feierlich. »Aber mein Herz wird immer dir gehören.«

Harlow setzte sich neben ihre Tante und griff nach ihrer Hand. »Wir sind froh, hier zu sein. Und dich zu sehen.«

»Ich werde gar nicht fragen, wie lange ihr bleibt«, sagte Lillian lächelnd. »Wie auch immer die Antwort lautet, es wird nicht lange genug sein.« Sie senkte die Stimme. »Aber ich muss euch warnen. Ich versuche, eure Mom zu überzeugen, bei mir einzuziehen.«

Sie und Austin tauschten einen Blick. Sie wusste, dass er nichts dagegen einzuwenden hätte. Schließlich hoffte er, seinen Wohnsitz in Kalifornien anmelden zu können. Allerdings gefiel ihr der Gedanke gar nicht, dass ihre Mutter und ihr Bruder beide so weit weg sein würden. Dann wäre sie ganz allein in Florida.

Doch statt irgendetwas auszuposaunen, das sie hinterher bereuen würde, tätschelte sie Lillians Hand und sagte: »Du kannst ziemlich überzeugend sein. Ich bezweifle, dass sie dir widersteht.«

Lillian betrachtete sie aufmerksam. »Geht's dir gut, Liebes?«

»Mir geht's super.«

Harlow sah kurz zu ihrer Mutter und wäre beinah vom Stuhl gefallen. Mason strich ihrer Mom gerade über den Arm, in einer Geste, die fürsorglich und gleichzeitig leicht besitzergreifend war. Statt ihn abzuweisen, lächelte Robyn ihn voller Zuneigung an.

Was zur Hölle war da los?

Sofort kochten Wut und Enttäuschung in ihr hoch. Jetzt nicht auch noch ihre Mutter! Konnte nicht mal irgendwer fünf Minuten lang ein aufrichtiger Mensch sein?

Sie sprang auf und lief zur Balkontür. »Ich gehe meinen Koffer holen.«

»Der steht schon in deinem Zimmer«, sagte Austin. »Alles okay?«

»Ja.« Harlow wusste, dass ihre Stimme spitz klang, sie war kurz davor, die Kontrolle zu verlieren. »Mom, könntest du mir helfen?«

»Lillian, ich überlasse dich der Obhut dieser beiden tatkräftigen Gentlemen.«

»Eine wundervolle Idee. Mason, es ist schon nach zwei. Lass uns Cocktails trinken.«

Robyn folgte ihr in den Flur. »Ich glaube, deine Tante trinkt in letzter Zeit ein paar Cocktails zu viel, aber die Frau ist vierundneunzig. Ich sollte wohl nichts sagen.«

Harlow wartete, bis sie in ihrem Zimmer angekommen waren. Ausnahmsweise ignorierte sie das große Bett, die Flügeltüren, die auf einen kleinen Balkon hinausführten, und den dick gepolsterten Sessel, auf dem sie schon Stunden mit Lesen verbracht hatte. Stattdessen wirbelte sie zu ihrer Mutter herum.

»Wie kannst du nur?«, fragte sie und ließ ihrem Ärger freien Lauf. »Gott, das ist echt widerlich. Ich versteh's nicht. Bin ich denn die einzige Person auf der Welt, die noch nie jemanden betrogen hat? Ist es wegen Dad? Ist es das? Ich weiß, dass er während eurer Ehe nicht treu war. Das ist furchtbar, aber jetzt verhältst du dich plötzlich genauso? Warum? Weil er es getan hat, willst du es auch mal ausprobieren? Oder machst du das schon die ganze Zeit so?« Sie hielt inne und schüttelte den Kopf. »Egal. Beantworte das nicht. Ich will es gar nicht wissen.«

Ihre Mutter starrte sie entgeistert an. »Wovon redest du da? Harlow, bist du sicher, dass es dir gut geht? Du benimmst dich äußerst seltsam.«

»Seltsam? Wie wäre es mit ›enttäuscht‹, das trifft es nämlich besser.« Ihr brannten Tränen in den Augen. »Mom, ich hätte nie geglaubt, dass du Jase betrügen würdest. Du und Mason habt euch gerade total befummelt. Du bist seit zwei Wochen hier, und schon schläfst du mit ihm? Das ist widerlich und einfach nur falsch.«

Die Gesichtszüge ihrer Mutter spannten sich an. »Stell lieber erst mal ein paar Fragen, ehe du voreilige Schlüsse ziehst. Nicht, dass es dich etwas angehen würde, aber Jase und ich haben uns getrennt, ehe ich aus Florida abgereist bin. Und mit Mason schlafe ich nicht.«

Harlows Ärger verpuffte, an seine Stelle trat Scham. »Du hast dich von Jase getrennt? Wieso hast du mir das nicht erzählt?«

»Wann hätte ich das denn bitte schön tun sollen? Nachdem du mir gesagt hast, ich solle nicht zu deiner Hochzeit kommen? Nachdem du aufgehört hattest, mit mir zu reden oder mir zu schreiben? Du scheinst es zu genießen, immer das Schlimmste von mir zu denken, Harlow, und ich habe keine Ahnung, weshalb. Vielleicht solltest du – statt dich aufzuregen, weil du glaubst, ich würde meinen Freund betrügen – mal in Erwägung ziehen, dass es nicht ständig nur um dich geht.«

Harlow bemerkte eine Bewegung im Augenwinkel. Austin war in ihr Schlafzimmer getreten. Seins lag direkt neben ihrem, und sie teilten sich ein Durchgangsbad. Er sah sie beide wortlos an.

»Ich weiß nicht, was ich sagen soll«, gab Harlow zu.

»Eine Entschuldigung wäre ein guter Anfang. Aber ich weiß es besser, als eine von dir zu erwarten.«

Ihre Mutter verließ den Raum. Austin wartete, bis sie weg war, dann sah er sie an.

»Wir sind noch nicht mal eine Stunde hier. Warum machst du sie immer so fertig? Sie hat nichts falsch gemacht. Im Gegensatz zu dir.«

Mit diesen Worten ging er ins Bad, schloss die Tür hinter sich und ließ sie allein zurück. Harlow fühlte sich plötzlich unglaublich klein.

Robyn beschloss, ihre Verletzung und ihren Frust mit ein wenig körperlicher Betätigung zu verarbeiten. Auf jedem Stockwerk gab es ein paar Räume, die – anders war es nicht zu beschreiben – mit Müll vollgestopft waren. Zerbrochene Stühle, Kisten mit altem Papierkram, aufgegebene Bastelprojekte, Schüsseln mit einem Sprung und fleckige Teppiche. Vor zwei Tagen hatte sie bei einer Entsorgungsfirma einen Container bestellt. Er sollte bis Ende der Woche geliefert werden. Bis dahin konnte sie ein wenig Zeit damit verbringen, den Müll in Behalten- und Wegschmeißen-Haufen zu unterteilen.

Sie ging von Harlows Zimmer zum Müllzimmer im Erdgeschoss, in der Hoffnung, dass die Bewegung ihr guttun würde. Doch als sie dort ankam, war sie noch genauso aufgebracht wie vorher.

Wieso musste es zwischen ihr und ihrer Tochter ständig knallen? Warum nahm Harlow immer das Schlimmste von ihr an? Sie hätte Jase niemals betrogen, das sollte sie eigentlich wissen.

Nur hatte Harlow anscheinend erfahren, dass Cord damals fremdgegangen war, was sicherlich eine verstörende Information für sie war. *Widerlich*, wie ihre Tochter gesagt hatte. Kein Kind, egal, wie alt es war, wollte hören, dass eins seiner Elternteile das andere betrogen hatte. Was noch schlimmer war: Cord war mit Kips Schwester zusammen. Ein weiteres Sorgenpfund auf einer empfindlichen Waage. Harlow musste mit vielen Neuigkeiten auf einmal klarkommen und hatte kaum Zeit gehabt, sie zu verarbeiten.

»Vielleicht sollte ich nachsichtiger mit ihr sein«, murmelte sie.

»Ich bin mir nicht sicher, ob sie das verdient hat.«

Als Robyn herumwirbelte, sah sie Austin ins Zimmer kommen. Sie presste sich eine Hand auf die Brust. »Gott, hast du mich erschreckt.«

»Wie bitte? Normalerweise freust du dich, mich zu sehen.«

Sie lachte. »Ich freue mich auch jetzt. Ich kann nicht fassen, dass du ganz alleine das ganze Land durchquert hast.«

»Harlow war ja bei mir.«

»Nur auf einem Teil der Strecke. Und du bist erst achtzehn. Da mache ich mir Sorgen.«

»Wie wir bereits besprochen haben, ist mein Urteilsvermögen noch nicht völlig ausgereift, Mom. Du musst einfach akzeptieren, dass ich noch eine Weile schlechte Entscheidungen treffen werde.«

Sie umarmte ihn. »Ich akzeptiere es, aber es gefällt mir nicht. Ich habe dich vermisst.«

»Ich hab dich noch viel mehr vermisst.«

Sie sah ihm in die blauen Augen. »Willst du mir erzählen, weshalb du hier bist?«

»Kannst du mir erst ein bisschen Zeit geben, um hier anzukommen?«

»Kann ich. Bist du wenigstens bereit, mir zu sagen, warum du den Job bei deinem Dad gekündigt hast?«

Ihr Sohn presste die Lippen aufeinander. »Er wollte mir nicht zuhören. Ich habe versucht, mit ihm zu reden, aber er war nicht interessiert.«

Ihr Herz zog sich zusammen beim Gedanken daran, wie weh ihm das tun musste. »Das tut mir leid. Auch wenn er sich so verhält – er liebt dich sehr.«

Ihr Sohn schien sich etwas zu entspannen.

»Du verteidigst ihn immer, obwohl er das bei dir nie machen würde.«

»Ich finde eben Gefallen daran, die Großzügigere von uns beiden zu sein. Egal, was zwischen mir und Cord vorgefallen ist, er ist dein Vater, und ich respektiere diese Verbindung zu ihm.«

»Im Gegensatz zu seiner Person.«

»Das habe ich nicht gesagt.«

»Das musstest du auch nicht. Er kann ein ziemliches Arschloch sein.« Er stopfte die Hände in die Taschen seiner Shorts. »Als er sich nicht anhören wollte, was ich ihm zu sagen hatte, habe ich gekündigt. Ich bin aus der Wohnung ausgezogen und habe die Schlüssel abgegeben, dann habe ich gepackt, um hierherzufahren. Ich habe übrigens nach unserem Haus geschaut. Alles in Ordnung.«

Sie machte sich nicht die Mühe, ihn darauf hinzuweisen, dass sie einen Haussitting-Service angeheuert hatte. Austin war ein Mann, der immer nach dem Rechten sehen würde, selbst wenn man ihn nicht darum gebeten hatte.

»Ich bin froh, dass du hier bist. Wie sieht dein nächster Schritt aus?«

Er lachte. »Bekomme ich noch nicht mal vierundzwanzig Stunden, um anzukommen?«

»Das ist so ein Mom-Ding. Wie wäre es, wenn du mich einfach beruhigst und mir sagst, dass du einen Plan hast? Dann kann ich mich entspannen.«

»Ich habe einen Plan.«

»Okay. Ich bin da, wann immer du bereit bist, mit mir zu reden.«

Er küsste sie auf die Wange. »Danke, Mom. Hab dich lieb.«

»Hab dich auch lieb. Jetzt geh mal auspacken, und dann kannst du mit Lillian abhängen.«

»Und was machst du?«

»Ich wollte dieses Müllzimmer ausräumen, um mit den Gefühlen klarzukommen, die Harlow mir angehängt hat, aber ich fühle mich schon besser.«

»Das liegt an mir, ich bin wie ein Einhorn. In Wirklichkeit bin ich ein magisches Wesen.«

Sie lachte und schob ihn aus dem Zimmer. »Du bist ein merkwürdiger Junge, und ich weiß nicht genau, was ich mir dabei gedacht habe, dich mit nach Hause zu nehmen.«

Sie gingen nach oben, wo Austin zu Lillians Suite abbog, während Robyn sich in ihr eigenes Zimmer zurückzog. Sie war erfreut zu sehen, dass Mason auf ihrem gemeinsamen Balkon saß und las. Sie trat hinaus und zog einen Stuhl neben seinen.

Er klappte sein Buch zu. »Haben die Kinder sich gut eingerichtet?«

»Sie sind dabei.«

»Haben sie dir erzählt, was los ist?«

Sie runzelte die Stirn. »Was meinst du?«

»Sie sind dir beide durch das ganze Land nachgereist. Irgendwas muss sie hierhergetrieben haben.«

»Wir haben noch nicht darüber gesprochen.« Was besser klang, als zu sagen, dass sie und ihre Tochter sich bereits gestritten hatten und Austin noch Zeit brauchte, ehe er bereit war, ihr mitzuteilen, was in ihm vorging. Sie seufzte. »Ich fürchte, als Mutter versagt zu haben.«

»Auf keinen Fall.« Mason schüttelte den Kopf. »Ich habe schon viele junge Leute in ihrem Alter gesehen, und du hast deine Sache wirklich gut gemacht. Das sage ich als Profi.«

Sie lachte. »Danke. Irgendwie fühle ich mich besser, wenn du das sagst. Dennoch, sie werden die Stimmung hier verändern.«

»Zum Guten oder zum Schlechten?«

Sie lehnte sich auf ihrem Stuhl zurück. »Hauptsächlich zum Guten.« Sie wandte den Blick dem Horizont zu. »Es ist so ein schöner Tag. Hast du das ernst gemeint, dass du mir ein Stück Land verkaufen willst?«

Die Frage schien ihn zu überraschen. »Klar. Wenn du das willst. Würdest du denn hierherziehen?«

»Ich weiß es nicht. Vielleicht. Meine Kinder brauchen mich nicht mehr so sehr, und abgesehen von ihnen hält mich nichts in Florida.« Nach Lillians Tod würde sie erst einmal damit beschäftigt sein, das Haus auszuräumen. Das würde eine Weile dauern. Das Sinnvollste wäre, einen Laden in der Nähe ihres Inventars zu eröffnen.

»Mir gefällt die Idee von einem Haus mit Meerblick«, sagte sie und lächelte ihn an. »Ich verspreche auch, eine gute Nachbarin zu sein.«

»Da mache ich mir keine Sorgen. Ich hoffe nur, ich kann es mir leisten, ein Haus für mich selbst zu bauen. Hier ist alles so viel teurer.«

Sie legte fragend den Kopf schief. »Wieso solltest du nicht genug Geld dafür haben? Du wirst das Haus doch dem Geschichtsverein verkaufen.«

»Ich weiß, aber das ist ein wohltätiger Verein. Wie viel wird der wohl zahlen können?«

Er war wirklich ahnungslos. Bis zu diesem Moment war ihr das nicht klar gewesen. »Mason, das hier ist ein Haus von über zweitausend Quadratmetern auf einem zehntausend Hektar großen Grundstück. Selbst wenn du zwei bis drei Hektar für dich behältst, bekommst du mindestens zehn Millionen vom Geschichtsverein. Von einem Investor würdest du mehr bekommen, aber der würde das Haus nur abreißen und Luxuseigentumswohnungen bauen. Und das wollen wir nicht.«

Mason starrte sie ausdruckslos an, ohne zu blinzeln. Seine Augen waren weit aufgerissen, sein Mund stand offen.

»Was hast du da gerade gesagt?«

»Zehn Millionen Dollar. Das ist nur eine Schätzung. Vielleicht bieten sie dir auch mehr. Du könntest wahrscheinlich mal mit Lillians Anwalt reden, um es genauer zu erfahren. Ich bin mir sicher, dass schon über konkretere Zahlen gesprochen wurde. Gregory weiß da besser Bescheid als ich.« Sie lächelte ihn an. »Stehst du unter Schock?«

»Ja.«

»Brauchst du einen Moment für dich?«

»Wohl eher eine Woche, aber ich glaube, ja.«

Sie erhob sich. »Dann lasse ich dich mal allein, damit du über deinen zukünftigen Reichtum sinnieren kannst. Und denk mal über das nach, was ich dich gefragt habe. Ich würde wirklich gerne mit dir darüber reden, ob ich dir zweitausend Quadratmeter oder so abkaufen kann.«

Momentan konnte sie sich das nicht leisten, doch nachdem sie geerbt hätte, könnte sie ein paar der teureren Stücke aus dem Haus verkaufen und müsste keinen Kredit aufnehmen. Selbst für den Fall, dass sie in Florida bleiben würde, gefiel ihr die Idee, ein kleines Stück Land hier draußen an der Küste für sich zu haben.

»Ähm, klar. Es gehört dir.« Er stand auf und sah sie verstört an, dann blickte er zum Haus. »Ich muss gehen.«

Er verschwand in sein Zimmer und schloss die Glastüren hinter sich. Robyn lächelte. Der Arme. Ja, das waren alles andere als schlechte Nachrichten, doch wenn er nicht damit gerechnet hatte, reich zu sein, würde er etwas Zeit brauchen, um sich an den Gedanken zu gewöhnen.

Ein großes Erbe konnte einen Menschen durchaus verändern. Manche Leute drehten vollkommen durch, verprassten ihr Geld innerhalb weniger Monate und hatten am Ende nicht mehr vorzuzeigen als eine teure Uhr und ein Rennpferd. Mason war nicht so. Er würde wohldurchdachte Entscheidungen treffen. Ein weiterer Grund, weshalb sie seine Gesellschaft genoss.

Er war kein Mann, der eine Frau enttäuschte. Ein Charakterzug, der – wie ihr in letzter Zeit klar geworden war – immer schwerer zu finden war.

21. KAPITEL

Da sie nicht genau wusste, wie sie sich dafür entschuldigen sollte, schon wieder zickig gewesen zu sein, und den anderen lieber nicht gegenübertreten wollte, schützte Harlow Erschöpfung vor und meldete sich vom Abendessen ab. Sie zog sich in ihr Zimmer zurück, schlief um sieben ein und rührte sich bis kurz vor sechs Uhr morgens nicht mehr. Als sie aufwachte, fühlte sie sich besser beim Gedanken an sich selbst und die Welt.

Sie schob die zwei Katzen beiseite, die es sich auf ihrem Bett bequem gemacht hatten, und ging ins Bad, um sich die Zähne zu putzen. Nachdem sie in Shorts und ein T-Shirt geschlüpft war, lief sie nach unten und kochte Kaffee. Sie goss ihn mit ein wenig Sahne in zwei Tassen und schlich sich in das Zimmer ihrer Mutter.

Ihr Bett war leer, doch aus dem Bad drang Licht. Harlow stellte eine Tasse auf Robyns Nachttisch, dann legte sie sich ins Bett. Sie ließ sich an das Kopfteil sinken und führte gerade ihre Tasse zum Mund, als ihre Mutter erschien.

»Morgen«, sagte Harlow und deutete auf die zweite Tasse. »Ich habe dir Kaffee gebracht.«

»Das ist genau der Grund, weshalb du meine Lieblingstochter bist.«

Ihre Mom, die noch in ein leichtes Nachthemd gekleidet war, setzte sich zu ihr ins Bett und stopfte sich mehrere Kissen in den Rücken. Nachdem sie es sich bequem gemacht hatte, nahm sie ihre freie Hand, drückte sie und lächelte sie an.

»Ich hab dich lieb, Kleines.«

Harlows Augen füllten sich mit Tränen. »Ich war so furchtbar gestern. Eigentlich solltest du mich hassen.«

»Sorry, aber mit meiner Liebe wirst du leben müssen.«

»Ich habe sie gar nicht verdient.«

»Meine Liebe ist gratis, egal, was du tust. Ich mag nicht immer alles gutheißen, aber lieben werde ich dich immer.« Sie ließ ihre Hand los und griff nach ihrer Kaffeetasse. »Na schön, Schluss mit der Rührseligkeit. Wieso bist du hier? Und mit hier meine ich Kalifornien, nicht mein Bett.«

Ihr veränderter Tonfall ließ Harlow lächeln. »Willst du mir sagen, dass ich endlich zum Punkt kommen soll?«

»Aus irgendeinem Grund hast du diese weite Reise auf dich genommen. Ich bin neugierig.«

Harlow hatte auf der Fahrt hierher darüber nachgedacht. Die Liste von Gründen war lang, und sie wollte ihr gerne alles erzählen, doch zunächst mal musste sie sich entschuldigen.

»Ich war so eine Zicke, was das Haus betrifft«, begann sie. »Es tut mir leid. Ich hätte nicht von dir erwarten sollen, dass du es nur für meine Hochzeit behältst. Vor allem, wenn das finanziell ein Problem ist. Und es tut mir leid, was ich noch zu dir gesagt habe.« Sie sah ihre Mom durch tränenverschleierte Augen an. »Ich brauche dich bei meiner Hochzeit.«

Robyn lächelte. »Keine Sorge, ich werde dabei sein, und wenn ich mich im Gebüsch verstecken muss.«

»Wieso bin ich nur so eine fiese Göre?«

»Ich weiß es nicht. Vielleicht habe ich dich zu sehr verwöhnt, als du krank warst.«

Sie nahm zur Kenntnis, dass ihre Mom ihr nicht widersprach, was die fiese Göre betraf. Es war hart, aber eben auch wahr. »Dann darf ich dir also die Schuld dafür in die Schuhe schieben, emotional unterentwickelt zu sein?«

»Du bist nicht emotional unterentwickelt. Wir vergessen alle manchmal, über unseren eigenen Tellerrand zu schauen.«

Harlow hatte das Gefühl, dass ihr das häufiger als anderen passierte. »Kip und ich haben uns den Hochzeitssaal im Club angesehen. Mit seiner Mom.«

»Und wie war's?«

»Schräg. Sie ist beinahe ausgeflippt, als sie gehört hat, wie viel das alles kostet. Die Anzahlung auf den Ballsaal liegt bei fünfzigtausend Dollar.«

Ihre Mutter zuckte zusammen. »Okay. Ungefähr so viel wie ein Auto.«

»Ich habe nie mit Dad darüber gesprochen, daher weiß ich gar nicht, was das Hochzeitsbudget ist.«

»Das herauszufinden, ist doch ein guter Anfang. Ich werde auch etwas beisteuern. Aber bekomm erst mal raus, was er bereit ist auszugeben.«

Harlow kreuzte die Beine und wandte sich ihrer Mom zu. »Du musst nicht für meine Hochzeit zahlen.«

»Ich werde euch aushelfen, Süße. Das möchte ich so. Ich bin gerade dabei, einen Plan für meine finanzielle Zukunft zu erstellen. Das Haus zu verkaufen, wird mir einiges einbringen.«

Harlow nickte nur, statt weiter in das Thema einzusteigen. Das Geld vom Hausverkauf würde ihre Mom zum großen Teil für ihren Lebensunterhalt benötigen. Auf keinen Fall wollte sie ihr etwas davon nehmen, um ihre Hochzeit zu finanzieren.

»Was noch?«

Harlow erzählte ihr, was mit ihrem Dad und dem Kajakverleih passiert war.

»Ich dachte, er würde es ernst meinen«, gestand sie. »Ich komme mir so dumm vor. Wie ein Kind, das Erwachsensein spielt. Wir haben nur immer so darüber geredet, als würde er das Unternehmen wirklich kaufen wollen. Aber er hat absolut deutlich gemacht, dass dem gar nicht so war. Er hat mich die ganze Zeit über angelogen.«

Ihre Mutter stellte ihre Tasse ab und umarmte sie. »Okay, das ist tatsächlich furchtbar. Und ich verstehe es auch nicht. Weshalb hat er dir nicht von Anfang an gesagt, dass er den Verleih nicht wirklich kaufen will? Wieso hat er dich so lange Zeit zappeln lassen? Es ist ja nicht so, als hätte er fürchten müssen, dass du dir einen anderen Job suchst. Er brauchte dich nicht zu bestechen, damit du in das Familienunternehmen eintrittst – ihr zwei habt immer davon geredet, dass ihr es mal gemeinsam führen würdet. Es tut mir so leid. Ich weiß nicht, was er sich dabei gedacht hat.«

Die Worte und die Umarmung ihrer Mutter bewirkten, dass sie sich bereits besser fühlte. »Ich habe so viel Mühe in ein Projekt gesteckt, das nie eine Chance hatte. Außerdem hat er gesagt, er würde mir ein übermäßig hohes Gehalt zahlen, da ich seine Tochter sei. Ich weiß es nicht, Mom. Vielleicht gehöre ich nicht dorthin.«

Robyn sah sie unverwandt an. »Triff keine voreiligen Entscheidungen. Du wolltest schon als Kind später mal mit deinem Dad zusammenarbeiten. Warum sollte sich das ändern? Du hast erkannt, wie er sich die Dinge vorstellt. Jetzt denk darüber nach, was du willst. Ich bin mir nicht sicher, ob es dich glücklich machen würde, woanders zu arbeiten.«

»Ich habe es ja nie probiert.« Sie seufzte und stellte ihre Tasse ab. »Da ist noch mehr – Dad und Zafina.«

Der Gesichtsausdruck ihrer Mutter verdüsterte sich. »Ich weiß nicht, was ich dazu sagen soll.«

»Ja, da fehlen einem die Worte. Wenn sie heiraten würden, wäre sie gleichzeitig meine Stiefmutter und meine Schwägerin. Und er wäre mein Dad und mein Schwager in einem, was noch widerlicher ist.«

»Ich gebe zu, der Gedanke hat mich ebenfalls schockiert. Ich wünschte, es gäbe einen Weg, die beiden auseinanderzubringen.«

Harlow lachte. »Ich auch.« Sie wurde ernst. »Da sind noch ein paar Dinge, die Kip betreffen.«

Sie holte tief Luft, während sie den nötigen Mut sammelte, um ihrer Mutter zu gestehen, was sie herausgefunden hatte. »Es ist total krass. Seine Familie feiert Weihnachten schon an Heiligabend. Sie öffnen die Geschenke und gehen dann in die Kirche. Judy hat die Kinder nicht an den Weihnachtsmann glauben lassen, daher gibt es auch keine Weihnachtsstrümpfe mit Geschenken.«

Ihre Mutter sah sie an. »Das ist traurig, aber daran lässt sich arbeiten. Was möchtest du mir wirklich erzählen?«

Harlow überraschte die Vermutung ihrer Mutter nicht, dass mehr dahintersteckte. »Kip hat Kreditkartenschulden. Über zwanzigtausend Dollar. Wir wollten eigentlich darüber reden, doch dazu kam es nicht. Denn da ist noch mehr.«

»Das mit den Schulden ist ein ziemlicher Hammer und sehr bedauerlich, aber nicht das Ende der Welt. Du musst herausfinden, was in seiner Vergangenheit los war, und dann entscheiden, ob er seine Lektion gelernt hat und es nie wieder tun wird oder ob das ein Muster bei ihm ist.«

Harlow nickte. »Du hast recht, wir müssen darüber reden.« Sie zupfte nervös am Saum ihres T-Shirts. »Kip war außerdem schon mal verheiratet.« Sie hob den Blick und sah ihrer Mutter ins Gesicht. »Er ist mit neunzehn durchgebrannt, die Ehe hat nicht lange gehalten. Ich habe es erfahren, als wir zum Essen bei seinen Eltern waren. Ich wusste rein gar nichts davon, und dann sagte seine Mutter plötzlich, dass eine gewisse Tracey angerufen habe.« Sie musste wieder weinen. »Er war schon mal verheiratet und hat es mir nie erzählt.«

Robyn zog sie an sich und hielt sie ganz fest.

»Du hast mir immer gesagt, ich würde ihn noch nicht so gut kennen. Was, wenn du recht damit hattest? Ich liebe ihn, Mom, aber was ist, wenn ich ihm nicht vertrauen kann?«

Harlow löste sich schniefend von ihrer Mutter und wischte sich das Gesicht ab. »Und wenn er noch mehr Geheimnisse vor mir hat, noch schlimmere? Wenn alles nur eine Lüge ist?«

»Es ist nicht alles nur eine Lüge.«

»Aber manches schon.«

»Ja.«

»Und wie komme ich dahinter?«

Ihre Mom sah sie an. »Darauf habe ich nicht sofort eine Antwort parat.«

»Aber du weißt doch sonst immer alles.«

»Das ist eine größere Nummer als die alltäglichen Probleme, Süße. Kip ist ein guter Junge, und ich glaube, dass er dich liebt, ich weiß allerdings nicht, was ich dazu sagen soll, dass er schon mal verheiratet war. Dabei stört mich gar nicht so sehr die Tatsache, dass er verheiratet war, es ist mehr …«

»… die Tatsache, dass er es mir nicht erzählt hat«, beendete Harlow ihren Satz. »Dieses blödsinnige Verschweigen von wichtigen Informationen.«

»Du hast jedes Recht, aufgebracht darüber zu sein. Das ist wirklich eine wichtige Information. Hast du mit ihm darüber gesprochen?«

»Nicht viel. Nach der Sache mit Dad und einem idiotischen Streit über Rote Bete bin ich einfach abgehauen.«

Robyn lachte. »Ich bin auch abgehauen, daher werde ich dich dafür sicher nicht verurteilen. Manchmal ist die unreife Reaktion genau die richtige.« Sie umarmte sie erneut. »Ich bin wirklich froh, dass du hier bist. Lass uns so viel Zeit miteinander verbringen, wie wir können. Ich habe dich so vermisst.«

»Ich dich auch. Ich hab dich lieb, Mom. Du bist mein Fels in der Brandung.«

»Und du bist mein kleiner Kieselstein.«

Mason saß bis neun Uhr morgens an seinem Schreibtisch, dann rief er Lillians Anwalt an. Nach etwa dreißig Sekunden in der Warteschleife wurde er durchgestellt und konnte die Liste an Fragen abarbeiten, die er während der Nacht erstellt hatte, als er nicht schlafen konnte. Eine halbe Stunde später beendete er das Gespräch und legte sein Handy behutsam auf den Tisch.

Er war in seinem Leben schon mehrfach angeschossen worden, war bereits zweimal mit dem Fallschirm aus einem fliegenden Flugzeug gesprungen und hatte in einem Militärgeländewagen gesessen, der sich überschlagen hatte. Er war zweifach verheiratet gewesen und zweifach geschieden. Er hatte jungen Leuten eine Heidenangst eingejagt, um sie zu Soldaten zu formen, und er hatte schluchzenden Rekruten mitgeteilt, dass für sie die Zeit gekommen war, wieder nach Hause zu fahren.

Doch noch nie hatte er sich mit einer Tatsache auseinandersetzen müssen wie der, die Robyn gestern so beiläufig erwähnt und Gregory ihm soeben bestätigt hatte. Er, Mason Alexander Bishop – geboren in einem Haus, in dem es kaum fließendes Wasser gab und dessen Familie über Generationen hinweg in Kohlegruben geschuftet hatte –, würde ein Haus erben, das für 12,7 Millionen Dollar an den Geschichtsverein verkauft werden würde.

Der Anwalt hatte klargestellt, dass er dreimal so viel von einem Investor bekommen könnte. Vielleicht sogar noch mehr. Lillian hoffte jedoch, dass er dem Deal mit dem Geschichtsverein zustimmen würde, um das Haus zu retten.

Sie hatten auch über die steuerlichen Abgaben gesprochen, die die Summe, die schließlich auf seinem Konto landen würde, etwas reduzieren würden, doch das war in Ordnung für ihn. Am Ende mit acht Millionen Dollar dazustehen, war immer noch so viel, dass er es nicht begreifen konnte.

Er. Acht Millionen Dollar. Wie war das möglich?

Er machte sich auf die Suche nach der einzigen Person, mit der er darüber reden konnte. Schließlich fand er Robyn im Vorratsraum, wo sie die Regale studierte. Sie sah zu ihm auf.

»Ich plane Menüs. Salvia hat sicher genug mit dem plötzlichen Zustrom an Gästen zu tun. Du hast recht, Lillian liebt Salate und Suppen. Aber für dich und die Kinder werden wir etwas Nahrhafteres brauchen.« Sie hielt inne. »Geht's dir gut?«

»Nein. Ich habe mit Gregory gesprochen.«

Sie nickte wissend und ging ihm voraus zu der Terrasse abseits des Hauses, wo er den Grill aufbewahrte. Sie setzten sich einander gegenüber auf zwei Stühle. Mason beugte sich vor, die Unterarme auf die Oberschenkel gestützt.

»Ich hätte nie gedacht, dass das alles real sein könnte«, gab er zu. »Nichts davon. Als Lillian anfing, mir zu schreiben, dachte ich, sie wäre eine alte Spinnerin.«

»Die ein kleines Farmhaus mit drei Schlafzimmern besitzt«, neckte sie ihn.

Er warf ihr einen Blick zu und lächelte. »Ja, genau. Als ich hier ankam, konnte ich das alles gar nicht begreifen. Nicht wirklich. Was das Erbe betrifft, war es nicht mehr als ein Wort für mich. Jedenfalls nichts Reales. Dann erwähnte Lillian, dass ich ein wenig Land für mich selbst behalten sollte, und mir gefiel die Idee.«

Er hatte die Gegend lieben gelernt und konnte sich gut vorstellen, sich hier niederzulassen. Viel brauchte er nicht – ein kleines Haus mit Blick auf den Ozean wäre mehr, als er sich jemals erträumt hatte.

»Gregory hat gesagt, dass sich Lillian und der Geschichtsverein auf 12,7 Millionen Dollar geeinigt hätten. Nach Abzug aller Steuern würde ich bei acht Millionen landen.« Er sah sie an. »Dollar.« Er strich sich über das Haar. »Das bin ich nicht. Das ist nicht mein Leben.«

»Es muss nicht viel an deinem Leben ändern, Mason. Du wirst dir ein Haus bauen, deine Bücher schreiben und dir vielleicht dein Traumauto kaufen.« Ihr Tonfall war sanft. »Aber du musst das erst mal verdauen. Gib dir ein bisschen Zeit.«

»Ich möchte, dass sie ewig lebt. Ich mag sie. Anstelle des Geldes würde ich lieber sie behalten.«

Robyns Züge wurden weich. »Du willst mich jetzt nur dazu bringen, mich dir an den Hals zu werfen. Und es funktioniert.«

»Sie ist das einzige Familienmitglied, das ich habe.« Er dachte an all die Zeit, die er verschwendet hatte. »Warum habe ich ihr damals nicht gleich geantwortet? Ich hätte sie schon vor Jahren kennenlernen können.«

»Jetzt kennst du sie ja.«

Eine Mischung von Gefühlen wühlte ihn auf. »Ich weiß nicht, wie ich damit umgehen soll.«

»Lass die Information einfach auf dich wirken. Eine Weile wird erst mal gar nichts passieren.«

Sie stand auf und hielt ihm die Hand hin. Als er sie ergriff, zog sie ihn hoch und trat in seine Arme.

Sie zu halten, fühlt sich so gut an, dachte er, während er den Duft ihrer Haare einatmete. Sie hatte ein Shampoo benutzt, das nach Kokos und Vanille roch. Ihre Kurven pressten sich an seinen Körper und lenkten ihn von seinen wirbelnden Gedanken ab.

Einem Impuls nachgebend, schob er eine Hand in ihr langes, blondes Haar und zog ihren Kopf gerade so weit zurück, dass er sie küssen konnte.

Sie schlang die Arme um seinen Nacken und ließ sich ihm entgegensinken. Ihre Lippen öffneten sich, und ihre Zunge hieß ihn mit einem sinnlichen Tanz willkommen, der ihn innerhalb von Sekunden hart und hungrig machte.

Er nahm die Hand aus ihrem Haar und umfasste stattdessen ihren Hintern. Robyn stockte der Atem, sie rieb sich an ihm und stöhnte leicht auf, während sie sich an ihm bewegte. Unfähig, sich zurückzuhalten, ließ er die Lippen zu ihrem Kinn gleiten, von wo aus er sich knabbernd einen Weg zu ihrem Hals bahnte.

Ihr leises Stöhnen brachte ihn beinahe dazu, in seiner Hose zu kommen. Sie schockierte ihn vollends, indem sie seine Hände auf ihre Brüste zog. Sie küssten sich weiter und erkundeten sich gegenseitig, bis sie beide schwer atmeten.

»Berühr mich.«

Auf ihr geflüstertes Kommando hin begann er, an ihrer Jeans herumzufummeln. Sein unkontrolliertes Verlangen machte ihn unbeholfen, doch schließlich gelang es ihm, den Reißverschluss runterzuziehen. Sie spreizte lustvoll die Beine, und er ließ die Hand über die warme Haut ihres Bauches und endlich in ihre feuchte, geschwollene Hitze gleiten.

Sie sah ihn an, ihre Lust war ungezügelt und entblößt, ihre Lippen öffneten sich leicht. Dieses Bild von ihr, so vollkommen erregt, seinetwegen, brannte sich in sein Gedächtnis ein. Noch auf dem Sterbebett würde er sich an diesen Moment erinnern, und jeder im Raum würde sich wundern, weshalb er so selig lächelte.

Er bewegte die Hand gleichmäßig, beobachtete Robyn, wartete. Sekunden später ließ ihr Orgasmus sie erschauern. Sie kam und flüsterte dabei seinen Namen, klammerte sich an ihn, flehte ihn an, nicht aufzuhören. Sie ritt seine Hand und seine Finger bis zum Schluss, dann stand sie einfach nur da und rang nach Luft.

Sie sah ihn mit einer Mischung aus Befriedigung und Sorge an. So als wäre sie sich nicht sicher, was hier gerade passiert war. Nein, das stimmte nicht – eher so, als wäre sie besorgt wegen dem, was gerade passiert war. Besorgt darüber, was er jetzt von ihr denken musste.

»Ich habe vorher noch nie …« Sie presste die Lippen zusammen, ihre Wangen färbten sich rot. »Ich kann nicht glauben, dass ich dich gebeten habe, mich zu …« Sie räusperte sich. »Normalerweise habe ich mich mehr unter Kontrolle und …«

Er nahm ihre Hand und legte sie auf seinen harten Schwanz. »Ich will dich«, sagte er und blickte ihr in die Augen. »Ich will dich, und ich kann nicht fassen, dass du mich das hast machen lassen. Das war unglaublich. Du bist unglaublich. Im Ernst, ich würde mein linkes Ei dafür geben, jetzt ein Kondom in der Tasche zu haben.«

»Hast du eins auf deinem Zimmer?«

Ihre Frage brachte ihn beinahe um vor Verlangen. »Nein.«

»Vielleicht magst du das in den nächsten Tagen mal ändern.«

Ehe er die gute Nachricht aufnehmen konnte, drehte die Welt völlig durch, und Robyn öffnete seinen Gürtel und seine Jeans. Sie ließ sich auf die Knie fallen und nahm seinen Schwanz in den Mund.

Einfach so.

»Du kannst doch nicht …«, begann er, aber sie streichelte ihn bereits mit der Zunge, er konnte unmöglich weitersprechen.

Die Hitze ihres Mundes, die stete Bewegung ihrer Hand – all das verschwor sich, um ihn vollends um den Verstand zu bringen. Es war so verdammt lange her, seit er in Gesellschaft so erregt gewesen war, und dann war es auch noch Robyn. Schneller, als er wollte, verlor er jegliche Kontrolle und ergab sich erschauernd seinem Höhepunkt. Er gab ihr alles, was er hatte.

Sie behielt ihn im Mund, vollführte sanfte Bewegungen, leckte und neckte ihn, bis Mason anfing zu lachen.

»Ich bin fertig.«

Sie zog sich zurück, und er half ihr hoch. Sie sahen sich lächelnd an.

»Das war unerwartet«, gab er zu.

»Ja, das war es.«

Vermutlich gibt es bestimmte Dinge, die ich jetzt sagen sollte, dachte er. Er war sich der Tatsache mehr als bewusst, dass sie vollständig bekleidet war, er aber mit einem schrumpfenden Penis dastand, der ihm aus der Hose hing.

Irgendwo in der Ferne wurde eine Tür zugeschlagen.

»Mom? Bist du hier draußen?«

Harlows Stimme kam zu ihnen herübergeflogen.

»Super Timing«, flüsterte Robyn und knöpfte ihre Jeans zu. »Darum sollte ich mich wohl besser schnell kümmern, während du dich anziehst.«

Er zog seine Jeans hoch und sah ihr nach. Das Gespräch mit ihrer Tochter wehte zu ihm herüber.

»Ich dachte, ich könnte mal einkaufen fahren«, sagte Harlow. »Wir werden jede Menge Essen brauchen.«

»Das habe ich auch schon überlegt. Aber ich dachte, ich schicke Mason los.«

Er musste grinsen.

»Nein, ich fahre«, sagte Harlow. »Ich traue Männern nicht, wenn es darum geht, Lebensmittel einzukaufen.«

»In Ordnung. Lass uns eine Liste machen, und dann kannst du mit Austin los.«

Ihre Stimmen wurden schwächer, als sie ins Haus gingen. Mason ließ sich ein paar Minuten Zeit, ehe er ihnen folgte. Später würde er bei einer Drogerie vorbeifahren. Solange Robyn Teil seines Lebens war, wollte er nie wieder unvorbereitet sein.

22. KAPITEL

Robyn schwankte den Rest des Tages zwischen Befriedigung und Schock. Der Orgasmus, den Mason ihr beschert hatte, war spektakulär gewesen, doch sie konnte immer noch nicht fassen, dass sie das alles auf der Terrasse getan hatten. Und dass sie ihn gebeten hatte, sie anzufassen.

Sie lenkte sich mit der Planung mehrerer Mahlzeiten ab und erstellte eine Einkaufsliste, dann verbrachte sie zwei Stunden mit Lillian. Irgendwann am Nachmittag wurde ihr jedoch klar, dass sie Mason wieder gegenübertreten und mit ihm über das reden musste, was sie getan hatten. Und zwar besser, wenn sie unter sich waren, statt – sagen wir mal – beim Abendessen mit ihrer Tante und ihren Kindern.

Mit dieser Absicht ging sie zu seinem Büro und klopfte an die halb geöffnete Tür. Als er *herein* rief, trat sie ein und schloss sorgsam die Tür hinter sich, um ihnen Privatsphäre zu garantieren.

Nur stand sie nun alleine mit einem Mann im Raum, der sie mit ein paar Küssen zum Beben bringen konnte. Die Erinnerung daran, wie er sie angefasst, welche Gefühle er bei ihr ausgelöst hatte, machte es ihr unmöglich zu denken.

Ihre Blicke trafen sich. Er sah ebenso aufgewühlt aus, wie sie sich fühlte. Er umrundete seinen Schreibtisch, nahm ihr Gesicht in beide Hände und küsste sie leicht auf den Mund.

»Ich habe den ganzen Tag an dich gedacht«, murmelte er.

»Ich auch an dich.«

»War nicht leicht, so zu arbeiten.«

»Die Schlacht läuft dir nicht weg.«

Er lächelte und trat einen Schritt zurück. »Du bist sicher hier, weil wir miteinander reden müssen.«

»Ja.«

»Da stimme ich dir zu.« Er deutete auf ein alterndes tapisseriebezogenes Sofa, das hinten an der Wand stand. »Ich weiß nicht genau, was Leo sich dabei gedacht hat, als er es für sein Büro ausgewählt hat, aber es scheint seinen Zweck zu erfüllen.«

Sie nahmen darauf Platz und wandten sich einander zu. Robyn betrachtete die markanten Züge seines Gesichts und das kleine Lächeln, das um seinen Mund spielte. Seine Augen strahlten Interesse und Zuneigung aus.

»Geht's dir gut?«, fragte Mason. »Bereust du es?«

»Mir geht's gut. Und nein, ich bereue nichts. Ich bin ein wenig schockiert von meinem Verhalten, aber das hat nur mit mir selbst zu tun, nichts mit dir.«

»Was hast du denn getan, das so untypisch für dich ist?«

»Sex auf der Terrasse zum Beispiel.«

Er lächelte. »Ja, das war überraschend und sehr schön.«

»Das war es. Aber …« Sie hielt inne und dachte, dass sie dieses Gespräch besser hätte planen sollen. »Mason, ich finde dich anziehend. Das muss ich zugeben. Du bist ein sehr attraktiver Mann, und wenn ich mit dir zusammen bin, fühle ich mich richtig gut.« Sie holte tief Luft. »Aber vielleicht sollten wir das alles etwas langsamer angehen lassen.«

Er sah sie unbeirrt an. »Ja, das sollten wir. Deine Kinder sind jetzt hier, und es ist viel los. Wir haben Zeit. Ich bin ja da.«

»Du bist mir nicht böse?«

»Nein.« Er strich ihr leicht über den Arm. »Und auch wenn ich nicht darüber reden werde, wie feucht und erregt du warst – ich werde daran denken.« Er beugte sich zu ihr vor und senkte die Stimme. »Und zwar sehr viel.«

Sie erschauerte und genoss das Verlangen, das sich in ihr regte. »Das überrascht mich«, gab sie zu und bemühte sich, nicht zu lächeln. »Ich dachte, du würdest dich vor allem daran erinnern, wie es sich angefühlt hat, als ich deinen Schwanz gelutscht habe.«

Die Überraschung und Wertschätzung in seinem Gesicht waren eine schöne Belohnung für ihre Ehrlichkeit.

»Verdammt«, murmelte er. »Du wirst immer besser. Wenn du

es genau wissen willst – ich werde sehr viel mehr daran denken, dass du meinen Schwanz gelutscht hast, als ich sollte.«

»Gut.«

Ihr wurde bewusst, wie leicht es wäre, sich jetzt einfach auf seinen Schoß zu setzen und zu spüren, wie erregt er war. Von da bis zur völligen Nacktheit wäre der Weg nicht weit. Sie wollte seinen Körper erkunden und wünschte sich, er würde dasselbe mit ihr tun. Sie wollte …

»Was du da gerade denkst, macht mich echt verrückt.«

Sie blinzelte, plötzlich zurück in die Realität katapultiert. »Woher weißt du, woran ich gedacht habe?«

Er sackte gegen die Rückenlehne des Sofas und schloss die Augen. »Es steht dir ins Gesicht geschrieben, meine Liebhaberin.«

Liebhaberin. Das Wort überraschte sie. Es hatte Verlangen in seiner Stimme gelegen, aber auch Zuneigung. Liebhaberin. Sie hatte sich nie so empfunden. Als jemandes Liebhaberin. Als Frau, als Freundin, als Lebensgefährtin, aber nicht als Liebhaberin.

»Danke, Mason«, flüsterte sie, dann küsste sie ihn. Sie legte die Hand auf seine riesige Erektion, ehe sie aus dem Zimmer eilte. Als sie sicher im Flur angekommen war, blieb sie kurz stehen, um selig vor sich hin zu grinsen.

Sie würde seine Liebhaberin sein, und es würde grandios werden.

Kurz nach Mitternacht gab Mason es auf, dem Schlaf hinterherzurennen. Er konnte nicht aufhören, an Robyn zu denken, was bedeutete, dass er ununterbrochen hart war, und das machte es so gar nicht besser. Außerdem kreisten seine Gedanken um die Sache mit den acht Millionen Dollar.

Er zog eine Jogginghose und ein T-Shirt über und ging in sein Büro. Er bezweifelte zwar, arbeiten zu können, doch vielleicht würde er bei der Lektüre von Recherchematerial auf dem hässlichen Sofa einschlafen.

Er hatte kaum die Schachtel mit seinen Notizen geöffnet, als Austin in sein Büro trat.

»Ich habe Licht bei dir gesehen«, sagte der Junge. »Du bist ja noch spät auf.«

»Genau wie du.«

»Ich bin auf einer Mission. Willst du mich begleiten?«

»Gern.«

Sie stiegen eine der hinteren Treppen in den zweiten Stock hinauf und liefen durch einen Flur. Austin führte ihn zu einer weiteren Treppe, eine, von der Mason das Gefühl hatte, sie noch nie zuvor benutzt zu haben. Sie wurde immer enger und endete schließlich vor einer Metalltür. Austin öffnete den Riegel, der sie verschloss, und dann traten sie auf das Dach hinaus.

Die Nacht war kühl und klar. Das Dach war hier flach, eine Art Terrasse von etwa zehn mal zehn Metern. Ein schmiedeeisernes Geländer sorgte für ihre Sicherheit. Doch was wirklich seine Aufmerksamkeit erregte, war ein seltsamer kleiner Aufbau in der Mitte.

Mason folgte Austin hinein und erblickte ein großes Teleskop, das in den Himmel gerichtet war.

»Eure eigene Sternwarte«, sagte er verblüfft.

Austin nickte und begann, Luken zu öffnen, die den Blick in den Himmel freigaben. »Harlow und ich haben sie entdeckt, als wir Kinder waren. Lillian hatte völlig vergessen, dass sie überhaupt existiert. Sie hat jemanden herbestellt, um sicherzustellen, dass sie funktionstüchtig ist, und dann hat sie einen Experten der UC Santa Barbara gebeten, mir beizubringen, wie man sie benutzt. Seit dem Sommer damals habe ich mir ein bisschen was zur Astronomie angelesen. Inzwischen bin ich schon ziemlich gut darin, nach den Sternen zu navigieren.« Er grinste. »Nicht, dass ich so den Ozean überqueren wollte.«

»Früher haben das die Seeleute immer so gemacht.«

»Das waren mutige Männer.«

Sobald die Luken offen waren, trat Austin an das Teleskop. »In ein paar Wochen beginnen die Perseiden. Das ist eine tolle Sternschnuppenshow. Und wenn du mal früh aufstehen willst, können wir uns die Venus und den Mars kurz vor Sonnenaufgang anschauen.« Er justierte das Gerät. »Aber heute Nacht werden wir uns den Antares ansehen. Der gehört zum Skorpion.«

Er blickte durch das Teleskop und nahm ein paar weitere Einstellungen vor. »Die Mitternachtskulmination von Antares findet um den 1. Juni statt. Dann steht er um Mitternacht am höchsten Punkt des Himmels.« Austin grinste. »Ich finde es ja gut, wenn der Name einer Sache auch etwas darüber aussagt, was es bedeutet.«

»Das ist stets hilfreich, ja.«

»Je südlicher man sich befindet, desto leichter ist es, Antares zu entdecken. Auf der Südhalbkugel ist er das ganze Jahr über zu sehen. Mit uns hingegen flirtet er nur mal kurz im Sommer.«

Austin trat einen Schritt zurück, sodass Mason durch das Teleskop schauen konnte. Er erblickte einen hellen, rötlichen Stern.

»Sieht aus wie der Mars«, sagte er.

Austin nickte. »Stimmt.«

Mason sah wieder durch das Teleskop. »Kommst du oft hier hoch?«

»Wenn ich da bin, ein paarmal pro Woche. Der Himmel verändert sich ständig. Es ist hier oft bewölkt, aber bei klarem Wetter ist er wunderschön.«

»Und wie ist es in Florida?«

»Dort habe ich kein Teleskop. Wie bist du eigentlich zur Armee gekommen?«

»In meiner Heimatstadt landete jeder entweder beim Militär oder in der Kohlegrube.«

»Ich glaube nicht, dass ich unter Tage arbeiten könnte.«

»Ich auch nicht. Auch dazu gehört Mut.«

»Also hast du dich für die Armee entschieden.«

Mason nickte und fragte sich, ob Austin ihn deshalb aufgesucht hatte. »Ich wollte zu einem großen Ganzen gehören und die Welt sehen.«

»Und hast du das?«

»Einen großen Teil.«

Austin sah ihn an. »Na ja, du hattest ja nicht wirklich die Wahl.«

»Ich hätte auch bei der örtlichen Tankstelle arbeiten können. Aber aus der Stadt rauszukommen war besser.«

»Das verstehe ich. Ich habe viel zu viele Möglichkeiten. Meine Mom sagt mir immer, dass ich alles tun kann, was ich will.«

»Und da hast du dich entschieden, für deinen Vater zu arbeiten?«

»Nicht mehr, ich habe gekündigt.«

»Und was willst du als Nächstes machen?«

»Ich hab da schon so ein paar Ideen.« Er blickte noch einmal durch das Teleskop. »Was geht eigentlich mit dir und meiner Mom?«

Mason hielt seine Körpersprache bewusst entspannt, während er innerlich krampfhaft überlegte, wie er die Frage beantworten sollte. Vielleicht hatte er sich auch geirrt, was Austins Gründe betraf, ihn hier hochzulocken.

»Ich mag und respektiere sie.«

»Sie ist eine gute Mom. Wir sind ihr wirklich wichtig. Und sie hört uns zu – im Gegensatz zu meinem Dad.« Er straffte die Schultern. »Er hat sie betrogen. Das ging eine ganze Weile so. Ich fand es heraus, als ich acht war.«

Mason gab sich Mühe, keine Reaktion zu zeigen. »Wie denn?«

»Ich war gerade mit einem Freund auf dem Weg zu einer Geburtstagsfeier am anderen Ende der Stadt, da habe ich ihn mit einer anderen Frau im Restaurant gesehen. Ich wollte zu ihnen gehen, da hat er sie geküsst, und ich wusste Bescheid.«

»Und hat er dich bemerkt?«

Austin wandte kopfschüttelnd den Blick ab. »Nein. Er war zu sehr damit beschäftigt, ihr die Zunge in den Hals zu schieben. Und ich ging zu dem Geburtstag und sagte niemandem was davon. Als ich meinen Dad ein paar Monate später darauf ansprach, meinte er, dass ich zu jung sei, um es zu verstehen, aber wenn ich es meiner Mom erzählte, würde es sie zum Weinen bringen.«

Mason tat der junge Mann vor ihm unendlich leid. »Das ist eine ganz schön schwere Last für einen Achtjährigen.«

»Ja, er ist ein Arsch. Meine Mom war ihm all die Jahre über treu. Sie hat sich um ihn gekümmert, mit ihm zusammengearbeitet. Und ich könnte schwören, dass sie Harlow mit ihrer reinen Willenskraft davon abgehalten hat, an Krebs zu sterben. Mom ist unglaublich stark. Sie hat was Besseres verdient.« Er wandte sich dem Teleskop zu. »Bitte betrüg sie nicht.«

»Das werde ich nicht. Ich habe noch nie jemanden betrogen, dafür bin ich nicht der Typ.«

Austin sah ihn wieder an. »Es wird eine Weile dauern, bis ich weiß, dass ich dir glauben kann.«

»Das ist schon in Ordnung.«

»Benutz immer ein Kondom. Und erzähl mir nicht, dass sich das nicht so gut anfühlt. Behandle sie so, wie es sich gehört.«

»Du bist ein verdammt guter Junge«, sagte Mason. »Ich respektiere, was du mir sagst, und ich bin einverstanden. Ich werde ihr nicht wehtun.«

»Versprich das nicht. Du hast keine Ahnung, was du ihr noch antun wirst. Das ist einfach das Leben.« Er trat vom Teleskop weg. »Okay, also diese Konstellation heißt Sommerdreieck. Sie besteht aus Altair, Deneb und Vega und wurde, ehe es GPS gab, Kursdreieck genannt.«

Harlow rollte sich mit Kopfhörern im Ohr und ihrem Handy in der Hand auf ihrem Bett zusammen, während sie per Video mit Kip telefonierte.

»Ich vermisse dich«, sagte er. Er klang wie ein Häufchen Elend und sah auch so aus. »Wann kommst du zurück nach Hause?«

»Ich weiß es nicht, ich bin ja gerade erst hier angekommen. Ich brauche noch Zeit zum Nachdenken.«

»Du machst mir Angst, Harlow. Ich will dich nicht verlieren.«

»Darum geht es auch nicht.« Jedenfalls glaubte sie das nicht. Sicher schien ihr nichts mehr zu sein. »Vertrau mir.« *Und hör auf, mir Druck zu machen*. Das sprach sie jedoch nicht aus.

»Harlow.« Ihm brach die Stimme. »Es fühlt sich so an, als würdest du nie mehr zurückkommen.«

»Doch, ich werde zurückkommen. Jetzt erzähl mir mal, was bei dir so los ist. Wie läuft's bei der Arbeit?«

»Gut. Viel zu tun. Ich habe mein Umsatzziel für dieses Quartal schon übertroffen.«

»Glückwunsch, das ist großartig. Auch wenn es mich nicht überrascht. Du leistest echt gute Arbeit.«

»Willst du nur, dass ich mich besser fühle, oder glaubst du das wirklich?«

»Das glaube ich wirklich. Du bist der Beste.«

Er seufzte. »Klar. Also, was gibt es Neues bei dir?«

»Ich bin noch nicht lange hier, daher nicht so viel. Lillian wirkt ganz schön zerbrechlich, das macht mir Angst. Sie ist schon vierundneunzig. Ich wusste gar nicht, dass Menschen so lange leben können.« Was noch? »Ich habe heute Morgen einen Berufstest gemacht. Dabei kam raus, dass ich einen Lehrberuf, eine Managementstelle oder irgendwas mit Meeresbiologie in Betracht ziehen sollte.«

Ihm gelang ein leises Lachen. »Du musst angegeben haben, dass du gerne Boot fährst.«

»Ja, das hab ich. Zumindest das mit dem Management ist doch interessant.«

»Weshalb hast du den Test überhaupt gemacht?«

»Nur um zu sehen, was dabei rauskommt. Ich habe nie darüber nachgedacht, irgendwo anders als bei meinem Dad zu arbeiten. Aber was, wenn das auf Dauer nicht gut geht?«

»Ich weiß, dass du gerade wütend auf ihn bist, und das mit gutem Grund, doch irgendwann mal das Unternehmen deines Dads zu führen, war immer schon dein Traum.«

Sie streckte die Beine aus. »Ich glaube, das ist womöglich das Problem. Es ist das Unternehmen meines Vaters. Ich habe mir die Stelle dort nicht verdient, und er behandelt mich nicht wie eine richtige Angestellte. Ich bin sein Kind, und genauso haben wir uns auch beide verhalten.«

Sie hielt einen Moment inne. »Kip, wusstest du, dass er den Kajakverleih gar nicht kaufen wollte?«

Er runzelte die Stirn. »Nein. Woher hätte ich das wissen sollen?«

»Ich dachte, er hat es vielleicht Zafina erzählt und sie dir.«

»Was?«, schrie er auf. »Das hätte ich dir doch gesagt!«

»Ich war mir nicht sicher.«

Er fluchte. »Du vertraust mir überhaupt nicht mehr, oder? Glaubst du wirklich, ich würde dir das vorenthalten? So bin ich nicht.«

Ihr schnürte sich der Brustkorb zusammen. »Ich weiß, es tut mir leid. Es ist nur so, dass ich wegen all der anderen Dinge, die du mir verschwiegen hast, nicht sicher war.«

Er blieb lange still. »Das mit Tracey wirst du nie vergessen, oder? Das wird ewig an mir kleben bleiben.«

»Es ist nicht nur, dass du mit Tracey verheiratet warst«, gab sie zu. »Es sind auch die Schulden und dass du von meinem Dad und Zafina wusstest und es mir nicht erzählt hast.«

Weil er sich nicht in einem schlechten Licht darstellen will, dachte sie. Er wollte immer der Held sein. Sie setzte sich ruckartig auf, als sich ihr plötzlich eine andere unangenehme Erkenntnis aufdrängte: Kip benahm sich genauso wie ihr Dad.

»Harlow, stell mich nicht dar wie das letzte Arschloch«, sagte er traurig. »Ich liebe dich, und ich sorge gut für dich. Ich würde nie versuchen, dir wehzutun.«

»Nein, aber du triffst Entscheidungen für mich. Du entscheidest, womit ich umgehen kann und womit nicht. So sollte eine Ehe nicht sein. Wir sollten ein gleichberechtigtes Team sein, doch du behandelst mich wie ein Kind.«

»Das tu ich nicht. Ich kümmere mich nur um dich.«

War das nicht dasselbe?

Er verzog voller Frust den Mund. »Ich kann jetzt nicht darüber reden. Ich muss wieder an die Arbeit.«

»Kip«, begann sie, dann seufzte sie. »Okay. Hab einen schönen Tag.«

»Du auch.«

Sie legte auf, nahm die Kopfhörer aus den Ohren und starrte

durch die Balkontür. Sie war mehr traurig als wütend. Kip wollte sich ihren Problemen nicht stellen. Doch solange sie nicht willens waren, sich mit der Realität ihrer Beziehung zu beschäftigen, kamen sie, was ihre Zukunft betraf, nicht voran. Gesetzt den Fall, dass sie überhaupt noch eine hatten.

Robyn trat in das Zimmer ihrer Tochter.

»Dein Bruder sagte mir, du würdest Trübsal blasen«, sagte sie fröhlich. »Ich weiß nicht, ob das stimmt, aber so oder so dachte ich, du könntest mir vielleicht helfen, den Teetassenraum durchzusehen.«

Sie hatte beinahe erwartet, dass Harlow protestieren würde, doch zu ihrer Überraschung stand sie auf und sagte: »Das klingt witzig.« Sie verstaute ihre Kopfhörer in der Nachttischschublade und schob ihr Handy in die Gesäßtasche ihrer Shorts.

»Wonach suchst du?«, fragte Harlow, als sie auf die Treppe zusteuerten.

»Ich will die einzelnen Teeservice durchgehen. Es könnten ein oder zwei dabei sein, die ich für mich selbst behalten möchte. Der Rest wird dann irgendwann verkauft, es sei denn, du wärst interessiert an einem.«

»Wirklich?« Harlow lief die Treppe hoch. »Ich hätte total gerne ein Service. Es sind ein paar dabei, die mir richtig gut gefallen. Wenn ich die Tassen und Teller im Spode-Muster 312 haben könnte, würde ich mich riesig freuen.«

Das Spode-Muster 312 war wunderschön mit seinem Goldrand, den pinken Rosen und den blau-gelben Vergissmeinnicht. Es stammte aus dem frühen 19. Jahrhundert.

»Ich glaube, ich habe ein Milchkännchen mit demselben Muster gesehen«, sagte Robyn. »Und ich frage mich, ob irgendwo vielleicht auch noch ein Zuckerdöschen ist.«

»Dann lass uns mal suchen.«

Sie betraten das Teetassenzimmer. Wie immer machte der Anblick des schönen Porzellans sie glücklich. So zerbrechlich und elegant sie waren, hatten sie doch irgendwann mal Tische in normalen Häusern mit echten Menschen geziert. Sie waren Begleiter von Festen und traurigen Anlässen gewesen, waren gehalten, gefüllt, gespült und abgetrocknet worden. Und irgendwie hatten sie sehr viele Jahre überstanden. Manche davon mehr als zwei Jahrhunderte.

Harlow nahm eine Tasse mit dem Spode-Muster 312 in die Hand. »Ich fühle mich, als würde ich ein neugeborenes Küken halten.« Sie zog die Nase kraus. »Ich glaube, ›frisch geschlüpft‹ wäre wohl der korrektere Ausdruck.«

»Ich frage mich vor allem, wo du überhaupt mal ein Küken in der Hand gehalten hast.«

Harlow lachte. »Irgendwo muss es mal dazu gekommen sein. Vielleicht im Sommerlager.«

»Ich kann mich auch nicht erinnern, in den Straßen von Naples jemals Küken rumlaufen gesehen zu haben.«

Sie grinsten sich an, dann ließen sie sich vor einem überdimensionalen Büfett auf dem Boden nieder. Im breiten, tiefen Unterschrank waren mehrere Service verstaut.

Robyn zog die linke Tür auf, während Harlow die rechte öffnete. Die massiven Bretter quollen über vor Geschirr.

»Ganz schön viel zum Durchsehen.« Harlow griff nach einer Schüssel.

»Und das in jedem Raum. Die Inventur ist eine Furcht einflößende Aufgabe.« Robyn hielt einen hübschen, weiß-gelb gemusterten Teller hoch. »Ich habe Lillian immer wieder gesagt, dass sie nicht sterben darf. Weil ich sie lieb habe, aber auch, weil es mich total überfordern wird, das ganze Haus durchzusehen.«

Harlow sah sie an. »Was wirst du mit alldem machen?«

»Ein Teil der Sachen wird an Museen gehen, ein Teil im Haus bleiben. Und den Rest werde ich verkaufen.«

»Willst du dein eigenes Antiquitätengeschäft aufmachen?«

Robyn musste daran denken, wie sie verzweifelt nach einer möglichen Zukunft für sich gesucht hatte, dabei hatte die schon die ganze Zeit hier auf sie gewartet. »Ja. Ich habe mit Online-Kursen zur Führung von Kleinunternehmen angefangen. Wenn ich zurück nach Naples komme, suche ich mir einen Job mit mehr Stunden, um alle Bereiche des Antiquitätengeschäfts kennenzulernen.«

Sie würde ihr Geld gut beisammenhalten und in ein kleineres Haus ziehen müssen, doch sie ging davon aus, dass das alles machbar war. Zumindest war es ein Plan – was schon viel mehr war als das, was sie in Florida gehabt hatte.

»Das ist ein ziemlicher Angang.«

»Ja, aber es fühlt sich richtig an.« Sie stellte den Teller auf den Boden und nahm eine nicht dazu passende Schüssel aus dem Schrank. »Und wie geht's dir?«

»Ich weiß es nicht. Kip und ich streiten uns ständig.«

»Darüber, dass er schon mal verheiratet war?«

»Unter anderem. Er ist wütend, weil ich mir Zeit auserbeten habe. Aber dass er mir nichts von Tracey erzählt hat, ist eben ein Riesending für mich.« Harlow zögerte, so als wäre da noch mehr.

»Das verstehe ich«, sagte Robyn und fragte sich, wie sie ihre Tochter dazu ermuntern konnte, ihr Herz auszuschütten. »Es ist seltsam, so etwas nicht zu erzählen. Irgendwann hättest du es doch sowieso rausgefunden.«

»Ja, oder? Und es dann auch noch von seinen Eltern zu erfahren. Es war ein Albtraum. Ich musste das ganze Abendessen durchstehen und so tun, als wäre alles gut.«

Robyn spürte den Schmerz ihrer Tochter und wünschte sich, sie könnte ihr etwas davon abnehmen. Doch Harlow war erwachsen und musste ihr Leben selbst in den Griff bekommen.

»Ich bin froh, dass du dir Zeit zum Nachdenken nimmst«, sagte sie. »Es passiert so leicht, dass man sich in seinen Gefühlen verheddert und eine Entscheidung trifft, die man später bereut.«

Harlow nickte. »Ich wünschte nur, es wäre nicht so viel auf einmal. Dad hat mir auch nicht die Wahrheit gesagt.«

Robyn war sich bewusst, dass sie ihre Worte jetzt genau abwägen musste. »Deinem Vater fällt es manchmal schwer, anderen schlechte Nachrichten zu überbringen. Wie auch immer es dazu kam, du weißt, dass er dich sehr lieb hat.«

»Inzwischen frage ich mich, ob er und Kip sich womöglich ähnlicher sind, als ich dachte. Kip weiß, dass ich als Kind krank war, und es ist kein Problem für ihn. Er behandelt mich zwar so, als wäre ich stark genug, mit allem klarzukommen. Aber dann erzählt er mir weder, dass er verheiratet war, noch, dass Dad mit Zafina zusammen ist. Vielleicht will er mich doch mehr schützen, als ich dachte. Ich weiß, dass Dad mich wie ein Kind behandelt. Aber macht Kip das womöglich genauso?«

»Es könnte durchaus sein, dass Kip dich – wie du schon gesagt hast – übermäßig beschützen will.« Robyn holte tief Luft und ging ein altbekanntes Risiko ein. »Es könnte aber auch mit deinem eigenen Verhalten zu tun haben.«

»Mom!«

»Du kannst nun mal sehr emotional und schwierig sein.«

Harlow versteifte sich, und Robyn wappnete sich innerlich für einen Wutanfall. Doch dann entspannte sich ihre Tochter überraschenderweise wieder.

»Du hast recht. Ich lasse mich zu sehr von meinen Gefühlen leiten. So wie bei dir, als es um den Verkauf des Hauses ging.«

»Das war eben eine große Sache für dich.«

Harlow sah sie an. »Mom, du kannst mir nicht erst sagen, dass ich total unreif bin, und mich dann verteidigen.«

»Ich weiß, aber es fällt mir schwer, mich nicht zwischen dich und die schwierigen Dinge im Leben zu stellen. Das ist ein Überbleibsel aus der Zeit deiner Krankheit. Daher bin ich zum Teil auch selbst schuld an deinem Verhalten.«

»Du gibst dir die Schuld für mein Anspruchsdenken? Nein, dafür ist nur eine von uns verantwortlich – und die bist nicht du.« Harlow presste die Lippen zusammen. »Manchmal schäme ich mich richtig. Ich kann eine solche Zicke sein.«

»Na ja …«, sagte Robyn neckend.

Harlow seufzte. »Du weißt, dass ich recht habe. Bei Dad habe ich allerdings wirklich das Gefühl, dass er mich getäuscht hat, was den Kauf des Kajakverleihs betrifft. Ich habe alles getan, was ich tun sollte. Er war die ganze Zeit voll dabei, und dann – bäm! – ist plötzlich alles anders. Es ist so frustrierend, mit ihm zusammenzuarbeiten.«

Harlow sah sie an. »Wie konntest du nur so lange mit ihm verheiratet sein?«

»Seine Frau zu sein ist nicht dasselbe wie seine Tochter.« Robyn strich ihr über die Wange. »Und mehr bin ich nicht bereit, zu dem Thema zu sagen.«

Harlow warf ihr einen wissenden Blick zu. »Du schützt ihn. Nicht, weil du ihn noch liebst, sondern weil er mein Vater ist.« Sie lächelte. »Du bist wirklich eine gute Mutter. Ich hoffe, wenn ich mal Kinder habe, bin ich genauso wie du.«

Das unerwartete Kompliment ließ bei Robyn Tränen aufsteigen, die sie eilig wegblinzelte. »Danke. Das ist süß von dir.«

»Nicht, dass ich irgendwann in nächster Zeit Kinder haben wollte. Eher so in circa zehn Jahren. Momentan bin ich noch nicht bereit dafür. Ich habe ja mein eigenes Leben kaum im Griff, wie soll ich mich da um einen anderen Menschen kümmern? Glaubst du …?«

Robyns Handy klingelte. Sie zog es aus der Tasche und warf einen Blick auf das Display.

»Das ist Mindy, die ausnahmsweise mal anruft, statt zu schreiben.« Sie nahm ab. »Hallo?«

»Hallo, ich bin's. Sag mal, euer Haus in Santa Barbara – ist das so ein verrücktes Riesending, das sich über mehrere Blocks erstreckt?«

»Das trifft es ganz gut. Wieso?«

»Ich stehe direkt davor.« Mindys Stimme brach. »Robyn, ich stecke total in der Scheiße. Payne hat das mit Dimitri rausgefunden. Der Ausdruck auf seinem Gesicht hat mich beinahe umgebracht – er wurde so still und war so verletzt. Es war, als wollte er mir das Herz rausreißen. Wir haben uns gestritten, und dann wollte er nicht mehr mit mir reden. Ich wusste nicht, was ich tun sollte, also ließ ich die Kinder bei meiner Mom und flog her, um bei dir zu sein. Ich hoffe, das ist okay.«

Robyn öffnete den Mund und schloss ihn wieder. Sie hatte keine Ahnung, was sie dazu sagen sollte. »Ähm, klar. Stehst du vor der Tür?«

»Ich sitze in einem Uber. Ich wollte den Wagen nicht wegfahren lassen, ehe ich mir sicher war, dass es das richtige Haus ist.«

»Es ist das richtige«, sagte Robyn mit einer Fröhlichkeit, die sie nicht empfand. »Lass dich hinter das Haus bringen. Ihr müsst immer weiterfahren, bis ihr ein paar Autos vor einer Garage stehen seht. Ich komme runter.«

Sie legte auf und erhob sich. »Mindy ist hier.«

»Deine Chefin Mindy?«

»Genau die.« Robyn zögerte. Aber Harlow würde es ohnehin bald mitbekommen. »Sie hatte eine Affäre, und ihr Mann hat es gerade herausgefunden. Ich habe versucht, sie davon abzuhalten, aber sie wollte nicht auf mich hören. Es ist ein Desaster. Und jetzt ist sie hier.«

Harlow trat ein paar Schritte zurück. »Wow, krass. Okay, dann mal viel Glück damit.«

»Machst du dich aus dem Staub, solange du kannst?«

Harlow grinste. »Das erscheint mir in Anbetracht der Lage vernünftig. Ich werde ein wenig Zeit mit Lillian verbringen.«

Und so überließ ihre Tochter sie dem Chaos, das Mindy mit ihrem Leben veranstaltet hatte. War das nicht auch irgendwie unfair?

23. KAPITEL

Harlow fand ihre Tante in ihrem Wohnzimmer vor, inmitten von Fotoalben, die um sie herum verstreut lagen. Lillian lächelte und klopfte auf den Platz neben sich. »Komm, setz dich zu mir, dann schwelgen wir gemeinsam in Erinnerungen.«

»Sehr gerne.« Harlow ließ sich neben ihr nieder und umarmte ihre Tante. »Moms Chefin Mindy ist gerade hier aufgetaucht. Ich glaube, das gibt heute noch ein bisschen Drama.«

»Die Dramen anderer Leute sind die besten.« Lillian griff nach einem alten zerfledderten Fotoalbum. »Lass uns das hier ansehen. Dein Onkel war damals so schneidig.«

Sie blätterten die Seiten voller Fotos durch. Aus den an den Rand gekritzelten Notizen ging hervor, dass sie aus den 1960er-Jahren stammten.

»Deine Haare waren ja ganz schön hochtoupiert«, sagte Harlow und lächelte ein Bild von ihrer Tante an, auf dem die mit Pony, Haarband und schulterlangem Haar zu sehen war, dessen Spitzen nach oben geschwungen waren. »Der Rock hingegen ist ziemlich kurz.«

»Ich war eben eine Draufgängerin, und Miniröcke waren damals der letzte Schrei.« Sie tätschelte Harlows Arm. »Sieh dir mal deinen Onkel an.«

»Er sieht total gut aus. Ihr seid ein süßes Paar.«

»Wir waren sehr verliebt ineinander, bis zu seinem Tod.« Lillian seufzte. »Ich werde dir nicht erzählen, dass wir nie gestritten haben, denn das haben wir. Aber wir haben aus unseren Fehlern gelernt und es danach besser gemacht.«

Sie blätterte die Seite um. Harlow starrte Bilder an, auf denen viele Menschen zu sehen waren. Sie hielten Schilder in die Luft, auf denen es um das Wahlrecht ging.

»Was sind das hier für welche?«

Lillian warf einen prüfenden Blick auf die Fotos. »Dein Onkel und ich haben zwei Sommer unten im Süden verbracht und unseren schwarzen Mitbürgern geholfen, sich zum Wählen registrieren zu lassen. Ab und zu wurde es ein bisschen brenzlig, doch wir hatten das Gefühl, das Richtige zu tun.«

»Ihr wart Teil der Bürgerrechtsbewegung?«

»Damals nannte man das nicht so, aber ja, das waren wir wohl.«

Harlow betrachtete die Bilder eingehender. Ihre Tante und ihr Onkel hatten ihr Leben für eine soziale Bewegung riskiert, die das Land verändert hatte, und sie heulte rum, weil ihr Vater nicht ehrlich zu ihr gewesen war, als es darum ging, ihr ein Unternehmen zu kaufen?

»Ich muss an meinen Prioritäten arbeiten«, murmelte sie.

»Warum das?«, fragte ihre Tante.

»Ich habe gerade daran gedacht, wie wütend ich auf meinen Vater bin, aber diese Bilder relativieren das alles.«

Sie erzählte Lillian vom Kajakverleih und dass sie geglaubt hatte, ihr Vater wolle es kaufen.

Lillian hörte ihr aufmerksam zu. Als Harlow fertig war, sagte ihre Tante: »Es scheint mir, als hättest du in Treu und Glauben gehandelt. Er ist derjenige, der heimlich die Spielregeln geändert hat.«

»Ich war nur so voller Ansprüche. Ich hätte das Ganze besser durchdenken sollen.«

»Aber das hast du doch. Du hast alles Wichtige zu dem Unternehmen recherchiert und das Ganze durchgerechnet. Du hast nichts falsch gemacht, Harlow.«

»Warum fühle ich mich dann so jung und dumm?«

»Weil du von jemandem betrogen wurdest, dem du vertraust. Das tut immer weh. Und du hast eben ein weiches Herz.«

»Du bist viel zu lieb zu mir, Lillian. Ich fühle mich überhaupt nicht, als hätte ich ein weiches Herz. Im Gegenteil, ich glaube, ich kann sehr schwierig sein.«

Lillian wischte ihren Kommentar beiseite. »Ich weiß noch, wie du ein kleines Kind warst, vielleicht zehn oder elf Jahre alt. Du hattest den Krebs besiegt, warst aber noch dabei, dich von den Behandlungen zu belohnen. Du, Austin und deine Mom kamt den Sommer über her. Leo und ich haben es geliebt, euch hierzuhaben.«

Harlow erinnerte sich an diese Zeit. Sie hatte hier draußen ihre Stärke wiedergefunden, war mit ihrem Bruder rumgerannt und mit ihrer Mom segeln gegangen. Sie hatte keine Details mehr im Kopf, aber irgendwie hatte die Reise auch etwas Trauriges gehabt. Irgendetwas war damals passiert – sie wusste nur nicht genau, was.

»Wir waren damals lange hier«, sagte sie. »War ich hier sogar mal in der Grundschule? An irgend so etwas erinnere ich mich.«

»Du hast sie dir angesehen.« Lillian wich ihrem Blick aus.

»Wieso denn?«

»Sie hat dich eben interessiert.«

Sie war damals zehn gewesen. Kein Kind war an einer fremden Schule interessiert – vor allem nicht in den Sommerferien. Ihr fiel ein, dass ihre Mom geweint hatte. Robyn hatte versucht, es vor ihr zu verbergen, doch sie hatte sie mehr als einmal in Tränen aufgelöst vorgefunden. Außerdem hatte es immer wieder leise Gespräche hinter verschlossenen Türen gegeben.

»Dad hat uns nicht ein Mal besucht«, sagte sie langsam. »Erst am Ende tauchte er plötzlich auf, um uns zu erzählen, dass er uns ein neues Haus mit einem Pool und Blick aufs Wasser gekauft hatte.«

Das Haus, in dem ihre Mutter jetzt lebte. Das Haus, das sie verkaufen musste. Ein Haus, das sie nie wirklich gemocht hatte.

»Dad hat das Haus gekauft, während wir weg waren. Wir sahen es zum ersten Mal, als wir nach Hause kamen. Und alle unsere Sachen waren schon dort. Aber Mom ist den ganzen Sommer über nicht ein einziges Mal von hier weggefahren.« Harlow starrte ihre Tante an. »Hat mein Dad das Haus gekauft und den Umzug dorthin organisiert, ohne dass meine Mom es jemals vorher gesehen hätte?«

Lillian schloss das Album. »Das ist jetzt etwas unangenehm für mich. Denn ich weiß nicht, was Robyn gerne hätte, dass ich dir sage. Aber ich schätze, inzwischen spielt das keine Rolle mehr, daher erzähle ich es dir. Ja, genau das hat er getan. Deine Eltern hatten eine schwierige Phase, und er wollte sie glücklich machen.«

Noch vor einem Monat hätte Harlow diese Aussage akzeptiert und nicht weiter darüber nachgedacht. Doch inzwischen wusste sie mehr. Sie wusste, dass ihr Vater ein chronischer Fremdgeher war, der den Frauen, mit denen er zusammen war, keinen Respekt zollte. Und sie wusste jetzt, dass ihr Vater ihre Mutter betrogen hatte und dies der Hauptgrund für das Ende ihrer Ehe gewesen war.

Sie dachte an die langen Monate ihrer Krebsbehandlung zurück und daran, dass ihre Mutter ihr jede einzelne Sekunde davon beigestanden hatte. Sie dachte an den Sommer, als ihre Mom sie und Austin mit hierhergenommen hatte. Sie erinnerte sich an die Besichtigung der Schule, daran, wie ihre Mutter geweint hatte und ihre Tante und ihr Onkel gesagt hatten: »Ihr seid hier immer willkommen.«

Vor zwölf Jahren, während sie mit ihrer Krebsbehandlung beschäftigt gewesen und ihre Mutter stets an ihrer Seite gewesen war, hatte ihr Vater sie also betrogen, und ihre Mom hatte es herausgefunden. Das Ganze war anscheinend so eskaliert, dass ihre Mutter mit ihr und Austin ans andere Ende des Landes gereist war, um in Ruhe zu überlegen, was sie tun wollte.

Irgendwie hatte ihr Vater sie dann offenbar davon überzeugen können, ihm noch eine Chance zu geben. Harlow war sich nicht sicher, ob das Haus eine Art Bestechung gewesen war, jedenfalls spielte es wohl eine Rolle in dem Ganzen.

»Ich wusste das alles nicht«, flüsterte sie. »Nichts von alldem.«

»Du warst noch ein Kind, mein Schatz. Du solltest es auch nicht wissen.«

Ihre Mutter hatte sie und ihren Bruder geschützt. Sie hatte nie durchblicken lassen, dass es Probleme in ihrer Ehe gab und dass Cord so etwas getan hatte. Sie hatte aus jenem Sommer etwas Schönes und Wundervolles gemacht und ihr die Möglichkeit gegeben, ganz gesund zu werden. Und am Ende hatte sie ihre Kinder wieder nach Hause gebracht, weil sie dort am glücklichsten sein würden.

»Ich weiß nicht, ob ich das könnte«, gab Harlow zu. »Mich selbst für meine Kinder zu opfern.«

»Du könntest das. Das ist was rein Biologisches. Wenn man Kinder hat, ändert das alles.«

Da könnte was dran sein, dachte sie. Für Robyn jedenfalls hatte es alles geändert. Selbst wenn Cord geschworen hatte, dass er sie nie wieder betrügen würde, hatte sie doch den damit verbundenen Schmerz durchlitten. Sie war von dem einen Menschen verraten worden, der geschworen hatte, sie immer zu lieben und zu beschützen. Wie konnte Vertrauen, das einmal so erschüttert worden war, wiederaufgebaut werden? Wie hatte Robyn noch so lange weitermachen können?

In der Theorie war ihr klar gewesen, dass die Ehe nicht einfach war und die Liebe einem viel abverlangte, doch bis zu diesem Moment hatte sie nicht wirklich begriffen, was das bedeutete. Was für ein Riesending es war, einen anderen Menschen zu lieben. Wie groß die Verantwortung war, die mit dem Kinderkriegen einherging. Darüber nachzudenken, relativierte ihre eigenen Probleme.

»Ich habe ein richtig tolles Leben«, sagte sie laut.

Lillian lächelte. »Das zu hören, macht mich sehr glücklich, du Süße. Das ist alles, was ich mir je für dich und deinen Bruder gewünscht habe. Dass ihr ein richtig tolles Leben habt.«

Nachdem sie sich drei Stunden lang Mindys Schluchzen, Weinen und ihre Beteuerungen angehört hatte, dass sie keine Ahnung habe, was schiefgelaufen war, flüchtete Robyn. Ihre Behauptung, sie müsse sich um das Abendessen kümmern, entsprach sogar der Wahrheit, was es ihr leichter machte, ihrer Freundin dies auf so mitfühlende Art und Weise mitzuteilen, als wollte sie sie eigentlich nicht allein lassen.

Nicht, dass Mindy und ihr Schlamassel ihr gleichgültig wären. Sie fühlte durchaus mit ihr – zumindest ansatzweise. Das Ganze überraschte sie nur überhaupt nicht. Es war klar, dass Payne irgendwann dahinterkommen musste, schließlich hatte Mindy keinerlei Erfahrung im Lügen und Betrügen. Sie war eine gelangweilte Novizin, die etwas vollkommen Idiotisches getan hatte und nun den Preis dafür bezahlte. Ebenso wie Payne.

In der Küche angekommen, begutachtete sie den Inhalt des Kühlschranks und der Vorratskammer, dann überlegte sie, wie viele Leute sie nun satt bekommen mussten. Wenn sie davon ausging, dass Mindy ein paar Tage bleiben würde – was wahrscheinlich war –, wären sie sechs Erwachsene, inklusive eines Achtzehnjährigen, der für drei aß.

Sie hatten bereits sämtliches Hühnerfleisch verbraucht, das Mason bei Costco gekauft hatte, von den Cookies und den Pasteten gar nicht zu reden. Es lagerten noch drei Steaks im Tiefkühlschrank, aber das war nicht annähernd genug.

Sie erstellte eine Menü- und eine Einkaufsliste für die nächsten Tage, inklusive Frühstück und Mittagessen. Als sie gerade damit fertig war, kam Harlow in die Küche.

»Wie geht's Mindy?«, fragte ihre Tochter mit besorgter Miene. »Ich habe sie vom Flur aus weinen gehört.«

»Es ist alles aufgeflogen und die Kacke am Dampfen, das bedauert sie. Aber dass sie es bereut, mit Dimitri geschlafen zu haben, glaube ich eher nicht.« Robyn hielt beschwichtigend eine Hand hoch. »Das kam harscher raus, als ich es meinte. Bitte ignoriere meine Laune.«

Zu ihrer Überraschung umarmte Harlow sie.

»Mom, das ist alles ganz schön viel für dich. Du bist hierhergekommen, um über dein eigenes Leben nachzudenken, und nun musst du dich plötzlich um mich und Austin und jetzt auch noch um Mindy kümmern.«

»Danke für dein Verständnis, aber ich komme schon klar. Ich habe bereits mit Salvia geredet und ihr gesagt, dass die Invasion meine Verantwortung ist und nicht ihre. Sie ist für Lillian hier. Sie hat sich ein wenig Hilfe für die zusätzliche Putzarbeit organisiert, und zwar ab morgen. Kochen, Einkäufe und Küchenarbeit werden wir selbst in die Hand nehmen. Dabei bin ich auf Austins und auf deine Unterstützung angewiesen.«

»Klar, lass uns gleich anfangen. Was brauchst du?«

Harlows gut gelaunte Einstellung überraschte sie, doch Robyn würde sie nicht hinterfragen. »Wenn du einkaufen fahren könntest, wäre das eine große Hilfe. Ich gebe dir dann das Geld zurück.«

Harlow überflog die Einkaufsliste. »Das ist absolut machbar. Ich werde Austin überreden, mitzukommen.«

»Danke.« Robyn sah sie an. »Tut mir leid, dass wir jetzt weniger Zeit zum Reden hatten.«

»Mir auch. Aber wir können über alles sprechen, wenn sich die Wogen geglättet haben. Meinst du, Mindy wird sich scheiden lassen?«

»Ich habe keine Ahnung. Ihr ist plötzlich klar geworden, wie wichtig ihr ihre Ehe ist, doch dafür könnte es zu spät sein. Denn ich bin mir nicht sicher, ob Payne einfach alles vergessen und vergeben wird.«

»Ich würde es nicht«, sagte Harlow mit flacher Stimme. »Kip hat seinen Vertrauensvorschuss bei mir bereits aufgebraucht. Wenn ich jetzt auch noch rausfände, dass er mich betrogen hat, würde ich mich auf der Stelle von ihm trennen und sein Auto vom Pier ins Meer rollen lassen.«

Robyn unterdrückte ein Lächeln. »Vielleicht machst du lieber einfach nur Schluss mit ihm und lässt die Straftat aus.«

»Na schön. Ich würde mit ihm Schluss machen und darüber nachdenken, sein Auto vom Pier stürzen zu lassen.« Harlow wedelte mit der Liste. »Ich fahre jetzt los. Austin ist in seinem Zimmer, oder?«

»Soweit ich weiß.«

Ihre Tochter verließ die Küche, und Robyn wandte ihre Aufmerksamkeit wieder den Zutaten zu, die ihr für das Abendessen zur Verfügung standen. Sie hatte vier schöne Avocados für eine Guacamole und mehrere frisch gepflückte Tomaten für eine Salsa. In der Vorratskammer gab es noch Tortilla-Chips, außerdem

Spaghetti, Bohnen und jede Menge Gewürze, aus denen sie ihre eigene Taco-Gewürzmischung zusammenstellen konnte.

Harlow und Austin würden Kopfsalat mitbringen. Da sie nicht glaubte, dass Lillian Lust auf Taco-Spaghetti zum Abendessen hatte, wollte sie eine frische Gazpacho zubereiten, die ihre Tante zu ihrem Salat essen konnte, und vielleicht eine kleine Käseplatte anrichten.

Sie machte sich an die Arbeit. Als Erstes bereitete sie die Salsa zu und ließ sie dann ruhen, damit die verschiedenen Geschmacksnoten sich vermischen konnten. Die Guacamole würde erst am Schluss drankommen. Vorher kombinierte sie Chili-, Knoblauch- und Zwiebelpulver mit Oregano, Paprika und Kumin zu einem Taco-Gewürz, das sie in ein Glas gab. Sie hatte gerade angefangen, Zwiebeln in Würfel zu schneiden, als Mason in die Küche kam.

Sobald sie ihn erblickte, ließ sie das Messer auf die Küchentheke fallen und lief in seine ausgebreiteten Arme. Er hielt sie so fest, als würde er sie nie wieder loslassen wollen – genau das, was sie jetzt brauchte. Sie klammerte sich an ihn und schmiegte ihr Gesicht an seine Schulter.

Er fühlte sich gut an – so stark und verlässlich. Sie ignorierte das Kribbeln und die kleinen Stromschläge, die seine Nähe bei ihr verursachten. Gerade war ihr Trost wichtiger als Sex.

»Haben wir uns ein Gespenst eingefangen?«, fragte er flüsternd in ihr Ohr. »Ich höre ständig irgendwo im Haus eine Frau weinen.«

Sie lachte und hatte im nächsten Moment das Gefühl, gleich losheulen zu müssen, auch wenn sie keine Ahnung hatte, weshalb, dann lachte sie weiter.

»Mindy ist aufgetaucht.«

»Ah, die idiotische Freundin.«

»Payne, ihr Mann, hat es herausgefunden. Sie ist am Boden zerstört. Die beiden hatten einen heftigen Streit, und er ist total niedergeschmettert. Mindy fühlt sich schuldig und wusste nicht, was sie tun sollte, also hat sie die Kinder bei ihren Eltern gelassen und ist hierhergeflogen.«

»Und ist das okay für dich?«

»Ich weiß nicht, ob ich eine Wahl habe. Lillian ist jedenfalls sehr verständnisvoll. Sie hat mir versichert, dass das Haus groß genug ist und sie, solange das Drama nichts mit uns zu tun hat, gerne Zaungast spielt.« Robyn ließ sich wieder an ihn sinken. »Ich habe sie im dritten Stock untergebracht.«

»Du willst, dass sie es bequem hat, aber auch nicht zu bequem.«

»Genau.« Sie löste sich von ihm. »Spinne ich, oder war ihre Reise hierher extrem impulsiv?«

Er blickte sie unbeirrt aus seinen dunklen Augen an. »Sie muss sich mit einer potenziell lebensverändernden Realität auseinandersetzen, und das aus eigener Schuld. Unter diesen Umständen ist es durchaus verständlich, dass sie weglaufen wollte.«

»Das verstehe ich ja, aber warum hierher? Sie hat drei Schwestern. Außerdem wusste sie, dass ich die Affäre nicht gutheiße. Ich werde ihr ganz sicher nicht sagen, was sie hören will.«

»Vielleicht will sie die ungeschönte Wahrheit«, gab er zu bedenken. »Womöglich glaubt sie, es sei an der Zeit, sich den Konsequenzen ihrer Taten zu stellen.«

»Du bist so rational.«

»Jahrelanges Training. Wisse, was du tust, und mache es richtig. Das ist nicht sehr spannend oder spaßig, aber es erfüllt seinen Zweck.«

»Ich finde das sogar sehr spannend und reizvoll.«

Er lächelte schief. »Aber nicht spaßig.«

Sie lächelte zurück. »Du bist auf andere Weise spaßig.«

»Genau wie du.« Er blickte sich in der Küche um. »Wo sind die Kinder?«

»Einkaufen. Mehr Leute bedeutet mehr Planung.«

»In der Tat. Ich gehe mir mal die Hände waschen. Dann kannst du mir Anweisungen geben.«

Er ist stets zur Stelle, wenn man seine Hilfe braucht, dachte sie, erfüllt von einer Dankbarkeit, deren Ausmaß er nicht erahnen konnte. Er würde sich nie beschweren und behaupten, dass eine Aufgabe unter seiner Würde sei. Er würde nie sagen, dass gerade irgendein Spiel im Fernsehen lief oder sie alles zu ernst nehme. Er tat einfach, was zu tun war.

Kein Charakterzug, den jede Frau zu schätzen wüsste, doch in ihren Augen war es verdammt sexy.

Mason deckte den Tisch und fand die großen Servierschüsseln, die Robyn benötigte. Als die Kinder zurückkamen, half er ihnen, die neu gekauften Lebensmittel einzuräumen.

»Das Abendessen ist in circa einer Dreiviertelstunde fertig«, sagte Robyn. »Mason, würdest du Lillians Cocktail zubereiten? Sie soll nicht das Gefühl haben, dass wir sie vor lauter Stress vergessen.«

»Ich verbringe immer gerne Zeit mit ihr. Was ist mit dir? Kann ich dir auch einen Cocktail bringen?«

Sie lächelte ihn an. Es war ein warmes, glückliches Lächeln, das ihn mitten in die Eingeweide traf.

»Ich glaube, ich sollte besser noch ein bisschen nüchtern bleiben«, sagte sie lachend. »Aber ich trinke später gerne Wein zum Essen.«

»Dann setze ich mich jetzt zu Lillian.«

»Ich komme mit«, sagte Harlow und folgte ihm. »Gib mir nur eine Sekunde, ich mache mich kurz frisch. Sitzt ihr auf ihrem Balkon?«

»Ja.«

»Ich erledige derweil die niederen Rekrutenarbeiten für Mom«, sagte Austin.

Mason zog die Augenbrauen hoch. »Die niederen Rekrutenarbeiten?«

Der Teenager grinste. »Nichts für ungut.«

»Habe ich auch nicht so verstanden.«

Mason ging mit Harlow in Richtung Treppe. Er war sich nicht sicher, weshalb Robyns Tochter sich zu ihm und Lillian gesellen wollte. Womöglich war es reine Freundlichkeit, oder sie wollte ihn besser kennenlernen, um ihre Mutter zu schützen. Beides wäre in Ordnung für ihn.

Er dachte an das, was Austin ihm erzählt hatte – dass er schon als Kind gewusst habe, dass sein Vater seine Mutter betrog. Dieses Wissen war eine schwere Last für ihn gewesen. Zumindest hatte Harlow, Robyn zufolge, vom beschissenen Verhalten ihres Vaters erst vor Kurzem erfahren.

»Ich mache Lillian einen Salty Dog«, sagte er. »Willst du auch einen probieren?«

»Gerne, danke.«

Er fand Lillian an ihrem üblichen Platz auf dem Balkon vor – auf ihrem Liegestuhl ausgestreckt, eine Decke über die Beine gebreitet, die Augen geschlossen. Er blieb stehen, da er sie nicht aufwecken wollte. Doch sie öffnete die Augen und griff nach seiner Hand.

»Mason! Ich hatte gehofft, dass du mich besuchen kommen würdest.«

Er beugte sich hinunter und küsste sie auf die Wange. »Ich mache dir einen abgewandelten Salty Dog, mit Tequila und Limonade.«

»Herrlich. Setzt du dich zu mir?«

»Natürlich.«

Salvia hatte frische Limonade in den kleinen Kühlschrank in ihrem Wohnzimmer gestellt. Er bestrich den Rand von drei Gläsern mit Salz, dann mixte er schon mal zwei der Drinks und trug sie zu Lillian hinüber.

Sie nahm ihren entgegen und lächelte ihn an. »Das ist aber ein ganz besonderes Vergnügen. Sonst habe ich dich nie für mich allein.«

»Du schmeichelst mir. Harlow wollte sich allerdings gleich noch zu uns gesellen.«

»Das ist auch schön.«

Er setzte sich. Sie nippte an ihrem Drink, dann seufzte sie genussvoll. »Schmeckt sehr gut, irgendwie ungewöhnlich. Mir gefällt die Salznote.« Ihr Lächeln bekam etwas Spitzbübisches. »Außerdem gefällt mir, dass du nicht glaubst, ich müsse meinen Salzkonsum im Blick behalten.«

»Du scheinst nicht gerade viele Ernährungsvorschriften zu befolgen.«

»Ich bin eben mit einer guten Gesundheit gesegnet.«

Er erzählte ihr von Robyns Plänen für das Abendessen.

»Ich liebe Gazpacho«, sagte Lillian. »Das ist perfekt. Allerdings habe ich keine Ahnung, was Taco-Spaghetti sind – es klingt ehrlich gesagt furchtbar.«

Er lachte. »Ich freue mich schon darauf.«

»Früher habe ich solche Dinge auch gegessen. Jetzt interessiert es mich nicht mehr. Aber ich freue mich, wenn alle anderen zufrieden sind.« Sie senkte die Stimme. »Bist du Robyns Freundin schon begegnet?«

»Nein, doch ich habe sie weinen gehört.«

»Die Tränen kommen ein bisschen spät, wenn du mich fragst.« Lillian nahm einen weiteren Schluck. »Aber ich werde beim Essen höflich sein. Ist das in Ordnung für dich mit dem ganzen Besuch?«

Er war sich nicht sicher, worauf ihre Frage abzielte. »Sollte es das nicht?«

»Das ist bestimmt nicht das, was du hier erwartet hast. Erst Robyn, dann Harlow und Austin. Und jetzt auch noch ihre Freundin Mindy. Das ist ein ganz schön volles Haus.«

»Das Haus hier kann das ab.«

»Das stimmt. Aber du hast lange allein gelebt. Ist es dir nicht zu viel?«

»Ich mag es, Menschen um mich zu haben.«

»Gut.«

Harlow kam auf den Balkon. Sie hatte sich ihrer Shorts und ihres T-Shirts entledigt und ein Sommerkleid angezogen. Mason mixte ihren Drink frisch und reichte ihn ihr. Sie dankte ihm und ließ sich auf einen Stuhl fallen.

»Man hört sie im ganzen Flur weinen«, sagte sie. »Es tut mir leid, dass Mom sich mit ihr abgeben muss.«

Robyn scheint die Art von Person zu sein, in deren Arme sich alle flüchten, dachte er.

Harlow nippte an ihrem Drink und sah ihn an. »Austin hat mir erzählt, dass du jeden Morgen joggen gehst. Darf ich dich mal begleiten?«

Die Bitte überraschte ihn. »Ich fahre schon um sechs Uhr morgens los.«

»Das schaffe ich.« Harlow lächelte. »Also, dann morgen früh um sechs vor der Garage?«

»Ich werde da sein.«

»Ich auch.«

24. KAPITEL

»Ist es bei euch nicht ungefähr halb sechs morgens?«, fragte Enid lachend. »Wieso bist du schon auf?«

»Ich gehe um sechs mit Mason und Austin joggen. Und da dachte ich, ich rufe dich vorher an und höre mal, wie es so läuft.«

»Alles super. Ich arbeite noch mehr Stunden, und dein Dad hat mir eine Gehaltserhöhung gegeben.«

Harlow atmete erleichtert aus. Sie war dankbar, dass ihr Vater seine Wut nicht an ihrer Freundin ausließ. »Ich wollte nur sichergehen. In einer Handynachricht kann man leicht mal was weglassen.«

»Hey, das würde ich doch nicht machen.« Enid senkte die Stimme. »Er vermisst dich übrigens. Fragt mich ständig, ob ich was von dir gehört habe.«

Harlow war klar, dass es immer noch um ihren Dad ging. »Witzig, denn er schreibt mir nie.«

»Du schreibst ihm ja auch nicht.«

»Stellst du dich jetzt auf seine Seite?«

»Nein, ich weise dich nur auf das Offensichtliche hin. Darin bin ich eben gut.«

Harlow grinste, wobei sie im Zimmer auf und ab lief, um ihre Muskeln aufzuwärmen. »Ich lasse ihn grüßen. Wie ist das?«

»Das ist sehr reif von dir. Apropos ›vermissen‹ – wie steht es mit Kip?«

»Ungefähr genauso wie vorher. Er will, dass ich nach Hause komme, ich brauche allerdings noch Zeit.«

»Aber ihr seid noch zusammen?«

»Natürlich. Ich liebe ihn.«

»Wollte nur sichergehen. Ich weiß, dass er Scheiße gebaut hat, doch er liebt dich wirklich.« Enid hielt inne. »Ich muss mich für meine Chartertour fertig machen. Und Du solltest wieder ins Bett gehen.«

»Ich gehe jetzt laufen. Als angehende Ärztin solltest du dich über mein sportliches Engagement freuen.«

»Du bist auch so schon ziemlich aktiv. Da mache ich mir keine Sorgen um dich. Bis bald.«

»Auf jeden Fall.«

Harlow legte auf und warf ihr Handy aufs Bett. Eine Sekunde lang überlegte sie, kurz Kip anzurufen, doch dann entschied sie sich dagegen. Sie war immer noch damit beschäftigt, ihr letztes Gespräch zu verarbeiten. Schreiben war sicherer.

Sie schlüpfte in Shorts, ein Trägerhemd und Laufschuhe. Anschließend ging sie ins Bad, wo sie ihr Haar zu einem Pferdeschwanz zusammenband und sich dick mit Sonnencreme einschmierte. Nachdem das erledigt war, schnappte sie sich ihr Handy und ihren Hut und klopfte an die Tür ihres Bruders.

»Bist du fertig?«

Er öffnete und war bereits vollständig angezogen. »Hab nur auf dich gewartet, Schwesterlein.«

Gemeinsam gingen sie hinunter, wo Mason bei den Autos auf sie wartete.

»Wir können meinen Wagen nehmen«, sagte er und öffnete die Fahrertür.

Harlow schob Austin in Richtung Beifahrertür und stieg selbst hinten ein. »Wohin fahren wir?«

»Es gibt einen Pfad, der runter zum Jachthafen führt. Dort laufe ich gerne. Sind acht Kilometer okay für euch?«

»Klar«, sagte sie, in der Hoffnung, dass es stimmte. Zu Hause lief sie eher fünf bis sechs Kilometer, doch sie beschloss, dass sie auch acht Kilometer schaffen konnte. »Was ist mit dir, Austin? Willst du uns hinterherhecheln?«

»Sehr witzig. Ich komme schon mit euch mit.«

Während der Fahrt den Hügel hinunter in Richtung Meer waren sie alle schweigsam. Mason stellte den Wagen auf einem öffentlichen Parkplatz ab, und sie stiegen aus.

»Wir laufen erst mal langsam, um uns aufzuwärmen«, erklärte er ihnen. »Und hinterher unbedingt dehnen. Ich werde eine gleichmäßige Geschwindigkeit halten. Wenn es euch zu viel wird, schreit einfach. Eine Verletzung zu riskieren, nur um vor den anderen gut auszusehen, ist sinnlos.«

»Du übernimmst also die Führung?«, fragte Harlow.

Mason sah sie an, seine dunklen Augen blitzten vergnügt. »Ja, ich übernehme die Führung.«

Sie grinste. »Wollte nur gefragt haben.«

»Gut. Dann mal los.«

Er ging los in Richtung Pfad. Sobald sie ihn erreicht hatten, verfiel er in langsames Joggen. Nach ein paar Minuten warf Harlow ihrem Bruder einen Blick zu.

»Hast du was von Dad gehört?«

»Nein. Du?«

»Nein. Ich habe heute Morgen mit Enid gesprochen, und sie meinte, ich könnte mich ja mal bei ihm melden. Ich bin mir nicht sicher, ob ich schon bereit bin, mich so reif zu verhalten.« Dass Enid ihr auch berichtet hatte, er würde sie vermissen, ließ sie unerwähnt, da sie wusste, dass es Austin verletzen könnte.

»Du solltest dich mit ihm vertragen«, bemerkte ihr Bruder. »Schließlich wirst du wieder mit ihm arbeiten. Das war doch immer schon dein Wunsch.«

»Ja, das war es. Aber jetzt bin ich mir da weniger sicher.« Sie sah zu Mason. »Hast du mitbekommen, was mir mit meinem Dad passiert ist?«

»Teilweise.«

Sie informierte ihn über den Tiefpunkt, der erreicht gewesen war, als sie herausfand, dass er den Kajakverleih nie hatte kaufen wollen.

»Ich weiß nicht genau, was ich mit alldem anfangen soll«, gab sie zu. »Ich fühle mich, als hätte er mit mir gespielt, was mies ist. Aber es geht um mehr als das. Ich war selbst so voller Anspruchsdenken. Das fühlt sich unangenehm an.«

»Hat es dir nicht gefallen, Ansprüche zu haben?«, fragte er, wobei er die Geschwindigkeit leicht steigerte.

»Jeder hat gerne Ansprüche«, bemerkte Austin. »Zu wissen, dass die Welt nach der eigenen Pfeife tanzt, ist großartig. Doch herauszufinden, dass man egoistisch und gedankenlos ist, ist ätzend.«

Harlow zuckte zusammen. »So siehst du mich also?«

»Nein. Aber du selbst siehst dich so.«

Sie stöhnte auf. »Es ist noch früh am Morgen, sei nicht so scharfsinnig. Ich wünschte nur, ich wüsste, was ich mit meinem Leben anfangen soll.«

»Einen Job in einem anderen Unternehmen wirst du nie haben wollen«, sagte ihr Bruder. »Du liebst das Familiengeschäft.«

Das stimmte. Doch bedeutete das auch, dass es die richtige Stelle für sie war? »Ich habe noch nie woanders gearbeitet. Wenn ich bei Dad bleibe, werde ich nie erfahren, wie das ist.«

»Vielleicht ist das das Problem«, sagte Mason. »Es mangelt dir an Perspektiven und womöglich auch ein bisschen an Mut. Das Neue kann bedrohlich sein. Was wünschst du dir denn?«

»Nicht so dumm zu sein.« Sie blickte auf das Meer hinaus. Die Sonne war gerade erst hinter den Bergen hervorgekommen und legte einen Schimmer auf das Wasser. »Stolz auf mein Tagewerk zu sein. Einen wertvollen Beitrag in der Welt zu liefern.«

»Das liegt alles nur an dir selbst. Wo du arbeitest, spielt dabei keine Rolle. Wenn du stolz auf dich sein willst, dann sei stolz auf deine Arbeit und darauf, wie du sie verrichtest. Und wenn du nicht dumm sein willst, hör auf, blödsinnige Entscheidungen zu treffen.«

»Bei dir klingt das so einfach.«

Er sah sie an. »Das ist es auch. Tu das Richtige, oder tu es nicht und lebe mit den Konsequenzen.«

»Hast du jemals irgendetwas vergeigt?«

Zu ihrer Überraschung lächelte er. »Die ganze verdammte Zeit.«

»Ich fahre nach San Diego«, sagte Austin. »Um mir die Uni anzusehen und mich ein bisschen zu informieren. Ich werde es Mom sagen und mich dann auf den Weg machen. Willst du mit?«

Harlow schüttelte den Kopf. »Es ist viel los hier gerade, und Mom sollte nicht alles alleine erledigen müssen.«

Mason sah sie anerkennend an. »Siehst du, schon hast du eine richtige Entscheidung getroffen.«

Sie lächelte. »Wieso habe ich das Gefühl, dass du mich nur lobst wie Leute sonst ihre Hunde? Braves Mädchen, Harlow. Mach schön Sitz.«

Mason lachte leise. Er warf Austin einen Blick zu. »Willst du auch mal im ROTC-Büro vorbeischauen?«

»Das steht auf meiner Liste, ja.«

»Denkst du wirklich darüber nach, zur Marine zu gehen?«, fragte Harlow. »So ganz im Ernst?«

»Ja. Ich glaube, ich würde mich da gut machen. Ich habe kein Problem mit Disziplin, und ich habe es immer schon genossen, auf dem Wasser zu sein. Ich würde gerne in der Armee dienen. Es fühlt sich richtig an.«

»Das ist eine ganz spezielle Lebensform«, sagte Mason. »Und sehr viel mehr als ein Job.«

»Das ist genau das, was ich will.«

»Wenn du mit deiner Mutter sprichst, sorg dafür, dass sie weiß, wo du hinfährst und weshalb«, sagte Mason mit Nachdruck. »Verstanden?«

Austin sah Harlow an. »Dieser Typ ist unglaublich, oder?«

»Er hat nicht unrecht, erzähl es Mom. Sie kann schon damit umgehen.«

Es gefiel ihr, dass Mason auf ihre Mom achtgab und dass er aufrichtig war. Eine Tugend, die momentan scheinbar schwer zu finden war.

»Ich werde ihr erzählen, dass ich mir die UC San Diego ansehe«, sagte Austin. »Aber ich sage ihr nichts vom ROTC, ehe ich selbst nicht genau weiß, ob ich das will. Sie hat auch so schon viel um die Ohren, da brauche ich sie nicht unnötig zu stressen. Wenn ich mich dort wirklich bewerbe, wird sie noch genug Zeit haben, sich an den Gedanken zu gewöhnen.«

Harlow grinste ihn an. »Okay, kleiner Bruder. Du hast vierundzwanzig Stunden nach deiner Rückkehr, um es auszukotzen. Ansonsten lasse ich dir von Mason den Arsch aufreißen.«

Austin warf einen Blick in seine Richtung. »Geht in Ordnung. Ich bin mir ziemlich sicher, dass er es mit mir aufnehmen könnte.«

Mason lachte leise. »Da kannst du einen drauf lassen.«

Sie beendeten ihren Lauf und dehnten sich ein paar Minuten lang, ehe sie sich wieder ins Auto setzten. Zurück im Haus ging Harlow zum Zimmer ihrer Mutter. Sie klopfte einmal und wartete auf ihr zaghaftes »Herein«, ehe sie eintrat.

Ihre Mutter kam aus dem Bad und entspannte sich sichtlich, sobald sie sie erblickte.

»Ich dachte schon, es wäre Mindy«, gab sie leise zu. »Ich war bis nach Mitternacht mit ihr auf.«

»Das tut mir leid. War sicher kein Spaß.«

»Nein, aber sie braucht es natürlich, mit jemandem zu reden.« Ihre Mom lächelte sie an. »Wie war euer Lauf?«

»Gut. Mason hat uns auf Trab gehalten.«

Ihre Mom grinste. »Und wie kamst du damit klar?«

»Überraschend gut.« Sie lachte. »Ich weiß, dass das seltsam klingt, aber ich mag ihn richtig gerne.« Ihr Lächeln erstarb. »Tut mir leid, dass ich bei euch gleich an das Schlimmste gedacht habe.«

Ihre Mutter umarmte sie. »Das ist vergeben und vergessen. Magst du mir beim Frühstückmachen helfen?«

»Unbedingt. Aber ehe wir runtergehen, möchte ich noch etwas sagen.«

Ihre Mutter wartete.

Harlow atmete tief durch. »Ich hoffe, dass du das Haus verkaufen wirst. Es ist zu groß und zu teuer, und es hat dir sowieso nie gefallen. Es zu behalten, wäre idiotisch. Du bist nur dortgeblieben, damit Austin nicht umziehen musste, ehe er mit der Highschool fertig war, aber es ergibt überhaupt keinen Sinn, jetzt noch daran festzuhalten. Es tut mir leid, dass ich deswegen Druck auf dich ausgeübt habe. Das wird nicht wieder passieren.«

Ihre Mom lächelte. »Das ist sehr lieb von dir. Ich weiß es zu schätzen, dass du mich unterstützt und auch meine Perspektive sehen kannst.«

Harlow ließ den Kopf hängen. »Du musst nicht nett zu mir sein. Ich war so furchtbar zu dir. Wie konnte ich nur so egoistisch sein?«

»Lass das hinter dir, Süße. Das habe ich auch.« Ihre Mom trat einen Schritt zurück. »Aber wo werdet ihr dann die Hochzeit abhalten?«

Harlow zuckte zusammen. »Über die Hochzeit denke ich gerade überhaupt nicht nach. Kip und ich haben noch viel miteinander zu klären, ehe wir die Feier planen können.«

Ihre Mom musterte sie. »Werdet ihr zwei das hinkriegen?«

Harlow hätte ihr gerne gestanden, dass sie sich nicht sicher war und Angst hatte, dass sie zu wütend und verwirrt war, was Kip betraf. Nur luden gerade schon alle anderen ihre Probleme bei ihrer Mom ab.

»Wir schaffen das«, sagte sie leichthin. »Lass uns Frühstück für die Horde machen.«

Ihre Mutter sah sie an. »Bist du sicher, dass es dir gut geht?«

»Ich kämpfe mich da schon durch«, sagte sie aufrichtig und bereits auf dem Weg zur Tür. »Das macht mich umso stärker.«

Robyn hatte geglaubt, dass Mindy irgendwann die Tränenflüssigkeit ausgehen würde. Wer hätte gedacht, dass ein Mensch so viel und so lange weinen konnte? Doch nach drei Tagen, in denen sie immer wieder dasselbe Thema durchgekaut hatten, verlor sie langsam die Geduld.

»Er war so wütend und verletzt«, schluchzte Mindy in ein Taschentuch. »Dieser Ausdruck auf seinem Gesicht.«

Robyn tätschelte das Knie ihrer Freundin, dann stand sie auf. »Okay. Versteh mich jetzt nicht falsch, aber ich brauche eine

Pause. Wieso gehst du nicht duschen, und wir treffen uns unten? Dann gehen wir ein bisschen spazieren oder so, um einen klaren Kopf zu bekommen.«

Mindy blinzelte sie an, offenbar unsicher, ob sie beleidigt sein oder gehorchen sollte. Zum Glück fing sie weder an zu kreischen noch mit irgendwelchen Gegenständen nach ihr zu werfen. Stattdessen nickte sie langsam.

»Ich würde eigentlich ganz gerne mal duschen.«

Robyn floh aus dem Zimmer, ehe Mindy ihre Meinung ändern konnte. Sie lief ins Erdgeschoss und verkroch sich in der Küche, um noch schnell einen Kaffee zu trinken und womöglich einen Fluchtweg zu ersinnen.

Harlow saß am großen Küchentisch und arbeitete an ihrem Tablet. Als ihre Mutter hereinkam, blickte sie auf.

»Was ist los? Du siehst irgendwie … ich weiß auch nicht … genervt aus?«

»Wohl eher verzweifelt«, gab Robyn zu und goss sich Kaffee in einen Becher. »Ich weiß nicht, wie lange ich Mindy noch zuhören kann, während sie das immer gleiche idiotische Gespräch mit mir führen will.« Robyn ging zum Tisch hinüber und nahm Platz. »Woran arbeitest du?«

»Ich versuche herauszufinden, was ich mit meinem Leben anfangen soll.«

Robyn lachte und ließ sich ihrer Tochter gegenüber nieder. »Verrückt, ich tue gerade genau dasselbe. Willst du deine Notizen mit meinen abgleichen?«

Harlow nickte. »Absolut. Du willst ein Antiquitätengeschäft eröffnen, oder?«

»Das ist der langfristige Plan. Ein hoffentlich sehr langfristiger.«

»Und kommst du zurück nach Naples?«

Die Frage überraschte sie. »Wieso fragst du?«

Harlow schaltete ihr Tablet aus. »Ich weiß es nicht. Es gefällt dir doch hier. Austin ist gerade unten in San Diego und überlegt, dort zu studieren. Und ich bin erwachsen. Daher war ich mir nicht sicher, ob du in dein altes Leben zurückwillst. Ich meine, Mason ist ja auch hier.«

»Wegen einem Mann ziehe ich nirgendwohin«, sagte Robyn mit Nachdruck. »Als ich noch verheiratet war, habe ich zu viele Dinge getan, die ich gar nicht wollte.« Sie hielt inne und wünschte plötzlich, sie hätte es anders formuliert. »Was ich meinte, ist …«

Harlow berührte ihren Handrücken. »Ich weiß, was du meinst, Mom. Angefangen bei der Tatsache, dass du nicht studiert hast, bis hin zu deiner Einwilligung, in dem Haus zu leben, das Dad ganz alleine gekauft hat.« Sie zögerte. »Du hast ihm mehr Chancen gegeben, als er verdient hat, und am Ende hat er dich doch wieder betrogen.«

Ihre Blicke trafen sich. »Ich wünschte, wir würden dieses Gespräch nicht führen«, gab Robyn zu. »Vor allem wünschte ich, du wüsstest nicht, was damals passiert ist.« Sie war sich ziemlich sicher, dass ihre Tochter nur in groben Zügen ein Bild davon hatte, doch das genügte schon. »Was zwischen deinem Vater und mir vorgefallen ist, das haben wir selbst zu verantworten. Und nicht du. Ich will nicht, dass dir das noch zusätzlich Kummer bereitet.«

»Das tut es auch nicht wirklich. Es öffnet mir eher die Augen. Jedenfalls verstehe ich, was du meinst, wenn du sagst, dass du dich durch Dad definiert hast. Aber mit Mason wäre das nicht so.«

»Ich weiß. Ich bin nur vorsichtig.«

»Aber du magst ihn?«

Robyn lächelte. »Ja. Sehr sogar.«

»Ich auch. Versteh mich nicht falsch, aber Jase war nicht gerade warmherzig. Mason hingegen mag Menschen. Und er lässt sich von niemandem was erzählen, das gefällt mir.« Sie lächelte. »Und um auf mein eigentliches Anliegen zurückzukommen, ein wirklich gutes – du musst nicht zurück nach Florida kommen. Die Dinge liegen jetzt anders.«

Robyn beugte sich zu ihr. »Lillian hat mich gefragt, ob ich bei ihr einziehen möchte. Ich glaube, meine Gesellschaft würde ihr gefallen.«

»Und ziehst du es in Erwägung?«

»Bisher nicht. Ich war immer davon ausgegangen, dass ich zu Hause gebraucht werde. Aber du hast recht, was Austin betrifft. Wenn er sich jetzt auf ein Studium hier vorbereitet, brauche ich mich um ihn in Florida nicht mehr zu kümmern. Womit nur noch du übrig wärst.« Robyn musterte ihre Tochter. »Ich weiß nicht, ob ich mich wohl bei dem Gedanken fühle, dass du am anderen Ende des Landes lebst.«

»Der Gedanke gefällt mir auch nicht, aber du kannst dein Leben nicht nach meinem ausrichten.«

»Okay …«, sagte Robyn langsam. »Was heißt das genau?«

»Dass ich versuche, erwachsen zu werden«, sagte Harlow leichthin. »Und weniger egoistischer zu sein. Du bist immer noch jung, Mom. Du musst dir überlegen, was du willst.«

»Und wenn du mein erstes Enkelkind bekommst? Meinst du, dann will ich nicht da sein?«

Harlows Augen weiteten sich. »Das passiert in den nächsten Jahren ganz sicher nicht. Das liegt ganz weit in der Zukunft.«

Robyn verbarg ein Lächeln. »Okay, ich wollte dir keinen Druck machen.«

»Oh Gott, Kinder! Das ist mal ein Stimmungskiller.«

»Wenn es dir also erst mal nicht darum geht, schwanger zu werden, was hast du dann vor?«

Zu ihrer Überraschung seufzte Harlow. »Ich weiß es nicht. Ich bin immer noch dabei zu verdauen, was mit Dad passiert ist.«

»Dein Dad hat seine Schwächen, aber die hat jeder. Harlow, ich weiß, dass sein Verhalten nicht richtig war und du darunter leidest. Aber ich fände es schrecklich, wenn du deswegen den Traum begraben würdest, der dich schon so lange begleitet. Dein Dad wird nicht arbeiten, bis er achtzig ist. In ein paar Jahren wird er sicher kürzertreten wollen, und dann solltest du da sein, um seinen Platz einzunehmen.«

Harlow stützte das Kinn in die Hand. »Vielleicht. Ich weiß es nicht. Ich habe noch nie irgendwo anders gearbeitet, Mom. Ich hab mich noch nicht mal woanders beworben. Vielleicht sollte ich ein paar Erfahrungen in einem anderen Unternehmen sammeln, ehe ich weiter für Dad arbeite.«

Robyn gab sich Mühe, sich ihre Verblüffung nicht anmerken zu lassen. So hatte sie ihre Tochter noch nie reden hören. »Wo würdest du denn hinwollen?«

Harlow schaltete ihr Tablet ein und drehte es so, dass Robyn den Bildschirm sehen konnte. »Es gibt ein Charterbootunternehmen auf den Florida Keys, das ungefähr dieselbe Größe hat wie das von Dad. Ich kenne den Sohn des Besitzers, wir haben zusammen studiert.« Sie lächelte voller Wehmut. »Ich bin seinem Dad ein paarmal begegnet, und da hat er immer gewitzelt, dass er mich gerne abwerben würde. Ich weiß nicht, ob er nur nett sein wollte, aber vielleicht sollte ich mal mit ihm sprechen.«

Robyn warf einen Blick auf die Website, dann sah sie ihre Tochter an. »Ich weiß nicht, was ich dazu sagen soll.«

»Ich auch nicht. Ich denke nur über ein paar Dinge nach. Womöglich nimmt Dad mich ernster, wenn ich woanders Erfahrungen sammeln würde. Und vielleicht wäre es gut für mich, mal nicht die Tochter des Chefs zu sein, sondern es alleine schaffen zu müssen.«

»Du hast immer hart gearbeitet. Und du warst sehr gut im Studium.«

Harlow sah nicht überzeugt aus. »Das war nur die Uni, nicht das richtige Leben. Ich möchte mir meinen Platz verdienen. Ich will nicht, dass man ihn mir einfach gibt.«

»Du bist eine sehr gute Charterkapitänin.«

Harlow entspannte sich. »Ja, das bin ich. Ich leiste gute Arbeit. Daher ist es vielleicht mal an der Zeit, das auch dem Rest der Welt zu beweisen.« Ihr Mund verzog sich zu einem Lächeln. »Außerdem – wenn du recht damit hast, dass Dad in ein paar Jahren kürzertreten will, wird er darauf bedacht sein, mich zurückzuholen.« Sie schaltete das Tablet wieder aus. »Ich werde nicht gleich eine Entscheidung treffen, aber ich ziehe verschiedene Optionen in Erwägung. Du solltest stolz auf mich sein.«

»Das bin ich doch immer.« Ihr kleines Mädchen wurde erwachsen. Robyn wusste, dass das unvermeidlich war, doch es jetzt mit eigenen Augen zu sehen, war trotzdem überraschend.

»Also, wegen heute Abend«, sagte Harlow. »Ich dachte da an eine Weinprobe.«

»Was meinst du damit?«

»Du, ich, Mindy und Mason gehen zu einer Weinprobe. Ich habe vorhin mit Lillian gesprochen, aber sie möchte lieber hierbleiben. Wir vier machen einen Ausflug, gönnen dir so eine Pause von Mindy und trinken uns einen netten Schwips an.«

Robyn warf einen Blick über die Schulter und senkte die Stimme. »Ich bin dabei. Solange es mich davor bewahrt, noch einmal das immergleiche Gespräch mit Mindy zu führen.«

25. KAPITEL

Mason parkte in einer Seitenstraße der State Street. Er war nie der Typ für Weinproben gewesen, doch scheinbar konnte er Robyn einfach nichts abschlagen. Sie hatte sich noch nicht mal besonders anstrengen müssen. Sie war in sein Büro marschiert, hatte ihn angelächelt und gefragt, ob er sie, Harlow und Mindy begleiten wollte.

Mindy, die den ganzen Tag nichts anderes tat, als zu weinen. Selbst beim Abendessen brach sie häufig in Tränen aus, entschuldigte sich und rannte aus dem Raum. Dann hörten sie ihre Schluchzer immer schwächer werden, bis sie sich in ihr Zimmer im dritten Stock eingeschlossen hatte.

Er war nicht gut auf Frauentränen zu sprechen. Wenn jemand sich den Arm gebrochen hatte – klar. Oder wenn jemand einen geliebten Menschen verloren hatte – sicher. Da durfte man schon mal weinen. Aber wenn die Tränen nur flossen, weil man sich selbst idiotisch verhalten hatte – dafür brachte er keine Geduld auf.

Doch hier war er nun und stieg aus seinem Wagen, bereit, sich durch ein paar liebliche Weine zu probieren – zusammen mit einer Frau, die wahrscheinlich nur noch mehr heulte, wenn sie betrunken war. Er musste sich dringend am Riemen reißen. Entweder das oder Robyn in sein Bett zerren, endlich Liebe mit ihr machen und auf den Rest der Welt scheißen.

Aufgeheitert durch diese Vorstellung, gelang es ihm zu lächeln, als Harlow ihn fragte, ob er sich über ihren Ausflug freute.

»Ich kann es kaum abwarten«, sagte er.

Sie grinste. »Ich hätte dich jetzt nicht so für den Weinprobentyp gehalten.«

»Ich freue mich immer, etwas Neues auszuprobieren.«

Sie beäugte ihn skeptisch.

»Gerätst du eigentlich jemals aus der Fassung, wenigstens ein kleines bisschen?«

Unwillkürlich blickte er zu ihrer Mutter hinüber und sah, dass sie heimlich grinste.

»Ab und zu kommt das schon vor«, gab er zu und wandte sich wieder an Harlow. »Aber nicht sehr häufig.«

Sie überquerten die Straße und betraten eine Weinbar. Mason sah sich um. Er vermutete, dass die Balkendecke und die seltsam unterteilten Fenster einen Weinkeller imitieren sollten. Falscher Efeu war kunstvoll an den Wänden drapiert, und Wandgemälde dekorierten die gewölbten Durchgänge.

»Wie originell«, murmelte Mindy und blickte sich um.

Eine Frau Ende zwanzig näherte sich ihnen lächelnd. »Willkommen«, sagte sie. »Sie kommen gerade rechtzeitig zu unserer Nachmittagsprobe.« Sie deutete auf eine Kreidetafel, auf der das aktuelle Angebot aufgelistet war. »Sie müssen nur entscheiden, wie viele Weine Sie probieren wollen und ob Sie Weißwein, Rotwein oder eine Mischung bevorzugen.« Sie lächelte. »Ich mache Ihnen einen Tisch für vier Personen klar.«

Sie wurden auf die schattige Terrasse geführt und bekamen Getränkekarten gereicht. Die drei Frauen diskutierten, was sie bestellen sollten. Mason schob die Karte beiseite.

»Ich nehme ein Wasser.«

Robyn runzelte die Stirn. »Wieso das denn? Du magst doch Wein?«

»Ich muss noch fahren.«

»Da würde ich dir gerne widersprechen«, sagte sie. »Es erscheint mir nicht fair, dass du uns erst hin- und dann auch wieder zurückfahren musst.«

Er suchte ihren Blick. »Du kannst mir so viel widersprechen, wie du willst.«

»Du lässt dich also zu nichts bewegen?«

»Es gibt Dinge, zu denen ich mich durchaus bewegen lasse, aber trinken werde ich nicht.«

Ihre Augen weiteten sich, und sie beugte sich leicht in seine Richtung. Es schien fast, als hätte sie vergessen, dass sie nicht allein waren. Er zwang sich, den Blick von ihr abzuwenden, und fragte: »Was spricht dich an, Mindy?«

»Ich weiß es nicht«, sagte Robyns weinerliche Freundin. »Ich frage mich, ob ich wohl ein paar doppelte Schnäpse bekommen könnte.«

Zwei Stunden später eskortierte Mason die Damen zurück zu seinem Auto. Robyn und Harlow waren leicht beschwipst, aber auf eine charmante und entspannte Art. Mindy hatte am Tisch zweimal aufgeschluchzt, was ihn sehnsüchtig zum Ausgang hatte blicken lassen.

Es gelang ihnen, sie in den Wagen zu bugsieren, ohne dass sie in Tränen ausbrach, dann fuhr er auf direktem Weg zurück zum Haus. Je schneller er sie loswurde, desto besser.

Als er in die Einfahrt fuhr, stand dort ein unbekannter Mietwagen vor der Garage.

»Wir haben Gesellschaft bekommen«, sagte er und sah sich nach dem Mieter des Toyotas um. In diesem Moment trat ein Typ mit Brille und leicht lichtem Haar aus dem Haus. Robyn versteifte sich neben ihm.

»Payne?«, sagte Mindy vom Rücksitz. »Ist das Payne?«

»Ihr Mann«, flüsterte Robyn.

»Gut, dass das Haus so groß ist«, flüsterte Mason zurück.

Er stellte den Wagen ab, und sie stiegen alle aus. Mindy ging mit zögernden Schritten auf ihren Mann zu.

»Was machst du hier?«

Er sah sie ganz unglücklich an. »Du bist meine Frau. Wo sollte ich sonst sein?«

»Du hast gesagt, dass du mir niemals verzeihen kannst.«

»Ich weiß auch immer noch nicht, ob ich das kann. Aber meinst du nicht, wir sollten über das alles reden?«

Mindy brach in Tränen aus. Mason packte Robyn und Harlow geistesgegenwärtig an den Oberarmen und zog die beiden mit sich ins Haus.

»Lauft«, sagte er leise, als sie in der Küche standen. »Lauft und versteckt euch.«

Harlow grinste ihn an. »Ich dachte, du wärst ein hartgesottener Soldat. Du musst dich doch dem Feind stellen und kämpfen.«

»Immer gerne, gar kein Problem. Nur nicht, wenn die Heulboje in der Nähe ist. Gott weiß, was passiert, wenn Payne auf einmal anfängt rumzuschreien.« Er zog eine Grimasse. »Was, wenn sie beide anfangen zu weinen?«

»Das wäre der totale Albtraum«, bestätigte Harlow feierlich.

»Allerdings.«

Sie winkte ihm und Robyn zu. »Ich gehe mal nach Lillian sehen. Danach habe ich ein FaceTime-Gespräch mit Kip. Ich werde die geheime Treppe nehmen und die Hauptflure meiden. Ich schlage vor, dass ihr das genauso macht.«

Mason sah Robyn an. »War ich zu hart, was deine Freundin betrifft?«

Ihre blauen Augen blitzten amüsiert. »Nein. Und ich bewundere deine Fähigkeit, genau das zu sagen, was ich denke, nur direkter.«

Sie legte ihm die Hände auf die Brust und lächelte ihn an. »Weißt du, woran ich gerade denke?«

Hitze durchfuhr ihn augenblicklich – innerhalb weniger Sekunden war er hart und voller Verlangen.

»Ich glaube, ja.«

»Warst du in der Drogerie?«

»Es liegt eine Schachtel Kondome in meinem Nachttisch.«

»Oh, sehr schön.« Sie stellte sich auf die Zehenspitzen und gab ihm einen leichten Kuss. »Willst du mal sehen, ob sie auch passen?«

»Ich dachte schon, du würdest nie fragen.«

»Jetzt ist es schon eine ganze Weile ruhig«, sagte Robyn, die Lillian gegenüber im Frühstücksraum saß. Es war beinahe zehn Uhr morgens, sie aßen Scones und tranken Tee dazu. Eine äußerst zivilisierte Art, das Leben zu genießen, dachte sie.

Natürlich war sie dieser Tage ohnehin fast ununterbrochen glücklich – das Resultat Dutzender Orgasmen, die Mason ihr beschert hatte.

Seit sechsunddreißig Stunden waren sie nun schon Liebhaber – im wahrsten Sinne des Wortes. Sie hatten die zwei vergangenen Nächte damit verbracht, sich gegenseitig zu berühren, zu erforschen, sich kennenzulernen und sich zu befriedigen. Genug Schlaf hatte sie nicht bekommen, aber das hatte sie auf später verschoben. Für den Moment genoss sie das allgemeine Wohlgefühl und die totale Befriedigung.

»Vielleicht schlafen sie«, sagte Lillian und schmierte Marmelade auf ihren Scone. »Oder sie haben Sex.«

Payne und Mindy hatten sich in den letzten anderthalb Tagen die meiste Zeit in ihrem Zimmer verkrochen. Zum Abendessen waren sie jeweils kurz aufgetaucht, Mindy mit rot geheulten Augen und niedergeschlagen, Payne mehr verwirrt als wütend. Aber seither hatte sie niemand mehr gesehen. Es war jede Menge Geschrei und Geheule zu hören gewesen, doch sonst kaum etwas.

»Ich hoffe, es ist Sex«, fügte Lillian lächelnd hinzu. »Das ist so viel interessanter, als zu streiten.«

Ehe Robyn sich eine Antwort überlegen konnte, kam Austin rein – er sah groß, gebräunt und glücklich aus. Sie lief zu ihm.

»Du bist zurück! Wie war die Reise? Hat dir die UC San Diego gefallen? Ist sie eine heiße Anwärterin?«

Sie ermahnte sich, nicht so viel zu reden. Dass Austin sich für ein Studium interessierte, war schon Freude genug. Ihn zu drängen, würde nichts bringen. Ihr Jüngster traf seine eigenen Entscheidungen, zu seiner eigenen Zeit.

»Mom!« Er zog sie fest an sich, dann wirbelte er sie einmal herum. »Ich habe dich vermisst.«

Sie lachte. »Und du hast das ganze Drama mit Mindy verpasst. Payne ist vor zwei Tagen aufgetaucht, und keiner weiß, was mit den beiden ist. Hast du Hunger? Möchtest du einen Tee?«

Er warf einen Blick auf den Tisch. »Gibt's auch Kaffee?«

»Es sollte wohl welcher aufzutreiben sein.«

Sie holte ihm Kaffee und dazu ein paar Bananen. Als sie in den Frühstücksraum zurückkehrte, saß er neben Lillian und aß einen Scone.

»Bist du heute Morgen zurückgefahren?«, fragte sie.

»Ich konnte nicht schlafen, also habe ich um kurz vor sechs schon aus dem Motel ausgecheckt. Da heute Samstag ist, war nicht viel Verkehr, und ich bin schnell durchgekommen.«

Er nahm sich eine Banane. »Ich habe den Campus besichtigt. Er gefällt mir sehr. Ich möchte mich dort bewerben, Mom.«

Robyn ermahnte sich, ruhig zu bleiben. Wenn sie loskreischte, würde das nur dazu führen, dass er seine Entscheidung infrage stellte. Innerlich führte sie allerdings einen Freudentanz auf. Er wollte an die Uni! Endlich! Nun würde Austin Zeit gewinnen und sich in Ruhe überlegen können, was er mit seinem Leben anfangen wollte. Er würde neue Leute kennenlernen und feststellen, dass es eine Welt jenseits der Arbeit bei seinem Vater gab.

Doch statt all das auszusprechen, nickte sie nur und murmelte: »Das ist eine tolle Uni. Außerdem ist San Diego eine großartige Stadt. Weißt du schon, was du studieren willst?«

Er aß seine Banane auf, dann wischte er sich die Hände an einer Serviette ab. Ihre Blicke trafen sich.

»Ich möchte mich für das ROTC-Programm der Marine bewerben.«

Er redete weiter, doch sie hörte nichts mehr. Ein Tosen erfüllte ihre Ohren, und es kam ihr vor, als hätte ihr Herz aufgehört zu schlagen. Nur saß sie immer noch aufrecht – und hätte sie nicht bewusstlos werden müssen, wenn ihr Herz stehen geblieben wäre?

Zorn, Angst und das furchtbare Gefühl, betrogen worden zu sein, rangen in ihr miteinander. Wie konnte er nur? Sie hatte ihm vertraut. Sie hatte mit ihm geschlafen! Und die ganze Zeit über hatte er hinter ihrem Rücken ihren Sohn dazu überredet, sich …

»Mom!«, sagte Austin mit scharfer Stimme. »Du hörst mir gar nicht zu.«

Sie ignorierte das Hämmern in ihren Ohren und das Gefühl,

keine Luft mehr zu bekommen, um sich auf ihren Sohn konzentrieren zu können. »Ich bin da.«

Austin verzog den Mund. »Ich weiß, was du denkst. Mason hat nichts damit zu tun. Das ist keine neue Idee. Ich habe schon letztes Jahr mit den Leuten vom ROTC gesprochen. Das eine Mal, als ich Harlow im College besucht habe, bin ich in deren Büro gegangen und habe mir ein paar Infos geholt. Ich denke schon eine ganze Weile darüber nach, ich war nur noch nicht so weit, verstehst du? Gleich nach der Highschool war mir das zu früh. Ich wollte mir ganz sicher sein – das ist eine große Verantwortung.«

Er blickte sie an. Sie sah gleichzeitig den Mann, der er werden würde, und den kleinen Jungen, der er gewesen war. Lauter Bilder schossen ihr durch den Kopf. Davon, wie er Fahrradfahren gelernt hatte, wie er bei starker Strömung surfen gegangen war und sie ihn nur mit Mühe wieder an Land gezogen hatte, wie sie miteinander lachten, und von dem Sonntagnachmittag, als seine erste Freundin ihn verlassen und ihm das Herz gebrochen hatte.

»Bitte weine nicht«, flüsterte er.

»Tu ich doch gar nicht«, behauptete sie, während sie sich über das Gesicht wischte und ein paar Tränen trocknete.

Lillian drückte seine Hand. »Ich bin so stolz auf dich, Austin. Du wirst ein wundervoller Marineoffizier sein.«

Austin küsste sie auf die Wange, dann erhob er sich von seinem Stuhl und kam zu ihr herum. Er hockte sich neben sie und umarmte sie fest. »Mom, du musst mich gehen lassen. Es ist an der Zeit dafür. Und es ist genau das, was ich machen möchte.«

Was, wenn du dabei umkommst? Sie stellte diese Frage nicht, da sie beide wussten, dass diese Möglichkeit bestand. Beim Militär konnte ihm jederzeit etwas Furchtbares passieren.

Sie zwang sich zu nicken. »Wenn es das ist, was du dir wünschst, dann solltest du es auch tun.«

»Bist du dir sicher?«

»Ja. Ich gratuliere dir! Das ist eine große Entscheidung.«

Er grinste sie an und kehrte zu seinem Platz zurück. »Ich habe mir schon alles überlegt. Ich brauche ein Jahr, um meinen

Wohnsitz hier anmelden und als Bewohner des Staates günstigere Studiengebühren zahlen zu können. Währenddessen suche ich mir einen Job bei einem Charterbootunternehmen oder in einem Jachthafen. Außerdem möchte ich mich für einen Unizulassungskurs anmelden und die Eingangsprüfung noch einmal machen. Meine Noten könnten nämlich besser sein.«

»Du hast einen richtigen Plan«, sagte sie und war beeindruckt, wie gründlich er alles durchdacht hatte.

»Ich bewerbe mich diesen Herbst, und nächstes Jahr im Herbst werde ich mit dem Studium anfangen. Dann bin ich zwar ein Jahr älter als die meisten anderen Studierenden, aber das ist in Ordnung.« Er ließ ein Lächeln aufblitzen. »Die Mädchen werden mich dafür umso heißer finden.«

»Das werden sie. Da musst du allerdings gut aufpassen.«

»Mom, komm schon. Du kennst mich doch.« Er nahm sich noch einen Scone. »Das ändert die ganze Situation für dich, oder? In Florida, meine ich. Vielleicht willst du nun ja kein neues Haus dort kaufen. Du könntest dir eine Eigentumswohnung suchen oder eine mieten und dir überlegen, wie du weitermachst.«

»Ihr solltet einfach beide hier wohnen«, sagte Lillian mit Nachdruck. »Ich würde mich über eure Gesellschaft freuen. Austin, du kannst hier genauso gut Arbeit finden wie anderswo. Und Robyn, du weißt ja, wie gerne ich dich hierbehalten würde.« Lillian wandte sich an Austin. »Ich bettle praktisch jeden Tag darum, dass sie mich nicht verlässt.«

»Bisher hast du mich zweimal gefragt«, sagte Robyn lächelnd.

»Aber jetzt kannst du ernsthaft darüber nachdenken.«

»Lass uns eine Sache nach der anderen angehen. Austin, ich bin wirklich stolz auf dich.«

»Danke, Mom.« Er wandte sich an seine Urgroßtante. »Und danke, dass du mich hier wohnen lassen willst. Das fände ich sehr schön.«

»Hervorragend«, sagte Lillian und seufzte erleichtert. »Ich freue mich sehr. Aber nun zu der etwas unangenehmeren Frage, mein lieber Junge. Hast du schon mit deinem Vater darüber gesprochen?«

Austin rutschte voller Unbehagen auf seinem Stuhl hin und her, und Robyn unterdrückte ein Stöhnen. Cord würde die Nachricht sicher nicht gut aufnehmen. Er hatte nie gewollt, dass seine Kinder in den Militärdienst gingen. Vielmehr wünschte er sich, dass sie beide bei ihm arbeiteten.

»Ich wollte ihn schon anrufen«, sagte Austin gequält. »Es ist nur so kompliziert. Mit dem Zeitunterschied und so.«

»So schnell erwartet er dich sicher nicht zurück«, kam Robyn ihm zur Hilfe. »Du hast ja gekündigt.«

Ihr Sohn nickte bedrückt. »Ja. Aber wir wissen beide, was er erwartet – dass ich wieder angerannt komme und darum bettle, dass er mir meine Stelle zurückgibt. Ich rufe ihn heute noch an.«

»Wenn es zu schlimm wird, sag ihm, dass er mich anrufen soll. Ich werde ihn schon beruhigt bekommen.«

»Danke, Mom.«

»Immer gern.«

Robyn entschuldigte sich und machte sich auf die Suche nach Mason. So mitten am Vormittag fand man ihn meistens in seinem Büro.

Genau dort saß er auch und tippte mit ernster Miene auf seinem Computer herum, die Aufmerksamkeit auf den Bildschirm vor sich gerichtet.

Da er sie zunächst nicht bemerkte, nahm sie sich einen Moment, um sein Gesicht zu betrachten. Inzwischen kannte sie seine Launen, konnte aus seinen Zügen ablesen, ob er glücklich, genervt oder kurz davor war, in einem Strudel der Lust total die Kontrolle zu verlieren, was sehr erregend zu beobachten war. Sie kannte seinen Geruch und seine Stimme. Und sie wusste, dass er – entgegen seiner höflichen Zurückhaltung in der Öffentlichkeit – im Privaten mehr als bereit war, sich gehen zu lassen.

Er ist ein guter Mann, dachte sie, im vollen Bewusstsein, dass dieser Charakterzug seltener zu finden war, als sie hätte zugeben wollen.

Schließlich sah er auf und entdeckte sie. Sein Mund verzog sich unwillkürlich zu einem langsamen, sexy Lächeln. Er hatte den Raum bereits zur Hälfte durchquert, als sie ihn mit erhobener Hand aufhielt.

»Nicht so schnell, Mister.«

Er zog fragend eine Augenbraue hoch.

»Austin ist zurück«, sagte sie und stemmte die Hände in die Hüften. »Wolltest du mir vielleicht irgendwann auch mal erzählen, dass er am ROTC-Programm der Marine interessiert ist? Hast du etwa geglaubt, das sei keine Info, die ich haben sollte?«

»Ich habe ihn zu nichts überredet.«

»Das weiß ich. Er ist kein Junge, der sich leicht beeinflussen lässt. Aber er hat dir Fragen gestellt, und du wusstest, wo er hingefahren ist.«

Mason sah sie unverwandt an. »Ich habe ihm gesagt, dass ich keine Geheimnisse vor dir haben werde. Dass er dir sagen muss, was er vorhat, oder ich es sonst tun werde. Er wollte nur erst das ROTC-Büro besuchen, um sicherzugehen, dass es überhaupt das Richtige für ihn ist, und es dir dann erzählen, sobald er nach Hause kommt.« Seine Züge wurden weich. »Er wollte nicht, dass du dir Sorgen machst, ehe er keine endgültige Entscheidung getroffen hat.«

Das alles ergab Sinn, dennoch … »Du hättest es mir sagen sollen.«

»Ich habe nur seine Bitte respektiert, ein paar Tage lang darüber zu schweigen.«

»Aber er ist doch mein Sohn.«

»Ja, das ist er.« Er sprach zögernd, so als wäre er sich nicht sicher, in welche Richtung das Gespräch sich entwickeln würde.

Robyn war nicht wirklich verärgert – sie war vielmehr daran interessiert, wie das Ganze zwischen Austin und Mason abgelaufen war. Sie mochte ihn zwar sehr, doch ihr Vertrauen musste er sich noch erarbeiten.

»Es war eine Ermessensentscheidung«, sagte er. »Ich habe getan, was ich in dem Moment für das Richtige hielt. Aber wenn du damit nicht einverstanden bist, sollten wir darüber reden.«

»Er will zur Marine. Ich weiß nicht, wie ich das finden soll.«

»Der Junge hat Potenzial. Er ist intelligent, er trifft seine Entscheidungen mit dem Kopf, und er ist zielstrebig. Er wird mal ein guter Offizier werden. Er möchte einen Zerstörer befehligen.«

»Dann wird er sechs Monate am Stück unterwegs sein.«

Er lächelte schief. »Es geht nicht immer nur um dich.«

Sie trat zu ihm und spürte, wie er die Arme um sie schlang. Sie legte den Kopf an seine Schulter. »Ich habe meine Kinder aber gerne um mich. Und er geht jetzt weg.«

»Sie werden erwachsen. Das ist Gottes Art zu sagen: ›Such dir ein Hobby.‹«

Robyn stellte verwundert fest, dass sie lachen und weinen zugleich musste. Sie nahm seine Hand und zog ihn zu der Wand mit den Bücherregalen. Dann fummelte sie unter einem Brett herum, bis sie einen Hebel fand, drückte ihn zurück und schob das Regal zur Seite.

»Heilige Scheiße!« Mason starrte verblüfft in die mannsgroße Öffnung. »Noch ein Geheimgang? Wohin führt der?«

»Zu Lillians Schlafzimmer. Sie ist mit Austin unten, wir können also unbemerkt von ihrem Zimmer zu meinem schleichen.«

Sie betätigte den Lichtschalter. Mason folgte ihr, dann schob er das Regal wieder an Ort und Stelle. Zusammen gingen sie die Treppe hoch und kamen, wie sie versprochen hatte, in Lillians Zimmer raus. Von da war es nur ein kurzer Weg zu ihrem.

Sobald sie dort angekommen waren, schloss sie die Tür ab und drehte sich zu ihm um.

»Ich brauche dich«, sagte sie schlicht.

»Du hast mich schon. Meinen Körper wie meine Seele. Das solltest du inzwischen wissen.«

»Ach, Mason.«

Sie wollte noch mehr sagen – zum Beispiel, was für eine unerwartete, wundervolle Überraschung er war. Doch sobald er begonnen hatte, sie zu küssen und sie zu berühren, erschien ihr so etwas wie reden vollkommen überbewertet.

26. KAPITEL

Harlow streichelte geistesabwesend die Katze auf ihrem Schreibtisch. Queen Mary, ein atemberaubend schönes Exemplar mit grauem Fell, hatte sich um ihr Tablet drapiert und machte es ihr beinahe unmöglich zu tippen.

Unter normalen Umständen wäre das lästig gewesen, doch heute Morgen war Harlow dankbar für den Hemmschuh. Andernfalls wäre sie gezwungen, die E-Mail auf ihrem Bildschirm zu beantworten, und dafür war sie noch nicht bereit.

> Im September wird eine Stelle bei mir frei. Wir bieten Chartertouren verschiedener Art an. Angeln, Sightseeing, ein regelmäßiger Segeltörn um die Florida Keys. Außerdem gibt es eine Dreitagestour von einer Insel zur anderen, aber dafür müsstest du erst mal eingearbeitet werden.
>
> Ich würde mich freuen, mit dir zu sprechen, falls du interessiert bist. In zwei Wochen fange ich mit den Bewerbungsgesprächen an, ich müsste also bis Ende des Monats von dir hören. Mir ist klar, dass du in Kalifornien bist, wir könnten also gerne über Zoom reden.

Und da war es. Ein Stellenangebot. Oder zumindest ein Vorstellungsgespräch. Wenn das klappte, würde sie an einem anderen Ort in Florida arbeiten, bei einem anderen Unternehmen. Dort wäre sie nicht die Tochter des Chefs – sie wäre einfach eine Kapitänin unter vielen, die Neue, die alle unbeliebten Einsätze aufgebrummt bekommen würde.

Sie fuhr fort, Queen Mary zu streicheln, und fragte sich, was sie antworten sollte. Darüber zu reden, das Unternehmen ihres Vaters zu verlassen, war eine Sache, doch es wirklich zu tun, eine ganz andere. Ihr Vater würde angepisst sein – womöglich so sehr, dass er ihr verbieten würde, jemals wieder zurückzukommen. Außerdem müsste sie nach Key West umziehen.

Kip würde nicht mitkommen können – jedenfalls nicht, wenn er seinen Job behalten wollte. Er verdiente dort gutes Geld und hatte eine etablierte Kundschaft. Würde er woanders noch mal von vorne anfangen wollen? Und sollte sie nicht mit ihm sprechen, ehe sie das Bewerbungsgespräch überhaupt in Erwägung zog?

Über ihr setzte das rhythmische Geräusch wieder ein, das vom Schlagen des Kopfteils eines Bettes gegen die Wand rührte – erst langsam, dann immer schneller. Harlow stöhnte auf.

»Letzte Nacht fing es an«, erklärte sie der Katze. »So gegen Mitternacht. Das ist jetzt das dritte Mal. Die Vorstellung ist schon ein bisschen widerlich.«

Es störte sie nicht, dass Mindy und Payne Sex hatten. Sie wünschte nur, sie würden es nicht direkt über ihr tun.

Sie stellte die Mail auf ungelesen, klappte ihren Laptop zu und machte sich auf den Weg zum Frühstücksraum, wo Lillian und Austin zusammen am Tisch saßen.

»Liebes!« Lillian streckte ihr die Hand entgegen. »Ich freue mich so, dich zu sehen.«

Harlow umarmte ihre Urgroßtante. Dann goss sie sich einen Kaffee ein und nahm Platz. Sie sah ihren Bruder an.

»Sie sind schon wieder dabei.«

»Mindy und Payne?«

Harlow nickte. »Jemand sollte sich mal das arme Bettgestell ansehen. Ich glaube, das fällt bald auseinander.«

Lillian lachte. »Ich werde es Salvia sagen, sie kann es auf die Reparaturliste setzen. Allerdings sollten wir wohl damit warten, bis unsere Gäste abgereist sind.«

Austin warf einen Blick auf die Wanduhr. »Ich gehe mal duschen. Wenn sie dann noch nicht fertig sind, bin ich in einer Viertelstunde zurück.«

»Die brauchen nie so lange. Da bist du auf der sicheren Seite.«

Austin grinste. »Alte Leute. Man weiß nie, was die wieder aushecken.« Er erhob sich und ging zu Lillian hinüber. Nachdem er sie umarmt hatte, flüsterte er leise: »Danke.«

Dann ging er. Harlow bestrich einen Scone mit Clotted Cream und fragte sich, wofür ihr Bruder Tante Lillian gedankt hatte.

»Du scheinst irgendetwas auf dem Herzen zu haben«, sagte Lillian und nippte an ihrem Tee.

Harlow starrte sie verblüfft an. »Das kannst du doch unmöglich wissen. Ich bin gerade mal fünf Sekunden hier.«

»Ich kenne dich schon, seit du ein Baby warst. Also, worum geht es?«

»Ich versuche herauszufinden, was ich beruflich machen will. Soll ich zurück zu meinem Vater und für ihn arbeiten, obwohl ich weiß, dass er mich immer nur als seine Tochter sehen wird?«

»Ist das denn etwas Schlechtes?«

»Er hat keinen Respekt vor mir.« Harlow knabberte an ihrem Scone. »Allerdings bin ich mir nicht sicher, ob ich mir seinen Respekt verdient habe. Vielleicht habe ich also gar nicht das Recht, mich zu beschweren. Aber ich frage mich, ob ich nicht besser bei ihm aufhören und woanders arbeiten sollte. Ich könnte mir meinen Platz in einem anderen Unternehmen erarbeiten, ein paar wertvolle Erfahrungen sammeln und dann später für meinen Dad arbeiten, wenn aus mir mehr geworden ist als eine Zweiundzwanzigjährige mit Größenwahn.«

»Du gehst sehr hart mit dir ins Gericht.«

Harlow wünschte sich, das würde stimmen. »Irgendwie glaube ich eher, dass ich zum ersten Mal wirklich ehrlich zu mir selbst bin. Spaß macht das nicht, aber ich hoffe, dass es den Charakter bildet.«

Lillian musterte sie eingehend. »Wie wäre es, wenn ich alle deine Pläne über den Haufen schmeißen würde?«

Harlow lachte. »Ich glaube nicht, dass du so viel Macht hast.«

»Oh Süße, wie falsch du da liegst.« Lillian stellte ihre Tasse ab. »Ich vererbe dir und deinem Bruder jeweils zweihundertfünfzigtausend Dollar. Ehe du dazukamst, habe ich es Austin erzählt. Ich werde euch beiden das Geld bereits jetzt geben. Warum solltet ihr darauf warten, bis ich tot bin? Ich freue mich riesig, Austin damit beim Studium unter die Arme zu greifen. Und dir sage ich: Wenn du deinen Kajakverleih kaufen willst, wirst du bald die nötigen Mittel dazu haben.«

Harlow starrte sie mit weit aufgerissenen Augen an. »Wie bitte? Ich meine, meinst du das ernst? Du kannst mir doch nicht so viel Geld geben!«

»Doch, das kann ich. Ich dachte, du würdest vielleicht einen Teil davon für deine Hochzeit ausgeben wollen, aber vielleicht ist der Kauf des Unternehmens die bessere Option.«

Harlow ließ ihren Scone fallen und warf sich ihrer Tante in die Arme. »Vielen Dank! Das ist wirklich unglaublich. Aber du musst das nicht tun.«

»Ich hab dich sehr lieb, mein Kind. Und was sollte ich sonst damit machen?«

Harlows Brustkorb war wie zugeschnürt, das Denken fiel ihr schwer. Zweihundertfünfzigtausend Dollar? Mit dem Geld könnte sie so viel machen. Wie Lillian gesagt hatte, könnte sie den Kajakverleih selbst kaufen. Einfach so, ohne Kredit! Sie könnte ihn eigenständig führen und sämtliche Einnahmen behalten! Sie könnte …

»Ich will das gar nicht«, sagte sie und spürte, dass die Worte aus ihrem tiefsten Herzen kamen. Sie war erschrocken darüber, wusste zugleich jedoch, dass sie ehrlich war. »Ich will den Kajakverleih nicht für mich selbst kaufen. So weit bin ich noch nicht. Ich hätte ja gar keine Ahnung, wie ich ihn leiten soll. Schließlich bin ich erst zweiundzwanzig. Keine Ahnung, wie man eine ganze Reihe von Mitarbeitern führt und wie das alles funktioniert. All das würde ich mir ganz neu aneignen müssen, und das macht mir eine Heidenangst.«

Mit dieser Erkenntnis überrollte sie eine weitere Welle von Gedanken wie: Was habe ich mir nur dabei gedacht, von meinem Vater zu erwarten, mir eine Firma zu kaufen, nur um Chefin spielen zu können?

Harlow seufzte. »Ich war so dumm. Eigentlich will ich den Kajakverleih gar nicht kaufen, selbst wenn man mir das Geld dafür gibt. Ich bin nichts als eine Hochstaplerin.«

»Du bist jung und suchst gerade deinen eigenen Weg.«

Das ist eine allzu nette Erklärung für mein Verhalten, dachte Harlow. »Ich verdiene deine Großzügigkeit nicht.«

»Es geht hier nicht um irgendeinen Verdienst. Es ist mein Geld, und ich darf entscheiden, was damit passiert.«

Harlow musste daran denken, dass Austin einen Teil seines Erbes für sein Studium verwenden würde. Er hatte wenigstens einen Plan. Genau wie ihre Mom und Enid, und …

»Ich möchte Enid helfen. Ich könnte einen Teil des Geldes dafür verwenden, ihr Medizinstudium mitzufinanzieren. Dann müsste sie nicht so hohe Kredite aufnehmen. Was den Rest betrifft, weiß ich es noch nicht. Ich bin etwas überfordert.«

»Du musst jetzt noch gar nichts entscheiden«, sagte Lillian. »Dafür haben wir ja Banken.«

Harlow umarmte sie. »Du bist zu großzügig. Vielen, vielen Dank! Und du hast recht, ich muss noch nichts entscheiden. Aber du eröffnest mir so viele Möglichkeiten.« Sie lächelte. »Jetzt möchte ich gerne mit meiner Mom darüber reden.«

Lillian tätschelte ihr den Arm. »Ja, aber ich würde vorschlagen, dass du ihr noch ein bisschen Zeit gibst. Sie ist losgezogen, um Mason zu beschimpfen, weil Austin zur Marine will. Es könnte besser sein, sie das erst mal klären zu lassen.«

Harlow lachte. »Du hast recht, ich warte noch etwas.« Sie kehrte an ihren Platz zurück. »Und was ist mit Mindy und ihrem Mann? Meinst du, sie vertragen sich wieder?«

»Das hoffe ich.« Lillian klang wehmütig. »Eine gute Ehe ist ein solcher Segen. Ich hoffe, du und Kip werdet das auch erleben, mein Schatz. Und mindestens fünfzig gemeinsame Jahre.«

Harlow lächelte. »Ich auch.«

Denn sie liebte Kip. Er würde sich so sehr über ihr Erbe und die Möglichkeiten, die damit einhergingen, freuen. Einen Teil des Geldes könnten sie als Anzahlung für ein Haus verwenden.

»Ich fühle mich heute Morgen recht rüstig«, sagte Lillian. »Hol mir doch bitte meinen Stock, Liebes. Dann können wir in den Garten gehen und Blumen für den Tisch schneiden. Für heute Nachmittag hat mir Austin ein paar Runden Backgammon versprochen. Er glaubt, dass er gewinnen wird.«

Harlow lachte. »Das denkt er immer und tut es nie.«

Lillian zwinkerte ihr zu. »Manche Menschen sind eben von Natur aus optimistisch, auch wenn sie keinen Grund dazu haben.«

Nachdem sie sich von ihren multiplen Orgasmen erholt hatte, ging Robyn ins Musikzimmer, um mit ihrer Inventur fortzufahren. Auch wenn es nicht wirklich nötig war, die Flöten und Gitarren durchzuzählen – sie brauchte ein bisschen Zeit für sich selbst.

In zwei Schränken fand sie stapelweise Partituren. Eine Holzkiste enthielt einen weiteren Haufen handgeschriebener Noten von Bellini, Romberg und Puccini.

Robyn betrachtete verblüfft die vielen Blätter, die aussahen wie Originalpartituren.

»Das können doch keine neuen Kompositionen sein«, sagte sie zu sich selbst. »Das sind sicher Kopien bereits bekannter Werke.« Nahm sie zumindest an. Was sie über klassische Musik und ihre Komponisten wusste, würde noch nicht mal eine Karteikarte füllen.

Dennoch notierte sie den Fund, damit sie der Liste von benötigten Experten einen hinzufügen konnte. Sie wurde mit jedem Tag länger.

Kurz vor Mittag legte sie ihr Notizheft in ihrem Zimmer ab, dann machte sie sich auf den Weg zu Lillians Räumen. Sie fühlte sich nun mutig genug, allen gegenüberzutreten, ohne dass ihr Gesichtsausdruck etwas über ihre morgendlichen Aktivitäten verriet. Denn was sie und Mason betraf, war eindeutig sie die Schwachstelle. Masons Gesicht gab nie irgendetwas preis, es sei denn, er wollte es so.

»Eine Fähigkeit, an der ich noch arbeiten sollte«, sagte sie sich, während sie auf Lillians Balkon zusteuerte.

Als sie näher kam, hörte sie Stimmen. Lillians natürlich und Austins und …

Sie trat durch die geöffneten Balkonflügeltüren und starrte eine weitere Person ungläubig an. »Cord?«

Ihr Ex-Mann saß auf der Kante eines Liegestuhls, in der Hand hielt er einen Drink. Lillian saß neben ihm, und ein äußerst genervt aussehender Austin stand an der Brüstung.

»Hey, Mom«, sagte ihr Sohn. »Sieh mal, wer soeben hier aufgetaucht ist.«

Cord ließ sein altbekanntes »Ich bitte lieber um Verzeihung als um Erlaubnis«-Lächeln in ihre Richtung aufblitzen. »Ich dachte, ich komme mal vorbei und sage euch Hallo.«

Robyn hatte keine Ahnung, was sie sagen sollte. »Zwischen uns lag ein ganzer Kontinent. Du kommst doch nicht nach Kalifornien geflogen, um mal kurz Hallo zu sagen.«

Lillian winkte ab. »Ist schon in Ordnung, Süße, Cord ist hier immer willkommen. Er ist doch eine charmante Ergänzung für unsere kleine Truppe. Aber ich finde es sehr interessant, dass sie dir alle quer durch das Land folgen. Du bist eine einflussreiche Frau.«

»Ich sollte meinen Einfluss lieber für etwas Gutes einsetzen«, murmelte Robyn. Denn *charmant* war nicht das Wort, das sie zur Beschreibung ihres Ex verwenden würde. Ja, Cord konnte eine ganze Party bespaßen, aber darum ging es hier nicht. Außerdem – was würde Mason denken?

»Warum bist du hier?«, fragte sie und wappnete sich für eine schlagfertige Antwort.

Zu ihrer Überraschung erwiderte Cord: »Ich muss mit dir reden und wusste nicht, wie ich das am Telefon machen sollte. Außerdem sind die Kinder hier bei dir.« Er wirkte verwirrt. »Eigentlich bin ich doch der spaßige Elternteil. Warum sind sie alle dir nach Kalifornien gefolgt?«

Ihre Beine, die bereits durch die vielen Orgasmen geschwächt waren, drohten nachzugeben. Sie ließ sich auf einen Stuhl sinken.

»Du wolltest mit mir reden?« Den Rest seiner Rede ignorierte sie lieber.

»Ich hab da so ein Problem.« Er blickte sich um. »Können wir irgendwohin gehen, wo wir Ruhe haben?«

»Nein«, sagten Robyn und Lillian wie aus einem Mund.

Lillian lächelte. »Mein Haus, meine Regeln. Bleib hier und erzähl es uns allen, Cord. Wir werden es sowieso erfahren.«

Austin nahm augenblicklich Platz. »Komm schon, Dad, sie hat recht. Irgendwann wissen sowieso alle Bescheid.«

Ihr Sohn klang leicht verärgert. Doch ehe Robyn entscheiden konnte, was diesbezüglich zu tun war, seufzte Cord schwer.

»Das ist nicht fair.« Er funkelte seinen Sohn böse an. »Du hast gekündigt.«

»Ja, hab ich, und ich komme auch nicht zurück.«

»Musst du dabei so fröhlich klingen?«

Austin zuckte nur mit den Schultern.

»Was ist los?«, fragte Robyn. Je früher ihr Ex es ihr erzählte, desto schneller würde er wieder abreisen. Hoffe ich zumindest, dachte sie, während sie zur Tür sah und sich fragte, ob Mason jeden Moment auftauchen würde. Wie sollte sie ihm die plötzliche Anwesenheit ihres Ex-Manns erklären?

»Ja, Cord«, sagte Lillian leicht schadenfroh. »Worum geht es?«

Cord wandte sich von ihr ab und konzentrierte sich auf sie. »Zafina ist schwanger«, sagte er leise.

Robyn brach in Gelächter aus. »Oh Gott! Ernsthaft? Das ist jetzt schräg.«

»Du klingst nicht besonders mitfühlend.«

»Bin ich auch nicht. Ich habe dich jahrelang angefleht, dich sterilisieren zu lassen, aber du hast dich immer geweigert. Ehrlich gesagt wundert es mich, dass sie die Erste deiner vielen Frauen ist, die schwanger wird. Die Gesetze der Wahrscheinlichkeitsrechnung haben doch noch zugeschlagen.«

»Sag mir, was ich machen soll.«

»Nein. Das ist nicht mein Problem. Es wird niemals mein Problem sein, und das macht mich sehr glücklich.«

Er sah sie erbost an. »Aber du hilfst mir doch immer. Ich bin auf dich angewiesen.«

»Das tut mir leid für dich.« Ihr war klar, dass sie eigentlich aufgebracht sein müsste, zumindest in Harlows Namen, doch gerade schwelgte sie einfach nur in der Ironie des Moments. »Mit einem kleinen Schnitt hättest du es verhindern können, aber du warst ja zu sehr in Sorge um deine Männlichkeit.« Sie grinste. »Wenn das Kind die Highschool abschließt, bist du vierundsechzig. Ich hoffe, es wird dich niemand für den Großvater halten.«

»Der war gut, Mom«, sagte Austin.

Ehe Cord reagieren konnte, kam Harlow auf den Balkon, das Handy in der Hand und die Augen vor Schreck weit aufgerissen.

»Mom? Ich habe gerade eine Nachricht von Zafina bekommen, sie …« Sie blieb abrupt stehen. »Dad? Du bist hier?«

»Bin gerade angekommen. Wie geht's dir? Ich habe dich vermisst.«

Er ging auf sie zu, doch sie wich zurück.

»Ist Zafina wirklich schwanger?«, fragte sie.

Er zog eine Grimasse. »Sie behauptet es, aber ich bin mir nicht sicher. Auch, ob es überhaupt von mir ist. Sie nimmt nämlich eigentlich die Pille und …«

»Stopp!« Harlow wedelte mit ihrem Handy vor seinem Gesicht herum. »Hör auf damit. Wage es ja nicht, zu sagen, dass es nicht deins ist. Wie kannst du dich nur so vor der Verantwortung drücken? Du bist derjenige, der mit der Schwester meines Verlobten schläft, was widerlich genug ist, aber da windest du dich nicht wieder raus. Wenn sie schwanger ist, bist du der Vater, und das weißt du auch. Werd erwachsen, Dad! Werd einfach mal erwachsen.«

Alle starrten Cord an, der unter dem verbalen Angriff seiner Tochter zu schrumpfen schien.

»Es ist nur …«, begann er.

Harlow schob ihr Handy in die Hosentasche. »Du widerst mich an.«

Mit diesen Worten ließ sie ihn stehen. Austin folgte ihr.

Lillian sah Robyn an, ihr Mund verzog sich zu einem Lächeln. »So viel Drama. Meinst du, es ist noch zu früh für Cocktails?«

Mason saß auf dem Balkon, den er sich mit Robyn teilte. Charles der II. lag auf seinem Schoß. Eigentlich wollte er versuchen zu schreiben, doch dazu kam es einfach nicht. Stattdessen würde er sich sonnen und den Rest des Nachmittags rein gar nichts tun.

Robyn hat mich vollkommen ausgelaugt, dachte er grinsend. Sie war unglaublich – sogar noch faszinierender, sexyer und witziger, als er sie sich vorgestellt hatte. Er konnte nicht genug von ihr bekommen und wollte es auch nicht. Wenn es nach ihm ginge, würden sie noch bis weit in ihre Neunziger Liebe miteinander machen, selbst wenn sie dann etwas vorsichtiger rangehen müssten, um keinen Hüftbruch zu riskieren.

Er kraulte das Kinn des dösenden Katers, was ihm ein behagliches Schnurren einbrachte. »Wir haben doch beide ein tolles Leben«, sagte er. Charles reckte sich und gurrte zustimmend.

Er hörte, wie sich eine Zimmertür öffnete. Vorfreude erhellte seinen ohnehin schon großartigen Tag, als Robyn aus ihrem Zimmer auf den Balkon heraustrat.

Verdammt, sie sah so gut aus. Ihr langes blondes Haar tanzte in der leichten Brise. Ihre Jeans schmiegten sich an ihre Hüften, und ihr T-Shirt ließ ihre Kurven erahnen. Irgendwann in den nächsten Tagen würde er sie mal dazu überreden, keinen BH zu tragen. Obwohl, vielleicht besser nicht, solange das Haus voll von …

Seine Fantasie verblasste, als er den besorgten Ausdruck auf ihrem Gesicht bemerkte.

»Was ist los?«, fragte er, während er Charles II. vorsichtig auf den Stuhl neben sich setzte und sich erhob. »Es ist doch irgendwas passiert. Geht es um eins der Kinder?«

Sie schüttelte den Kopf. »Ich werde es einfach aussprechen. Aber als Erstes möchte ich dir sagen, dass ich nichts davon wusste und nichts damit zu tun habe. Im Grunde ist die Einzige, die erfreut darüber zu sein scheint, Lillian. Aber ich glaube, sie genießt vor allem die emotionale Show …«

»Robyn«, sagte er leise.

Sie presste die Lippen zusammen. »Cord ist hier.«

Er brauchte eine Sekunde, um sich daran zu erinnern, wer das war. »Dein Ex?«

»Genau. Er ist einfach hergeflogen, ohne irgendjemanden vorzuwarnen.« Sie atmete tief durch. »Ich habe mit seinem Auftauchen nichts zu tun.«

»Das sagtest du bereits.«

»Ich will nicht, dass du glaubst, ich hätte ihn eingeladen oder dass ich ihn hier haben möchte.«

Sie machte sich Gedanken wegen ihm?

Tief in sich spürte er ein Gefühl aufwallen, das er nicht zu identifizieren wagte. Statt sich weiter damit auseinanderzusetzen, ging er zu ihr hinüber, nahm ihr Gesicht in beide Hände und küsste sie.

»Ich glaube dir«, sagte er und sah in ihre schönen Augen. »Du willst nicht, dass Cord hier ist, und du willst nichts mit ihm zu tun haben. Er gehört in deine Vergangenheit, und da soll er deiner Meinung nach gefälligst auch bleiben.«

Erleichterung ließ sichtlich die Anspannung aus ihren Schultern weichen. »Danke, dass du das sagst. Ich war mir nicht sicher, wie du darüber denken würdest. Ob du vielleicht … ich weiß es nicht … eingeschüchtert sein würdest.«

»Dein Ex schüchtert mich nicht ein.«

Sie lachte. »Da bin ich froh.«

»Lass uns mal hingehen, dann kannst du ihn mir vorstellen.«

Sie versteifte sich wieder. »Muss das sein?«

»Wir sollten es besser gleich hinter uns bringen.«

Sie nickte und trat einen Schritt zurück, dann biss sie sich auf die Unterlippe. »Verurteile mich nicht, okay? Ich war wirklich noch jung, als wir geheiratet haben.«

»Ich werde dich niemals verurteilen. Wegen gar nichts.«

Sie sah ihm in die Augen. »Das ist so ziemlich das Netteste, was jemals irgendwer zu mir gesagt hat.«

»Es ist aber wahr.«

»Das weiß ich, Mason. Du bist der ehrlichste Mann, den ich kenne.«

27. KAPITEL

»Ist eigentlich überhaupt noch irgendwer in Florida?«, fragte Harlow, während sie den Inhalt des Kühlschranks studierte.

Robyn, die sich erschöpft, leicht sorgenvoll und doch seltsam entspannt fühlte, schüttelte den Kopf. »Du meinst von den Leuten, die wir kennen? Nur ein paar wenige.«

»Enid und Kip – und das war's so ziemlich.« Ihre Tochter lächelte. »Du ziehst alle an wie ein Magnet, Mom.«

»Scheint so. Jetzt sag mir mal, ob ich es richtig sehe, dass wir rein gar nichts zum Abendessen haben?«

»Nada.« Harlow schloss die Kühlschranktür. »Also, wen hätten wir da alles? Du, ich, Mason, Lillian, Austin, Dad, Mindy und Payne. Wir sollten was vom Italiener holen. Lasagne und Salat. Das ist einfach, und alle werden es mögen.«

»Außerdem brauchen wir Rotwein«, murmelte Robyn. »Viel Rotwein.« Sie setzte sich an den Küchentisch und klopfte auffordernd auf den Platz neben sich. »Komm, setz dich mal zu mir. Wie geht es dir?«

Harlow ließ sich neben ihr nieder. »Es ist gerade viel los, Mom. Ich kann nicht fassen, dass Dad jetzt auch noch hier ist.«

»Ich weiß. Was hat er sich nur dabei gedacht?«

Hatte der Mann denn keine Freunde, mit denen er reden konnte? Weshalb um alles in der Welt tauchte er uneingeladen in Santa Barbara auf? Er hatte Lillian über die Jahre ein paarmal getroffen, aber sie standen sich nicht wirklich nahe. Und er kam einfach so in ihr Haus spaziert, in der Erwartung, bleiben zu dürfen. Mindy und Payne hatten dasselbe getan. Seltsam. Sehr, sehr seltsam.

Harlow stützte die Arme auf den Tisch. »Zafina ist tatsächlich schwanger. Sie hat mir die, Zitat, ›gute Nachricht‹ genau in dem

Moment überbracht, als Dad hier ankam. Dabei ist sie genauso alt wie Kip. Hätte sie nicht besser aufpassen müssen? Dad ist ja nicht gerade der verantwortungsbewussteste Mann auf diesem Planeten.« Sie kräuselte die Nase. »Und auch wenn ich wirklich nicht darüber reden will – hätte er sich nicht vor Jahren schon sterilisieren lassen sollen?«

»Das würde man meinen«, sagte Robyn leichthin. »Ist das okay für dich mit dem Baby?«

»Ich weiß es nicht, es ist irgendwie surreal. Zafina und ich sind nicht gerade eng miteinander, und …« Harlow riss die Augen auf. »Oh, verdammt! Sie bekommt ein Kind mit meinem Vater. Was ist dann ihr Kind? Mein Halbbruder oder meine Halbschwester *und* meine Nichte oder mein Neffe? Das ist so verkorkst. Jetzt werden sie heiraten, und er wird mein Vater und mein Schwager zugleich sein. Ich glaube, ich muss in Therapie.«

»Das müssen wir wohl alle«, murmelte Robyn.

»Warum musste sie nur schwanger werden? Sie hätte es doch besser wissen müssen. Und Dad! Er ist viel zu alt für ein Baby.« Harlow griff nach ihrer Hand. »Mom, mach, dass das aufhört.«

Mit denselben Worten hatte ihr kleines Mädchen sie vor vielen Jahren angefleht, als es seine Krebsbehandlung durchstehen musste.

»Ich wünschte, ich könnte es.« Sie drückte Harlows Finger. »Ich glaube, wir müssen da jetzt erst mal einfach durch.«

Harlow sackte auf ihrem Stuhl zusammen, dann richtete sie sich abrupt wieder auf, so als wäre ihr gerade etwas eingefallen. »Mom, Tante Lillian hat mir von meinem Erbe erzählt. Sie hinterlässt mir und Austin jeweils zweihundertfünfzigtausend Dollar!«

Robyn lächelte, ohne sich anmerken zu lassen, dass sie das nicht überraschte. Lillian hatte ihr vor ein paar Tagen erzählt, was sie vorhatte. »Das ist sehr großzügig von ihr.«

»Sie hat gesagt, sie will nicht, dass wir auf das Geld warten müssen. Austin wird einen Teil seines Erbes für die Studiengebühren verwenden. Er verhält sich so verantwortungsbewusst.«

»Ja, das tut er.« Robyn gab sich Mühe, neutral zu klingen. »Und was ist mit dir? Möchtest du den Kajakverleih kaufen?«

Harlow schüttelte den Kopf. »Nein. Es wäre etwas anderes gewesen, wenn Dad mir geholfen hätte. Aber alleine? So weit bin ich noch nicht. Und es reizt mich gar nicht wirklich – weshalb ich mir doppelt blöd vorkomme, weil ich von Dad erwartet habe, dass er ihn für mich erwirbt.«

Erleichterung durchströmte Robyn. Sie hatte Sorge gehabt, dass Harlow die Gelegenheit beim Schopf ergreifen würde – ehe sie die nötige Erfahrung und womöglich auch die notwendige Kraft dafür hatte. Aber ihre Tochter war selbst dahintergekommen.

»Ich bin wirklich stolz auf dich, Süße. Du bist so erwachsen.« Und wunderschön, dachte Robyn. Harlow war immer schon ein hübsches Kind gewesen, doch in den letzten zwei Jahren war sie richtiggehend aufgeblüht.

»Ich versuche es zumindest«, sagte Harlow. »Ich möchte die richtigen Entscheidungen in Bezug auf mein Erbe treffen. Das ist ein Riesenhaufen Geld, und ich weigere mich, es für irgendetwas Dummes zu verschwenden. Ich arbeite an einem Plan.«

»Sehr gut. Möchtest du darüber reden oder über das Abendessen?«

»Das Abendessen«, sagte Harlow lachend. »Unsere Leutchen werden bestimmt langsam hungrig. Du suchst den Wein aus, und ich gebe die Bestellung auf. Austin kann dann das Essen abholen, während ich den Tisch decke. Wie klingt das?«

»Perfekt.«

Robyn machte sich auf den Weg in den Weinkeller. Sie fragte sich, ob zwei Flaschen genügten oder ob sie besser gleich drei holen sollte. Mit ein wenig Glück würde die seltsame Atmosphäre inzwischen verflogen sein und das Abendessen eine ruhige Angelegenheit mit alltäglichen Unterhaltungen werden. Zumindest war dies ihr Wunschtraum.

Immerhin war das Treffen zwischen Mason und Cord problemlos verlaufen. Ihr Ex hatte nicht gewusst, wie er den anderen Mann einordnen sollte, und Mason hatte Cord nach einem kurzen Gruß und Handschlag als mehr oder weniger uninteressant abgetan. Sie hätte wissen sollen, dass sie sich keine Sorgen machen musste.

Mindy und Payne waren am Nachmittag wieder aufgetaucht. Sie schienen die meisten ihrer Probleme bearbeitet zu haben und hatten darum gebeten, mit den anderen essen zu dürfen. Sie hoffte, Cord, Mindy und Payne würden am nächsten Morgen zurück nach Florida fliegen, sodass die Zurückbleibenden mit ihrem Leben weitermachen konnten.

Sie brachte drei Flaschen Wein ins Esszimmer. Harlow stand gerade mit Mason dort und zeigte auf die verschiedenen Geschirrgarnituren im großen Schrank.

»Es gibt italienisch«, sagte sie. »Ich bin mir nicht sicher, welche Teller am besten dazu passen.«

Mason sah sie hilflos an. »Was spielt das für eine Rolle? Es geht darum, das Essen auf irgendwelche Teller zu tun. Genügt das nicht?«

Harlow tätschelte ihm den Arm. »Du dummer Mann. Natürlich spielt das eine Rolle.«

»Nicht wirklich«, sagte Robyn.

Sie drehten sich beide zu ihr um. Mason wirkte erleichtert, während ihre Tochter eher enttäuscht schien.

»Ach Mom, ich hatte gehofft, ihn noch ein paar Minuten foltern zu können.«

Mason starrte sie an. »Du hast mich nur verarscht? Dir ist gar nicht wichtig, welches Muster die Teller haben?«

»Natürlich nicht. Aber es hat richtig Spaß gemacht, dich das glauben zu lassen.« Sie grinste. »Ich habe einen fiesen Sinn für Humor. Daran wirst du dich gewöhnen müssen.«

Robyn stellte die Weinflaschen ab und ging zu ihm. »Ich denke, sie mag dich«, sagte sie leise. »Sonst würde sie dich nicht necken.«

»Warum neckst du mich dann nicht mehr?«

Sie beugte sich zu ihm und flüsterte ihm ins Ohr: »Ich zeige meine Zuneigung eben auf andere Art.«

»Auf eine sehr gute«, murmelte er.

»Hey, immer schön sauber bleiben, Leute.« Harlow nahm das Geschirr aus dem Schrank. »Es gibt Dinge, die ich über euch zwei nicht wissen will.«

»Das kann ich nur unterschreiben«, sagte Mason und ging zu ihr hinüber. »Diese Teller also?«

»Ja. Sie werden wunderschön aussehen zur Lasagne. Siehst du, wie sich das Rot der Soße im Blumenmuster wiederfinden wird?«

Er stöhnte. »Du machst mich echt fertig.«

»Dann ist meine Arbeit hier getan.«

Die seltsame Mischung von Menschen sorgt für eine interessante Stimmung, dachte Harlow, als sie ihrem Bruder eine Schale Lasagne reichte. Mindy und Payne zeigten sich äußerst charmant und verhielten sich wie ein normales Paar statt wie eins, das die letzten vier Tage damit zugebracht hatte, seine Ehe durch Geschrei und Sex zu retten.

Lillian war die perfekte Gastgeberin, die alle mit Geschichten von ihren Reisen mit Leo und von Abenteuern mit Robyn als kleinem Mädchen unterhielt. Sogar Mason, der sich in größeren Runden normalerweise zurückhielt, erzählte von seinem Leben in der Armee.

Ihr Vater hingegen, der sonst gerne im Mittelpunkt stand, war seltsam ruhig. Sie ertappte ihn ständig dabei, wie er sie ansah, als wollte er ihr etwas sagen. Harlow war jedoch nicht interessiert daran, was auch immer es war. Die ganze Sache mit Zafinas Schwangerschaft weckte bei ihr das Bedürfnis, sich zu übergeben, und sie war noch nicht bereit, mit ihm über ihre Rückkehr zur Arbeit zu sprechen.

Die Vorzüge ihrer Anstellung bei ihm waren ihr klar – sie konnte mehr über das Geschäft lernen, das sie liebte und das sie irgendwann übernehmen wollte. Die meiste Zeit gefiel es ihr, für ihren Dad zu arbeiten, und ihr Status als seine Tochter verschaffte ihr mehr Flexibilität als den anderen. Wenn sie wollte, konnte sie sich einfach die besten Touren herauspicken. Das mochte nicht gerecht sein, entsprach aber der Realität.

Und so hatte sie sich auch ihr weiteres Leben vorgestellt. Sie hatte eine Hochzeit zu planen und ein neues Leben anzufangen. Weshalb sollte sie sich da unnötig in ihrem Job stressen?

Nur fühlte sich das nicht mehr so richtig an wie noch vor einem Monat. Alles, was sie geglaubt hatte, über sich selbst und über ihren Platz in der Welt zu wissen, hatte sich plötzlich verschoben.

Sie wünschte sich … Sie stocherte in ihrem Salat herum, nicht sicher, wie sie sich ihre innere Sehnsucht erklären sollte. Sie warf Mason einen Blick zu, der gerade eine lustige Geschichte darüber erzählte, wie er auf einer deutschen Autobahn in einem kaputten Geländewagen festsaß. Alle hörten ihm zu – nicht nur, weil er wusste, wie man einen ganzen Raum voller Leute in den Bann zog, sondern auch, weil er war, wie er war. Mason war die Art Mensch, die von allen respektiert wurde. Er war aufrichtig und gewissenhaft, und sie wusste, dass er sich gut um ihre Mom kümmern würde.

Harlow wünschte sich, sie wäre so wie er. Also, nicht in Bezug auf seine Armeekarriere oder das Sorgen für ihre Mom. Aber sie wollte mehr sein als ein sprunghaftes Kind, das mit allem durchkommt, nur weil ihr Daddy dafür sorgt.

Sie sah zu Lillian, die – vermutlich in ihren Vierzigern – in die Südstaaten gefahren war, um Schwarzen zu helfen, sich für die Wahlen registrieren zu lassen. Dabei hätte sie zusammengeschlagen werden können oder Schlimmeres, und dennoch hatte sie es getan. Und zu ihrem Bruder, der sich viel Zeit mit seinen Entscheidungen ließ, aber dann so verdammt gute traf.

Fast alle um sie herum waren beeindruckende Persönlichkeiten, nur sie nicht.

Lillian beugte sich zu ihr herüber. »Du siehst so in dich gekehrt aus, Liebes. Sag mir, über was du nachdenkst.«

Harlow drückte ihre Hand. »Ich überlege, was ich für Möglichkeiten im Leben habe«, sagte sie leise. »Dank dir wird mir langsam klar, wie ich ein besserer Mensch werden kann.«

»Ich finde, du bist jetzt schon ganz wundervoll, und ich freue mich immer, dich zu sehen.«

Harlow musste plötzlich gegen Tränen ankämpfen. »Du bist so gut zu mir, Tante Lillian. Ich hab dich unglaublich lieb.«

»Ich hab dich auch sehr lieb.«

Mason warf ihr einen fragenden Blick zu. »Geht's dir gut?«

Sie lächelte ihn an. »Ja, alles in Ordnung.«

Im selben Moment vibrierte ihr Handy. Sie zog es aus der Tasche, sah auf das Display und las: Sag mal, das Haus deiner Tante – ist das riesig, sieht total merkwürdig aus und hat eine ewig lange Einfahrt?

Sie sprang auf und hielt ihr Handy hoch. »Ich glaube, Kip ist hier.«

Austin stöhnte auf. »Oh Mann, dann müssen wir uns ja jetzt zu dritt ein Bad teilen.«

»Die Turteltauben können in einen anderen Teil des Hauses ziehen«, beruhigte Lillian ihn.

»Ja, in den dritten Stock«, murmelte Austin. »Dahin, wo alle Sex haben.«

Mindy wurde rot. »Du weißt davon?«

Payne wirkte eher selbstzufrieden als unangenehm überrascht. »Das Kopfteil unseres Bettes schlägt gegen die Wand.«

Mindy bedeckte ihr Gesicht mit den Händen. »Das ist mir so peinlich.«

»Das muss es nicht«, murmelte Lillian und nahm ihr Weinglas. »Eure Begeisterungsfähigkeit war beeindruckend. Sie hat mich daran erinnert, wie sehr ich meinen lieben Leo vermisse.«

Harlow entschuldigte sich und eilte zur Hintertür des Hauses. Kip war hierhergereist? Sie war sich nicht sicher, was sie davon halten sollte. Hätte er ihr nicht ankündigen müssen, dass er kam? Hätten sie nicht vorher darüber reden sollen?

Doch in der Sekunde, als sie ihn erblickte – mit seiner Reisetasche in der Hand und einem verlegenen Grinsen im Gesicht –, fiel jegliche Sorge von ihr ab. Sie rannte mit ausgebreiteten Armen auf ihn zu.

Er fing sie auf und zog sie fest an sich.

»Ich habe dich so sehr vermisst«, sagte er und drückte sein

Gesicht in ihr Haar. »Harlow, ich kann ohne dich nicht sein. Ich habe so viel Scheiße gebaut, und ich weiß, das muss ich erst wieder in Ordnung bringen, aber bitte gib mich nicht auf.«

Sie atmete seinen Geruch tief ein und spürte, dass es richtig war, mit ihm zusammen zu sein. Sie hob den Kopf und küsste ihn.

»Ich bin froh, dass du hier bist«, sagte sie lachend. »Ich hätte dich längst selbst einladen sollen.«

»Ja?« Er sah sie hoffnungsvoll an. »Ich war mir nicht sicher, ob ich einfach so hier auftauchen sollte.«

»Das ist die beste Überraschung von allen. Komm rein. Du errätst nie, wer schon alles hier ist. Mindy, die Freundin meiner Mom, kam vor etwa einer Woche an, gefolgt von ihrem Mann. Und heute tauchte dann plötzlich mein Dad auf. Das war eine viel größere Überraschung, als dich hier zu sehen.«

Er nahm seine Reisetasche, legte einen Arm um sie, und sie gingen ins Haus.

»Bist du wütend wegen Zafina?«, fragte er.

»Ich bin mir nicht sicher, ob ich das Ganze überhaupt begriffen habe. Ist sie wirklich schwanger?«

Kip zuckte mit den Schultern. »Das hat sie mir zumindest so gesagt. Mom und Dad wissen es noch nicht. Ich glaube, sie will erst die Situation mit deinem Vater klären.«

Harlow dachte an die Behauptung ihres Dads, das Baby sei möglicherweise nicht von ihm. »Ich hoffe, er wird sie nicht enttäuschen.«

Sie versuchte, sich vorzustellen, was ihre zukünftigen Schwiegereltern dazu sagen würden, dass ihre sechsundzwanzigjährige Tochter schwanger von einem zwanzig Jahre älteren Mann war. Dem Vater ihrer Schwiegertochter in spe.

»Wir sind wie aus einem schlechten Fernsehdrehbuch«, sagte sie und sah Kip an. »Für eine Serie, die niemand sehen will.«

Er stellte seine Tasche ab und beugte sich nah zu ihr herüber. »Ich glaube, Teile davon wären ganz nett anzusehen.«

»Sag das nicht zu laut – meine beiden Eltern sind hier. Das hättest du dir wohl auch nicht erträumt.«

»Ich bin einfach froh, dich zu sehen.«

Sie küsste ihn und trat einen Schritt zurück. »Hast du Hunger? Es gibt Lasagne, falls Austin sie noch nicht vollständig inhaliert hat. Mit Salat und Knoblauchbrot.«

»Ich sterbe vor Hunger.«

»Dann komm und sag der Bagage Hallo. Und nach dem Essen müssen wir uns ein anderes Zimmer suchen. Sonst haben wir Austin neben uns, und so hellhörig wie das Haus ist, wollen wir das ganz sicher nicht.«

Obwohl sie am Abend zuvor erst spät eingeschlafen war, wachte Robyn vor dem Morgengrauen auf. Mason schlief noch, daher kroch sie leise aus dem Bett und ging über den Balkon in ihr eigenes Zimmer rüber. Der Morgen war kalt und neblig, sodass sie den riesigen Ozean nicht sehen konnte. In der Ferne hörte sie ein Nebelhorn und die Möwen, die sich über das Wetter beschwerten.

Zurück in ihrem Zimmer, duschte sie und zog sich an. Ein Frühstück für neun Leute braucht gewisse Planung, dachte sie. Ebenso wie Mittag- und Abendessen. Doch Mindy und Payne würden sich hoffentlich bald auf den Weg nach Hause machen, und Cord hatte eigentlich ebenfalls keinen Grund, länger zu bleiben. Was er auch suchte, hier war es nicht. Es sei denn, er konnte einen schönen alten Konzertflügel gebrauchen. Oder ein paar Teetassen.

Sie schmunzelte noch immer über ihren eigenen Scherz, als ihr Handy klingelte. Es ist nicht mal sechs Uhr morgens, dachte sie, als sie nach dem Gerät griff.

Ihr rutschte das Herz in die Kniekehlen. Jase. Wieso rief er schon wieder an?

Sie überlegte, den Anruf zu ignorieren, wusste jedoch, dass sie sich irgendwann ohnehin mit ihm würde auseinandersetzen müssen.

»Hallo?«

»Robyn! Ich war mir nicht sicher, ob du drangehen würdest.«

Ehe sie antwortete, nahm sie sich einen Moment, um nachzuspüren, ob sie beim Hören seiner Stimme irgendetwas empfand. Doch statt Reue oder Wehmut fühlte sie nichts als Ungeduld. Der Mann musste endlich damit aufhören, sie anzurufen.

»Es ist noch ziemlich früh hier, Jase.«

»Oh, stimmt ja, die Zeitverschiebung.« Er hielt inne. »Tut mir leid. Habe ich dich geweckt?«

»Nein, ich war schon wach.«

»Du bist wohl immer noch auf Floridazeit.« Er lachte leise. »Vielleicht solltest du bald mal nach Hause kommen, damit sie dir nicht abhandenkommt.«

»Jase, weshalb rufst du an?«

»Ich vermisse dich.«

»Das kann nicht sein. So nah standen wir uns nie, und jetzt sind wir sowieso fertig miteinander. Es ist vorbei.«

»Robyn, bitte …« Seine Stimme klang belegt. »Ich habe so einen Riesenfehler gemacht, als ich dich gehen ließ. Bitte gib mir noch eine Chance. Ich liebe dich.«

Damit hatte sie jetzt nicht gerechnet. Sie ließ sich auf das Bett sinken, in dem sie gar nicht geschlafen hatte.

»Jase, sag das nicht. Wir …« Sie wusste nicht, was sie sagen sollte, doch dann entschied sie sich für die Wahrheit. »Ich bin mit einem anderen Mann zusammen.«

»Was? Wie kann das sein? Hast du mich etwa betrogen?«

»Nein. Ich habe ihn hier kennengelernt, in Santa Barbara. Er ist …« Mit einem Mal wurde ihr klar, dass sie Jase keine Details erzählen musste. »Ich habe ihn hier kennengelernt«, wiederholte sie. »Ich will dir nicht wehtun, aber das mit uns ist vorbei. Hör bitte auf, mich anzurufen. Ich werde nicht wieder rangehen.«

Außerdem würde sie seine Nummer blockieren, sobald sie aufgelegt hätten. Doch das auszusprechen, erschien ihr zu grausam.

»Verstehe.« Er klang nun ziemlich barsch. »Na schön, du hast deinen Standpunkt verdeutlicht. Tut mir leid, dass ich dich belästigt habe.«

Schuldgefühle überkamen sie, doch sie ignorierte sie. Wenn ihre Tochter sich in derselben Situation befände, würde sie ihr raten, sich auf kein Gespräch einzulassen. Freundlichkeit würde ihn nur glauben machen, dass sie ein Spiel spielte, statt ihm Tatsachen zu präsentieren.

»Mach's gut, Jase.«

Ehe er noch etwas sagen konnte, legte sie auf und schmiss ihr Handy aufs Bett. Sie hatte ein Frühstück zuzubereiten und einen Tag zu planen. Für ihre Vergangenheit hatte sie keine Zeit – nicht mehr. Dafür gab es zu viel Gegenwart, die gelebt werden wollte.

28. KAPITEL

Robyn war kaum mit dem Aufräumen nach dem Frühstück fertig, als sie bereits begann, das Abendessen zu planen. Mittags, befand sie, konnten sich die Gäste selbst versorgen.

Der morgendliche Nebel hatte sich aufgelöst und einen schönen, warmen Tag zum Vorschein gebracht. Mason, Harlow und Austin waren segeln gegangen. Mason hatte gewitzelt, dass er sich von den Kindern ein paar Kniffe beibringen lassen würde, um sie bei ihrem nächsten Törn damit zu beeindrucken. Cord, Mindy und Payne waren in ihren Zimmern. Und Lillian sah CNN und gab den Reportern Widerworte.

Robyn warf einen Blick auf den Kalender, überrascht darüber, wie viel Zeit vergangen war. In ein paar Wochen würde sie zurück nach Naples fliegen müssen, um die notwendigen Papiere für den Verkauf des Hauses zu unterzeichnen. Und dann …

Sie lächelte. Lustig, dass sie schon wieder nicht wusste, wie es mit ihren Leben weitergehen sollte.

Nun ja, die Grundpfeiler waren klar. Sie würde ihren Online-Kurs fortsetzen und sich einen Job suchen, bei dem sie mehr über Antiquitätenhandel lernen konnte. Der Teil war einfach und stand fest. Es war das *Wo*, das sich komplizierter darstellte.

»Klopf, klopf.« Mindy betrat die Küche. Ihre Freundin sah entspannt und glücklich aus.

»Das Frühstück war köstlich«, sagte Mindy lächelnd. »Du warst eine äußerst verständnisvolle Gastgeberin, ebenso wie deine Tante. Ich wollte dir sagen, dass Payne und ich euch sehr dankbar sind und wir uns jetzt in Richtung Flughafen aufmachen.«

Robyn versuchte, sich ihre Freude darüber nicht anmerken zu lassen. »Wirklich?«

»Ja. Wir wissen es sehr zu schätzen, dass ihr alle so geduldig mit uns wart, während wir uns neu sortiert haben.« Ihr Lächeln erstarb. »Du hattest recht, was Dimitri betrifft. Ich war einfach nur dumm. Beinahe hätte ich dadurch alles verloren, was mir im Leben am wichtigsten ist. Doch Payne möchte unsere Ehe wieder zum Laufen bringen, und ich weiß jetzt, dass ich das auch will. Wir wollen uns beide alles geben, was wir haben.« Ihr Lächeln kehrte zurück. »Und uns eine gute Therapeutin suchen.«

Robyn stand auf und umarmte sie. »Ich freue mich, dass ich dir ein Zufluchtsort sein konnte.«

»Ich mich auch. Danke für alles. Und nächstes Mal, wenn ich vorhabe, mein Leben zu zerstören, verspreche ich, auf dich zu hören.«

Robyn lachte. »Das bezweifle ich. Aber danke, dass du das sagst.«

»Du wirst schon sehen. Okay, ich gehe mich jetzt von Lillian verabschieden, und dann fahren wir zum Flughafen. Kommst du auch bald nach Hause?«

»Irgendwann in den nächsten Wochen. Ich muss das Haus zum Verkauf fertig machen.«

»Und danach?«

»Ich weiß es nicht genau. Das muss ich noch entscheiden. Habt einen guten Flug.«

Mindy winkte ihr zu und ging. Robyn wandte sich wieder ihrem Menü zu, konnte sich jedoch nicht konzentrieren. Jedenfalls nicht auf die Essensplanung. Denn die Frage, die ihre Freundin ihr gestellt hatte, stellte sie sich auch selbst.

Was würde sein, nachdem sie das Haus verkauft hätte?

Sie ging hoch zu Lillians Zimmer. Ihre Tante hatte den Fernseher ausgeschaltet und sich auf dem Balkon in der Sonne niedergelassen. Eine bunte Decke war bis zu ihrer Taille hochgezogen, neben ihr stand ihre allgegenwärtige Tasse Tee.

»Setz dich zu mir«, sagte Lillian und hielt ihr die Hand hin. »Ich könnte ein wenig nette Gesellschaft gebrauchen.«

Robyn folgte ihrer Aufforderung und streckte die Beine auf

dem Liegestuhl neben ihr aus. Es war noch etwas kühl, aber die Sonne würde schnell alles aufwärmen.

»Mindy und Payne reisen ab«, sagte sie.

»Ja, sie war vor ein paar Minuten bei mir.« Lillians Augen blitzten amüsiert. »Nicht, dass ich die viele Gesellschaft nicht genossen hätte, doch selbst dieses Haus kann sich ein wenig überfüllt anfühlen. Du bist sicher erleichtert, dass sie und ihr Mann ihre Probleme gelöst haben.«

»Ja, ich freue mich für sie. Ich bedauere nur, dass sie überhaupt etwas so Saudummes gemacht hat. Die beiden werden es hoffentlich schaffen. Allerdings habe ich Sorge, dass Payne nicht so schnell darüber hinwegkommen wird, wie er glaubt und sie hofft.«

»Du sprichst aus Erfahrung.«

Robyn musste daran denken, wie sie sich gefühlt hatte, als sie von Cords Untreue erfuhr.

»Ich habe damals versucht, die Vergangenheit hinter mir zu lassen«, sagte sie leise. »Und ihm zu glauben, als er sagte, es tue ihm leid und es werde nie wieder passieren. Ich frage mich aber, ob ich ihm irgendwo tief in mir nie wirklich geglaubt habe.«

Sie sah ihre Tante an. »Ich habe so viel von mir selbst aufgegeben, als ich mit ihm verheiratet war. Ich war viel zu jung. Und ich wurde zu früh schwanger. Wir waren Kinder, die so taten, als wären sie erwachsen.«

»Ihr wart eben verliebt.«

»Ja, aber entschuldigt das so viele schlechte Entscheidungen? Ich hätte bei der Verhütung besser aufpassen sollen.« Sie lächelte. »Also nicht, dass ich es bereuen würde, meine Kinder bekommen zu haben.«

»Ich weiß.« Lillian musterte sie. »Sie sind das Licht deines Herzens und werden es immer sein. Aber du denkst eben auch darüber nach, was sonst alles hätte sein können.«

»Cord hat sich damals so gefreut, sein eigenes Unternehmen zu gründen, und ich wollte ihm dabei helfen. Sein Glück war mir wichtiger als meins.«

Cord hatte gewollt, dass sie sich schnell ein gemeinsames Leben aufbauten. Um ihn dabei zu unterstützen, hatte sie sechzehn Stunden am Tag gearbeitet, sogar noch als sie schwanger war und dann ein Kleinkind hatte. Sie hatte ihn entscheiden lassen, wann sie sich ihr erstes Haus leisteten, was er mehrere Jahre aufgeschoben hatte, damit er weitere Boote für das Unternehmen erwerben konnte – statt ihm zu sagen, dass das Geschäft warten konnte und sie erst mal dringend aus der Zweizimmerwohnung rausmussten, in der sie zu viert lebten.

Das erste Mal gegen ihn aufgelehnt hatte sie sich, als bei Harlow Krebs diagnostiziert wurde. Damals hatte sie dem Geschäft den Rücken gekehrt, um ihrer Tochter bei jeder ihrer Behandlungen zur Seite zu stehen. Wenn Cord nach der Arbeit ins Krankenhaus kam, war sie nach Hause gefahren, um Zeit mit Austin zu verbringen – stets darauf bedacht, ihm das Gefühl zu geben, dass auch er ihre volle Aufmerksamkeit genoss.

»Woran denkst du?«, fragte Lillian.

»Daran, dass du und Leo uns gerettet habt, als Harlow krank war. Dass ihr damals zu uns gezogen seid, hat unsere Familie zusammengehalten. Austin war noch so klein, und ich musste ständig im Krankenhaus sein.«

»Du weißt, dass wir gerne geholfen haben. Arme Harlow. Sie war so tapfer.«

»Ja, das war sie.«

Robyn dachte daran, wie Cord, nachdem er sie betrogen hatte, hier aufgetaucht war und sie angefleht hatte, nach Hause zu kommen. Sie war hin- und hergerissen gewesen zwischen dem Leben, das sie bei ihrer Tante hätte haben können, und dem, was eine Rückkehr nach Florida bedeuten würde. Am Ende war sie wegen ihrer Kinder zu ihm zurückgekehrt. Damit sie Teil einer Familie sein konnten.

Ob es nun richtig oder falsch gewesen war – sie hatte dieses Opfer gebracht. Sie konnte es sich verzeihen, ihn zurückgenommen zu haben, nachdem sie ihn zum ersten Mal beim Fremdgehen erwischt hatte. Doch nach dem zweiten Mal hätte sie es besser wissen müssen.

»Und dann hat er das verdammte Haus gekauft«, murmelte sie, »ohne überhaupt mit mir zu reden.«

»Es war ein sehr schönes Haus«, sagte Lillian. »Wenn auch nicht ganz dein Stil.«

Sie erinnerte sich noch, wie erschrocken sie darüber gewesen war. Die Kinder jedoch hatten ihre neuen Zimmer und den großen Garten mit dem riesigen Pool geliebt. Cord zu sagen, dass es ihr nicht gefiel, hätte bedeutet, ihnen allen das Herz zu brechen.

Robyn hätte gerne geglaubt, dass er sie nicht absichtlich in die Falle gelockt hatte. Doch selbst heute noch war sie sich nicht sicher, ob er nicht einen Masterplan gehabt hatte.

»Ich kann mich nicht wieder einem Mann unterordnen.«

»Liebes, was soll das heißen?«

Robyn wandte sich ihrer Tante zu. »Ich kann keine Lebensentscheidungen auf der Grundlage dessen treffen, was jemand anders will.«

»Bittet dich denn jemand darum?«

»Nein. Nicht direkt.«

»Dann also indirekt?« Lillian lächelte. »Ich vermute, wir reden über Mason.«

»Vielleicht.«

Ihre Tante lachte. »Gibt es noch einen anderen Mann in deinem Leben?«

Robyn grinste. »Nein, gibt es nicht. Nur ihn.«

»Das habe ich mir gedacht. Wie versucht er denn, dich zu kontrollieren? Hat er dich gebeten, hierzubleiben?«

»Nein. Ich weiß noch nicht mal, was er davon halten würde. Das könnte ein schräges Gespräch werden. Ich weiß einfach nicht, wohin das alles führt und was er denkt. Aber ich lasse nicht mit mir spielen. Ich möchte intelligente und wohldurchdachte Entscheidungen treffen.«

»Dann tu das. Und sprich mit Mason. Nach allem, was ich mitbekommen habe, ist er ein äußerst vernünftiger Mann. Er ist nicht der Typ, der mit Frauen spielt.«

»Was, wenn er gar nicht das Problem ist? Was, wenn ich Cord die Schuld an vielen Dingen gebe, die eigentlich meine eigenen Fehler waren? Ich habe ihm nie die Stirn geboten. Manchmal habe ich mir sogar schon im Voraus überlegt, was er wohl wollen würde, und es getan. So möchte ich nie wieder sein. Und das werde ich auch nicht.«

»Hm, du willst dich also einfach aus dem Staub machen, statt die neue Chance zu ergreifen? Denn wenn du nicht mit Mason zusammen bist, kannst du auch keine Fehler machen?«

»Ich mache mich nicht aus dem Staub.«

»Und was machst du dann?«

»Ich habe keine Ahnung.«

Ihre Tante lächelte. »Man sagt: Zuzugeben, dass man ein Problem hat, ist der erste Schritt zur Besserung. Jetzt musst du nur noch herausfinden, wie die übrigen Schritte aussehen.«

»Leichter gesagt als getan.«

»Ich weiß. Aber ist es nicht genau das, was das Leben so interessant macht?«

Harlow stellte fest, dass es erstaunlich leicht war, ihrem Vater aus dem Weg zu gehen. Morgens früh ging sie mit Mason joggen, während Cord gerne ausschlief, wenn er konnte. Zum Frühstück kam er meistens runter. Aber das taten auch alle anderen, was ein Gespräch unter vier Augen unmöglich machte.

Nach dem Frühstück half sie ihrer Mom bei der Inventur des Hauses oder ging mit Austin und Mason segeln. Und nun, da Kip hier war, hatte sie noch einen weiteren Grund, ihren Vater zu meiden. Auch wenn sie wusste, dass sie irgendwann mit ihm würde reden müssen. Das Problem war nur, dass sie keine Ahnung hatte, was sie sagen sollte.

Am späten Nachmittag, während Kip und Austin Videospiele spielten, ging sie im Garten Blaubeeren für einen Kuchen sammeln. Der morgendliche Nebel war verdunstet und hatte einem wunderschönen Tag Platz gemacht. Die Farbe des Himmels, die Palmen und die Wildheit des Pazifischen Ozeans hatten etwas

Magisches. Das Meer war hier sehr viel theatralischer als die meist eher zahmen Gewässer im Golf von Mexiko.

Ein alberner Gedankengang. Doch einer, der leichter auszuhalten war als der ständige Refrain in ihrem Kopf, der ihr sagte, dass sie Entscheidungen zu treffen hatte. Große Entscheidungen.

Vor ein paar Stunden hatte Lillian ihr eröffnet, dass das Geld auf ihr Konto überwiesen worden war. Und tatsächlich – als sie ihren Kontostand überprüfte, war er um zweihundertfünfzigtausend Dollar angestiegen. Sie erfasste nicht mal annähernd, was das bedeutete, und war überglücklich und erschrocken zugleich, so viel Geld zu besitzen.

Sie hatte noch immer vor, Enid bei ihrem Medizinstudium unter die Arme zu greifen, war sich jedoch nicht sicher, was sie mit dem Rest anfangen sollte. Vermutlich sollte sie einen Teil anlegen, einen weiteren Teil auf ihr Sparbuch überweisen und ein bisschen davon in ihre Hochzeit investieren.

Was ist mit Kips Schulden?

Schon seit ein paar Tagen flüsterte eine Stimme in ihrem Kopf immer wieder diese Frage. Ihm dabei zu helfen, seine Schulden abzubezahlen, wäre sicher richtig. Es würde ihnen erlauben, die Sache mit dem gemeinsamen Finanzplan ernsthaft anzugehen und sie gleichberechtigt in ihre Ehe starten zu lassen. Nur …

Nur hatte sie ihm noch nichts von dem Erbe erzählt. Ihr war klar, dass sie das tun sollte, und das würde sie auch … irgendwann. Ein derartiges Geheimnis vor dem Mann zu bewahren, den sie heiraten wollte, wäre nicht gut und schlicht falsch. Sie hatte ihm immer wieder gesagt, dass sie ehrlich miteinander sein mussten, und nun verbarg sie etwas so Bedeutendes vor ihm.

Sie ließ ein paar weitere Beeren in ihren Korb fallen.

Noch schlimmer, dachte sie und kämpfte gegen ihre Schuldgefühle an. Sie hatte sogar im Internet nachgesehen, ob ihr Erbe nach der Hochzeit in die eheliche Gütergemeinschaft eingehen würde. Ihren Recherchen zufolge gehörte das Geld jedoch auch nach der Eheschließung ihr allein, sofern sie getrennte Konten hatten.

Sie ließ sich ins Gras sinken und verbarg ihr Gesicht in den

Austin gemacht. Er hat ein halbes Dutzend Mal versucht, mit dir zu reden. Er hat Termine mit dir vereinbart, aber du hast ihn dauernd nur abgewimmelt.«

Ihr Vater blickte an ihr vorbei. »Ja. Mir war nicht klar, dass es wirklich wichtig war. Er hat gestern mit mir gesprochen. Er wird wohl studieren und zur Marine gehen. Eine idiotische Entscheidung, wenn du mich fragst. Wer will schon zum Militär?«

»Bist du nicht stolz, dass dein Sohn Militärdienst leisten will?«

Er fluchte. »Musst du mir jetzt mit der Schiene kommen?«

Was hatte ihre Mutter nur jemals in ihm gesehen? Harlow war klar, dass ihr Vater vor über zwanzig Jahren ein anderer Mann gewesen war. Doch sie bezweifelte, dass er früher weniger egoistisch war. Ihre Mom musste ihn sehr geliebt haben, um das so hinzunehmen.

»Wann kommst du wieder zur Arbeit?«, fragte ihr Vater erneut. »Oder hast du vor, weiter zu schmollen?«

Sie sah ihn an. »Schmollen? Ist das dein Ernst?«

»Na schön. Dann nicht schmollen. Sag mir, womit ich dich überzeugen kann. Willst du eine Gehaltserhöhung? Eine andere Stellenbezeichnung?«

Sie wollte keins von beidem. Sie wollte als gute Kapitänin respektiert werden, die wusste, wie sie ihren Job erledigte. Sie wollte alles über das Geschäft lernen und es sich verdienen, einmal selbst das Unternehmen zu führen. Doch das war alles eher unwahrscheinlich – zumindest momentan. Sie war zu jung, sie war seine Tochter, und er hatte viel zu viel an der Backe.

»Was wirst du in Bezug auf Zafina machen?«, fragte sie, hauptsächlich um ihn abzulenken.

»Ich hab keine Ahnung.« Er stöhnte. »Warum musste sie nur schwanger werden?«

»Vermutlich, weil du Sex mit ihr hattest. Ejakulation kann zu einer Schwangerschaft führen, Dad.«

»Sehr witzig. Ich bin zu alt, um noch mal Vater zu werden. Ich will das ganze Babyding nicht noch mal durchmachen.« Er zog eine Grimasse. »Windeln wechseln, nächtliches Füttern.«

Sie lachte. »Weil du auch nur irgendetwas davon gemacht hast, als Austin und ich klein waren? Das glaube ich eher nicht.«

»Ich war ein guter Vater.« Er klang defensiv. »Ich habe eurer Mutter geholfen.«

Geholfen. Sie hatten die Aufgaben nicht partnerschaftlich geteilt, sondern er hatte geholfen.

»Was, wenn Zafina jetzt heiraten will?«, fragte er und setzte sich auf. »Das kann ich nicht. Ich will keine zweite Familie, und ich hatte auch nie vor, eine weitere Ehe einzugehen.«

Harlow starrte ihn an. »Was sollte das dann alles? Du lässt dich mit der Zwillingsschwester meines Verlobten ein, aber dabei ging es dir nur um Sex? Das ist echt widerlich, Dad, sogar für deine Verhältnisse. Wenn du dich schon so mies verhalten willst, halte wenigstens die Familie raus.«

»Sie war diejenige, die sich an mich rangemacht hat. Das ist nicht meine Schuld.«

»Das ist es nie«, sagte sie leise. Sie stand auf und nahm den Korb. Sie hatte genug Beeren für zwei Kuchen gesammelt, es würden sogar welche fürs Frühstück übrig bleiben. »Ich muss die hier jetzt reinbringen.«

Ihr Vater rappelte sich ebenfalls vom Boden auf. »Kommst du also bald wieder zur Arbeit?«

»In circa einer Woche komme ich nach Hause. Dann können wir reden.«

Sie schob das Unvermeidliche auf, wusste jedoch, dass es keinen Sinn hatte, dieses Gespräch jetzt zu führen. Nicht, solange sie sich in ein und demselben Haus aufhielten und sie keine Möglichkeit hatte, ihm aus dem Weg zu gehen. Und nicht in einem Moment, in dem sie so enttäuscht darüber war, ihren Vater so zu sehen, wie er war, statt so, wie sie sich ihn immer vorgestellt hatte.

Mason zog sich fertig an und machte sich auf den Weg in die Küche. Einer der Nachteile seiner morgendlichen Laufrunden bestand darin, dass er Robyn allein in seinem Bett zurücklassen musste. Wenn er zurückkam, war sie schon daraus verschwunden. Klar, dafür waren die zwei Morgen pro Woche, an denen er nicht lief, ziemlich unglaublich. Das musste er zugeben.

Er lächelte noch immer bei dem Gedanken an ihren gemeinsamen Start in den Tag, wenn er nicht trainierte, als er die Küchentür erreichte. Robyn briet Speck und Würstchen, und Harlow und Austin halfen ihrer Mutter. Austin trug Geschirr ins Frühstückszimmer, während Harlow Eier in eine Schüssel schlug. Das Gespräch der drei plätscherte leicht dahin, ihre Körpersprache war entspannt. Sie waren ein eingespieltes Team, und das gefiel ihm.

Harlow grinste, als sie ihn erblickte. »Mist! Jetzt kriege ich Schuldgefühle. Du warst laufen, oder?«

»Ja. Ganz alleine.« Er betonte jedes einzelne Wort. »Wo wart ihr zwei?«

»Ich war zu faul«, gab Harlow zu. »Tut mir leid.«

»Und ich habe auch keine gute Entschuldigung, Sir«, fügte Austin lachend hinzu. »Ich habe den Wecker verschlafen.«

»Genieß es, solange du noch kannst.« Mason trat in die Küche. »Gebt mir ruhig Anweisungen.«

Harlow deutete auf eine Schüssel mit Orangen. »Kannst du bitte Saft auspressen?«

Er folgte ihrer Bitte, schnitt die Orangen in Hälften und nutzte die Handpresse. Den fertigen Saft schüttete er in eine Karaffe. Robyn lächelte ihn vom Herd aus zu, in ihrem Blick lagen Wärme und Zuneigung.

Es gefiel ihm, sich als Teil ihrer kleinen Familie zu fühlen. Und er wusste es zu schätzen, dass sie ihn akzeptierten und willkommen hießen. Was ihm nach seinen zwei Scheidungen gefehlt hatte, war die Verbindung zu anderen und das Gefühl, irgendwo dazuzugehören. Seine Eltern waren schon vor Jahren gestorben, und Geschwister hatte er keine. Doch Wurzeln waren ihm wichtig, und da er keine eigenen mehr hatte, war er offen dafür, woanders welche zu schlagen.

Wenigstens Lillian habe ich, dachte er zufrieden. Sie hatte ihm das Gefühl gegeben, sie schon immer zu kennen. Das Einzige, was er bereute, war, dass er so lange damit gewartet hatte, ihre

Einladung anzunehmen. Er hätte sie bereits vor Jahren besuchen sollen.

»Was ist der Plan für heute?«, fragte er, hauptsächlich um sich von seinen Gedanken abzulenken. Die Frage, was gewesen wäre, wenn, war Zeitverschwendung.

»Ich habe ein Bewerbungsgespräch«, sagte Austin. »Für einen Teilzeitjob bei einem Charterbootunternehmen.«

»Gut gemacht«, sagte Robyn. »Ich hoffe, du kriegst den Job.«

»Ich auch. Es sind nicht viele Stunden, aber ich glaube, es würde mir dort gefallen. Zusätzlich werde ich mich nach einer Stelle als Tischabräumer in einem Restaurant umsehen.«

Mason wusste, dass der Junge gerade ein Riesenhaufen Geld geerbt hatte. Er hätte mit Leichtigkeit das kommende Jahr damit zubringen können, faul herumzusitzen. Doch Austin hatte höhere Erwartungen an sich selbst.

»Ich werde in die aufregende Welt der Partituren eintauchen«, sagte Robyn. »Am späten Vormittag habe ich einen Telefontermin mit einer Musikexpertin in New York. Ich habe mehrere handgeschriebene Notenhefte gefunden. Vermutlich Kopien von Originalwerken, aber ich habe keine Ahnung, wie ich das herausfinden kann und wo ich anfangen soll. Eine sehr nette Dame wird mir einen Crashkurs geben.«

Harlow begann, die Eier zu verrühren. »Ich glaube, ich werde …« Sie verstummte stirnrunzelnd, als Salvia plötzlich in die Küche gerannt kam.

Lillians Haushälterin war völlig blass und rang die Hände. Alle starrten sie an.

»Salvia?«, fragte Robyn. »Was ist los?«

»Es ist Miss Lillian«, sagte Salvia mit zitternder Stimme. »Sie ist nicht mehr da.«

Nicht mehr da? Lillian ging doch nie irgendwo alleine hin. Überhaupt verließ sie kaum jemals das Haus, sie …

Robyns verzweifelter Aufschrei machte ihm klar, dass er Salvia missverstanden hatte. Er eilte augenblicklich zu ihr und legte einen Arm um sie. Sie ließ sich an ihn sinken und begann zu weinen.

»Wann?«, fragte sie mit bebender Stimme.

Er hielt sie fest, während er gegen seine eigenen Gefühle der Trauer und Fassungslosigkeit ankämpfte. Nicht Lillian. Nicht jetzt schon.

»Sie ist scheinbar in der Nacht gestorben. Im Schlaf.« Salvia wischte sich die Tränen ab. »Ich habe den Arzt angerufen, aber es ist zu spät. Sie ist jetzt bei Mr. Leo.«

Instinktiv streckte er den anderen Arm aus. Austin und Harlow eilten beide zu ihm. So klammerten sie sich alle aneinander und versuchten, die Neuigkeit zu begreifen. Robyn hielt Salvias Hand.

Lillian war nicht mehr unter ihnen? Mason konnte … er wollte es nicht fassen. Sie war so eine zarte Seele, so eine warmherzige und fürsorgliche Person. Sie war das schlagende Herz des Hauses, ihrer aller Zentrum. Er war noch nicht bereit dafür.

»Nein«, flüsterte Harlow. »Sie kann nicht tot sein. Das kann einfach nicht sein.«

Robyn straffte die Schultern. »Ich muss …«

»Nein«, sagte er sanft und sah ihr in die Augen. »Ich kümmere mich um alles, was jetzt zu tun ist. Du bleibst bei den Kindern. Ich gehe mit Salvia hoch.«

Er hätte noch mehr sagen wollen, ihr erklären, dass er sich nur anbot, weil er gut im Organisieren war, gut darin, seine Gefühle von der zu erledigenden Aufgabe zu trennen. Und nicht, weil er nicht bei ihr sein wollte.

Robyn nickte langsam, dann küsste sie ihn. »Ich wusste immer, dass du ein Fels in der Brandung sein würdest. Danke.«

Sie zog ihre Kinder an sich, während er zu Salvia hinüberging und ihr die Schulter tätschelte.

»Das ist jetzt meine Aufgabe«, sagte er leise.

Salvia führte ihn aus der Küche.

29. KAPITEL

Robyn konnte nicht denken, sie konnte nicht fühlen, sie konnte nichts anderes tun, als weiterzuatmen. Sie hatte keine Ahnung, was nun passierte und was von ihr erwartet wurde. Ihre unermessliche Traurigkeit überdeckte jede andere Empfindung. Ja, Lillian hatte ein gutes, langes Leben gelebt, umgeben von den Menschen, die sie liebte.

Und natürlich würde jeder sich wünschen, friedlich im Schlaf zu sterben. Aber was war mit denjenigen, die zurückblieben? Was war mit deren Gefühl, einen Teil ihrer Familie zu verlieren?

Sie stand in Lillians Arbeitszimmer und befahl sich selbst, am Schreibtisch Platz zu nehmen und die oberste Schublade herauszuziehen. Darin befand sich eine Mappe, die nach deren Tod geöffnet werden sollte. Das hatte Lillian ihr ein Dutzend Mal eingebläut. Sämtliche Details ihrer Beerdigung waren bereits geplant, inklusive des Menüs für die anschließende Trauerfeier. Die Mappe enthielt Listen von Leuten, die benachrichtigt werden sollten, und ... ach ja ... jemand musste auch ihren Anwalt informieren.

Statt sich ans Werk zu machen, schlang sie die Arme um sich und versuchte, ihr Herz zu besänftigen und nicht vor Tränen überzufließen.

Lillian konnte nicht weg sein, sie durfte es einfach nicht. Die Welt funktionierte doch nicht ohne Lillians klaren Geist, und sie selbst ebenso wenig. Ihre Großtante war ihr gesamtes Leben lang eine Konstante gewesen – sie hatte sie geliebt, sie unterstützt, war immer für sie da gewesen. Sie hatte Verkleiden mit ihr gespielt und Bücher mit ihr gelesen. Und sie war diejenige gewesen, mit der sie geredet hatte, als sie zum ersten Mal ihre Tage bekam.

Als später Leo gestorben war, war Robyn den Sommer über bei

ihr geblieben und hatte ihrer Tante geholfen, sich in ihrer neuen Situation zurechtzufinden. Sie waren eine Familie.

»Mom?«

Harlow kam ins Arbeitszimmer. Ihre Tochter sah ebenso verstört und niedergeschlagen aus, wie sie sich fühlte – blass, die Augen gerötet vom Weinen. Sie wirkte irgendwie kleiner, zerbrechlicher und weniger stark.

»Was machst du da?«, fragte Harlow. »Brauchst du Hilfe?«

»Ich muss mir eine Mappe aus ihrem Schreibtisch ansehen«, sagte Robyn und wünschte sich zugleich, das wäre nicht nötig. »Lillian hat alles vorbereitet. Sie hat sämtliche Kontakte und Instruktionen schriftlich festgehalten. Alles, was ich noch tun muss, ist, Gregory, ihren Anwalt, anzurufen.«

Harlow schüttelte den Kopf. »Das macht Mason doch schon.«

»Was?«

»Ja, in seinem Arbeitszimmer.«

Robyn öffnete die oberste Schublade. Sie war leer. Voller Sorge lief sie ins Erdgeschoss. Sie fand Mason in seinem Büro vor, der Schreibtisch vor ihm übersät mit Papieren. Sein Laptop war aufgeklappt, und auf dem Bildschirm war eine Excel-Tabelle zu erkennen.

Er erhob sich, als sie sich ihm näherte. Dann kam er zu ihr und zog sie an sich.

»Wie hältst du dich?«

»Ich bin total zerschlagen.« Sie wand sich aus seinen Armen und starrte ihn misstrauisch an. »Was machst du denn da?«

Sie nahm ihren beschuldigenden Tonfall wahr und bemerkte die Verwirrung in seinen Augen, scherte sich jedoch nicht darum. Für wen hielt er sich, dass er einfach alles an sich riss?

»Während du bei den Kindern warst, habe ich Lillians Mappe rausgeholt, die nach ihrem Tod geöffnet werden sollte. Sie erzählte mir davon, kurz nachdem ich hier ankam. Als du dann hier warst, bat sie mich, die Dinge in die Hand zu nehmen, falls sie sterben sollte. Damit du das nicht tun musst. Ich habe schon mit Gregory und dem Beerdigungsinstitut gesprochen. Es ist alles arrangiert, die Menüs sind bei Salvia. Ich habe angefangen, Leute anzurufen und sie zu benachrichtigen. Austin wollte mir dabei helfen, daher habe ich ihm einen Teil der Liste gegeben. Er ist in der Bibliothek.«

Seine Stimme war so ruhig. Was er sagte, klang vernünftig. Dass Lillian ihn gebeten hatte, die Organisation zu übernehmen, damit ihr das erspart bliebe, sah ihr ganz ähnlich. Was Masons Aktionismus betraf – auch der war keineswegs überraschend. Wie immer erledigte er seine Aufgaben gründlich und regelte alles bis ins Detail. Er schreckte vor nichts zurück, was unangenehm oder schwierig war.

Ihr Ärger – hinter dem sich vermutlich nur ihre Trauer verbarg – ließ nach, woraufhin nichts als Leere blieb.

»Tut mir leid«, flüsterte sie und spürte, wie ihre Beine anfingen zu zittern. »Ich weiß nicht, warum ich wütend war. Das ist lächerlich. Eigentlich bin ich total froh, dass du dich um alles kümmerst. Ich glaube nicht, dass ich dazu in der Lage wäre.«

Er führte sie zu einem Stuhl und wartete, bis sie sich gesetzt hatte, ehe er einen weiteren Stuhl heranzog und sich ihr gegenüber niederließ. Dann nahm er ihre Hand in seine und sah ihr in die Augen.

»Ich werde die gesamte schreckliche Zeit über hier sein. Jede einzelne Sekunde. Und nichts von dem, was du sagen oder tun wirst, wird mich vergraulen können. Ich habe kein Interesse daran, dich zu verurteilen, und ich habe keinerlei Erwartungen an dich. Du hast einen Menschen verloren, den du dein ganzes Leben lang geliebt hast. Beschäftige dich einfach nur damit. Ich kümmere mich um den Rest.«

Sie nickte nur, vollkommen unfähig, irgendetwas zu sagen. Ihre Tränen kehrten zurück, und ihr Hals schnürte sich zu. Es tat alles so viel mehr weh, als sie erwartet hatte.

In diesem Moment kam Cord herein. Er warf ihnen einen Blick zu und schob die Hände in die Hosentaschen. »Also, ähm, Robyn. Ich wollte mal fragen, ob … ob ich bei irgendwas helfen kann.«

Fahr nach Hause! Das wäre mir die größte Hilfe, dachte sie erbittert. Cord war nichts als eine unnötige Last. Doch ehe sie ihm das sagen konnte, erhob Mason sich.

»Cord, Salvia muss einkaufen gehen. Wir werden viel Besuch bekommen, und sie schafft das gerade nicht alleine. Mit dir fühlt sie sich wohl. Könntest du ihr helfen? Ich weiß, dass sie sehr froh darüber wäre.«

Cord sah zwischen ihnen hin und her, dann nickte er langsam. »Klar. Sie ist in der Küche?«

»Genau.«

Er trollte sich.

Robyn starrte ihm nach, dann wandte sie sich Mason zu. »Du hast es tatsächlich hinbekommen, dass er geht. Wie hast du das gemacht?«

Er schenkte ihr ein mattes Lächeln. »Er hat gesagt, er will helfen, deshalb habe ich ihm eine Aufgabe gegeben. Später werde ich Kip bitten, die Servierplatten zu spülen. Es sei denn, Harlow braucht ihn.« Er zuckte mit der Schulter. »Lillian wollte, dass bei ihrer Trauerfeier eine englische Teetafel serviert wird. Es wird also jede Menge Krönungshühnchen geben.«

»Woher kennst du denn Krönungshühnchen?«

»Ich bin eben ein weit gereister Mann.«

Sie fing an zu lachen und zeitgleich zu schluchzen. Mason war sofort an ihrer Seite. Sie lehnte sich an seinen starken Körper und wusste, dass er sich um sie und die Kinder kümmern würde, egal, was passierte.

»Du trauerst doch auch«, flüsterte sie an seiner Brust. »Du hast sie auch geliebt.«

»Das kann ich beides nur bejahen. Sie war eine großartige Frau.«

Sie hob den Blick und sah ihn an. »Und du warst etwas ganz Besonderes für sie, Mason. Sie war so froh, dass du hier warst.«

Sie hielten einander fest und ließen sich von ihrer Traurigkeit mitreißen. Robyn wusste, dass es sehr lange dauern würde, bis diese Wunde anfing zu heilen.

Vier Tage nach Lillians Tod stellte Harlow vorsichtig Teetassen und Untertassen auf den Servierwagen, den Austin aus dem Keller geholt hatte. Der Wagen hatte genau die richtige Größe, um in den Speiseaufzug zu passen, der ihn ins Erdgeschoss transportieren sollte. Zuvor hatte sie auf diese Weise bereits stapelweise Teller und fast ein Dutzend Silbertabletts nach unten geschickt. Kip hatte angeboten, sie zu polieren, und Salvia hatte ihn mit einer Tube Silberpolitur und einem Stapel sauberer Lumpen im Waschraum platziert.

Harlow zählte das Geschirr. Sie war nicht sicher, wie viel sie benötigten. Ihre Mom hatte gesagt, dass sie nach der Beerdigung etwa hundert Gäste erwarteten – also vielleicht einhundertzwanzig Tassen und Untertassen?

Über Organisatorisches nachzudenken war leichter, als Lillian zu vermissen, auch wenn sie dem schrecklichen Kummer, den sie in jeder einzelnen Sekunde empfand, nicht entkommen konnte.

Sie hörte Schritte im Flur. Gleich darauf kam Austin herein. Er sah furchtbar aus, hatte dunkle Ringe unter den Augen und hängende Schultern. Sie ging zu ihm.

»Ich vermisse sie auch«, sagte sie und umarmte ihn fest.

»Es ist, als würden wir Onkel Leo noch einmal verlieren«, murmelte er in ihr Haar. »Nur schlimmer.«

»Ich weiß.«

Er trat einen Schritt zurück und schluckte. »Mason hat sich vergewissert, dass die Leute vom Catering morgen drei Stunden vor der Trauerfeier hier sein werden. Salvia wollte sie beaufsichtigen, doch Mason hat ihr gesagt, dass sie unbedingt zur Beerdigung gehen soll. Sie hat ja fast zehn Jahre für Lillian gearbeitet. Schließlich haben Mom und Mason sich dann darüber gestritten, wer von ihnen beiden dableibt, aber dann hat Kip sich angeboten.« Er lächelte sie matt an. »Dein Liebster hat sich von seiner besten Seite gezeigt.«

Harlow spürte einen Anflug von Überraschung und Stolz. »Das hat er gut gemacht.«

»Das bedeutet allerdings, dass du bei der Beerdigung allein sein wirst«, sagte Austin.

Harlow schüttelte den Kopf. »Ich werde dich und Mom und Mason haben.«

Ihr Vater fehlte in der Aufzählung. Sie war sich einfach nicht sicher, ob sie sich auf ihn verlassen konnte. Traurig, aber wahr.

»Was ist?«, fragte Austin.

»Es ist wegen Dad. Ich vertraue ihm nicht. Ich würde gerne, doch ich kann nicht.«

Ihr Bruder schwieg. Harlow wusste, dass er mit seiner eigenen Enttäuschung in Bezug auf ihren Vater zu kämpfen hatte.

Sie dachte an alles, was sie in den vergangenen Monaten über ihn erfahren hatte. Daran, dass er fremdgegangen war, daran, dass er nur so getan hatte, als wäre er am Kauf des Kajakverleihs interessiert, an seine Behauptung, Zafinas Baby sei nicht von ihm. Warum musste das alles nur so schrecklich sein?

»Ich kann nicht für ihn arbeiten«, sagte sie und spürte, wie ihr frische Tränen in die Augen stiegen. »Ich kann einfach nicht. Nicht jetzt, nicht so. Ich bin nicht mehr als sein Kind. Das ganze Gerede darüber, dass ich mal das Geschäft übernehmen soll, war nichts als eine Geschichte, die wir uns selbst erzählt haben.«

Sie wischte sich die Wangen trocken. »Zum Teil ist es meine eigene Schuld. Ich habe zu viel erwartet. Und ich habe zu viel als gegeben angenommen. Aber einiges hat auch er zu verantworten.«

»Den Großteil sogar.« Ihr Bruder sah sie unbeirrt an. »Was hast du jetzt vor?«

»In Key West arbeiten. Neu anfangen. Erwachsen werden. Weit weg von Dad zu sein, wird uns beiden vielleicht guttun. In ein paar Jahren können wir dann noch mal darüber reden, wohin sich das Familienunternehmen entwickelt.«

»Und was ist mit Kip?«

Sie holte tief Luft, als ihr klar wurde, dass sie darauf keine Antwort hatte. »Wir haben schon mal eine Fernbeziehung geführt. Dann schaffen wir das wieder.«

»Aber jetzt ist es anders. Ihr seid verlobt.«

»Wir kriegen das hin.« Das mussten sie einfach. Sie konnte Kip nicht auch noch verlieren. »Und so weit weg werde ich ja gar nicht sein. Es gibt die Fähre von Fort Myers nach Key West, die können wir nehmen oder die Strecke mit dem Auto fahren. So schwer wird das nicht.«

Austin legte ihr die Hände auf die Schultern und seine Stirn an ihre. »Du lügst doch, Schwesterherz.«

»Ich weiß, aber lass uns einfach so tun, als wäre es nicht so.« Sie löste sich von ihm und deutete auf den Rollwagen. »Würdest du die Tassen bitte runter zu Salvia bringen?«

»Und was hast du vor?«

»Dad suchen.«

Ihr Vater saß in seinem Zimmer und telefonierte gerade mit dem Büro. Als er sie sah, winkte er sie herein und sprach währenddessen weiter.

Harlow trat an die geöffnete Balkontür. Die letzten Tage waren übermäßig grau und kalt gewesen, so als würde auch das Wetter um Lillian trauern. Sie erschauderte leicht in der kühlen Brise und ging zurück ins Zimmer, wo sie sich auf die Bank am Fußende des Bettes setzte.

Während ihr Dad seinen Anruf beendete, überlegte sie, was sie sagen sollte. Sie hatte das Gefühl, dass er, egal, was sie ihm erzählte, böse auf sie sein würde. Doch damit musste sie klarkommen. Sie hatte eine Entscheidung getroffen und akzeptierte die Konsequenzen.

Cord legte sein Handy auf dem Schreibtisch ab. »Wir müssen zurück ins Büro«, sagte er mit grimmiger Stimme. »Da läuft alles aus dem Ruder. Gott sei Dank ist morgen die Beerdigung, danach reise ich gleich ab. Was ist mit dir? Wie lange willst du hier noch rumhängen? Ich brauche dich bei der Arbeit, Kleines. Ich war mehr als großzügig, was deine spontane Auszeit betraf, aber genug ist genug. Trübsal blasen kannst du genauso gut zu Hause.«

»Trübsal blasen?«, wiederholte sie. »Ich blase keine Trübsal, Dad. Lillian war ein wichtiger Teil der Familie, und jetzt ist sie tot. Niemand hier bläst einfach nur Trübsal.«

Er hielt abwehrend die Hände in die Luft. »Tut mir leid. Schlechte Wortwahl.«

»Findest du also, ja?«

Sie atmete bewusst durch und ermahnte sich, rational zu bleiben. Ihren Gefühlen nachzugeben, würde das Gespräch nicht einfacher machen. Sie musste sich ins Gedächtnis rufen, was jetzt wirklich wichtig war.

»Ich komme nicht mehr zurück.«

Cord funkelte sie wütend an. »Wie bitte? Ist das dein Ernst? Was willst du denn machen – rumsitzen und nichts tun? Hat deine Mutter dich etwa auf die Idee gebracht? Mir war immer klar, dass sie es dir übel nimmt, dass du für mich arbeitest. Sie fand, du solltest erst andere Erfahrungen sammeln. Aber ich habe ihr gesagt, sie solle sich da raushalten. Dass du und ich deine Zukunft schon geplant haben, als du noch ein Kind warst. Du gehörst zu mir.«

Harlow war emotional am Rand des Zusammenbruchs. Es war zu viel innerhalb von zu kurzer Zeit passiert: Kips Enthüllungen, die Sache mit dem Kajakverleih, den ihr Vater ihr gar nicht kaufen wollte, sich überlegen zu müssen, wie sie beruflich weitermachte, und dann das Schlimmste – der Verlust von Lillian. Sie fühlte sich vollkommen leer. Ohne Kampfwillen, ohne Energieressourcen. Alles in ihr fühlte sich roh an und schmerzte, und sie brauchte jetzt einen Vater, der das verstand.

Doch als sie den wütenden Ausdruck auf seinem Gesicht sah, wusste sie, dass das niemals passieren würde. Er konnte einfach nicht über seinen eigenen Tellerrand blicken. Der »spaßige Elternteil« war er nur, weil er nicht bereit war, die nötige Verantwortung zu übernehmen, um mehr zu sein als das.

»Es tut mir leid, dass es nicht geklappt hat mit uns«, sagte sie leise. »Ich lasse dir bis zum Ende des Arbeitstags ein förmliches Kündigungsschreiben zukommen.«

Aus Cords Gesicht wich sämtliche Farbe. »Das kannst du unmöglich ernst meinen, Harlow, das geht einfach nicht! Ich brauche dich. Komm schon, Kleines, sei nicht so. Wir sind ein Team, du und ich. Du bist doch mein Mädchen. Wie willst du denn lernen, wie das Geschäft läuft, wenn du jetzt weggehst? Sag mir, was du dir wünschst, und ich sorge dafür, dass du es bekommst.«

Der abrupte Wechsel seiner Sicht auf sie war wie ein emotionaler Peitschenhieb. Erst saß sie angeblich nur faul herum und hing mit ihrer Mutter ab, und dann war sie plötzlich sein kleines Mädchen und sie und er bildeten ein Team?

»Das wird gut für uns sein«, sagte sie. »Ich muss mal eine Weile alleine klarkommen und mir ein paar Fähigkeiten aneignen. Vielleicht können wir in vier oder fünf Jahren mal darüber nachdenken, ob ich wieder für dich arbeiten sollte.«

Sie verließ das Zimmer und ging nach unten, wo sie ihre Mom in der Küche vorfand. Austin und sie waren gerade dabei, die Tassen und Untertassen auf die Arbeitsfläche zu stellen, damit sie gespült werden konnten.

Harlow eilte geradewegs auf sie zu, und ihre Mutter umarmte sie ganz fest, ohne ein Wort zu sagen. Nach ein paar Sekunden löste Harlow sich wieder von ihr.

Ihre Mom strich ihr über die Wange. »Tut mir leid, dass dein Dad sich so idiotisch benimmt.«

»Das habe ich dir doch noch gar nicht erzählt.« Sie schluckte. »Aber du wusstest, dass er sich so verhalten würde. Du hast es die ganze Zeit gewusst und ihn trotzdem in Schutz genommen. Er hat dich überhaupt nicht verdient.«

Robyn schenkte ihr ein trauriges Lächeln. »Süße, in einer Beziehung ist niemand hundertprozentig im Unrecht. Ich habe auch sehr viel falsch gemacht. Zum Beispiel habe ich ihm viel zu oft seinen Willen gelassen. Und ich habe für ihn meine Träume verleugnet.« Sie hielt inne. »Es sind noch andere Dinge vorgefallen. Aber glaube nicht, dass alles nur an ihm lag, denn so war es nicht.«

»Ich weiß. An dem, was bei der Arbeit schiefgelaufen ist, bin ich teilweise selbst schuld. Er macht es einem aber auch nicht leicht.«

»Nein, er macht es einem nicht leicht.«

Austin grinste sie an. »Du könntest mit mir zur Marine kommen. Dann könnten wir die Ausbildung zusammen machen. Das wäre doch großartig.«

Harlow gelang es zu lächeln. »Ich glaube, das wird nicht passieren. Aber ich werde jeden deiner Erfolge mit dir feiern. Das weißt du, oder?«

Er sah ihr in die Augen. »Das weiß ich ganz genau.«

Der Regen prasselte so stark auf das Dach der alten, im spanischen Stil erbauten Kirche ein, dass niemand das erste Lied hörte. Doch als die Pfarrerin ihren Platz vor der Gemeinde einnahm, ließ das Getropfe nach und versiegte schließlich ganz. Pünktlich zum Beginn der Trauerrede kam die Sonne heraus.

Robyn saß zwischen ihren Kindern und lauschte allen, die erzählen wollten, wie viel Lillian ihnen bedeutet hatte. Salvia sagte ein paar Worte, ebenso wie der Mann von Lillians verstorbener bester Freundin. Ehemalige Studentinnen und Studenten von Leo, die sie gut gekannt hatten, waren aus verschiedenen Landesteilen eingeflogen, um davon zu berichten, dass sie wie eine Mutter für sie gewesen war, dass sie ihnen geholfen, ihnen Ratschläge gegeben und sie angeleitet hatte. Harlow hielt eine berührende Rede über den Sommer, den sie bei ihr verbracht hatten, während sie sich von ihrem Krebsleiden erholte. Und Mason las aus mehreren Briefen vor, die sie ihm geschrieben hatte.

Robyn hatte in den vergangenen Tagen so viel geweint, dass nur noch wenige Tränen für die Zeremonie übrig waren. So war sie in der Lage, all die Liebe in sich aufzunehmen, die diese Leute für Lillian empfunden hatten. Das Wissen darum, dass ihre geliebte Großtante so viele Menschen berührt hatte, half ihr, ihren Heilungsprozess in Gang zu setzen.

Nach der kurzen Andacht am Grab, die im engsten Familienkreis stattfand, fuhren sie alle zum Leichenschmaus in Lillians Haus. Ihre Gäste waren bereits dort und stärkten sich mit Sandwiches und Scones, Obsttörtchen und Mini-Eclairs. Neben Tee bot das Cateringteam auch eine Auswahl von Lillians Lieblingscocktails an.

Robyn flüchtete kurz in ihr Zimmer, atmete einen Moment durch und frischte ihr Make-up auf, dann ging sie nach unten, um sich um die zahlreichen Gäste zu kümmern. Sie stellte fest, dass Austin, Harlow und Kip bereits umhergingen und sich vergewisserten, dass alle mit Getränken und Essen versorgt waren, und rettete ein paar Gäste vor übermäßig neugierigen Katzen.

Mason tröstete währenddessen Salvia, die gegen Tränen ankämpfte. Cord konnte sie nirgendwo entdecken, sie hatte auch weder Energie noch Interesse, sich mit ihm auseinanderzusetzen. Sie begrüßte die Leute, die sie kannte, und stellte sich denjenigen vor, die ihr fremd waren. Trotz ihrer Erschöpfung war sie wild entschlossen, Lillian so würdig wie möglich zu vertreten. Eine Stunde verging, dann eine weitere. Sie fühlte sich bereits der Ohnmacht nahe, als Mason an ihrer Seite erschien.

»Wenn Sie uns bitte entschuldigen würden«, sagte er zu zwei Nonnen, die Lillian gekannt hatten. »Robyn wird gebraucht.«

Er führte sie zum hinteren Teil des Hauses, an der Küche vorbei, und zog sie in den Frühstücksraum, wo er sie zu einem Stuhl geleitete.

»Du musst dich dringend setzen«, sagte er. Er klang besorgt. »Du hast nicht geschlafen, du willst nichts essen, und ich bezweifle, dass du genug getrunken hast.«

»Versuchst du mir einen Schnaps anzudrehen?«, fragte sie, in der Hoffnung, wenigstens etwas neckisch zu klingen.

Er reichte ihr ein Glas Wasser. »Lass uns erst mal hiermit anfangen.«

Sie nippte dankbar an der kühlen Flüssigkeit, die ihrer trockenen Kehle guttat. »Danke.«

»Gern geschehen. Und bleib bitte hier, bis ich zurückkomme.«

Sie folgte seiner Anweisung und gab sich Mühe, an nichts zu denken und einfach im Hier und Jetzt zu sein. Keine fünf Minuten später kehrte Mason mit einem Teller voll winziger Sandwiches und grünem Salat zurück.

»Ich konnte nirgendwo im Haus was Richtiges zu essen finden«, grummelte er und stellte den Teller vor ihr ab.

Ihr gelang ein Lächeln. »Was ist denn in deinen Augen richtiges Essen? Speck?«

Er grinste und setzte sich neben sie. »Das wäre schon mal ein Anfang.«

Sie knabberte an einem der Sandwiches und stocherte mit der Gabel im Salat herum, hatte jedoch keinen Appetit.

»Ich bekomme nichts runter«, sagte sie und stellte den Teller ab. »Tut mir leid.«

»Du hast es zumindest versucht.« Er nahm ihre Hand und strich mit den Fingern über ihre Knöchel. »Sag mir, was du brauchst.«

Dass Lillian wieder da ist. Doch das konnte sie nicht sagen. Er trauerte genauso wie sie und wollte ihr nur beistehen.

»Warum bist du so gut zu mir?«, fragte sie.

Er zögerte einen Moment, so als würde er seine Worte sorgfältig abwägen. Ungewöhnlich für Mason.

Ein Mitarbeiter des Cateringdienstes steckte den Kopf zur Tür herein. »Tut mir leid, dass ich sie störe, aber es kam gerade eine Dame durch die Hintertür. Sie ist nicht wegen der Trauerfeier hier. Sie heißt Zafina, und sie sucht nach einem Herrn namens Cord.«

30. KAPITEL

Zafina? Robyn versuchte, die Neuigkeit zu begreifen, während sie die junge Frau anstarrte, die in der Tür zum Frühstücksraum erschien. Die schwangere Freundin ihres Ex-Mannes.

Die Absurdität der Situation vermischte sich mit ihrer Erschöpfung und ihrer seelenzermürbenden Trauer. Sie betrachtete die hübsche dunkelhaarige Frau, erkannte ihre Ähnlichkeit mit Kip, was sie daran erinnerte, dass Zafina auch die Schwester des Verlobten ihrer Tochter war … und fing an zu lachen.

Das Gelächter brach aus ihr heraus und schwoll an, bis sie sich nicht mehr kontrollieren konnte. Sie schnappte nach Luft und lachte und lachte, bis das Lachen schließlich in Geschluchze überging und sie ihr Gesicht in den Händen verbarg. Sie hatte keine Ahnung, ob sie sich jemals wieder wie ein normaler Mensch fühlen würde.

Mason zog sie hoch und schlang die Arme um sie. Dann blickte er an ihr vorbei und übernahm das Reden.

»Hallo, Zafina. Du hast uns zu einem denkbar ungünstigen Zeitpunkt erwischt. Robyns Großtante ist gestorben, und heute war die Beerdigung.«

»Oh, das tut mir sehr leid, das wusste ich nicht. Ich habe die vielen Autos gesehen, hatte aber keine Ahnung, weshalb sie hier sind.«

»Das konntest du auch nicht wissen.«

Robyn gelang es, sich so weit zu sammeln, dass sie es schaffte, sich das Gesicht abzuwischen, und sagte an Zafina gewandt: »Ich rufe Cord her.«

Zafina sah verwirrt, müde und argwöhnisch aus. Robyn konnte es ihr nicht verübeln.

Sie zog ihr Handy aus der Tasche ihres Kleides und schrieb

eilig an Harlow: Bitte bring deinen Dad zum Frühstücksraum. Es ist wichtig.

Dann steckte sie ihr Telefon wieder ein und lächelte Zafina an. »Er wird gleich da sein. Du kannst hier warten.« Sie hielt inne. »Möchtest du etwas trinken? Wasser? Kräutertee? Wir haben auch jede Menge zu essen da, falls du Hunger hast.« Sie ging im Kopf sämtliche Speisen durch und stellte fest, dass sie vermutlich für eine schwangere Frau geeignet waren.

»Danke, ich brauche nichts«, sagte Zafina mit einem angespannten Lächeln. »Du bis sehr liebenswürdig. Wir sind uns noch nie begegnet, aber ich weiß natürlich, wer du bist.«

»Danke, gleichfalls«, sagte Robyn. »Du hast recht, wir sind uns noch nie begegnet. Zu dem Essen mit deinen Eltern bist du damals nicht mitgekommen.«

Zafina blickte zu Boden. »Ich fand, es wäre irgendwie schräg.«

»Weil du mit meinem Ex-Mann zusammen bist? Stimmt, das ist ein bisschen schräg. Aber ich komme damit schon klar, wenn du es kannst.«

Zafina sah sie an. Sie hat wunderschöne Augen, dachte Robyn. Sie waren groß und braun. Kips Schwester war eine schöne Frau – und genau Cords Typ.

»Du bist nicht böse auf mich?«, fragte Zafina.

»Es ist mir egal, dass du mit Cord zusammen bist. Das mit uns ist seit Jahren vorbei. Ich mache mir nur etwas Sorgen, weil du eine Beziehung mit dem Vater der Verlobten deines Bruders hast. Aber auch das können wir hinkriegen.«

»Wo führst du mich denn hin?«

Sie drehten sich alle zu ihm um, als Cord zusammen mit Harlow den Frühstücksraum betrat. Dann erblickte er Zafina. Für den Bruchteil einer Sekunde war sein Ausdruck unkontrolliert, und seine Gefühle standen ihm ins Gesicht geschrieben.

Robyn war erfreut, neben Überraschung echte Zuneigung, Sehnsucht und ein wenig Hoffnung in seinem Blick zu erkennen. Wenigstens war ihm die Frau, die er geschwängert hatte, nicht gleichgültig. Das war schon mal ein Anfang.

»Zafina? Was machst du denn hier?«

Zafina funkelte ihn wütend an. »Wo sollte ich sonst sein? Du bist einfach abgehauen, ohne mir etwas zu sagen. Ich hatte keine Ahnung, wo du warst, bis Kip es mir erzählt hat. Du hast mir Angst gemacht.« Ihre Unterlippe zitterte. »Cord, ich dachte, du würdest mich lieben.«

»Das tu ich auch.« Er warf ihr, Robyn, einen kurzen Blick zu und sah dann wieder Zafina an. »Das tu ich«, wiederholte er. »Aber du hast mich ganz schön überrumpelt, als du mir gesagt hast, dass …« Sein Blick fiel auf ihren Bauch. »Ich wusste nicht, was ich davon halten sollte.«

»Ich möchte das Kind mit dir bekommen«, sagte sie. »Ich möchte, dass wir eine Familie sind.« Sie warf trotzig den Kopf hoch. »Wovor hast du so viel Angst? Davor, dass ich dich in die Ehefalle locke? Das werde ich nicht. Du musst mich nicht heiraten, du musst mich nur lieben.«

Harlow stand mit weit aufgerissenen Augen da, so als könne sie nicht begreifen, was hier gerade geschah. Robyn kam der Gedanke, dass es unangenehm sein musste, einer solchen an ihren Vater gerichteten Liebeserklärung beizuwohnen. Sie umrundete das sich im Zwiegespräch befindende Paar und trat zu ihrer Tochter.

»Komm, wir schenken den beiden ein bisschen Privatsphäre.«

Harlow nickte und ging mit ihr hinaus, Mason folgte gleich hinter ihnen. Nachdem sie die Küche durchquert und den Flur erreicht hatten, blieb Harlow stehen.

»Das war echt schräg.«

»Ich weiß.«

»Sie liebt ihn wirklich.«

Robyn lächelte. »Jeder Topf findet sein Deckelchen.«

Harlow verzog den Mund. »Dad hat ja auch schon genügend Deckelchen ausprobiert. Ich hoffe, sie kriegen das hin. Er wird für sie da sein müssen. Glaubst du, er ist ausnahmsweise mal in der Lage, das Richtige zu tun?«

»Vielleicht. Wir hätten uns heute ein Wunder verdient. Wer weiß, womöglich kommt es von deinem Vater.«

Harlow schüttelte den Kopf. »Das halte ich für eher unwahrscheinlich, aber lass uns mal das Beste hoffen.«

Harlow wachte eine Stunde vor Tagesanbruch auf. Ihr Schlaf war rastlos gewesen, und Kip hatte sie mehr als einmal in seine Arme gezogen, um sie zu trösten. Doch sie war nicht zur Ruhe gekommen. Daher zog sie eine Yogahose und ein T-Shirt über und schlich nach unten, um Kaffee zu kochen.

Im Haus war es ruhig, und es fühlte sich leer an. Interessant, dass das Fehlen einer einzigen Person so viel ausmacht, dachte sie, während sie Kaffeepulver in die Maschine gab. Lillian war der wahre Mittelpunkt dieses Hauses gewesen. Ohne sie war es einfach nur noch lächerlich groß und strahlte eine Eigentümlichkeit aus, die nie jemanden auf die Idee kommen lassen würde, darin wohnen zu wollen. Es ist schon besser, wenn der Geschichtsverein es bekommt, dachte sie voller Dankbarkeit dafür, dass Mason sich verpflichtet hatte, es ihm zu überlassen.

Auf der Suche nach Sahne öffnete sie den Kühlschrank und entdeckte die Reste des Leichenschmauses. Austin und sie würden das Essen später zu einer Obdachlosenunterkunft bringen.

Plötzlich hörte sie Schritte. Als sie aufblickte, sah sie ihren Vater und Zafina in die Küche kommen. Eine Sekunde lang starrten sie sich alle drei wortlos an, dann schenkte ihr Vater ihr ein kurzes Lächeln.

»Du bist ja schon früh wach«, sagte er.

»Ihr aber auch.«

Er warf Zafina einen Blick zu, dann wandte er sich wieder ihr zu. »Wir müssen unseren Flug kriegen. Zurück nach Florida.«

Harlow sah ihn an, ohne etwas zu sagen. Auf keinen Fall würde sie sich bemühen, die Situation für ihn angenehmer zu machen.

Er räusperte sich. »Ich, ähm ... Tut mir leid wegen unseres letzten Gesprächs. Ich hatte den Kopf voll, aber ich hätte mehr Verständnis für deine Wünsche zeigen müssen.«

Zafina legte ihm eine Hand auf den Arm. Harlow war sich nicht sicher, ob sie ihn ermutigte, weiterzureden, oder ihm einfach nur beistehen wollte. Doch sie stellte fest, dass ihr das ziemlich egal war.

»Ich möchte nicht, dass du gehst«, sagte er. »Ich wünsche mir, dass wir zusammenarbeiten und das Unternehmen gemeinsam wachsen lassen. Aber ich verstehe auch dein Bedürfnis, dich vorher erst mal woanders zu beweisen. Ich will ...« Er holte tief Luft. »Also, du bist meine Tochter, und ich liebe dich. Und ich will, dass du glücklich bist. Wenn du gerne einen anderen Job annehmen möchtest, können wir ja vielleicht mal darüber reden, wie ich dich überzeugen kann, in ein paar Jahren zu mir zurückzukommen.«

Genau die richtigen Worte, dachte sie. Sie war sich jedoch nicht sicher, ob sie ihnen Glauben schenken konnte. Cord wusste, wie er seinen Charme einsetzen musste, und der bestand zuweilen darin, dass er Ehrlichkeit nur vortäuschte. Doch er war ihr Vater, und sie vermutete, dass sie ihm allein aus dem Grund einen Vertrauensvorschuss geben sollte.

»Ich hab dich auch lieb, Dad«, sagte sie. »Danke. Und was ist mit euch beiden?«

Er grinste. »Zafina bekommt ein Baby, und ich werde wieder Vater.«

Zafina sah ihn verliebt an. »Wir müssen zwar erst mal besprechen, wie wir das alles machen. Aber Cord versteht, was wirklich wichtig ist.«

Harlow wartete jetzt nur noch darauf, dass sie ihr ihre Verlobung verkündeten, doch das blieb ihnen allen durch das Hupen eines Autos erspart.

»Unser Taxi ist hier«, sagte Cord. »Sehen wir uns in Florida?«

Sie nickte und umarmte ihn und Zafina.

Sobald sie weg waren, nahm sie zwei Kaffeetassen mit nach oben und schlich sich in Austins Zimmer. Ihr Bruder lag quer über das Bett ausgestreckt und schlief noch. Sie setzte sich auf einen der Sessel am Fenster und wartete darauf, dass er wach wurde. Er begann beinahe augenblicklich, sich zu rühren.

»Hey«, sagte er, als er die Augen aufschlug. »Was machst du hier?«

Sie reichte ihm eine Tasse. »Mich verstecken. Dad ist weg, er ist mit Zafina zum Flughafen gefahren. Sie scheinen sich vertragen zu haben.« Sie kräuselte die Nase. »Ich bin mir sicher, dass sie heiraten werden. Gestern hat sie zwar gesagt, dass ihr das nicht wichtig sei, aber ich denke mal, sie hätte schon gerne einen Ring an ihrem Finger, bevor das Baby kommt.«

Austin setzte sich auf und stopfte sich seine Kissen in den Rücken. »Und wie ist das für dich?«

»Seltsam. Und irgendwie grotesk. Ich bin mir nicht sicher, ob Dad es in einer Langzeitbeziehung aushält.«

»Das ist seine Sache. Ich will wissen, wie es für dich ist.«

Er fragte sich wahrscheinlich, wie sie damit umgehen würde, dass ihre Schwägerin ihre Stiefmutter und ihr Vater ihr Schwager sein würde.

Sie warf einen Blick auf den Ring an ihrer linken Hand. Der funkelnde Diamant sollte ihre Liebe zu Kip und seine zu ihr symbolisieren. Sie hatten sich gegenseitig das Versprechen gegeben, zu heiraten und eine Familie zu gründen – zusammen zu sein, bis einer von ihnen starb.

Sie war sich so sicher gewesen. Dass er der Richtige war, dass sie zusammen glücklich sein konnten. Wann hatte sich das alles geändert?

»Weiß er es schon?«, fragte Austin.

Sie schüttelte den Kopf. »Ich wusste es ja selbst bis vor Kurzem nicht. Jedenfalls war ich mir nicht sicher.« Sie wischte sich ein paar Tränen von den Wangen. »Woher wusstest du, dass ich mich trennen würde?«

»Er hatte einfach zu viele Geheimnisse vor dir. Weder von seinen Schulden noch von Tracey hat er dir erzählt. Und du hast ihm nichts von deinem Erbe gesagt. Nicht gerade ein toller Start in eine Ehe.«

»Du hast recht.«

»Wie immer«, neckte er sie.

Sie atmete tief durch. »Und du bleibst also hier?«

»Ich hoffe es. Ich werde Mason fragen, ob ich ein Zimmer

mieten kann oder so. Er hat das Haus ja noch ein Jahr. Und er überlegt, ein paar Hektar zu behalten und sich ein eigenes Häuschen zu bauen. Das wird seine Zeit brauchen. Und wenn er mich nicht hierbleiben lässt, dann suche ich mir eben woanders was. Ich werde sowieso viel arbeiten und trainieren, damit ich in Form komme, daher ist es so ziemlich egal, wo ich wohne. Solange es im Staat Kalifornien ist.«

Sie beäugte ihn spöttisch. »Du findest, du musst in Form kommen? Was bist du denn dann bitte schön jetzt?«

Er grinste. »Für einen Zivilisten bin ich schon ziemlich fit.«

»Du nimmst das mit der Marine sehr ernst.«

»Ja, das tu ich.«

Sie nippte an ihrem Kaffee. »Was sagst du eigentlich zu der Sache mit Mom und Mason?«

»Ich mag ihn, er ist ein Guter. Außerdem ist er verrückt nach ihr und würde alles für sie tun.«

»Ja. Ich mag ihn jetzt schon mehr, als ich Jase je gemocht habe. Bei ihm hatte ich immer das Gefühl, dass er auf uns herabsieht.«

Austin nickte. »Ihm ging es nur um Äußerlichkeiten. Er fand sie schön, aber er hat sie nie als ganze Person gesehen. Mason ist da anders.«

»Mom muss das Haus inventarisieren, ehe Mason es verkauft. Sie wird hierbleiben müssen.« Harlow ignorierte den Schmerz, der sie bei dieser Erkenntnis durchschoss. »Du wirst auch hier sein und ich in Key West. Alles wird anders sein.«

»Du willst den Job auf jeden Fall annehmen?«

»Ich werde später dort anrufen und zusagen. Für Dad kann ich nicht mehr arbeiten.« Sie dachte an die Worte ihres Vaters, ehe er abgereist war. »Vielleicht in ein paar Jahren, aber nicht jetzt.«

»Soll ich dir helfen, auf Key West eine Wohnung zu suchen?«

»Das ist lieb von dir, doch du wirst hier gut beschäftigt sein. Ich krieg das hin.«

Harlow hatte noch nie selbst eine Wohnung angemietet, ging jedoch davon aus, dass sie das schon hinbekommen würde.

Sie wartete bis nach dem Frühstück, um mit Kip zu reden.

Zusammen schlenderten sie in den Garten und ließen sich in der Sonne im Gras nieder.

»Das ist ein tolles altes Haus«, sagte er. »Schade, dass es niemand behalten kann.«

»Der Geschichtsverein wird sich gut darum kümmern.«

»Vermutlich.« Er sah sie an. »Mir ist klar, dass du noch bis zur Verlesung des Testaments bleiben musst, aber ich muss wieder zur Arbeit. Ich habe überlegt, morgen zurückzufliegen.«

Sie nickte. »Du hast mir so schon viel von deiner Zeit geschenkt – das weiß ich sehr zu schätzen. Es tut mir leid, dass wir uns vor meiner Abreise gestritten haben. Und dass ich einfach abgehauen bin. Ich hätte vorher mit dir reden sollen.«

»Ist schon okay. Bei dir war schließlich viel los. Und ich weiß, wie froh du bist, noch mal hier bei Lillian gewesen zu sein. Ich meine, ehe sie gestorben ist.«

Sie wollte nicht über den Verlust von Lillian nachdenken. Nicht jetzt. Ihre Traurigkeit würde sie nur ablenken, und sie musste konzentriert bleiben.

»Kip, ich muss dir was sagen.« Ihr schnürte sich die Kehle zu, sie ignorierte die Empfindung jedoch. »Ich kann dich nicht heiraten.«

Sein Kopf ruckte herum. »Wie bitte? Das meinst du nicht ernst. Du liebst mich doch. Wir gehören zusammen!«

Sie streifte den Ring ab und hielt ihn Kip hin. Er wich vor ihm zurück.

»Nein, den nehme ich jetzt nicht an. Wieso tust du das?«

»Ich bin einfach noch nicht so weit«, sagte sie. Sie fand es netter, es so auszudrücken. »Außerdem komme ich nicht klar mit all den Dingen, die in letzter Zeit zwischen uns passiert sind. Ich liebe dich, aber bin nicht bereit, mich dir und uns zu verpflichten. Ich bin noch nicht bereit zu heiraten.«

Er sprang auf und sah sie wütend an. »Was soll denn das heißen? Du willst unsere Verlobung lösen und trotzdem mit mir zusammen sein? Das mache ich nicht mit. Wieso benimmst du dich nur so? Ist es wegen Tracey? Ich hab dir doch erklärt, dass die

Sache mit ihr keine Bedeutung hat. Warum kannst du das nicht einfach vergessen?«

Sie erhob sich. »Du warst schon mal verheiratet und hast es mir nicht gesagt. Wir sind seit beinahe einem Jahr zusammen, und du hast mit keinem Wort erwähnt, dass du eine Ex-Frau hast. Das ist keine Kleinigkeit, Kip.«

»Okay, das war falsch von mir. Aber mit dir zusammenzuleben, ist auch nicht gerade einfach. Du bist ziemlich launisch und egozentrisch. Ich beschwere mich nicht, denn wenn man jemanden liebt, dann soll man ihn im Ganzen lieben. Und du solltest mich auch mit meiner Vergangenheit lieben.«

»Und Tracey«, fauchte sie. »Soll ich die etwa auch lieben?«

»Du machst dich lächerlich.«

»Du auch.«

Sie funkelten sich wütend an. Harlow war klar, dass dieser Streit ein sicheres Zeichen für ihre Unreife war. Sie waren beide noch nicht so weit, eine Ehe überhaupt in Erwägung zu ziehen.

»Ich will nicht mit dir streiten«, sagte sie leise. »Es tut mir leid, aber das mit uns wird nicht funktionieren. In ein paar Tagen bin ich zurück in Florida, dann hole ich meine Sachen ab und ziehe aus.«

Seine ganze Wut war plötzlich verpufft, er wirkte zutiefst erschüttert. »Also ist es vorbei mit uns?«

»Ich ziehe nach Key West. In drei Wochen fange ich dort einen neuen Job an.«

Jetzt verzerrte sich sein Gesicht vor Zorn. »Du blöde Kuh! Du weißt schon seit Wochen, dass du mich abservieren willst, und hast mich die ganze Zeit nur hingehalten? Du hast einfach eine neue Stelle angenommen und mir nichts davon gesagt? Für wen hältst du dich, verdammt noch mal? Ich lasse nicht zu, dass du so mit mir spielst.«

Er brüllte beinahe. Harlow trat instinktiv einen Schritt zurück, da sie nicht sicher war, was Kip nun tun würde. Er hob die Hand, als wollte er sie schlagen, doch dann hielt er mitten in der Bewegung inne.

Entsetzen gesellte sich zu ihrem Schmerz. »Tu das nicht«, flüsterte sie. »Lass das nicht das Letzte sein, was zwischen uns passiert.«

Langsam nahm er den Arm herunter, dann riss er ihr den Ring aus der Hand und stapfte zurück zum Haus. Harlow sank ins Gras, zog die Beine an die Brust und legte die Stirn auf die Knie. Es kamen jedoch keine Tränen. Noch nicht mal, als sie anfing, wie wild zu zittern.

31. KAPITEL

Robyn strich mit der Hand über den Schreibtisch aus gemasertem Walnussholz. In einer kleinen Waterford-Kristallvase standen frische Blumen, und die danebenstehende Tasse, die Harlow in dem Jahr getöpfert hatte, nachdem sie den Krebs besiegt hatte, beherbergte eine Sammlung von Stiften. Irgendwann musste sie anfangen, den Schreibtisch durchzusehen. Aber nicht heute. Mit Lillians Tod klarzukommen war schon schwer genug, ohne ihre Sachen in dem Wissen berühren zu müssen, dass sie nicht mehr da war.

»Ich wünschte …«, murmelte sie. Sie hielt inne, unsicher, was sie sich wünschen sollte. Natürlich hätte sie sich mehr Zeit mit ihrer Tante gewünscht, aber das war egoistisch von ihr. Auch wenn man argumentieren könnte, dass Wünsche von Natur aus egoistisch waren.

»Ich vermisse dich.«

Eine naheliegende Aussage, doch eine, die getroffen werden musste. Sie vermisste Lillians Lachen, ihre Fürsorge, ihre weisen Ratschläge. Gerade jetzt hätte sie eine Vertraute zum Reden gebraucht, die ihr dabei half herauszufinden, was sie als Nächstes tun sollte oder vielmehr, wie.

All ihre Pläne waren zerschmettert worden, als Lillian gestorben war, ebenso wie ihr Herz. Jetzt blieb ihr nur ein sehr kurzes Jahr, um die nötigen Experten hinzuzuziehen, den Inhalt des Hauses zu sortieren, zu entscheiden, wo sie ein Antiquitätengeschäft eröffnen wollte und zu lernen, wie man ein solches Unternehmen führte. Das Geschenk der Zeit war ihr genommen worden. Noch verstörender war, dass sie all das nun ohne Lillian tun musste.

Die größte Komplikation befand sich jedoch irgendwo im Haus. Was war mit Mason? Er war eine starke, beständige Präsenz. Er machte sie glücklicher, als sie jemals gewesen war, und verstärkte zugleich ihre Unsicherheit.

Sie mochte ihn sehr. Sie genoss seine Gesellschaft und hatte ihn gerne in ihrem Bett. Er war ein guter Mann, ein ehrenwerter Ex-Soldat, der an Pflicht und den Dienst an der Menschheit glaubte. An der Beziehung mit ihm war nichts Schlechtes – zumindest was ihn betraf. Aber …

Aber was, wenn sie sich in ihm genauso verlieren würde, wie sie sich in Cord verloren hatte? Was, wenn ihre Beziehung nur aus den Umständen heraus entstanden war und sich all das in Luft auflöste, sobald sie in ihr wahres Leben zurückkehrten? Was, wenn er nun anfinge, Dinge von ihr zu erwarten, Veränderungen, um genau zu sein, die sie nicht herbeiführen konnte oder wollte?

Plötzlich erschien ihr das Risiko sehr viel größer als die Aussicht auf Glück, und das machte ihr Angst.

Ihr Handy vibrierte. Sie warf einen Blick auf das Display und las drei Wörter: Wo bist du?

Sie teilte kurz ihren Aufenthaltsort mit und schob ihr Handy in die Hosentasche. Harlow wollte vermutlich über die Testamentsverlesung reden. Zwar hatte Lillian stets offen über ihre Pläne gesprochen, doch morgen würde es offiziell werden.

Sie hörte eilige Schritte im Flur, dann kam Harlow ins Zimmer. Sie sah blass und verstört aus. Robyn lief instinktiv auf sie zu.

»Was ist passiert?«

Harlows Stimme zitterte. »Ich habe mich von Kip getrennt und dachte, er würde mich schlagen. Er hat es nicht getan, aber ich hatte Angst vor ihm. Und das hat mir das Gefühl gegeben, ihn nie wirklich gekannt zu haben. Wie habe ich nur so einen großen Fehler begehen können?«

Robyn führte sie zum Sofa und setzte sich neben sie. Wut flackerte in ihr auf, doch sie ignorierte das Gefühl. Ihr Zorn würde ihrer Tochter nicht helfen.

»Jetzt fang mal ganz von vorne an.«

Harlow erzählte, wie sie morgens aufgewacht und ihr plötzlich klar geworden war, dass sie Kip nicht heiraten konnte. Und dass er die Neuigkeit nicht gut aufgenommen hatte.

»Er war so wütend«, flüsterte sie, sie zitterte am ganzen Körper. »Er sah wirklich aus, als wollte er mich schlagen.«

»Wo ist er jetzt?« Robyn strich ihrer Tochter über den Rücken.

»Keine Ahnung. Irgendwo im Haus, denke ich.«

»Er muss gehen.«

Harlow nickte. »Ja. Ich weiß nur nicht, ob ich ihm das sagen kann. Würdest du mitkommen?«

»Natürlich würde ich das. Aber weshalb bittest du nicht Mason, es ihm zu sagen? Er war zwei Jahre lang Ausbildungsunteroffizier. Ich bin mir ziemlich sicher, dass er Kip gebändigt bekommt.«

Harlow nickte. »Wenn du meinst, dass es ihm nichts ausmacht. Ich möchte Kip nicht wiedersehen. Ich habe mich so sehr in ihm getäuscht.«

Tränen rannen ihr über das Gesicht. Robyn litt mit ihr und war zugleich unfassbar wütend auf Kip. Gefühle über Gefühle, dachte sie und fragte sich, wie sie alle da durchkommen würden. Sie hatte gespürt, dass es mit Harlow und Kip zu schnell ging und sie mit dem Heiraten lieber warten sollten. Doch dass es so endete, hatte sie nicht gewollt.

»Du hast dem Glauben geschenkt, was er dir erzählt hat«, sagte sie. »Du hast ihm vertraut, und er hat dich betrogen.«

»Ich frage mich immer, wie viel er mir noch verschwiegen hat«, gab Harlow zu. »Jetzt bin ich doppelt froh, dass ich nach Key West ziehe. Dort muss ich keine Angst haben, ihm über den Weg zu laufen.«

Robyn schrieb Mason eine Nachricht und bat ihn, in Lillians Büro zu kommen. Kaum eine Minute später kam er mit großen Schritten und fragendem Blick auf sie zu.

»Was ist los?«

Robyn sah Harlow an, die aufstand und die Schultern straffte.

»Kip und ich haben uns getrennt. Er ist nicht glücklich darüber, dass ich die Verlobung auflösen will, und als ich ihm gesagt habe, dass ich nach Key West ziehe, ist er etwas ausgerastet.« Sie schluckte. »Er hat seine Hand erhoben, und ich dachte, er würde mich schlagen.«

An Mason war keine Veränderung festzustellen. Weder in seiner Körpersprache noch in seinem Gesichtsausdruck. Robyn bewunderte seine Selbstbeherrschung.

»Er wollte morgen nach Hause fliegen«, fuhr Harlow fort. »Aber ich möchte, dass er sofort geht. Ich habe Angst vor ihm und will ihn nicht hier im Haus haben.« Sie rang die Hände. »Ich weiß, dass ich ihm das selbst sagen müsste, doch ich kann nicht.« Sie blickte zu Boden, dann sah sie Mason an. »Mom hat gesagt, dass du vielleicht …«

Mason nickte. »Natürlich. Gib mir eine halbe Stunde. Ich werde ihn nicht aus den Augen lassen, bis er wegfährt. Soll ich ihn vorher zusammenschlagen? Ich kann kleinen Schaden anrichten oder großen. Das liegt ganz bei dir.« Er ließ eine Schulter zucken. »Kip ist keine besondere Herausforderung. Er wird nicht wissen, wie man zurückschlägt.«

Harlow sah erst sie an und dann wieder Mason. Robyn vermutete, dass sie selbst genauso verblüfft aussah wie ihre Tochter. Nicht nur angesichts seines Angebots, sondern auch wegen der nüchternen Art, in der er es vortrug und die Situation analysierte.

»Ihn aus dem Haus zu bekommen, genügt mir erst mal«, murmelte Harlow. »Aber danke.«

Mason sah sie scharf an. »Hat er dich geschlagen, Harlow?«

»Nein. Ich lüge nicht.«

»Opfer von Gewalt wollen häufig nicht, dass …«

»Ich bin kein Opfer«, unterbrach Harlow ihn. »Niemals.«

Mason lächelte. »Nein, das bist du nicht.«

Er verließ den Raum.

Harlow kehrte zum Sofa zurück und lehnte sich an sie. »Das war eine verdammt beschissene Woche.«

»Ja, das war es. Es tut mir leid wegen Kip.«

»Mir auch.«

Robyn legte einen Arm um ihre Tochter und drückte ihr einen Kuss auf den Scheitel. »Ich hab dich lieb, und ich bin sehr stolz auf dich. Austin und ich werden in ein paar Tagen zurück nach Hause fahren. Ich muss das Haus für den Verkauf vorbereiten, und er muss seine Sachen packen. Wie wäre es, wenn wir drei uns einige Tage nehmen, um runter nach Key West zu fahren und dir bei der Wohnungssuche zu helfen?«

Harlow setzte sich auf und sah sie an. »Das weiß ich sehr zu schätzen, Mom. Und ich würde gerne Ja sagen, aber ich glaube, das muss ich alleine machen.«

Robyn spürte eine weitere Welle des Stolzes. »Ich bin da, wenn du mich brauchst.«

Ihre Tochter lächelte. »Ich weiß. Genau wie immer.«

Das erste Mal, als er Gregorys Kanzlei besucht hatte, war Mason mehr mit den Dingen beschäftigt gewesen, die der Anwalt ihm zu sagen hatte, als dass ihn die Räumlichkeiten interessiert hätten. Jetzt, da er sie zur Verlesung des Testaments erneut betrat, bemerkte er die holzgetäfelten Wände, die eleganten Einbauten und die ruhige Atmosphäre, die Wohlstand und Sicherheit ausstrahlte.

Er war mit Robyn und den Kindern hergefahren. Austin und Harlow sahen genauso nervös aus, wie er sich fühlte. Sie wurden in einen großen Konferenzsaal mit einem Tisch geführt, an dem dreißig Leute Platz hatten. Die Fenster boten einen Blick auf einen Innenhof mit ein paar Steinbänken und blühenden Bäumen.

Salvia war bereits da, ebenso wie mehrere andere Personen, die er nicht kannte. Er vermutete, dass einige davon Wohltätigkeitsorganisationen vertraten, die Lillian über die Jahre unterstützt hatte. Austin und Harlow setzten sich rechts und links von ihrer Mutter, und er nahm ihnen gegenüber Platz.

Seit er vom Wert des Hauses erfahren hatte, war er bemüht gewesen, nicht an sein Erbe zu denken. Es war zu viel, als dass ein Typ wie er das Ganze für die Wirklichkeit halten könnte. Und da der Preis dafür war, einen Menschen zu verlieren, den er lieben gelernt hatte, wäre es ihm recht gewesen, in den nächsten Jahrzehnten nichts davon einzufordern. Doch nun, da sie auf Gregory warteten, fragte er sich, wie viel von alldem real war.

Hatte Lillian ihm tatsächlich ein Haus hinterlassen, das er für zwölfeinhalb Millionen Dollar verkaufen würde? Niemand auf der ganzen Welt sollte über so viel Geld verfügen. Es grenzte ans Obszöne. Alles, was er wollte, war ein nettes kleines Haus und seine Militärpension. Das war mehr als genug für ihn. Nur was war, wenn es nicht mehr allein um ihn ging?

Sein Blick suchte Robyn. Sie war so verdammt schön. Er konnte es immer noch nicht fassen, dass sie bereit war, mit ihm zu schlafen, und seine Gesellschaft sogar zu genießen schien. Er kannte jeden Zentimeter ihres Körpers und wusste, wie sie aussah, wenn sie kam. Er wusste, was sie zum Lachen brachte, welche ihre Lieblingsweine waren und dass sie aus tiefster Seele lieben konnte.

Robyn hatte mehr als ein kleines Haus und einen Typen mit Militärpension verdient. Auch wenn er nicht fest davon ausging, dass sie ihn erwählt hatte. Zugleich wusste er, dass ihr die finanziellen Mittel eines Mannes gleichgültig waren. Geld oder Macht machten keinen Eindruck auf sie – sie war interessiert am Wesen eines Menschen.

Gregory betrat den Konferenzsaal und nickte jedem von ihnen zur Begrüßung zu. Dann nahm er am Kopfende des Tisches Platz und öffnete die Mappe, die vor ihm lag. Nachdem er erklärt hatte, dass sie sich zur Verlesung des letzten Willens und Testaments von Lillian Holton versammelt hatten, informierte er die Anwesenden darüber, dass er mit den bedachten Wohltätigkeitsorganisationen beginnen und im Anschluss deren Repräsentanten verabschieden würde, damit die Verlesung des restlichen Testaments der Familie vorbehalten bliebe.

Mason ermahnte sich, keinerlei Reaktion zu zeigen, egal, was er zu hören bekommen würde, fiel dann jedoch beinahe vom Stuhl, als Gregory erklärte, dass acht Millionen Dollar aus einem Wohltätigkeitsfonds zu gleichen Teilen zwischen den elf anwesenden Organisationen aufgeteilt werden sollten. Lillian hinterließ auch sämtlichen Gärtnern und Hausmädchen eine großzügige Summe und hatte festgelegt, dass Salvias Hypothek abbezahlt werden und sie eine Rente erhalten sollte. Alle Angestellten sollten ein weiteres Jahr beschäftigt werden und so lange ihr volles Gehalt ausbezahlt bekommen.

Als der Teil abgeschlossen war, ließ der Anwalt die Empfänger aus dem Raum geleiten. Nachdem die Tür sich hinter ihnen geschlossen hatte, sagte er: »Ich bezweifle, dass ich Ihnen irgendetwas mitteilen werde, das Sie überraschen wird, aber ich werde es Ihnen dennoch vorlesen.«

Robyn nickte.

Gregory verlas den Rest des Testaments. Wie erwartet bekam Mason das Haus vererbt, verbunden mit der Übereinkunft, dass er es erst in einem Jahr verkaufen würde. Des Weiteren erhielt er Geldmittel, um es zu unterhalten, und war verpflichtet, Robyn und ihren Helfern Zugang zu gewähren. Lillian bat dringend darum, dass er es an den Geschichtsverein verkaufte, unter der Bedingung, dass dieser ihm mindestens zwölfeinhalb Millionen Dollar dafür zahlte. Wenn sie ihm weniger anboten, war er frei, es an jemand anders zu verkaufen. Außerdem wurden ihm Onkel Leos Papiere und jegliche Bücher aus der Bibliothek zugesprochen, die er haben wollte.

Er gab sich Mühe, angesichts dieser Informationen keine Regung zu zeigen – schließlich war ihm das alles nicht neu und sollte ihn nicht überraschen. Und doch war er überrascht, denn jetzt wurde das Ganze real. Lillian war gestorben, und ihm gehörte ihr verrücktes, wundervolles Haus.

Gregory ging zum nächsten Teil des Testaments über. Lillian hatte verfügt, dass Robyn der Inhalt des Hauses inklusive ihrer persönlichen Gegenstände und der Katzen sowie eine Million Dollar zugesprochen wurden.

»Entschuldigung – wie bitte?«

Gregory hielt inne. »Soll ich den Teil noch einmal verlesen?«

Robyn starrte ihn an. »Ich … nein. Ist schon in Ordnung. Ich habe nur nicht mit Geld gerechnet.«

Mason wusste, dass sie sich Sorgen um ihre Zukunft gemacht hatte. Dass sie sich vorwarf, nach ihrer Scheidung diesbezüglich keine intelligenteren Entscheidungen getroffen zu haben.

Sie hatte hart gearbeitet, um einen vernünftigen Plan für sich zu erstellen. Aber jetzt war sie finanziell unabhängig und brauchte nichts von ihm.

Gregory erklärte, dass jedes von Robyns Kindern bereits sein Erbe erhalten hatte, doch Austin hinterließ sie zusätzlich mehrere von Leos Uhren und Harlow ein wenig Schmuck. Ein paar Minuten später war der Anwalt fertig.

Sobald sie zurück im Haus waren, entschuldigte Robyn sich und ging geradewegs in ihr Zimmer. Mason sah ihr nach, wie sie die Treppe hochstieg, und fragte sich, was sich wohl in ihrem Kopf abspielte. Es hatte sich innerhalb kürzester Zeit so viel verändert. Er hatte zwar keinen Grund, sich Sorgen zu machen, und doch bemerkte er ein mulmiges Gefühl in der Magengrube. Er wollte ihr gerade folgen, um sie zu fragen, wie es ihr ging, als Austin ihn aufhielt.

»Hast du mal eine Sekunde?«, fragte der Teenager.

Mason nickte. »Klar. Was ist los?«

»Ich würde gerne ein Zimmer hier im Haus mieten, wenn das in Ordnung ist. Für das nächste Jahr. Ich werde nicht viel da sein – ich habe zwei Jobs und werde viel trainieren. Wenn es dir nicht recht ist, dann suche ich mir woanders was, aber ich würde lieber hierbleiben.«

»Willst du immer noch zur UC San Diego?«

Austin nickte. »Ich werde mich so schnell wie möglich bewerben. Und ich mache einen Online-Kurs, damit ich bei der Aufnahmeprüfung besser abschneide. Außerdem werde ich mich für das ROTC-Programm der Marine bewerben.«

»Du hast einen Plan.« Mason tätschelte ihm die Schulter. »Du musst kein Zimmer mieten, Junge. Du kannst einfach hierbleiben, bis mein Jahr ausläuft.« Er lächelte. »Platz gibt es genug.«

Austins Miene hellte sich auf. »Bist du dir sicher?«

»Absolut. Du kannst gerne Freunde einladen, aber bitte keine lauten Partys. Was den Rest betrifft, können wir uns verständigen, wenn es so weit ist.«

»Danke, Mason.«

Austin ging die Treppe hoch, doch Harlow blieb stehen.

Mason drehte sich zu ihr um. »Möchtest du auch hierbleiben?«

Sie grinste. »Nein. Ich fliege morgen zurück nach Hause.« Ihr Lächeln erstarb. »Ich habe ein wenig Sorge, dass Kip irgendwas mit meinen Sachen anstellt. Meine Freundin Enid wollte an unserer Wohnung vorbeifahren und nachsehen, ob nicht schon alles auf dem Parkplatz steht.«

»Er hat nicht viel Gegenwehr geleistet, als ich ihm gestern gesagt habe, er solle gehen.« Kip war innerhalb von fünf Minuten eingeknickt.

»Zu Hause fühlt er sich vielleicht stärker.« Sie zuckte mit den Schultern. »Ich schaff das schon. Was ist mit dir und Mom?«

»Wonach fragst du genau?«

»Liebst du sie?«

»Ich weiß die direkte Frage zu schätzen.«

Sie sah ihn schweigend an.

Mason wurde klar, dass sie tatsächlich eine Antwort erwartete. »Ja«, sagte er geradeheraus. »Ich habe es ihr aber noch nicht gesagt.«

Harlow entspannte sich sichtlich. »Ich werde ihr auch nichts sagen. Das ist eine Sache zwischen euch beiden. Ich wollte nur sichergehen, dass du sie nicht für Sex ausnutzt.«

»Das tu ich nicht.«

Sie wandte sich zum Gehen, dann drehte sie sich noch einmal um. »Es kann sein, dass du um sie kämpfen musst, wegen Dad und vielleicht auch wegen Jase. Ich weiß nicht, ob sie so leicht Vertrauen fassen wird. Ich meine, zu sich selbst. Ich glaube nicht, dass sie sich wegen dir Sorgen macht.«

»Gibst du mir etwa Beziehungsratschläge?«

Sie lächelte. »Irgendwer muss es ja tun. Außerdem fände ich es nett, dich in der Familie zu haben.«

»Das fände ich auch sehr nett.« Das ginge jedoch mit einem großen Risiko einher, und Mason war sich keineswegs sicher, ob ihm überhaupt so viel Glück zuteilwerden konnte. Nicht, wenn es um eine Frau wie Robyn ging.

Robyn zog sich um und schlüpfte in Jeans und Bluse. Sie versuchte, sich auf die einfachen Dinge zu konzentrieren, wie das Schließen der Knöpfe und das Anziehen ihrer Schuhe, statt zuzugeben, dass ihr beinahe der Kopf platzte.

Lillian hatte ihr eine Million Dollar vermacht. Sie hatte immer gewusst, dass ihre Großtante und ihr Großonkel Geld hatten, doch sie hatte keine Ahnung gehabt, wie reich sie wirklich waren. Auch wenn das Haus ein sanfter Fingerzeig hätte sein können.

Eine Million Dollar. Sie hatte damit gerechnet, die Katzen und den Inhalt des Hauses hinterlassen zu bekommen, aber mehr nicht.

Sie ließ sich auf die Bank am Fußende ihres Bettes sinken. Das Geld bot ihr die finanzielle Sicherheit, von der ihr kürzlich erst klar geworden war, dass sie sie nicht hatte. Es verschaffte ihr das nötige Kapital, um ihr eigenes Antiquitätengeschäft zu eröffnen. Außerdem würde es die ersten Mietzahlungen abdecken und, falls nötig, den Umbau der Verkaufsfläche.

Sobald ihr Geschäft liefe, wollte sie den genutzten Anteil zurückzahlen, sodass die eine Million Dollar wieder vollständig wäre. Wenn sie ihren Laden gut führte, würde sie das Geld nie mehr anrühren müssen und könnte es ihren Kindern hinterlassen. Eigentlich sollte sie genug verdienen, um davon leben zu können, ein paar Angestellte zu bezahlen und Austin bei seinen Studiengebühren und Harlow bei ihrer Hochzeit unter die Arme zu greifen, wenn sie irgendwann den Richtigen gefunden hätte.

Lillian hatte ihr das riesige Geschenk finanzieller Sorglosigkeit gemacht – was zu viel war, als dass sie es auf Anhieb fassen könnte.

Sie hörte ein Klopfen an der Tür, gefolgt von Harlows Stimme, die fragte, ob sie hereinkommen könne.

Robyn öffnete ihr. »Hey, wie hältst du dich so?«

Ihre Tochter lächelte sie an. »Dieselbe Frage wollte ich dir stellen. Geht's dir gut?«

»Nein, aber das wird schon. Es fällt mir schwer zu begreifen, was ich da gerade erfahren habe.«

»Du wirst das Geld für Katzenfutter brauchen.«

Robyn lachte. »Gut möglich. Willst du immer noch morgen abreisen?«

»Ja. Ich habe viel zu tun, ehe ich nach Key West ziehe, und ich möchte Kip nicht zu lange mit meinen Sachen allein lassen.«

Robyn nickte. »Das kann ich gut verstehen. Wir haben beide einiges anzugehen. Aber was wir jetzt brauchen, ist Ablenkung. Lass uns in den Supermarkt fahren und Zutaten für Tacos und Margaritas besorgen.«

Harlow lachte. »Super Idee. Ich ziehe mich nur schnell um, dann komme ich runter in die Küche.«

Robyn nahm ihre Handtasche und ging nach unten. Sie konnte Mason nirgendwo entdecken und überlegte kurz, ihn zu suchen, entschied sich jedoch dagegen. Sie brauchte ein wenig Zeit, um klarzukriegen, was sie fühlte. Sie musste ihre Trauer verarbeiten. Und vielleicht – aber nur vielleicht – hatte sie ein kleines bisschen Angst vor ihm.

Lillians Tod hatte all ihre Pläne beschleunigt. Nun musste sie hierherziehen, um mit der Inventarisierung zu beginnen. Ja, Lillian hatte sie ohnehin gebeten, sich dauerhaft in Santa Barbara niederzulassen, doch sie hatte bis zu diesem Zeitpunkt nicht entschieden, ob sie zu einem Umzug bereit war. Jetzt gab es keine andere Möglichkeit mehr.

Was bedeutete das für sie und Mason? Waren sie ein Paar? War das zwischen ihnen ernst oder nur ein Sommerflirt? Sie hatte keine Ahnung, wie er dazu stand. Angesichts dieser Unsicherheit war ihre instinktive Reaktion, wegzurennen und sich zu verstecken. Nicht gerade ihr glorreichster Moment.

Ehe sie zu einem Schluss kam, tauchte ihre Tochter wieder auf.

»Bevor wir gehen, sollten wir nachsehen, ob wir noch Tequila haben«, sagte Harlow. »Vom guten.«

»Bist du jetzt zum Tequila-Snob mutiert?«, fragte Robyn grinsend.

»Absolut. Wenn ich wieder zu Hause bin und meinen neuen Job antrete, kann ich mir den guten Stoff nicht mehr leisten. Daher muss ich dich ausnutzen, solange ich kann.«

»Hervorragendes Argument. Lass uns einen Blick in die Hausbar werfen. Lillian war so eine Cocktail-Liebhaberin – ich wette, du wirst dich zwischen einer ganzen Reihe von Tequilas entscheiden müssen.«

»Sie hat immer gewusst, wie man eine gute Party schmeißt.«

Robyn blinzelte ein paar Tränen weg. »Ja, das hat sie. Und wir können uns sehr glücklich schätzen, dass sie ein Teil unseres Lebens war.«

32. KAPITEL

Um sechs Uhr abends standen die Zutaten für Tacos bereit, und Robyn bereitete eine Guacamole zu. Harlow gab Eis in den Mixer, während Austin und Mason sich darüber stritten, welche Musik laufen sollte. Austin war für Mariachi, was Mason vehement ablehnte.

Robyn lauschte dem freundschaftlichen Geplänkel und spürte, wie sie sich ein wenig entspannte. Ein ganz normaler Abend, dachte sie erleichtert. Ein paar Stunden lang konnten sie vier so tun, als hätte sich nichts verändert und als würde es ihnen gut gehen.

Sie ermahnte sich, nicht daran zu denken, dass Lillian nicht die Treppe herunterkommen und Harlow am nächsten Morgen abreisen und buchstäblich ans andere Ende des Landes verschwinden würde, um in einer neuen Stadt noch einmal von vorne anzufangen. Harlow war stärker, als ihnen allen klar gewesen war. Der Sommer hatte sie verändert und ihrer Tochter erlaubt, zu der schönen, selbstständigen Frau heranzureifen, die schon immer in ihr geschlummert hatte. Auf dem Weg dorthin hatte es einige Hindernisse gegeben, doch Harlow hatte sie überwunden. Robyn hätte nicht stolzer auf sie sein können. Was ihren Jüngsten betraf, so war er …

»Hallo, Robyn.«

Als sie aufsah, erblickte sie Jase, der plötzlich in der Küche stand. Die Avocado, die sie in der Hand hielt, plumpste auf die Küchentheke.

Sie blinzelte ein paarmal. Jase stand tatsächlich da und sah sie verlegen und entschlossen zugleich an – eine ungewöhnliche Kombination, die ihm jedoch irgendwie gelang.

»Die Hintertür stand offen«, fuhr Jase fort und kam auf sie zu.

»Ich habe euch lachen und reden gehört. Ich habe geklopft, aber ich schätze mal bei dem ganzen Lärm …« Er ließ die Reisetasche, die er in der Hand hielt, fallen und kam zu ihr herüber.

»Robyn, ich habe dich vermisst. Mehr, als du dir vorstellen kannst.«

Ehe sie begriff, was geschah, packte er sie an den Oberarmen und küsste sie. Auf die Lippen. So richtig. Er versuchte sogar, ihr die Zunge in den Mund zu schieben, doch in dem Moment sprang ihr Gehirn wieder an, und sie wich abrupt zurück.

»Jase? Was machst du hier?«

»Ich konnte nicht mehr länger warten.« Er sprach leise und voller Inbrunst. »Robyn, ich kann dich nicht gehen lassen.«

Dann blickte er sich um, so als würde er erst jetzt bemerken, dass sie nicht alleine waren. Sie nahm an, dass er sie nach draußen bitten würde. Doch wie sie verblüfft feststellte, dachte er scheinbar gar nicht daran. Stattdessen redete er einfach weiter.

»Ich muss die ganze Zeit an dich denken«, fuhr er fort. »Ich war so ein Dummkopf. Du bist die wunderbarste Frau, die ich je gekannt habe.«

Und dann ließ er sich, dort, wo er war, vor Gott und allen anderen, auf ein Knie fallen. »Robyn Caldwell, du bist intelligent, witzig und fürsorglich, und ich war der letzte Idiot. Bitte gib mir die Chance, es wiedergutzumachen. Bitte lass mich den Rest meines Lebens damit verbringen, dir zu zeigen, wie sehr ich dich liebe und mir wünsche, dass du glücklich bist. Robyn, willst du mich heiraten?«

Das alles ging in Zeitlupe vor sich. Robyn hätte schwören können, dass zwischen jedem Ticken der Wanduhr fünf bis sechs Sekunden vergingen. Sie blickte in Jases hoffnungsvolles Gesicht, sah zu ihren Kindern, die ihn mit vor Schreck weit aufgerissenen Augen und offen stehenden Mündern anstarrten, und zu Mason, dessen Gesichtsausdruck wie üblich nichts von seinen Gefühlen preisgab.

Sie öffnete den Mund, dann schloss sie ihn wieder. Was sollte sie darauf erwidern? Ein schlichtes »Nein« erschien ihr nicht vehement genug. »Nie im Leben« wäre ein wenig harsch. Wie um alles in der Welt konnte ihr so etwas nur passieren?

In diesem Moment kam eine schwarz-weiße Katze in die Küche geschlendert und rieb sich an Jases gebeugtem Bein.

»Miau«, bemerkte sie laut und erwartungsvoll.

Jase runzelte die Stirn. »Robyn?«

Das konnte alles einfach nicht wahr sein. Nichts davon. Weder Lillians Tod noch das Erbe noch alles, was Harlow passiert war, noch Jase, der einfach unangekündigt hier auftauchte und ihr auf Lillians Küchenboden kniend einen Antrag machte.

Robyn spürte, wie ihre Mundwinkel zu zucken begannen. Dann fing sie an zu lachen. Harlow kicherte leise, und Austin wandte sich ab, um ein Schmunzeln zu verbergen. Nur Mason stand vollkommen ausdruckslos da.

Jase erhob sich. Er sah verletzt und verärgert zugleich aus.

»Ich weiß nicht, was daran so lustig sein soll. Ich habe eine lange Reise auf mich genommen, Robyn. Ich habe Termine mit Patienten abgesagt, um hierherzukommen.«

Robyn nickte und versuchte, sich unter Kontrolle zu bekommen, kam jedoch einfach nicht zu Atem. Sie fragte sich, ob sie im nächsten Moment in hysterische Schluchzer ausbrechen würde. In letzter Zeit schien sie eine gewisse Anfälligkeit dafür entwickelt zu haben.

»Jase«, gelang es ihr schließlich hervorzupressen, wobei sie sich bemühte, ihr Lachen zu unterdrücken. »Es tut mir leid. Ich kann nicht …« Während sie nach Luft rang, wurde ihr bewusst, dass sie nicht versuchte, ihm mitzuteilen, dass sie nicht sprechen könne. Nein – was sie gerade gesagt hatte, war bereits die Antwort auf seine Frage.

»Ich werde dich nicht heiraten«, sagte sie schließlich. »Es tut mir leid, dass du von so weit hergekommen bist. Aber ich habe dir das schon bei unserem letzten Gespräch klar und deutlich gesagt, ebenso wie bei dem davor und bei unserer Aussprache zu Hause. Es ist vorbei zwischen uns. Ich möchte dich nicht mehr sehen, und du musst dringend damit aufhören, einfach so in meinem Leben aufzutauchen.«

Austin tätschelte ihm den Rücken. »War das jetzt deutlich genug, Bruder?«

Harlow stellte sich neben Robyn, die Arme vor der Brust verschränkt. »Jase, jetzt mal im Ernst. Das grenzt an Stalking. Wir bitten dich alle zu gehen. Lass mich nicht handgreiflich werden.«

Jase wirkte eher verwundert, als dass er sich bedroht zu fühlen schien, protestierte jedoch nicht. Stattdessen nahm er seine Reisetasche und ging zur Hintertür. Dort angekommen, drehte er sich zu ihr um.

»Du wirst es noch bereuen, dass du mich hast gehen lassen«, sagte er steif. »Männer wie ich werden dir nicht alle Tage über den Weg laufen.«

»Ich hoffe es.«

Jase funkelte sie an, dann ging er raus und schlug die Fliegengittertür hinter sich zu.

»Was für ein Arschloch«, sagte Harlow und betätigte einen Schalter am Mixer. Sofort wurde der Raum vom lauten Geräusch seines Motors und seiner Eis zerkleinernden Schneidemesser erfüllt.

Austin gesellte sich zu seiner Schwester an der Küchentheke, und Robyn wandte sich Mason zu, in der Hoffnung, Belustigung in seinen Augen aufflackern zu sehen. Oder dass er ihr sagen würde, dass er Jases Auftauchen für einen Riesenwitz hielt. Stattdessen war sein Blick verschleiert, und sein Mund bildete eine gerade Linie. Sie hatte keine Ahnung, was er dachte. Jedenfalls schien er die Situation nicht lustig gefunden zu haben.

»Wow, das war echt schräg«, sagte sie in einem künstlich lebhaften Tonfall. »Jetzt hast du meinen Ex-Mann und meinen Ex-Freund kennengelernt. Ich werde mit mindestens einer deiner Ex-Frauen Mittag essen gehen müssen, damit wir auf Gleichstand kommen.«

Er blickte sie mit den kalten, abweisenden Augen eines Fremden an. »Ich muss mich um ein paar Dinge kümmern und lasse dich den Abend mit deinen Kindern verbringen.«

Und mit diesen Worten war er verschwunden.

Trotz der Tatsache, dass das Haus über zweitausenddreihundert Quadratmeter groß war, fand Mason keinen einzigen Ort, an dem er sich verstecken konnte. Er hatte keine Angst, gefunden zu werden – darum ging es nicht. Sein Problem war, dass er den Erinnerungen nicht entkam, die er an diesem verdammten Ort gesammelt hatte.

Er konnte nicht in sein Schlafzimmer gehen. Nicht nur hatten er und Robyn dort auf buchstäblich jeder Oberfläche gevögelt, ihr Zimmer war auch noch direkt nebenan, und sie teilten sich einen Balkon. Das Arbeitszimmer war ebenso belastet. Dort hatten sie zusammen geredet, gelacht und sogar geweint, nachdem sie Lillian verloren hatten.

Es gab keinen einzigen Raum im ganzen Haus, der nicht angefüllt war von ihr, ihren Kindern oder ihnen allen dreien. Gleichgültig, wo er hinging, sie folgte ihm mit ihren lachenden blauen Augen, ihrem lächelnden Mund und ihren schönen Händen, die ihn an sich zogen.

Er konnte dem Klang ihrer Stimme nicht entkommen, ihrer so verdammt ehrlichen Art oder der Tatsache, dass sie, egal, was um sie herum los war, jeden Tag ein Abendessen auf den Tisch brachte. Sie hieß jeden willkommen, der Hilfe brauchte, hörte ihm zu, sprach ungeniert die Wahrheit aus und bot ihre bedingungslose Unterstützung an. Sie war alles, was er sich jemals gewünscht hatte, multipliziert mit hundert Millionen, und er wusste einfach, dass nun alles den Bach runterging.

Er nahm die Treppe in den vierten Stock und suchte nach einem einzigen Raum, mit dem er keine Erinnerungen an sie verband. Nur einer! Doch dieser Raum existierte nicht, und ihm blieb nichts, als im Flur stehen zu bleiben und sich verzweifelt danach zu sehnen, endlich von dem fünf Tonnen schweren Felsbrocken erlöst zu werden, der im Begriff war, ihn wie ein Insekt zu zerquetschen.

Sie konnte jeden haben, weshalb sollte sie also ausgerechnet ihn wählen? Ihr war gerade ein gottverdammter Kardiologe quer durch das Land nachgeflogen und hatte ihr einen Heiratsantrag vor Leuten gemacht, die er noch nicht mal kannte. Jase waren alle anderen egal gewesen, alle außer Robyn. Er hatte alles auf eine Karte gesetzt. Ein Arzt. Sie hätte einen Arzt haben können.

Mason war sich seiner Stellung im Universum durchaus bewusst, auch wenn seine kürzliche Erbschaft ihn ein wenig durcheinandergebracht hatte. Doch darüber würde er hinwegkommen. Er würde sich sein Baugrundstück aussuchen, das Haus verkaufen und den Rest seines Lebens mit Blick auf den Pazifik verbringen. Das war sehr viel mehr, als er sich jemals erträumt hatte.

Was Robyn betraf – da musste er realistisch sein. Er hatte nach etwas gestrebt, das außerhalb seiner Reichweite war, und es war nur folgerichtig, dass er dabei auf die Schnauze fiel. Wie konnte er das auch nicht? Sie war der Mond und die Sterne, und er war nur ein einfacher Soldat. Sie hatten einen großartigen Sommer miteinander verbracht, und jetzt war es für sie beide an der Zeit, der Realität ins Auge zu blicken. Nun ja, für ihn jedenfalls. Er bezweifelte, dass Robyn die Realität je hinter sich gelassen hatte.

Er ging zur Treppe zurück und setzte sich auf die Stufen. Es gab keinen einzigen Teil von ihm, der nicht schmerzte. Er sehnte sich so sehr nach ihr, ihrem Körper, ihrer Seele. Sie zu verlieren, würde schrecklich sein – vermutlich das Schlimmste, das er je durchmachen würde. Doch er würde es überstehen. Das wusste er ganz sicher. Die Armee hatte ihn gelehrt, wie man mit jeglichen Widrigkeiten umging.

Um das nächste Jahr zu überleben, würde er jede einzelne dieser erworbenen Fähigkeiten benötigen. Denn sie würde hier bei ihm sein und ihre Inventur machen. Er hatte keine Ahnung, wie sie das handhaben würden. Würde sie ihre Affäre fortführen wollen, solange es bequem war? Oder würde sie die Sache schon früher beenden wollen, damit alles sauber geregelt wäre?

Er wusste, dass er, wenn es um sie ging, schwach genug war, um jeden Krümel anzunehmen, den sie ihm anbot. Das war demütigend, doch Fakt war Fakt. Wie lautete das alte Zitat gleich? Sie war seine größte Schwäche. Für sie zu sterben, wäre ein Leichtes für ihn. Er war sogar bereit, noch weiter zu gehen und ihr höriger Liebhaber zu sein.

»Du bist ein schwer aufzufindender Mann.«

Er erhob sich, drehte sich um und stellte fest, dass Robyn hinter ihm im Flur stand. Allein ihr Anblick genügte, dass er auf die Knie fallen und sie anbetteln wollte.

Sie schob die Hände in die Taschen ihrer Jeans. »Das mit Jase tut mir leid.« Sie zog eine Grimasse. »Alles daran. Dass er hier aufgetaucht ist, der Antrag, mein Gelächter. Ich glaube, ich habe in den letzten Tagen so viele Gefühle durchlebt, dass ich nicht mehr in der Lage bin, mich normal zu verhalten. Auch wenn ich nicht genau weiß, wie eine normale Reaktion auf ihn hätte aussehen sollen.«

»Du könntest es noch bereuen, ihn gehen gelassen zu haben.«

Sie sah ihn unverwandt an. »Nein, das werde ich nicht. Niemals. Wir haben uns bereits vor Monaten getrennt. Ich habe es schon damals ernst gemeint und nie daran gezweifelt. Ich hätte gar nicht erst mit ihm zusammen sein sollen.« Sie verzog den Mund. »Wenn ich so zurückblicke, sehe ich, dass ich noch nie einen besonders guten Geschmack hatte, was Männer betrifft. Bis jetzt.«

Ihre Worte trafen ihn wie Messerstiche ins Herz. Er wollte ihnen Glauben schenken, doch irgendetwas sagte ihm, dass er sich mit blutenden, heraushängenden Eingeweiden auf dem Boden liegend wiederfinden würde.

»Ja«, sagte er schwerfällig. »Also, wegen uns … Ich denke, wir wissen beide, dass es großartig war, solange es lief, aber dass nie mehr daraus werden würde.«

Sie riss entsetzt die Augen auf. »Trennst du dich gerade von mir?«

»Nein, du trennst dich von mir.«

»Tu ich nicht.«

»Doch, das tust du.« Er sprach jetzt sanfter. »Robyn, du bist hierhergekommen, da du dich verloren gefühlt hast und wütend warst, vor allem auf dich selbst. Du hast hart gearbeitet, um dich wieder auf die Reihe zu bekommen. Ich war eine angenehme Ablenkung dabei. Eine Belohnung, wenn du so willst. Aber du hast nie mehr in uns gesehen als das. Du wirst Kunstwerke und Antiquitäten an schicke Museen und reiche Händler auf der ganzen Welt verkaufen. Du wirst Expertinnen einfliegen lassen und ein Star sein. Du wirst es lieben. Und ich freue mich, dass du diese Erfahrung machen wirst.«

»Du siehst mich ganz falsch. Du siehst uns ganz falsch. Ich will nicht, dass es vorbei ist.«

Gott, er hätte ihr so gerne geglaubt. Er wollte, dass sie dieselben Gefühle für ihn hatte wie er für sie, doch er wusste es besser.

»Was ist das denn zwischen uns?«, fragte er eilig. »Was haben wir miteinander? Bist du verliebt in mich?«

Sie blinzelte ein paarmal, dann trat sie einen Schritt zurück. Das schwere Kantholz, an dem die gesamte Scheiße hing, aus der sein Leben bestand, traf ihn mit voller Breitseite. Er geriet mental ins Straucheln, doch physisch blieb er stehen. Ihre Verwirrung, ihr Rückzug sagten ihm alles, was er wissen musste.

Er rang sich ein Lächeln ab. »Ist schon okay, ich bin nicht überrascht. Die Frage musste irgendwann gestellt werden. Wie ich schon sagte – du bist diejenige, die sich von mir trennt.«

»Mason, so meine ich das nicht. Die Liebe ist kompliziert. Ich möchte einfach keinen Fehler machen.«

»Das wirst du auch nicht. Du weißt, was du willst, und du wirst es dir holen. Und wenn du dann zur Inventur des Hauses zurückkommst, finden wir schon eine Lösung. Es ist groß genug. Ich bin mir sicher, wir können uns hier tagelang aus dem Weg gehen.«

Ihre Unterlippe begann zu zittern. »Das gefällt mir nicht. Ich will dich nicht verlieren.«

»Das wirst du auch nicht, aber du wirst ein neues Leben anfangen. Ach so, und wenn das Jahr vorbei ist, würde ich gerne Charles II. behalten, falls das in Ordnung ist.«

Tränen rannen ihr über die Wangen. »Mason, nein. Bitte, tu mir das nicht an. Ich brauche dich doch.«

»Ich werde immer für dich da sein.« Er ging zu ihr hinüber und nahm sie in den Arm.

Ein letztes Mal, dachte er düster. Nur ein allerletztes Mal.

Sie klammerte sich an ihn und weinte noch heftiger. Ihr Körper bebte. Er zwang sich, sich von ihr zu lösen. Dann gab er ihr einen sanften Kuss und strich ihr über die Wange.

»Mach's gut, Robyn.«

Mit diesen Worten stieg er die Treppe hinunter. Ihr Weinen verfolgte ihn, bis er in sein Schlafzimmer trat und leise die Tür hinter sich schloss.

Als Harlow nach Hause kam, stellte sie fest, dass Kip ihre Sachen nicht auf den Parkplatz ihres Wohnkomplexes geschmissen hatte. Stattdessen hatte er sie bis zum Haus ihrer Mutter gefahren und sie dort abgeladen – sie lagen über den Rasen verteilt im Vorgarten. Fast alles davon hätte gerettet werden können, wenn nicht die Berieselungsanlage ihren Laptop und den Großteil ihrer Kleidung zerstört hätte.

Sie stieg aus dem Taxi, das sie am Flughafen genommen hatte, und starrte auf den Trümmerhaufen. Ihr Tablet hatte sie mit in Kalifornien gehabt – das war also zumindest verschont geblieben. Doch so ziemlich alles andere, was sie besaß, lag vollkommen durchnässt in traurigen Haufen herum.

Der Fahrer zögerte, ehe er wegfuhr. »Kommen Sie klar?«

»Ja.« Kip hatte ihre Tränen nicht verdient. Anscheinend war sie mit einem echten Arschloch verlobt gewesen. Das hatte sie sich selbst zuzuschreiben, aber auf keinen Fall würde sie wegen ihm weinen. Nie wieder.

Sie rollte ihren Koffer ins Haus, dann ging sie ihre Sachen inspizieren. Die meisten Kleider kann ich sogar noch retten, dachte sie grimmig. Von den Schuhen eher wenige. Sie ging näher an ihren Laptop heran und sah, dass er nicht nur von der Berieselungsanlage durchnässt, sondern zudem zertreten worden war.

Sie brachte in die Garage, so viel sie tragen konnte, wo sie ihre Sachen schnell in jeweils einen Behalten- und einen Wegwerf-Stapel sortierte. Die ruinierten Gegenstände stopfte sie in große Müllbeutel. Sie würde sie in ihr Auto packen, um sie später zur Mülldeponie zu fahren. Ihrer Mom ging es so schon schlecht genug – sie musste nicht erfahren, was Kip getan hatte.

Zum Glück hatte Harlow ihren Flug bereits vor ein paar Tagen gebucht, sodass sie einen bekommen hatte, mit dem sie vor Sonnenaufgang hatte abreisen können. Ihre Mom und Austin hatten nur noch Flüge gefunden, bei denen sie umsteigen mussten. Sie würden erst in der Nacht ankommen. So blieben ihr einige Stunden, um das Chaos zu beseitigen, das Kip hinterlassen hatte.

Sie brauchte weniger Zeit, als sie gedacht hatte, um die Überreste durchzugehen und alles hineinzubringen, was gerettet werden konnte. Sie stellte eine Waschmaschine an und nahm den Rest ihrer Sachen mit in ihr Zimmer. Wenigstens würde sie bei ihrem Umzug nicht viel zu transportieren haben.

Nachdem sie ausgepackt hatte, fuhr sie zum Supermarkt. Ihre Mutter hatte nichts mehr gegessen, seit Jase gestern aufgetaucht war, aber irgendwann würde sie Hunger bekommen. Außerdem war Austin immer für eine Mahlzeit zu haben.

Der Gedanke an Jase erinnerte sie an Mason, was sehr viel belastender war. Jase so erniedrigt zu sehen, war irgendwie witzig gewesen, doch zu wissen, dass es Mason schlecht ging, tat ihr in der Seele weh. Sie hatte keine Ahnung, was ihre Mom zu ihm gesagt hatte, es konnte allerdings nicht das gewesen sein, was er hören wollte. Er war in Robyn verliebt, und dennoch kam ihre Mom nach Hause geflogen. Und Mason hatte ausgesehen, als wäre bei ihm eine tödliche Krankheit festgestellt worden.

Als Harlow versucht hatte, mit ihrer Mutter zu reden, hatte Robyn nur gesagt, dass sie allein sein müsse, und danach hatte Harlow sie nicht mehr gesehen. Sie war abgereist, ehe die anderen aufgestanden waren.

Am frühen Abend war sie mit der Wäsche durch und besah die Überbleibsel ihrer traurigen Garderobe. Ich werde wohl ein wenig shoppen gehen müssen, ehe ich umziehe, dachte sie. Ein bisschen Freizeitkleidung und ein, zwei Kleider. Und vielleicht zwei oder drei Paar Schuhe.

Ihre Mom hatte ihr gesagt, sie solle durch das Haus gehen und sich nehmen, was sie haben wollte. Sie und Austin hatten vor, einen Lieferwagen zu mieten und ihr Zeug nach Key West zu bringen, wenn sie eine Bleibe gefunden hatte. Die Wohnungen dort unten waren winzig und teuer – je weniger sie also mitnahm, desto besser.

In ihrem Zimmer stand ein kleines Sofa, das sicher passen würde, und ihre Schlafzimmergarnitur war noch vollkommen in Ordnung. Sie würde auch den Fernseher mitnehmen, der auf der Kommode stand. Alles, was sie sonst noch brauchte, waren ein kleiner Tisch und ein paar Stühle für eine Essecke und vielleicht ein paar Beistelltischchen. Davon gab es im Haus jede Menge.

Sie tauschte Nachrichten mit Enid aus, dann schaute sie Netflix, bis sie um kurz vor Mitternacht einen Wagen in die Einfahrt einbiegen hörte. Als sie hinausging, sah sie, wie ihre Mom und Austin ihre Taschen aus dem Kofferraum eines Taxis hoben.

»Willkommen zurück«, sagte sie fröhlich und sah ihren Bruder an. Der schüttelte nur den Kopf.

»Harlow.« Ihre Mutter klang vollkommen erschöpft und sah noch schlimmer aus. »Wie geht es dir?«

»Mir geht's gut, Mom. Ich habe Essen besorgt, falls ihr Hunger habt, und ich habe alle Betten frisch bezogen.«

»Danke.« Ihre Mutter schenkte ihr ein Lächeln, das in den Mundwinkeln zitterte. »Ich bin müde. Wenn ihr also nichts dagegen habt, gehe ich gleich ins Bett.«

Sie rollte ihren Koffer über den Flur und verschwand in ihrem Schlafzimmer. Harlow und Austin gingen in die entgegengesetzte Richtung. Sie folgte ihm in sein Zimmer.

»Wie war der Flug?«, fragte sie.

»Okay. Lang. Sie hat kein einziges Wort gesagt.« Er warf seinen Koffer auf das Bett. »Sie war die ganze Zeit über still. Sie hat nicht geweint, sie hat nicht gelesen, sie saß bloß da und hat aus dem Fenster gestarrt. Es war beängstigend.«

»Sie wird schon klarkommen. Vielleicht muss sie nur über ein paar Dinge nachdenken. Es war alles ziemlich heftig, Austin, es ist einfach zu viel passiert. Sie muss das alles erst mal verarbeiten.«

Er starrte sie an. »Und was ist mit Mason? Der Mann ist am Boden zerstört. Was auch immer sie zueinander gesagt haben, es hat ihn gebrochen. Ich glaube, er ist verliebt in sie.«

»Ja, das ist er.«

»Und liebt sie ihn auch?«

Die meiste Zeit über betrachtete sie ihren Bruder wie einen Erwachsenen. Doch ab und zu fiel ihr wieder ein, dass er noch ein Teenager war. Und jetzt gerade, mit seinem besorgten, fragenden Ton, klang er mehr wie ein kleiner Junge als wie ein Erwachsener.

»Ich weiß es nicht«, gab sie zu. »Ich hoffe es. Er wäre jedenfalls gut für sie.«

»Liebe ist doch scheiße.«

Sie lächelte. »Das sagst du jetzt. Aber eines Tages wirst du eine Frau kennenlernen, die dich umstimmen wird.«

»Nein, ich werde eine nach der anderen haben und mich nie ernsthaft mit einer einlassen.«

»Berühmte letzte Worte.«

33. KAPITEL

Robyn wachte um kurz nach sechs auf – was eigentlich wunderbar gewesen wäre. Nur war sie nun in Florida, und in Santa Barbara war es erst drei Uhr morgens, was bedeutete, dass sie keine ganze Nacht Schlaf bekommen hatte. Sie konnte sich nicht mehr erinnern, wann sie sich überhaupt das letzte Mal ausgeschlafen gefühlt hatte – vermutlich, bevor Lillian gestorben war. Doch da das Leben auf niemanden wartete, stand sie auf und ging duschen. Sie blieb unter dem heißen Wasserstrahl stehen, bis sie sich wieder wie ein Mensch fühlte, dann zog sie sich an und bereitete sich auf den Tag vor.

Sie hatte geglaubt, dass die gewohnte Routine ihr womöglich helfen würde. Aber nachdem sie so lange fort gewesen war, fühlte sich das Haus kaum noch vertraut an. Trotz der vielen Jahre, die sie hier bereits wohnte, war dieser Ort einfach nicht richtig für sie. Er war nicht mehr ihr Zuhause. Und vermutlich war er das schon viel länger nicht mehr, als ihr bewusst gewesen war.

Sie machte ihr Bett, dann packte sie aus und trug ihre Schmutzwäsche in den Waschraum, wo bereits ein Haufen von Austins Klamotten auf sie wartete. Austin wusste zwar, wie man die Waschmaschine bediente, aber Waschen war nicht seine Lieblingsaufgabe. Sie lächelte. Wenn er bei Mason einzog, würde er sich wohl oder übel selbst darum kümmern müssen.

Allein Masons Namen zu denken, versetzte ihr einen Stich ins Herz, doch sie ignorierte ihn. Sie war noch nicht so weit, sich damit auseinanderzusetzen. Sobald sie sich stärker fühlte, würde sie tief in ihre Gefühle eintauchen – erstens, um herauszufinden, was schiefgelaufen war, und zweitens, um zu entscheiden, was sie wollte und wofür sie bereit war zu kämpfen.

Während die Waschmaschine lief, sah sie die Post durch, die

hauptsächlich aus Werbung bestand. Nachdem auch das erledigt war, nahm sie sich einen Notizblock und ging damit durch das Haus. Ein Teil der Möbel würde bleiben müssen, um das Haus besser präsentieren zu können. Ein Teil konnte verkauft werden. Sie bezweifelte, dass Harlow viel würde mitnehmen wollen, und Austin würde sie nur verwirrt ansehen, sollte sie ihn fragen, ob er irgendetwas behalten wollte.

Es gab ein paar Kunstwerke, von denen sie wusste, dass Cord sie sehr mochte, und außerdem den Esszimmertisch, den er gekauft hatte, ohne das mit ihr zu besprechen. In seine aktuelle Wohnung hätte er nicht gepasst. Aber er bekam nun ein Kind mit Zafina, sie würden in ein Haus ziehen müssen. Seine Penthousewohnung war zu klein für ein Baby, und sie hatte weder einen Garten noch …

Robyn blieb mitten im Esszimmer stehen, als in ihrem Kopf plötzlich eine Idee Form annahm. Eine verrückte Idee eigentlich. Eine verdrehte und seltsame, aber eine, die sich dennoch richtig anfühlte. Okay, vielleicht war es der Schlafmangel, der aus ihr sprach. Vielleicht aber auch nicht.

Sie zog ihr Handy aus der Tasche und schrieb: Kannst du kurz sprechen?

Beinahe augenblicklich erschienen drei Punkte auf dem Bildschirm, dann: Hast du eine Ahnung, wie viel Uhr es ist?

Ja, und? Du bist doch Frühaufsteher.

Wo du bist, ist es noch nicht mal vier Uhr morgens.

Ich bin wieder da.

Sie tippte auf seine Nummer, um ihn anzurufen.

»Wann bist du zurückgekommen?«, fragte ihr Ex-Mann, sobald er abgehoben hatte.

»Letzte Nacht. Cord, wirst du Zafina heiraten?«

Er fluchte. »Das ist mal eine Frage am frühen Morgen.«

»Ja. Beantwortest du sie mir?«

»Es ist schräg, mit dir darüber zu sprechen.«

Sie lächelte. »Wieso denn? Komm schon, zwischen uns ist es seit Jahren aus. Ich hoffe wirklich, ihr zwei kriegt das hin. Wirst du sie heiraten und ihrem Kind ein Vater sein?«

»Ich denke darüber nach.« Er seufzte. »Ich habe ihr noch keinen Antrag gemacht oder so, und sie sagt immer wieder, dass sie nicht verheiratet sein muss. Aber wir wissen beide, dass das nicht stimmt. Was denkst du?«

»Meine Meinung sollte da keine Rolle spielen«, erwiderte sie. »Doch wenn du sie unbedingt hören willst – das Richtige zu tun kann sich echt gut anfühlen. Vielleicht ist es für dich an der Zeit, erwachsen zu werden.«

»Das war jetzt ein Schlag unter die Gürtellinie.«

»Aber die Wahrheit.«

»Rufst du mich an, um mir zu sagen, dass ich es besser nicht tun sollte?«

»Nein, ich rufe an, um dir zu sagen, dass du mir das Haus abkaufen solltest.«

Am anderen Ende der Leitung wurde es still, daher sprach sie einfach weiter: »Denk doch mal drüber nach«, sagte sie. »Du liebst dieses Haus viel mehr, als ich es jemals getan habe. Ich würde dir die Möbel obendrauf geben. Und du besitzt es sowieso schon zur Hälfte, es wäre also ein Schnäppchen für dich. Zu dem Preis würdest du nichts finden, das auch nur annähernd so schön ist. Hier ist genug Platz für die Kinder, wenn sie zu Besuch kommen, und wenn wir mal Enkelkinder haben, können wir alle zusammen die Feiertage hier verbringen. Außerdem könnte Harlow ihre Traumhochzeit im Garten feiern, wie sie es sich immer gewünscht hat.«

Er wird mit Leichtigkeit an einen Kredit kommen, dachte sie. Schließlich leitet er ein erfolgreiches Unternehmen.

»Das würdest du tun?«, fragte er mit hoffnungsvoller Stimme. »Ich meine, Zafina müsste es sich noch ansehen, aber ich weiß, dass sie es toll finden wird. Wir, ähm, würden wahrscheinlich die Schlafzimmermöbel austauschen müssen.«

»Ja, ich bezweifle, dass deine zukünftige Frau im selben Bett wird schlafen wollen, in dem wir Sex hatten.«

Er lachte leise. »Das ist eine ziemlich unverblümte Art, es auszudrücken.«

»Ich äußere mich in letzter Zeit gerne freimütiger. Willst du heute mit ihr vorbeikommen? Ich werde mich rarmachen. Und ich sage auch den Kindern, dass sie sich verziehen sollen, damit kein Druck aufkommt.«

»Ich kann nicht fassen, dass du das für mich tun willst, Robyn.«

»Wie gesagt, es ist immer mehr dein Haus gewesen als meins.« Und wenn er es kaufte, machte das die Sache für sie sehr viel einfacher. »Schreib mir, wann ihr kommt.«

»Mach ich.« Er klang plötzlich ganz eifrig. »Wahrscheinlich so um mittags herum, aber ich sage dir noch genau Bescheid.«

»Super.«

Sie legte auf. Cord konnte viel Überzeugungskraft aufbringen, daher war sie recht zuversichtlich, dass er Zafina schnell so weit haben würde. Sie führte ihren Rundgang fort und suchte nun nach Dingen, die sie für sich selbst einpacken wollte. Wenn sie ehrlich war, war es nur sehr wenig. Ein paar Gemälde und Antiquitäten, die ihr etwas bedeuteten. Ansonsten würde sie nur ihre Kleider und ihren Schmuck mitnehmen. Harlow konnte sich nehmen, was auch immer sie an Geschirr, Töpfen und Pfannen für ihr neues Leben brauchte. Zafina konnte den Rest behalten oder ihn spenden.

Um acht saß Robyn mit ihrer dritten Tasse Kaffee auf der Terrasse. Das Plätschern des Wasserfalls, der in den Pool floss, war entspannend, aber nichts gegen den Blick auf den Pazifik. Und Florida war nichts gegen Kalifornien.

Es war heiß und feucht. Sie konnte das leise Summen der Insekten hören, und sogar die Luft roch anders. Dies war nicht mehr ihr Zuhause, und es war an der Zeit, es sich einzugestehen. Sie würde Naples verlassen.

Ein paar Dinge würde sie vermissen. Vor allem die geografische Nähe zu ihrer Tochter. Doch abgesehen davon wusste Robyn, dass sie alles andere mit Leichtigkeit hinter sich lassen konnte.

Sie lehnte sich auf ihrem Liegestuhl zurück, schloss die Augen und ließ endlich die sorgsam konstruierte Mauer in sich zusammenfallen, die sie in den vergangenen achtundvierzig Stunden gebraucht hatte, um sich zu schützen. Gefühle überfluteten sie, und sie erlaubte sich, ihren Schmerz, ihre Sehnsucht und ihre Trauer zu spüren. Ihre Atmung wurde flach, und ihr Brustkorb schnürte sich zusammen, als sie seinen Namen dachte.

Mason.

Sie hatte keine Ahnung, was passiert war, doch sie wusste, dass er fertig mit ihr war. Sie hatte es an seinem entschlossenen Gesichtsausdruck gesehen, hatte es gespürt wegen der Distanz, die er zu ihr aufgebaut hatte. Er hatte sie von sich weggestoßen, ihr im Grunde genommen gesagt, dass es vorbei war zwischen ihnen, und sie begriff nicht, weshalb.

Und dann hatte er noch behauptet, dass sie mit ihm Schluss machte, was überhaupt keinen Sinn ergab, denn das hatte sie nicht. Sie hatte geglaubt – oder war vielmehr davon ausgegangen –, dass sie nach Lillians Tod in ihr Haus zurückkehren und dort leben würde, während sie überlegte, was mit dem Inventar zu tun war. Sie hatte sogar davon gesprochen, ihm ein Stück Land abzukaufen, damit sie ein Haus neben seinem bauen konnte. Sie war so sicher gewesen, dass sie ihm etwas bedeutete, dass sie beide …

»Ja, was denn?«

Sie sprach die Frage laut aus, da sie hören musste, wie sie klang. Was waren sie? Ein Liebespaar? Sexfreunde? Was genau wollte Mason von ihr? Nein, das war die falsche Frage. Sie hatte sich so viele Gedanken darum gemacht, dass sie ihre Träume nicht für einen Mann aufgeben wollte, und jetzt überlegte sie wieder, was er wollte?

Nein! Was war denn mit ihr selbst? Was wünschte sie sich für sich?

Die Frage ließ sie ruckartig aufspringen. Sie umrundete den Pool und den Wasserfall, durchquerte den Pavillon und kehrte schließlich zur Terrasse zurück, während ihre Gedanken in sämtliche Richtungen sprangen.

Was wünschte sie sich für sich selbst? Was war ihr wichtig? Was würde dafür sorgen, dass sie ein glückliches und erfülltes Leben führte?

»Ich möchte die Dinge im Haus in Santa Barbara durchsehen und mich an den Erinnerungen an Leo und Lillian erfreuen. Ich möchte antike Schätze entdecken und mehr über Notenpartituren und Uhren lernen. Ich möchte Kunstwerke an Museen verkaufen und andere verschenken, und ich möchte ein wundervolles Antiquitätengeschäft mit einem vielseitigen Angebot eröffnen.«

Sie drehte eine weitere Runde über das Grundstück.

»Außerdem möchte ich reisen.«

Cord hatte nie mit ihr verreisen wollen. Er zog es vor, die ganze Zeit auf einem seiner Boote zu sein. Sie dagegen wollte Neuseeland und die Katzen in diesem japanischen Tempel sehen und eine Flusskreuzfahrt durch Europa machen.

Und da war noch so viel mehr, was sie wollte. Sie wünschte sich ein Zuhause, das sie liebte. Ein nettes Haus, das nicht protzig war. Sie wünschte sich Blumen im Garten und eine geräumige Küche mit einem sechsflammigen Herd, damit sie – wenn Freunde und Familie zu Besuch kamen – kochen konnte, was sie wollte. Das Haus sollte katzenfreundlich und offen gestaltet sein und über eine große Terrasse verfügen.

»Und ich wünsche mir Enkelkinder«, sagte sie und musste gleich darauf lächeln. Dabei würden ihre Kinder wohl ein Wörtchen mitreden wollen.

»Ich möchte glücklich sein und mich geliebt fühlen.«

Sie blieb am Wasserfall stehen, dessen Gischt ihren Arm benetzte. Da war sie – die schwierigste Sache von allen. Sie wünschte sich Liebe in ihrem Leben. Eine starke, beständige Liebe, die Liebe eines Mannes, der immer da sein würde, egal, was geschah.

Bist du verliebt in mich?

Mason hatte ihr diese Frage geradeheraus gestellt, denn so war er einfach – ein Mann, der die notwendigen Fragen stellte. Sie hingegen war so überrascht und überfordert von ihren Gefühlen und dem Schreck über Jases Antrag gewesen, dass sie nicht Ja gesagt hatte. Und dann hatte er sie gehen lassen.

»Er hat mich gehen lassen, weil er dachte, dass ich es so will.«

Er hatte sie gehen lassen, weil er glaubte, dass es das Beste für sie sei. Er hatte sie gehen lassen, weil er sie liebte.

»Mom?«

Sie wandte sich um und erblickte Harlow, die auf die Terrasse trat. Ihre Tochter trug einen Bademantel und sah verschlafen aus.

»Es ist doch noch total früh«, sagte Harlow und streckte sich. »Wann bist du denn aufgestanden?«

»Um sechs.«

»Deiner inneren Uhr zufolge ist es erst drei Uhr morgens. Fühlst du dich gut?«

Robyn lächelte. »Ja, ich fühle mich gut. Glaubst du, Mason ist verliebt in mich?«

Harlow zögerte. »Weshalb fragst du?«

Seltsam, dass sie die Frage mit einer Gegenfrage beantwortete. »Ist er verliebt in mich?«

»Ja, aber erzähl ihm nicht, dass ich dir das gesagt habe.«

Robyn fühlte sich plötzlich einer Ohnmacht nahe. »Er hat dir gesagt, dass er mich liebt?«

»So ungefähr. Aber dann habt ihr euch gestritten, oder was das war. Du hast ja nichts dazu gesagt.« Ihre Tochter schnürte den Bademantel enger. »Mom, Mason ist echt ein toller Typ. Ich weiß, dass er anders ist als Dad und Jase, aber er ist sehr stark, und er würde dir nie wehtun.«

Hoffnung flackerte in ihrer Brust auf. Mason liebte sie? Er hatte über seine Gefühle für sie gesprochen?

Ihre erste instinktive Reaktion war, ins Haus zu rennen und sich einen Flug zurück nach Kalifornien zu buchen. Sie könnte …

Nein, ermahnte sie sich. Sie würde alles in Ruhe durchdenken. Sie würde sichergehen, genau zu wissen, was ihr Geist und ihr Herz wollten, ehe sie irgendetwas unternahm. Außerdem musste sie sich noch um die Logistik kümmern. Wenn sie nach Kalifornien zurückkehrte, wollte sie bereit sein, für immer dortzubleiben. Ohne Hin und Her.

»Dein Dad kommt später vorbei und zeigt Zafina das Haus«, sagte sie und ging auf ihre Tochter zu. »Er überlegt, es mir abzukaufen.«

Harlows Kinnlade klappte herunter. »Ernsthaft? Aber ist das nicht irgendwie schräg? Kämst du damit klar?«

»Es war meine Idee. Dieses Haus ist viel mehr seins als meins, und außerdem ist sie schwanger.«

»Lass uns nicht über das Baby reden«, sagte Harlow und folgte ihr nach drinnen. »Ich bin immer noch dabei, den Ekelfaktor dieser Neuigkeit zu verarbeiten.«

»Sie könnte deine Stiefmutter werden«, sagte Robyn leichthin.

»Ja, das ist das größere Problem. Ich hoffe nur, Kip findet eine andere, ehe es zur Hochzeit kommt.«

»Wenn nicht, spiele ich gerne deine Begleitung.«

Sie gingen in die Küche, wo Harlow sich Kaffee eingoss.

»Das würdest du für mich tun?«

»Natürlich. Du bist meine Lieblingstochter, und ich hab dich lieb. Übrigens habe ich überlegt, Pancakes zu machen.«

»Mit Bacon?«

Robyn lächelte. »Ja, mit Bacon. Geh deinen Bruder wecken, und ich mache derweil Frühstück.«

Harlow nahm ihre Kaffeetasse in die Hand. »Was ist mit Mason? Oder willst du mir sagen, dass mich das nichts angeht?«

»Ich will dir sagen, dass ich ihn liebe, ich aber noch ein paar Dinge durchdenken muss, ehe er und ich ein Gespräch darüber führen können.«

Kaum hatte sie dies ausgesprochen, musste sie gegen die Furcht ankämpfen, dass er bereits mit ihr abgeschlossen haben würde, wenn sie nach Santa Barbara zurückkehrte. Nein, sagte sie sich, das kann keine ernsthafte Sorge sein. Wenn er so schnell über sie hinwegkam, war seine Liebe nicht echt. Schließlich ging es hier um Wochen, nicht um Monate. Außerdem musste sie tun, was richtig für sie war. Sie musste bereit sein, Stärke zu zeigen. Mason zu lieben war eine Sache, doch die Liebe zu ihr selbst zählte auch.

»Du weißt einfach immer, was du tust«, bemerkte Harlow seufzend. »Wenn ich mal groß bin, will ich genauso sein wie du.«

»Ich weiß das Kompliment zu schätzen, aber versuche lieber, du selbst zu sein. Das funktioniert meist besser.«

Eine weitere Lektion, die sie sich hart erkämpft hatte, die jedoch umso wirkungsvoller war. Lillian wäre so stolz auf sie.

»Es ist nett hier«, sagte Enid und sah sich in der Wohnung um. »Nur irgendwie klein.«

Harlow grinste. »Wie kannst du so was sagen? Die Wohnung hat fast fünfundvierzig Quadratmeter.«

»Kannst du hier leben?«

Harlow dachte daran, wie hoch die Mieten auf den Florida Keys waren und dass diese Wohnung sie beinahe ihr halbes Nettogehalt kosten würde. Doch der Job war genau, was sie wollte, und sie hoffte, ihre übrigen Ausgaben niedrig halten zu können – und ihre Arbeit so gut zu machen, dass ihre Passagiere ihr großzügige Trinkgelder geben würden.

»Ich werde super klarkommen«, versprach sie ihrer Freundin.

Enid sah sie immer noch zweifelnd an, doch Harlow machte sich keine Sorgen. Sie würde alleine gut über die Runden kommen.

Wie versprochen hatte ihr Bruder ihr geholfen, den Lieferwagen zu beladen, den sie für den Umzug aus Naples gemietet hatte, und war zusammen mit einem seiner Freunde mitgefahren, um bei den schweren Möbeln anzupacken. Zu dritt hatten sie ihre Sachen innerhalb von zwei Stunden wieder ausgeladen.

Danach hatten Austin und sein Freund den Wagen bei der Mietstation abgegeben, und ihre Mom war gekommen, um ihr beim Auspacken zu helfen. Robyn hatte ihnen allen eine Nacht im Hotel spendiert – vermutlich der letzte Luxus, den sie, Harlow, für eine Weile erfahren würde, weshalb sie den wunderschönen Blick auf das Meer und die geräumige Dusche in vollen Zügen genossen hatte. Die vergangenen zwei Tage hatte sie damit verbracht, sich einzuleben. Und nun war Enid über das Wochenende zu Besuch gekommen, ehe sie ihr Medizinstudium antrat.

»Komm«, sagte Harlow und schnappte sich ihre Tasche. »Ich habe ein tolles kleines Restaurant um die Ecke gefunden. Die Cocktails dort sind großartig, und das Essen ist günstig.«

Enid grinste. »Ich liebe günstiges Essen.«

»Ich auch.«

Sie gingen den kurzen Weg zum Restaurant zu Fuß. Es war noch früh, sodass es nicht allzu voll war. Sie wurden zu einem ruhigen Tisch auf der Terrasse geführt. Harlow überflog die Happy-Hour-Getränkekarte. Sie traf ihre Entscheidung nicht nur aufgrund der Beschreibung, sondern auch aufgrund des Preises. Langsam wurde sie zur Schnäppchenjägerin – eine große Veränderung, aber keine schlechte, befand sie.

Nachdem sie ihre Getränke bestellt hatten, lächelte Harlow ihre Freundin an. »Freust du dich aufs Studium?«

»Ich habe eher Angst, dass alle anderen schlauer sind als ich.«

»Das kann gar nicht sein. Mindestens eine Person ist bestimmt genauso schlau wie du.«

Enid lachte. »Ich hatte mir mehr Unterstützung von dir erhofft.«

»Wieso? Du weißt doch, dass du beinahe unangenehm intelligent bist. Du kannst dich glücklich schätzen, dass ich mit dir befreundet sein will, obwohl du so ein Nerd bist.«

Enid musterte sie. »Es scheint dir gut zu gehen. Ich dachte, die Sache mit Kip würde dich mehr runterziehen.«

Harlow hatte ihr von der Trennung erzählt, jedoch ohne Details. Der Grund war nicht, dass sie Kips Verhalten vor Enid verbergen wollte, sondern dass sie noch in der Verarbeitungsphase steckte und herauszufinden versuchte, ob das alles wirklich eine große Rolle spielte oder nur deutlich machte, dass er ein echtes Arschloch war.

»Ich bin ziemlich schnell über ihn hinweggekommen«, gab sie zu. »Dabei dachte ich, ich wäre hoffnungslos verliebt in ihn. Ich dachte, dass ich ihn heiraten will. Was sagt es über mich aus, dass ich damit so vollkommen falschlag?«

Enid grinste. »Dass du ein menschliches Wesen bist?«

»Oder dass ich eine Idiotin bin.« Sie hielt abwehrend eine Hand hoch. »Also nicht, dass ich total erbärmlich wäre, aber du musst zugeben, dass ich keine Ahnung hatte, wer Kip eigentlich ist. Wieso habe ich ihm nicht mehr Fragen gestellt oder mir seinen Charakter mal genauer angesehen? Wieso habe ich mich überhaupt in ihn verliebt? Womöglich basierte die ganze Beziehung nur auf der Tatsache, dass ich kurz vorm Studienabschluss stand und der nächste offensichtliche Schritt für mich darin bestand, zu heiraten. Bin ich wirklich so oberflächlich?«

»Das sind zu viele Fragen auf einmal«, sagte Enid.

»Ich weiß, aber das beschäftigt mich gerade. Ich will rauskriegen, was schiefgelaufen ist. Was war mein Fehler oder zumindest meine Verantwortung, und was geht auf ihn? Denn beim nächsten Mal will ich es besser machen.«

»Du hast dich wirklich verändert. Bist wohl erwachsen geworden.« Enid verzog zerknirscht das Gesicht. »Also nicht, dass du vorher nicht erwachsen gewesen wärst.«

Harlow lachte. »Keine Sorge, ich weiß genau, was du meinst. Und du hast recht. Ich habe mich verändert. Wenn ich daran zurückdenke, wie ich mich mit meiner Mom gestritten habe, weil ich unbedingt im Garten heiraten wollte, schäme ich mich so sehr.«

»Habt ihr euch wieder vertragen?«

Harlow überlegte, wie anders jetzt alles war. »Ja. Es ist alles gut zwischen uns. Wir fangen beide ein neues Leben an.«

»Sie geht zurück nach Kalifornien?«

Harlow nickte. Sie hoffte, ihre Mom würde den Mut aufbringen, Mason zu sagen, was sie wirklich für ihn empfand. Und hoffentlich würden sie das alles gemeinsam hinkriegen. Sie waren so gut miteinander. Und sie selbst hätte Mason aus reinem Egoismus gerne zum Stiefvater. Apropos Stiefeltern …

»Mein Dad wird meiner Mom das Haus abkaufen«, sagte sie. »Er ist jetzt richtig mit Zafina zusammen.«

Sie erklärte Enid, dass ihrem Vater die Hälfte des Hauses gehörte und dass er mit Zafina vorbeigekommen war, damit sie es sich ansehen konnte.

»Ich habe mich für eine Stunde aus dem Staub gemacht«, fuhr sie fort. »Als ich zurückkam, waren sie immer noch da, und Zafina konnte nicht aufhören zu heulen. Ich vermute, das waren die Schwangerschaftshormone, denn sie scheint mir eigentlich nicht der weinerliche Typ zu sein.«

Ihre Getränke wurden serviert. Als die Kellnerin wieder gegangen war, sagte Harlow: »Sie haben vor zu heiraten.«

»Und ist das okay für dich?«, fragte Enid.

»Denke schon. Ich bekomme bald einen Halbbruder oder eine Halbschwester. Das ist seltsam. Aber jetzt haben wir die ganze Zeit nur über mich geredet. Zeit für einen Themenwechsel.«

Sie unterhielten sich über Enids Kursplan im Wintersemester und darüber, ob sie in den Weihnachtsferien würde nach Hause kommen können oder nicht. Sie bestellten sich etwas zu essen und dann eine zweite Runde Getränke. In einer Gesprächspause griff Harlow in ihre Tasche und holte einen Umschlag heraus.

»Also, ich habe da noch was für dich«, sagte sie und lächelte ihre Freundin an. »Und bevor ich es dir gebe, sollst du wissen, wie viel unsere Freundschaft mir bedeutet. Du bist intelligent, liebevoll und hilfsbereit – du könntest jede zur besten Freundin haben. Aber du hast mich ausgesucht. Und ich weiß, ich mache es dir nicht immer leicht.«

Enid sah verwirrt und ein bisschen verängstigt aus. »Wovon redest du da?«

»Von deinem Medizinstudium. Es ist ungerecht, dass du nach deinem Abschluss hunderttausend Dollar Schulden haben wirst.«

Enid zog eine Grimasse. »Du meinst, weil ich vorhin solche Panik hatte? Tu so, als wär das nie passiert. Ich kriege das schon hin, kein Problem.«

»Aber irgendwie ist das mit dem Geld doch ein Problem, und ich möchte dir gerne helfen.« Sie hielt ihr den Umschlag hin. »Und zwar hiermit.«

Enid nahm ihn entgegen und zog den Scheck daraus hervor. Als sie den Betrag darauf sah, riss sie vor Schreck die Augen und den Mund auf und starrte ihn an.

»Nein, das kannst du nicht! Harlow, was machst du da?«

»Dir einen Scheck über fünfzigtausend Dollar geben.«

Enid fing an zu weinen. »So viel Geld hast du doch gar nicht, das ist total verrückt. Nein, das kann ich nicht annehmen.«

»Du musst aber. Und außerdem habe ich so viel Geld.« Sie erzählte ihr von Lillians Erbe. »Ich möchte es dir gerne geben. Enid, du bist meine Freundin, und ich hab dich lieb. Lass mich das für dich tun. Bitte. Es würde mir so viel bedeuten, wenn du es annehmen würdest.«

»Aber das kannst du doch nicht machen.«

»Doch, das kann ich. Für meine Zukunft habe ich immer noch mehr als genug. Du wirst Ärztin, und ich möchte gerne Anteil daran haben.« Sie grinste. »Also, nicht am Studium, aber am Stolz.«

Enid wischte sich die Tränen von den Wangen, dann schlang sie die Arme um Harlow. »Bist du dir wirklich sicher?«

»Ja. Nimm es, ich flehe dich an.«

»Danke!« Enid drückte sie fest an sich. »Das verändert mein ganzes Leben. Dafür werde ich mich niemals revanchieren können.«

»Das will ich auch gar nicht. Werde einfach eine tolle Ärztin, und wenn du reich und berühmt bist, tu dasselbe für jemand anders.«

Sie lehnten sich beide auf ihren Stühlen zurück und lächelten sich an.

»Ich fasse es nicht«, sagte Enid. »Einen Scheck mit so einem hohen Betrag habe ich noch nie gesehen.« Sie lachte. »Den kann ich gar nicht mit meiner Banking-App einzahlen, der sprengt die Obergrenze. Ich werde wohl zur Bank gehen müssen.«

»Eine ganz neue Erfahrung. Wir suchen gleich morgen früh eine Filiale.«

Es wurden weitere Getränke gebracht, zusammen mit ihrem Essen. Während sie sich über Leute unterhielten, die sie kannten, und überlegten, sich am nächsten Tag eine Pediküre zu gönnen, konnte Harlow nicht aufhören zu lächeln. Sie hatte etwas Gutes getan für einen Menschen, der ihr wichtig war. Sie war stolz auf sich und freute sich für ihre Freundin. Und sie selbst hatte einen neuen Job und ihre allererste eigene Wohnung. Wo sie in zehn Jahren sein würde, wusste sie nicht, doch sie hatte das Gefühl, dass es ihr gut gehen würde. Sie war stark, wie ihre Mom – sie hatte einfach nur eine Weile gebraucht, um dahinterzukommen.

34. KAPITEL

Die fünfundzwanzig Jahre in der Armee hatten Mason zu einem gesunden Respekt vor jeder Routine verholfen. Wenn man tat, was getan werden musste, egal, wie man sich gerade fühlte, verlief der Tag normalerweise besser. Es hatte Tage gegeben, an denen er nicht um fünf Uhr früh aufstehen, eine Stunde trainieren und sich dann mit irgendeinem Shitstorm auseinandersetzen wollte, der seinen Tag bestimmen würde, doch er hatte es getan. Und häufig hatte der reine Akt des Tuns seine Stimmung verbessert.

Die letzten Wochen über hatte er diese Theorie auf die Probe gestellt. Denn seit Robyn abgereist war, war er gezwungen gewesen, eine neue Routine zu entwickeln. Er stand gegen sechs Uhr auf, ging laufen, kam zurück und begann seinen Tag. Er fütterte die Katzen, konzentrierte sich jeden Morgen auf sein Buch und verbrachte die Nachmittage mit Arbeiten am Haus oder draußen im Garten.

Letzteres war nicht wirklich nötig, doch es hielt ihn beschäftigt und machte ihn müde, was wiederum dringend nötig war, wenn er die Aussicht auf eine Nacht mit Schlaf haben wollte. Nein, nicht mit Schlaf – mit Schlaf ohne Robyn-Träume.

Es gab keine Worte dafür, wie sehr er sie vermisste. Zwar hatte er schon zuvor geliebt und verloren, aber niemals so. Es war, als wäre sie in jede Zelle seines Körpers eingedrungen und er könnte keinen Atemzug tun, ohne an sie zu denken. Ihr Geist spukte in jedem Raum herum, zu jeder Tageszeit. Sie lauerte hinter jeder Ecke. Er war immer noch auf der Suche nach dem einen Ort, den sie nicht besetzt hielt. Und als wäre das nicht schon schlimm genug, war ihr Sohn eine ständige Erinnerung an sie.

Austin war ins Haus zurückgekehrt, nachdem er beinahe eine Woche in Florida gewesen war. Genau wie Mason hatte er schnell zu seiner eigenen neuen Routine gefunden. An den Tagen, an denen er keinen frühen Charterausflug zu begleiten hatte, ging Austin erst mit ihm laufen und dann ins Fitnessstudio, um Gewichte zu stemmen. Seine Nachmittage verbrachte er damit, alles über Marinegeschichte und Navigation zu lernen und seine Mathematikkenntnisse zu verbessern. Und abends arbeitete er meist als Tischabräumer in einem Restaurant. Er war ein angenehmer Mitbewohner, der ruhig und sauber war und sich selbst um seine Mahlzeiten kümmerte.

An seinen freien Abenden gingen er und Mason häufig zum Essen aus. Dann erzählte er vom Leben in der Armee, und Austin berichtete, welche der neuesten Filme seinen Freunden gefallen hatten. Keiner von ihnen erwähnte jemals seine Mutter. Manchmal sprach Austin über Harlow, doch näher kamen sie dem heiklen Thema Robyn nicht.

Mason ließ kurz Wasser über sein Frühstücksgeschirr laufen und stellte es dann in die Spülmaschine – Salvia arbeitete nur ein paar Tage pro Woche. Die meisten katzenbezogenen Aufgaben hatte er übernommen. Er hatte eine Exceltabelle erstellt, um sicherzugehen, dass er jedes Tier einmal pro Woche untersuchte. Außerdem fütterte er sie zweimal am Tag, und um Punkt vier Uhr nachmittags säuberte er alle acht Katzenklos. Die meisten von ihnen nutzten den weitläufigen Garten für ihr Geschäft, doch ein paar waren zu zimperlich, um es draußen zu verrichten.

Mason goss sich die letzte Tasse Kaffee ein, ehe er sich auf den Weg in sein Arbeitszimmer machte. Er war fest entschlossen, heute mindestens drei Seiten zu schreiben. Gestern früh hatte er ein Treffen mit Gregory gehabt. Der Geschichtsverein hatte nun ein offizielles Angebot für das Haus abgegeben. Dem diesbezüglichen Schreiben zufolge war man bereit, fünfzehn Millionen Dollar zu zahlen. Nach Abzug von Verkaufsnebenkosten und Steuern würden ihm laut Gregory beinahe zehn Millionen Dollar bleiben.

Er hatte den Vorvertrag mit dem Geschichtsverein unterschrieben, und der Countdown des einen Jahres, das er noch im Haus verbringen würde, hatte begonnen. Nach dem Jahr würde er ausziehen müssen. Er war davon ausgegangen, dass er sich zunächst etwas zur Miete suchen müsste, während sein Haus gebaut wurde, doch Gregory hatte ihm erklärt, dass er aufgrund des Grundstückswerts und der Vereinbarung mit dem Geschichtsverein einen Kredit bewilligt bekommen würde, mit dem er sofort zu bauen anfangen konnte.

Daraufhin hatte er sich schlaugemacht und festgestellt, dass der Anwalt recht hatte. Alles, was er zu tun hatte, war, sich ein Stück Land auszusuchen, die Pläne von der Stadt absegnen zu lassen und einen Bauunternehmer anzuheuern. Er hatte sogar schon jemanden mit der Vermessung des Grundstücks beauftragt. Das würde nächste Woche passieren. Was die Architektur des neuen Hauses betraf, so konnte er sich nicht für einen Grundriss entscheiden. Noch nicht. Nicht, nachdem er heimlich gehofft hatte, zu zweit darin zu wohnen.

Er nahm seinen Kaffee in Leos Büro mit und stellte ihn auf dem Schreibtisch ab. Doch statt sich zu setzen, trat er ans Fenster und sah auf den Ozean hinaus.

Er vermisste Robyn schmerzlich, und das nicht nur im Bett. Er vermisste sie überall. Er wollte mit ihr reden, sie lachen hören, ihr dabei zusehen, wie sie Austin umarmte. Er sehnte sich danach, sie zu halten, sie einfach nur zu halten, ohne Sex mit ihr zu haben, auch wenn er es sich verzweifelt wünschte. Sie war der beste Teil von ihm geworden, und ohne sie wurde er jeden Tag weniger.

Ihm war klar, dass sie irgendwann zurückkommen musste, um sich um das Inventar zu kümmern. Sie würde also in sein Leben zurückkehren – aber als was? Als eine ehemalige Liebhaberin? Eine entfernte Bekannte? Er war sich nicht sicher, ob er stark genug war, sie um sich zu haben, ohne Teil ihres Lebens zu sein.

Manchmal quälte er sich mit dem Gedanken, dass sie zu Jase zurückgegangen war. Dass sie verlobt sein würde, wenn sie zurückkäme, und dass dieses Arschloch von Kardiologe an den Wochenenden hergeflogen käme und sie direkt nebenan vögeln würden. Diese Vorstellung ließ ihn beinahe sein Frühstück wieder hervorwürgen. Allein sein eiserner Wille sorgte dafür, dass er es bei sich behielt.

Er schob diesen und jegliche weitere Gedanken an sie beiseite, woraufhin sein Kopf vollkommen leer gefegt war. Nachdem er am Schreibtisch Platz genommen hatte, zwang er sich, den Einsatz von Maultieren für den Transport von Gebirgshaubitzen in der Mitte des 19. Jahrhunderts zu beschreiben. Auch wenn Maultiere mit den Härten des Kampfes überhaupt nicht gut klarkamen, waren sie doch kräftig und konnten sich auf unebenem und steilem Gelände leichtfüßig bewegen.

Vier Stunden später hatte er über zwanzig Seiten geschrieben und größtenteils wieder gelöscht, sodass am Ende spärliche zwei übrig blieben, die einigermaßen gut lesbar, wenn auch nicht brillant waren. Er trug seinen mittlerweile kalten Kaffee in die Küche zurück und sagte sich, dass er etwas zu Mittag essen sollte.

Ehe er zumindest ein wenig Enthusiasmus dafür entwickeln konnte, hörte er ein Auto, das um das Haus herum zur Garage fuhr. Vermutlich einer der Handwerker, der sich um irgendetwas im Gebäude kümmern muss, dachte er, als er, dankbar für die Ablenkung, vor die Hintertür trat.

Statt eines Handwerkerwagens erblickte er einen ihm unbekannten SUV mit Kennzeichen aus Florida. Sein Herz fing augenblicklich an zu rasen und schlug so fest gegen seine Rippen, dass er sich sicher war, sie würden jeden Moment brechen. Seine Hoffnung sprang an, doch er unterdrückte sie sofort, da ihm klar war, dass Robyns Auftauchen nicht unbedingt Gutes verhieß. Schließlich wartete hier jede Menge Arbeit auf sie. Er hatte immer gewusst, dass sie zurückkommen würde – was er nicht wusste, war, ob die Fortführung der Inventur der einzige Grund für ihr Kommen war.

Die Fahrertür öffnete sich, und sie stieg aus. Verlangen, Liebe und ein Gefühl der Niedergeschlagenheit kämpften in ihm um die Oberhand, als sie ihn entdeckte und wie angewurzelt stehen blieb.

Sie sah gut aus. Nein, besser als gut. Ihr langes blondes Haar flatterte in der Brise, und ihr Mund sah genauso aus, wie er ihn in Erinnerung hatte. Sie war immer noch die schönste Frau, die er jemals gesehen hatte. Es schien ihm, als sei sie ein wenig dünner, so als hätte sie nicht genug gegessen. Er sähe es lieber, dass sie ein paar Pfund zunahm, doch das Wichtigste war, dass sie jetzt hier war.

Ihre Augen waren hinter einer Sonnenbrille verborgen, daher hatte er keine Ahnung, was sie gerade dachte. Ihr Körper wirkte jedenfalls angespannt, was kein gutes Zeichen war. Angst erstickte den letzten Hoffnungskeim, als ihm klar wurde, dass darin die Antwort bestand. Sie war nicht wegen ihm hier.

»Willkommen zurück«, sagte er, darauf bedacht, seine Stimme neutral zu halten und ihr den Ton eines lockeren Willkommensgrußes zu verleihen. »Wie war die Fahrt?«

»Lang.«

Sie nahm die Sonnenbrille ab und gab damit den Blick auf ihre wunderschönen blauen Augen frei. Unterschiedlichste Gefühle schienen sich in ihnen zu spiegeln, doch sie veränderten sich zu schnell, als dass er hätte erkennen können, was sie dachte. Wenigstens hatte sie keinen Ring am Finger, das war schon mal etwas.

Ihr Mund verzog sich zu einem Lächeln. »Ich hatte drei Tage, um darüber nachzudenken, was ich dir sagen möchte, wenn ich dich sehe, aber jetzt, da ich hier bin, kann ich mich an nichts mehr erinnern. Was wahrscheinlich besser so ist. Schließlich bist du der Schriftsteller in der Familie, nicht ich.«

Was zum Teufel sollte das heißen? Er hielt jedoch seine Ungeduld im Zaum und zwang sich, so zu tun, als wäre er ganz entspannt. »Ich schreibe gerade nicht sehr viel. Heute Morgen habe ich zwei Seiten über Kanonen aus dem 19. Jahrhundert geschafft.«

»Klingt interessant.«

»Nicht wirklich.«

Geht es noch schräger, dachte er verzweifelt. Früher war alles so einfach gewesen. Er hatte sich keine Gedanken darüber gemacht, was er sagen sollte, denn wenn er mit ihr zusammen war, hatte er sich frei gefühlt, er selbst zu sein. Er war sich seiner Liebe für sie sicher gewesen. Jetzt herrschte Chaos in ihm.

»Ich kann dir mit deinem Gepäck helfen«, sagte er, hauptsächlich, um sich davon abzulenken, wie unerträglich die Situation für ihn war.

Sie legte den Kopf schief und musterte ihn. »Mason …«, begann sie. Dann schüttelte sie den Kopf und kam auf ihn zu.

Er hatte keine Ahnung, was sie vorhatte, daher rührte er sich nicht. Fast erwartete er, dass sie an ihm vorbei ins Haus gehen würde, doch das tat sie nicht. Stattdessen blieb sie vor ihm stehen, packte ihn am T-Shirt und zog ihn an sich. Er war so überrascht, dass er sie einfach gewähren ließ, drehte jedoch beinahe durch, als sie sich auf die Zehenspitzen stellte und ihre Lippen auf seine legte.

Sie küsst mich, dachte er verblüfft, ehe die Tatsache, dass ihr Mund sich direkt an seinem befand, dazu führte, dass sein Gehirn sich abschaltete und sein Körper von ihm verlangte, einfach nur zu spüren, was geschah.

Ihre Lippen waren warm und gerade hartnäckig genug, um ihm klarzumachen, was sie wollte. Er schlang die Arme um sie, sodass sie einander ganz nahe waren. Ihre Hände strichen über seinen Rücken, ehe sie sie auf seinen Hintern gleiten ließ und fest zudrückte.

Lust explodierte in ihm, angeheizt von der Hitze ihres Körpers und der sinnlichen Art, wie sie ihren Schritt an seinem plötzlich steifen Schwanz rieb. Ihre Lippen öffneten sich, und ihre Zunge drang in seinen Mund ein, umspielte seine und begann, in ihrer verlangenden »Nimm mich jetzt«-Manier daran zu saugen, die in ihm stets den verzweifelten Wunsch weckte, sich allem hinzugeben, was Robyn ihm zu schenken bereit war. Geschah das alles wirklich?

Während er noch versuchte, das herauszufinden, schob Robyn ihn schon ins Haus. Sie manövrierte ihn durch die Küche in den Frühstücksraum, wo sie sich gerade genug von ihm löste, um eilig anzufangen, sich auszuziehen. Es ihr gleichzutun, schien ihm die einzig logische Reaktion zu sein, woraufhin er sich beinahe das Hemd vom Leib riss. Dann schüttelte er die Schuhe von seinen Füßen und zog seine Jeans und die Unterhose herunter – nur um plötzlich innezuhalten und sie entgeistert anzustarren.

»Ich habe kein Kondom hier.« Er war kaum fähig zu sprechen vor lauter Verlangen.

Sie schenkte ihm ein träges sexy Lächeln, das ihn beinahe in die Knie zwang, zog aus der Gesäßtasche ihrer Jeans eines hervor und schwenkte es durch die Luft.

»Ich dachte mir schon, dass du in letzter Zeit weniger die Notwendigkeit gesehen hast, stets eins dabeizuhaben«, sagte sie neckend. »Ich habe die extragroßen besorgt. Die scheinen dir besser zu passen.«

Er riss ihr buchstäblich den Rest ihrer Kleidung vom Leib, hob sie hoch und setzte sie auf den Frühstückstisch. Sie reichte ihm das Kondom und sah ihm in die Augen.

»Ich brauche dich in mir, Mason«, sagte sie geradeheraus. »Vergiss alles andere. Spielen können wir später.«

Seine Hände zitterten, als er die Verpackung aufriss. Er brauchte zwei Versuche, um das verdammte Ding überzuziehen, doch dann drang er in sie ein.

Augenblicklich spürte er, wie seine Welt geradegerückt wurde. Als sich ihre Muskeln um seine Erektion anspannten, sie den Kopf zurückwarf, nach Luft schnappte, seinen Namen ausrief und ihn anflehte, nie mehr aufzuhören, wusste er, dass er genau da war, wo er hingehörte. Was auch als Nächstes passieren würde – dieser Moment mit ihr, diese wunderschöne Erinnerung würde ihm für immer bleiben.

Und dann war er nicht mehr in der Lage zu denken. Er konnte sich nur noch seinem eigenen Höhepunkt und der Lust hingeben, die sie einander schenkten, und dem Klang seines Namens lauschen, den sie herausschrie.

Erst als Robyn wieder bei Sinnen war, wurde ihr klar, dass sie nackt auf dem Frühstückstisch saß. Sie hatte den Großteil der Fahrt damit zugebracht, sich zurechtzulegen, was sie zu Mason sagen würde, wenn sie ihn wiedersähe, doch statt ihm auch nur irgendetwas davon vorzutragen, war sie gleich zu Sex übergegangen. Er beschwerte sich nicht, aber irgendwann würden sie miteinander reden müssen.

Sobald sie beide wieder normal atmen konnten, räumten sie auf und zogen sich an. Erst dann wandten sie sich einander erneut zu. Sie erkannte all die Fragen in seinem Blick, wusste, dass er keine Ahnung hatte, was in ihrem Kopf vorging. Ihre sorgsam vorbereitete Rede ergab nun keinen Sinn mehr, daher griff sie stattdessen einfach nach seiner Hand und zog ihn ins Wohnzimmer.

Nachdem sie sich einander gegenübergesetzt hatten, beugte sie sich zu ihm.

»Cord hat Zafina einen Heiratsantrag gemacht, und sie hat Ja gesagt. Er wird mir die Hälfte des Hauses abkaufen, was die beste Lösung für alle ist. Denn er mag es sehr, und ich glaube, dass sie dort glücklich sein werden. Harlow ist nach Key West gezogen.«

Sie überlegte, die wahnwitzig hohen Mieten dort zu erwähnen und wie winzig die Wohnung ihrer Tochter war, wusste jedoch, dass nichts davon wichtig war. Es würde nur die Zeitspanne füllen, bis sie den Mut fand, auszusprechen, was wirklich zählte. Es war an der Zeit für sie, endlich zu tun, was gut für sie war – ihm zu sagen, was ihr im Leben wichtig war, und zu hoffen, dass er es ihr gleichtun würde.

Sie sah ihm in die dunklen Augen und bereitete sich darauf vor, ihm ihre Gefühle zu offenbaren.

»Ich bin nicht wegen der Inventur zurückgekommen, Mason. Ich bin wegen dir hier. Ehe ich abgereist bin, hast du mir eine Frage gestellt, und ich hatte damals keine Antwort parat. Das hatte jedoch weniger mit meinen Gefühlen zu tun als mit allem anderen, was damals los war. Es war einfach zu viel und passierte so schnell. Erst sind fast alle Menschen, die ich kenne, mir hierher nachgereist, dann starb Lillian, und dann tauchte auch noch Jase hier auf – in einer Mission, die man nur als saudumm bezeichnen kann. Ich konnte dir nicht früher eine Antwort geben, weil ich mir ganz sicher sein musste. Und das bin ich jetzt.«

Sie versuchte, sich klar auszudrücken, damit er sie auf keinen Fall missverstand. »Ich bin verliebt in dich. Du bist ein wundervoller Mann, und wenn ich dich um mich habe, fühle ich mich geborgen, glücklich und stark. Ich wünsche mir eine gemeinsame Zukunft für uns, und ich hoffe, dass du das Gleiche willst.«

Er erhob sich und starrte sie erbost an. »Du musst sofort aufhören zu reden. Denn wenn du mir jetzt einen Antrag machst, werde ich mir das nie verzeihen.«

Nicht gerade die Antwort, auf die sie gehofft hatte. »Wieso bist du wütend?«

»Ich bin nicht wütend.« Er entfernte sich zwei Schritte von ihr, dann wandte er sich um und sah sie an. »Verdammt noch mal, Robyn. Ich werde nicht den Rest meines Lebens in dem Wissen verbringen, dass du mir einen Heiratsantrag gemacht hast.«

Er sah so ernst aus und ehrlich verwirrt angesichts seiner Verärgerung. Hatte sie sich in ihm getäuscht? Liebte er sie gar nicht? »Ich dachte, du würdest an die Gleichstellung der Geschlechter glauben.«

»Das tu ich auch, das weißt du. Aber mach mir keinen Heiratsantrag.«

»Weil du mich nicht liebst und mich nicht heiraten willst?«

Er fluchte leise, überbrückte die Distanz zwischen ihnen und zog sie hoch.

»Du weißt, dass ich dich liebe. Selbst wenn Harlow es dir nicht gesagt hat, bist du intelligent genug, um allein dahinterzukommen. Ich folge dir praktisch überallhin, wie ein Welpe. Ich verehre dich, Robyn. Du bist mehr als eine Traumfrau. Du bist real, und aus mir schleierhaften Gründen behauptest du, mich zu lieben.«

Sie lächelte erleichtert. »Das ist keine Behauptung. Ich meine es ernst, Mason, ich liebe dich.«

»Halleluja!«

Er küsste sie. Dann wich er ein Stück zurück und sah ihr in die

Augen. »Ich liebe dich auch, alles an dir. Und das werde ich, solange ich in der Lage bin zu atmen. Eigentlich bin ich schon mein ganzes Leben auf der Suche nach dir. Was auch immer du willst, was auch immer du brauchst – ich werde dafür sorgen, dass du es bekommst.« Er zog einen Mundwinkel nach oben. »Innerhalb und außerhalb des Bettes.«

»Das werde ich auch für dich tun«, versprach sie. »Immer. Du bist mein Traummann und mein Held. Ich weiß nicht, warum ich so viel Glück habe, aber ich werde jeden einzelnen Tag dankbar dafür sein, dass wir zusammen sind.«

Er schob seine Finger in ihr Haar und küsste sie erneut. Es war ein langer, träger Kuss zum Dahinschmelzen, der bei ihr die Frage aufkommen ließ, wie weit es zu ihren Schlafzimmern war. Ehe sie ihm vorschlagen konnte, sich auf den Weg dorthin zu machen, beendete er den Kuss.

»Also, wegen des Antrags«, sagte er. »Ich würde dich gerne heiraten, aber wenn du das nicht willst, ist das auch in Ordnung für mich. Allerdings wünsche ich mir, dass wir ein Haus zusammen bauen. Und es wird groß sein müssen, da du ja jetzt fünfzehn Katzen besitzt.«

Sie lächelte. »Vierzehn. Du wolltest Charles II. doch behalten.«

»Stimmt. Vierzehn Katzen von dir und eine von mir. Womöglich werden wir eine Art Sondergenehmigung brauchen, um so viele auf einmal zu halten.«

»Ich habe überlegt, dass wir mal mit einem Tierschutzverein reden und schauen könnten, ob wir nicht für ein paar von ihnen neue Eltern finden.«

»Das ist mal eine Idee.«

Sie streichelte sein Gesicht. »Ja, Mason, ich will dich heiraten.«

»Sag das nicht!« Er wich einen Schritt zurück. »Ich habe dir noch gar keinen Antrag gemacht. Das möchte ich richtig machen. Ich habe dich nur gefragt, ob du dafür bist. Den Antrag mache ich dir später. So bei Sonnenuntergang, mit Rosen und Champagner.«

»Ich hatte ja keine Ahnung von dieser traditionellen Seite an dir. Das ist irgendwie sexy.«

»Du nimmst mich nicht ernst«, grummelte er. »Wart es nur ab, du wirst überwältigt sein.«

»Das werde ich, versprochen.«

»Ich fasse es nicht, dass du schon Ja gesagt hast. Einfach so. Das ist deprimierend.«

Sie lachte. »Ja, das ist traurig. Wie kann ich das nur wiedergutmachen?«

Er nahm sie bei der Hand und zog sie in Richtung Treppe. »Ich glaube, du weißt ganz genau, wie.«

»In der Tat wüsste ich da was.«

EPILOG

Drei Tage bevor der Verkauf von Lillians Haus rechtsgültig wurde, lief Robyn durch das beinahe leere Erdgeschoss. Während des vergangenen Jahres hatte sie Hunderte Möbelstücke und Kunstwerke herausgeholt. Das Meiste war an größere Museen auf der ganzen Welt verkauft worden. Dutzende Stücke verschiedenster Art hatte sie kleinen regionalen Museen gespendet, die es sich nie hätten leisten können, sie zu erwerben. Der Rest befand sich in einer Lagerhalle, die sie in Vorbereitung auf die Eröffnung ihres Geschäfts in zwei Monaten angemietet hatte.

Der Umbau von *Lillian's*, wie sie beschlossen hatte, ihr neues Antiquitätengeschäft zu nennen, schritt voran. Es hatte eine großartige Lage in der State Street mit Parkmöglichkeiten in der Nähe und viel Publikumsverkehr. Auch wenn die meisten Stücke ausgefallen und hochpreisig waren, würde sie jede Menge interessante Artikel für Touristen führen.

Sie hatte darauf geachtet, fast hundert antike Gegenstände für den Geschichtsverein zurückzulassen. Die meisten Schlafzimmergarnituren waren ebenfalls im Haus geblieben, dazu viele Kunstwerke, Geschirr und ein halbes Dutzend Uhren. Das Teleskop befand sich immer noch auf dem Dach, und in den Räumen lagen wunderschöne handgewebte Teppiche verteilt.

Doch für den heutigen Tag war der große Salon ausgeräumt und Stuhlreihen mit perfekter Aussicht auf den Ozean aufgestellt worden. Riesige Blumenarrangements grenzten den Bereich ab, in dem die Zeremonie stattfinden würde. Die Eingangshalle, das Esszimmer und die Bibliothek waren mit Tischen und Stühlen bestückt worden. Die Cateringangestellten deckten bereits für das Essen ein.

Sie erwarteten etwa sechzig Gäste zur Trauung und der anschließenden Feier. Mehrere von Masons Freunden kamen für das Ereignis hergeflogen, ebenso wie Harlow. Austin war für das Wochenende aus San Diego hochgekommen. Aus Gründen, die ihr nicht ganz klar waren, wollten auch Cord und Zafina dabei sein und würden Baby Kelli mitbringen.

Robyn kehrte in Lillians Arbeitszimmer zurück, für heute das offizielle Brautzimmer. Vom Fenster aus konnte sie beinahe das Haus sehen, das sie und Mason bauen ließen. Dank der Erlöse der an Museen verkauften Werke waren die Arbeiten schnell vorangeschritten, denn sie hatten der Baufirma einen Bonus gezahlt, damit das Gebäude in Rekordzeit fertiggestellt wurde. Sobald sie aus ihren Flitterwochen zurückkämen, würden sie das Haus beziehen.

Bis auf Charles II. hatten sämtliche Katzen ein neues Zuhause gefunden. Mason sprach davon, sich zusätzlich zu seinem Lieblingskater einen Welpen anzuschaffen. Bisher hatte Charles sich nicht dazu geäußert, aber sie war sicher, dass er sich überzeugen lassen würde.

Die Tür ging auf, und ihre Tochter trat ein. Robyns Herz platzte beinahe vor Stolz. Ihr kleines Mädchen war stark und groß. Harlow sah wunderschön aus in dem dunkelblauen Kleid, das sie beschlossen hatte als ihre Trauzeugin zu tragen. Sie strahlte Selbstvertrauen und Zufriedenheit aus. Mehr kann eine Mutter sich nicht wünschen, fand Robyn.

»Mom, du musst dich anziehen. Die Leute vom Parkservice haben gerade geschrieben, dass die ersten Gäste ankommen.«

»Bis auf das Kleid bin ich so weit.«

Ihre Haare und ihr Make-up hatte sie sich bereits machen lassen, da sie es sich nicht zutraute, an so einem besonderen Tag selbst Hand an sich zu legen.

Sie schlüpfte aus dem Morgenmantel und wartete darauf, dass Harlow ihr das Kleid reichte, das sie ausgesucht hatte. Die elegante bodenlange und schulterfreie Robe wies Perlenstickereien auf den Trompetenärmeln auf, die sich auf dem Rücken des Mieders fortsetzten. Vorne war die Taille mit Plisseefalten verziert. Unterhalb davon fiel der champagnerfarbene Stoff in weichen

Wellen bis zum Boden. Sie hatte ein hübsches Paar Sandalen gefunden, das ihre Füße nicht umbringen würde, und rundete das Outfit mit den Diamanten ab, die Lillian ihr hinterlassen hatte.

»Nervös?«, fragte Harlow, als sie den Reißverschluss des Kleides hochzog.

»Nein, schließlich heirate ich Mason. In meinem Leben hat sich noch nie etwas so richtig angefühlt.«

Ihre Tochter lächelte sie an. »Ich habe ja schon Schwierigkeiten, einen Mann zu finden, den ich mehr als dreimal treffen will. Ein bisschen bin ich neidisch darauf, wie verliebt ihr ineinander seid.«

»Du wirst auch noch jemanden finden.«

»Ich weiß.« Harlow grinste. »Ich bin ja erst zweiundzwanzig und habe noch mehr als genug Zeit.«

In diesem Moment gesellte sich Austin zu ihnen, der in seinem Smoking verdammt gut aussah. Er umarmte sie.

»Mason ist gar nicht nervös«, erklärte ihr Sohn. »Ich dachte, er würde total schwitzen, aber er ist vollkommen ruhig. Der Typ kommt echt mit jeder Situation klar.«

»Es ist ja auch Mom, die er heiratet«, sagte Harlow. »Er ist glücklich. Wieso sollte er nervös sein?«

»Weil ich heute so gut aussehe«, scherzte Austin.

»Du siehst wirklich schick aus im Smoking.«

Sie plauderten miteinander, bis es an der Zeit war zu gehen. Harlow reichte ihr den größeren Blumenstrauß und nahm ihren eigenen in die Hand.

»Ich freue mich so sehr für dich, Mom«, sagte sie.

Robyn trat hinaus in den Flur und wandte sich in Richtung Wohnzimmer. Austin hielt ihr den Arm hin.

»Bist du bereit, Mason zu einem Ehrenmann zu machen?«

»Ja, das bin ich.«

Sie war mehr als bereit, Masons Frau zu werden und ihre gemeinsame Reise fortzusetzen.

Austin führte sie über den Flur. Sie hörte die Musik und roch den Duft der schönen Blumen. Vorfreude trieb sie zur Eile an, doch sie zwang sich, langsam und gleichmäßig zu gehen. Als sie um die Ecke bogen, erblickte sie zunächst die Gäste sowie das Meer hinter der Terrasse. Dann wandte sie ihre Aufmerksamkeit dem Mann zu, der vor allen anderen stand und darauf wartete, dass sie sich zu ihm gesellte.

Ihre Blicke suchten und fanden sich, und sie hätte schwören können, dass Mason nach Luft schnappte. Vielleicht wusste sie auch einfach nur, dass das passieren würde, denn immer, wenn sie sich schön machte, benahm er sich, als wäre sie eine hochverehrte, wunderschöne Prinzessin. Wenn sie es sich jedoch recht überlegte, behandelte er sie eigentlich die ganze Zeit über so.

Er kümmerte sich um sie, liebte sie und unterstützte sie. Und er hatte eine überraschend traditionelle Ader. Die vergangene Nacht hatte er unbedingt im Hotel verbringen wollen – wofür sie ihn später, wenn sie allein wären, ausgiebig necken würde.

Die Gäste erhoben sich, und Austin führte sie zum Traualtar. Als ihm die bei diesem Anlass übliche Frage gestellt wurde: »Wer bringt diese Frau zur Eheschließung?«, erwiderte er: »Meine Schwester und ich.«

Als Robyn neben Mason trat, spürte sie von irgendwo außerhalb dieses begrenzten Raums eine Extraportion Liebe zu ihnen fließen. Wenn sie nur genau genug hinschaute, würde sie sehen, dass noch zwei Menschen sich zu ihnen gesellt hatten, die sie liebten. Was absolut logisch war. Leo und Lillian hatten Hochzeiten immer sehr genossen.

Sie sah den Mann an, von dem sie wusste, dass sie ihn für den Rest ihres Lebens lieben würde, und atmete tief durch – voller Dankbarkeit für alles, was er war, und für alles, was sie gemeinsam sein würden.

Mason lächelte sie an und beugte sich zu ihr herüber.

»Das wird die beste Zeit unseres Lebens«, flüsterte er.

»Ja, das wird es. Und ganz ehrlich – ich kann es kaum abwarten!«

Ananashuhn

Zutaten

560 g Ananasstücke aus der Dose, in Stückchen geschnitten
¼ Tasse Sojasoße
2,5 cm frischer Ingwer, in dünne Scheiben geschnitten
1 Jalapeño, in Ringe geschnitten
2 Knoblauchzehen, mit dem Messer zerdrückt
4 Hühnerbrüste, ohne Haut und Knochen
4 Frühlingszwiebeln, in Ringe geschnitten
¼ Tasse frischer Koriander oder Basilikum
Salz und Pfeffer
2 EL Olivenöl (bei Benutzung eines Schnellkochtopfs)
1 Tasse Hühnerbrühe (bei Benutzung eines Schnellkochtopfs)

Anleitung

* Marinade

Den Ananassaft mit der Sojasoße vermischen. Die Ingwerscheiben, die Jalapeñoringe und den zerdrückten Knoblauch unterrühren. Die Hühnerbrüste in eine Glasform legen und mit der Marinade begießen. Mindestens zwei Stunden, vorzugsweise jedoch acht Stunden oder über Nacht, marinieren lassen.

* Ananas-Salsa

Die Ananasstücke in erbsengroße Stücke schneiden. Die Frühlingszwiebeln und den Koriander oder Basilikum unterrühren. In den Kühlschrank stellen, bis alles servierbereit ist.

* Huhn

Die Hühnerbrüste aus der Marinade nehmen. Die Marinade wegschütten. Die Hühnerbrüste großzügig mit Salz und Pfeffer bestreuen.

Im Ofen: Bei 220 Grad etwa 20–25 Minuten rösten, bis die innere Temperatur des Fleisches 74 Grad anzeigt.

Im Schnellkochtopf: Im Sautiermodus das Olivenöl erhitzen und das Hühnchen auf allen Seiten anbräunen. Aus dem Topf nehmen. Die Hühnerbrühe zum Ablöschen in den Topf geben. Die Hühnerbrüste auf einen Dampfeinsatz legen und unter Hochdruck 8 Minuten lang dämpfen, danach 10 Minuten ohne Druck weiterkochen lassen.
Bei dieser Garmethode können zusätzlich ganze Drillingskartoffeln auf die Hühnerbrüste gegeben werden.

Mit der Ananas-Salsa servieren.